敦煌文學寫本研究

伏俊璉 等 著

上海古籍出版社

2016年国家社科基金重大项目“5–11世纪中国文学写本整理、编年与综合研究”（批准号16ZDA175）成果

伏俊琏　主编

西华师范大学出版基金资助

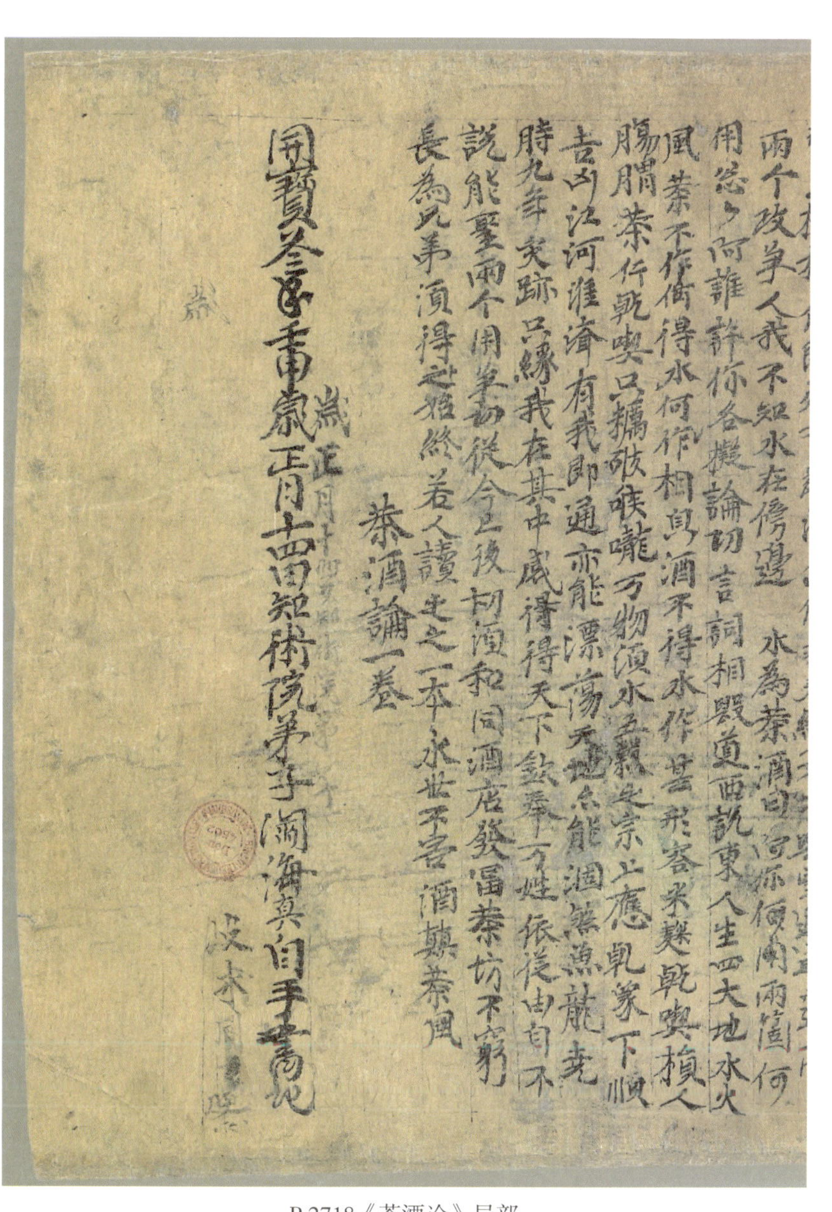

P.2718《茶酒论》局部

子歲霜早落[illegible]聲甚傷悽[illegible]自悼不得成
長也于時錢祚六歲鬼便使病體瘦腹大上
氣妨食鬼屢打之處處青黯月餘而死便絕
寂然
宋元嘉中李龍等夜行劫掠于時丹陽陶繼
之爲秣陵縣令微密尋捕遂擒龍等龍所
引一人是太樂伎忘其姓名劫發之夜此伎推
伴往就人宿共奏音聲陶不詳審爲作款列
隨例申上及所宿主人士貴賓客並相明證陶令
知枉濫但以文書行不欲爲通塞遂[illegible]賊
十人於郡門斬之此伎聲藝精能又殊辯慧將死
之日親隣知識看者甚衆伎曰我雖賤隸少
懷慕善未曾爲非實不作劫陶令已當具
知枉見殺害若死無鬼則已有鬼必自陳訴因
彈琵琶歌曲而就死衆知其枉莫不隕涕
月餘[illegible]陶夜夢伎來至案前云昔枉見殺實
怨不息訴天得理今故取君便跳入陶口仍落
腹中陶[illegible]驚寤俄而倒絕狀若風顛良久方
醒有時而發發輒[illegible]嬌頭反著背四日而亡亡後
家便貧悴二兒早死餘有一孫窮寒路次乞食而已
宋泰始元年江州長史鄧琬立刺史晉安王子
勛爲帝以作亂初南郡太守張悅得罪鎖楊都
及溢口琬欲之以爲冠[illegible]將軍與共經紀軍事

P.3126《还冤记》局部

P.3381《秦妇吟》局部

儒仕德能康四塞忽聞狼煙起
問儒仕誰之敢去定風波[illegible][illegible]
征戰僂儸未是功儒仕僂儸
轉更加三尺張良非惡弱謀
略漢興楚滅本由他項羽翘據
燕路滅後難消一曲歌霸王
虞姬皆自别當本便知儒仕
定波

晏子賦一首

昔有齊晏子使於梁國為使
梁王問左右曰其人形容似左右
對王曰其者晏子撫其醜陋面
目青黑唇不附齒髮不附耳腰
不附踁既自觀占不成人也梁王

P.3821《晏子赋》局部

擅於無雙筆健持儀榮深譽洽今者光膺寵命出自至公下玉齊竽
自古而妍蚩或鑒涇渭求從金而清濁初分觀文以入於南宮擢職末歸
於西掖騤虹賦霧寧匹心奏直之霄金牓懸時定是調元之日搢紳之內孰
不具瞻厶常奉眷私不任欣抃　賀中書杜舍人　舍人紫閣名臣
丹墀重望　聚學而波瀾浩渺騰文而組繡分披高步諫曹馳聲憲
署東觀編年之威續西垣注記之清才篇章推何遜之能訓誥擅劉勰
之美今者榮銜卿帳　寵拜綸闈儀天工之孤標紅藥稟人中之極瑞必
踐黃樞凡在縉紳孰不瞻賀厶常蒙　眷愛欣抃難任答歸補闕書
補闕十九郎志本孤貞道全終始星霜累換金石無貽少資屏庸常
增仰佩所承雅旨敢不在懷況賢兄行比三姜才同二陸亞馳名路欲除
賓皆厶叨蒙　宸慈幸居廉鎮許垂走赦寶賀　仁憐杏園之美事非遙
之榮棠樹蓮岳之遺聲未絕尤慕棣花但以纔有關負便背暑署或
切於求舊素分須申或例合轉遷丹識已許纖封始至章表尋行望准
深情俯垂通悉無蒙　手字不則循撝慚悚之心名言譬喻　賀鳳翔裴
尚書　尚書軒裳茂族禮樂清門鸞音迴徹於丹霄鴻羽盡翔於碧落
勵匪躬之峻節懷許國深誠業洞儒玄文摛藻繡自入登高枝出惣威戎

P.4093《甘棠集》局部

弃於糟下更不形相念汝畜類之中實堪驚訝生不逢時來於吾舍在家時則不飢小劇趁程時則連明至夜胡不生於王武子之時必愛能鳴胡不生於漢靈帝之時定將充駕胡不如衛懿公之鶴猶得乘軒胡不如曹不興之蠅尚蒙圖寫若比為龍彼驢為龍被劉為鈍憂栽為馬遭屠尚得弃於糟下念汝必保微驢書云敝蓋弗弃為埋馬也敝帷弗弃為埋狗也書既不載埋驢途乃付於屠者汝若來生作人還來近我若更為驢莫馱醋大出門則路即千里一万里程粮賤無十个五个向屋簷下寄宿破羅裏盛蚪插雪裏雖行深澀裏雖遇愛把借人更將捧磨只解向汝背上吟轉都不管汝腸中飢餓教汝託生之處凡有數般莫生官人家輒馱入長安莫生軍將家打毬力雖攤莫生陸腳家終日受皮鞭莫生和尚家道汝罪殃天願汝生於田舍汝家且得共男女一般看

祭驢文一首

山館裏為覓人
或醉歸而銜夜亦遣人喚也昔[illegible]
曾徒步以空驅也曾深塗裏陷倒也曾跳溝
時撲落吾憶昔得太行山上一場是樣天色澤
蕩〻路遥磽〻碎石重裹欲倒不倒懸崖處
踉踉蹌蹌投至下得山來直得魂飛膽戰又憶
得向陽子江邊不肯上船千推方托向後向前兩
耳卓朔四蹄拳攣教人隨後行棓吾乃向前自
捧欄韁繩一拽〻斷窮醋大一閃〻翻踏碎艎板[illegible]
損船艙濕鞋底嘗若破衣肩更被傍人大笑
弄卻多不酸寒吾乃私心有約報汝勤懇恪待吾
立功立事有官有爵雖然好馬到來也不棄汝曾
卻遣汝向朱門裏出入又免裏跳躍更攢[illegible]
皮換卻朽爛繩索覓新鞍子以備求好籠頭與
著准擬同受榮華豈料中途疾作嗚呼道路[illegible]
〻賴汝相將疲羸若此行李交妨助底氣力留〻眼
淚汪汪草雖嫩而不食豆雖多而不嘗小童子凌晨
報來道汝昨夜身亡汝雖殞斃吾亦悲傷數年

S.1477《祭驴文》

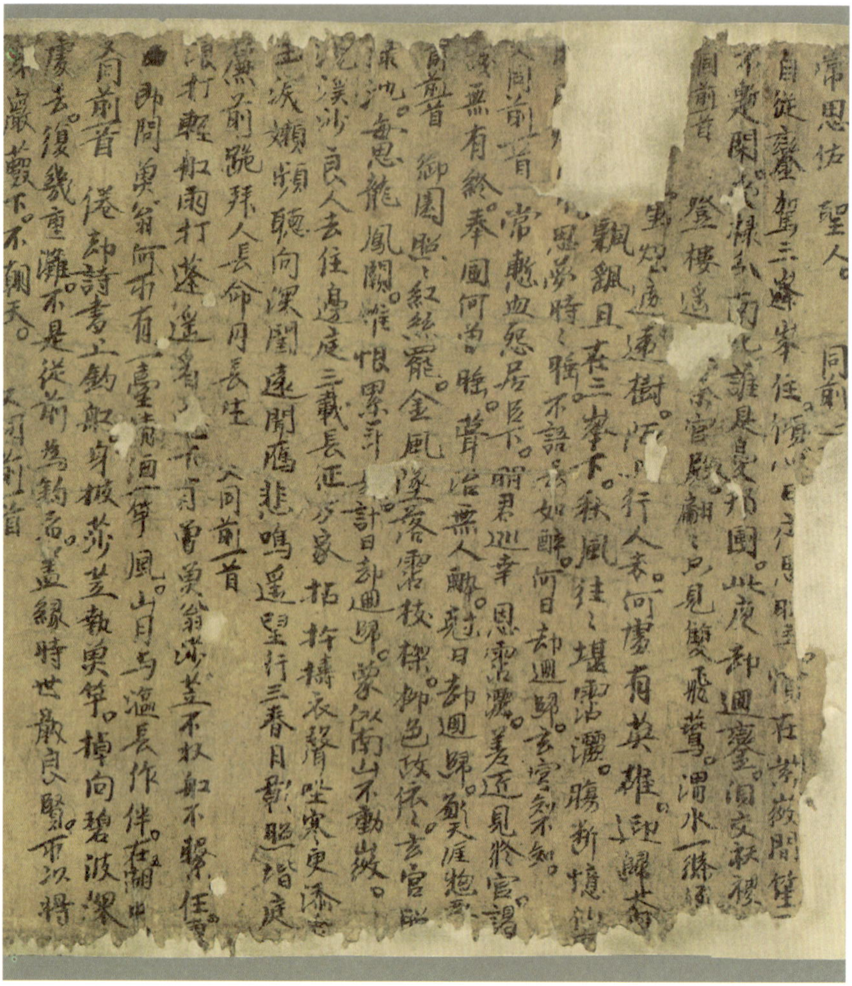

S.2607 抄有唐昭宗词的局部

秋分八月中
琴彈南呂調風色已高清雲散飄颻影
雷收振怒聲乾坤能靜肅寒暑喜均平
忽見新來鴈人心敢不驚
霜降九月中
風卷清雲盡空天万里霜野豺先祭獸
仙菊遇重陽秋色悲疏木鴻鳴憶故鄉
誰知一罇酒能使百秋亡
冬詠十月中
莫恠虹無影如今小雪時陰陽依上下寒
暑分離滿月光天漢長風響樹枝橫琴
淥醑獨自斂愁眉
詠冬至十一月中
二氣俱生處周家正立年歲星瞻北極舜

S.3880《咏廿四气诗》局部

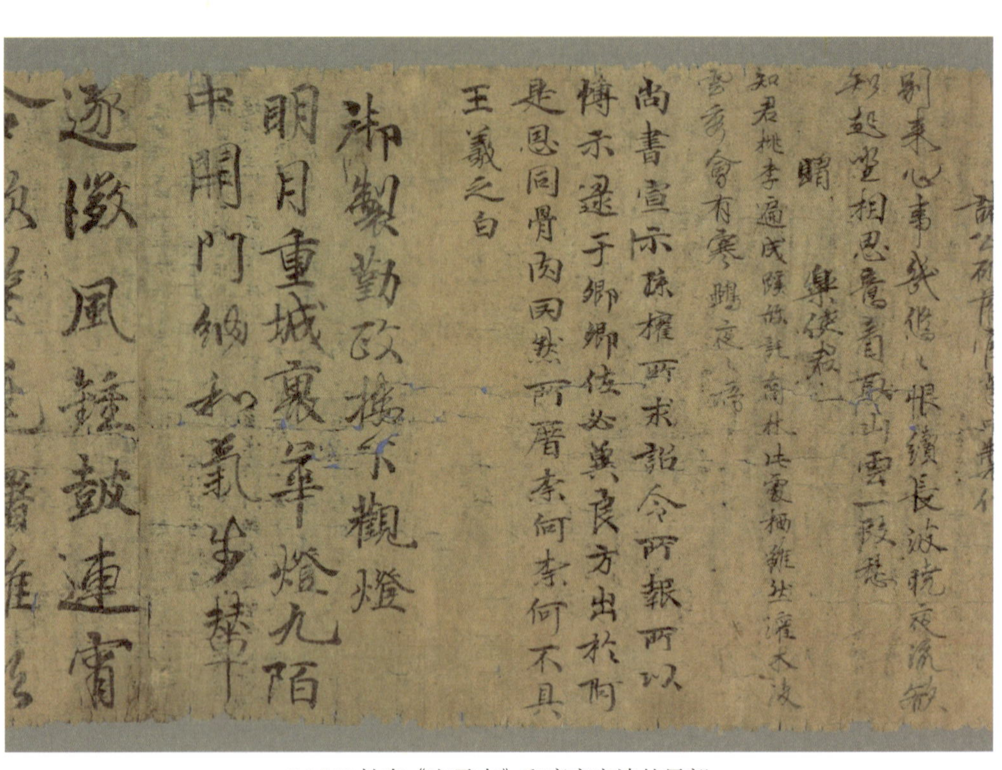

P.2555 抄有《宣示表》和唐玄宗诗的局部

前　言

写本时代　写本　刻本

中国的文字载体可分为写本、刻本和电子文本等多种形式。从时间上讲，殷商到唐宋之际，主要是写本时代。这一时期，早期有简牍（也有少数的帛），后来主要是纸本。《尚书・多士》记载："惟殷先人，有册有典。"①说明殷商时期已经使用简册。在简牍之前或同时，有甲骨文和金文，稍后还有石刻。但甲骨文是写给神灵看的，内容以占卜为主，刻成之后即藏于石室金匮，或深埋地下。金文和石刻的作用是纪念碑性，为了先辈的功业传之不朽②。铸造在礼器上的金文，在祭祀仪式上，通过叩击钟鼎的声音和其中食物热气腾腾的馨香传递给神灵。它们都不是作为主要的社会交流媒介，不能作为一个时代的特定的文字载体。简牍时代从商朝开始，直到东晋，才逐渐被纸本所替代。当然，这期间有简纸并用的相当长一段时间。而纸写本作为文化交流的主要载体，一直到北宋初期，才逐渐进入刻本时期。因此，我国写本时代至少有两千多年的历史，其中纸写本时代也有八百年左右的历史③。

---

① 《尚书正义》卷十六，《十三经注疏》，北京：中华书局影印本，1980 年，第 220 页。

② 美术史家用"纪念碑"这一概念指中国古代艺术史中关于礼器的社会功能和宗教政治功能，我们借用这一概念指代金石文字的纪念功勋这一功能。参巫鸿著《中国古代艺术与建筑中的纪念碑性》，上海人民出版社，2009 年。

③ 田野考古已发现我国西汉文帝景帝时代的麻纸（甘肃省文物考古研究所《甘肃天水放马滩战国秦汉墓群的发掘》，《文物》1989 年第 2 期。李晓岑《甘肃天水放马滩西汉墓出土纸的再研究》，《考古》2016 年第 10 期），大约东汉的蔡伦是对纸张的改进做了大贡献的人。但纸在很长时间仍得不到重视，简贵和纸贱的观念深入人心。直到东晋时期，桓玄曾下令："古无纸，故用简，非主于敬也。今诸用简者，皆以黄纸代之。"（《初学记》卷一一引《桓玄伪事》）简牍才退出了历史舞台。

写本时期的大量实物重见天日，是近百余年的事。十九世纪末以来，大量的写本，从战国简、秦简、西汉简、东汉简，直到三国简、两晋简，都有出土。其中战国楚简、西汉简中有数量不少的文学作品。帛书虽然出土较少，但像马王堆西汉帛书，数量多，有关乎学术史、文学史上的一些重大问题。纸写本文献主要是敦煌藏经洞出土文献、吐鲁番出土文献、日本等境外藏中国书籍及档案文献。而在宋代刻本大量出现之后，手抄纸本亦在一定范围内使用，写本作为辅助载体没有中断过，甚至像《永乐大典》《四库全书》这样大型的集成性典籍也是写本形式，但这已经不是写本时代的"写本"了①。

简帛写本和敦煌吐鲁番写本发现百余年来，其研究成果非常丰硕，形成了"简帛学"和"敦煌学"这样的国际"显学"。但是，过去整理研究简帛写本和敦煌吐鲁番写本，有两个特点，从"写本学"角度看，也是两个不足：一是对写本中的文献进行分类，一般是按内容或文体进行辑录和校注，例如从事文学研究的学者，主要移录其中的诗赋、曲子词、变文等，各归其类，而对于写本上的其他内容和信息，则有所忽略。如写本正背面抄写的其他内容、题记、杂写、涂画，还有写本的性质用途、装帧形式，包括纸质和书写工具等情况关注不够，也就是说对写本的整体观察有所欠缺。这种以作品为纲的整理方式势必要割裂写本，而且一个完整写本所保留的作品的性质及运用的情形等文化信息都将有所忽略。二是对同一作品的不同写本，主要是校其异同，定其是非，对其文本性质和文化情境没有给予足够的关注，即没有考虑造成如此差异的深层原因。

传统文献学是建立在刻本书籍基础上的，且以官方经典和文人作品为主。按照这种文献学理论，面对一部作品，首先是确定一个稳固的"定本"，以及在"定本"基础上对"本义"或"正义"的探索，而同一篇作品不同刻本之间的差异，往往用讹误衍脱概括之。从《文选》以来，学者习惯于按文体分类

① 有学者主张将"写本"和"抄本"区分，我们根据《辞海》的意见，把"写本"和"抄本"作为同一个概念。

文学作品，这也形成一种整理文学作品的传统。所以，当二十世纪大量的写本出土以后，学者还是习惯用传统文献学的方法进行整理和研究。即按照既定的文体观念和标准，从写本中“别裁”出这一体裁的文章，作为完全独立的文学作品和文学世界，进行分析和研究，至于这些文章在写本中所处的位置，与前后文章的关系，则不再涉及。

写本与刻本是有较大差别的。从内容和格式上讲，刻本是定型的，而写本则是个体的，流动的，人们在传抄过程中，不仅写自己习惯的异体字、错别字，还往往根据自己的知识、信仰和理解，增加、删削或者更改某些内容。这样一来，同样一部书，不同的写本就有差异，这些差异表现在形制、内容、字体、格式等多个方面。每个写本都是独一无二的，都或多或少地带着它所在的时代和写本制作者个人的烙印。而下层文人写本和民间文学写本，由于制作者对文学、文体概念的模糊性和不确定性，由于抄写的实用目的性，其个体性表现得更为明显。所以，写本的特点归根到底是由其用途的个体性和制作的个体性决定的。李零先生曾经对写本和刻本的差别作过形象的说明：战国秦汉的古书好像气体，隋唐古书好像液体，宋以后的古书则是固体①。简帛古书离我们久远，出土时散乱不完整，很难恢复到当时它的最基本单位，我们对其很难把握，所以像气体。隋唐时期的纸写本，比较完整者相对要多，对一个写本作总体研究或对相关的几个写本作比较研究就容易把握，然而它又相对灵活随意，同一篇文章，不同写本呈现的是不同的样子，所以像液体。至于刻本，则是千人一面，不会有大的变化，所以像固体。

一个文学写本就是一部文学作品集

文学作品的结集，是文学传播的最重要的方式。写本时代的一个写本，相当于后世的一部文集，一个文学写本就是一部文学作品集，其中包含着制

① 李零《简帛佚书与学术源流》，北京：三联书店，2008年，第214页。

作者丰富的情感追求和文学观念。所谓结集，就是把数篇作品编辑到一起。一般认为，中国文学作品的结集是从刘向、刘歆校理群书开始的，根据《七略》删其要而成的《汉书・艺文志》，其《诗赋略》著录"屈原赋二十五篇""唐勒赋四篇""宋玉赋十六篇"等，就是"别集"之滥觞。事实上，在刘向之前，司马迁已经有明显的"别集"意识了。司马迁是一位文学情结很浓的历史学家，他在人物传记中大量引录传主的作品，有些列传，其体制无异于该传主作品集的读后感。《管晏列传》太史公曰："吾读管氏《牧民》《山高》《乘马》《轻重》《九府》，及《晏子春秋》，详哉其言之也。既见其著书，欲观其行事，故次其传。"读传主某某篇章，观其行事，次为传，这是《史记》诸多传记的叙述方式。《屈原贾生列传》太史公曰："余读《离骚》《天问》《招魂》《哀郢》，悲其志。适长沙，观屈原所自沉渊，未尝不垂涕，想见其为人。"《屈原贾生列传》情绪激动，情感跌宕，是读其书有感而发者。《司马相如列传》收录了相如的《子虚赋》《上林赋》《喻巴蜀檄》《难蜀父老》《谏猎书》《哀二世赋》《大人赋》《封禅书》等八篇作品，字数占全篇列传的百分之八十，几乎就是司马相如的选集再加解题说明。后来的史学家，学习司马迁的方式，对有可观文章传世的作者，为其立记，总是要搜寻读其文集，甚至编为别集。陈寿《三国志・诸葛亮传》在叙述了诸葛亮生平重大事迹后，说："亮言教书奏多可观，别为一集。"并详细罗列著作目录和字数。这是最为典型的史家读其书叙其事而"别为一集"者。总集始于《楚辞》，汤炳正先生经过深入研究，认为《楚辞》经过了宋玉、淮南小山、刘向、王逸四人的编集①。当然，如果我们把《诗经》也当作文学，那么早在春秋时期就已经有总集了。

简牍写本时代，文学作品集的部头一般都不大，以"篇"为"一个写本"或"一集"的单位，《汉书・艺文志》中以"篇"为单位者占四分之三。编联完整的"一件简"称作"篇"或"编"，把它卷起来保存，称为"卷"。《诗经》近四万字，如果按照出土的秦汉简牍的一般情况，则抄一部《诗经》要用 1 000

① 汤炳正《〈楚辞〉编纂者及其成书年代的探索》，《江汉学报》1963 年第 10 期。

多枚简[①]，显然是要分开编成很多卷的。十五《国风》、二《雅》、三《颂》在当时是分开结集编纂的。而实际流传的时候可能还要小。比如，今传《诗经》中有“组诗”的痕迹，郭晋稀先生认为《陈风》中的《衡门》《东门之池》《东门之杨》等篇皆写周室衰微，姬姓没落，当时娶妻，都愿附婚大族，即齐姜之子，故当为一组诗。《郑风》中《山有扶苏》《狡童》《褰裳》《溱洧》等篇、《萚兮》《丰》等篇、《东门之墠》《出其东门》等篇皆为组诗[②]。这些组诗，当时是作为“一个写本”或“一集”流传的。《小雅》中的《常棣》《伐木》《天保》，《大雅》中的《假乐》《民劳》《荡》《江汉》《常武》，都和召伯虎有关系，是他编辑的宣王中兴时期的一组诗，也应当以“一个写本”或“一集”的形式流传[③]。余嘉锡《古书通例》云：“古人著书，本无专集，往往随作数篇，即以行世。”[④]据《史记·老子韩非列传》，秦王政读了《孤愤》《五蠹》两篇，极为佩服，急切想知道作者为谁。说明韩非子的这两篇是作为一组（一集）传到秦国的。汉赋宏篇巨制，一篇就足以为一集。据《史记·司马相如列传》，汉武帝读《子虚赋》而善之，感叹“朕独不得与此人同时哉”，说明《子虚赋》是单篇作为一集（一个写本）流传的。

到了纸写本代替简牍而成为文字的主要载体之后，作家的创作潜力得到极大发挥，中国文学的自觉程度极大提高。西晋傅咸《纸赋》写道：“揽之则舒，舍之则卷，可屈可伸，能幽能显。若乃六亲乖方，离群索居。鳞鸿附便，援笔飞书。写情于万里，精思于一隅。”[⑤]纸的卷舒随意、伸屈自如、幽显因时，与魏晋文人追求个性解放、自然疏放的思想相契合。纸媒介使文人有

---

① 安徽阜阳双古堆西汉墓出土的《诗经》简，没有完整者。胡平生、韩自强《阜阳汉简〈诗经〉简策形制及书写格式之蠡测》一文推测，《诗经》写字的部分简长约为 24 厘米，全简长 26 厘米，约为汉代的一尺。汉代的一尺简一般抄写 38 字（《阜阳汉简诗经研究》，上海古籍出版社，1988 年，第 90—98 页）。

② 郭晋稀《风诗蠡测》，《甘肃师范大学学报》1981 年第 4 期。

③ 赵逵夫《周宣王中兴功臣诗考论》，《中华文史论丛》第 55 辑，上海：上海古籍出版社，1996 年。

④ 余嘉锡《古书通例》，上海：上海古籍出版社，1985 年，第 43 页。

⑤ （清）严可均《全上古三代秦汉三国六朝文》卷五一，北京：中华书局，1958 年，第 1752 页。

更广阔的背景在作品中反思生命的有限性与情感的价值，在伸展自如的物体上表现自己对美的追求，绚丽多姿却又自然生动的六朝书法和文人花笺只有在纸的普及之后才为学人所追求。查屏球说："作者突破了'慎重落笔'的心理障碍，写作思维更加自然流畅，作者可以用最快的手段捕捉到瞬间的心理反应与创作冲动，其内在之'意'向外在之'文'的转换变得更加直接与方便，这除了扩大了作品的容量之外，更扩大了创作思维的自由度，释放了作者的内在情思。"①因此，纸写本比简牍写本更易于表现制作者的情感，给文学作品的结集带来了新的变化。《隋书·经籍志》记载的集部著作，大多都是南朝编纂而成的，说明纸写本的普及极大地推动了文学结集。

敦煌文学写本是纸写本时代
珍贵的民间文学作品集

敦煌莫高窟出土的写本抄写时间从公元5世纪到公元11世纪，跨越六百余年，是典型的纸写本时代的产物。要讨论敦煌文学写本，首先得明确敦煌文学。对于敦煌文学，各家有不同说法。我们认为敦煌文学包括敦煌文献中保存的文学作品、文学活动以及由此反映出来的文学思想。敦煌文学作品除了学术界关注较多的说唱文学，例如变文、讲经文、曲子词、俗赋、通俗诗外，还有大量的民俗应用文、宗教应用文，尤其是佛事应用文等。敦煌写本中驳杂多样的文体形态，有很多我们是在《文章辨体》《文体明辨》等传统文体学著作中找不到的。敦煌文学活动主要夹杂在民俗活动和宗教活动中，比如婚礼、丧礼、各种祭祀礼仪。佛事活动在当时的敦煌更是种类繁多，这些活动中都有与文学相关的仪式，蕴含着文学的生产和传播。敦煌文学活动还有重要的一项，就是文学写本的制作，包括作品的汇集和抄录。和我们见到的简牍文学写本主要是官方或文人的正式抄本不同，敦煌文学写本中有下层文人自抄自用的，有民间仪式的主持者收集备用的，还有一些学郎

① 查屏球《纸简替代与汉魏晋初文学新变》，《中国社会科学》2005年第5期。

的抄本。晚唐五代敦煌寺学中的学郎年龄大的不少，他们往往在农闲时去寺学读书，学一些实用的知识。这些文学写本抄录比较随意，所抄作品内容多样，文体驳杂。

我们可以通过写本的物质形态来研究当时的文学编集活动，比如通过字体判断是否为一人所抄还是多人抄写，是先抄后粘还是先粘后抄。通过其格式、抄写整齐与否和校勘情况判断是杂抄本，还是作为书籍保存流传的正式写本。通过写本正面和背面内容的对比，判断其抄写时间和抄写的文化情境。而写本的内容则是研究写本制作者的思想、情感、信仰、知识的主要依据。比如，通过研究大量的文学写本，我们认为，在当时的敦煌民众看来，文学主要不是作为案头读本，而是社会生活仪式的一部分，它附着在当时的民俗仪式、宗教仪式中生成、嬗变、传播着。

《文心雕龙·附会》："夫才童学文，宜正体制：必以情志为神明，事义为骨髓，辞采为肌肤，宫商为声气。"刘勰以人体喻文体，一个完整的生命体，必须具备精神世界、骨骾筋腱、肌肉皮肤、语言声气等要素。一篇完备的文章，也必须具备情感意志、题材事义、词语文采、节奏韵律等要素。而一个文学写本也是一个"生命体"。写本中复杂的情志内涵、所描写叙述的题材、语言词汇、节奏韵律等，构成了写本的神明、骨髓、肌肤、声气，这样完整的"体"，同时也构成了一个文化生态。这个文化生态由不同的个体组成，每个个体之间都存在着这样或那样的关系。这个关系的维系者就是这个写本的制作者或抄写者。他通过写本的制作和抄录来透露他的个人身份、情趣爱好、思想情感、知识信仰，通过写本中的各个组成部分呈现他的文学思想，吐露他的心声，展示其生命的运动。所以，一个写本中完整的诗文之外，那些随意的杂写、涂鸦，也是抄手彼时彼地心理活动的真实流露。对文学写本的研究，就是对一个个文学个体的研究，对已经逝去的文学生命个体的感悟。摩挲千年前的写本，那些字里行间，有古人的脉搏和心跳，可以还原一幕幕历史场景。这些历史的、文化的、民俗的宝贵信息，在刻本中是很难保留的。

在下我们通过几个写本的结集分析进行说明：

Дx.3871 + P.2555，一部诗歌总集

P.2555 是最有代表性的敦煌文学写本。俄藏敦煌文献公布后，学者发现它与 Дx.3871 写本字体相近，内容相接，可以缀合①。缀合后的写本内容丰富，共抄录了诗 212 首，文 4 篇，是一部唐人编集的唐代文学选集，其中两篇文是编辑过程的阶段性标志。它的基本内容包括以下几个部分：

正面第一部分：唐代边塞诗杂抄 13 首。有歌行体的长诗，如佚名《落花篇》、安雅（开元天宝时期人）《王昭君》、张渭（？—约 778）《河上见老翁代北之作》等；有律诗，如佚名《客龄然过潼关》、岑参（约 715—770）《寄宇文判官》；也有绝句，如佚名《海边黛色在似有》等。这一部分，体裁比较多样，内容或写边塞风光，或写海边景色，或写离别，或写战争造成的家破人亡。

正面第二部分为七言绝句 47 首，内容以抒发别离之情为主。其中 10 首可以考定作者或诗题：有冷朝光（约开元年间在世）之《越溪怨》，高适（约 704—765）的《塞上听吹笛》和《别董令望》，薛维翰（开元中进士及第）《春女怨》，王昌龄（？—约 756）《长信秋词》，岑参（约 715—770）《逢入京使》等。显然是编者有意汇集成的七绝形式的离别诗。

写本的编者在此处告一段落，作为第一次编辑的部分，有一诗一文作为过渡标志：佚名的歌行体《明堂诗一首》和孔璋《代李邕死表》文。《明堂诗》不见于传世文献，诗的前八句写明堂的外形，次四句写明堂对四夷的震慑作用："东夷百济闻倾化，西戎蕃国率皆然。南蛮稽颡俱言献，北狄胡王悉贡毡。"后四句祝愿李唐江山长久。明堂是一个国家政权和威严的象征。早在《诗经·绵》中，歌颂古公亶父迁岐定都，其中一章写道："乃立皋门，皋门有伉。乃立应门，应门将将。乃立冢土，戎丑攸行。"修筑高大的城门，修筑庄严正大的宫门，然后修建祭祀土神的大社，戎狄丑虏吓得仓皇逃走了。建立神社怎么能使戎狄逃跑呢？因为社神是主管杀戮罪人的。战争胜利后举行

① 荣新江、徐俊《新见俄藏敦煌唐诗写本三种考证及校录》，荣新江主编《唐研究》第五卷，北京：北京大学出版社，1999 年。

献俘典礼、杀死俘虏的献祭典礼也要在神社举行。西周神社的功能由后世的“明堂”所继承。由此我们可以想到编者抄录这首《明堂诗》的深刻用意：此诗集编辑的时候，归义军政权正面临着回鹘的军事入侵，作者用这首诗为自己，为归义军政权壮胆。孔璋《代李邕死表》作于开元十四年(726)。《旧唐书》卷一九〇《李邕传》记载，开元十三年十二月，“玄宗车驾东封回，邕于汴州谒见，累献词赋，甚称上旨。由是颇自矜炫，自云当居相位。张说为中书令，甚恶之。俄而陈州赃污事发，下狱鞫讯，罪当死，许州人孔璋上书救邕曰(略)。”布衣孔璋愿替李邕就死，就是因为李邕“学成师范，文堪经国，刚毅忠烈”，有国士之用。李邕为人耿介磊落，不畏权贵，屡遭贬谪，晚年遭人暗算。编者在此表达的深意，也是值得我们探讨的。

正面第三部分为咏物诗 16 首，题目完整或可考知者有球杖、笔、葵、箜篌、六甲、石人、绢、烛、钱等，这组诗多用双关手法，形同猜谜，诗中描述物品的性质、形态、功用等，题目为谜底。诗的语言通俗，格式比较呆板，第二首《笔》的末句为“平明点着墨离军”，用双关语，墨离在敦煌西，则诗为河西军中文人所写。它和初唐《李峤杂咏注》(见于 P.3738、S.555 等)相似，是在当时普及知识的需求下产生的。这一部分作品应是产生在敦煌(或河西地区)的诗篇。由这组作品可以看出编者受当时文风的影响，以及他的生活爱好和情趣。

正面第四部分为陷蕃诗 79 首，前 60 首为一组陷蕃诗(学术界过去称“陷蕃诗 59 首”，按其中《首秋闻雁并怀敦煌知己》为两首不同韵脚的绝句)。后 19 首为刘商的《胡笳十八拍》再加上毛押牙的《胡笳十九拍》。60 首陷蕃诗写作者从敦煌出发，向东南经过墨离海、青海、赤岭、白水，直到临蕃的经过。其中前 24 首是途中纪行诗，后 36 首是囚禁于临蕃时所作。这组诗学术界关注最多，讨论也最热烈。我们认为，这 60 首陷蕃诗的作者是“落蕃人毛押牙”，他也是该写本的编集者，他把记叙自己陷蕃遭遇的诗作汇集一起，并把刘商(？—807)的《胡笳十八拍》(作于大历初，即公元 766—769 年刘商官庐州合肥令时)抄录其后，悲愤之情难于自已，于是又续作了第十九拍。人生的不幸遭遇令他唏嘘不已，在痛定思痛之后，他举起了酒杯，人生短暂，何必悲伤不能自拔呢？他想起了曾读过的刘长卿（约726—约786）的《高兴歌》，于是又一口气抄录了刘长卿《高兴歌酒赋》："醉眠更有何所忧，衣冠身外复何求。但得清酒消日月，莫愁红粉老春秋。"抄录《高兴歌》，正是他此时此刻的心理写照，

正面第五部分，是闺怨诗、宫怨诗19首汇抄。其中有郑遂初（周武则天万岁通天元年，即公元696年登进士第）的《画屏怨》，上官昭容（664—710）的《彩书怨》，颜舒（天宝时进士及第）的《珠帘怨》，李元纮（？—733）的《锦词怨》，王諲（开元二十五年，即公元737年登进士第）的《闺情怨》，孟浩然（689—740）的《闺情》，刘希夷（约651—约680）的《白头老翁》。佚名氏《思佳人率然成咏七首》和《奉答二首》更是一组凄苦相思之作，前七首写登楼望故乡而思念佳人，泪沾情书，不知昼夜秋冬，形容枯槁，精神恍惚，乾坤无色，是用男性的口吻。后二首以女子口吻奉答，写自己不贪图金钱，只是一往情深，因相思而日渐消瘦，希望爱人不要因此失望。这组诗再次表明，作品的汇编者是一位滞留敦煌的文人，与故乡道路阻隔，与家人天各一方。因思念家乡、思念妻子，他自然想到家乡的山水田园，于是又情不自禁地抄录了描写乡村风光的《早夏听谷谷叫声，此鸟鸣则岁稔》二首和《过田家二首》。谷谷鸟在青山绿水间鸣叫，预示着秋天的丰收，乡间美丽恬静的情景则让滞留边塞的作者暂时忘记了忧愁，暂时沉浸在诗意的愉快之中。

然而，诗人在田园的沉思中蓦然抬起头来，却看到了先前抄录的《为肃州刺史刘臣璧答南蕃书》。此文把吐蕃入侵河西的硝烟战火又一次描摹展示在人们面前。作者窦昊，生平不详。据戴密微考订，该文作于唐代宗宝应元年（762）①，正值吐蕃大军逐渐占领了整个陇右，并逼近凉州、肃州的危急关头。文章通过对唐蕃历史关系的回顾，警告吐蕃统治者，希望"罢甲兵于两疆，种柰桃于原野，止汉家之怨愤，通舅甥之义国"。骈散并用，写得很有气势。本诗集的编辑，以这篇散文作结，也是意味深长的。本卷诗集的第二次编辑至告一段落。

---

① ［法］戴密微著、耿昇译《吐蕃僧诤记》，兰州：甘肃人民出版社，1984年。

写本背面与正面为同一人所抄。背面的内容可以分这样几类：第一类杂抄 18 首诗。考虑到这组诗中作于成都的较多，而当时西川(今成都)和敦煌的交流也较为频繁，所以我们认为这组诗是从西川流传到河西的。其中《江行遇梅花之作》，原写本署名岑参，为一首岑参的佚诗。诗写作者独行在外的思乡之情，为大历初(766)岑参在成都所作①。《冀国夫人歌词七首》，闻一多《岑参年谱》判为岑参所作，并考定诗中的冀国夫人，为裴冕夫人。廖立《敦煌残卷岑诗辨》、任半塘《敦煌歌辞总编》、刘开扬《岑参诗编年笺注》等都认为，冀国夫人是西川节度使崔宁妾任氏，而非裴冕妻②。那么这组诗也作于成都。《闺情》三首、《宫怨》二首，都是编者偏爱的题材。

背面第二类是陷蕃诗 12 首。在陷蕃诗之前抄有一首马云奇的《怀素师草书歌》。王重民认为马云奇就是陷蕃人，是以下 12 首陷蕃诗的作者③。我们认为，马云奇的《怀素师草书歌》与下文抄录的 12 首陷蕃诗无涉，而写本汇集者把它抄到这里，有两个原因：首先，写本汇集者是一位书法爱好者，我们看该写本字体秀美优雅，就知道他是勤于书法的文人；而在写本背面，当他抄写到疲惫困倦之时，曾顺手临帖习书四行，与前后诗为同一人所书，行楷，前半段："尚书宣示孙权所求，诏令所报，所以博示，逮于卿佐，必冀良方，出于阿是。"为三国魏钟繇《宣示表》开头。其下"恩同骨肉，罔然所厝，奈何奈何，不具，王羲之白"，为王羲之佚札。这样一个书法爱好者，崇拜怀素，经常吟诵赞颂怀素的诗，并把它抄录下来，完全是合乎情理的。其二，或许有人会问，给怀素赠诗人很多，据载有"赠之歌者三十七人，皆当世名流"④，包括李白、颜真卿、张渭、戴叔伦这样的名家。为什么偏偏抄录马云奇的这首诗呢？马云奇的《怀素师草书歌》写于大历四年(769)左右⑤，与写本中可考定写作时间的刘商《胡笳十八拍》、刘长卿《高兴歌》、岑参《江行遇梅花之作》等

① 刘开扬《岑参诗集编年笺注》，成都：巴蜀书社，1995 年，第 743—744 页。

② 廖立《敦煌残卷岑诗辨》，《文献》13 辑，1982 年。任半塘《敦煌歌辞总编》，上海：上海古籍出版社，1987 年，第 660 页。刘开扬《岑参诗集编年笺注》，第 747 页。

③ 王重民《敦煌唐人诗集残卷考释》，《中华文史论丛》1984 年 2 期。

④ 瞿蜕园、朱金城校注《李太白全集》卷八《草书歌行》清王琦注引《一统志》，上海：上海古籍出版社，1980 年，第 588 页。

⑤ 伏俊琏《敦煌文学文献丛稿》，北京：中华书局，2011 年，第 170—176 页。

作品的创作时间接近。这一组8世纪60年代的诗歌,从西川传入敦煌的可能性最大。敦煌写本中流传的唐诗大多是盛唐时期的,说明唐前期中原和河西地区的交流是非常畅通的。吐蕃占领河西之后,这种交流基本中断,而西川与敦煌的交通还在通行。张议潮建立归义军政权后,敦煌和长安的交流有一定程度的恢复,但随着归义军管辖范围的缩小,敦煌和中原的交流时断时续。唐末五代,敦煌和关中的交流基本中断,敦煌要接收中原文化,主要是通过西蜀取得相关资料。因为西蜀当时不仅社会相对稳定,而且唐末战乱中大量的中原士人避难西蜀,尤其是文化、宗教、艺术等方面西蜀接纳的中原人士最多,形成了五代时期中国文化艺术中心。

抄录者至此,显然是告一段落。他最后用较大的字抄录了《御制勤政楼下观灯》。这首诗陈祚龙《李唐至德以前西京上元灯节景象之一斑》考证是唐玄宗的作品①。饶宗颐说:"字大如钱,十分韶秀,有蝉联映带之美。……此诗为玄宗上元之夜于勤政楼观灯所咏。"②唐勤政楼,玄宗开元年间所建③。唐玄宗上元夜勤政楼观灯事,《旧唐书·玄宗本纪》于开元二十八年(740)有记载。这首诗所宣示的盛唐太平祥和的气象,正是编者所向往的。作者以这首诗为本集做结,表达了对李唐王朝的深深怀念。

作为一部诗文集,P.2555采用的是分体、类编的形式。分体类编,是《文选》以来编辑总集的基本方式,唐代文人编的总集,大都是分类编的。像刘孝孙(?—632)编辑的《古今类聚诗苑》,释慧净(577—645)编辑的《续古今诗苑英华》,李吉甫(758—814)编辑的《丽则集》,顾陶(783—856)编辑的《唐诗类选》等。《文选》先按照体裁分为赋、诗、骚等39体,每体又按题材内容分为若干类,如赋类分为京都、郊祀、耕籍、畋猎、纪行等14类,诗类分为补亡、述德、劝励、献诗、公宴等23类,不仅反映萧统的世界观,也反映他的文学观,

① 陈祚龙《李唐至德以前西京上元灯节景象之一斑》,《文艺复兴》第56期,1976年10月;收入陈氏著《敦煌资料考屑》(下),台北:台湾商务印书馆,1979年,第350—373页。

② 饶宗颐《法京所藏敦煌群书及书法题记》,《饶宗颐二十世纪学术文集》卷八,北京:中国人民大学出版社,2009年,第348页。

③ 《唐会要》卷三十"兴庆宫"条:"开元二年(714)七月二十九日,以兴庆里旧邸为兴庆宫,……后于西南置楼,西面题曰花萼相辉之楼,南面题曰勤政务本之楼。"

包括文学发展观、文学价值观、文学道德观等。而 P.2555 作为编者自己阅读保存的诗文集，其分体类编也反映了同样的思想，我们从中不仅可以看到编者心目中文学主题的孰重孰轻，而且可以从结集分类内容感受到编者思想情感的变化：（写本正面）边塞风情→离愁别恨→气壮山河→怀念英雄→生活情趣→痛苦经历→思乡怨恨→怒火燃烧→（背面）西蜀来诗→书法情怀→同病相怜→缅怀盛世。尤其是不同类型之间的过渡，编者借用不同的作品表达他此时此刻的思想和情绪，更是对其心灵世界的展示。

作为纸写本时期典型的文学写本，Дx3871 + P.2555 对研究下层文人编辑集部有重要意义，对研究纸写本时期文学的传播也很有价值。在一定意义上讲，文学的传播就是一个作品不断结集的过程。上层文人结集作品，或有政治用途，或为传之不朽，或为自抒情志。而在社会下层，文学的结集主要是社会生活的实用。通过文学写本的个案研究，我们可以了解写本时期的文学集部是如何制作的，其中体现着制作者怎样的知识、信仰、思想和情感。这是研究中国文学思想史、中国文学传播史的珍贵材料。

P.2492 + Дx.3865，一部文学别集

我们再通过 P.2492 + Дx.3865 缀合写本阐述写本时期别集的特点。

P.2492 + Дx.3865 拼合册子本无编者署名，存诗 22 首。可分为三部分：首抄元白唱和诗一组，白乐天《寄元九微之》和微之《和乐天韵同前》。其后抄诗 19 首，其中 17 首为白居易《新乐府五十首》，第 16 首与 17 首中间夹有《李季兰诗》1 首。所抄《新乐府》皆无小序。最后抄岑参的《招北客词》，未完，下缺。计抄白居易诗 19 首，元稹诗、李季兰诗、岑参诗各一首。

这个写本的性质，学术界有《白香山诗集》（别集）和《唐诗选集》（总集）两种意见。自从发现 Дx.3865 可与 P.2492 缀合之后，《唐诗选集》的意见似乎已经成为共识。从选集者的个人编集意识讲，我更倾向于别集说，即认为本写本是《白居易诗选》。但写本时代的“别集”与刻本时代的“别集”是不同的。下面说明我的理由。

缀合写本中抄录了白居易（772—846）19 首，而元稹（779—831）、李季兰

(? —784)、岑参(约715—770)诗各一首,可见编集者的重点是白居易的作品。因为选录了白居易的《寄元九微之》,所以附录元稹的《和乐天韵同前》,这是合乎古人编集情理的。岑仲勉《唐人行第录》说:“唐人诗集常以和作附原作后。”[①]岂止唐人诗集,写本时期的诗文集多是如此。因为古人是为了求得事情的原委。比如《韩非子》有《存韩篇》,但收录的除了韩非的《上秦王政书》(《存韩》)外,还收录了李斯《上秦王政书》《上韩王安书》两篇,这主要是为了说明韩非献《上秦王政书》之后秦廷出现的情况,用后世别集的眼光看,后两篇是附录。

而《李季兰诗》,抄在白居易《盐商妇》和《叹旅雁》之间。《盐商妇》写不劳而获,享受荣华富贵的盐商妇。《叹旅雁》借旅雁喻人心难测,彼此相食者时有发生。季兰曾出入宫中,优赐甚厚,而一经战乱,即为刀下冤鬼。所以,编者在此插入季兰诗,是一种警醒和关注。作为一种过渡,表达编集者彼时彼地的心情。而岑参的《招北客词》,实际上是一篇招魂词,表达一种心灰意冷,近乎绝望的心情。编集者在这里是作为结束的标志,是一种呐喊,也是一种呼救。而写本《招北客词》存双行小注,标注音训,说明编者是很在意这篇作品,悠悠涵泳,低沉吟诵,长歌当哭!

我们认为,写本的编集者是一位忧国忧民的文人,吐蕃攻占河西以后,他有家难回,流落敦煌。他集录白居易的诗,是表达对下层劳苦人民的关注。中间插入李季兰的诗,是表达对人生无常的感悟,对战乱频仍的忧虑,而下篇接着抄白居易的《叹旅雁》,就是通过白氏对淮西兵变的担忧,来呼应他此时的心情。不然,我们就无法理解:编者本来是集录白居易《新乐府》诗的,却偏偏在《盐商妇》《红线毯》(二首皆《新乐府》之一)中间,夹抄《李季兰诗》和不是《新乐府》的《叹旅雁》。

写本所集白居易《新乐府》17首,次序与今本不同,题目也多与今本相异,而且没有今本的小序。说明敦煌本《新乐府》不是按照白氏编定的《新乐府五十首》抄录的。王重民《敦煌古籍叙录》说:“此小册子,盖据元和间白氏

---

① 岑仲勉《唐人行第录》,北京:中华书局,2004年,第7页。

稿本。白氏诗歌，脱稿后即传诵天下，故别本甚多，即白氏所谓通行本也。然其价值，当仍在今行诸本之上。”唐宪宗元和初，李绅首唱《新乐府》20 首（已佚），元稹和 12 首，白居易在他们的基础上创作了 50 首。这 50 首，并不是同时创作的，大约经过五六年的时间。元和十年（815），白居易第一次编定自己的诗集十五卷，他把《新乐府》放在 150 首“讽谕诗”内。《与元九书》写道：“自拾遗来，凡所遇所感，关于美刺兴比者，又自武德至元和，因事立题，题为‘新乐府’者，共一百五十首，谓之‘讽谕诗’。”这个时候流传的《新乐府》，大致还没有经过细致的编排，也没有写序。王重民谓敦煌本根据“元和间白氏稿本”，说的应当正是这个流传的本子。王重民《叙录》又说“此敦煌小册子，似即当时单行之原帙”，这也是他的卓见。但王先生说的单行原帙，主要指白居易《新乐府》的单行本，像明代流传的《白氏讽谏》二卷那样。其实，写本时代，大多数诗文是以“一个写本”的形式流传，“一个写本”就是一卷，可以抄一篇文章，也可能抄录数篇文章，短小的诗可能抄录更多。

写本中的白居易、元稹诗皆署“乐天”“微之”字，不署名，这在敦煌写本中也是比较特殊的。元稹《白氏长庆集序》云：“见村校诸童竞习诗，召而问之，皆对曰：‘先生教我乐天、微之诗。’”大约当时元白诗传播社会，冠以“乐天”“微之”之名。而且写本的款式很严格，题目单列一行，遇到应当表示恭敬处皆空格，说明写本是作为正式的诗集抄写的。

该写本的编集时间，前辈学者因为疏忽或没有看到俄罗斯藏 Дx.3865 写本，判断有误①。写本所抄之诗，以白居易《叹旅雁》创作时间最晚，作于元和十年（815），这是写本编集的上限。此时，敦煌正值吐蕃统治时期。我们认为，从写本编集所表现的情绪看，也应当结集于吐蕃统治敦煌时期。黄永武推断白居易《新乐府》“完备的诗题与小注，可能是白氏亲手编定前集、后集、续集时所加”，而唐写本大多题注缺失，抄写“或许在他（白居易）自编成

① ［法］伯希和《巴黎图书馆敦煌写本书目》录 P.2492 为“唐天宝间写本”（《国立北平图书馆馆刊》第七卷第六号）。《敦煌遗书总目索引》著录 P.2492：“残诗集，天宝年间写本。”姜亮夫《敦煌——伟大的文化宝藏》谓 P.2492 为“天宝间的唐人小集”。

集之前”①。这也仅是一种推测。白氏一生曾七次编集过自己的诗文集，从元和十年(815)到会昌五年(845)，每一次编集的文集都在相当长的时间广为流传。敦煌本应当是这流传广泛的文集中的一种。

以上两种是比较纯的文学写本。事实上大部分敦煌文学写本是抄录比较杂乱的，各种文种，尤其是文学作品和一些应用文章杂抄在一起。

P.2633，一部应用文学集

P.2633，前残，正面抄写：1.《齖魺新妇文一本》，2.《正月孟春犹寒一本》，3. 刘长卿《酒赋》，4.《崔氏夫人训女文》，5.《杨满山咏孝经壹拾捌章》，最后有题记：“辛巳年正月五日氾员昌抄竟上”。背面是杂写、习字，中有题记“壬午年正月九日净土寺南院学士郎”，还有“辛巳年二月十三日立契，慈惠乡百性(姓)康米子为缘家内欠少匹帛，遂于莫高乡百性(姓)索骨子面上，借黄丝生绢壹，长三仗(丈)柒尺五寸，福阔贰”(下缺)。经考证，写本中的“辛巳年正月五日记”中的“辛巳”，当是后梁贞明七年辛巳(921)。题记中出现的“净土寺”是敦煌有名的僧寺。

这个写本的正面字体不佳，但写得比较工整，款式也按照一定的规范：都有前题和尾题，重要段落之间有空格。在《崔氏夫人训女文》的尾题后有“上都李家印崔氏夫人一本”，说明是按照从长安传来规范的印本抄录的。背面的杂写字体同正面相似，表明正背面是同一个人所抄。从背面反复抄录的“燃灯文”“第三阿罗汉敬奉佛敕”以及学郎诗，反映出抄手学郎氾员昌的浮躁心态。从背面的残契约，还可以看出，当时敦煌寺学的学郎并不都是年龄很小的无忧无虑的少年，有些可能已经接近成人或者已经是成人，他们进寺学学习，有明确的实用性：就是学习一些谋生的本事。因此，这个写卷既是一篇典型的学郎抄本，也是一份民间仪式的应用文的汇录，是一份民间说唱艺人的备忘教材。

正面所抄录的五篇作品，按照文人作品的体裁来看，各不相同，抄在一

① 黄永武《敦煌的唐诗》，台北：洪范书店，1987年，第260页。

起，不伦不类。但是写本把它们放在一起，表明它们是在某些民间仪式中讲诵的底本。我们认为，它们可能是婚礼上使用的唱本。

1.《齖䶗新妇文》是闹新房时的调侃戏谑之词。有人可能会疑惑：在结婚的大喜日子里，讲一位生性好斗、言语尖刻的泼妇故事，是否合适。但根据敦煌文献所反映的当时的情况，敦煌人往往讲反话。给孩子起名，往往起“丑名”“贱名”。如白丑奴、张丑女、荆残奴、米狗义、米粪堆、阴猪子、安丑胡等。这些丑名、贱名所反映的心理则是保平安，既然人生中总是事与愿违，那么丑贱或许带来的结果是美贵。婚礼上讲唱《齖䶗新妇文》，除了起到调侃气氛的作用外，也暗含着期盼进门的新妇温柔守礼、敬执妇道的良好愿望。当然，在当时胡汉杂居的敦煌，确实有这样一类任性粗暴的齖䶗新妇，活生生地生活在我们身边，我们只有引以为戒。

2.《正月孟春犹寒》是一些农谚和下层社会基本知识的汇编，这些格言性质的谣谚，屡见于其他敦煌写本中，以书仪中所见最为集中。它们构成了当时敦煌人的基本知识。在婚礼或其他民间仪式中，它们起到引子的作用，是民间艺人在各种仪式（包括婚仪）上展示才华的基本教材。

3.《酒赋》是江州刺史刘长卿的作品，写疯狂纵酒，酩酊大醉，丑态百出。西北酗酒成风，尤其是婚礼、丧礼等仪式上，更是如此。所以在婚宴上讲诵《酒赋》，鼓励客人狂欢饮酒，这也是婚仪司仪或“支客”（主人请来的劝酒陪酒人）的职责。

4.《崔氏夫人训女文》写女子出嫁时母亲的谆谆教诲：尊敬长者，上下和睦，夫妇和气，慎言少语，力戒谗言。本篇《训女文》为七言歌谣，语言通俗，是长期流传民间的“女诫”一类的作品。西汉刘向撰有《列女传》，文后附有四言韵文赞词。东汉时期，曹大家就有《女诫》，杜笃有《女诫》，蔡邕有《女师篇》和《女诫》，荀爽有《女诫》，大概都要求女子三从四德，贞节柔情。唐代的这一类作品，多由女性撰写。如中唐时宋若莘、宋若昭姐妹所撰的《女论语》，王琳妻韦氏的《女诫》，陈邈妻郑氏的《女孝经》等，就是其代表。但这些皆是上层贵族所作。而《崔氏夫人训女文》是民间流行的女诫，在婚仪上由司仪代母亲诵读。

5.《孝经》在唐代地位很高，玄宗皇帝亲自给《孝经》作注，并下诏让天下家藏户备。《咏孝经十八章》用诗的形式对《孝经》的每一章进行歌咏，是庄严的婚礼上证婚人对新郎新娘讲诵的辞章。

要特别说明的是，在题目《虸蚼新妇文》下，包括《虸蚼新妇文》《自从塞北起烟尘》《发愤勤学十二时》《祝曰》四篇作品。《自从塞北起烟尘》是 10 句七言唱词。《发愤勤学十二时》是 50 句劝学唱词。《祝曰》写岳父打骂上门女婿，女婿携新妇出逃。四篇作品看起来没有关系，但写本的制作者是当作一个整体的。现代整理者把后面三篇删除，是没有明白写本时期民间写本的特点。因为，在敦煌民间艺人看来，这四篇是完整的，它们都是用在婚仪上的：《自从塞北起烟尘》是新郎新娘入洞房进行"安床"仪式的开场"序曲"，预示着"闹新房"的即将开始，或是对新婚夫妇性生活的暗示，就像古代小说中"夜来风雨声，花落知多少"暗示新婚交媾一样。《发愤勤学十二时》则是希望将来生下儿子发愤读书。《祝曰》也是"闹新房"戏谑的噱头。这四个部分，并不按仪式顺序而来，而是根据情况，由不同的"闹新房"者唱诵。

P.3319，一部有文学意味的杂抄

P.3319 正面抄《大般若波罗蜜多经》196 行，首尾俱残，有格栏，楷书字体端正。背面抄的内容不多，第一行写"大唐国人"四字，字体潦草，与正面非同一人所抄。下一行写："社司转帖右年支春座"，隔两行又起行写："孟姜女杞梁妻一去烟山更不"，又隔两行抄写"孟姜女杞梁妻一去烟山更不归造得寒衣无人送不免自家送征衣长城路实难行乳酪山下雪"，共两行。又另起一行写"众为汜"三个字。再另起行书"社司转帖右年支春座局席……"等字 1 行。又另起一行书"溳家有好女……"共 2 行五言诗。又另起一行，书"社司转帖……"共 6 行。这个写本的特殊之处，是在社司转帖之中夹抄孟姜女曲子和学郎打油诗。

对于这个杂抄写本，吴真博士在《写本文化语境中的敦煌孟姜女曲子》一文中进行了认真的分析，她用学士郎日常学习的情境对杂抄内容进行了还原式研究。敦煌寺学学郎日常学习生活中主要以学习儒佛经典、抄经练

字为主，也抄实用社邑文书。为了调节枯燥的抄写作业，也会杂抄俗曲、俗诗。她这样理解：当我们了解晚唐敦煌寺院学郎的抄写情境之后，再反观P.3319的杂乱无章，头脑渐渐可以浮现当时抄写情境：九世纪后半叶的某一天，废弃《大般若波罗蜜多经》被分配给敦煌某寺的小学郎，以充作练字本。那天的作业是照抄近日社邑春座转帖范本，小学郎先是郑重地写下“大唐国人”和“社司转帖右年支春座”若干字，忽然忆起近日习得的一首流行曲，于是照着记忆默写下“孟姜女杞梁妻一去烟山更不”，写至此，怎么也哼不全整首曲子，不甘心就此歇笔，于是又从头默写“孟姜女……乳酪山下雪”，写至此又想不起下文，于是又另起一行书“社司转帖右年支春座局席……”等字。然而这样书写终究无聊，于是又想起近日同学间流行的一首有趣的打油诗，写下“须家有好女……”两行字。打油诗书完，一看可供练习的作业本已经篇幅不多了，赶紧又另起一行，老老实实把今天的社司转帖抄写作业共六行字，一一抄毕①。这样的解读虽然颇多文学想象，但强调了当时的写本情境，对我们理解唐五代时期文学在下层社会的生成和流传是有帮助的。

2016年，我申请的国家社科基金重大项目“5—11世纪中国文学写本整理、编年与综合研究”获准立项。这个项目的“5—11世纪”，主要着眼点是中国文化传播的“纸写本时期”。这一时期的文学写本，主要是敦煌吐鲁番出土的文学写本，以及日本藏奈良平安时期的中国文学写本。经过我们的普查，这一时期的文学写本大约是600个左右，虽然这些写本的出土带有偶然的性质，但确实能在一定意义上反映这一时期中国文学生成、传播的情况。对这些写本进行叙录研究，是我们研究工作的重要一步，通过对每一个写本的物质形态、保存状况、抄写内容的细致描述，以期发现写本中蕴含着的那个时代的文学文化信息，尤其是潜藏着的有关写本的制作者、作者、作品形成传播的细微信息，挖掘纸写本时期我们祖先的文学生活。

① 吴真《写本文化语境中的敦煌孟姜女曲子》，伏俊琏、徐正英主编《古代文学特色文献研究》第1辑，上海：上海古籍出版社，2016年，第148页。

文学写本研究叙例

本书主要采用中国传统的叙录体研究方式。包括写本收藏编号、收藏地点、图版和著录情况、写本的尺寸、装帧形制、保存状况、行款格式，抄写的全部内容，包括题记、非文学文书、胡语文书、杂写等，相关的研究和校录情况的综述。

一、写本状况描述

1. 装帧形制。分卷轴装、经折装、旋风装、册子本、碎片等。

2. 规格。即现存尺寸，卷子本用“宽厘米×长厘米”表示，并注明用几纸黏合而成，每纸的规格也要描述。

3. 书写状况描述，包括是否双面书写、界格分栏、行数与字数、书写墨色、字体风格等。字体风格：先判断字体，一般分为楷书、行楷、行书或行草、草书等；次描述笔迹，分为工整、粗率、流畅、厚重、随意、潦草等类；再叙说风格，有典雅、平正、清秀、纤细、稚拙等。

4. 如有题记，要全部移录。

5. 写本其他特征的描述：是否有加注、校改、句读、避讳字、武周新字、线描图画、钤印等。

二、写本内容

1. 以篇为单位对作品内容进行说明。

2. 题署。题署包括“题名和作者名”，写本有首题、尾题一定完整移录。

前人的拟题亦说明。如果原写本没有题署，前人没有拟题，或前人的拟题不准确，可以再拟题。拟题的原则是，缺题诗以首句为题，缺题文根据内容拟题。

3. 内容概述。说明保存本篇的其他文献、题旨题意、作者简介、创作背景考证、今人的校录和研究情况等。

目　　录

1. P.2483 写本研究

净土歌赞十九首

一、写本编号

P.2483

二、所藏地点

法国国家图书馆

三、写本状况

纸本，卷轴装，首尾俱全。尺寸为362.2×30.2—30.8厘米。由九纸黏合而成，第一纸长22.1厘米，中间七纸长42.1—42.5厘米，第九纸长41.6厘米[①]，先粘后写。纸张总体呈浅褐色，保存状况良好。

全卷双面抄写，正面存文194行，书写工整，由一人所抄，不过前后字迹略有变化，疑非书手一次性抄毕。背面仅两纸抄有内容，包含两种笔迹，其中一种同于正面笔迹。

① 参International Dunhuang Project。

P.2483 卷首

四、写本内容

（一）正面

正面抄写赞文、歌辞及佛教法事应用文书，共计 19 种[①]。

1.《归极乐去赞》（首题）。题下以小字书“皈去来，皈去来”，“皈”同“归”。首起“西方极乐坐莲池”，下讫“来生毕得坐莲池”，七言 23 句，计抄 7 行。林仁昱认为此赞为七言体联章赞歌，并依据文意及句尾平仄相间的现象，判断其应是二句一章，至于“皈去来，皈去来”，当为每章之间的和声[②]。该赞文又见于 S.6631v、李盛铎旧藏本、日本龙谷大学藏本。其中 S.6631 正面抄写《金刚般若波罗蜜经》，背面首抄《归极乐去赞》，题下亦以小字书“皈去来，皈去来”。

任半塘考订《归去来》是专为颂佛所设的佛曲曲调，在体式和应用上有“须作多首之联章”且“皆具特殊和声”的显著特点，故称之为“和声联章”[③]。在敦煌写本中，使用《归去来》调的佛教赞文除《归极乐去赞》外，尚有四种。第一种是法照所作的《归西方赞》，全篇由十首结构基本一致的赞文组成，起句为“归去来”三字，下接七言三句或五句，见于 P.2250、P.3118、P.3373v、BD07989（文 89）、北大 D190。第二种是 P.2066 中无名氏依《出家功德经》所作的《出家乐赞》，全篇由十二首结构为“三三七七”句式的赞文组成，其中四首以“归去来”作起句。和声辞为每首末三字及“出家乐”。第三、四种为 P.2066中无名氏所作《归西方赞》两篇，起句均为“归去来”，其后分别接五言

① 写本正面未署作者，且部分内容无题名，各家著录有所出入。《伯希和劫经录》著录为“《归极乐去赞》《往生极乐赞》《五台山赞》《宝鸣赞》《杂文印沙佛文》（如临圹文等）《大乘净土赞一本》”。《敦煌遗书最新目录》著录较为完善，指出写本中含“《归极乐去赞》《兰若赞》《西方十五愿赞》《太子五更转》《往生极乐赞》《五台山赞》《五台山赞文并序》《宝鸣赞》《印沙佛文》《临圹文》《太子五更转》《大乘净土赞一本》”。《敦煌遗书总目索引新编》《法国国家图书馆藏敦煌西域文献》与《敦煌遗书最新目录》较为一致，仅将《西方十五愿赞》改录为《阿弥陀赞（文）》。实际上被著录为《阿弥陀赞（文）》的内容，亦即写本中《兰若赞》与《太子五更转》之间占近 3 纸篇幅的无题名部分，还可具体分作《西方十五愿赞》《十愿赞》《法照和尚景仰赞》《弥陀本愿大慈悲赞》《念弥陀赞》《西方极乐赞》《净土行行赞》《法船一去赞》等 8 篇歌赞。因此 P.2483 正面实际所抄赞文、歌辞及佛教法事应用文书，共计 19 种，首尾俱全。

② 林仁昱《敦煌佛教歌曲之研究》，高雄：佛光出版社，2003 年，第 172 页。

③ 任半塘《敦煌曲初探》，上海：上海文艺联合出版社，1954 年，第 69—83 页。

七句或七言五句，前后分别附“至心归命礼，西方阿弥陀佛”“愿共诸众生，往生安乐国”等礼敬、发愿和声辞。诸赞均是以歌颂西方极乐净土世界为旨趣，其中的“归去来”相当于僧人号召大众念佛修持以往生西方净土的口号。此赞的主要校录本有《全敦煌诗》《敦煌净土歌赞〈归去来〉探析》等[①]。

2.《兰若赞》(首题)。题下抄“兰若空”用作和声，并于每字右施重文符号。正文首起“花严和尚法先宗”，下讫“决定毕证妙真空”，七言27句，共8行。见于S.6631v、Дx.883及日本龙谷大学藏本，其中S.6631v首题“兰若赞”，Дx.883及日本龙谷大学藏本首题“兰若空赞”。另有S.5572所抄《向山赞》，尾题，七言26句，亦未署撰者。此赞与《兰若赞》内容主旨一致，均系赞颂“华严和尚”(P.2483与S.6631v写作“花严和尚”)。

考中国历史上称“华严和尚”者不少，宋以前就至少有五位。唐代华严宗三祖法藏(643—712)，师从智俨大师，因力主畅演《华严经》义并奏请建造华严寺，而被时人尊称“大乘法师华严和尚”。第二位是唐代幽州的华严和尚，因常持《华严经》以为净业，故得此名。《宋高僧传》卷二五《唐幽州华严和尚传》记“其所诵时，一城皆闻之，如在庭庑之下”[②]。第三位是北宗禅第七祖嵩山普寂禅师(651—739)，俗姓冯，师从北宗禅神秀，世称“华严和尚”“华严尊者”，《宋高僧传》卷九《唐京师兴唐寺普寂传二》有传[③]。又有《太平广记》卷九四《异僧》所记的“华严和尚”，亦师从神秀，曾于洛阳天宫寺及嵩山岳寺讲经，且身怀异能[④]，至于其与普寂是否为同一人，尚待查考。此外，五代韶州亦有僧号称“华严和尚”，《五灯会元》《景德传灯录》记有其语录。根据《兰若赞》与《向山赞》的内容，这位“华严和尚”曾被敕留于同德寺，且曾活跃于嵩山一带，死后还受到统治者的礼遇，具有较高的地位。普寂的生平与之相符，《宋高僧传》记其逝后“倾城哭送，闾里为之空焉”[⑤]，这与赞文所描述

① 张锡厚主编《全敦煌诗》，北京：作家出版社，2006年，第6812—6813页。郑阿财《敦煌净土歌赞〈归去来〉探析》，《敦煌学辑刊》2007年第4期。

② (宋)赞宁撰，范祥雍点校《宋高僧传》，北京：中华书局，1987年，第634页。

③ (宋)赞宁撰，范祥雍点校《宋高僧传》，第198—199页。

④ (宋)李昉等编《太平广记》第2册，北京：中华书局，1961年，第624—625页。

⑤ (宋)赞宁撰，范祥雍点校《宋高僧传》，第199页。

的“十方弟子号咷哭”“合国众生皆洒泪”的盛况相吻合,不过后者更有夸大之嫌。那么《兰若赞》与《向山赞》当创作于普寂圆寂之后,亦即玄宗开元二十七年(739)以后。此赞的主要校录本有《敦煌学园零拾》《全敦煌诗》等①。

3.《西方十五愿赞》(据他本补题)。首起“一愿众生普修道”,下讫“更不阎浮重受胎”。七言16句,凡5行。又见于S.3287、S.5572、P.2130、P.2250、P.3216、P.3892v、BD05441(果41)、Φ109、Дx.1563 + Дx.2067、日本龙谷大学藏本等十件写本。其中P.2250抄赞文二十余篇,前题“净土五会念佛诵经观行仪卷下”,下署“南岳沙门法照撰”,其中此部分内容首题“西方十五愿赞”。S.5572亦题作此。BD05441(果41)首题“十五愿”,S.3287首题“十五愿礼佛忏”。P.3892v中此赞抄于“阿弥陀赞”题下,未抄完。Дx.1563 + Дx.2067中此赞亦抄在“阿弥陀念佛赞”题下,但其后赞文因写本残损而佚。该赞文抒发了释徒对众生所寄予的十五种愿望,其中第一、二愿号召大众摈弃怀疑之心,积极修道,三至八愿则提出着袈裟、弃妆粉、舍钱财等具体的佛教修行要求,九至十二愿劝导众生礼敬三宝,发愿修善,最后三愿勉励大众勤加念佛,往生净土,蕴涵了浓厚的净土信仰观念。较以他本,P.2483此赞末尾增加“借问家何处,在极乐池中坐宝台”两句,以此抒发弥陀净土思想。该赞文的主要校录本有《大正新修大藏经》《全敦煌诗》等②。

4.《十愿赞》(据《全敦煌诗》拟题)。提行抄此赞,首起“一愿三宝恒存立”,下讫“连臂相将入化城”,七言16句,共4行。此赞的行文格式与《西方十五愿赞》类似,以“一愿”“二愿”等依次作为句子开头,但该赞文在“十愿”句结束后,尚有“眼愿”“耳愿”“口愿”“手愿”所领诸句,末以“总愿”概括主旨。《十愿赞》的内容颇为丰富,不仅有对“三宝恒存立”的称颂祝愿,而且还抒发了国泰民安、风调雨顺等美好心愿,其中也传达了行慈孝、不杀生等佛门思想。此赞还见于S.4504v、P.3216及日本龙谷大学藏本,均缺题。又见

① 陈祚龙《敦煌学园零拾》,台北:商务印书馆,1986年,第379—382页。张锡厚主编《全敦煌诗》,第6814—6818页。

② 《大正新修大藏经》第85册,台北:新文丰出版公司,1983年,第1260页中—1260页下。张锡厚主编《全敦煌诗》,第6540—6545页。

于S.1215、S.3795、S.5535、S.5581、S.5618、S.5679、P.2374、P.3115、P.3760v、Дх.1591、BD00693(日93)等十余件写本。其中P.2374、P.3760、S.5618首题“佛说续命经”,尾题“佛说续命经一卷”,S.5581首尾题作“佛说续命经一卷”,P.3115首尾题作“佛说续命经”,内容悉涵盖《十愿赞》,但在《十愿赞》前后尚有其余文字。是以知该赞节取自此经。《佛说续命经》是敦煌地区的一部体制短小的疑伪经,主要体现了对西方三圣的崇拜以及消灾延寿的净土愿念思想。赞文的主要校录本有《大正新修大藏经》《全敦煌诗》等,后者据《西方十五愿赞》《四十八愿赞》题例,拟题作“十愿赞”,兹从之①。

5.《法照和尚景仰赞》(据《敦煌石窟僧诗校释》拟题)。提行抄此赞,首起“和尚法照非凡僧”,下讫“临终定获紫金容”。七言16句,凡4行。此赞又见于P.3216及日本龙谷大学藏本,均缺题。赞文记述法照大师受文殊菩萨亲授净土法门,而从“太原一路至京东”,普劝世人勤心念佛之事,颇具颂扬之意。法照(747—821),唐代净土宗高僧,倡导修持念佛法门,以往生净土。其事迹详见《宋高僧传》卷二一《唐五台山竹林寺法照传》②。该赞文的主要校录本有《敦煌石窟僧诗校释》《全敦煌诗》等,前者拟题作“法照和尚景仰赞(一首)”,并指出此赞“显系为门徒颂师和怀师而制”,后者据首句拟作“法照和尚念佛赞”③。按此赞以称颂法照为要旨,故从《敦煌石窟僧诗校释》拟题。

6.《弥陀本愿大慈悲赞》(据《全敦煌诗》拟题)。首起“弥陀本愿大慈悲”,下讫“弥陀法教难测量”,七言32句,凡8行。“弥陀愿力甚能多”前脱一句,抄者于此句右空隙处添“长辞五浊更何忧”一句。又见于P.3216,赞文后半部分多因纸张剥落不见,无题署。该赞内容与S.2945、P.2066等所抄《净土乐赞》相似,但字句顺序相异之处较多,其中P.2066首题“净土五会念佛诵经观行仪卷中”,又署“南岳沙门法照撰”,据此大致可知《弥陀本愿大慈悲赞》的来源。该赞主要称颂弥陀功德,并表现西方极乐世界之殊胜,其主旨

① 《大正新修大藏经》第85册,第1405页上。张锡厚主编《全敦煌诗》,第6760—6766页。

② (宋)赞宁撰,范祥雍点校《宋高僧传》,第538—542页。

③ 汪泛舟《敦煌石窟僧诗校释》,香港:和平图书出版有限公司,2002年,第91页。张锡厚主编《全敦煌诗》,第6976—6977页。

在于宣扬"称名除罪"的净土念佛法门。《全敦煌诗》对此赞作有校录并据赞文首句拟题,兹从之①。

7.《念弥陀赞》(据《全敦煌诗》拟题)。提行抄写,首起"若能诵念功德",下讫"惟须志意念弥陀",共 11 行,七言 42 句,旨在劝众念佛。又见于 P.3216,首尾皆残,亦缺题。这篇赞文的主旨也在于劝众念佛,为达宣说目的,其中列举了弥陀佛国的诸般不思议,宣扬了净土宗称名念佛的修行主张。主要校录本有《全敦煌诗》等,张锡厚等据赞文末句"惟须志意念弥陀"拟题为"念弥陀赞",兹从之②。

8.《西方极乐赞》(据《全敦煌诗》拟题)。《念弥陀赞》抄毕,后空半格,接抄该赞。首起"西方极乐妙花池",下讫"凡夫到者亦无偏"。凡 20 行,七言 76 句。又见于 P.3216,首全尾残。S.370,首残尾全,首起"[万般]花散巧能[庄]",仅存赞辞 43 句。Дx.883,首残尾全,"六时云集上金桥"句前赞辞缺。诸本均未署题,全赞七言 76 句,以大量篇幅铺陈描写了西方极乐世界的种种庄严妙相,热情歌颂了这方世界的清净快乐,同时赞文中还多次穿插了宣教之语——"念佛众生慈光摄,到彼闻意愁自离""似辩东西即念佛,何愁不得见如来""各出一声共诸佛,永常快乐极逍遥""但有称名皆得住,命终迎入宝莲宫",通过反复地吟咏念佛之功德,进而使唱诵佛赞者在观想西方极乐世界的同时,萌生出往生西方极乐世界的信心,并坚定念佛修行的决心。《全敦煌诗》对此赞作有校录并取赞文开端四字拟题作"西方极乐赞",兹从之③。

9.《净土行行赞》(拟题)。提行抄此赞,首起"净土行行近",下讫"当定座莲池",五言 56 句,首尾俱全,占 12 行。此赞大力称颂弥陀愿力,并以大量篇幅刻画净土佛国的快乐无忧,旨在劝人发心念佛,往生极乐。又见于 S.370、Дx.883、日本龙谷大学藏本,均未署题名、作者。兹据首句拟题。《全敦煌诗》对此赞作有校录,并取首句前二字拟题作"净土赞"④。

---

① 张锡厚主编《全敦煌诗》,第 6432—6435 页。
② 张锡厚主编《全敦煌诗》,第 6435—6437 页。
③ 张锡厚主编《全敦煌诗》,第 6437—6441 页。
④ 张锡厚主编《全敦煌诗》,第 6442—6444 页。

10.《法船一去赞》(据《全敦煌诗》拟题)。《净土行行赞》抄毕,空格接抄此赞,首起"法船一去无来日",下至"莫妄今生说法人",末句后抄和声辞"南无阿弥陀佛"两遍。七言10句,首尾俱全,共4行。该赞文当是在道场法会结束之际进行宣唱作结的歌赞,其将法堂集会比作法船,法会的结束就好比"法船一去无来日"。此外赞文中一些句子还以说法者的口吻对大众提出了殷切期望——"说者尽作耶娘相,听者还同一子恩",其中既有"好去道场诸众等,努力勤修净土因"的勉励之语,又有"倘若于先得成佛,莫忘今生说法人"的期盼叮咛。对此,徐俊推测其有类似于散座文的作用①。此赞又见于S.370、Дx.883、日本龙谷大学藏本,形式一致,亦失题名、作者。主要校录本为《全敦煌诗》,拟题作"法船一去赞"②,兹从之。

11.《太子五更转》(首题)。起自"一更初,太子欲发坐心思",下讫"则知太子成仏了",凡6行。此曲每更一首,每首四句,存五首。句式为"三七七七",其中二更、五更之第二句,四更之末句皆添一衬字,作上三下五式八字句。又见于P.3083,首题"太子五更转",有题签书"太子五□抄本"。"五更转"是唐代广为流行的以五更分时歌唱的民间辞体。每更格调一致,体制或齐言或杂言,每更也可另加唱辅曲。据郑阿财甄别统计,敦煌所出《五更转》计有45件写本,种类约有11种③。实际S.1497《曲子喜秋天》(首题),也是五更分时的歌辞,亦可算作一种。敦煌所见《五更转》,大多为释徒宣扬教义,或呈现个人修道体悟的作品,同时也有不少表现世俗生活情感题材的作品。其中与佛教文学有关的《五更转》,主要包括《南宗定邪正五更转》《南宗五更转》《菏泽和尚五更转》《无相五更转》《第六禅师与卫士相逢五更转》《太子入山修道五更转》《太子五更转》《维摩五更转十二时》等8种。《太子五更转》主要按五更时间的变化,描述了悉达太子出宫修道成佛的过程,重点在于展现太子如何出宫,以及出宫之后对宫中所产生的影响。主要校录本有

---

① 徐俊《敦煌佛教赞颂写本叙录——法藏部分六种》,四川大学中国俗文化研究所编《项楚先生欣开八秩颂寿文集》,北京:中华书局,2012年,第161页。

② 张锡厚主编《全敦煌诗》,第6674—6675页。

③ 郑阿财《唐代佛教文学与俗曲——以敦煌写本〈五更转〉〈十二时〉为中心》,《普门学报》2004年总第20期。

《敦煌曲校录》《敦煌歌辞总编》《全唐五代词》《全敦煌诗》等[①]。

12.《往生极乐赞》(首题)。题下有和声辞“同会相将向极乐”,每字右施重文符号。正文首起“前会一人闻念佛”,下讫“同会相将向极乐”,赞文七言32句,凡11行。此赞所蕴含的内容丰富,包括对念佛、坐禅、布施三种行为的赞叹,但其主旨在于劝导道场大众一同往生极乐净土,至于称名念佛、坐禅除妄、散财布施都是往生弥陀世界的修持途径。又见于S.370、Дx.883、李盛铎旧藏本及日本龙谷大学藏本,其中S.370首题“同会往极乐赞”,Дx.883、日本龙谷大学藏本首题“同会往生极乐赞”,李盛铎旧藏本首题“往生极乐赞一本”。该赞凡8首,每首加上和声辞共六句。S.370题下有“同会相将向极乐,同会相将向极乐”和声辞,并于每首末注“准上”二字以示每首末尾重出“同会相将向极乐”二句和声。Дx.883则于每首之末抄“同会相将向极乐”,并施重文符号以示和声两遍。至于此本前二首开头有“同会相将向极乐”句,其中仅第一首加重文符号,第五首开头题“准上”二字,最后一首末有“同会相将向极乐”,其他几首则无此种和声辞的标志,当为抄者疏忽所致。主要校录本有《敦煌学园零拾》《全敦煌诗》等[②]。

13.《五台山赞文》(首题)。于《往生极乐赞》末句下空一格,首题“五台山赞文”,再提行抄正文。赞文首起“凉汉禅师出世间”,下讫“乞莫天魔相逢迟”,末尾附“各念弥陀佛,各念弥陀佛”,疑指每四句后附和声辞“弥陀佛”。首尾俱全,七言一百二十句,凡29行。又见于S.370、P.3645v以及日本龙谷大学藏本。其中P.3645v及龙谷大学藏本首题“五台山赞文”,S.370首题“五台山赞”,均未署作者。P.3654v、P.2483《五台山赞文》中的“凉汉禅师”在S.370写作“梁汉禅师”。《净土五会念佛略法事仪赞》中“五会念佛”下以小字注云:“梁汉沙门法照,大历元年夏四月中起,自南岳弥陀台般舟道场。”[③]

---

① 任半塘《敦煌曲校录》,上海:上海文艺联合出版社,1955年,第118—119页。任半塘《敦煌歌辞总编》,上海:上海古籍出版社,1987年,第1473—1478页。曾昭岷等编《全唐五代词》,北京:中华书局,1999年,第1198—1199页。张锡厚主编《全敦煌诗》,第5328—5333页。

② 陈祚龙《敦煌学园零拾》,第389—391页。张锡厚主编《全敦煌诗》,第6676—6678页。

③ 《大正新修大藏经》第47册,第476页上。

是以知赞文中的“梁汉沙门”是指法照。据《宋高僧传》卷二十一，法照于唐大历年间(766—779)去五台山，大历十二年九月十三日后不知所踪[①]。杜斗城据此推测以S.370、P.2483、P.3645v中的这类五台山赞文应当创作于唐大历以后[②]。该赞以类似游记的方式描写法照巡礼五台山的见闻，描写精细，全面展现了五台圣迹的灵异风光，并称颂了法照求法传教、创立念佛法门的无量功德。主要校录本有《敦煌五台山文献校录研究》《敦煌石窟僧诗校释》《五台山诗歌总集》《全敦煌诗》等[③]。

14.《五台山赞并序》(首题)。尾题“五台山赞一本”。《五台山赞文》“各念弥陀佛”和声辞下题“五台山赞并序”，序文实缺。赞文首起“文殊菩萨五台山”，下讫“不免匍匐入黄泉”，首尾俱全，七言82句，共23行。此赞另见于P.4597及Дx.788，其中P.4597首尾俱全，Дx.788首尾均残，缺题。此赞是晚唐五代宋初敦煌地区五台山信仰的产物，全赞以优美的语言描绘了五台山的秀丽庄严以及种种神异，歌颂了文殊菩萨的神通变化，展现了巡礼者的虔敬心理。主要校录本有《敦煌五台山文献校录研究》《敦煌石窟僧诗校释》《五台山诗歌总集》《全敦煌诗》等[④]。

经分类统计，敦煌遗书中抄《五台山曲子》或《五台山赞》的卷子共有二十多个编号。根据内容和形式，可将五台山赞文分为四类，《五台山赞并序》自成一类，但如果从其文体与“赞五台”的形式来看，其创作时间也应与其他三类相去不远[⑤]。

15.《宝鸣(鸟)赞》(首题)。“鸣”为“鸟”之误。起自“极乐[庄]严间杂宝”，下以小字注“弥陀佛”作和声，下讫“处处分身转法轮”，七言16句，凡7

---

① (宋)赞宁撰，范祥雍点校《宋高僧传》，第538—542页。

② 杜斗城《敦煌五台山文献校录研究》，太原：山西人民出版社，1991年，第104—105页。

③ 杜斗城《敦煌五台山文献校录研究》，第59—76页。汪泛舟《敦煌石窟僧诗校释》，第208—209页。赵林恩编注《五台山诗歌总集》，北京：宗教文化出版社，2002年，第45—49页。张锡厚主编《全敦煌诗》，第6605—6618页。

④ 杜斗城《敦煌五台山文献校录研究》，第76—81页。汪泛舟《敦煌石窟僧诗校释》，第206—207页。赵林恩编注《五台山诗歌总集》，北京：宗教文化出版社，2002年，第49—52页。张锡厚主编《全敦煌诗》，第6444—6453页。

⑤ 杜斗城《关于敦煌本〈五台山赞〉与〈五台山曲子〉的创作年代问题》，《敦煌学辑刊》1987年第1期。杜斗城《敦煌五台山文献校录研究》，第105页。

行。该佛赞以歌叹净土世界的宝鸟妙音为主,并以此劝诫“众等回心生净土,手执香花往西方”。又见于 P.2066、P.2130、Дx.883、BD05441(果 41)、李盛铎旧藏本、日本龙谷大学藏本等六件写本。其中 P.2066、Дx.883、李盛铎旧藏本首题作“宝鸟赞”,P.2066 题下注“依《阿弥陀经》”。龙谷大学藏本首题“宝鸟赞文”。P.2130、BD05441(果 41)缺题,各本均首尾完整。此外,《净土五会念佛略法事仪赞》卷上亦收有此赞。相较他本,P.2483 缺末四句,主要校录本有《大正新修大藏经》《敦煌古抄“赞”文两种》《敦煌石窟僧诗校释》《全敦煌诗》等[①]。

16.《印沙佛文》(首题)。《宝鸟赞》末句下空一格紧题“印沙佛文”。正文提行抄写,首起“夫旷贤大劫”,下讫“齐登佛果”,凡 12 行。据文中“愿使主延寿,五谷丰登,四塞清平,万人安乐”句,推测其创作于敦煌归义军时期。由“厥今齐年合邑人等”及“惟三官社众”诸句,则知该本中的《印沙佛文》当为敦煌某社在印沙活动上所用。印沙就是持佛像的木范或铜范——即佛印,直接捺于沙面上,乃敦煌古代民众于佛教三长月所开展的佛事活动之一,多在正月的六斋日,即正月初八举行。《印沙佛文》是举行印沙佛事活动时延请僧人念诵的斋愿文。察看其内容格式,或以固定范文为蓝本,彼此大同小异,或添加斋主发愿祈福的具体内容[②]。与 P.2483 较为接近的敦煌《印沙佛文》写本则有 S.663、S.4458、S.5573 等,诸本除少数文字有别外,大部分内容完全相同,似由同一文本演绎而来。《敦煌社会经济文献真迹释录》对 S.663 中《印沙佛文》作有校录[③],《敦煌社邑文书辑校》对 S.4458 中的《社邑印沙佛文》作有校录[④]。至于对敦煌《印沙佛文》作有专门研究的则有《敦煌文献印沙佛文的整理研究》《敦煌印沙佛文与燃灯文校录

① 《大正新修大藏经》第 85 册,第 1244 页中—1244 页下。陈祚龙《敦煌简策订存》,台北:商务印书馆,1983 年,第 20—23 页。汪泛舟《敦煌石窟僧诗校释》,第 199—200 页。张锡厚主编《全敦煌诗》,第 6360—6365 页。

② 马德《敦煌所出印沙佛木板略考》,尹伟先主编《2010 丝绸之路与西北历史文化学术讨论会论文集》,兰州:甘肃人民出版社,2013 年,第 542 页。

③ 唐耕耦、陆宏基编《敦煌社会经济文献真迹释录》第 1 辑,北京:书目文献出版社,1986 年,第 392 页。

④ 宁可、郝春文《敦煌社邑文书辑校》,南京:江苏古籍出版社,1997 年,第 622—625 页。

补正》等文章[①]。

17.《临旷(圹)文》(首题)。《印沙佛文》抄毕,提行空两格题"临旷文","旷"当为"圹"之误。首起"盖闻无余涅槃,金棺永寂",下讫"利落无边",凡12行。临圹文亦属斋愿文,是僧人在丧葬场合念诵的佛事应用文,被广泛用于临圹追福祈愿,在敦煌民间十分盛行。它反映了广大民众的美好愿望,祈求死者能够脱离一切烦恼,魂归西方净土。关涉《临圹文》的敦煌写本非常多,有S.4474、S.4979v、S.5573、S.5633、S.5637、S.5639+S.5640、S.5957、S.6210、S.6417、S.6923v、P.2341、P.3172、P.3276v、P.3351v、P.3491、P.3541、P.3566、P3765、P.4694v、BD02126(藏26)、BD08099(字99)、Φ263、Дx.985、Дx.4433、Дx.6022等数十件,各本文字内容大同小异。主要校录本有《敦煌愿文集》[②]。

18.《太子五更转》(首题)。《临圹文》末句下空半格,首题"太子五更转",提行抄正文。存"壹更"一首,"二更"残,似为前文《太子五更转》之重抄,然相比之下,其错讹甚多。

19.《大乘净土赞壹本》(首题)。《太子五更转》末句"之鬃白马同心"下空一格,首题"大乘净土赞壹本",提行抄赞文。首起"法镜林空照",下讫"矿中不现金",中间脱漏四句,文末有余白。凡13行。此赞又见于S.382、S.447、S.3096、S.4654、S.5569、S.6109、S.6734v、P.2690v、P.2963、P.3645、P.3697、P.3839、BD03925v(生25)、Дx.1047、Дx.2890、浙敦079等十余件写本,并多题作"大乘净土赞",另有异名《大乘赞》《净土赞》。其中P.2963尾题"净土念佛诵经观行仪卷下",此赞首题"净土法身赞",题下以小字注"此赞通一切处",下署"释法照"。据此知《大乘净土赞》之作者及来源。

该赞文虽以"净土"命名,实际包含禅净两种思想,宣扬"人今专念佛,念者入深禅"这样一种禅净融合、唯心净土的修行观。湛如《论净众禅门与法照净土思想的关联——以大乘净土赞为中心》一文就对此赞的禅净思想作

---

① 王三庆、王雅仪《敦煌文献印沙佛文的整理研究》,《敦煌学》2005年第26辑。赵鑫晔《敦煌印沙佛文与燃灯文校录补正》,《古籍整理研究学刊》2007年第6期。

② 黄征、吴伟《敦煌愿文集》,长沙:岳麓书社,1995年,第794—795页。

有专门研究,并指出法照的五会念佛主张是基于庶民信仰的实践需要,而《大乘净土赞》则是契合僧侣、士大夫等阶层的根基①。该赞的校录本主要有《大正新修大藏经》《敦煌学园零拾》《敦煌石窟僧诗校释》及《全敦煌诗》等②。

(二) 背面

P.2483 背面为杂写和题记,有两种笔迹。第一种笔迹多杂写,集中于写本背面右端第一纸,计 14 行。第二种笔迹为题记 2 行,位于背面第四纸,与正面笔迹一致。

1. 第一种笔迹

根据内容,可大致分为三类。首先是习字杂写,包括"佛弟子""南南无无无东方善德""奉奉佛敕不入""善哉善哉善男子汝等听谛善思念诸吾当为以分分分分分别别世世世尊尊我我我等去何""人金金刚金好刚身上无衣"等。字迹较为端正工整,且字多反复书写,故而推测其为习字之迹。其次是"此是金田七宝塔,多踏薄贱罪苦身"及"乡司右个右判官点逢子此定觅大孃"等两行诗文残句。最后是时间题记,凡三处,第一处题在卷背第一纸右上端,"己卯年九十七日"。第二处时间题写位于卷背第一纸中部,"己卯年四月廿七日永安寺学仕郎僧丑延自手书记"。第三处则倒写于卷背第一纸左下端,"维大宋开宝四年(971)己卯岁",按"开宝四年"实际为"辛未"岁。综上推知卷背第一张纸上的杂写出自永安寺学郎僧丑延之手。

2. 第二种笔迹

第二种笔迹见于背面第四纸,与写本正面诸赞文的笔迹一致,乃一题记:"维大宋太平兴国四年(979)己卯岁十二月三日保集发信心写亲(杂)赞文壹本记耳。"正面内容的抄写者及抄写时间由此可定。保集,据 S.4452《开运三年(946)二月十五日某寺癸卯年直岁保集应入诸司见存斛斗布緤案》所

① 郝春文主编《敦煌文献论集:纪念敦煌藏经洞发现一百周年国际学术研讨会论文集》,沈阳:辽宁人民出版社,2001 年,第 518 页。

② 《大正新修大藏经》第 85 册,第 1266 页上、中。陈祚龙《敦煌学园零拾》,第 394—397 页。汪泛舟《敦煌石窟僧诗校释》,第 91—94 页。张锡厚主编《全敦煌诗》,第 6068—6085 页。

示，其为敦煌某寺僧人，并且曾担任“直岁”这一僧职，大致生活于五代宋初。

僧丑延所题“己卯”当为太平兴国四年（979）。根据僧丑延与保集的时间题写，可明确背面的杂写时间比正面内容的抄写时间早了近八个月。此外，根据僧丑延的永安寺学郎身份，他所用以杂写的纸张极可能是属于该寺的，因此我们可以推断保集为敦煌永安寺僧。从抄写内容及题记来看，P.2483呈现了丰富的写本情境。

首先，这是一件被僧人、学仕郎共同利用书写的本子。其正面汇集了佛教赞文歌辞、法事应用文书等多种内容，是僧人所保留下的笔记，背面则被寺院学郎用于日常习字、涂鸦。因此 P.2483 具有僧人汇抄本及学郎杂抄本的双重性质。

其次，从主要的抄写内容来看，此本是一部净土歌赞专集①。除了《太子五更转》以及《印沙佛文》《临圹文》两篇佛教法事应用杂文外，其余多为旨在称颂西方净土的佛赞，宣扬弥陀愿力，劝导一心念佛。其中《西方十五愿赞》《弥陀本愿大慈悲赞》《大乘净土赞》等出自法照《净土五会念佛诵经观行仪》，《宝鸟赞》重见于法照《净土五会念佛略法事仪赞》，《法照和尚景仰赞》《五台山赞文》则抒发了对法照的景仰崇拜之情。以上说明抄写这一专集的保集不仅是忠实的净土信徒，而且还热衷于学习五会念佛赞文，这与当时弥陀净土思想及法照五会念佛法门在敦煌的流行密切相关。此外，值得注意的是 P.2483 中的不少佛教赞文还重见于 S.370、P.3216、Дx.883、日本龙谷大学藏本等净土五会赞文抄本，且诸赞的抄写顺序也基本一致，它们当是源于同一种由法照门徒编集的五会念佛本子，并且这一专集或许正如 P.3216 所示，已经被正式命名为《念佛赞文一卷沙门法照集》。

再者，从写本呈现的主要功能来看，此本是僧人出于宗教信仰，发心立愿的产物。保集发信心抄杂赞文一本的行为显示了佛教赞文在当时敦煌释众心中的庄严神圣，说明在佛教信徒看来，不仅写经具有功德福报，而且抄写佛赞亦能获得敬崇佛法的功德福报。正如《法苑珠林》卷十七《敬法篇·

① 郑阿财《敦煌佛教文献与文学研究》，上海：上海古籍出版社，2011 年，第 343—351 页。

述意部》所云:“受持一偈,福利弘深。书写一言,功超数劫。”[①]事实上,在佛教文化底蕴深厚的敦煌民间,除了佛经、赞文之外,诸如佛教故事变文、释门歌辞亦被用以消灾祈福,从而获得广大信徒的积极抄写。如 BD00876(盈76)卷背《目连变文》后题:“太平兴国二年(977)岁在丁丑闰六月五日显德寺学士郎杨愿受发愿作福,写尽此《目连变》一卷,后同释迦牟尼佛一会弥勒,生作佛为定。后有众生,同发信心,写尽《目连变》者,同池愿力,莫堕三涂。”又如 P.3604 抄《十二时》,末有“敦煌郡书手兼随身判官李福延,因为写十二十一卷,为愿”之题记。林仁昱指出“这与佛弟子以发愿书写经卷、传播佛理,以祈求增福增慧的习惯有关”[②],彰显了当时敦煌民众佛教功德观念的根深蒂固。

五、参考图版

1.《敦煌宝藏》第 121 册,第 55—59 页。

2.《法国国家图书馆馆藏敦煌西域文献》第 14 册,第 257—261 页。

3. International Dunhuang Project(国际敦煌项目,简称 IDP)。

---

① (唐) 道世撰,周叔迦、苏晋仁校注《法苑珠林校注》第 2 册,北京:中华书局,2003 年,第 567 页。

② 林仁昱《论敦煌佛教歌曲特质与“弘法”的关系》,《敦煌学》第 23 辑,台北:乐学书局,2001 年。

2. P.2488 写本研究

俗赋四篇

一、写本编号

P.2488

二、所藏地点

法国国家图书馆

三、写本状况

纸本，卷轴装。首尾俱全，双面书写，规格 126.4×30.5 厘米，由五纸黏合而成，五纸分别长约 18.9 厘米、17.9 厘米、33 厘米、14.5 厘米、42 厘米。卷背写有“吴狗奴安□□”，倒书的“贰师泉赋”，另有“辛卯年正月八日吴狗奴自手书记之耳”和“辛卯年正月八日吴狗奴自手书”两行题记。

四、写本正面内容

1.《贰师泉赋　乡贡进士张侠撰》(首题)，首尾完整，共计 14 行。此赋又见于 P.2712 和 P.2621，其中 P.2712 首尾完整，无作者题署，首题“贰师泉赋一首”，尾题“凡三百三十七字”。P.2621 仅存两行，无作者题署，首行题“贰师泉赋，乡贡进使”，次行作“昔贰师兮仗钺专征，森戈兮深入□，初涉大河，愁落日之”。

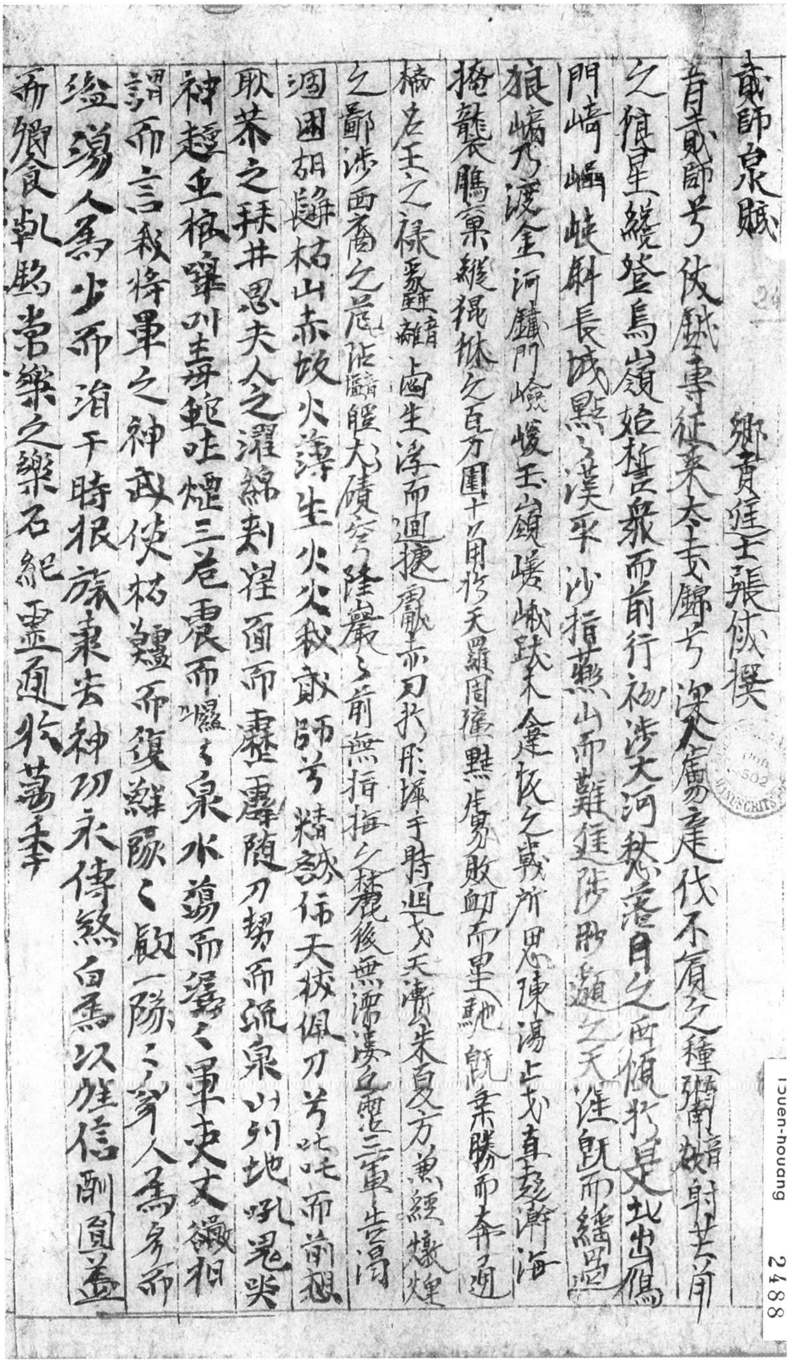

P.2488 局部

以上三个写卷中P.2712、P.2488两个写卷题署“乡贡进士张侠撰”。王重民《伯希和劫经录》录作“乡贡进士张侠”，颜廷亮则以为原卷当为张俅，即张球[①]。按张侠生平无考。张球其人，大约生于长庆四年(824)，卒年可能是后梁开平二年(908)，为归义军时期敦煌著名文士。据颜廷亮《张球著作系年与生平管窥》考证，张球郡望为清河，可能是长期客居敦煌者。张议潮时期(848—872)，为沙州军事判官将仕郎守监察御史(P.4660)。张淮深时期(872—890)，为归义军诸事判官宣义郎守、监察御史(P.4660)、节度判官宣德郎兼御史中丞上柱国(P.3288)、节度判官朝议郎检校尚书主客员外郎柱国赐绯鱼袋(P.2913)。大约890年以后，退出政治舞台，到郡城西北某寺教授生徒(S.5488《敦煌录》)，并以老迈之躯到过西州(P.3715《致大夫状》)。其著述存于敦煌文献中的有：《凝公邈真赞》《翟神庆邈真赞》《唐故河西管内都僧统邈真赞并序》《张禄邈真赞》《故敦煌阴处士邈真赞》《沙州释门故张僧政赞》《张兴信邈真赞》(以上均见P.4660)、《吴和尚邈真赞》(P.4660、P.2913)、《金光明变相一铺铭并序》(P.3425)、《张怀政邈真赞》(P.3288，仅存题)、《〈楞严经〉题记》(京藏潜字100)、《光启三年九月十九夜起持念金刚经纪异》(P.3864)、《陇西李府君墓志铭》(P.4615)、《致大夫状》(P.3715，拟名，残甚)。疑为其所作的有：《敦煌录》(S.5448)、《敦煌廿咏》(P.2748等卷)。其所删定之作有《略出籯金》(P.2537)。这些作品，包括《贰师泉赋》，都不见于传世的唐人诗文集。然《贰师泉赋》的作者当为张侠，原写本作“张侠”不误。

贰师泉，本名悬泉，在今敦煌市东65公里悬泉谷中，泉在东崖丈余高处，周围又有多处石隙渗水，与悬泉水汇合，向西北流五十米许，渗入地下消失。水质清冷味甘，百里之内，无逾此水[②]。敦煌文献《沙州都督府图经》有较详细记载：“悬泉水：右在州东一百卅里，出于石崖腹中。其泉傍出细流，一里许即绝。人马多至，水即多。人马少至，水出即少。”这里南依三危山余脉火焰山，北临西沙窝，为汉唐以来丝绸之路的一大中转驿站。1980年代以来，考

① 颜廷亮《关于张球生平和著述几个问题的辨析》，《中国敦煌吐鲁番学会研究通讯》1993年第2期。

② 李并成《汉敦煌郡广至县城及其有关问题考》，《敦煌研究》1991年第4期。

古工作者在这里发掘出了28 000余枚汉简和其他文物,有重要的学术价值。

贰师,即贰师将军李广利。汉武帝太初元年(前104),以李广利为贰师将军,带兵攻贰师城(吉尔吉斯坦西南部马尔哈马特)以取善马。传说在军士饥渴万分的情况下,贰师将军拔佩刀刺山而泉水涌出。《沙州都督府图经》引《西凉异物志》:"汉贰师将军李广利西伐大宛,回至此山,兵士众渴乏,广乃以掌拓山,仰天悲誓,以佩剑刺山,飞泉涌出,以济三军。人多皆足,人少不盈。侧出悬崖,故曰悬泉。"后人为了纪念贰师将军,曾在这里建有庙,据S.5448《敦煌录》记载,五代时尚存有贰师庙的积石驼马,供行人凭吊。为唐五代敦煌的著名景观,敦煌写本保存有《敦煌廿咏》,其中第四首就是《咏贰师泉》:"贤哉李广利,为将讨匈奴。路指三危迥,山连万里枯。抽刀刺石壁,发矢落金乌。志感飞泉涌,能令士马苏。"现在这里还有泉水渗漏,还存有贰师庙的积石,石刻驼马早荡然无存了。

《贰师泉赋》一开始,先描绘在贰师将军的率领之下,汉军将士浩浩荡荡,戈矛森严的阵势。然后写行军旅途的漫长与艰难:"于是北出雁门,崎岖峡斜。长城黯黯,漠漠平沙,指燕山而难进,陟眇邈之天涯。既而经过狼峤,乃渡金河。铁门险峻,玉岭嵯峨。践李陵之战所,思陈汤之止戈。"据《汉书·李广利传》载,李广利三次西征皆未向北绕道雁门、乌岭,更不可能折向东至燕山。雁门、乌岭、燕山、狼峤,皆汉击匈奴之处,赋家信手拈来,不必信实。而李陵于天汉二年(前99)率步兵五千人击匈奴,在浚稽山一带与匈奴连战数十日,兵败投降。李广利征伐大宛比李陵与匈奴鏖战的时间还早一年,且李广利并没有经过浚稽山。汉元帝建昭三年(前36)与甘延寿矫制击杀匈奴郅支单于的陈汤,更比李广利晚半个世纪。赋家骋其想象,顾不得这些史实。这里我们只能理解以"李陵之战所"喻边塞之险恶,"陈汤之止戈"则指"威震百蛮,武畅西海"(《汉书·陈汤传》)的显赫武功。接着写在茫茫沙碛上惊心动魄的鏖战:"直趋瀚海,掩袭雕窠。纵貔貅之百万,围十角于天罗。周獐黠虏,败衄星驰。既乘胜而奔逐,擒名王之禄蠡。虏生俘而回捷,献赤刀于彤墀。"汉军以迅雷不及掩耳之势,奇袭匈奴老巢,"瀚海""雕窠"是两个相距很远的地方,但它们都是中原王朝大败胡人之处。貔貅,指汉军勇猛的将士。十角,则指匈奴王庭及贵族。面对汉军神兵掩袭的天罗，匈奴贵族只有惊惶恐惧，仓促逃亡。“周獐”，言其惊惶，“败衄”写其惨败，“星驰”则喻其遁逃迅疾。汉军乘胜追亡逐北，俘获甚夥。“名王”“禄蠡”都指匈奴王庭中的要员。

最后写汉军将士准备凯旋，向汉天子呈献杀敌的宝刀。但在凯旋的路上，却遇到了前所未有的干渴：“于是回戈天堑，朱夏方兼。经敦煌之东鄙，涉西裔之危阽。皑皑大碛，穹隆岩岩。前无指梅之麓，后无濡缕之沾。三军告渴，涸困胡髯。枯山赤阪，火薄生炎。”时间正是盛夏，将士们还要日夜兼程。放眼望去，天如穹隆，炎阳似火，茫茫大漠，皑皑白沙，枯山赤阪，渺无人烟。这里没有止渴的默林，连沾濡丝缕的一滴水也没有。只有热浪袭人，空气如同燃烧，士卒们口干舌燥，唇裂喉枯，汗已流尽，血在沸腾。看来只有死路一条了。然而正是在这绝望之时，贰师将军出现了：“我贰师兮精诚仰天，拔佩刀兮叱咤而前。想耿恭之拜井，思夫人之濯绵。刺崖面而霹雳，随刀势而流泉。”贰师将军的精诚和勇武感动了苍天厚土，震慑了干鬼旱魃，于是大地奉献出了神水甘泉。

李广利是汉武帝宠姬李夫人之兄，他三次西征，除第二次获得一些马匹外，两次惨败。第三次兵败降敌，为匈奴所杀。所以历代文人言及广利，很少有作为英雄加以歌颂的。最早记载李广利西征事迹的是《史记》，但司马迁作为提笔的句子则是“欲侯宠姬李氏，拜李广利为贰师将军……以往伐宛”，鄙嗤之情见于言外。像敦煌文献中这样极力歌颂李广利者，罕有其文。李陵兵败降敌，在敦煌文献中也有《李陵变文》《苏武李陵执别词》专言其事。作者怀着满腔的同情，描写李陵降敌的万不得已及投降后的矛盾痛苦。敦煌人民理解李陵由于一时软弱而未能以死殉国之后，所遭受的被世人遗弃的寂寞和耻辱，所以《贰师泉赋》《李陵变文》《苏武李陵执别词》等应当是吐蕃占领敦煌时期的作品。敦煌人民从自身遭遇中热切地期盼并景仰誓扫强胡的英雄，也理解其中一些人委屈求生的心情。他们能够理解李广利的降敌，所以也就能衷心讴歌他的勇武。

本篇的主要校录本有：潘重规《敦煌赋校录》、伏俊琏《敦煌赋校注》、张锡厚《敦煌赋汇》等。

2.《渔父歌沧浪赋 前进士何蠲撰》(首题)，首尾完整，共15行。又见于

P.2621 和 P.2712。P.2621 首尾完整,首题“渔父歌沧浪赋”,次行又题“渔父歌沧浪赋,前进士何蠲撰”,尾题“渔父一卷”。P.2712 首尾完整,首题“渔父歌沧浪赋,前进士何蠲撰”,尾题“贰师泉赋鱼父赋歌一卷”。三个写卷都题署“前进士何蠲撰”。这篇赋不见于唐人诗文集,作者何蠲,亦不见于史籍,生平不详,称其为“前进士”,则其已进士而尚未受官。《称谓录》卷二四:“唐代有举人进士之名,特为不第者之通称。已及第者乃称前进士。”《全唐诗》卷七九五辑有何涓两句诗:“雁影数行秋半逢,渔歌一声夜深发”,写意与此赋相近。《广韵》“蠲”“涓”皆古玄切,同音字。何蠲、何涓是否一人,不得而知。

本赋以问答体叙写渔父垂纶之思和逐臣去国之愁,同时还对渔父避世自保的思想寄予深切的同情。《楚辞》有《渔父》一篇,传为屈原所作。叙写屈原被放,披发行吟泽畔,颜色憔悴,形容枯槁,渔父见而问之,屈原答以“举世皆浊我独清,众人皆醉我独醒”,及不愿随波逐流之意,抒发了他的愤世嫉俗、洁身自好的情怀。《渔父歌沧浪赋》从篇名、内容、手法等方面,都有模仿屈原作品的痕迹。但重点又有不同。《渔父》的重点是表现屈原的洁身自好,不愿与丑恶势力同流合污:“安能以身之察察,受物之汶汶者乎? 宁赴湘流,葬于江鱼之腹中。安能以皓皓之白,而蒙世俗之尘埃乎?”而《沧浪赋》则重点写渔父隐居生活的自由舒适、自然景色的美丽迷人:“鹤性多暇,龟年自保。难知避世之由,但见无羁之抱。蘋风夕起,层台滟滟之波。兰露晓浓,两岸绵绵之草……前溪后溪之山影,千年万年之水色。”全赋文辞清丽流畅,抒情写景,深远有致。从题目、内容、限韵、句式等各方面看,是一篇律赋。本篇主要校录本有:潘重规《敦煌赋校录》、伏俊琏《敦煌赋校注》、张锡厚《敦煌赋汇》等。

3.《秦将赋》(首题),尾题“秦将赋一卷”,未署作者,共 21 行。又见于 P.5037 和 S.173。P.5037 残损严重,《秦将赋》仅残存 6 行,与 P.2488 相校,可知为该赋末尾残句。S.173 写卷的绗缝间倒书“山头一片不非(飞)云,应是长平赵卒魂”十四字,为《秦将赋》残句。另有 Дx.6013 残片,张新朋认为是《秦将赋》残片[①]。本篇作者佚名,也不见于现存唐五代诗文集,所以赋的

① 张新朋《敦煌诗赋残片拾遗》,《敦煌研究》2011 年第 5 期,第 80—81 页。

创作时间已难考定。但根据写卷的年代,我们初步断定该赋创作的上限是宝应元年(762),下限大约是10世纪初,而创作于吐蕃占领敦煌时期(786—848)的可能性很大。

本赋主要描述公元前260年秦将白起坑杀赵国四十万降卒的经过。这一事件在《史记·白起列传》中有记载。赋作者乃逞其臆想,恣其铺叙,淋漓尽致地描写了这一惨绝人寰的大屠戮。赋一开始,先写秦军包围赵卒,坑杀前的阵势。在"谷深涧远,山峻天高"的高山峡谷之中,一重一重的秦兵,一排一排的弓箭,包围了手无寸铁的赵国降卒。真是仰天无路,入地无门。于是一场大规模的屠杀开始了:"陌刀下兮声劈劈,人声枉兮沸嘈嘈。刀光白,人气粗,血流涧下如江湖。十队五队连花剑,百般千般金镳铲。刀从地劈,人仰天呼。拥千群之蘼武,坑四十万之勇夫。"一片砍杀声,伴随着一片挣扎呼喊声。眼前是刀光闪烁,脚下是热血奔涌。苍天无眼,大地不德,人类的残酷性,至此可以说无以复加了。反复刺杀的钢刀,终于软化。奔涌不断的鲜血,染红了山谷。这个世界,整个是一片血腥:"肉复热,刀复腥,草头浑赤,不见山青!"写到这里,赋家又选择了亲人相看俱死这一人世间最残忍的情景:"父子一时从此没,不知何处认尸灵","兄以弟,父以子,两两相看被杀死。"屠杀终于结束了,刽子手们收起了满是缺口的刀剑,挥动着沾满鲜血的双手走了。于是山谷中一片死一样的寂静,偶而有未死者的惨叫呻吟及鲜血在沟壑中的流动声,还有那毒蛇猛兽争吃尸肉的嚼咽声。多少年过去了,这里的山头谷底,到处是断弦截剑、残弩折镞。它们锈迹斑斑,伤痕累累,似乎向人们讲述可怕的过去。长平的春菊,长平的秋兰,还有那年年岁岁永远如此的明月,攒拥照映着的是阴森森的髑髅白骨。

本篇主要校录本有:潘重规《敦煌赋校录》、伏俊琏《敦煌赋校注》、张锡厚《敦煌赋汇》等。

4.《高兴歌 酒赋一本江州刺史刘长卿撰》(首题)。首全尾残,存9行,起"王公特达越今古",迄"素落满酒若"。又见于P.2555、P.2633、P.4994+S.2049、P.2544、P.3812等。P.2555首尾完整,首题"高兴歌 江州刺史刘长卿"。P.2633亦首尾皆全,首题"酒赋一本 江州刺史刘长卿撰",尾题"酒赋壹本"。

S.2049 首题“酒赋”,无作者题署,无尾题。P.4993 则首尾俱残,行间有残损,题名和作者全佚,起“注不歇口如沧海”,迄“三春日”。P.2544 首残,整卷模糊不清。P.3812 首全尾残,首行题“高兴歌 江州刺史刘长卿”,次行残存“王公特达越今古,六尺堂堂善文武。但合终目”,第 3 行残损严重,只有几个字的右半部分。

各写本赋题不一,或称“酒赋”,或称“高兴歌”,或称“高兴歌酒赋”。今人校录本也取题不一。任半塘《敦煌歌辞总编》以“高兴歌”为题,以为“酒赋”二字,义为“赋酒”,与体裁没有关系,而且把该赋作为歌辞,分为 21 首。项楚《敦煌诗歌导论》也以为本篇属诗歌作品,因为有“赋”的字样而被误认为赋。我们认为,敦煌文献中的《酒赋》《月赋》《龙门赋》《子灵赋》等歌谣体作品,是由汉代民间歌谣体俗赋演变而来,其文体渊源为赋而非诗。它是汉代赋体分化的结果:不是赋向诗靠近,而是诗从赋中分化出来。当文人把七言歌谣体从汉代“赋”的范围提取出来进行创作而蔚然成风的同时,民间仍然保留着对它原始文体特性的认知——不歌而诵谓之赋。诗和赋的区别,实际上是音乐文学与讲诵文学的区别,由于音乐和讲诵的难于判然分离,就决定了诗和赋体制上千丝万缕的瓜葛。

另一方面,文人虽然从早期民间俗赋体中提取出来了七言,作为诗之一体,但由于受赋的影响,七言诗仍然保留着赋的某些特性。比如就《酒赋》来说,此篇所夸饰的重点不是泛泛的“高兴”,而是极言饮酒之乐。虽然它基本七言化,但赋的体物铺陈的特点仍然得到了充分的保留。《酒赋》和乐府歌行相比较,其区别是显而易见的:就写作目的来看,《酒赋》是状物的,描写事件的。乐府歌行是抒情的,描写感受的。就表现方法来看,《酒赋》是铺排的,夸饰的,而乐府歌行是咏叹的,感慨的,缠绵往复,具有所谓“长歌当哭”的意味。就写作态度来看,《酒赋》相对客观冷静,而乐府歌行更多主观投入①。事实上,在敦煌出土的 7 个写卷中,有三个写卷题名“酒赋”,二个写卷题名“高兴歌”,一个写卷题名“高兴歌酒赋”,另一个写卷首尾残缺,题目没有保留下来。我们应当充分尊重当时人对其文体的体认,因此它的全称应当是《高兴

① 参看周裕锴《敦煌赋与初唐歌行》,项楚主编《敦煌文学论集》,成都:四川人民出版社,1997 年,第 65—79 页。

歌酒赋》，就如同敦煌写本中的《渔父歌沧浪赋》。《高兴歌》是省称，省掉了后面的“酒赋”二字，就像P.2621号写卷《渔父歌沧浪赋》尾题“渔父”一样。

魏晋以来，一些诗人往往将诗题与乐府旧题合为一体作为全题。如曹操有《北上篇苦寒行》、曹丕有《歌魏德秋胡行》、曹植有《蒲生行浮萍篇》、傅玄有《苦相篇豫章行》等，“行”表示其体裁。我们虽然还不能找出乐府旧题中的《高兴歌》，但《乐府诗集》卷八三《杂歌谣辞一》载有《渔父歌》古辞，敦煌本《渔父歌沧浪赋》本意当是指以《渔父歌》那样的调子唱诵《沧浪赋》，或者以《渔父歌》的形式来表现《沧浪赋》。而《高兴歌》应当是即题名篇的新乐府，因此，《高兴歌酒赋》的文体应是“赋”而不是“诗”。宋以来的通俗小说中有“诗赋”一说，如《醒世恒言·钱秀才错占凤凰俦》：“傧相披红插花，忙到轿前作揖，念了诗赋，请出轿来”。同书，《乔太守乱点鸳鸯谱》：“宾相念起诗赋，请新人上轿。”可能就是民间对这种源于汉代杂赋而体制同诗相近的俗赋的命名。因此，敦煌俗赋同文人赋的区别，更多是反映了中国文学本源同流变的区别。

本赋的作者，七个写本中有五件皆题作者名为“江州刺史刘长卿”。根据傅璇琮《刘长卿事迹考辨》，刘长卿并未任过江州刺史，查《江西通志》及《九江府志》，也未见江州刺史任上有刘长卿之名者。所以柴剑虹、任半塘、徐俊等都认为本篇不是“五言长城”的诗人刘随州所作①。柴先生还找出了《元和姓纂》记载的另一个刘长卿，“元遂子，工部员外”，其意或以为此人是《酒赋》的作者。而王小盾则认为《酒赋》的作者为P.2555号写卷的抄手②。按《元和姓纂》卷五载有弘农刘氏一族，说“（刘）元遂生长卿，工部员外。长卿生敞，巫州刺史”。王勋成考定刘敞曾在758—770年之间做过巫州刺史，那么其父刘长卿只能

① 柴剑虹说：“此刘长卿恐非那位被称为‘五言长城’的诗人刘随州，因为诗人刘长卿从未任过‘江州刺史’。”（《研究唐代文学的珍贵资料——敦煌伯2555号唐人写卷分析》，载敦煌文物研究所编《1983年全国敦煌学术讨论会文集：文史·遗书编下》，兰州：甘肃人民出版社，1987年，第85页）任半塘也同意此说：认为“此辞与《全唐诗》所载刘长卿诗相较，从题材到文字，皆大不类。况此辞具河西、塞北地区之风格特征，而刘长卿事迹记载中，绝无游西北边境之表示。故可判断：此辞非诗人刘长卿所作。”（《敦煌歌辞总编》，上海：上海古籍出版社，1987年，第1787页）徐俊也说“刘长卿官终随州刺史，‘江州刺史’与长卿经历不符，乃托名传误”（《敦煌诗集残卷辑考》，北京：中华书局，2000年，第733页）。

② 王小盾《〈高兴歌〉及其文化意蕴》，《上海师大学报》1987年第3期。

是开元(713—741)时期的人,而《酒赋》中提到的李稍云则是开元以后以酒令出名的,那么生活于开元年间的工部员外刘长卿就不可能是《酒赋》的作者。王文进而推测刘长卿在罢睦州司马到任随州刺史的不足半年时间中(780年左右)曾任过江州刺史,由于任职时间太短,故史籍没有记载,《酒赋》当作于此时①。毕庶春也认为《酒赋》的作者就是大诗人刘长卿,"高兴"为郡名(今属广东),刘长卿曾被贬南巴尉,南巴属原高兴郡所辖地,故刘长卿身居"高兴"之地而作《高兴歌酒赋》,其时当在公元760年左右②。

《酒赋》本身也提供了其创作时间的信息。《酒赋》写道:"壶觞百杯徒浪饮,章程不许李稍云。"李稍云何许人也?李肇《国史补》卷下:"国朝麟德中,壁州刺史邓宏庆始创平、索、看、精四字。令至李稍云而大备,自上及下,以为宜然。"可见李稍云是麟德(664—665)以后的人。另外,《太平广记》卷二七九引《广异记》:"陇西李稍云,范阳卢若虚女婿也。性诞率轻肆,好纵酒聚饮。……明年上巳,与李蒙、裴士南、梁褎等十余人,泛舟曲江中,盛选长安名娼,大纵歌妓。酒正酣,舟覆,尽皆溺死。"这里有4个人名,其中卢若虚为武后长安年间(701—704)左拾遗卢藏用之弟。裴士南兄裴士淹,乃开元末(742)郎官。李蒙于开元元年(713)博学宏词科及第,见《登科记考》卷五。《全唐文》卷三六一又说李蒙是开元五年(717)进士,《太平广记》引《独异志》同,并谓此年及第进士30人,泛舟曲江,与声妓篙工尽溺。按尽溺死之说未必可靠(见《登科记考》按语),进士30人之数也与《通考·选举考》所说"二十五人"不合。可以肯定的是:他们是开元时人。

根据周绍良《唐代墓志汇编》记载,卢若虚的母亲于开元十三年(725)去世,享年73岁,则她当生于永徽三年(652)。其长子卢藏用,据两《唐书》本传(《旧唐书》卷九四,《新唐书》卷一二三),开元初卒,年五十余。假如他小母亲18岁,则当生于670年,卒于720年左右。假如其弟卢若虚小他两岁,则生于672年。卢若虚的女儿小父亲20岁,其女婿李稍云与她年龄相当。

① 王勋成《敦煌写本〈高兴歌〉作者考》,《敦煌学辑刊》2002年第2期。
② 毕庶春《〈高兴歌酒赋〉管窥》,《南京大学学报》2007年第4期。

那么开元初,他正是20多岁。李稍云这个人物,曾活跃于妓女群中,其创制的酒令对当时影响很大。《变文集》所收《佛说观弥勒菩萨上生兜率天经讲经文》也提到他:"京罗缦里合今时,丽句高吟抛古调,诗赋却嫌刘禹锡,令章争笑李稍云。"元稹《寄吴士矩端公五十韵》也说:"予时最年少,专务酒中职。……曲庇桃银盏,横讲稍云式。"又考中唐前曾有两次江州之置,一次在武德四年(621),一次在乾元元年(758)(见《旧唐书·地理志》)。天宝元年(742)至乾元初,江州称浔阳郡。《酒赋》题署"江州刺史"作,则乾元元年可以拟定为《酒赋》产生的上限。

本赋的内容非常单纯,即一味写近乎疯狂的痛饮。希望有酒如海,有肉如山,天天狂饮,夜夜烂醉。管什么千贯家产,隋珠赵璧。管什么孔子郑玄,刘伶毕卓。管什么酒令章程,礼教法规。管什么道德文章,功名利禄。喝个大醉吧,一个个面红耳赤,眼睛瞪大凸出,疯狂地呕吐,草地上到处是吐出的酒味,"醉眠更有何所忧,衣冠身外复何求。但得清酒消日月,莫愁红粉老春秋"。借酒消忧,醉生梦死,这是狂饮大醉后的心灵归宿。

本篇主要校录本有:柴剑虹《敦煌唐人诗文选集残卷(伯2555)补录》、潘重规《敦煌赋校录》、任半塘《敦煌歌辞总编》、伏俊琏《敦煌赋校注》、张锡厚《敦煌赋汇》、项楚《敦煌诗歌导论》、张锡厚主编《全敦煌诗》等①。

五、参考图版

1.《敦煌宝藏》第121册,第77—79页。

2.《法国国家图书馆藏敦煌西域文献》第14册,第277—279页。

3. International Dunhuang Project(国际敦煌项目,简称IDP)。

① 柴剑虹《敦煌唐人诗文选集残卷(伯2555)补录》,《文学遗产》1983年第4期页。任半塘《敦煌歌辞总编》,第1764页。伏俊连《敦煌赋校注》,兰州:甘肃人民出版社,1994年,第212页。张锡厚《敦煌赋汇》,南京:江苏古籍出版社,1996年,第201页。项楚《敦煌诗歌导论》,成都:巴蜀书社,2001年,第47页。张锡厚主编《全敦煌诗》,第2425页。

3. P.2492 + Дx.3865 写本研究

白居易集

一、写本编号

P.2492 + Дx.3865

二、所藏地点

法国国家图书馆、俄罗斯科学院东方研究所圣彼得堡分所

三、写本状况

纸本，册页装。P.2492首全尾残，Дx.3865首尾俱残，二者均双面书写。P.2492之末尾可与Дx.3865之首页拼接①，缀合后写本尾部仍有缺失。拼合本计有13页，26半页，每半页约10.2×15.3厘米。其中前三个半页未书文字，当为保护写本内容之“护封”②。总体保存良好。

---

① 荣新江、徐俊《新见俄藏敦煌唐诗写本三种考证及校录》，荣新江主编《唐研究》第五卷，北京：北京大学出版社，1999年，第67—73页。

② 中国古代存在“护封”的书籍制度，刘国钧《中国书史简编》（书目文献出版社，1982年，第22页）指出：“有时在每策（简策）开头的地方，加上两根不写字的简，叫作‘赘简’，作为保护之用。”又提及卷子“书写的格式是：每卷起首空两行，这是‘赘简’的遗迹”（同上，第49页）。杜泽逊《文献学概要》（北京：中华书局，2008年，第26页）：“卷子的开头部分，卷起来时在外面，容易磨损，所以接出一段丝织品（或空白纸），卷起来之后，这段丝织品包在外头，可作保护。”该册子本首部空白页即为“赘简”“褾”等“护封”的新形式。

P.2492＋Дx.3865 局部

写本先粘后写①。天头约 1.2 厘米，地脚约 0.8 厘米。无界格，然行款整严。每半页之行数不等，前六个半页 7—9 行，书写较疏，余下各半页则 9—11 行，略显紧凑。每行 17—20 字，全篇楷体行文，书写工整，墨色浓厚。笔迹前后一致，皆抄集部文献，当为同一人所书。

写本有涂乙痕迹，涂则以墨覆原字，添即用小字夹行。另存“√”形钩乙符，不可考知是否为书手所标。王重民曾指出 P.2492“遇当代帝王均空格，又以讳避之字代本字”②，今考 Дх.3865 亦以空格示讳，但不严格。末篇《招北客词》有随文之双行小注。

四、写本内容

P.2492 最早由伯希和编目，《巴黎图书馆敦煌写本书目》定名《唐诗小集》③。王重民《敦煌古籍叙录》认为该写本是文人别集性质的《白香山诗集》④。受之影响，黄永武《敦煌遗书最新目录》作“白居易诗集”⑤，张锡厚《敦煌本唐集研究》、《法国国家图书馆藏敦煌西域文献》等皆定名“白香山诗集”⑥。而《敦煌遗书总目索引》及《敦煌遗书总目索引新编》著录为“残诗集”⑦。

Дх.3865 最早由施萍婷《俄藏敦煌文献经眼录（二）》著录，其将写本所抄之原题逐录刊布，为研究者提供了重要信息⑧。荣新江、徐俊合撰《新见俄藏敦煌唐诗写本三种考证及校录》指出 P.2492 与 Дх.3865“原为同一诗册”，整

---

① 部分书页抄写区域与黏接区域存在较大留白，且写本前后粘接未覆盖文字。此外，第 18、19 半页的黏接处存在笔迹，第 22 半页末行文字的部分笔画见于后页，知其必先粘后写。

② 王重民《敦煌古籍叙录》，北京：中华书局，1979 年，第 295 页。

③ （法）伯希和编，陆翔译《巴黎图书馆敦煌写本书目》，北京：国立北平图书馆，1935 年，第 53 页。

④ 王重民《敦煌古籍叙录》，第 295 页。

⑤ 黄永武主编《敦煌遗书最新目录》，第 661 页。

⑥ 张锡厚《敦煌本唐集研究》，台北：新文丰出版公司，1995 年，第 234 页。《法国国家图书馆藏敦煌西域文献》第 14 册，上海：上海古籍出版社，2001 年，第 289 页。

⑦ 王重民编《敦煌遗书总目索引》，第 265 页。施萍婷编《敦煌遗书总目索引新编》，第 239 页。

⑧ 施萍婷《俄藏敦煌文献经眼录（二）》，季羡林等主编《敦煌吐鲁番研究》第二卷，北京：北京大学出版社，1997 年，第 322 页。

个写本并非个人别集，而是“多人作品的诗文丛抄”[①]。徐俊《敦煌诗集残卷辑考》作“唐诗文丛抄”[②]，项楚《敦煌诗歌导论》作“唐人诗选集”[③]。

P.2492＋Дх.3865 拼合册子本为唐诗文汇抄，无编者署名，存诗 22 首。

可分为三部分：首抄元白唱和诗一组，白乐天《寄元九微之》和微之《和乐天韵同前》。其后抄诗 19 首，其中 17 首见于白居易《新乐府五十首》，第 16 首与 17 首中间夹有《李季兰诗》1 首。所抄《新乐府》皆无小序。最后抄岑参的《招北客词》，未完，下缺。计抄白居易诗 19 首，元稹诗、李季兰诗、岑参诗各一首。

1.《寄元九微之》（首题），诗题单行书写。首尾俱全，署“白乐天”。存 15 行，五言 48 句。起“永寿寺中语”，讫“字字化为金”。该诗之末行磨损严重，尾句几不能识，但可据墨痕略见抄写字迹。该诗又见于《才调集》卷一、《白氏长庆集》卷九、《全唐诗》卷四三二，题《初与元九别后，忽梦见之。及寤，而书适至，兼寄〈桐花诗〉。怅然感怀，因以此寄（元九初谪江陵）》。

“元九”即元稹。《旧唐书·宪宗纪上》：“（元和五年二月）东台监察御史元稹摄河南尹房式于台，擅令停务，贬江陵府士曹参军。”《资治通鉴》卷二三八：“河南尹房式有不法事，东台监察御史元稹奏摄之，擅令停务。朝廷以为不可，罚一季俸，召还西京。至敷水驿，有内侍后至，破驿门呼骂而入，以马鞭击稹伤面。上复引稹前过，贬江陵士曹。……白居易上言：‘中使陵辱朝士，中使不问而稹先贬，恐自今中使出外益暴横，人无敢言者。又，稹为御史，多所举奏，不避权势，切齿者众，恐自今无人肯为陛下当官执法，疾恶绳愆，有大奸猾，陛下无法得知。’上不听。”元稹临行寄诗给白居易，白作是诗以复。

朱金城《白居易年谱》以该诗作于元和五年（810）[④]，未详其日月。下

---

① 荣新江、徐俊《新见俄藏敦煌唐诗写本三种考证及校录》，第 68—69 页。
② 徐俊《敦煌诗集残卷辑考》，第 21 页。
③ 项楚《敦煌诗歌导论》，第 12 页。
④ 朱金城《白居易年谱》，上海：上海古籍出版社，1982 年，第 48 页。

孝萱《元稹年谱》以原题所言“桐花诗”乃元稹《三月二十四日宿曾峰馆夜对桐花寄乐天》,此诗为复答,知其必作于元和五年三月二十四日后。又该诗的创作地点应为长安,是年白居易为翰林学士,居西京。《元稹集》卷五一《白氏长庆集序》:“会予遣掾江陵,乐天犹在翰林,寄予百韵律诗及杂体,前后数十章。”[①]诗极写作者与元稹的深情厚谊。《唐宋诗醇》卷二一:“一意百折,往复缠绵,极平极曲,愈浅愈深,觉两人觌面对语,无此亲切也。杜甫于李白,居易于元微之,皆友谊中最笃者,故两集中赠答诗,真挚乃尔。”

白居易(772—846),字乐天,自号醉吟先生,一称香山居士。其先太原(今属山西)人,至曾祖温迁居下邽(今陕西渭南)。贞元十六年(800)进士及第,补校书郎。元和元年(806),应才识兼茂明于体用科,登第,调盩厔尉。后召为翰林学士,迁左拾遗。五年(810),除京兆府户曹参军,仍充翰林学士。九年(814),授太子左赞善大夫,因上书言事,贬为江州司马。十三年(818),移忠州刺史。穆宗长庆元年(821),转授中书舍人,二年(822),除杭州刺史,四年(824),授太子右庶子。敬宗宝历元年(825),除苏州刺史。大和元年(827),为秘书监,次年转刑部侍郎,三年(829),以太子宾客分司东都,拜河南尹,九年(835),任同州刺史。唐武宗会昌二年(842),任刑部尚书,六年(846)八月病逝,终年75岁。赠尚书右仆射,谥曰文。生平事迹见于《旧唐书》卷一六六,《新唐书》卷一一九,《唐才子传》卷六。白居易为唐代著名文学家,《全唐文》卷六五六至六八一存其文26卷,《全唐诗》卷四二四至卷四六二存其诗39卷。敦煌有5个写本抄有白居易诗,除P.2492 + Дx.3865缀合写本外,P.3579存2首,S.6204存2首,P.2633存2首,P.3812存1首。P.2492 + Дx.3865存19首,历来为学者所重视。王重民最先以汪本、卢本白集对勘该诗并附校记[②],顾学颉点校《白居易集》曾利用写本比勘异文。此外,校录本还有:黄永武《敦煌所见白居易诗二十首的价值》、徐俊《敦煌诗集

---

① (唐)元稹撰,冀勤校注《元稹集(修订本)》,北京:中华书局,2010年,第641页。

② 王重民《敦煌古籍叙录》,第296页。

残卷辑考》、张锡厚主编《全敦煌诗》等。

2.《和乐天韵同前》(首题),诗题单行书写,下署“微之”。共15行,五言48句。起“新昌北门外”,迄“销尽犹是金”。原诗“枢星”前空一格表敬。诗题原标“和韵”,二诗之韵脚俱为“分”“君”“息”“北”“色”等字,与元稹自谓之“戏排旧韵,别创新辞”相称[①],为“次韵相酬”元和体之原式。诗又见于《元氏长庆集》卷六、《全唐诗》卷四〇一,题作《酬乐天书怀见寄》,自注云:“本题云:初与微之别后,忽梦见之,及寤,而微之书至。兼览《桐花》之什,怅然书怀。此后五章并次用本韵。”[②]

元稹(779—831),字微之,洛阳人。自幼丧父,随母自学。15岁明经及第。元和元年(806),应制举才识兼茂明于体用科,对策第一,除右拾遗。数上书言事,为执政所忌,贬为河南尹。元和四年(809),任监察御史,后因得罪宦官,五年(810),贬为江陵府士曹参军。十三年(818),代理通州刺史,岁末迁虢州刺史,次年奉诏回京,授膳部员外郎。穆宗即位,授祠部郎中、知制诰,后擢中书舍人,翰林承旨学士。因陷党争,出同州刺史。长庆三年(823),任浙东观察使兼越州刺史。文宗大和三年(829),入为尚书左丞,四年初,出为武昌节度使兼鄂州刺史。大和五年(831)七月二十二日卒。赠尚书右仆射。生平事迹见白居易《元稹墓志铭》,《旧唐书》卷一六六及《新唐书》卷一七四本传,《唐才子传》卷六。元稹著述颇丰,今存《元氏长庆集》六十卷,《全唐文》卷六四七至卷六五五存其文9卷,《全唐诗》卷三九六至卷四二三存其诗28卷。杨军《元稹集编年笺注:诗歌卷》、冀勤《元稹集(修订本)》、周相录《元稹集校注》、吴伟斌《新编元稹集》皆未参校敦煌写本[③]。黄永武《敦煌所见白居易诗二十首的价值》、徐俊《敦煌诗集残卷辑考》、张锡厚

---

① (后晋)刘昫等《旧唐书》,北京:中华书局,1975年,第4333页。

② 徐俊《敦煌诗集残卷辑考》,第30页。

③ (唐)元稹撰,杨军笺注《元稹集编年笺注:诗歌卷》,西安:三秦出版社,2002年,第296—298页。(唐)元稹撰,冀勤校注《元稹集》,第73—74页。(唐)元稹撰,周相录校注《元稹集校注》,上海:上海古籍出版社,2011年,第160—161页。(唐)元稹撰,吴伟斌辑佚编年笺注《新编元稹集·凡例》,西安:三秦出版社,2015年,第49页。

主编《全敦煌诗》有校录[①]。

3.《上阳人》(首题),诗题单行书写,无署名。共 15 行,杂言 42 句。起"上阳人",讫"又不见今日上阳人白发歌"。诗中"玄宗""君王"二词前空一格表敬,有些句式与今本不同。此外,该诗"秋""夜""长"三字右下角存有"、"形重文符号,这种符号与句读符相近,但意义不同,黄征曾指出"这种单点重文号主要见于早期写本,后期很少用"[②],或可据以判断写本之抄写时间。此诗又见于《白氏长庆集》卷三、《全唐诗》卷四二六,题为《上阳白发人》,为白居易《新乐府五十首》第七首。序云:"愍怨旷也。天宝五载以后,杨贵妃专宠,后宫人无复进幸矣。六宫有美色者辄置别所,上阳是其一也。贞元中尚存焉。"《上阳白发人》的题目最早为李绅所作,元稹和白居易继而和之(《元稹集》卷二四亦有此题诗)。传世本诗题皆作《上阳白发人》,敦煌本少"白发"二字。《全唐诗》注:"一无白发字。"汪立名《白香山诗集》作《上阳人》,注云:"一本有白发字。"陈寅恪《元白诗笺证稿》:"考此篇乃乐天和微之作者,微之诗题诸本既均作《上阳白发人》,则似有'白发'字者为是。"[③]。《元稹集》中新乐府以《上阳白发人》列第一,敦煌本白居易诗亦以此诗为第一首,则白诗次序本同元诗,今传白居易《新乐府》次序乃经白氏后来调整。其排序的理由陈寅恪《元白诗笺证稿》有详尽分析。

白居易《新乐府五十首序》云:"元和四年为左拾遗时作。"然详考之,这 50 首诗并不都作于元和四年(809),乃以后数年间陆续修改增补而成,详见陈寅恪《元白诗笺证稿》第五章《新乐府》。《白居易集》卷五八有《请拣放后宫内人》云:"伏见大历已来四十余载,宫内人数积久渐多。伏虑驱使之余,其数犹广。上则虚给衣食,有供亿糜费之烦。下则离隔亲族,有幽闭怨旷之苦。事宜省费,物贵遂情。……臣伏见自太宗、玄宗以来,每遇灾旱,多

① 黄永武《敦煌所见白居易诗二十首的价值》,《敦煌的唐诗》,台北:洪范书店,1987 年,第 263—266 页,第 255—289 页。徐俊《敦煌诗集残卷辑考》,第 29 页。张锡厚主编《全敦煌诗》,第 2627—2631 页。

② 黄征《敦煌语言文字学研究要论》,《敦煌语言文字学研究》,兰州:甘肃教育出版社,2002 年,第 15 页。

③ 陈寅恪《元白诗笺证稿》,北京:商务印书馆,2015 年,第 168 页。

有拣放。书在国史，天下称之。伏望圣慈，再加处分。”此诗前8句写上阳宫女天宝末年被选入宫，至今已40余年，韶华逝去，空留满头白发。次20句忆年少离别亲人，踏入深宫，即被杨贵妃潜配东都上阳宫，度过了40余个春秋。次6句写年老之后，君王遥赐尚书之号，上阳宫女，与世长隔，不知风俗已改，依旧着天宝年间服妆。尾8句写诗人对上阳宫女悲惨命运的同情。王重民《敦煌古籍叙录》最早校录P.2492所存白诗，附有校勘记，其他校录本还有：黄永武《敦煌所见白居易诗二十首的价值》、徐俊《敦煌诗集残卷辑考》、张锡厚主编《全敦煌诗》等。

4.《百炼镜》(首题)，诗题单行书写，无署名。共8行，杂言19句。起“百炼镜”，迄“不是扬州百炼铜”。诗中“天子”“太宗”前空一格表敬，“太宗”二字右下角又加“、”表示重文，“理化”二字右侧存“√”形勾乙符号。又见于《文苑英华》卷三四七、《白氏长庆集》卷四、《全唐诗》卷四二七，为白居易《新乐府五十首》第二十二首，小序云：“辨皇王鉴也。”此诗，陈寅恪《元白诗笺证稿》：“此篇疑亦是乐天翻检《贞观政要》及《太宗实录》，以作《七德舞》时，采摭其余义而成者也。”《国史补》卷下：“扬州旧贡江心镜，五月五日扬子江中所铸也。或言无有百炼者，或至六七十炼则已，易破难成。”前11句写扬州岁贡百炼镜，装于钿函珠匣中献于帝王。尾6句写太宗以人为镜，以古为镜，得成贞观之治。讽谕君王应广开言路，虚怀纳谏。

5.《两珠阁》(首题)，诗题单行书写。首尾俱全，无署名。共8行，杂言20句。起“两珠阁”，迄“渐恐人间尽为寺”。诗中“敕牓”前空格表敬，“帝子”二字右下存“、”形重文符号。另“比屋齐人何处”句“处”字右下侧补“居”字。又见于《文苑英华》卷三四三、《白氏长庆集》卷四、《全唐诗》卷四二七，题为《两朱阁》。小序：“刺佛寺寖多也。”此诗为白居易《新乐府五十首》之二十四首。陈寅恪《元白诗笺证稿》谓“贞元双帝子”为德宗女义阳、义章二公主。前8句写二公主去世后，德宗将原公主宅邸改为佛寺。后12句写宅第建成佛寺，吞并诸多平民家宅地。

6.《华原磬》(首题)，诗题单行书写，无署名，共9行，杂言22句。起“华原磬”，迄“清浊两音谁得知”。诗中“乐工”二字右下存“ 、”形重文符号。又见于《文苑英华》卷三三四、《白氏长庆集》卷三、《全唐诗》卷四二六，为白居易《新乐府五十首》第六首。小序：“刺乐工非其人也。天宝中，始废泗滨磬，用华原石代之。询诸磬人，则曰：故老云：泗滨磬下调之不能和，得华原石考之乃和。由是不改。”本篇为崇古乐贱今乐而作，前10句写时人耽于今乐，虽知古乐胜今乐，却仍为君王奏今乐。尾12句写乐与政通，时人不奏古乐，不闻磬声，不思战死封疆之臣，乃有天宝之乱。

7.《道州民》（首题），诗题单行书写，无署名。共9行，杂言25句。起“道州民”，迄“养男多以杨为字”。诗中“任土贡”三字右下存“ 、”形重文符号。另有“诏问”一词前空格表敬。又见于《白氏长庆集》卷三、《全唐诗》卷四二六，为白居易《新乐府五十首》第十五首。小序：“美臣遇明主也。”道州，旧为营州，贞观八年（634）改为道州，在今湖南道县。此诗写道州刺史阳城罢道州岁贡侏儒一事。阳城（736—805），字亢宗，定州北平（今河北定县）人。唐德宗时进士及第，贞元十年（794），以弹劾权奸裴延龄出名，十四年（798）贬为道州刺史。《旧唐书》卷一九二、《新唐书》卷一九四有传。《新唐书》：“（道）州产侏儒，岁贡诸朝，城哀其生离，无所进。帝使求之，城奏曰：‘州民尽短，若以供，不知何者可供。’自是罢。州人感之，以‘阳’名子。”陈寅恪《元白诗笺证稿》谓作于元和五年（810）以后。前5句写道州多侏儒，此间侏儒被当作土贡献于朝廷，充作矮奴。次11句写在刺史阳城的努力下，唐德宗下诏废除道州岁进矮奴。尾9句写道州民众感念阳城之恩，男子多以“阳”为字。

8.《别母子》（首题），诗题单行书写。首尾俱全，无署名，杂言24句。起“母别子”，迄“别有新人胜于汝”。诗中“敕赐”二字前空格表敬，“我使母子生别离”句“我”“使”二字右侧存“√”形勾乙符。又见于《白氏长庆集》卷四、《全唐诗》卷四二七，题作《母别子》。小序：“刺新间旧也。”为白居易《新乐府五十首》第三十五首。陈寅恪《元白诗笺证稿》认为诗中“关西骠骑大将军”为杨朝晟。据《新唐书》卷一五六杨朝晟传，杨氏曾为骠骑大将军，有筑城御寇之功。然杨氏卒于贞元十七年（801），白居易写此诗时，杨氏已去世。此诗前13句写破虏立功的关西骠骑大将军抛弃旧爱，另寻新欢，旧爱不得不与其子分离。次11句转变视角，以失宠妇人口吻，自比林下乌鹊、园中桃李，诉说悲苦的命运，并希望将军再立新功，再寻新欢，抛弃取代她的新人。

9.《草茫茫》(首题)，诗题单行书写，无署名，共7行，第3、4行漫漶不清，存杂言18句。起"草茫茫"，迄"汉文葬在灞陵原"。又见于《白氏长庆集》卷四、《全唐诗》卷四二七，小序："惩厚葬也。"为白居易《新乐府五十首》第四十四首。元和年间，厚葬成风，《唐会要》三八"葬门略"："元和三年五月京兆尹郑元修奏，王公士庶丧葬节制，……其凶器悉请以瓦木为之。是时厚葬成俗久矣，虽诏命颁下，事竟不行。"《白居易集》卷六五有《禁厚葬》一文，可与此篇参看。诗前10句写秦皇墓极尽奢华之能事。尾8句写秦皇墓屡遭盗掘，而薄葬的汉文帝陵则安然无恙。

10.《天可度》(首题)，诗题单行书写，无署名，共7行，杂言17句。起"天可度"，迄"唯不测人间笑是嗔"。又见于《白氏长庆集》卷四、《全唐诗》卷四二七，为白居易《新乐府五十首》第四十七首。小序："恶诈人也。"陈寅恪《元白诗笺证稿》认为乐天所恶之"诈人"当指李林甫："其所刺者，殆李林甫乎?"人心不可防，人心不可测，官场上尔虞我诈尤甚，乐天宦海沉浮，著此篇述二事：一是感慨人心隔肚皮，不可测，不可量。二是鄙夷李林甫等口蜜腹剑之辈。

11.《时世妆》(首题)，诗题单行书写，无署名，共7行，存杂言16句。起"时世妆"，迄"髻椎面赭非华风"。诗中"时世妆""膏唇"右下有" 、"形重文符号。又见于《白氏长庆集》卷四、《全唐诗》卷四二七，为白居易《新乐府五十首》第三十四首，序："儆戒也。"《新唐书・五行志》："元和末，妇人为圜鬟椎髻，不设鬓饰，不施朱粉，惟以乌膏注唇，状似悲啼者。圜鬟者，上不自树也。悲啼者，忧恤象也。"

12.《司天台》(首题)，诗题单行书写，无署名，共7行，存杂言18句。起"司天台"，迄"焉用司天百尺围"。"九重天子不得知"两见，后一句中"天子"二字前空格表敬，前句"天子"未空格。又见于《白氏长庆集》卷三、《文苑英华》卷三四三、《全唐诗》卷四二六，为白居易《新乐府五十首》第十一首。小序："引古以儆今也。"《新唐书・百官志》："司天台监一人，正三品……监掌察天文,稽历数。凡日月星辰、风云气色之异,率其属而占。"本篇借古讽今,借天文说人事,讽谕唐朝女祸、外戚专权等现象。陈寅恪《元白诗笺证稿》认为,此篇所讽刺者"殆属之当时司徒杜佑、司空于頔二人之一矣"。

13.《胡旋女》(首题),诗题单行书写,题下有小注:"天宝年中外国进来。"无署名,共 12 行,第 8 行字迹漫漶,存杂言 31 句。起"胡旋女",讫"故唱此曲悟明主"。又见于《白氏长庆集》卷三、《文苑英华》卷三三五、《全唐诗》卷四二六,小序:"戒近习也。天宝末康居国献之。"写本所抄白氏《新乐府》17 首,唯此诗题下存有小注。今考宋吴刻本、日本翻宋本《白氏长庆集》卷三,《胡旋女》题下皆注"天宝末康居国献之",与敦煌本异。《乐府诗集》卷九七元稹《胡旋女》题下注:"白居易传曰:'天宝末康居国献胡旋女。'"[①]知注语出自白氏自传。本诗为白居易《新乐府五十首》第八首。《新唐书·西域传》有康国、米国、俱密国,开元中献胡旋舞女的记载。段安节《乐府杂录》:"舞有《骨鹿舞》《胡旋舞》,俱于一小圆球子上舞,纵横腾踏,两足终不离于球子上,其妙如此也。"敦煌莫高窟第 220 窟东方药师净土变中有舞女图,发带飞扬,急转如风,与白居易诗描写的"胡旋舞"相似。《敦煌学大辞典》即名为"胡旋舞"。该窟有"贞观十六年"题记,与史籍所记胡旋舞天宝年间传入中国的时间不合。此诗前 16 句写胡旋女舞艺高超,中原舞者鲜能及之。次 10 句写杨贵妃、安禄山善为胡旋舞,玄宗受二人影响,酿成天宝之乱。尾 5 句告诫君王莫耽于美色、谗臣,以防国破身亡。

14.《昆明春》(首题),诗题单行书写,无署名,共 12 行,存杂言 29 句。起"昆明春",讫"熙熙同似昆明春"。诗中"诏开""君惠"二词前空格表敬。又见于《白氏长庆集》卷三、《全唐诗》卷四二八,题目作《昆明春水满》,为白居易《新乐府五十首》第十三首。小序:"思王泽之广被也。贞元中始涨之。"《册府元龟》帝王部都邑门:"(贞元十三年)八月诏曰,昆明池俯近都城,古之旧制,蒲鱼所产,实利于人。宜令京兆尹韩皋充使即勾当修堰涨池。"《文苑英华》卷三五录有张仲素和宋悛的同题《涨昆明池赋》,陈寅恪《元白诗笺证

① (宋)郭茂倩编《乐府诗集》,北京:中华书局,1979 年,第 1356 页。

稿》谓白诗或受张赋之启发。诗前 8 句写昆明湖风景如画，后因干旱，湖水渐涸，德宗下诏开渠涨昆明湖，水中鱼虫得以重活。次 12 句写昆明湖生机勃勃，德宗更是免除鱼税，近水之人颇感皇恩。尾 9 句写皇城附近之民得享惠政，吴兴鄱阳却仍有榷茗税银的重赋，同是王之臣人，境遇却完全不同。

15.《撩绫歌》(首题)，诗题单行书写，无署名，共 11 行，存杂言 26 句。起“撩绫撩绫何所似”，迄“不见织时应不惜”。诗中“撩绫”二字下有“ 、”形重文符号，“口敕”前空格表敬。又见于《白氏长庆集》卷四、《全唐诗》卷四二六，题目作《缭绫》，为白居易《新乐府五十首》第三十一首。小序：“念女工之劳也。”陈寅恪《元白诗笺证稿》：“多一歌字，非是。盖新乐府之题目，例皆不用歌吟等字。”“缭绫为当时丝织品之最新最佳者，故费工耗力远过其他丝织品，观微之古题乐府此诗，知当时缭绫贡户之苦至此，则诗人作诗讽刺，自无足异也。”诗前 8 句写越溪寒女织得缭绫，皎似明月，白胜簇雪。次 12 句写寒女所织缭绫，裁作裙裳，衣于昭阳舞人，缭绫衣一染汗粉，舞人便弃之如敝屣。尾 6 句写缭绫费时费工，为寒女辛劳之作，表现了作者对寒女的同情。

16.《卖炭翁》(首题)，诗题单行书写，无署名，共 8 行，存杂言 21 句。起“卖炭翁”，迄“系在牛头充炭直”。又见于《白氏长庆集》卷四，《全唐诗》卷四二六，为白居易《新乐府五十首》第三十二首。小序：“苦宫市也。”所谓“宫市”，就是皇宫需要的物品，到市场上去购买，给很低的价钱。始于天宝年间，开始还比较公平，到德宗时，宦官专管其事，设“白望”数百人于东西两市，看到所需要的东西，口称“宫市”，给很少的钱，并让货主送进皇宫，还要索取门户钱和脚价钱。韩愈《顺宗实录》卷二有详细记载。《卖炭翁》前 8 句刻画了一位孤独的卖炭翁，伐薪烧炭，只为衣食，身着单衣，却盼着天寒，炭价能高一点。后 13 句写雪后卖炭翁驾车叫卖，所载之炭被宫人强征入宫，千余斤炭仅换得半匹红纱一丈绫。

17.《折臂翁》(首题)，诗题单行书写，无署名，共 16 行，存杂言 42 句，较传世本少 6 句。起“新丰老翁年八十”，迄“君不见新丰折臂翁”。又见于《白氏长庆集》卷四、《文苑英华》卷三三三、《全唐诗》卷四二七，题目作《新丰折臂翁》，为白居易《新乐府五十首》第九首。小序：“戒边功也。”与传世本相较,写本“未战十人五人死”后缺“村南村北哭声哀,儿别爷娘夫别妻。皆云前后征蛮者,千万人行无一回”,“万人冢上哭呦呦”后缺“老人言,君听取”。陈寅恪《元白诗笺证稿》:“此篇为乐天极工之作。其篇末‘老人言,君听取’以下,固《新乐府大序》所谓‘卒章显其志者’。然其气势若常山之蛇,首尾回环救应,则尤非他篇所可及也。后来微之作《连昌宫词》,恐亦依约摹仿此篇。盖《连昌宫词》假宫边老人之言,以抒写开元、天宝之治乱系于宰相之贤不肖及深戒用兵之意,实与上篇无不相同也。”

18.《盐商妇》(首题),诗题单行书写,无署名。P.2492 存 2 行,末句为“南北东西不失”,Дx.3865 存 9 行,残存“家”字,可与前文缀合。杂言 31 句,起“盐商妇”,迄“不独汉时今亦有”。又见于《白氏长庆集》卷四、《全唐诗》卷四二七,为白居易《新乐府五十首》第三十八首。小序:“恶幸人也。”《白氏长庆集》卷四六《议盐法之弊》:“盖山海之饶,盐铁之利,利归于人,政之上也。利归于国,政之次也。若上既不归于人,次又不归于国,使幸人奸党,得以自资,此乃政之疵,国之蠹也。”本篇为刺盐政而作。

19.《李季兰诗》(首题),单行书写,以人名代题。该诗首尾俱全,共 5 行,第 2 行文字有部分残缺,难以辨识,存七言 8 句:“故朝何事谢承朝,木德□天火□消。九有徒□归夏禹,八方神气助唐尧。紫云捧入团霄汉,赤雀衔书渡雁桥。闻道乾坤再含育,生灵何处不逍遥。”此诗不见于《全唐诗》等传世文献。李季兰(? —784),名冶,字季兰,以字行。乌程(今江苏吴兴)人,唐女道士。她是一位早慧的才女,据《唐诗纪事》卷七八记载,始年五六岁,作《蔷薇诗》云:“经时未架却,心绪乱纵横。”其父曰:“此女聪黠非常,恐为失行妇人。”及长,专心翰墨,尤工格律,刘长卿称其“女中诗豪”。其后长期寓居江东,时往来剡溪,与茶圣陆羽、释皎然及诗人刘长卿等意甚相得。上元二年(761)赴浙东观察使杜鸿渐幕府。大历末年,奉诏入宫,优赐甚厚。建中四年(783)朱泚称帝,季兰献颂诗招祸被杀。《全唐诗》卷八〇五存其诗 16 首。生平事迹,略见于《唐诗纪事》卷七八、《唐才子传》卷二。

关于李季兰因向朱泚献诗而被杀之事,唐人赵元一《奉天录》卷一有较为详细的记载。朱泚政变,一批大臣被杀,长安血腥。“时有风情女子李季兰上泚诗，言多悖逆，故缺而不录。皇帝再克京师，召季兰而责之曰：'汝何不学严巨川有诗云：手持礼器空垂泪，心忆明君不敢言。'遂令扑杀之。"《奉天录》不录的这首"悖逆"之诗，应当就是 Дx.3865 卷保存的这首缺题七言诗一首①。此诗首联写朱泚新朝之火德代替唐之木德乃五德相克之必然。次联歌颂朱泚。"九有"指九州。"归夏禹"指大禹继承舜帝，建立夏朝。"助唐尧"用尧以子丹朱不肖而传位于舜的典故。颈联写朱泚代唐乃天运所归，有祥瑞可证。"紫云"指祥瑞之云气。"赤雀衔书"用周代商的典故。相传周文王姬昌为西伯时，有赤色鸟衔丹书止于其户，授以天命。后其子武王姬发果然灭商建立周朝。见《史记・周本纪》"生昌，有圣瑞"下张守节《正义》引《尚书帝命验》。后来，这个典故就成了泛指帝王受天顺命的祥瑞。尾联歌颂新朝包容化育天下万事万物，人民从此可以过上逍遥自在的日子。据《奉天录》记录，朱泚于宣政殿继承皇位时，"愚智莫不血怒"。当时有严巨川写诗道："烟尘忽起犯中原，自古临危贵道存。手持礼器空垂泪，心忆明君不敢言。落日胡笳吟上苑，通宵虏将醉西园。传烽万里无师至，累代何人受汉恩。"与李季兰的诗表达的阿谀之情迥异。

朱泚于唐德宗建中四年(783)十月"僭即伪位"，李季兰之诗当创作于此时。而次年(784)三月，"官军入苑，收复京师"，《奉天录》所谓"皇帝再克京师"即此年，李季兰被"扑杀"亦于此时。同写本所抄之诗，可以考定创作时间最晚者为白居易《叹旅雁》，作于元和十年(815)，此为写本抄写时间之上限。是时距李季兰被杀已逾三十年，知李季兰献朱泚之诗仍于坊间流传。李季兰于泾原兵变投叛朱泚，遭德宗钦令"扑杀"，是为谋逆之徒，在白居易诗中夹抄逆乱之诗，其中或另存蹊跷。主要校录本有：徐俊《敦煌诗集残卷辑考》，张锡厚主编《全敦煌诗》等。

20.《叹旅雁》(首题)，诗题单行书写，无署名，共 9 行，存七言 19 句，较传世本少一句。起"九江十年冬大雪"，迄"拔汝翅翎为箭羽"。又见于《白氏长庆集》卷一二、《全唐诗》卷四三五，题为《放旅雁(元和十年冬作)》。《放旅

---

① 荣新江、徐俊《新见俄藏敦煌唐诗写本三种考证及校录》，第 71 页。

雁》非白居易《新乐府五十首》,写本抄于《新乐府五十首》第十六首与第十七首间,则说明白居易之《新乐府五十首》,非同一时间所写,创作出来分别流传社会。敦煌本 17 首的次序与传世本不同,说明敦煌本是早于 50 首为一组的传本。元和十年,白居易谪居江州。《放旅雁》首 10 句写元和十年(815)冬,九江大雪,江中旅雁饥饿难当,为人所捉,作者感念同为旅人,将其赎还放生。后 10 句借劝雁之词,表达作者对淮西兵变的忧虑。主要校录本有:徐俊《敦煌诗集残卷辑考》、张锡厚主编《全敦煌诗》等。

21.《红线毯》(首题),诗题单行书写,无署名。共 10 行,存杂言 23 句。起"择茧摻丝清水煮",迄"少夺人衣作地衣"。又见于《白氏长庆集》卷四、《全唐诗》卷四二七,为白居易《新乐府五十首》第二十九首。小序:"忧蚕桑之费也。"尾有小注:"贞元中,宣州进开样加丝毯。"诗之前 14 句写贞元时宣州所贡红线毯巧夺天工,铺于后庭,深受宫中喜爱,太原毯、蜀都锦比之弗及。后 9 句写一丈红毯需千两丝线,成宣州百姓重负。

22.《招北客词》(首题),署名"岑参",题署单行书写,共 5 行,有两处随文小注。存 11 句,起"蜀之先曰蚕丛兮",迄"人皆左其衽而椎其发,及通"后缺。日本宫内厅书陵部藏唐人乐府诗集《杂抄》,存乐府诗 35 首,最后一篇《蜀道招北客吟》,署名"岑参"。《唐文粹》卷三三载"畏途一"载录于独孤及《祭纛文》后,题为《招北客文》,未署作者,但书前《目录》作独孤及。《文苑英华》卷三五八"骚五"收录,题为《招北客文》,作者署"岑参",下注:"《文粹》作独孤及"。按《全唐文》卷三八九亦录作独孤及文。《太平广记》卷四二五引《北梦琐言》作"岑参《招北客赋》"。唐杜确《岑嘉州诗集序》中有《招蜀客归》文题,当即此文。闻一多《岑嘉州系年考证》:"大历四年(769)旅寓成都,《招北客文》疑作于本年。"

岑参(约 715—770),荆州江陵(今属湖北)人,太宗朝宰相岑文本之后。幼年丧父,居嵩山苦读。天宝三载(744)登进士第,授右内率府兵曹参军。天宝八载(749),为安西节度使高仙芝幕僚。天宝十三载(754),为安西、北庭节度使封常清幕僚。乾元二年(759),为虢州刺史。宝应元年(762),迁太子中允,兼殿中侍御史,充关西节度判官。永泰元年(765),为嘉州刺史,世称岑嘉州，两年后秩满罢官，谋求东归不得，大历四年末或五年初(760)，卒于成都客馆，年五十四岁。生平事迹见杜确《岑嘉州诗集序》，《唐才子传校笺》卷三。《全唐诗》卷一九八至二〇一存其诗 4 卷，《全唐文》卷三五八存其文 1 篇。

《招北客词》全文较长，Дx.3865 只存开头部分。本篇形式上摹仿《楚辞》中《大招》《招魂》的形式，谓蜀地险恶，“蜀之不可往，北客归去来兮”。其后四段铺陈描写其东、其西、其南、其北之地理形势，谓“蜀之东不可以往，北客归去来兮”“蜀之西不可以往，北客归去来兮”“蜀之南不可以往，北客归去来兮”，唯独“蜀之北可以往，北客归去来兮”。主要校录本有：徐俊《敦煌诗集残卷辑考》、张锡厚主编《全敦煌诗》等。

P.2492＋Дx.3865 缀合写本的性质，学术界有《白香山诗集》和《唐诗选集》两种意见。自从发现 Дx.3865 可与 P.2492 缀合之后，《唐诗选集》的意见似乎已经成为共识。从选集者的个人编集意识讲，我更倾向于别集说，即认为本写本是《白居易诗选》。但写本时代的“别集”与刻本时代的“别集”是不同的。下面说明我的理由。

缀合写本中抄录了白居易(772—846)19 首，而元稹(779—831)、李季兰(？—784)、岑参(约 715—770)诗各一首，可见编集者的重点是白居易的作品。因为选录了白居易的《寄元九微之》，所以附录元稹的《和乐天韵同前》，这是合乎古人编集情理的。岑仲勉《唐人行第录》说：“唐人诗集常以和作附原作后。”[①]岂止唐人诗集，写本时期的诗文集多是如此。因为古人是为了求得事情的原委。比如《韩非子》有《存韩篇》，但收录的除了韩非的《上秦王政书》(《存韩》)外，还收录了李斯《上秦王政书》《上韩王安书》两篇，这主要是为了说明韩非《上秦王政书》之后秦廷出现的情况，用后世别集的眼光看，后两篇是附录。

而《李季兰诗》，抄在白居易《盐商妇》和《叹旅雁》之间。《盐商妇》写不劳而获，享受荣华富贵的盐商妇。《叹旅雁》借旅雁喻人心难测，彼此相食者

---

① 岑仲勉《唐人行第录》，北京：中华书局，2004 年，第 7 页。

时有发生。季兰曾出入宫中,优赐甚厚,而一经战乱,即为刀下冤鬼。所以,编者在此插入季兰诗,是一种警醒和关注。作为一种过渡,表达编集者彼时彼地的心情。而岑参的《招北客词》,实际上是一篇招魂词,表达一种心灰意冷,近乎绝望的心情。编集者在这里是作为结束的标志,是一种呐喊,也是一种呼救。而写本《招北客词》存双行小注,标注音训,说明编者是很在意这篇作品,悠悠涵泳,低沉吟诵,长歌当哭!

我们认为,写本的编集者是一位忧国忧民的文人,吐蕃攻占河西以后,他有家难回,流落敦煌。他集录白居易的诗,是表达对下层劳苦人民的关注。中间插入李季兰的诗,是表达对人生无常的感悟,对战乱频仍的忧虑,而下篇接着抄白居易的《叹旅雁》,就是通过白氏对淮西兵变的担忧,来呼应他此时的心情。不然,我们就无法理解:编者本来是集录白居易《新乐府》诗的,却偏偏在《盐商妇》《红线毯》(二首皆《新乐府》之一)中间,夹抄《李季兰诗》和不是《新乐府》的《叹旅雁》。

写本时代的文人编辑诗文集,往往用特别的作品作为过渡,表达结集到此时此刻的心情。就像 P.2555 是一个存有 210 多首诗的写本,我们从内容可以明显判断此写本可以分为八个部分,说明编集者至少是分八个段落编集完成的。在第二部分"离别诗"编集完后,编者用一诗一文作为过渡标志:佚名《明堂诗》和孔璋《代李邕死表》。《明堂诗》写对四夷的威慑,《代李邕死表》写为正义而视死如归的士人精神。第五部分"闺怨诗、宫怨诗"之后,抄录《为肃州刺史刘臣璧答南蕃书》作为过渡,展示吐蕃入侵河西的硝烟战火,并表达对吐蕃统治者的严正警告。写本的最后,抄录者特意用大字抄写了唐玄宗的《御制勤政楼下观灯》,表达对盛唐太平祥和气象的向往。

写本所集白居易《新乐府》17 首,次序与今本不同,题目也多与今本相异,而且没有今本的小序。说明敦煌本《新乐府》不是按照白氏编定的《新乐府五十首》抄录的。王重民《敦煌古籍叙录》说:"此小册子,盖据元和间白氏稿本。白氏诗歌,脱稿后即传诵天下,故别本甚多,即白氏所谓通行本也。然其价值,当仍在今行诸本之上。"唐宪宗元和初,李绅首唱《新乐府》20 首(已佚),元稹和 12 首,白居易在他们的基础上创作了 50 首。这 50 首,并不是同时创作的，大约经过五六年的时间。元和十年(815)，白居易第一次编定自己的诗集十五卷，他把《新乐府》放在150首"讽谕诗"内。《与元九书》写道："自拾遗来，凡所遇所感，关于美刺兴比者，又自武德至元和，因事立题，题为'新乐府'者，共一百五十首，谓之'讽谕诗'。"这个时候流传的《新乐府》，大致还没有经过细致的编排，也没有写序。王重民谓敦煌本根据"元和间白氏稿本"，说的应当正是这个流传的本子。王重民《叙录》又说"此敦煌小册子，似即当时单行之原帙"，这也是他的卓见。但王先生说的单行原帙，主要指白居易《新乐府》的单行本，像明代流传的《白氏讽谏》二卷那样。其实，写本时代，大多数诗文是以"一个写本"的形式流传，"一个写本"就是一卷，可以抄一篇文章，也可能抄录数篇文章，短小的诗可能抄录更多。

写本中的白居易、元稹诗皆署"乐天""微之"字，不署名，这在敦煌写本中也是比较特殊的。元稹《白氏长庆集序》云："见村校诸童竞习诗，召而问之，皆对曰：'先生教我乐天、微之诗。'"[①]大约当时元白诗传播社会，冠以"乐天""微之"之名。而且写本的款式很严格，题目单列一行，遇到应当表示恭敬处皆空格，说明写本是作为正式的诗集抄写的。

该写本的编集时间，前辈学者因为疏忽或没有看到俄罗斯藏Дх.3865写本，判断有误[②]。写本所抄之诗，以白居易《叹旅雁》创作时间最晚，作于元和十年(815)，这是写本编集的上限。此时，敦煌正值吐蕃统治时期。我们认为，从写本编集所表现的情绪看，也应当结集于吐蕃统治敦煌时期。黄永武推断白居易《新乐府》"完备的诗题与小注，可能是白氏亲手编定前集、后集、续集时所加"，而唐写本大多题注缺失，抄写"或许在他(白居易)自编成集之前"[③]。这也仅是一种推测。白氏一生曾七次编集过自己的诗文集，从元和十年(815)到会昌五年(845)，每一次编集的文集都在相当长的时间广为流传。敦煌本应当是这流传广泛的文集中的一种。

---

① (唐)元稹《元稹集》，第642页。

② [法]伯希和《巴黎图书馆敦煌写本书目》录P.2492为"唐天宝间写本"(《国立北平图书馆馆刊》第七卷第六号)。《敦煌遗书总目索引》著录P.2492："残诗集，天宝年间写本。"姜亮夫《敦煌——伟大的文化宝藏》谓P.2492为"天宝间的唐人小集"。

③ 黄永武《敦煌的唐诗》，第260页。

五、参考图版

1.《王重民向达所摄敦煌西域文献照片合集》第 5 册,第 1840—1858 页。

2.《敦煌宝藏》第 121 册,第 88—113 页。

3.《法国国家图书馆藏敦煌西域文献》第 14 册,第 289—294 页。

4.《俄藏敦煌文献》第 11 册,第 76—77 页。

5. International Dunhuang Project(国际敦煌项目,简称 IDP)。

4. P.2506写本研究

毛诗传笺南有嘉鱼之什
背面：日历 曲子词五首

一、写本编号

P.2506

二、所藏地点

法国国家图书馆

三、写本状况

纸本，卷轴装。首残尾全，双面书写。现存规格约390×30.5厘米，由八纸黏合而成，右下角有缺。纸张呈褐黄色，纸质薄而结实，当为上佳之纸①。正、背面皆有大块油渍。正面先写后粘，正面有界栏，行款整齐，栏线极细。背面先粘后写，存残日历一篇，又倒书词四首，行草体。日历与词字迹相同，当为同一人抄写。在日历与词之间的大片空白处有“纥览”两个大字。

---

① 姜亮夫《敦煌本毛诗传笺校录》，《敦煌学论文集》，上海：上海古籍出版社，1987年，第58页。

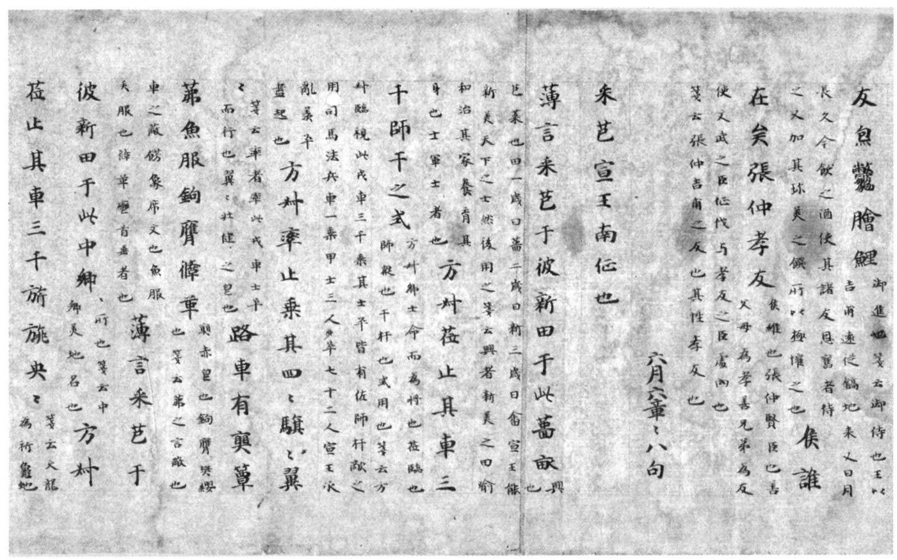

P.2506 正面局部

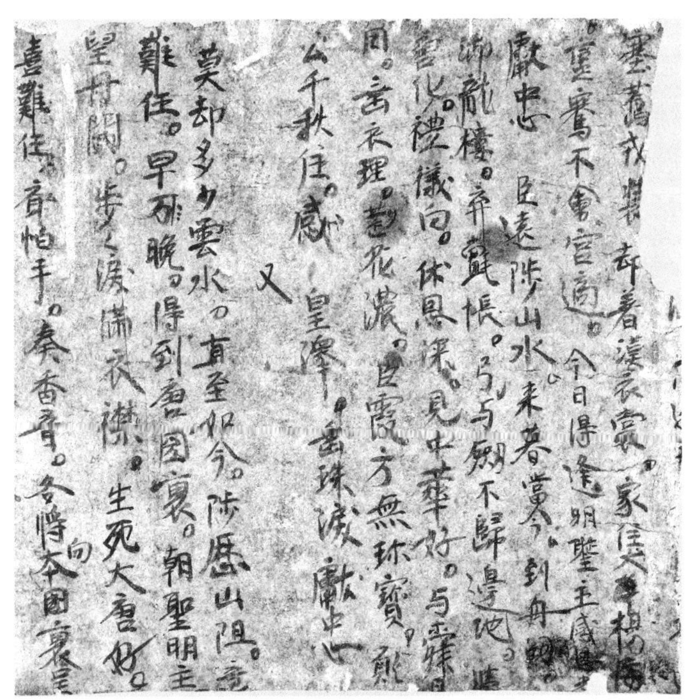

P.2506 背面局部

四、写本内容

正面抄《毛诗传笺》(拟题),起《小雅·六月》序,迄"南有嘉鱼之什十篇卌六章二百七十二句"及"毛诗卷第十"后题。每行经文12—13字,传笺双行,每行18—20字,共136行。为同一人抄写,楷体,工整流畅,颇具典雅之美。经文顶格书写,注文双行,尾题写于本首诗左下角。《敦煌遗书总目索引》定名《诗经卷第十残卷》,《敦煌遗书总目索引新编》从之。黄永武《敦煌遗书最新目录》据写本尾题名《毛诗卷第十》。《敦煌经部文献合集》定名《毛诗传笺(小雅六月至吉日)》。

《六月》,首尾完整,计50行,尾题"《六月》六章,章八句"。《采芑》,首尾完整,计34行,尾题"《采芑》四章,章十二句"。《车攻》,首尾完整,计31行,尾题"《车攻》八章,章四句"。《吉日》,首尾完整,共计18行。尾题"《吉日》四章,章六句"。

罗振玉《雪堂校刊群书叙录》谓该卷不避唐讳,是六朝写本。并说:"分卷与开成石经同。考隋唐《经籍志》,《毛诗故训传》并作二十卷,合以此本,知开成本分卷,仍是六朝相承之旧矣。"[①]姜亮夫《敦煌毛诗传笺校录》、王素与李方《魏晋南北朝敦煌文献编年》从之[②]。日本学者石冢晴通认为是7世纪中期至后期的中原写本[③]。许建平《敦煌经部文献合集·群经类诗经之属》:"写卷无'世''民'二字,而'渊'(出现三次)、'治'(出现两次)均不讳,七世纪中期至后期约当太宗、高宗时期,不应不讳'渊'字。应以六朝之说为是。"[④]

背面抄《唐天复五年(905)乙丑岁具注历日》(拟题)[⑤]。首尾皆残。存正月一日至二月十八日残历,有月序、月建大小、日期干支、五行、建除、月相、二十四节气和吉凶。施萍婷认为,原卷载"正月小建戊寅",结合S.612卷背

① 罗振玉《罗振玉校刊群书叙录》,南京:江苏广陵古籍刻印社,1998年,第213页。

② 王素、李方《魏晋南北朝敦煌文献编年》,台北:新文丰出版公司,1997年,第277页。

③ [日]石冢晴通《敦煌的加点本》,载[日]池田温主编《讲座敦煌》系列之五《敦煌汉文文献》,东京:大东出版社,1997年,第247页。

④ 张涌泉主编,许建平撰《敦煌经部文献合集》第二册,北京:中华书局,2008年,第854页。

⑤ 邓文宽《敦煌天文历法文献辑校》,南京:江苏古籍出版社,1996年,第338页。

载“乙、庚之岁戊为头”,可知此年天干为乙或庚。又查《朔闰表》知仅唐天祐二年(905)乙丑岁比较接近。又 S.5747 首题:“□复五年岁次乙丑正月壬□朔……”此当为天复五年,即天祐二年(中原已于天复四年改元天佑,但敦煌仍沿用天复年号),再联系天复五年正月前后月的朔日干支,可知“壬□”即壬戌,此与 P.2506 朔日正合,相互印证。如此,其正月的朔日与中原历差两天,二、三月朔日则各差一日[①]。因此,此为天复五年(天祐二年)的日历。

汤涒:“背面内容均片段,当是某寺学生利用经卷所为,批语当是老师所加。诸词或言西北少数民族归依唐朝的感激,或言宦游无成、想要归隐的无奈,或记农民起义犯乱朝廷时的声威,嘲讽当政者的狼狈,均为西北及中原士人的作品,创作时间约在盛、中唐间。至于它的抄写,参之斯 2 607 卷,当亦约在晚唐五代间。”[②]

写本背面最后两纸,倒抄词五首。第一首残,后四首全。依次为《春光好》《献忠心》二首、《临江仙》《酒泉子》。第一首残,后四首全。第二、三首同题,并以“又”字相衔接。各词皆以小圆圈“○”作句读。

1.《春光好》(拟题),首残尾全,存 30 字,前片残损严重,仅存后 9 字,后片存 21 字。此词缺题,任半塘考证原调当为《春光好》:“《春光好》亦《教坊记》内之曲名,《羯鼓录》谓玄宗所制。王灼《碧鸡漫志》谓‘唐以来多有此曲’,但唐辞今日不传。”[③]。本词的创作年代,任半塘据左景权《敦煌词曲识小录》所言“圣”作武周新字,认为“可订此辞作于武周后不久”[④]。

2、3.《献忠心》二首(前一首题“献忠心”,后一首题“又”)。未署作者。各 69 字,句式略有差异,有抬头,抒写边地民众献忠于唐朝。《敦煌歌辞总编》认为,“二首同卷、同面、同笔相续,内容一致,末句相同,故为联章”。据内容知其必作于初盛唐时期,内又有武周新字,却又称“大唐”而不称“大

① 施萍婷《敦煌历日研究》,载敦煌文物研究所编《1983 年全国敦煌学术讨论会文集:文史・遗书编上》,兰州:甘肃人民出版社,1987 年,第 327—328 页、第 357 页。

② 汤涒《敦煌曲子词地域文化研究》,上海:上海古籍出版社,2004 年,第 33 页。

③ 任半塘《敦煌曲初探》,第 116 页。

④ 任半塘《敦煌歌辞总编》,第 437 页。

周”，故当作于玄宗时[①]。

4.《临江仙》(首题)。又见于S.2607，未署作者。共63字。此词抒发了作者因不满时政、功名不就而想要归家的惆怅。《敦煌歌辞总编》认为此词最似由盛唐之末转入衰乱逆流中的产物[②]。

5.《酒泉子》(首题)，未署作者。共49字。描写了京城混乱的景象。《敦煌曲初探》认为此词作于唐昭宗乾宁二年(895)李茂贞等入长安后不久，《敦煌歌辞总编》改为初盛唐时期[③]。刘大杰认为此词可能是写黄巢起义军攻入长安时的情况，前片写起义军的英勇，正与《资治通鉴》载黄巢入长安浩大的军势相合。后片写了统治阶级的狼狈情形，故认为此词作者的政治立场是站在起义军一边，进而推测此词是欢迎黄巢军队的民众或起义军中某人所作[④]。

关于五首词整体的创作与抄写时间。汤涒据写本内容认为诸词或言西北少数民族归顺唐朝的感激，或言宦海无成的无奈，或言起义犯乱朝廷的声威，而认为其创作时代约在盛、中唐间[⑤]。此写本《临江仙》又见于S.2607正面，S.2607是五代时期的抄本。S.2607卷背有《法器杂物交割帐》，账目中记有“法真”字样。法真，五代沙州僧人，俗姓马，初住龙兴寺。后唐同光四年(926)出任金光明寺寺主，后晋天福十年(945)官至僧政，后汉乾祐三年(950)出任督僧录，直至宋乾德二年(964)仍任此职[⑥]。此账目是10世纪20年代后期吐蕃时期金光明寺的公文，而法真当时正是寺主[⑦]。汤涒认为，S.2607正面曲子词应为寺院教学所用，至吐蕃统治时期沦为废纸，由于珍惜纸张，其背面又用于寺院重要公文的书写[⑧]。因此，曲子词当早于背面书写。又S.2607《菩萨蛮》六首据饶宗颐考证为唐乾宁四年(897)七月唐昭

① 任半塘《敦煌歌辞总编》，第673页。
② 任半塘《敦煌歌辞总编》，第407页。
③ 任半塘《敦煌歌辞总编》，第440页。
④ 刘大杰《中国文学发展史》第2册，上海：上海人民出版社，1976年，第489页。
⑤ 汤涒《敦煌曲子词写本叙略》，载国家图书馆善本特藏部敦煌吐鲁番学资料研究中心编《敦煌学国际研讨会论文集》，北京：北京图书馆出版社，2005年，第200页。
⑥ 季羡林主编《敦煌学大辞典》，上海：上海辞书出版社，1998年，第363页。
⑦ 汤涒《敦煌曲子词写本叙略》，第194页。
⑧ 汤涒《敦煌曲子词写本叙略》，第194页。

宗李晔和大臣李嗣用、韩建等所作[①]。《菩萨蛮》作于乾宁四年,等其传至敦煌被抄写,已是更晚。《临江仙》的抄写位置又在《菩萨蛮》之后,则《临江仙》的抄写时间不当早于《菩萨蛮》。参考 S.2607 的信息,汤涒认为 P.2506 卷背词的抄写时间当约在晚唐五代间[②]。

以上五首词的主要校录本有:任半塘《敦煌曲初探》《敦煌曲校录》、王重民《敦煌曲子词集》、林玫仪《敦煌曲子词斠证初编》、任半塘《敦煌歌辞总编》、张锡厚主编《全敦煌诗》等[③]。

五、参考图版

1.《王重民向达所摄敦煌西域文献照片合集》第 6 册,第 1978—1988 页。

2.《敦煌宝藏》第 121 册,第 232—268 页。

3.《法国国家图书馆藏敦煌西域文献》第 14 册,第 372—379 页。

4. Dunhuang International Project(国际敦煌项目,简称 IDP)。

---

① 饶宗颐《唐末的皇帝、军阀与曲子词——关于唐昭宗御制的〈杨柳枝〉及敦煌所出他写的〈菩萨蛮〉与他人的和作》,饶宗颐《饶宗颐二十世纪学术文集卷八:敦煌曲续论》,北京:中国人民大学出版社,2009 年,第 705—707 页。

② 汤涒《敦煌曲子词写本叙略》,第 200 页。

③ 任半塘《敦煌曲初探》,第 116 页。任半塘《敦煌曲校录》,上海:上海文艺联合出版社,1955 年,第 49—50、52—53、109 页。王重民《敦煌曲子词集》,上海:商务印书馆,1956 年,第 36—37、39—40、62 页。林玫仪《敦煌曲子词斠证初编》,台北:东大图书公司,1986 年,第 107—110、113、266 页。任半塘《敦煌歌辞总编》,第 406、436、438、673 页。张锡厚主编《全敦煌诗》,第 4891、4893、4895—4896、5122 页。

5. P.2712 写本研究

俗赋两篇

一、写本编号

P.2712

二、所藏地点

法国国家图书馆

三、写本状况

纸本，卷轴装。首全尾残，双面书写。由两纸黏合而成，两纸宽约 27 厘米，长分别为 42 厘米、33.5 厘米。纸张有残缺，有稍许油渍浸染痕迹。卷背字迹模糊不清，有随笔勾画痕迹。

四、写本内容

1.《贰师泉赋一首》(首题)，无作者题署，首尾完整，计 18 行，尾题“凡三百三十七字”。此赋又见于 P.2488，首题“贰师泉赋乡贡进士张侠撰”。P.2621 写本背面存两行，首行题“贰师泉赋，乡贡进使”，次行作“昔贰师兮仗钺专征，森戈兮深入□，初涉大河，愁落日之”。此赋不见于传世文献，作者张侠生平无考。

贰师泉，本名悬泉，位于今敦煌市东 65 公里悬泉谷，泉在东崖丈余高处，

P.2712 局部

周围又有多处石隙渗水，与悬泉水汇合，向西北流 50 米许，渗入地下消失。水质清冷味甘，百里之内，无逾此水①。敦煌本《沙州都督府图经》有较详细记载："悬泉水：右在州东一百卅里，出于石崖腹中。其水傍出细流，一里许即绝。人马多至，水即多。人马少至，水出即少。"此地南依三危山余脉火焰山，北临西沙窝，为汉唐以来丝绸之路的一大中转驿站。20 世纪 80 年代以来，考古工作者在这里发掘出了 28 000 余枚汉简和其他文物，有重要的学术价值。

贰师，即贰师将军李广利。汉武帝太初元年（前 104），李广利为贰师将军，带兵攻贰师城（在今安集延南 50 公里）以取善马。传说在军士饥渴万分的情况下，贰师将军拔佩刀刺山而泉水涌出。P.2005《沙州都督府图经》引《西凉异物志》："汉贰师将军李广利西伐大宛，回至此山，兵士众渴乏，广乃以掌拓山，仰天悲誓，以佩剑刺山，飞泉涌出，以济三军。人多皆足，人少不盈。侧出悬崖，故曰悬泉。"此地曾有庙，据 S.5448《敦煌录》记载，五代时尚存有贰师庙的积石驼马，供行人凭吊。为唐五代敦煌的著名景观。敦煌写本保存有《敦煌廿咏》，其中第四首就是《咏贰师泉》，诗云："贤哉李广利，为将讨匈奴。路指三危迥，山连万里枯。抽刀刺石壁，发矢落金乌。志感飞泉涌，能令士马苏。"至今还有泉水渗漏，有贰师庙的残石。《史记》《汉书》都没有记载贰师将军与悬泉事。《艺文类聚》卷九所引东汉刘珍《东观汉记》："耿恭为校尉，居疏勒，匈奴来攻，城中穿井十五丈，无水。恭曰：闻昔贰师将军拔佩刀刺山而飞泉出，今汉德神明，岂有穷乎？乃正衣服，向井拜，为吏请祷。有顷，井泉喷出。"范晔《后汉书·耿恭传》亦载此事。耿恭居疏勒被围，事在东汉永平十八年（75）。是则东汉初年已有此传说了。主要校录本有：潘重规《敦煌赋校录》，伏俊琏《敦煌赋校注》，张锡厚《敦煌赋汇》等。

2.《渔父歌沧浪赋前进士何蠲撰》（首题），首尾完整，共 15 行。尾题"贰师泉赋渔父赋歌一卷"，末行题"贞明六年庚辰岁次二月十九日龙兴寺学郎张安人写记之耳"。又见于 P.2621、P.2488。P.2621 首题"渔父歌沧浪赋"，次行题"渔父歌沧浪赋，前进士何蠲撰"，尾题"渔父一卷"。P.2488 首题"渔

① 李并成《汉敦煌郡广至县城及其有关问题考》，《敦煌研究》1991 年第 4 期。

父歌沧浪赋,前进士何蠲撰”。此赋不见于唐人诗文集,作者何蠲,亦不见于史籍,生平不详,称其为“前进士”,则其已进士而尚未受官。《称谓录》卷二四:“唐代有举人进士之名,特为不第者之通称。已及第者乃称前进士。”《全唐诗》卷七九五辑有何涓两句诗:“雁影数行秋半逢,渔歌一声夜深发”,写意与此赋相近。《广韵》“蠲”“涓”皆古玄切,同音字。何蠲、何涓是否一人,俟考。本赋以问答体叙写渔父垂纶之思和逐臣去国之愁,同时还对渔父避世自保的思想寄予深切的同情。该篇从篇名、内容、手法等方面,都模仿屈原《渔父》,但《渔父》的重点是表现屈原的洁身自好,不愿与丑恶势力同流合污。而《沧浪赋》侧重写渔父隐居生活的自由舒适、自然景色的美丽迷人。主要校录本有:潘重规《敦煌赋校录》、伏俊琏《敦煌赋校注》、张锡厚《敦煌赋汇》等。

写本末题“贞明六年庚辰岁次二月十九日龙兴寺学郎张安人写记之耳”。贞明为五代后梁末帝朱瑱年号,贞明六年即公元 920 年。龙兴寺是敦煌著名僧寺,简称“龙”,在沙州城内。敦煌文书中宝应二年(763)始见其名(S.2436),最晚的记载是北宋天禧三年(1019)(《天禧塔记》)。吐蕃统治的辰年(788)有僧众二十八人(S.2729),唐末增至五十人(S.2614),后唐同光年间(923—926)增至一百人。吐蕃统治的戌年(818)有寺户约四十三户(S.542)。后梁时设有寺学(P.2712),兼授僧俗生徒(P.2712、莫高窟第 199 窟题记)。寺有藏经(S.476)。归义军节度使曹元忠曾给予布施(S.3565),敦煌王曹宗寿曾向宋朝廷乞请金箔修缮此寺。著名僧人有日进、龙藏、法荣、明照、德胜、庆林、深善等。莫高窟第 36、85、144 等窟有该寺僧人供养像及题名①。

五、参考图版

1. 黄永武编《敦煌宝藏》第 123 册,第 415—420 页。
2. 《法国国家图书馆藏敦煌西域文献》第 17 册,第 327—2328 页。
3. International Dunhuang Project(国际敦煌项目,简称 IDP)。

---

① 李正宇《敦煌地区古代祠庙寺观简志》,《敦煌学辑刊》1988 年第 1 期,第 78 页。

6. P.2718写本研究

王梵志诗一卷九二首 茶酒论一卷

一、写本编号

P.2718

二、所藏地点

法国国家图书馆

三、写本状况

纸本，卷轴装。首尾俱全，单面书写，现存规格约220×30厘米，背面仅存杂写一行，有界栏，现存卷中有污渍浸染，总体保存状况不佳。正文为同一人书写，楷书。文字间有错讹。卷末有题记一行："开宝三年壬申岁正月十四日知术院弟子阎海真自手书记"，旁有淡墨杂写："岁正月十四日知术院弟子""岁""没求□□"，似不是出自同一人之手。

四、写本内容

存《王梵志诗一卷》92首，《茶酒论一卷》。

1.《王梵志诗一卷》(首题，尾题同)。共存92首五言诗，其中第58首《莫不安欠二》仅存三句。正文共79行，每行17—26字不等。诗皆无题，诸

P.2718 局部

家以首句为题：《兄弟须和顺》《夜眠须在后》《兄弟相怜爱》《好事须相让》《昔日田真分》《孔怀须敬重》《兄弟宝难得》《尊人相逐出》《尊人共客语》《主人无床枕》《立身行孝道》《耶娘行不正》《尊人嗔约束》《有事须相问》《耶娘年七十》《耶娘绝年迈》《四大乖和起》《亲中除父母》《主人相屈至》《亲家会宾客》《亲还同席坐》《尊人立莫坐》《尊人对客饮》《尊人与酒吃》《尊人同席饮》《巡来莫多饮》《坐见人来起》《黄金未是宝》《养子莫徒使》《欲得儿孙孝》《养儿从小打》《男年七十八》《有儿欲娶妇》《有女欲嫁娶》《欲得依身吉》《饮酒妨生计》《见恶须藏掩》《借物莫交索》《借物索不得》《邻并须来往》《长幼同欢敬》《停客勿叱狗》《亲客无疏伴》《为客不呼客》《逢人须敛手》《恶口深乖礼》《见贵当须避》《结交须择善》《恶人相远离》《有德之心下》《典吏频多扰》《恶人相触悮》《骂妻早是恶》《有势不须倚》《贫亲须拯济》《有钱莫掣擢》《他贫不得笑》《莫不安欠二》(仅存三句)、《在乡须下意》《贫人莫简弃》《得言请莫说》《无心莫充保》《双陆智人戏》《逢争不须看》《立身存笃信》《有恩须报上》《知恩须报恩》《元得他恩重》《蒙人惠一恩》《得他一束绢》《贷人五斗米》《世间难割舍》《煞生罪最重》《偷盗须无命》《邪淫及妄语》《吃肉多病报》《饮酒是痴报》《造酒罪甚重》《见泥须避道》《相交莫嫉妬》《见病须慈遐》《经纪须平直》《布施生生富》《忍辱生端正》《寻常勤念善》《六时长礼忏》《持戒须含忍》《逢师须礼拜》《闻钟身须侧》《师僧来乞食》《家贫从力贷》《恶事惣须弃》。这 92 首诗中，前 72 首诗是世俗的训世格言，后 20 首是佛教的训世格言，形式单调，内容较为肤浅。

敦煌写本中有关王梵志诗歌的写本有 34 个，这 34 个写本，明确题署卷次的有 18 个，保存约 390 首诗，可分为四个系统①：第一，三卷本，有 12 个写本。三卷本存诗 205 首。这是全部王梵志诗中最主要的部分，因为它们数量最多，内容最富有现实性，艺术形式最具特色，因而价值也最高。项楚认为，三卷本王梵志诗产生于初唐时期，特别是武则天当政的时期，编辑成集，大

① 相关编次、分类主要参考：项楚、张子开、谭伟、何剑平《唐代白话诗派研究》，成都：巴蜀书社，2005 年，第 118—119 页。齐文榜《王梵志诗集叙录》，《河南大学学报》2005 年第 4 期，第 44—47 页。

约是在武周晚期,最晚不会在开元以后[①]。第二,一卷本,有 14 个写本,存诗 92 首。前 72 首是世俗的训世格言,后 20 首是佛教的训世格言。它们形式较为单调,内容较为肤浅,与三卷本《王梵志诗集》有较大差别。项楚认为:一卷本王梵志诗实际上是唐代民间的童蒙读本,是待人处世的启蒙教科书,它的内容和另一种唐代民间童蒙读本《太公家教》十分相似,应该也是出于唐代一位民间知识分子之手,而借用了王梵志的大名,以广流传[②]。第三,法忍本,即法忍抄"王梵志诗一百一十首"本,包括 S.4277 和彼得堡藏 L.1456 等 2 种写本,其实是同一个写本断裂的两段。法忍所抄 110 首本(今存 69 首),这是和三卷本等不同的另一种王梵志诗集。从内容看,它基本上是一部佛教诗集。第四,零篇,据 4 个敦煌写本,以及唐宋以来的诗话笔记,《王梵志诗校注》整理为 26 首诗。这些不同系统的王梵志诗,是在从盛唐、中晚唐、五代以至宋初的很长时期内陆续产生,并附着于王梵志名下的。所以,三百多首王梵志诗,不是一人所作,也不是一时所作,而是在数百年间,由许多无名白话诗人陆续写就的[③]。

关于王梵志所生活的时代及其生平、身世情况,现存的资料很少,目前仅见于唐人冯翊子(严子休)的《桂苑丛谈》和宋初编修的《太平广记》之中。二书"王梵志"条都引用《史遗》中的记载:"王梵志,卫州黎阳人也。黎阳城东十五里,有王德祖者,当隋之时,家有林檎树,生瘿大如斗。经三年,其瘿朽烂,德祖见之,乃撤其皮,遂见一孩儿抱胎而出,因收养之。至七岁,能语,问曰:'谁人育我?'及问姓名,德祖具以实告:'因林木而生,曰梵天。'后改曰志。'我家长育,可姓王也。'作诗讽人,甚有义旨。盖菩萨示化也。"有浓重的神话色彩。敦煌写本 P.4978 抄有《王道祭杨筠文》,祭文开头云:"唯大唐开元二十七年(739),岁在癸丑二月,东朔方黎阳故通玄学士王梵志直下孙王道,谨清酌白醪之奠,敬祭逗留风狂子、朱砂染痴儿、弘农杨筠之灵。"这是一篇滑稽嘲讽的俳谐文,不能用来考订王梵志的生平。但这篇祭文所标示

① 项楚《王梵志诗校注》(增订本),上海:上海古籍出版社,2010 年,第 12—13、17 页。
② 项楚《王梵志诗校注》(增订本),第 17—19 页。
③ 项楚《王梵志诗校注》(增订本),第 4 页。

的时间，大致是可信的。因为本卷另一面抄有《开元兵部选格》（拟题），其中有"开元七年(719)十月廿六日敕"题记。而"岁在癸丑"云云，是写这篇调皮文章的人故意用当时流行的王羲之《兰亭集序》中的话，耍了一个小小的花招。王梵志的孙辈生活在开元年间，证明王梵志确实是初唐的一位诗人。

中国学者刘复最早对巴黎所藏的敦煌写本王梵志诗进行了整理，这就是1925年出版的《敦煌掇琐》中收录的"五言白话诗"。1935年，郑振铎编辑校录出《王梵志诗一卷》和《王梵志拾遗》，同时发表在《世界文库》第5册[①]。王重民的《伯希和劫经录》，著录了巴黎藏敦煌10个写本的王梵志诗，是研究王梵志诗的一个重要目录。伦敦所藏王梵志诗，最早是昭和七年(1932)出版的《大正新修大藏经》第85卷编入的"王梵志诗卷上并序"。1936年，向达阅览了伦敦所藏敦煌写本，完成了《记伦敦所藏的敦煌俗文学》《伦敦所藏敦煌卷子经眼目录》，共著录了6个有关王梵志诗的写本[②]。1957年，刘铭恕《斯坦因劫经录》，钩稽出伦敦藏敦煌写本王梵志诗的10个写本。俄罗斯所藏有关王梵志诗集的5个写本，主要钩稽者是张锡厚[③]。

法国汉学家戴密微的《王梵志诗集·附太公家教》，1982年出版。《引论》中对王梵志及其作品做了全面探讨，《校录》部分从25种敦煌写本及其他史籍中辑录王梵志诗并译成法文，是王梵志诗的最早结集本。1983年张锡厚《王梵志诗校辑》根据28种敦煌写本以及散见于唐宋诗话、笔记小说内的王梵志佚诗，经过点校、考释，首次编成较完整的王梵志诗集，分6卷，共收诗336首。这是更为完备的王梵志诗的总集。朱凤玉《王梵志诗研究》分为绪论篇与研究篇（上册，1986)，校注篇（下册，1987)。绪论篇重点是30个王梵志诗写本的叙录。研究篇着重探讨王梵志的时代、生平和诗歌内容、艺术特色。校注篇对390首王梵志诗逐一校勘注释。本书第一次将法忍抄72首王梵志诗收入集中，向学术界提供了一个最为完备的全辑本。项楚《王梵志

① 郑振铎《王梵志诗一卷》《王梵志拾遗》，《世界文库》第5册，上海：生活书店，1935年。

② 向达《记伦敦所藏的敦煌俗文学》，《新中华杂志》第5卷第13期，1937年。《伦敦所藏敦煌卷子经眼目录》，《北平图书馆图书季刊》新1卷第4期，1939年。

③ 张锡厚《苏藏敦煌写本王梵志诗补正》，《甘肃社会科学》1982年第2期。

诗校注》根据28件敦煌写本和传世文献,共得诗390首,分为7卷,加以校注,辑录全面,校注精审。专著之外,还有不少整理、校勘王梵志诗的单篇文章。

2.《茶酒论一卷并序　乡贡进士王敷撰》(首题),尾题"茶酒论一卷",正文共42行,每行18—26字不等。该写本又见于P.3910,P.2972,P.2875,S.5774,S.406。P.2718末有题记"开宝三年(970)壬申岁正月十四日知术院弟子阎海真自手书记"。但开宝三年是"庚午",开宝五年才是"壬申",据理推测,"五"误为"三"的可能大,"壬申"误为"庚午"的可能小,所以当是"开宝五年壬申岁(972)"所抄。"阎海真"又见于莫高窟第五窟(五代时期)南壁供养人像第五身,题"孙子阎海真一心供养"。又本卷题记中"知术院弟子阎海真自手书记",游国恩等主编的《中国文学史》据此认为这些作品是"在行院里演唱的"[①],姜亮夫《莫高窟年表》附录《敦煌寺名录》以为"知术院"是寺名:"释道两家皆有院称,又私寺亦多用院字。"[②]李正宇、张鸿勋等对"知术院"进行过考证,认为"知术院"是"伎术院"的音误字,敦煌伎术院是张承奉建立金山国时期成立的机构,它掌管归义军的典礼祭祀、占卜阴阳、天文历法等。它不仅是个职能部门,同时也是归义军培养礼仪、阴阳、历法、占卜等方面专门人才的教学部门[③]。"知(伎)术院弟子"就是伎术院学生。P.3716《新集吉凶书仪一卷》末有天成五年(930)"伎术院礼生张儒通写"的题记,P.3192《论语集解卷第六》背面有未署年代的题记"伎术院礼生翟奉达","伎术院礼生"就是伎术院中学习礼仪的学生。

王敷,史传无载,生平、籍贯不详。敦煌写本有关《茶酒论》的六个写本中,P.3910卷末有题记:"癸未年二月六日净土寺弥赵员住右手书。"同卷抄写的《秦妇吟》作于唐僖宗中和三年(883),则此"癸未年"或为五代后梁龙德三年(923)。这应是其写作的下限。至于他的写作上限,据其内容看,当不

① 游国恩等主编《中国文学史》第二册,北京:人民文学出版社,2002年,第247页。

② 姜亮夫《莫高窟年表》,上海:上海古籍出版社,1985年,第649页。

③ 李正宇《敦煌史地新论》,台北:新文丰出版公司,1996年,第185页。张鸿勋《敦煌俗文学研究》,兰州:甘肃教育出版社,2002年,第196—197页。

出玄宗天宝年间(742—755)。因其文中所记的饮茶习惯与《封氏闻见记》《膳夫经手录》中的描述完全一致,且《茶酒论》中举出的产茶之地浮梁,乃开宝元年新平县改名,这也就说明他的编成年代上限不出玄宗天宝年间[①]。

《茶酒论》运用拟人的手法,以对话的方式,借茶酒之口各述己长,攻击彼短,互不相让,都想压倒对方。最后,水出面劝解,若无水,酒、茶又做何形貌。意在表明只有相互合作、相辅相成,才能"酒店发富,茶坊不穷"。本文辩论生动,幽默风趣。通过茶与酒的针锋相对,清楚地明白了二者的长短,茶的宁静淡泊,酒的辛辣豪放,体现了不同的品格性情,不同的价值追求。本篇的性质,有人认为是唐代的一个俳优戏脚本,有人认为是唐代盛行一时的表演技艺"论议"的底本[②],这是就它的表演特性说的。就其文本特征来说,《茶酒论》应当是一篇俗赋,因为它的对话体、故事性、语言的押韵等特征完全符合从西汉的《神乌赋》到三国时的《鹞雀赋》、唐代《燕子赋》等俗赋的体制,因而归入俗赋类是合理的。

主要校录本有:刘复撰《敦煌掇琐》,王重民《敦煌变文集》,潘重规《敦煌变文集新书》,张鸿勋《敦煌讲唱文学作品选》,项楚《敦煌变文选注》,黄征、张涌泉《敦煌变文校注》。

五、参考图版

1.《敦煌宝藏》第22、33、37、44、122、124、127、129、133、140册。

2.《王重民向达所摄敦煌西域照片合集》第11册,第3864—3870页。

3. International Dunhuang Project(国际敦煌项目,简称IDP)。

---

① 张鸿勋《敦煌故事赋〈茶酒论〉与争奇型小说》,《敦煌研究》1989年第1期。

② 赵逵夫《唐代的一个俳优戏脚本——敦煌石窟发现〈茶酒论〉考述》,《中国文化》总第三期,1990年秋季号,后收入赵逵夫《古典文献论丛》,北京:中华书局,2003年,第152页。王小盾《敦煌论议考》,载《中国古籍整理》第1辑,上海:上海古籍出版社,1996年,后收入王昆吾《从敦煌学到域外汉文学》,北京:商务印书馆,2003年,第29页。

7. P.2721 写本研究

珠玉抄 金刚经赞 孝经赞
背面：舜子变 上郎君诗

一、写本编号

P.2721

二、所藏地点

法国国家图书馆

三、写本状况

纸本，卷轴装。首全尾残，整卷规格 302.7×29.8—30.5 厘米，由七纸黏合而成，双面书写，保存状况良好。写本先粘后写，正面有界栏，天头地脚，背面无界格，行款整齐。写本正背两面字迹不同，应为不同人抄写。正面存 197 行，每行 10—29 字不等。正面为不同人抄写，楷书，字迹粗率，书法稚拙。背面存 131 行，每行 1—20 字不等。背面为不同人抄写，前部分《舜子至孝变文》为一人抄写，楷书，笔迹工整，较纤细，墨迹浓淡不一。后部分辞为一人抄写，楷书，字迹较稚拙。卷末有题记一行："天福十五年岁当己酉朱明蕤宾之月蓂生拾肆叶写毕记"。

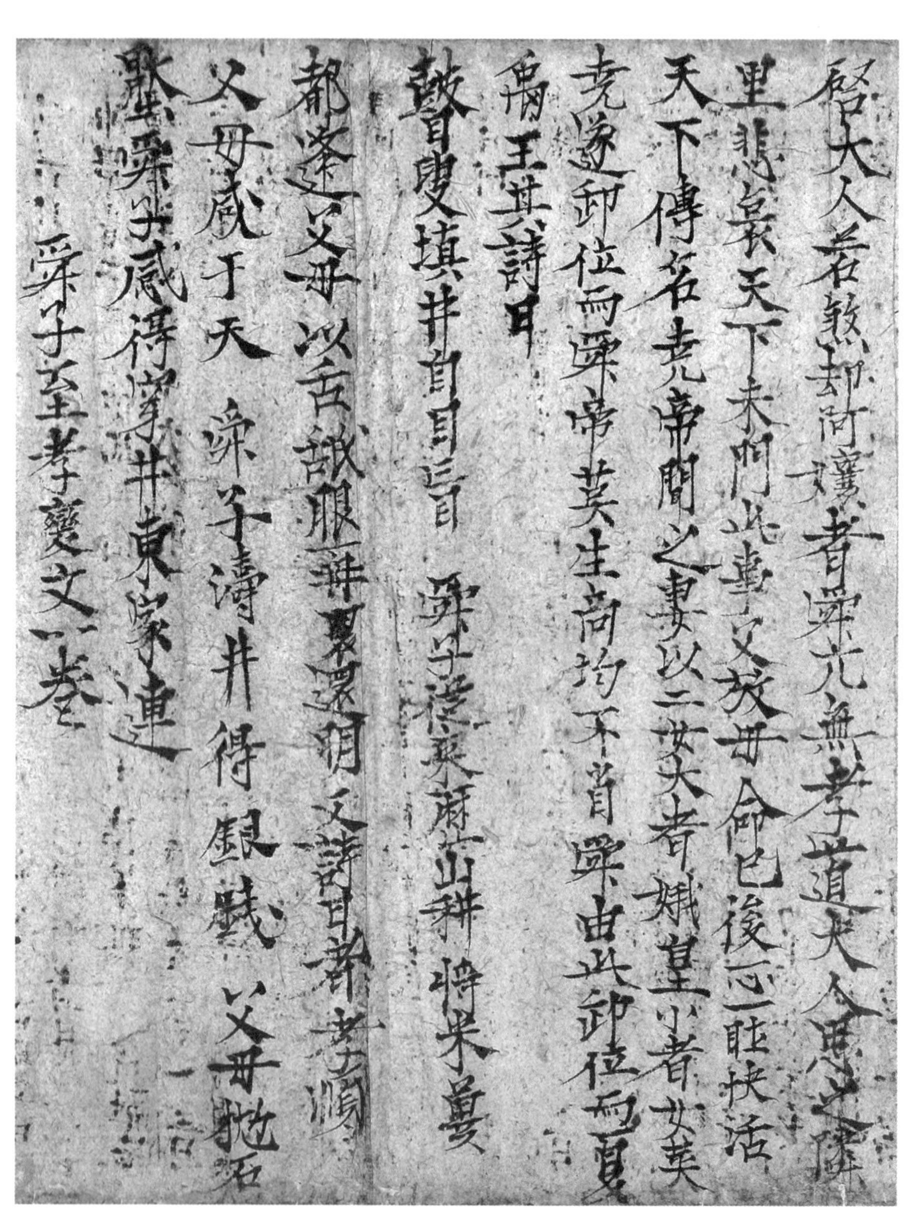

啓大人：若殺卻阿孃者，舜元無孝道，大人今是之孫
里悲哀。天下未聞此事。父母命已後，一生快活，
天下傳名。堯帝聞之，妻以二女，大者娥皇，小者女英。
堯遂卸位而舜帝莫生高抑，下首舜由此卸位而見
禹王。其詩曰：
瞽叟填井自目盲，舜子從來歷山耕，將米曼
都遂父母以舌舐眼，再得還明。又詩曰：孝順
父母感于天，舜子濤井得銀錢，父母抛石
壓舜子，感得穿井東家連。
舜子至孝變文一卷

P.2721 局部

四、写本内容

(一)正面

1. 首题《杂抄一卷 一名珠玉抄 二名益智文 三名随身宝》,尾题《珠玉新抄一卷》。未署撰写者姓名。首尾俱全。存164行,句间以空格表示句读,起"并序 盖闻天地开辟已来",迄"已上八者除削之"。

《杂抄》内容还见于其他12个写本:S.4663、S.5658、S.5755、S.9491、P.2816、P.3393、P.3649、P.3662、P.3671、P.3683、P.3769、P.3906,P.2721是《杂抄》内容最为完整的一个写本。在13个《杂抄》写本中,S.5658与P.3906字体相同,为同一写本断裂为二者。S.4663与P.3393字体相同,且断裂处可缀合[①],所以《杂抄》实为11个写本。

1925年,刘复在《敦煌掇琐》中最早提到敦煌写本《杂抄》,按语曰:"原写本伏羲姓风氏下有一百三十五行悉是杂记典故,全无道理,故未抄录。"仅抄录卷首及卷尾数句[②]。1942年,日本学者那波利贞撰《唐抄本〈杂抄〉考——唐代庶民教育史研究の资料》,对P.2721写本进行研究,认为《杂抄》是中唐时代为一般庶民教育所编的一部常识教材,并将全卷加以移录[③]。1948年,周一良发表《敦煌写本〈杂抄〉考》,以为P.2721当是晚唐写本,然其中所包含的材料则颇早,据卷子内容中"何名五岳"条中岳"嵩高山"下注"嵩城县",以为《唐六典》中"中岳嵩山在河南宜城县","宜城"盖为"嵩城"形近而致讹,可据《杂抄》加以订正。又据《杂抄》中"何名三史?前汉、后汉、东观汉记"条,而认为三史之目犹存《汉纪》,此其所依据资料的时代必上去开元不远,而迥在长庆之前[④]。1951年,张政烺发表《敦煌写本杂抄跋》,据《敦煌掇琐》所录

① 郑阿财《敦煌蒙书析论》,《第二届敦煌学国际研讨会论文集》,台北:汉学研究中心,1990年,第221页。

② 刘复《敦煌掇琐》,北京:中央研究院历史语言研究所,1925年,第337—339页。

③ [日]那波利贞《唐抄本〈杂抄〉考——唐代庶民教育史研究の资料》,《支那学》1942年第10期。

④ 周一良《敦煌写本〈杂抄〉考》,《燕京学报》第35期,1948年。

《杂抄》片段立论，认为其为唐宋人之所谓《何论》[①]。1988年，朱凤玉撰《敦煌写本杂抄研究》，据P.2721等10个抄本，加以移录，并略论其价值[②]。1993年王三庆《敦煌类书》一书中，则视为类书，并加校笺[③]。《敦煌遗书总目索引》《敦煌遗书总目索引新编》著为“杂抄一卷”[④]，《敦煌遗书最新目录》《敦煌宝藏》题为“杂抄一卷并序（即兔园策府）”，二书认为写卷内容即为“兔园策府”内容[⑤]。王三庆《敦煌类书》题为“杂抄”，将其归为“问答体类书类”[⑥]。

《杂抄》又名《珠玉抄》《益智文》《随身宝》。“抄”有选择要言抄录的意思。P.2385《毗尼心疏释》：“抄者，略也。撮略正文，包括诸意也。略取要义，不尽于文。抄字著手，即拾掇之义，取其要者。”所以《杂抄》，是抄撮了日常知识与基本学养。这些精言妙语，如珠玉般珍贵，有益于智慧的增长，是人们应当随身携带的读本。可见，此书对当时民众日常生活的密切关系。P.t.1238写卷中有一段用藏文抄写的《杂抄》内容[⑦]，可见《杂抄》在当时不仅流传在敦煌汉族社会，而且也波及吐蕃社会。直到元代，还在民间流传。《大元通制·条格》卷五中就记载元初至元十年（1273）朝廷发文禁止《随身宝》的条款，说明元代还一度盛行，由于官方的禁止，后来便逐渐散佚了。当然，也许民间还是偷偷流行，刘铭恕曾根据相关材料，认为此书在明代还存在[⑧]。

《杂抄》是带有类书性质的蒙书，序及首尾题中均不见其撰写者姓名。其成书年代，诸家意见不一。郑樵《通志·艺文略》卷七“类书”下著录有

---

① 张政烺《敦煌写本〈杂抄〉跋》，《周叔弢先生六十生日纪念论文集》，香港龙门书店，1950年。

② 朱凤玉《敦煌写本〈杂抄〉研究》，《木铎》第12辑，1988年。

③ 王三庆《敦煌类书》，高雄：丽文文化公司，1993年。

④ 王重民编《敦煌遗书总目索引》，第271页。施萍婷编《敦煌遗书总目索引新编》，第252页。

⑤ 黄永武《敦煌遗书最新目录》，第679页。黄永武主编《敦煌宝藏》第123册，台北：新文丰出版公司，1985年，第478—485页。

⑥ 王三庆《敦煌类书》，第123页。

⑦ ［日］高田时雄著，钟翀等译《〈杂抄〉与九九表——敦煌藏文字使用的一个侧面》，《敦煌·民族·语言》，北京：中华书局，2005年，第81页。

⑧ 刘铭恕《再记英国伦敦所藏的敦煌经卷》，《中国科学院图书馆通讯》1957年第7期。

“《珠玉抄》,一卷,张九龄”,另《宋秘书省续编到四库阙书目》卷二“类书”下亦有“张九龄撰《珠玉抄》一卷”的记录,但因无传世本印证,不知敦煌本此书是否为张九龄所撰《珠玉抄》。郑阿财根据上述著录,并考证写本内容,推断《杂抄》可能为张九龄(678—740)所撰[①]。那波利贞认为《杂抄》应是中晚唐时期的作品[②]。周一良根据书中包含内容的时间变化线索,推测其应为晚唐时期作品[③]。王喆在已有研究的基础上对其成书年代再次进行考证,认为其成书时间上限应为唐中宗神龙三年(707),下限为唐肃宗宝应元年(762)[④]。我们认为坐实为张九龄的作品,未必可信,大约是托名张九龄的作品,而成书于县乡学校教师之手。但既然托名张九龄,则是张九龄声名最盛的8世纪中叶。

P.2721的抄写时间,写本背面的题记“天福十五年岁当己酉朱明蕤宾之月蓂生拾肆叶写毕记”为其下限。文末有“天福十五年岁当己酉朱明蕤宾之月蓂生拾肆叶写毕记”的题记一行。“天福”为后晋高祖石敬瑭、出帝石重贵、后汉高祖刘暠,年号相续,皆用“天福”,共12年(936—947)。“天福十五年”应为后汉隐帝刘承祐的“乾祐三年(950)”,当因为敦煌地处偏远,不知已改元而继续使用旧年号。“乾祐三年”的干支应是“庚戌”而不是题记中的“己酉(949)”。《尔雅·释天》:“夏为朱明。”“蕤宾之月”为古历五月。“蓂”为“蓂荚”,据《白虎通》记载,“蓂荚”每月为一个生长周期,从初一到十五,每日长一叶。从十六开始,每日落一叶。“蓂生十四叶”也就是当月的十四日。题记内容是说在天福十四年(949)己酉岁夏五月十四日写完。荣新江《归义军改元考》:“敦煌天福十三、十四两年的文书题记,均误写作天福十四、十五年,与所用干支不同。”[⑤]而敦煌的其他10件《杂抄》写本,有两件写本也留下了题记:P.3393题记:“辛巳年十一月十一日三界寺学仕郎梁流庆书记之

---

① 郑阿财、朱凤玉《敦煌蒙书研究》,兰州:甘肃教育出版社,2002年,第179—181页。
② [日]那波利贞《唐抄本〈杂抄〉考——唐代庶民教育史研究の资料》,《支那学》1942年第10期。
③ 周一良《敦煌写本〈杂抄〉考》,《燕京学报》第35卷,1948年。
④ 王喆《〈珠玉抄〉成书年代及作者考》,《松辽学刊》1996年第2期。
⑤ 荣新江《归义军改元考》,《文史》第三十八辑,北京:中华书局,1993年。

也。”P.3649题记：“丁巳年正月十八日净土寺学仕郎贺安住自手书写读诵过记耳。”此“辛巳年”“丁巳年”，李正宇认为应是公元921年、957年，但没有说明依据[①]。按，三界寺是敦煌著名僧寺，蕃占中期（820年前后）初见其名（P.3645），北宋天禧三年（1019）犹存（《天禧塔记》）。后梁开平二年（908）至后汉乾祐二年（949）前后设有寺学（P.3286、S.3393）。《杂抄》作为寺学教材，应当是这一时期（908—949）的抄本。这一时期的“辛巳年”只有921年。净土寺也是敦煌著名僧寺，在沙州城内（P.3234、P.2032），亦名三世净土寺，吐蕃占领的庚申年（840）初见其名（P.3410），到北宋太平兴国四年（979）犹存（S.3156）。据P.2570、S.2894的记载，唐末到北宋开宝年间（976）设有寺学，兼授僧俗生徒。这期间的“丁巳年”只有后周世宗显德四年（957）[②]。且P.3649写本背面有显德四年（957）的两件契约，则“丁巳年”为公元957年是可信的。与P.2721抄于950年之前接近。

《杂抄》性质，或以为类书，或以为蒙书。我们以为，类书是就其编排体例来说的，蒙书主要是就其内容和使用情况来说的。以类书的形式编写的启蒙读物，在唐朝更是常见。《初学记》是唐代著名类书，而它是供唐玄宗诸皇子作文时检查事类典故，故名《初学记》，顾名思义，即知其为是初学作文的教材。《杂抄》作为综合知识类蒙书，其所包含的知识非常丰富，涉及天文地理、历史典故、生活常识、文学、伦理道德等多方面。《杂抄》是一本广泛介绍生活常识和社会知识的启蒙教材，算得上是一本民间生活常识百科全书。

《杂抄》的主体部分主要是自然与人文知识的系列问答，以一问一答的形式展开，主要包括：论三皇五帝，论三川八水五岳四渎，论九州九经三史三才，论六国六艺五味，论五谷五果五射五德，论五姓五行三老三偹，论三光六暗三农元正三朝，辩年节日，论始欲学之事，辩四时八节，论妇人四德三从，何谓鸡有五德者，论三公九卿，论忍事等，计三十余条关于自然人文知识以及日常处事的问答。在每一大类下又有关于知识背景或知识延伸的小类，

① 李正宇《敦煌学郎题记辑注》，《敦煌学辑刊》1987年第1期。
② 李正宇《敦煌地区古代祠庙寺观简志》，《敦煌学辑刊》1988第1期。

如“何名五味”下有五味各属何色，五行各有何味，就是在五味的基础上将所涉及知识进行延伸扩展。每一大类的问答大多都是以“论”“辩”开头，这就决定了其内容将以论述、论辩的形式展开。《杂抄》的内容可以分为两类：辩论类以及训诫类。辩论类中以“辩”“论”“何名”“何谓”“何人”等为发问，训诫类则是通过问答形式将生活中注意事项进行阐述，以起到告诫他人的作用。《杂抄》多以名数的形式进行问答，如“三皇五帝”“五岳”“四渎”“三才”等。这种编撰形式在敦煌本《孔子备问书》《天地开辟以来帝王纪》等民间通俗读物中都有运用，是当时通俗读物常见的编排方式。

《杂抄》的主要校录本有：那波利贞《唐抄本〈杂抄〉考——唐代庶民教育史研究の资料》，朱凤玉《敦煌写本〈杂抄〉研究》，王三庆《敦煌类书》，郑阿财、朱凤玉《敦煌蒙书研究》等。

2.《开元皇帝赞金刚经》(首题)。首尾俱全，存 21 行，约 500 字。七言为句，句间以空格表示句读。起“金刚一卷重须弥”，迄“弟子岂敢谩虚传”。《开元皇帝赞金刚经》内容还见于 7 个写本：P.3645、P.2094、S.5464、北敦 06550(淡字 050)、北敦 02502(岁字 002)、北敦 09381(发字 002)、Дx.0296。另，《俄藏敦煌文献》附录收有敦煌未编号残写本，抄有《开元皇帝赞金刚经》14 行、《赤须将军歌》8 行，其中《开元皇帝赞金刚经》的文字与 P.2721 写本内容略有异同，且抄写更为优美。通过与 P.2721 抄写内容中的缺字、别字相对照，府宪展认为此写本应抄写在 P.2721 之前[①]。唐玄宗曾先后注释《孝经》《道德经》《金刚经》三部经典。唐玄宗登基伊始，便有“神武”之号[②]。开元二十七年(739)加“圣文”[③]。《开元皇帝赞金刚经》中提到“神武

① 府宪展《〈赤须将军歌〉初探》，郝春文主编《敦煌文献论集——纪念敦煌藏经洞发现一百周年国际学术研讨会论文集》，沈阳：辽宁人民出版社，2001 年，第 282—289 页。按《俄藏敦煌文献》附录所收抄有《赤须将军歌》的无编号写本，1990 年摄印组拍摄后再未见到。写本中的《开元皇帝赞金刚经》部分，无题，存 14 行，后接《赤须将军歌》，因写本残缺原因，每行后下半部分内容有残缺现象。

② 《新唐书・本纪第五》：“(开元元年)十一月乙丑，刘幽求兼侍中。戊子，群臣上尊号曰开元神武皇帝。”

③ 《新唐书・本纪第五》：“(二十七年)二月己巳，群臣上尊号曰开元圣文神武皇帝，大赦。”

皇帝”“文武圣威”，则其创作时间应该以开元二十七年（739）玄宗加“圣文”尊号时间为上限。《开元皇帝赞金刚经》属吟诵佛典类赞文，用通俗的诗句将佛典内容加以演绎，以教化民众。就其体制讲，更像是一篇押座文，而不是对经文讲解。也不是开元皇帝自己的撰述，而是僧人创作的讲唱文[①]。通过“开元皇帝亲自注，至心顶礼莫生疑”增强普通民众的信仰。主要校录本有：陈祚龙《敦煌古抄中世诗歌续》、项楚《敦煌诗歌导论》、张锡厚主编《全敦煌诗》等。

3.《新集孝经十八章　皇帝感》（首题），未署作者，首全尾残，存13行。起“新歌旧曲遍州乡”，迄“扬名后世普天□（后缺）”。原题“新集孝经十八章”与“皇帝感”之间有五个字的空格。P.3910有《新合孝经皇帝感辞十一首》（前题），实存五首，尾题“新合孝经一卷”，而S.0289、S.5780两个写本有《千文皇帝感》，将檃栝《千字文》与檃栝《孝经》的歌辞混抄在一起，并不只是檃栝《孝经》的内容。四个写卷的内容无重复处，但都是以“皇帝感”辞调来檃栝《孝经》内容。任半塘《敦煌歌辞总编》将P.2721与P.3910、S.0289、S.5780四个写本中的以“皇帝感”咏唱《孝经》内容的篇章综合辑录成《皇帝感·新集孝经十八章》组辞[②]。《皇帝感》为唐代教坊曲，唐人崔令钦《教坊记》中有记载。《皇帝感》调名在传世文献中仅见卢纶《皇帝感词》二首，为五言八句四首。敦煌文献中有《新合千文皇帝感辞》及《新集孝经十八章》二组词。词的本意在夸耀帝德，感召万物，以推行教化[③]。《新集孝经十八章》，以“皇帝感”檃栝《孝经》经文内容。“新集”是由于唐代的通俗读物、歌谣会随时间变化而易改、新编，故在此类作品题名前冠以“新集”“新合”等词以表示内容的重新组合、改编，如《新合六字千字文》《新合千文皇帝感辞》等。《孝经》有“十八章”，每章有一首歌词，总数应为18首，写卷残存12首。

据《唐会要·修撰》记载：“（开元）十年（722）六月二日，上注《孝经》，颁

---

① 府宪展《〈赤须将军歌〉初探》，郝春文主编《敦煌文献论集——纪念敦煌藏经洞发现一百周年国际学术研讨会论文集》，第285页。

② 任半塘《敦煌歌辞总编》，第734—743页。

③ 马兴荣等主编《中国词学大辞典》，杭州：浙江教育出版社，1996年，第549页。

于天下及国子学。至天宝二年(743)五月二十二日,上重注,亦颁于天下"。《新集孝经十八章》提到"开元天宝亲自注",指的就是唐玄宗两次注《孝经》之事。而"先注《孝经》教天下,后注《老子》及《金刚》",讲清楚了唐玄宗注《孝经》《道德经》《金刚经》的顺序。注《金刚经》的时间晚于前面二者,可知此辞当作于天宝年间或之后。主要校录本有:任半塘《敦煌曲初探》《敦煌歌辞总编》《隋唐五代燕乐杂言歌辞集》、陈祚龙《敦煌古抄中世释众倡导行孝报恩的歌曲词文集》、卢善焕《〈敦煌曲校录〉略校》、张锡厚主编《全敦煌诗》等。

(二)背面

1.《舜子变一卷》,无首题,未署作者。首残尾全,存113行。尾题"舜子至孝变文一卷"。起"(前缺)房中卧地不起",迄"感得穿井东家连"。后有"天福十五年岁当己酉朱明蕤宾之月蓂生拾肆叶写毕记"题记一行。又见于S.4654,前题"舜子变一卷"。此写本背面抄有《赠悟真和尚诗》《丙午年(946)金光明寺庆戒出便人名目》《丙午年(946)前后沙州敦煌县慈惠乡百姓王盈子兄弟四人状(稿)》。写本正面当抄于946年之前。《舜子变》写舜的母亲乐登夫人染病在床,临终嘱托丈夫瞽叟照顾儿子舜。瞽叟娶得后妻不久,就去辽阳做生意,一去三年未归。舜子思念父亲,抚琴而歌,引得一位老人前来送达父亲书信。舜把书信告诉继母,继母心生毒计:让舜上树摘桃,继母在树下用金钗刺破双脚,舜急忙下树照顾继母。瞽叟回家,见妻脚疮浓烂,因问其事。妻借机说舜见她摘桃,便在树下多埋恶刺,刺得两脚成疮。且说舜见其年轻,遂有猪狗之心。瞽叟闻言,把舜子悬在庭中树下,用荆条抽打,皮丌肉绽,而得帝释保护。后妻见毒打不死,便设计让舜清理后院仓库,意欲放火烧死。但舜在神灵的保佑下毫毛不损。后妻见舜不死,便又心生一计,让舜去掏门前枯井,用大石填井压死。但帝释化一黄龙,引舜从东家井出。万般无奈情况下,舜母现身,指引舜去历山躬耕。数年之间,五谷丰登。而瞽叟一家生活贫困,父亲双目失明,继母顽愚且以卖薪为生,小弟象也痴愚不堪。舜在集市见父母一家,以舌拭父眼,双目明亮,而继母亦聪慧,弟复能言。瞽叟欲杀妻,舜以理晓父,放继母生存。舜之大孝,天下闻名。帝尧闻之，妻以二女，并禅帝位。

关于《舜子变》的创作时代。谢海平通过考证《舜子变》中提到的“辽阳”这一地名的变更情况，认为“《舜子变》之传说当始于北魏之际矣”，“其文当不得作于开皇十年以后”[①]。曲金良也认为是“晋后隋前”的作品[②]。罗宗涛从变文中提到的“辽阳”地名、用语、文化背景等方面考证，认为《舜子变》成立于天福年间，与其抄写之年天福十五年（950）不远[③]。敦煌出土的讲唱作品，经过学者的考证，大部分写定于唐五代时期。有些篇章过去曾被认为是唐前的作品，现在看来，都主观臆断的成分有些多。舜子的故事汉代已大致形成，此后流传不断。《舜子变》的叙事采用反复的手法，又采用一灾三难的“三迭式”结构，这都是民间讲唱文学典型的叙事手法。如果就《舜子变》的写定时间来说，定为五代是接近事实的。

舜的故事，最早见于《尚书·尧典》，说舜“父顽、母嚚、弟傲”。其后，孔子多有赞扬，而《孟子》等书中有较系统的记载。先秦时期，舜还有另一种面目，《韩非子·忠孝》：“瞽瞍为舜父而舜放之，象为舜弟而杀之。放父杀弟，不可谓仁。妻帝二女而取天下，不可谓义。仁义无有，不可谓明。”说舜是不仁不义不明之人。至汉代，有关舜的故事集中表现他的忠和孝，《史记·五帝本纪》《列女传》等可谓集其大成。东汉宁孝子墓刻石中亦有舜子故事，可见舜作为大孝的代表，在东汉已形成。后世二十四孝中，舜居其首。敦煌本《孝子传》和《故圆鉴大师二十四孝押座文》都有舜的故事。

在变文文末有附诗二首，无诗题、作者名，七言四句，概括舜子的孝行。两首诗又见于 P.2621、P.3536、S.5776、S.0389 四个写本，均附写在孝子故事后面。张锡厚将六个写本中的诗并入《孝子传附诗九首》中[④]。

主要校录本有：周绍良《敦煌变文汇录》，王重民《敦煌变文集》，潘重规

---

① 谢海平《唐代文学家及文献研究》，高雄：丽文文化公司，1996 年，第 328 页。

② 曲金良《敦煌写本变文、讲经文作品创作时间汇考——兼及转变与俗讲问题》，《敦煌学辑刊》1987 年第 1 期。

③ 罗宗涛《石窟里的传说：敦煌变文》，海口：海南出版社、三环出版社，1998 年，第 345 页。

④ 张锡厚主编《全敦煌诗》，第 3421—3429 页。

《敦煌变文集新书》,周绍良、张涌泉、黄征《敦煌变文讲经文因缘辑校》,项楚《敦煌变文选注》,黄征、张涌泉《敦煌变文校注》等。

2.《上郎君诗并序》(徐俊据诗序拟题)[①]。写本无题,未署作者,首尾俱全,存7行,句间以空格表示句读。为七言八句,诗前有序。起“盈人中末辈”,迄“结义传衫壁□□”。据序中“盈人中末辈”“盈愧恧笔势麄踈”两句推断写诗之人名“盈”[②]。郭在贻认为诗中序亦为上文题记一段,根据其中内容含义,推测“盈”盖为前面部分抄手之名[③]。本卷可能是这位自称为“盈”的文士应某个“郎君”招募而写成的。但由于两部分字体不同,“盈”是否为前面《舜子变》的抄手还有待考证。郎君,是对贵介子弟的尊称,犹言“少爷”。清赵翼《陔余丛考》卷三七《郎君大相公》:“吴斗南云:‘汉制,二千石以上得任其子为郎,故称人之子弟为郎。又其时称相国为相君,尚书令、中书令为令君,使者曰使君,太守曰府君,故谓郎亦曰郎君’云云。是郎君之称,其原皆出汉任子也。汉以后则凡身事其父者,皆呼其子为郎君,而郎君遂为贵介及裙屐少年之美称。”前文《舜子变》载舜子万分思念父亲之际,门前有一老人称舜子为“郎君”即用第二义项。主要校录本有:郭在贻《舜子变校议》、徐俊《敦煌诗集残卷辑考》、张锡厚主编《全敦煌诗》等。

五、参考图版

1.《敦煌宝藏》第123册,第478—485页。

2.《法国国家图书馆馆藏敦煌西域文献》第17册,第356—363页。

3. International Dunhuang Project(国际敦煌项目,简称IDP)。

---

① 徐俊《敦煌诗集残卷辑考》,第782页。

② 张锡厚主编《全敦煌诗》,第3209页。

③ 郭在贻《郭在贻文集》第二卷,北京:中华书局,2002年,第121页。

8. P.2845 写本研究

道经　背面：胡笳十八拍

一、写本编号

P.2845

二、所藏地点

法国国家图书馆

三、写本状况

纸本，卷轴装。首尾皆残，双面书写。现存规格 75×25.4—25.5 厘米，由两纸黏合成，第一纸长 34.9 厘米，第二纸长 40.1 厘米，正面有稍许油渍浸染痕迹。

先粘后写，正背面笔迹不一。正面有上下界格，为同一人所抄，小楷，笔迹工整流畅。有水渍墨迹，杂写若干。背面有界栏，小楷工整，自“第十七拍”起至卷尾笔迹潦草。

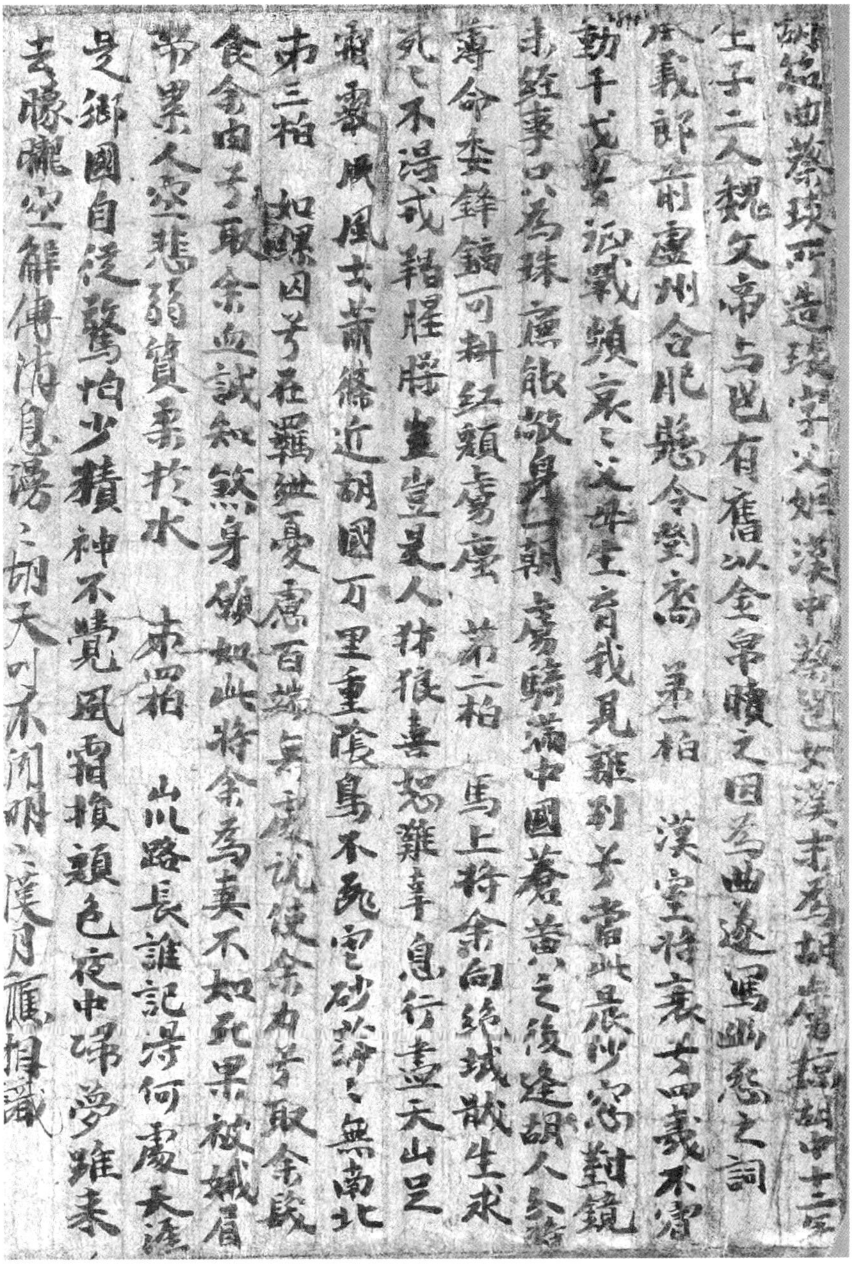

P.2845 局部

四、写本内容

正面抄写道经《太玄真一本际经卷第七譬喻品》[①]，参见王卡的相关研究[②]。

背面，缺题，始于"胡笳曲蔡琰所造"，存51行，写本末抄完《第十八拍》"出入天山十二年，哀情尽在胡家曲"后，重复抄第四拍："山川路长谁记得，何处天涯是乡国。自从惊怕少精□，不觉风霜损颜色。夜中归梦虽来去，蒙眬岂传解□息，漫漫胡天叫不闻，明明汉月应相识。"前有序曰："《胡笳曲》，蔡琰所造。琰，字文姬，汉中[郎]蔡邕女。汉末为胡虏掠胡中十二年，生子二人。魏文帝与邕有旧，以金帛赎之。因为曲，遂写幽怨之词"。考为刘商《胡笳十八拍》，内容完整，七言八句，共十八首。《敦煌遗书总目索引》及《新编》误为"蔡琰胡笳十八拍"。此诗又见P.2555、P.3812，《乐府诗集》收于卷五九，《全唐诗》收于卷二三。

《乐府诗集》刘商之诗附于蔡琰《胡笳曲》之后，《文献通考》卷二四三《经籍考》七十载："汉蔡邕女琰为胡骑所掠，因胡人吹芦叶以为歌，遂翻为琴曲，其辞古淡。商因拟之，以叙琰事，盛行一时。"[③]《唐才子传》卷四记载刘商"拟蔡琰《胡笳曲》，脍炙当时"[④]。据王勋成考，刘商《胡笳十八拍》当写于他罢合肥县令的一二年间，即大历四年(769)或五年(770)[⑤]。王增学认为刘商《胡笳十八拍》创作背景与肃宗宝应元年(762)，唐廷引回纥兵平叛一事有关，刘商当时身在中原，目睹异族抢掠中原妇女之祸而作此诗[⑥]。按武元衡《刘商

---

① 王重民编《敦煌遗书总目索引》："残道经，背为《胡琴十八拍》。"(北京：中华书局，1983年，第274页。)施萍婷主编《敦煌遗书总目索引新编》："正面太玄真一本际经卷第七，背面蔡琰胡笳十八拍。"(北京：中华书局，2000年，第257页。)《法藏敦煌西域文献》第19册著录正面内容为"太玄真一本际经卷第七譬喻品"(第89页)。

② 王卡《敦煌道教文献研究》，北京：中国社会科学出版社，2004年，第206页。王卡《中国国家图书馆藏敦煌道教遗书研究报告》，《敦煌吐鲁番研究》第七卷，2004年，第371页。

③ (元)马端临《文献通考》卷二四三《经籍考》七十，北京：中华书局，2011年。

④ (元)辛文房撰，傅璇琮校笺《唐才子传校笺》，北京：中华书局，1987年，第257—265页。

⑤ 王勋成《从敦煌唐卷看刘商〈胡笳十八拍〉的写作年代》，《敦煌研究》2003年第4期。

⑥ 王增学《唐代诗人、画家刘商生平创作简论》，《文化学刊》2015年第9期。

郎中集序》谓《胡笳十八拍》是商“早岁”之作，则作于宝应初更合史实。

刘商之后，王安石、李元白皆有拟作。陈振孙《直斋书录解题》卷十五：“《四家胡笳词》一卷，蔡琰、刘商、王安石、李元白也。”[①]王应麟《玉海》卷一百一十《音乐·宋朝琴谱》：“《胡笳十八拍》四卷，汉蔡琰撰。琰幽愤，成此曲入琴中。唐刘商、皇朝王安石、李元白各以集句效琰体，共四家。”[②]可见自唐刘商开始，《胡笳十八拍》的拟作即有多家，文姬归汉是文士热衷描写的题材。

刘商(约 735—约 807)，字子夏，徐州彭城(今江苏徐州)人，久居长安。少好学强记，精思工文，性耽道术。登进士第，大历初(767)任合肥令。贞元中任汴州观察判官、检校虞部郎中。唐时多有刘商得道成仙的传说。刘商工诗，长于歌行，《胡笳十八拍》传诵一时。武元衡《刘商郎中集序》：“早岁著《胡笳十八拍》，出入沙塞之勤，崎岖惊畏之患，亦云至矣。”《全唐诗》卷三〇三、三〇四存诗二卷。生平事迹见《元和姓纂》卷五、《新唐书·艺文志四》《历代名画记》卷十、《唐才子传》卷四。

P.2845 抄写时间上限为大历五年(770)，下限暂不可考。

五、参考图版

1.《王重民向达所摄敦煌西域文献照片合集》第 12 册，第 4257—4258 页。

2.《敦煌宝藏》第 124 册，第 462—464 页。

3.《法国国家图书馆藏敦煌西域文献》第 19 册，第 89—90 页。

4. International Dunhuang Project(国际敦煌项目，简称 IDP)。

---

① (宋)陈振孙撰，徐小蛮、顾美华点校《直斋书录解题》卷十五，上海：上海古籍出版社，1987 年，第 451 页。

② (宋)王应麟《玉海》，南京：江苏古籍出版社，上海：上海书店，1987 年，第 2015 页。

9. P.2976写本研究

婚礼诵辞

一、写本编号

P.2976

二、所藏地点

法国国家图书馆

三、写本状况

纸本卷轴装。首尾俱残，双面书写，正背面笔迹不同，非一人所写。正面有界栏，行款较严整，由一人书写，存88行，存文两篇，诗9首，曲1首，赋1篇。背面杂写共9行。写本中间有几处破洞，右下角有一块残缺，边缘有磨损，整体保存良好。

四、写本内容

（一）正面

1.《下女夫词》(拟题)。首残尾全，存18行，无题及作者。前7行下半部分残缺，从第5行起内容可确认为《下女夫词》。《敦煌变文集》称此《下女夫词》为简缩本，未入校。录文参见杨宝玉《〈敦煌变文集〉未入校的两个〈下

P.2976 局部

女夫词〉残卷校录》，杨宝玉认为前四行内容和《下女夫词》的关系不甚明了，故从第5行开始校录。

《下女夫词》在敦煌写本中已发现18个残件：P.2976、P.3147、P.3266、P.3350、P.3893、P.3909、P.5643、S.3877、S.5515、S.5949、S.9501＋S.9502＋S.11419＋S.13002、Дх.3885a、Дх.3886、Дх.3135＋Дх.3138、Дх.2654＋Дх.11049＋Дх.12834、北大D246、中国书店ZSD.068＋《残墨》第70号、“中央研究院”傅斯年图书馆11805。《下女夫词》的“下”字的意思，学术界或认为有“戏弄之意”[①]，或认为“下”和“女夫”（女婿）组成动宾短语，使女夫从马上下来的意思[②]，当以前者为是。本篇是婚礼仪式歌，反映的是传统婚制“六礼”中的“亲迎”礼。一开始，迎亲的队伍已抵达女方家门。女方故意闭门相拦，于是男女双方各以“相郎”“姑嫂”为代表，展开盘诘问答。女方首先发难，故意追问男方来意及其门第、家世、才华等，男方一一作答，以向来宾炫耀男家身份。女方满意之后，请男方下马。此时男方故作矜持，不肯下马，待女方敬上美酒，地上铺锦之后，才下马进门。男方进入女家门后，经过每一个地方，都要以诗歌咏：《论女家大门词》《至中门咏》《至堆诗》《至堂基诗》《逢锁诗》《至堂门咏》。最隆重的是晚上的安床仪式，有《论开散帐合诗》《去童男童女去行座障诗[第二去行座障诗]》《去扇诗》《咏同牢盘诗》《去帽惑诗》《去花诗》《脱衣诗》《合发诗》《梳头诗》《系指头诗》《帐下去人诗》《咏下帘诗》等。各个写本的次序略有差异。在S.9501＋S.9502＋S.11419＋S.13002缀合本中，有《掣被诗》，描写已经入卧的新娘，突然被闹房者揭走被子，慌乱之中的新娘，双手“遮后复遮前”，躲藏无地。使人更为惊骇的是新娘的《答诗一》：“佛堂新□画，金刚使两杵。去却双菩萨，死田正相当。”诗的意思不是很明确，大致和性交有关，因为新婚夫妻刚刚入睡，被突然闯入的闹房者揭起被子，只得“去却双菩萨”了。无奈之下，这位新娘竟然站了起来，让你们看吧：“脱衣神女立阳台，夜亡更兰玉漏催。欲作绫罗步千造，玉体从君任

---

① 张鸿勋《敦煌本下女夫词新探》，《1983年全国敦煌学术讨论会文集：文史遗书编下》，兰州：甘肃人民出版社，1987年。

② 杨宝玉《下女夫词残卷校录》，《敦煌语言文学研究》，北京：北京大学出版社，1988年。

看来。”在新婚之夜赤裸裸地展现新娘的身体,在传统的婚礼中是没有的。

《下女夫词》的18件写本中抄写时间最早是公元897年,最晚的是公元945年。而其写成时间,李正宇认为是归义军某一位沙州刺史迎亲时礼宾人员编辑的亲迎礼手册,供给伴郎伴娘以及傧相人员熟读背诵,其撰写时间约在中和四年(884)到乾宁元年(894)之间[①]。按《下女夫词》是带有书仪性质的婚礼仪式歌,它长期在民间流传,并不断被改编。说归义军贵族在结婚时使用它是完全可能的,但说是专为某一位归义军贵族公子而编写,则有些胶柱。归义军时期,敦煌社会相对安定,人们的婚礼讲究排场,这种仪式歌随之流行。所以,《下女夫词》写定于归义军时间,是可信的。主要校录本有:王重民《敦煌变文集》,潘重规《敦煌变文集新书》,黄征、张涌泉《敦煌变文校注》,杨宝玉《〈敦煌变文集〉未入校的两个〈下女夫词〉残卷校录》,张鸿勋《新获英藏〈下女夫词〉残卷校释》,张锡厚主编《全敦煌诗》等。

2.《咒愿新女聟(婿)》(首题),未署作者,共14行,内容与前面的《下女夫词》相关,为当地流行的婚礼说唱作品。P.3909中《下女夫词》后亦抄有《祝愿新郎文》,与此文性质相同,都是对新郎表示祝愿的作品。

3.《封丘作》(据P.3862高适诗集补题),无题署,共6行。又见P.3862。本诗存于《河岳英灵集》卷上、《才调集》卷八、《文苑英华》卷三四三、《唐诗纪事》卷二三、明活字本《高常侍集》卷五、《全唐诗》卷二一三,题同。诗写高适为封丘尉后思想上的矛盾痛苦。彭兰《高适诗系年考证》系此诗于天宝八载(749),刘开扬《高适诗集编年笺注》系此诗于天宝十载(751),周勋初《高适年谱》系此诗于天宝九载(750),孙钦善《高适集校注》谓“诗作于天宝八载至天宝十一载任封丘尉期间”。佘正松《高适诗文注评》系于天宝十一载(752)。主要校录本有:刘开扬《高适诗集编年笺注》、孙钦善《高适集校注》、施淑婷《敦煌写本高适诗研究》、徐俊《敦煌诗集残卷辑考》、张锡厚主编《全敦煌诗》等。

高适(704—765),字达夫,渤海蓨县(今河北景县)人。唐代边塞诗代表

---

① 李正宇《下女夫词研究》,《敦煌研究》1987年第2期。

诗人，与岑参齐名，世称“高岑”。著有《高常侍集》十卷。《全唐诗》卷二一一至卷二一四存诗4卷。其诗见于敦煌写本14种，存诗104首。

4. 缺题诗四首，无题及作者，均为五言四句，共4行。第3首诗又见S.4658《如来身藏论一卷》所引诗偈。

5.《五更转》(首题)，未署作者，共12行。正文“一更”二字右上角小字题“五更转”。存一更、二更，共二首，缺三首。饶宗颐《敦煌曲》、任半塘《敦煌歌辞总编》卷五据本卷收录。诗末另起一行抄“温泉赋一首，进士刘瑕”，又起一行抄《温泉赋》首句“开元改为天宝年十月后兮”。

6.《自蓟北归》(首题)，未署作者，共3行，与“开元改为天宝年十月后兮”之间空一行。此诗又见P.2567 + P.2552拼合卷，题同。又见《高常侍集》卷六、《全唐诗》卷二一四，题同。本诗写冬日作者自塞北南返，苍茫胡天、豁达远山，唐军征契丹失利，而自己依旧报国无门，只能“长剑自归来”。《旧唐书·北狄·契丹传》：开元二十一年(733)，“可突于又来抄掠。幽州长史薛楚玉遣副将郭英杰、吴克勤、邬知义、罗守忠率精骑万人，并降奚之众追击之。军至渝关都山之下，可突于领突厥兵以拒官军。奚众遂持两端，散走保险。官军大败，知义、守忠率麾下遁归，英杰、克勤没于阵，其下六千余人，尽为贼所杀”。高适此诗“五将已深入，前军无半回”正写此次惨败①。主要校录本有：刘开扬《高适诗集编年校注》、施淑婷《敦煌写本高适诗研究》、徐俊《敦煌诗集残卷辑考》、张锡厚主编《全敦煌诗》等。

7.《宴别郭校书》(首题)，未署作者，共4行。又见P.2567 + P.2552拼合卷，《宴郭校书因之有别》，亦未署作者。《高常侍集》卷六、《全唐诗》卷二一四，题《宴郭校书因之有别》。诗写作者宴别郭校书，自怜穷困至此，感叹年华易逝，鬓已斑白。写作年代无考。主要校录本有：刘开扬《高适诗集编年校注》、施淑婷《敦煌写本高适诗研究》、徐俊《敦煌诗集残卷辑考》、张锡厚主编《全敦煌诗》等。

---

① 佘正松《辨高适自蓟北归宋中及再到蓟北的年代》，《文史》第19辑，北京：中华书局，1984年。

8.《詶(酬)李别驾》(据P.2567＋P.2552拼合卷补),无题署,接抄于前诗后,二诗起迄处有“┐”标志,共3行。又见《高常侍集》卷五、《全唐诗》卷二一三,题《题李别驾壁》。李别驾,其人不详。《新唐书·百官志》:“诸郡置别驾一人,天宝八载废。”诗写失意之时的茫然无助。刘开扬《高适诗集编年校注》归入未编年诗。佘正松《高适研究》系此诗于开元二十三年(735),高适赴长安应制科失利之后。主要校录本有:刘开扬《高适诗集编年校注》、施淑婷《敦煌写本高适诗研究》、徐俊《敦煌诗集残卷辑考》、张锡厚主编《全敦煌诗》等。

9.《奉赠贺郎诗一首》(首题)。未署作者,共4行。《敦煌宝藏》根据前面三首诗为高适诗,推测此诗亦为高适诗。徐俊《敦煌诗集残卷辑考》:“此卷抄录不甚严谨,不宜以前诗确定后诗之作者,其语言、风格亦与高适诗不类,疑非适作。”[①]按,徐说是。这首诗其实是一首民间流传的婚礼诵词。唐五代时期敦煌有这样一种婚俗,在婚礼结束后,在婚仪上办事的乡人要嬉闹,向新郎索要酒食、赏钱。这首诗正是乡民索闹时的唱词。大意是说,我们给你做了丰盛的酒席,姑娣侍娘皆称赞不已。你们总不能无动于衷吧?快和你的妻子商量一下,给我们赏钱。如果还犹豫不决,就请示你们的父母吧!主要校本有:徐俊《敦煌诗集残卷辑考》、张锡厚主编《全敦煌诗》等。

10.《温泉赋一首,进士刘瑕》(首题)。首全尾残,共21行。又见P.5037,题“驾行温汤赋一首,刘霞述”,此写本还抄有《秦将赋》《驾行温汤赋》《白鹰表》《肃州刺史答南番书》(仅存开端四行,有首题,署名窦昊撰)。另外,在日本大谷大学所藏的吐鲁番文书中,亦存有《驾幸温泉赋》的残片,经小田义久、张娜丽、刘安志、张新朋等的考察,目前可确定者有3170、3172、3174、3177、3227、3504、3505、3506、4362、5789、3180、3185、3190、4004、10443、10486等16件残片[②],对校勘敦煌本《驾幸温泉赋》有一定的参考价

---

① 徐俊《敦煌诗集残卷辑考》,第186页。

② [日]大谷光瑞、[日]小田义久《大谷文书集成》,大谷大学,第1辑1984年,第2辑1990年,第3辑2003年,第4辑2010年。张娜丽《〈驾幸温泉赋〉诸断片の复原と研究》,《西域出土文书の基础的研究:中国古代における小学书·童蒙书诸相》,东京:汲古书院,2006年。刘安志《吐鲁番出土〈驾幸温泉赋〉残卷考释》,《吐鲁番学研究》2004年第1期。张新朋《吐鲁番出土〈驾幸温泉赋〉残片新考》,《文献》2014年第4期。

值。据刘安志研究，这批吐鲁番写本残片，当为唐朝统治西州时期的写本。唐朝势力最终退出西州并为回鹘所取代，是在唐德宗贞元十九年(803)，因此，诸写本的下限可大致断在8世纪末叶。

《驾幸温泉赋》的作者刘瑕，我们知道的材料也很少。唐郑綮《开天传信记》："天宝初，上游华清宫。有刘朝霞者，献《驾幸温泉赋》，词调倜傥，杂以俳谐，文多不载。今略其词曰：'若夫天宝二年，十月后兮腊月前。办有司兮之供具，命驾幸于温泉。天门乾开，露神仙之辐凑。銮舆划出，驱甲仗以骈阗。青一队兮黄一队，熊踏胸兮豹拿背。朱一团兮绣一团，玉镂珂兮金镂鞍。'述德曰：'直攫得盘古髓，舀得女娲瓤。遮莫你古时千帝，岂如我今日三郎。'自叙云：'别有穷奇蹭蹬，失路猖狂。骨憧虽短，伎艺能长。梦里几回富贵，觉来依旧凄惶。今日是千年一遇，叩头莫五角六张。'帝览而奇之。将加殊赏，上命朝霞改去'五角六张'字。奏云：'臣草此赋时有神助，自谓文不加点，笔不停辍，不愿从天而改。'上顾曰：'真穷薄人也！'授以宫卫佐而止焉。"《开天传信记》的这段记载，《太平广记》卷二五〇、《说郛》卷五二下、曾慥编《类说》卷六都有引录。而其引述《驾幸温泉赋》的内容，与敦煌本大体相同。这就表明"文多不载"的《驾幸温泉赋》，在敦煌文献内发现了完本。另一方面，由于赋的内容相同，又可证明，刘瑕、刘朝霞实即一人。但因史传失载，作者生平不详，仅知其为开元、天宝前后人，进士及第，天宝间曾官宫卫佐。据赋开头"开元改为天宝年"，知该赋写于天宝初。如果赋中"到温汤，登会昌"的"会昌"是天宝三年(744)十二月设置的会昌县，则赋写于天宝三年略后。温泉，即温泉宫，今陕西骊山的华清池，又称温汤。开元以来，唐玄宗每年十月都要去温泉宫，岁尽乃归。

这篇赋以描绘唐玄宗驾幸温泉为内容，从四个方面进行铺叙。首先叙写天子侍卫仪仗的威武雄壮，鲜艳华美。第二段描写天子田猎场景的恢宏壮盛。第三段写温泉的瑰丽景象和寻仙求药的奇思妙想。最后一段是作者的自述，包含着自嘲和乞求。"别有穷奇蹭蹬，失路猖狂。窟橦虽短，伎艺能长。骋掘奇之解数，献戞卓之文章。至若风前月下，不怕你卢骆杨王。……梦里几回富贵，觉后依旧凄惶。痴心准拟，疰意承望。今日千年逢一遇，叩头莫五角六张。”主要校录本有：潘重规《敦煌赋校录》、伏俊琏《敦煌赋校注》、张锡厚《敦煌赋汇》等。

此写本正面内容为婚礼上各种唱词的汇集,其中的文人作品为借用的唱词,当为敦煌民间司仪所抄备用本。

(二) 背面

“阳阳阳阳阳阳”习字后,抄有 5 行诗,经考为 P.3480 所抄樊铸《铸剑本来仇人怀》诗。与 P.3480 相比,P.2976 字词脱、衍、讹误的地方约有九处之多,故应是默写而来,非抄写而来。樊铸生平见 P.3480 该篇叙录。接后有“二娘子爰容侯无事被迤众溪如间徒洸求”“何(河)西陇有(右)被吐蕃”等杂写。背面应是学郎所写。背面抄写笔迹与正面诗文一致,当为同一人所抄,根据“河西陇右被吐蕃”等杂写,则此写本当为晚唐时抄写。

五、参考图版

1.《敦煌宝藏》第 128 册,第 426 页。

2.《法国国家图书馆藏敦煌西域文献》第 24 册,第 308 页。

3. International Dunhuang Project(国际敦煌项目,简称 IDP)。

10. P.3126 写本研究

还冤记　背面：书信

一、写本编号

P.3126

二、所藏地点

法国国家图书馆

三、写本状况

纸本，卷轴装。双面书写，规格 303.2×26.2 厘米，由八纸黏合而成。总体呈米黄色，纸质较厚，局部残损数行。先粘后写，有界栏，行款整齐清晰。除第一纸 13 行、第二纸 16 行、第三纸 21 行外，其余每纸均是 22 行，行 17—19 字不等，共计存 160 行。为同一人所抄，楷书，兼杂行书，字体清丽秀雅，文字间多俗写字体，“世”字、“民”字避讳，有点勘删补及淡墨涂改之处，校补字迹与原抄本无异，当为抄者自校。另《会稽孔基》条(即本卷《冥报记》第 4 则故事)上书眉处记有小字 19 行，墨迹与涂改者同，写有中和二年(882)字样，或此即为写本涂改之年。卷末题有“冥报记”，另起一行另一笔迹书“张瓘后续张祚后”七字，空数格有“掉战”二字。背面，为另一人所抄，行书，笔迹较为潦草，墨迹浓淡不一。

P.3126 局部

四、写本内容

（一）正面

《冥报记》（尾题），未署作者。前残，抄有冤魂索报故事15则，计160行，每行17字左右，卷末有“冥报记”三字。王重民《敦煌古籍叙录》已考订其为颜之推的《还冤记》，而非唐临的《冥报记》。这个写卷事先画好线格，上下都留有空白，以雅秀的楷书抄写，兼杂行书，抄后详为点勘删补，堪称精抄精校本。本卷第4则故事上部天头，有小字19行：“中和二年（882）四月八日下手镌碑，五月十二日毕手。索中丞以下二女夫作设于西牙碑毕之会。尚书其日大悦，兼赏设僧俗已下四人，皆沾鞍马缣缃，故纪于纸。”此记中“尚书”当指张淮深，“索中丞”指索勋，“二女夫”指张议潮的女婿索勋和李明振。碑文从四月八日开雕，到五月十二日竣工，历时一月有余，内容一定比较长。研究者推测所镌内容即《张淮深功德碑》。据此，则本写本抄于中和二年（882）。又S.5915末尾抄有《还冤记》中的邓琬故事，无标题，没有抄完。

颜之推（531—约591），字介，北朝临沂（今属山东）人。早传家学，博览群书。初仕梁为湘东王参军，后投北齐，领中书舍人。齐亡入周，为御史上士。隋开皇中，太子召为学士，甚见礼重。著有《颜氏家训》二十篇，今存。《北齐书》卷四五和《北史》卷八三有传。《冤魂志》见于《隋志》和两《唐志》，名曰《冤魂志》。颜之推后人颜真卿《赠秘书少监国子祭酒太子少保颜君庙碑》中说：“著有《家训》二十篇，《冤魂志》三卷。”唐宋以降，其书渐亡。宋末元初陈仁子有辑校本（见清末陆心源《皕宋楼藏书志》著录），辑录36事，敦煌本15条皆在其中。周法高《颜之推〈还冤记〉考证》据明清人辑本和《法苑珠林》《太平广记》辑得60事[①]。王国良《颜之推〈冤魂志〉研究》也辑60条，附录5条[②]。罗国威《〈冤魂志〉校注》也辑录60条，附辑佚文6条[③]。《四库全书总目》云：“自梁武以后，佛教弥昌，士大夫率皈礼能仁，盛谈因果。之推

① 周法高《颜之推〈还冤记〉考证》，《大陆杂志》22卷第5—11期，1961年。
② 王国良《颜之推〈冤魂志〉研究》，台北：文史哲出版社，1995年。
③ 罗国威《〈冤魂志〉校注》，成都：巴蜀书社，2001年。

《家训》有《归心篇》，于罪福尤为笃信。故此书所述，皆释家报应之说。然齐有彭生，晋有申生，郑有伯有，卫有浑良夫，其事并载《春秋传》。赵氏之大厉，赵王如意之苍犬，以及魏其、武安之事，亦未尝不载于正史。强魂毅魄，凭厉气而为变，理固有之，尚非天堂地狱，幻杳不可稽者比也。其文词亦颇古雅，殊异小说之冗滥，存为鉴戒，固亦无害于义矣。”李剑国《唐前志怪小说史》指出：“《冤魂志》成书年代在隋世，是颜之推晚年之作。理由有二：一是书中记有北齐、北周和陈事。二是《家训·归心篇》云报应事为数较多，不能悉录，且示数条于末，似作《家训》时尚未写《冤魂志》。而《家训》作于开皇九年(589)平陈之后，故有此论。”①

敦煌本《还冤记》残存 15 则故事，其次序与今本相差很大，可能更接近于原本编次。这 15 则故事中，所写人物都是历史上真实存在的，但与历史著作所写又有差异，明显地掺进了当时民间传说的内容。基本情节多是“甲杀乙，乙变鬼，鬼杀甲”，其目的显然是要宣扬恶有恶报的因果报应思想。值得一提的是，有《支法存》《张稗》《铁臼》等故事，其中权豪势要及富人强取豪夺、为非作歹的恶劣行径，千载之下，犹让人切齿不已。后妻不善待前妻之子的故事，更是我国民间一个古老传统话题。自古以来，不知有多少人曾为铁臼这样备受折磨致死的孩童洒下了同情之泪。故事里交织着作者的同情和愤慨，劝世的意图相当明显。在南北朝骈文兴盛的时代，《还冤记》纯用散体，文字朴素自然，明白易懂，生动简洁，尤显难能可贵。

本篇校录本主要有：林聪明的《还冤记》录文②，伏俊琏、伏麟鹏《石室齐谐——敦煌小说选析》，罗国威《〈冤魂志〉校注》，窦怀永、张涌泉《敦煌小说合集》等。

(二) 背面内容

背面抄有书牍，《敦煌遗书总目索引新编》：“状一件。”《敦煌宝藏》：“函

① 李剑国《唐前志怪小说史》，天津：天津教育出版社，2005 年，第 444 页。

② 林聪明《敦煌本〈还冤记〉考校》，《书目季刊》第 15 卷，1981 年第 1 期。

二通。”王使臻等《敦煌所出唐宋书牍整理与研究》将其归为“委曲”，题为“报意胜委曲”①。根据文意，我们可以看出这件书牍的发件人较为详细地向收件人交代了自己的近况，其中，涉及“阿婆”“解押衙”“嫩子”“唐兵马使”四个相关人名，应是唐世缙绅家以上达下的一种家书或私人文书。

因正面天头小字中涉及张淮深等人，所以我们推测该委曲应与之有关。根据这些信息查找，发现类似的写本还有P. 3750。王使臻认为P. 3750应定名《张议潮付侄张淮深委曲》，是与唐大中十二年(858)夏秋之际归义军出兵攻打凉州的军事行动密切相关的一件历史文献②。P. 3126背面文字与P.3750、P.3620的书法笔迹相似，当为同一人所书。而P.3620尾题署“未年三月廿五日学生张议潮写”，是张议潮少年时期的亲笔书法。因此，我们认为P.3126背面可能是张议潮的亲笔书法遗物。另，根据文中提供的“凉州”和“六月十日”“冬中归”以及“十二月十八日”等信息，我们推测这件委曲有可能写于唐大中十二年(858)夏秋之际归义军出兵攻打凉州时。

五、参考图版

1.《王重民向达所摄敦煌西域文献照片合集》第13册，第4749—4768页。

2.《敦煌宝藏》第126册，第342—346页。

3.《法国国家图书馆藏敦煌西域文献》第21册，第343—347页。

4. International Dunhuang Project(国际敦煌项目，简称IDP)。

---

① 王使臻、王使璋、王惠月《敦煌所出唐宋书牍整理与研究》，成都：西南交通大学出版社，2016年，第277页。

② 王使臻《张议潮付张淮深“委曲”书信考》，《敦煌学辑刊》2016年第4期。

11. P.3155 写本研究

孔子备问书

背面：社司转帖 契约 曲子词 状稿

一、写本编号

P.3155

二、所藏地点

法国国家图书馆

三、写本状况

纸本，卷轴装。首残尾全，整卷规格26.2—27.1厘米×134.2厘米，由三纸组成，第一纸与第三纸各长44.5厘米，第二纸长40.9厘米。双面书写。先粘后写，写本正背两面均无界格，行款整齐，有油渍浸污痕迹。写本正面两部分内容字迹相同，应为同一人手书，行楷，字迹工整、流畅，较为清秀。前半部分用墨较重、字体较大并有朱笔句读。后半部分墨色较淡、字体较小且无朱笔句读。写卷背面的契约、状文似与正面为同一人抄写，字迹相同。背面的两首词与正面以及背面社司转帖、契约、状文的字迹不同，应不是同一人手书。曲子词以浓墨书写，楷书，字迹粗率、稚拙。前一首词有句读，后一首词句间以空格表示句读。习字杂写字体较大，墨色淡，运笔不稳，较潦

P.3155 局部

草。卷背契约中有“天复四年岁次甲子(904)捌月拾柒日立契”以及“光化三年庚申岁(900)十二月二日金光明”题记。

四、写本内容

(一) 正面

《孔子备问书》(据《伯希和劫经录》拟题),首残尾全,存 65 行,有句读。起“□得三千六百□兄弟九□”,迄“抵悮良善八□须削之”。《敦煌遗书总目索引》:“与他卷不同,内为孔子问,老子答,盖因孔子问礼事而演此。”①同类作品又见于 P.2570、P.2581、P.2594、P.3756 四个写本。P.2581、P.2594 首题“孔子备问书一卷,周公注”,其他两个写本无题。郑阿财认为写本正面内容虽为民间通俗读物,但不应该取名为《孔子备问书》②。

《孔子备问书》为唐代通俗读物,与《杂抄》一类颇为相似,均为后世所不传,历代史志所不录。从内容上看,《孔子备问书》为综合知识类蒙书,其内容涵盖天文、地理、人文等方面的基本知识,取各方面相关知识之名数编成。

P.3155 写本中《孔子备问书》的内容与其他四个写本中的内容不同,从内容上看大致能分为两个部分:

前 38 行内容为孔子与老子之间的问答,有朱笔句读。写本中孔子提出“人皇没后,有谁承之”“伏羲之时,治化何似”“伏羲之后,有谁承之”“神农之时,何以治化”“神农之后,有谁代之”“祝融之后,有谁代之”“轩辕之时,何以造”“颛顼之时,治化何似”“帝舜之时,治化何似”等 9 个问题,老子分别作了回答。写本以一问一答的形式分别介绍了人皇、伏羲、神农、祝融、轩辕、颛顼、帝喾、尧、舜、禹等多个古代帝王时期的社会教化状况。在人皇到禹的这段时间内,社会不断进步,从伏羲时期“不立礼仪而治”逐渐进化到“尊卑有别”“人礼具备”“敦厚教礼”,社会各个方面不断地发展,社会礼教不断完善。

这一部分内容与 S.5505、S.5785、P.2652、P.4016 所抄《天地开辟以来帝

---

① 王重民编《敦煌遗书总目索引》,第 281 页。施萍婷主编《敦煌遗书总目索引新编》,第 270 页。

② 郑阿财《敦煌文献与文学》,台北:新文丰出版公司,1993 年,第 338 页。

王纪》相近[1]。两者都是以问答形式组织篇目，并且两者所包含内容在某些部分是相似的。《天地开辟以来帝王纪》中包含的"人皇之时，治化何似""人皇之后，谁复治化""伏羲之后，治化何似""神农有何圣德""少昊何处人"等几个方面的内容与本写卷中的内容相关，且一些表述相近。

《孔子备问书》中后27行为另一内容，句与句之间有空格表示句读。其主要包含有"辩妇人四德三从""辩鸡五德之事""世上略有十种札室之事""言十无去就者""言五不达时宜者""五无所知者""五不自思度者""言六痴者""言八顽者"九项内容，均以问答形式展开，并以名数的形式把所包含的内容简洁地展现出来，让人能一目了然，简洁易懂。此部分主要内容涉及人们在日常生活交往与生活行为习惯中需要注意的各种事项，其中所提到的"十种札室之事""十无去就""五不达时宜""五无所知"等方面，都是世人在生活中经常遇到的且不加注意的小事，写入其中应是对读书之人起警示作用，引以为戒，在日常生活中多加注意。

写卷中这部分内容与见于13个敦煌写本的《杂抄》部分内容相近[2]。除了前两个问答与《杂抄》略有差异外，其他七个问答内容与《杂抄》相同。"辩妇人四德三从"在《杂抄》中与"论妇人四德三从"的内容相似，"辩鸡五德之事"则与"鸡有五德者何谓"内容相似，他们之间论述的问题是一样的，差别在于两者之间的表述方式不一致。

P.3155写卷正面抄写内容与《天地开辟以来帝王纪》《杂抄》相似，其性质都应属于唐代社会上流行的通俗读物，内容都包含了人文、地理、天文等许多方面的生活基本常识，涉及有关为人处世的箴言，以一问一答的形式组织成篇。此类读物应属于综合知识类的蒙书。

（二）背面

1. 残社司转帖，存3行。

2. 租佃契约一件，存20行，契约开头有"天复四年岁次甲子(904)捌月

① 郑阿财、朱凤玉《敦煌蒙书研究》，第214页。

② 《杂抄》见于S.4663、S.5658、S.5755、S.9491、P.2816、P.2721、P.3393、P.3649、P.3662、P.3671、P.3683、P.3769、P.3906十三个写本。

拾柒日立契”题记。这个契约主要记载了关于僧令狐法因缺乏用度，为了获得一匹生绢、宗继，将土地租给能支付布匹的农民，并且农民有权耕种这块土地22年来代替本息①。

3. 曲子词两首，原写本均无调名，《敦煌曲校录》补调名皆作“浣溪沙”，诸家从之。第一首首句“五里江头望水平”，第二首首句“一队风来一队尘”。第一首又见于P.3128、S.2607两个写本，两个写本原题作“浪淘沙”，《敦煌曲校录》改为“浣溪沙”。写本中讹误之处较多，且多音误，推测曲子词或为默写本，或为听写本。因写卷中讹误处多音讹且字迹潦草，显然应是无底本参考，只凭印象写出，故能知抄写者文化水平较低，抄写者或为低年级的学生②。

关于曲子词的抄写时间，汤涒根据写本题记以及状稿中“仆射”称号的研究，认为应是公元900年与904年间抄写，最早不应超过天复四年(904)八月③。

4. 状稿一件，存7行。起“神沙乡百姓令狐贤威”，迄“伏请公凭裁下处”。主要记载敦煌神沙乡百姓贤威祖传的十三亩地，因土地被河水漂没，已被仆射免去地税，但还有依地所出的地子、布、草、役夫等并未免除，于是又上状“乞与后免”，并给以“公凭”④。

5. 社司转帖，残，存1行，字迹与卷首残社司转帖相同。

写本末有“光化三年庚申岁(900)十二月二日金光明”字样一行。

五、参考图版

1.《敦煌宝藏》第126册，第436—450页。

2.《法国国家图书馆藏敦煌西域文献》第22册，第50—54页。

3. International Dunhuang Project(国际敦煌项目，简称IDP)。

---

① [日]堀敏一著，林世田译《唐代后期敦煌社会经济之变化》，《敦煌学辑刊》1991年第1期。
② 汤涒《敦煌曲子词地域文化研究》，第33页。
③ 汤涒《敦煌曲子词地域文化研究》，第162页。
④ 陈国灿《敦煌学史事新证》，兰州：甘肃教育出版社，2002年，第293页。

12. P.3195 + P.2677 + S.12098 写本研究

唐诗丛抄

一、写本编号

P.3195 + P.2677 + S.12098

二、所藏地点

法国国家图书馆、英国国家图书馆

三、写本状况

P.3195，卷轴装，纸张呈黄褐色。首尾俱残，现存尺寸为 29×68.4 厘米。中间有几处小破洞，边缘磨损，有界栏，单面书写。存 43 行，有诗 6 首，行款严整，书法纯熟，由一人书写。

P.2677，纸张呈黄褐色，仅存 5 个碎片，双面书写。第一个残片存 13 行诗歌，徐俊定名为《唐诗丛抄》[①]。其余 4 个残片抄何晏《论语集解》，经文用大字，其下有双行小字夹注。背面有题记“咸通十年(869)三十日”“咸通十一年(870)十月廿日”纪年杂写。亦有“一一一”“咸咸咸”“张公”“□郎”等杂写。正背面笔

① 徐俊《敦煌诗集残卷辑考》，第 201 页。

P.3195 局部

P.2677B、P.2677C 缀合图

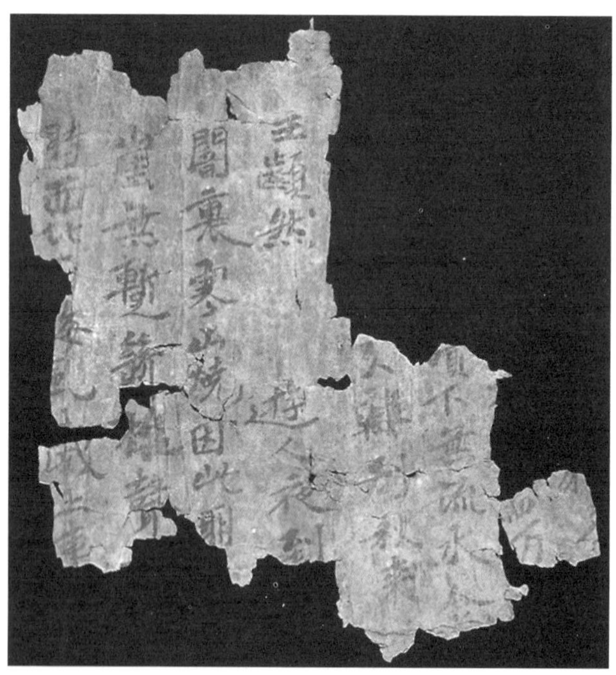

S.12098

迹不同。李方《敦煌〈论语集解〉校证》因而认为是唐懿宗时期写本。

S.12098,现存尺寸为13.2×12厘米。首尾、下端皆残缺,存8行:第1行存字不可辨认,第2至4行分别存"西万""碛下无流水金""久离别秋来",为屈同仙《燕歌行》残句。第5行有"王□然▭游人夜到",为王泠然《夜烧篇》诗句,见《全唐诗》卷一一五。第6行至第8行分别存"暗里寒山烧因此明""崖无暂断爑声""时西北□海风□□□",为王泠然《夜烧篇》残句。背面有"敕河西节"四字。

荣新江《英国图书馆藏敦煌汉文非佛教文献残卷目录》确认S.12098所抄为王泠然《夜光篇》,徐俊将此写本与P.2677进行对照,确定此碎片为P.2677第7至13行上部所残缺的部分,但衔接处有缺字,不能直接拼接。P.2677与P.3195虽看不出直接关系,但字迹、栏界等方面极为相似,可确定为同卷残裂而分置[①]。今考S.12098第1至4行下接P.2677第7至9行,衔接处残缺11个字,内容为屈同仙《燕歌行》。第5至8行下接第10至13行,衔接处残缺25字左右,内容为王泠然《夜光篇》。此诗P.2677题作"野烧篇",P.3608作"夜烧篇",传世本作"夜光篇"。

四、写本内容

1. 缺题诗,见P.3195,残存"□□□人□暮""主每论边外"两行,不知为何诗,俟考。从后面7首诗均为七言古诗,可推知此诗应亦为七言古诗,此写本应是七言古诗的汇抄本。

2.《送浑将军出塞》(据《唐文粹》卷一五补题),见P.3195,无题署,残存8行,七言24句,起于"族贵兵且",迄于"平原须寄仲宣诗",前5行残损严重,后3行较完整。又见于《唐文粹》卷一五上、《四部丛刊》影明铜活字本《高常侍集》卷五、《全唐诗》卷二一三,为高适诗。诗题中的"浑将军",徐无闻、刘开扬认为当指浑释之[②],周勋初、孙钦善、佘正松认为浑将军为浑惟明[③]。

---

① 徐俊《敦煌诗集残卷辑考》,第202页。

② 徐无闻《高适诗文系年稿》,《西南师范学院学报》1980年第2期。刘开扬《高适诗集编年笺注》,北京:中华书局,1981年。

③ 周勋初《高适年谱》,上海:上海古籍出版社,1980年。孙钦善《高适集校注》,上海:上海古籍出版社,1984年。佘正松《高适研究》,北京:中华书局,2008年。

浑释之，唐代名将。《旧唐书·浑瑊传》记载，浑瑊祖父大寿，父亲名释之，都做过皋兰都督。“释之少有武艺，从朔方军，积战功于边上，累迁至开府仪同三司，试太常卿，宁朔郡王。广德中(763)，与吐蕃战，没于灵武，年四十九。”又《新唐书·回鹘传》：“释之鸷勇不凡，从哥舒翰拔石堡城，迁右武卫大将军，封汝南郡公。”而浑惟明与浑释之同时，为同族中之人。曾为皋兰府都督，天宝十三载(754)春，加云麾将军。后为永王璘部将。本篇是高适在他出征前为其所作的赠别之诗。诗歌基调高昂雄浑，从浑将军的家族、士兵、战马等方面赞扬他，又将他比作李广、霍去病等能征善战的将军，多角度地塑造出了一个意气风发、忠勇爱国的名将形象。故赵熙《唐百家诗选》赞此诗“胜于史篇一传”。周勋初系此诗于天宝十三载(754)，徐无闻、刘开扬系此诗于天宝十一、十二载间，孙钦善、佘正松系此诗于天宝十一载(752)。主要校录本有：孙钦善《高适集校注》、徐俊《敦煌诗集残卷辑考》、张锡厚主编《全敦煌诗》等。

3.《送萧判官 赋得黄花戍》(首题)，见 P.3195，“送萧判官”与“赋得黄花戍”间有一字之空格。未署作者，七言 14 句。孙钦善认为本诗是高适所作，收录于《高适集校注》中，认为诗当作于高适为哥舒翰幕僚之时(752)。施淑婷《敦煌写本高适诗研究》同意孙钦善说：“敦煌本通例，诗题下多题作者名。本诗紧接高适《送浑将军出塞》之后，未另标作者，疑亦为高适诗。诗文盈溢远戍人哀苦之申告，诗中多用偶句，且所用语如‘萧萧’‘年年’‘几度’‘明月’‘何人’‘别交亲’‘云霄’，皆为适所常用。而以‘人’字收尾，尚见于高适《人日寄杜二拾遗》《秋胡行》。故亦当为高适佚诗。”[①]徐俊《敦煌诗集残卷辑考》认为判定为高适诗尚缺乏根据。黄花戍，戍名，《新唐书·地理志》载：“平州北平郡……有温沟、白望、西狭石、东狭石、绿畴、米砖、长杨、黄花、紫蒙、白狼、昌黎、辽西等十二戍。”《乐府诗集》卷七九《伊州歌第三》：“闻道黄花戍，频年不解兵。可怜闺里月，偏照汉家营。”黄花戍本在平州，唐诗中之“黄花戍”多为泛指。王烈《塞上曲二首》：“红颜岁岁老金微，砂碛年年卧铁衣。白

① 黄永武、施淑婷《敦煌的唐诗续编》，台北：文史哲出版社，1989 年，第 214 页。

草城中春不入，黄花戍上雁长飞。”王涯《塞下曲二首》：“辛勤几出黄花戍，迢递初随细柳营。”萧判官，不详。诗中讲述了送别时的情景，寄托了作者对友人美好前程的祝愿，亦希望友人不要忘记自己，情感真挚感人。主要校录本有：孙钦善《高适集校注》、徐俊《敦煌诗集残卷辑考》、张锡厚主编《全敦煌诗》等。

4.《怨(虞)美人怨》(首题)，见 P.3195，署“冯待征”，七言 28 句。又见 P.3480，题“虞美人怨”，作者署“蒲州进士冯待征”。又见于《全唐诗》卷七七三，题为“虞姬怨”，题下注：“第二十句缺三字。”敦煌本可补足。《乐府诗集》卷五八《琴曲歌辞二》有项籍《力拔山操》，题解：“按《琴集》有《力拔山操》，项羽所作也。近世又有《虞美人曲》，亦出于此。”此《虞美人怨》与《虞美人曲》同类。冯待征，生卒年未详。蒲州(今山西永济市)人，曾登进士第。据《新唐书·李尚隐传》及《册府元龟》等记载，开元七年(719)，蒲州大云寺僧怀照，自言母梦日入怀生己，因名怀照，并镂石着验，冯待征助实其言。刺史李尚隐劾处妖妄，诏怀照远流播州，冯待征亦坐事受责。可知他约活动在唐玄宗开元时期，此诗应创作于开元时期。李康成编《玉台后集》选录其诗 1 首，《全唐诗》卷七七三据以收录。《文苑英华》卷五三七存其文 1 篇。本诗用虞姬口吻述说其年少之时便从项羽征战天下，岁岁年年侍奉无缺，希望王关中，入秦宫，不料兵围垓下，四面楚歌，空留无限怨恨。主要校录本有：徐俊《敦煌诗集残卷辑考》、张锡厚主编《全敦煌诗》等。

5.《长门怨》(首题)，见 P.3195，署“魏奉古”，七言 20 句，内容完整无缺。此诗又见 P.2748，题“长门怨一首”，未署作者。此诗不见于传世文献，《补全唐诗》据两写本收入。“长门怨”，乐府旧题。《乐府诗集》卷四二《相和歌辞十七》有《长门怨》27 首，题解云：“《汉武帝故事》曰：‘武帝为胶东王时，长公主嫖有女，欲与王婚，景帝未许。后长主还宫，胶东王数岁，长主抱置膝上，问曰：儿欲得妇否？长主指左右长御百余人，皆云不用。指其女问曰：阿娇好否？笑对曰：好，若得阿娇作妇，当作金屋贮之。长主乃苦要帝，遂成婚焉。’《汉书》曰：‘孝武陈皇后，长公主嫖女也。擅宠骄贵，十余年而无子，闻卫子夫得幸，几死者数焉，元光五年废居长门宫。’《乐府解题》曰：‘《长门怨》

者，为陈皇后作也。后退居长门宫，愁闷悲思，闻司马相如工文章，奉黄金百斤，令为解愁之辞。相如为作《长门赋》，帝见而伤之，复得亲幸。后人因其赋而为《长门怨》也。'"魏奉古，生卒未详。制举擢第，授雍丘尉，强记，一览便讽，人称聪明尉。开元三年(715)，参与修编《开元前格》。曾任吏部侍郎，约开元八年(720)后，终兵部侍郎[①]。《全唐诗》卷九一存其诗一首。此诗写陈阿娇在长门宫的孤单生活，用一系列心理活动刻画出一位失宠已久、无比思念皇上，怀念昔日恩宠而孤单落寞的弃妃形象，抒发了其哀怨悲戚之情。主要校录本有：王重民《补全唐诗》、徐俊《敦煌诗集残卷辑考》、张锡厚主编《全敦煌诗》等。

6.《燕歌行一首》(首题)，见P.3195，未署作者。诗之后半部分残缺。此诗共28句，存前面15句，"身当恩遇恒"后"轻敌，力尽关山未解围，铁衣"只存右半，以下存"远戍辛勤久，玉箸""计(蓟)不(北)空回"11字。此诗在敦煌流传甚广，还见于另6件写本：P.2748，题"燕歌行一首"。P.3862，题"燕歌行"，有双行序文"客有从元戎出塞还者，作《燕歌行》示适，感征戎之事，作此《燕歌行》"。S.788，题"燕歌行一首"。S.2049，题"汉家篇"。P.4984，仅存数十字。P.2544，题"汉家篇"。S.2049、P.2544题"汉家篇"是根据首句"汉家烟尘在东北"而来，以《燕歌行》为是。本诗还见于《河岳英灵集》卷上、《又玄集》卷上、《才调集》卷三、《文苑英华》卷一九六、《唐诗纪事》卷二三、《唐文粹》卷一二、明活字本《高常侍集》卷五、《全唐诗》卷二一三。《燕歌行》为乐府旧题，属于《相和歌》中的《平调曲》。现存最早的《燕歌行》是曹丕的作品，写妇女的秋思。根据诗序，高适的这首《燕歌行》作于玄宗开元二十六年(738)，当时诗人32岁。诗人的朋友从幽州节度使张守珪的军中回来，把自己写的《燕歌行》让高适看。关于张守珪两次隐瞒失败、谎报军功的问题，高适早有所闻。这次听了朋友的讲述，读了朋友的诗，感慨更深，于是作了这首诗。此诗情调高昂，慷慨悲壮。主要从边战艰苦卓绝、将领骄傲荒淫、士兵可悲可怜、追忆英雄豪杰四个方面，来讽刺当下那些荒淫无度、傲慢轻

① (唐)刘肃撰，许德楠、李鼎霞点校《大唐新语》，北京：中华书局，1984年，第120页。

敌、不顾士兵生死的无能将领,并抒发了自己悲愤激昂的情感。主要校录本有:刘开扬《高适诗集编年笺注》、孙钦善《高适集校注》、施淑婷《敦煌写本高适诗研究》、徐俊《敦煌诗集残卷辑考》、张锡厚主编《全敦煌诗》等。

7. 残诗,仅存4字,唯"且""开"可辨认。

8.《燕歌行》(据《国秀集》卷下补)。见P.2677、S.12098,无题及作者,《国秀集》卷下收录此诗,署作者"屈同仙",又见《搜玉小集》《文苑英华》卷一九六,署作者"屈同",《全唐诗》卷二〇三据《国秀集》收录。此诗和前面高适《燕歌行》同为描写边塞战事的古乐府,内容相似,均描写秋天塞外的征战生活,且有"塞草腓""瀚海"及思妇等相同的语词和意象。屈同仙,生卒年未详,洛阳(今河南洛阳市)人。《搜玉小集》录其诗一首。芮挺章编《国秀集》录其诗二首。《全唐诗》卷二〇三存诗二首。

9.《野烧篇一篇》王颥然(首题),署"王颥然",见P.2677＋S.12098拼合卷。又见P.3608,题"夜烧篇",无作者名。又见《搜玉小集》《全唐诗》卷一一五,题"夜光篇",作者王泠然。徐俊《敦煌诗集残卷辑考》:"'颥'为'龄'字形讹,'龄'又'泠'字音讹。"根据诗中"夜到""夜色""寒山烧""高焰爇云红"等描写,此诗诗题当以"夜烧篇"为是。王泠然(692—724),字仲清,《唐才子传》泛言山东人。《唐故右威卫兵曹参军王府君墓志铭并序》:"公讳泠然,字仲清,太原人也。"则应为太原(今山西太原市)人。开元五年(717)登进士第,授将仕郎、守太子校书郎。秩满,移右威卫兵曹参军,开元十二年(724)病卒,年三十三。泠然工文善诗,气度豪爽,言无顾忌。所著篇什,时人称之。《全唐诗》卷一一五存诗四首。《夜烧篇》与寒食节相关。寒食禁火,清明是要"改火"的,该诗即与"改火"仪式有关。"改火"是个流传悠久的习俗,《周礼·夏官·司爟》说改火是为了"救时疾",《管子·禁藏》说为了"去兹毒"。所以要在春天灭掉旧火,改取新火。李宗侗、裘锡圭等皆认为寒食节即源于这种古老的改火仪式,而不是因介之推而起[①]。改火习俗经过漫长的发展演变,到了唐代,就固定到了清明这一天。主要校录本有:徐俊《敦煌诗

① 裘锡圭《寒食与改火》,《中国文化》1990年第2期。

集残卷辑考》、张锡厚主编《全敦煌诗》等。

10.《论语集解》，无题及作者。见于 P.2677 五个碎片的后四个（用 BCDE 表示），B 碎片为《论语集解（为政）》，C 碎片为《论语集解（为政）》，D 碎片为《论语集解（述而）》，E 碎片为《论语集解（述而）》。B 碎片起于《为政》“七十而从心所欲不逾矩”之“从心”，至“有酒食，先生馔”《集解》“馔，饮食也”之“食”，残存 9 行。C 碎片起于《为政》“曾是以为孝乎”之“孝”（残存下半），至篇末，尾题“论语卷第一”5 字，残存 25 行。B 碎片和 C 碎片可以缀合。两片缀合后，共 34 行，起《为政》“七十而从心所欲不逾矩”之“从心”，至篇末。经文大字书写，其下有双行小字夹注[①]。《论语集解》为何晏等人所撰，此书首创古籍注释中的集解一体，较为集中地保存了《论语》的汉魏古注。书成后，一直流传不废。

何晏（？—249），字平叔。南阳宛（今河南南阳）人。年少聪颖，长相俊秀。东汉大将军何进之孙。曹魏大臣，官至吏部尚书。与曹爽、邓飏等死于高平陵之变。何晏好道家之言，倡导“三玄”（《周易》《老子》《庄子》），遂开一时风气。《三国志》本传记他作《道德论》及诸文赋著述凡数十篇。《通志》载何晏有《孝经注》一卷、《魏晋谥议》十三卷，并佚。其与孙邕等撰《论语集解》十卷，今存。严可均《全三国文》辑其文 14 篇，逯钦立《先秦汉魏晋南北朝诗》录其诗两首。生平事迹见《三国志》卷九《魏书·曹爽传附何晏传》，《资治通鉴》卷七四、七五，《世说新语·文学》等。

关于写本的抄写时间，背面有题记“咸通十年（869）三十日”“咸通十一年（870）十月廿日”，与正面笔迹不同，应是后人所题，咸通十一年便是写本抄写时间的下限。写本所著录的诗人冯待征、王泠然、高适为开元天宝时期的人，魏奉古、屈同仙生平无考，但根据写本诗作的顺序，也当是这一时期人。而作品可考者，《送浑将军出塞》作于 752 年，《送萧判官赋得黄花戍》作于高适任哥舒翰幕府期间（752—755），《虞美人怨》作于开元（713—741）年间，《燕歌行一首》作于 738 年，《夜烧篇》作于 692—724 年之间，推知写本所

① 许建平主编《敦煌经部文献合集》第四册，北京：中华书局，2008 年，第 1526—1527 页。

抄的诗歌应均创作于安史之乱(755)之前。故写本的抄写时间上限便在755年左右。P.2748背面也抄有高适《燕歌行一首》、魏奉古《长门怨》,抄写款式相似,应是在同一时代所抄。徐俊认为P.2748抄于大中四年(850)以后[①]。姜亮夫《海外敦煌卷子经眼录》对P.3195讲到:"用三纸,楮白纸。字草率,且多讹误。写时不可知。以纸质、字体诸端定之,疑为五代(907—960)初年写本。"[②]综合判断,我们认为P.3195 + P.2677 + S.12098写本是晚唐时期所抄。

写本抄写体例规范,包括依次抄写题目、作者和正文,且题目与作者名字、作者名字与正文、文与文之间有空格,说明这是比较正式的写本。从内容来看,写本的后面部分抄写了《论语集解》。因此,我们判断写本是当时的教材。写本背面的习字杂写,则是教材使用者学郎的随意涂鸦。

五、参考图版

1.《敦煌宝藏》第126册,第543页;第123册,第262页。

2.《法国国家图书馆藏敦煌西域文献》第22册,第125页;第17册,第200页。

3.《英藏敦煌文献(汉文佛经以外部分)》第14册,第80页。

4. International Dunhuang Project(国际敦煌项目,简称IDP)。

---

① 徐俊《敦煌诗集残卷辑考》,第144页。

② 姜亮夫《敦煌学论文集》,上海:上海古籍出版社,1987年,第46页。

13. P.3216 写本研究

法照念佛赞文集　背面：唐女冠诗丛抄

一、写本编号

P.3216

二、所藏地点

法国国家图书馆

三、写本状况

纸本，卷轴装，首尾皆残，现存规格约 110.3×26—27.1 厘米[①]，由三纸黏合而成。单面抄写，前半部分有界栏，后半部分多残泐，末端有撕痕，全卷未署撰者，亦无题记。抄文计存 66 行，行款严整，中有朱笔添文四句。背面揭下两个纸片[②]。其中一纸片尺寸约 50.4×27.6 厘米，实际由二纸黏合而成，两面抄写，多细缝小洞。一面首端约有四字，但被涂去，继存大量空白，后抄文 15 行，末端残缺。另一面受浆糊水渍浸染，字迹难辨。另一纸片尺寸约 20.4×28 厘米，首尾俱全，亦作两面抄写，纸张表面多斑驳，内容模糊可辨。

① 参 International Dunhuang Project（国际敦煌项目网站）。

② 荣新江、徐俊《新见俄藏敦煌唐诗写本三种考证及校录》，荣新江主编《唐研究》第五卷，北京：北京大学出版社，1999 年，第 62 页。

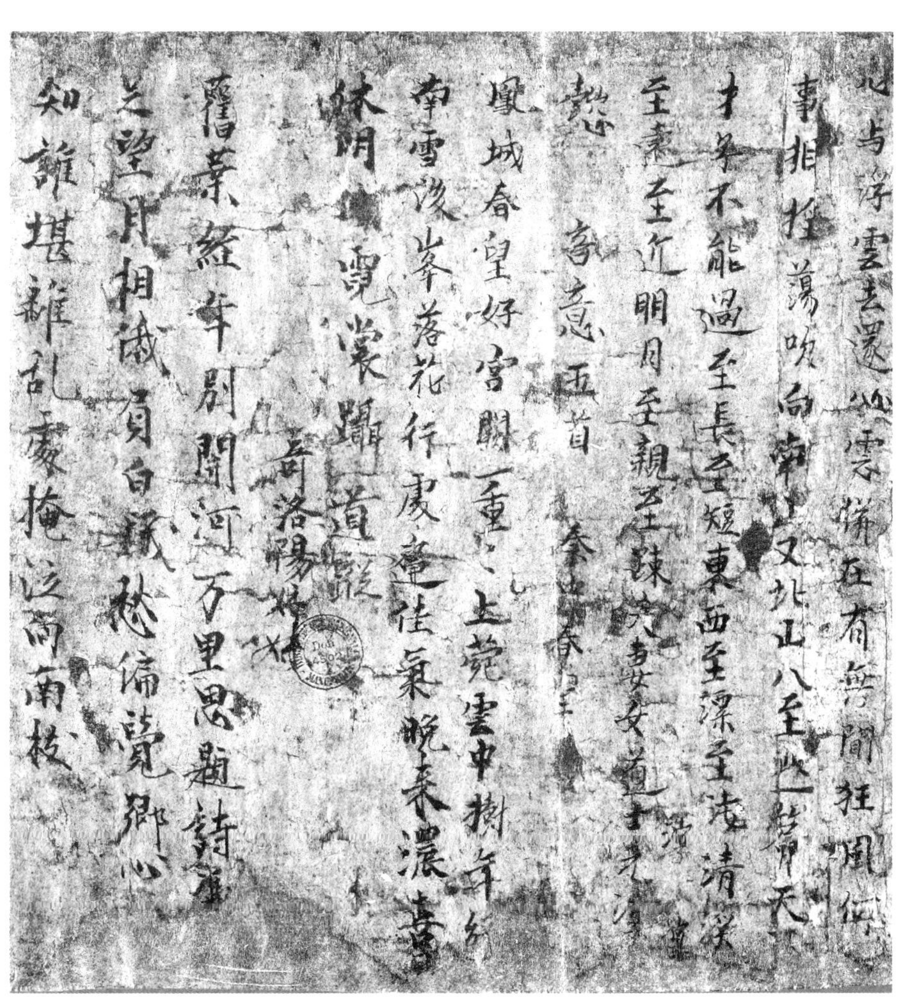

P.3216 局部

从书法方面看，整件写本包含三种笔迹。其中主体写本楷书端正，墨色浓厚。背面所揭两纸片的书写则稍欠齐整，笔迹或纤细清秀，或迅疾粗率。

四、写本内容

（一）正面

右端书“念佛赞文一卷，沙门法照集”[①]。《敦煌遗书总目索引》据之拟题“念佛赞文一卷（沙门法照集）”。《敦煌遗书最新目录》拟作“法照和尚念佛赞”“阿弥陀赞文”。《敦煌遗书总目索引新编》拟题“念佛赞文”“沙门法照集”。《法国国家图书馆藏敦煌西域文献》题作“念佛赞文”“阿弥陀赞文”[②]。仔细辨读，发现正面所抄依次为序文、《梵音赞呗》《散花乐赞文》以及《阿弥陀赞文》。

写本开端的序文简洁明了地交代了道场仪式的整个过程：

> □往生经、《无量寿观经》《阿弥陀经》，佛为有□生西方极乐国，心心常行平等，断却贪瞋□持诵诸赞，若无间断，现身为□，诸损亦不有抉褐来侵。常得四天王及诸菩萨以为护念，命终定生西方。诸方学者先须决定，不得有疑。若有修道念佛者，先须烧香，面西而礼。次作散花，请佛来入道场。然念阿弥陀佛，并唱诸赞，莫令断绝。念得四千口佛名为一会，学者应知意焉。

其后所接内容基本按照上述程序抄写。首先是缺题的《梵音赞呗》：“如来妙色身，世间无与等，无比不思赞，是故今敬礼。如来色无尽，智慧亦复然，一切法常住，是故我归依。”此赞即是“面西而礼”时所唱，系歌颂如来身相功德，抒发道场诸众的归依礼敬之心，于佛事活动开始之际宣唱颇能起到

① 李德范主编《王重民向达所摄敦煌西域文献照片合集》第 13 册，北京：北京图书馆出版社，2007 年，第 4891 页。

② 王重民编《敦煌遗书总目索引》，第 282 页。黄永武主编《敦煌遗书最新目录》，第 710 页。施萍婷主编《敦煌遗书总目索引新编》，第 272 页。上海古籍出版社、法国国家图书馆编《法国国家图书馆藏敦煌西域文献》第 22 册，第 184—185 页。

渲染道场庄严的作用。礼敬赞文抄毕,书手提行空两格写提示语:"右作梵音了,大众高声齐念阿弥陀佛二百口,已来打净便作《散花乐》,一人唱赞,大众齐和之。"紧接着便以缺题之《散花乐赞文》奉请阿弥陀佛、观音、势至菩萨以及十方诸佛入道场,每句奉请文下均抄"散花乐"作和声辞。此赞还见于P.2130、BD05441(果41)及《净土五会念佛略法事仪赞》,其中前二本均首题作"散花乐赞",至于事仪本首题则作"散华乐文",题下注"依《大般若经散华品》"。与此三本不同的是P.3216中"散花乐"和声辞下以"一唱""二唱""三唱"作和声提示,而非反复抄"散花乐"三字,此外奉请的佛、菩萨及奉请顺序也有所不同。此赞之后又接提示语"右作《散花乐》了,次念三番六字,[阿]弥陀佛两边(遍),然唱赞言"。写毕提行顶格书"阿弥陀赞文",接抄赞文,残存七组,均未署题,每组间亦不作区隔之标记,七言一句接续抄写。知诸赞文乃以《阿弥陀赞文》为总标题,实际内容涵盖:

1.《西方十五愿赞》(据他本补题)。《阿弥陀赞文》标题下第1—6行,首起"一愿众生普修道",下讫"更莫阎[浮重]受胎"。首尾完整,仅末句因纸张残泐缺二字,七言11句,第十二至十五愿4句作八言。

2.《十愿赞》(据《全敦煌诗》拟题)。《阿弥陀赞文》标题下第6—11行,首起"一愿三宝恒存立",下讫"怜臂相将入化城",七言16句。

3.《五会赞》(据他本补题)。《阿弥陀赞文》标题下第12—16行,首起"第一会念时平声入",下讫"有婚(昏)不觉自然明",七言14句,此外第一句加衬字"念",第二句脱"二"字。该赞阐扬了净土五会念佛的方法,并通过赞说西方世界的美好,号召大众诚心念佛。《净土五会念佛略法事仪赞》中收有法照依《无量寿经》所创作的《五会赞》,它与P.3216中的这篇赞文内容基本一致,遂据之补题。不过二本也有差异,事仪本逐句交替附注有和声辞"弥陀佛""弥陀佛,弥陀佛",敦煌本的第五句"闻此五会悟无生"后接"西方世界宝为精",但事仪本在这两句间尚有六句。此外敦煌本还将事仪本的最后四句"发心念佛度群生,愿此五会广流行,六道三涂皆摄取,莲花会里著真名"改作了"回愿众生皆得往,莲花会里有真如,各各志心须诚念,有昏不觉自然明"。这种改动当是为了更贴近P.3216总标题《念佛赞文一卷》所倡导的念佛主题。事仪本《五会赞》的校录主要见于《大正新修大藏经》[①]。

4.《法照和尚景仰赞》(据《敦煌石窟僧诗校释》拟题)。《阿弥陀赞文》标题下第16—21行,首起"和尚法照非凡僧",下迄"临终定获紫金容",七言16句。

5.《弥陀本愿大慈悲赞》(据《全敦煌诗》拟题)。《阿弥陀赞文》标题下第22—31行,起自"弥陀本愿大慈悲",后半部分多因纸张残损不见,迄"□□□教难恻(测)量",仅存七言29句。

6.《念弥陀赞》(据《全敦煌诗》拟题)。《阿弥陀赞文》标题下第31—45行,首尾皆残。P.2483亦抄此赞,首尾俱全,七言42句,亦缺题。

7.《西方极乐赞》(据《全敦煌诗》拟题)。《阿弥陀赞文》标题下第46—51行,首全尾残,起自"西方极乐妙花池",因纸张破损严重,该赞文仅残存8句。

除《五会赞》外,此本所残存的其余六篇佛赞均见于P.2483,诸赞在他本的抄写情况以及整理校录情况在前文"P.2483叙录"已作详述,自此不再赘述。

(二)背面

P.3216背面揭下的两份残纸,均作两面抄写。其中一份残纸由二纸黏合而成,一面抄女冠诗,首全尾残,存诗四首又二句。另一面抄祭文。另一份残纸则抄有投社状一通。

1. 李季兰诗二首

(1)《寓兴》(据他本补题)。七言四句,未署作者。又见于Дx.3872+Дx.3874,题作《寓兴》,署李季兰作,兹据补,存题、诗3行。据荣新江、徐俊考,Дx.3861、Дx.6654、Дx.3872、Дx.3874、Дx.6722、Дx.11050等6件写本可缀合,并从残存文字推测此诗册或即蔡省风《瑶池新咏》残本。缀合后正文存四位女诗人的诗作23首,其中李季兰7首,元淳7首,张夫人8首,崔仲容1首,占《瑶池新咏》全部23人115首诗作的五分之一[②]。此外,该缺题诗

---

① 《大正新修大藏经》第47册,第477页上—477页中。

② 荣新江主编《唐研究》第五卷,第59—79页。徐俊《敦煌诗集残卷辑考》,第672—685页。荣新江、徐俊《唐蔡省风编〈瑶池新咏〉重研》,荣新江主编《唐研究》第七卷,北京:北京大学出版社,2001年,第125—144页。

还见于《吟窗杂录》卷三〇、《全唐诗》卷八〇五,题作"偶居",署李季兰作[①]。

(2)《八至》(首题)。六言四句,亦未署作者,诗题下有"此一篇天下才子不能过",似为选录者或抄者评语。《八至》见于《才调集》卷第一〇、《吟窗杂录》卷三〇、《全唐诗》卷八〇五,三集均署此诗李季兰作[②]。

李季兰(?—784),名冶,一说名裕。峡中人,确切州县不详。一说乌程(今江苏吴兴)人。唐女道士。长期寓居江东,与山人陆羽、上人皎然意甚相得,又与刘长卿等诸贤文士交好。季兰颇工诗,多送别寄赠、感兴遣怀之作,长于五言,清雅婉丽,刘长卿誉之为"女中诗豪"。大历末年,因诗才奉诏入宫,优赐甚厚。建中四年(783)朱泚称帝,逼季兰上诗,言多悖逆。兴元元年(784)七月,因上诗朱泚一事为德宗扑杀。《全唐诗》卷八〇五存其诗16首又8句。生平略见《唐诗纪事》卷七八、《唐才子传》卷二[③]。

2. 元淳诗三首

《八至》诗末句"至亲至疏夫妻"后紧题"女道士元□懿"。"懿"字下空两格写"音意五首",下存诗二首又二句,据"音意五首"的总题及诗抄左端撕痕推知该纸至少还抄有另两首诗。

(1)《秦中春望》(首题)。五言八句。见于Дx.3872+Дx.3874,存题、诗五行,仅"风城春望""中树终南"及末三句可辨,其余均残损。又见于《才调集》卷第一〇、《吟窗杂录》卷三〇及《全唐诗》卷八〇五,题同,其中《吟窗杂录》仅收录"上苑雨中树,终南霁后峰"二句[④]。

(2)《寄洛阳姊妹》(首题)。五言八句。见于Дx.3872+Дx.3874,存题、诗五行,题作"寄洛中姊妹"。又见于P.3569,无题缺末三句。此诗又见《又玄集》卷下,题作"寄洛中诸娣",《才调集》卷第一〇,题作"寄洛中诸妹";

① (宋)陈应行编《吟窗杂录》卷三〇,北京:中华书局,1997年,第842页。(清)彭定求等编《全唐诗》卷八〇五,北京:中华书局,1960年,第9059页。

② 傅璇琮、徐俊、陈尚君辑《唐人选唐诗新编》,北京:中华书局,2014年,第1196页。《吟窗杂录》卷三〇,第842页。(清)彭定求等编《全唐诗》卷八〇五,第9059页。

③ (宋)计有功《唐诗纪事》卷七八,北京:中华书局,1965年,第1123—1124页。(元)辛文房撰,傅璇琮等校笺《唐才子传校笺》卷二,北京:中华书局,1987年,第326—333页。

④ 《唐人选唐诗新编》,第1200页。《吟窗杂录》卷三〇,第843页。(清)彭定求等编《全唐诗》卷八〇五,第9060页。

《吟窗杂录》卷三〇收此诗三四句，题作“寄洛中姊妹”；《全唐诗》卷八〇五，题作“寄洛中诸姊”[①]。

(3)《感怀》(首题)。七言，因纸张断裂，仅存首二句。见于Дx.3872＋3874，题作《闲居寄杨女冠》，存题、诗6行。此诗末二句“闻道茂陵山水好，碧溪流水有桃源”，又见于《吟窗杂录》卷三〇及《全唐诗》卷八〇五，题作“寄杨女冠”[②]。

Дx.3872＋Дx.3874、《又玄集》《才调集》《吟窗杂录》《全唐诗》均署此三诗作者为“元淳”或“女道士元淳”，由此知P.3216所署“元□懿”或为元淳。《唐诗纪事》卷七八有“女道士元淳”条，仅载诗《寄洛中诸姊》，《唐才子传》卷二亦有“道士元淳”条，称其“能华藻，才色双美”。二集均未作详传，仅《全唐诗》记之为洛中人而已[③]。洛阳存唐建中年间(780—783)的《故上都至德观主女道士元尊师墓志文》，记墓主元尊师“法名淳一，河南人也”“天宝初，度为女道士，补至德观主。闲机丹竃，养德玄坛，人仰宗师，□高令问，优游恬旷，三纪于兹。大历中，朅来河洛，载抱沉疴。粤以□□年七月三日返真于东都开元观，春秋六十□□终”[④]。又考元淳其人其诗，发现有许多描述与这位淳一墓志所述相仿[⑤]。其一，身份同，均为女道士。其二，籍贯同。元淳在《寄洛阳姊妹》诗中，称洛阳为其故乡，并表怀念，表明元淳与墓主人同籍。其三，所处时代相近。在《瑶池新咏》《又玄集》中，元淳列于李季兰之后，吉中孚妻张夫人之前，说明她可能与二人所处时代相仿，同为大历时人，而元淳一墓志明确可考其生平经唐天宝至建中年间。其四，经历相似。《秦中春望》描写春景，提及“终南”，又诗中“凤楼”“宫缺”“上苑”无不为皇城景象，推

---

① 《唐人选唐诗新编》，第869、1199—1200页。《吟窗杂录》卷三〇，第843—844页。(清)彭定求等编《全唐诗》卷八〇五，第9060页。

② 《吟窗杂录》卷三〇，第844页。(清)彭定求等编《全唐诗》卷八〇五，第9061页。

③ 《唐诗纪事》卷七八，第1127页。《唐才子传校笺》卷二，第335页。(清)彭定求等编《全唐诗》卷八〇五，第9060页。

④ 周绍良、赵超主编《唐代墓志汇编续集》，上海：上海古籍出版社，2001年，第729—730页。

⑤ 陈鼓应主编《道家文化研究》第24辑，三联书店，2009年，第143页。贾晋华《〈瑶池新咏集〉与三位唐代女道士诗人：中国古代女性诗歌发展的新阶段》，《华文文学》2014年第4期，第25—37页。

断元淳曾居长安且离皇宫不远，而墓主元淳一早年所居的至德观就位于皇城朱雀门外的兴道坊[①]。另外，由元淳“谁堪离乱处，掩泣向南枝”“白发愁偏觉，乡心梦独知”，知其曾因离乱曾久别洛阳，而元淳一从天宝初即任长安至德观观主，多年后才抱病返乡，恐怕期间也正是因安史之乱才被阻滞回洛。此外，P.3216 中“元□懿”，缺字可辨其偏旁为“氵”，且原卷在其名右侧上下方并添二“淳”字[②]，亦即 P.3216 本题元淳为“元淳懿”。由于道教崇拜“一”或“太一”，男女道士的名字常带有“一”字，而“懿”与“一”又音同。综上，可合理推测，“元淳”和“元淳一”应是同一人。《全唐诗》卷八〇五存元淳诗两首又 8 句。敦煌写本存其诗 7 首，其中 1 首仅存诗题。

P.3216 五首女冠诗抄的主要校录本有《敦煌诗集残卷辑考》及《全敦煌诗》等[③]。

3.《祭文》

拟题。李季兰、元淳诗抄背面字迹斑驳不清，难以释读。《敦煌遗书最新目录》《敦煌遗书总目索引新编》等相关著录均题之为祭文[④]。

4.《投社[人]何[清][清]状》

原题。P.3216 背面粘贴的另一残纸，右端顶格写“投社□何□□状”，脱三字，唐耕耦、宁可及郝春文均补校为“投社人何清清状”。投社状文作两面抄写，背面题有时间。因纸张残泐，题记稍显模糊，《敦煌社邑文书辑校》释读为“显德二年(955)正月十三日”，《敦煌社会经济文献真迹释录》则定为“唐至德二年(757)正月十日”[⑤]。考 P.3216 正面赞文多属法照五会念佛内容，至德二年(757)时法照方黄口之年，故至德年说于理不合。此状记何清清父母双亡，薄福不幸，欲死又思未报父母恩德，幸得众和尚慈悲接礼，从而

---

① (清)徐松撰，李健超增订《增订唐两京城坊考》，西安：三秦出版社，1996 年，第 52 页。

② 徐俊《敦煌诗集残卷辑考》，第 213 页。张锡厚主编《全敦煌诗》，第 3021 页。

③ 徐俊《敦煌诗集残卷辑考》，第 212—215 页。张锡厚主编《全敦煌诗》，第 2475—2478、3019—3025 页。

④ 黄永武主编《敦煌遗书最新目录》，第 710 页。施萍婷主编《敦煌遗书总目索引新编》，第 272 页。

⑤ 唐耕耦、陆宏基编《敦煌社会经济文献真迹释录》第 1 辑，第 291 页。宁可、郝春文辑校《敦煌社邑文书辑校》，第 702 页。

请求入社。既由僧侣接礼，则此社应当属释门管治。

在唐五代敦煌地区，存在各种不同的“佛教社邑”，它们拥有常设的组织机构，与其他民间社邑一样具有经济互助的作用，唯一不同的便是佛教社邑中的社员多为僧人、信众，因而往往会集体开展佛教活动。郝春文将佛教社邑分为三种：第一种既受地方僧官控制，又与某一寺院有密切联系。第二种是与某一寺院或僧人有密切联系，在寺院或僧人指导、控制之下。第三种即那些从事一次性佛教活动而临时组成的佛社[①]。据投社状内容，长期孤苦无依的何清清显然申请加入的是第二种佛社，其三官主要由寺僧担任，那么他所呈交的这份投社状自然也就被收入寺院。

总体而言，P.3216是一本净土念佛赞文集，并且还是一件专用于净土五会念佛共修法会的仪式底本。

首先，根据《阿弥陀佛赞》前的仪轨序文、奉请佛菩萨入道场的《散花乐赞文》以及诸提示语，我们可以判断此本是僧人为佛事法会而制。其次，这件行仪反复提醒道场大众赞念“阿弥陀佛”，残存的赞文也均以念佛作为赞唱主旨，蕴涵了浓厚的弥陀净土思想，则此本当为净土宗法事活动所用。此外，写本的总标题《念佛赞文一卷沙门法照集》指出该本是净土高僧法照的集子，但通过对赞文的考察，我们发现P.3216虽与法照有着重要联系，但其并非由法照本人编集。写本中有三组佛赞源自法照编撰的五会念佛行仪，但此本各赞的长短、句子顺序、字词与法照编集的《五会念佛赞文集》有所出入，相比之下显得更为精简。至于《法照和尚景仰赞》更不似法照自加褒奖所作，当是敬仰他的后人所作。总体而观，P.3216当是后人在法照《五会念佛赞文集》的基础上重新加以编选纂辑的一种五会念佛行仪本子，其形制短小，主题明确，是一件适用于净土道场念佛的赞唱底本。

净土五会念佛法门是唐代宗大历年间（766—769）法照于衡州始创，其倡导五会音声念佛，并开创了五会念佛道场。所谓“五会念佛”，法照本人解

---

① 郝春文《隋唐五代宋初佛社与寺院的关系》，《敦煌学辑刊》1990年第1期。

释言“五者会是数,会者集会。彼五种音声,从缓至急,唯念佛法僧”[①],其本质是一种富有音韵、抑扬起伏的引声念佛方法。此外,法照本人还创作并收集了大量念佛赞文,先后编集了《净土五会念佛诵经观行仪》及《净土五会念佛略法事仪赞》,将诵经、唱赞、念佛相结合,形成一种念佛仪轨规范,通过音声赞念调节了持名念佛的枯燥单调,进一步推动了净土念佛修持法门的弘扬。唐五代时期,敦煌地区的净土信仰浓厚,法照的五会念佛法门得到了广泛传播与积极实践。经张先堂考察甄别,在晚唐懿宗咸通四年(863)至北宋雍熙三年(986)这百余年间,有关净土五会念佛的赞文写本多达六十余件[②]。法照编集的《观行仪》卷中、卷下在敦煌得到了保存,其中的赞文被选抄于多件写本,同时伴随五会念佛的风靡,敦煌地区还涌现出一批由净土宗信徒编选的五会念佛赞文集。在这些据《观行仪》改编的赞文集本子中,既有赞文又有仪轨次第的仅 P.3216、P.2130、BD05441 三件,后两件的抄写内容乃至抄写顺序多有相似,并且都抄有主张“禅净合流”的《校量坐禅念佛赞》,P.2130 还增抄了《河州卧禅师偈》《达摩禅师偈》两首称颂禅师的偈子。这种在念佛唱赞仪式中融入禅宗思想的做法,一方面是受当时禅净双修信仰观念的影响,另一方面也可能是基于为拉拢更多信徒的目的,展现了净土五会念佛行仪在敦煌净土道场上的革新。至于 P.3216 将原本五会念佛的大量赞文简化并且加重称名念佛的分量,这显然是为了配合一般群众的知识水平,“使得念佛法门能普及各阶层人民,达到弘扬净土信仰的目的”[③]。因此,P.3216 及 P.2130、BD05441 都是净土宗徒为了宣扬净土法门而改编的五会念佛仪式底本,虽然三者的改编方式并不一致,但是都能发挥吸引信众、传布教法的功能,这种改编进一步促进了净土念佛法门在敦煌民间的流行与传播。

P.3216 整件写本无抄者署名,且主体卷子与背面所粘残纸的书写笔迹

① 《大正新修大藏经》第 47 册,第 476 页中。
② 张先堂《晚唐至宋初净土五会念佛法门在敦煌的流传》,《敦煌研究》1998 年第 1 期。
③ 杨明芬《唐代西方净土礼忏法研究：以敦煌莫高窟西方净土信仰为中心》,北京：民族出版社,2007 年,第 123 页。

各不相同。目前仅能判断这件道场念佛行仪底本的抄写应当出自敦煌某寺僧人之手，至于背面所贴纸张各自的抄写者尚待查考。净土念佛赞文集、女冠诗、祭文、投社状在内容上并无密切联系，且非一人所抄，至于为何会将写有女冠诗、祭文及投社状的二份残纸贴于五会念佛写本的背面，一则或为僧人在整理时将之置于一处，三者不小心粘在一起。二则背面的两纸片亦有可能是用来修补五会念佛写本的，但不论出于何种原因，各部分内容的抄写时间理应不会相差太远。此本中唯一保存明确纪年的便是投社状文书，则四部分内容应大致抄于后周显德二年(955)前后。

五、参考图版

1.《王重民向达所摄敦煌西域文献照片合集》第13册，第4891—4894页。
2.《敦煌宝藏》第126册，第618—622页。
3.《法国国家图书馆藏敦煌西域文献》第22册，第184—188页。
4. International Dunhuang Project(国际敦煌项目，简称IDP)。

14. P.3252 + P.3608 写本研究

垂拱职制户婚厩库律
背面：婚仪民俗诵词 读表

一、写本编号

P.3252、P.3608

二、所藏地点

法国国家图书馆

三、写本状况

P.3252 和 P.3608 原为一卷，均双面书写，残裂为二，但两断卷不能缀合。其中 P.3252 尺寸为 36×29.2 厘米，首尾皆残。P.3608 尺寸为 308.5×29.3 厘米，正面首尾皆残缺，每行字数在 23—33 之间。背面首残，每行字数亦在 23—33 之间。

王重民最早判定 P.3608 与 P.3252 为同一写卷，并对写本正面所抄法律文书进行过考证："长孙无忌等奉制撰书，永徽时已进呈，特下至开元，犹有增饰，今所传者，盖据开元时写本耳。兹更以律文而论：唐律初定于高祖，再修于太宗，至高宗而大备。然高宗以后，仍尚有一文半句之增饰。《议语》中羼入永徽以后事，当亦如此。何以言之？此卷既为武后时写本，以《疏议》本

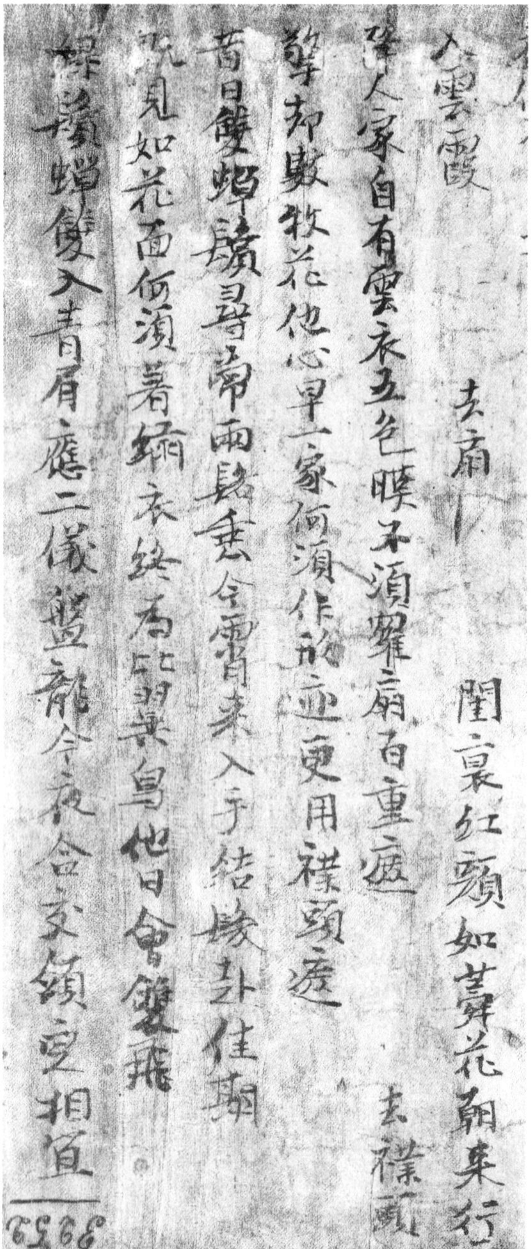

P.3252 局部

夜燒篇
旅人夜到汝陽間夜色冥蒙不解顏誰家暗起
寒山燒因此明中得見山〻頭山下須臾滿歷險緣崖無暫斷雄聲散
着羣樹鳴炎氣傍流一川暖是時西北多海風吹起東天光更雄濁烟
重月里高崗藝雲紅初謂鍊丹仙竈裏還疑鑄劍神溪中劃
爲飛電來照物乍似流星並入空西山草盡著已滅東頂熒〻猶未
絶沸湯穹谷數道永融盡陰崖幾年雪兩京貧〻而若爲居四
壁皆成鑿照餘未得貴遊同〻衆燭希將半景借披書

P.3608 局部

律文校之,《职制律乘舆服御物》条,《疏议》本增‘其杂供有缺笞五十’一句(卷九)。《玄象器物》条,《疏议》本增‘私习天文者亦同’注语一句,疑并为武后或武后以后所增窜。”①

四、写本内容

(一)正面

P.3252和P.3608正面抄写《垂拱职制户婚厩库律》,有朱笔修改痕迹,文中夹有双行小注。两个写本当为同一文书的残本,但不能衔接。共存十纸171行,内容包括唐律的职制、户婚、厩库中的一部分,是敦煌所出唐律写本中篇幅最长、保存律文也最多的一份。

(二)背面

P.3252背面内容:《咒愿女婿文》(拟题),《催妆二首》(首题),《去花一首》(首题),《去扇》(首题),《去襆头》(拟题),《合发诗》(拟题),《脱衣诗》(拟题),《合发诗》(拟题)。

P.3608背面内容:1. 缺题愿文6行。残文中有“雄鸡断尾,终以屈全,道陵投簪,方俗岂同日而语哉”句,盖为描写异地风俗之作。

2.《缺题诗》。五言诗,共八句。讲述修道而离家的经历,诗歌末尾表达久别家乡的思乡之情。

3.《咒愿文》(首题)。

4.《大唐陇西李氏莫高窟修功德记,节度留后使朝议大夫尚书刑部郎中兼侍御史杨绶述》(首题),又见于S.6203、P.4640。P.4640仅有开头120余字,题署:“陇西李家先代碑记,杨授述”。S.6203号则残存此件之后20行。原碑在今敦煌莫高窟148窟前室南厢,碑高282厘米,宽226厘米。首题“大唐陇西李氏莫高窟修功德记”,左行首空三字署“节度留后使朝议大夫尚书刑部郎中兼侍御史杨绶述”,尾题“时大唐大历十一年龙集景辰八月旬有十五日辛未建”。因碑立于大历十一年(776),故简称《大历碑》。据碑文,该碑

① 王重民《敦煌古籍叙录》,第141—142页。

碑主为李大宾，其为“兴圣皇帝(西凉李暠)十三代孙”，曾任朝散大夫郑王府咨议参军，在莫高窟建大涅槃窟(今第148窟)，其六代祖宝、曾祖达、祖操、父奉国，先后仕隋、唐，为军将，历官河西敦煌。作者杨绶，生平不详。李大宾后人李明振于乾宁元年(894)在此碑阴又刻《唐宗子陇西李氏再修功德记》。碑文介绍了敦煌莫高窟的地理位置，石窟附近的景观，李大宾的官职及其先祖功业，讲述树立该碑的缘由和石窟内部的雕像种类和数目，还声情并茂地描绘了李大宾全家参加其弟释灵悟法师及侄僧志融主持的膜拜仪式。

徐松《西域水道记》卷三首载此碑录文。罗振玉《西陲石刻录》，张维《陇右金石录》亦载之。《沙州文录》及《敦煌石室真迹录》据敦煌写本移录。《沙州文录》题曰：陇西李家先代碑记，注文称，“石刻有额，题曰‘大唐陇西李辅君修功德纪’”，末有“妹夫乡贡明经摄炖(敦)煌州学博士阴庭诫”。李永宁《敦煌莫高窟碑文录及相关问题》，唐耕耦、陆宏基编《敦煌社会经济文献真迹释录》等又参照诸本校录①。

5—6.《寒食篇》和《夜烧篇》。《寒食篇》为七言歌行，全诗44句，每4句一节一转韵。前两节写寒食节由来，然后集中描述京城寒食节荡秋千、斗鸡、春游、划船、抛彩球等活动的盛况。语言生动形象，内容丰富多彩，是研究古代寒食风俗的宝贵资料。《寒食篇》原写本未署作者，不见于传世文献。王重民《补全唐诗》据本卷收录，云：“按这一卷子上载《夜烧篇》与《寒食篇》，诗调相同，并无作者姓氏。考《全唐诗》王泠然有《夜光篇》，就是《夜烧篇》，因疑《寒食篇》亦王泠然作，因暂题泠名。”②

王冷然，一作王泠然。王泠然(692—724)，太原人(今山西太原)，祖籍宋州。开元五年(717)进士及第，授将仕郎、守太子校书郎。秩满，移右威卫兵曹参军，开元十二年(724)病卒，年三十三。泠然工文善诗，气度豪爽，言无顾忌。所著篇什，时人称之。《全唐文》卷二九四录其文11篇，《全唐诗》卷

① (清)徐松著，朱玉麒整理《西域水道记》，北京：中华书局，2005年，第149—152页。罗振玉、蒋斧辑《敦煌石室遗书·沙州文录》，宣统己酉(1909)刊本，第4页、第6页。李永宁《敦煌莫高窟碑文录及相关问题》，《敦煌研究》1982年第2期、第3期。唐耕耦、陆宏基《敦煌社会经济文献真迹释录》第5辑，1990年，第211页。

② 王重民等辑录《全唐诗外编》，北京：中华书局，1982年，第22页。

一一五录其诗 4 首。生平事迹见于《唐才子传》卷一及《唐故右威卫兵曹参军王府君墓志铭并序》。诗中云“今年寒食胜常春，总缘天子在东巡”，徐俊认为或指开元五年(717)春玄宗东巡洛阳之事[①]，是年王泠然进士及第。主要校录本有王重民《补全唐诗》、徐俊《敦煌诗集残卷辑考》、张锡厚主编《全敦煌诗》等。

《夜烧篇》亦为七言歌行体，全诗 24 句，除第 11、12 句为五言外，余皆七言。此诗又见于 P.2677 + S.12098、P.3195 + P.2677 + S.12098，题“野烧篇”，还见于《搜玉小集》及《全唐诗》卷一一五，作者署王泠然。《夜烧篇》也与寒食相关。寒食禁火，清明是要“改火”的，该诗即与“改火”仪式有关。“改火”是个流传更为悠久的习俗，它源于长久以来人们对“火”这种伟大的自然力的崇拜。古时候取火远不像现在这样简单，在相当长的历史时期内依靠保存长期不灭的火种。但古人认为火用久了要得病。《周礼・夏官・司爟》说改火是为了“救时疾”，《管子・禁藏》说为了“去兹毒”。所以要在春天灭掉旧火，改取新火。李宗侗、裘锡圭等皆认为寒食节即源于这种古老的改火仪式，而不是因介之推而起[②]。改火习俗经过漫长的发展演变，到了唐代，就固定到了清明这一天。此诗前八句写作者夜游至汝阳，夜色溟蒙，逢寒山烧起，遂见群鸟散鸣，忽觉炎气逼人。次十二句写风起火盛，浓烟熏天，好似炼丹仙灶，又像铸剑深溪，化为飞电，乍似流星，西山草尽，东顶荧荧，谷冰汤沸，阴崖雪融。尾四句写寒士凿壁偷光，愿借半山火光，照贫苦书生夜读。主要校录本有：徐俊《敦煌诗集残卷辑考》、张锡厚主编《全敦煌诗》等。

7.《讽谏今上鲜于叔明令孤峘等请试僧尼及不许交易书》，此篇又见 P.3620，与 P.3620 相比，本篇首题“上”后缺一“破”字，从笔迹上看，为不同人所抄。该篇内容首尾皆全，首题“讽谏今上鲜于叔明令孤峘等请试僧尼及不许交易书”，尾题“敕批李叔明令狐峘等所奏并停牓示僧尼令知朕意”。文中有增添、修改痕迹。全文语言诚恳，自称由于不忍见“陛下揽不忠之言，败大

① 徐俊《敦煌诗集残卷辑考》，第 221 页。
② 裘锡圭《寒食与改火》，《中国文化》1990 年第 2 期。

君之化”，所以虽自知“口是害身之剑”，仍“言忠不避截舌”。他以金、银、铜轮王虽身处高位，仍“以十善化人”为例，并援引“上皇被国忠所惑，禄山阴谋破国乱邦”的历史教训，希望国君能“审详表疏，细阅封文”，不对李叔明、令狐峘的《僧尼及不许交易书》偏信偏听。文中大胆数落李叔明、令狐峘的骄奢淫逸之行为，针砭时弊，畅快淋漓，且言辞恳切，真挚感人。

作者自署“贫道”，末文又称“无名冒死以闻”。《宋高僧传》卷一七《洛阳同德寺无名传》载：“释无名，姓高氏，渤海人也。……时德宗方纳鲜于叔明、令狐峘料简僧尼事，时名有表直谏，并停。”所谓直谏之表，就是这篇《讽谏今上鲜于叔明令狐峘等请试僧尼及不许交易书》。文中“无名僧”正是其自称。陈英英认为，该文作者即洛阳同德寺无名，释无名(722—794)作该文的时间当在大历十四年(779)五月到十二月之间。陈英英又由P.3620中同篇作品和《无名歌》的尾题“未年三月廿五日学生张议潮写”推测，该卷的抄写者同样是张议潮，抄写时间应是沙州陷蕃后的一段时间[①]。

8.《救国贱臣前郑滑节度使兼右丞相贾耽谨言表》，该文首题“救国贱臣前郑滑节度使兼右丞相贾耽谨言表于皇帝陛下”，文中表示自己愿意效仿晁错和商鞅，愿“见守忠信”，“以肝脑上诉天庭”。他痛心皇帝“令四海不言，万方钳口”的行为，痛斥“官有八入而无一出，国有九破而无一成”的弊端，言辞犀利，语气恳切，最后表示自己不忍见于危亡，“陛下若不以万方为心，百姓为事”，自己即“归于沧海，葬于之江鱼腹中”的真挚愿望。该篇作者是贾耽。贾耽(730—805)，《旧唐书》卷一三八、《新唐书》卷一六六有传。据开头“救国贱臣前郑滑节度使兼右丞相贾耽谨言表于皇帝陛下”，则作于贾耽拜相的贞元九年(793)之后。

冯培红和张军胜通过对传世本刘允章《直谏书》与敦煌本贾耽《直谏表》关系的考辨，认为“传世本《刘书》是晚唐咸通年间刘允章所作，归义军时期《刘书》从中原流传到敦煌，在传抄过程中受到敦煌士人的改编，并托名为中

---

① 陈英英《敦煌写本讽谏今上破鲜于叔明令狐峘等请试僧尼及不许交易书考释》，北京大学中国中古史研究中心编《敦煌吐鲁番文献研究论集》，北京：中华书局，1982年，第514—526页。

唐贾耽所作”。“若这一推断不误，则敦煌本 P.3608《贾表》抄写时间应在 880 年之后”[①]。

关于写本正面的抄写时间，法国茅甘(Carole Morgan)认为：“由于该文书中存在着武后时代的俗字，故唐律的这一残卷才可以断代为 689—704 之间。”[②]李天石认为，该写本写成年代在载初元年到神龙元年(689—705)之间[③]。

五、参考图版

1.《王重民向达所摄敦煌西域文献照片合集》第 13 册，第 4958—4960 页。第 17 册，第 6284—6302 页。

2.《敦煌宝藏》第 22 册，第 308 页。第 129 册，第 270—277 页。

3.《法国国家图书馆藏敦煌西域文献》第 22 册，第 308 页。第 26 册，第 16 页。

4. International Dunhuang Project(国际敦煌项目，简称 IDP)。

---

① 冯培红、张军胜《传世本刘允章〈直谏书〉与敦煌本贾耽〈直谏表〉关系考辨》，《兰州学刊》2009 年第 4 期。

② ［法］茅甘(Carole Morgan)著，金昌文译，《敦煌汉藏文写本中乌鸣占凶吉书》，《国外藏学研究译文集》第八辑，拉萨：西藏人民出版社，1992 年，第 255 页。

③ 李天石《中国中古良贱身份制度研究》，南京：南京师范大学出版社，2004 年，第 26 页。

15. P.3286 写本研究

十二时普劝四众依教修行　背面：社司转帖

一、写本编号

P.3286

二、所藏地点

法国国家图书馆

三、写本状况

纸本，卷轴装。由3纸黏合而成，两面抄，现存规格约为30.3×121.5厘米。纸呈米黄色，保存状况良好。正面有界栏，行款严整，书法较佳，字迹前后一致，为一人所抄。背面文书抄于正面右端首纸的背面，笔迹与正面不同。

四、写本内容

（一）正面

《十二时》（首题）。计81行，首全尾残。起自"鸡鸣丑"，下迄"晡时申"三字，下文缺，恐是续粘之纸脱落所致。计抄《十二时》歌辞75首，每首皆作"三三七七七"体。又见于P.2054、P.2714、P.3087v、上博48、Φ319＋Φ361＋Φ342。其中P.2054、上博48均首题"十二时普劝四众依教修行"。P.2054包

十二時

鷄鳴丑　曙色纔能分户牖　富者高眠酔夢中　貧者已向塵中走

或城堤　或村藪　碌碌波波各營旬　下床開眼是欺謾　舉意用心皆

過咎　或刀尺　或秤斗　增減錙銖誇眼手　只知勞設有為身　不曾戒

約無慚口　喫膻腥　飲醲酒　葷血癡心化難誘　也知寺裏講筵開

却去尋春看花柳　命親隣　屈朋友　撫掌高歌酔醲酎　為言恩愛未

團圓　將為榮華不衰朽　夫妻情　終不久　只是生存許親厚　朱容三日病

纏身　限地增嫌百般有　厲親情　託姑舅　旁邮資財閙中袖　更着夫妻

榮不和　兄來得病誰相救　兄弟亡　男女幼　財物是他為主首　每逢齋

七上推忙　更背退遲添福祐　大夫杖　自支料　不用文人弄三道　七十歲

人猶自希　何須更作千年調　平旦寅　天漸曉　鍾鼓蒲城驚宿鳥

千門万户悉喧喧　九陌六街人浩浩　或公私　或營討　不揀高低皆擾擾

一生多是聚愁眉　百年少見開顔笑　只知生不知老　憂活憂家常苦

P.3286 局部

首处题“智严大师十二时一卷”，正面存《十二时》129 首，后有题记：“同光贰年甲申岁(924)蕤宾之月，蓂彫二叶，学子薛安俊书，信心弟子李吉顺专持念诵劝善。”背面抄《疏请僧名录》。上博 48 共抄佛经、佛赞、佛咒、启请、戒文、歌辞、祭神文等 43 件文书，存《十二时普劝四众依教修行》133 首，后有题记：“时当同光二载(924)三月廿三日，东方汉国鄜州观音院僧智严，俗姓张氏，往西天求法，行至沙州，依龙光寺憩歇一两月说法，将此《十二时》来留教众，后归西天去，展转写取流传者也。”P.2714 首题“十二时”，存辞部分篇目、顺序、字迹皆与本卷《十二时》极似，文字也基本一致，很可能是出自同一书手，存 134 首。P.3087 正面抄《佛说无量寿宗要经》，背面抄《十二时普劝四众依教修行》，缺题，首尾俱残，仅存 65 首。Φ319 + Φ361 + Φ342 多残泐，缺题，存 133 首，较 P.2714 缺其末首，中间文字多残，卷尾有题记：“辛亥年正月八日学郎米定子自写之耳也。”综上所述，以上数件写本抄写的时间，前后相去未远。P.2714 题记中的“辛亥年”，或为后周广顺元年(951)。

“十二时”作为一种曲调形式约于萧梁甚至更早时代产生，其主要是“利用干支记时的方法，将一天分为十二时辰而分别写成十二章歌辞的民间曲调”①。除了《十二时普劝四众依教修行》，敦煌写本中另有《禅门十二时》(劝凡夫)、《法体十二时》《圣教十二时》《维摩五更转十二时》《学道十二时》等，相关写本达 31 件。内容上除宣讲佛教义理、演绎佛经故事外，还有相当一部分属演说世俗百态、教示人生哲理的民间俗曲。有关“十二时”的研究，主要有向达《禅门十二时》、王重民《读十二辰歌》《说〈十二时〉》、郑阿财《敦煌写卷定格联章〈十二时〉研究》《唐代佛教文学与俗曲——以敦煌写本〈五更转〉、〈十二时〉为中心》《敦煌佛教文学》等著述。其中《敦煌写卷定格联章〈十二时〉研究》一文不仅探讨了定格联章十二时的起源，还将相关的敦煌写本及散见于内典、语录中的作品一一加以叙录，分析其体制，探究其内容与影响。另有郑骥的硕士学位论文《敦煌歌辞〈十二时〉写本研究》对敦煌所见

① 张锡厚《敦煌文学源流》，北京：作家出版社，2000 年，第 335—341 页。

《十二时》作有专门梳理研究[①]。

《十二时普劝四众依教修行》长达134首，分13段：前按十二时分为12段，分别由"鸡鸣丑""平旦寅""日出卯""食时辰""隅中巳""正南午""日昳未""晡时申""日入酉""黄昏戌""人定亥""夜半子"领起，每段8至13首，描摹此时辰的情景，生发人生无常宜归佛行善的感慨。有时在原有的歌辞间，插入几首有关地方时事的作品，如辰时插入"中和年"二首等，总计128首。末六首是整个歌辞的总结，以"念佛一时归舍去，明日依时莫敢迟"作解座词。全篇结构严密，文字紧凑，辞中描绘诸般人生事例，劝导世人不要一味纵情声色，耽迷富贵荣华或是空自忙碌，而应断却嗔痴，皈依修行，虔心供养布施，早脱苦海。

1948年，王重民在《说〈十二时〉》一文中首将P.2054、P.2714、P.3087、P.3286写本所载此套作品定名为《十二时普劝四众依教修行》，因其体制庞大，故称之为"大十二时"。又据辞中"中和年，闰三月，饥饿人民递相杀"，指出其创作时间在唐中和五年(885)或稍后，并根据P.2054包首处题名"智严大师十二时一卷"认为智严为其作者，但因敦煌多有伪托之作，《十二时普劝四众依教修行》或许是托名于金陵牛头山的智严大师(600—677)等名人，也可能"是唐代中和年间一个不大有名的和尚"[②]。饶宗颐《敦煌曲》判断这个智严是S.5981、S.2659所载之同光二年(924)往西天取经的鄜州开元寺观音院法律僧[③]。任半塘对此套作品的格调、特点进行了分析描述，将其归为长篇定格联章歌辞，并据S.5981、S.2659所载认为智严是当时的名僧，但并非作者，又因该辞具备晚唐以前西北方言特征，遂判断该作的创作时间为唐德

---

① 向达《禅门十二时》，《国立北平图书馆馆刊》1932年第6卷第6期。王重民《读十二辰歌》，《上海申报·文史周刊》1947年6月4日。王重民《说〈十二时〉》，《申报·文史》1948年第22期，收入王重民《敦煌遗书论文集》，北京：中华书局，1984年，第158—163页。郑阿财《敦煌写卷定格联章〈十二时〉研究》，《木铎》1984年第10期。郑阿财《唐代佛教文学与俗曲——以敦煌写本〈五更转〉、〈十二时〉为中心》，《普门学报》2004年第20期。郑阿财《敦煌佛教文学》，兰州：甘肃教育出版社，2010年，第63—65页。郑骥《敦煌歌辞〈十二时〉写本研究》，西北师范大学硕士学位论文，2015年。

② 王重民《敦煌遗书论文集》，第158—163页。

③ 饶宗颐《饶宗颐二十世纪学术文集》卷八，第700—701页。

宗至宣宗年间。至于辞中"中和年,闰三月,饥饿人民递相杀"等句是"到中和年后传唱时,始增加"而成,作者并非中和年间人[①]。买小英《俄藏本〈十二时普劝四众依教修行〉校勘和研究》对俄Φ319＋Φ361＋Φ342缀合本进行了校录和研究,据题记中的"辛亥"及"伏维我司(徒)"等信息,认为该写本的抄写年代为唐大顺二年(891)[②]。另有张长彬《〈十二时普劝四众依教修行〉及其代表的敦煌宣传文学》一文在前人研究基础上对《十二时普劝四众依教修行》的抄本系统及抄写年代、作者及创作年代均加以批判深入,考订"本套歌辞的创作时间应限定在885年闰三月至891年正月八日之间",并对作品中体现的矛盾现象及其宣传文学身份作了探讨[③]。

主要校录本有：任半塘《敦煌曲校录》《敦煌歌辞总编》,任半塘、王昆吾《隋唐五代燕乐杂言歌辞集》,曾昭岷等《全唐五代词》,张锡厚主编《全敦煌诗》等。

(二)背面

《社司转帖》(首题)。内容为"春秋座局"转帖。那波利贞认为春秋座局社司转帖的内容是请人去赴寺院俗讲,但郝春文据包括P.3286v《社司转帖》在内十数件涉及春秋座局的社司转帖所提示的活动时间多不在寺院开俗讲的正、五、九月的事实,否定了那波氏的观点,他认为春秋局席包括二、八两月举行的春秋两次祭社活动和不少私社每一或两个月举行的局席宴饮活动[④]。

《社司转帖》末有题记:"己卯年二月十日",宁可、郝春文《敦煌社邑文书辑校》认为此己卯年为公元859年[⑤]。然正面所抄《十二时普劝四众依教修行》辞口:"中和年,闰二月,饥饿人民递相杀。"按唐僖宗中和共五年(881—885),中和五年乙巳(885)有闰三月,这之后的第一个己卯为后梁末

① 任半塘《敦煌歌辞总编》,第1583—1584、1585页。

② 买小英《俄藏本〈十二时普劝四众依教修行〉校勘和研究》,《兰州大学学报》2002年第3期。

③ 张长彬《〈十二时普劝四众依教修行〉及其代表的敦煌宣传文学》,《敦煌研究》2015年第2期。

④ 郝春文《敦煌遗书中的"春秋座局席"考》,《北京师范学院学报》1989年第4期。

⑤ 宁可、郝春文《敦煌社邑文书辑校》,第135页。

帝贞明五年(919),第二个己卯为宋太平兴国四年(979)。帖中有“张丑子”一名,该名又见于S.3978《丙子年七月一日司空迁化纳赠历》(首题),为41名纳赠人之一。按丙子年在归义军执政时期仅856、916、976三年,而有“司空”去世者唯976年,此“司空”应是曹延恭[①]。综上可推知“己卯年”为宋太平兴国四年(979),则该写本应抄写于此年。可见,P.3286的本来用途应是抄写佛教歌辞的文学专写本,但抄成不久就被民间社邑活动移用。

五、参考图版

1.《王重民向达所摄敦煌西域文献照片合集》第14册,第5074—5076页。

2.《敦煌宝藏》第127册,第317—319页。

3.《法国国家图书馆藏敦煌西域文献》第23册,第61—62页。

4. International Dunhuang Project(国际敦煌项目,简称IDP)。

---

① 荣新江《归义军史研究——唐宋时代敦煌历史考索》,上海:上海古籍出版社,1996年,第123—124页。

16. P.3360 写本研究

五台山曲子 释氏歌偈

一、写本编号

P.3360

二、所藏地点

法国国家图书馆

三、写本状况

纸本，卷轴装，首尾俱全，双面书写，规格约 83×30 厘米，共二纸。纸呈暗黄色，纸质较厚。卷中原纸黏合处自上而下有一裂痕，残留修补痕迹。裂痕处字迹有轻微残缺，但大都可以辨认。保存状况良好。

正面有界格，除竖行界格之外，横向又分为上、中、下三栏，上、下两栏较长，均约 10 厘米，中栏较短，约 3.5 厘米[①]。然文字抄写并未严格遵循界行，亦未留天头地脚，满行抄写，两纸共 36 行，行 15—18 字不等。主体部分为一人所抄，行楷，间有草体，笔迹较为工整，书写流畅。句末以空格表句读，空

① 该界格形式较特殊，非抄写曲子词之常用行格，初当另有他用。此种界栏又见于 P.2963，其正面以此种界栏抄《净土念佛诵经观行仪卷下》，背面局部划有此种界栏，但文字未依栏抄写。

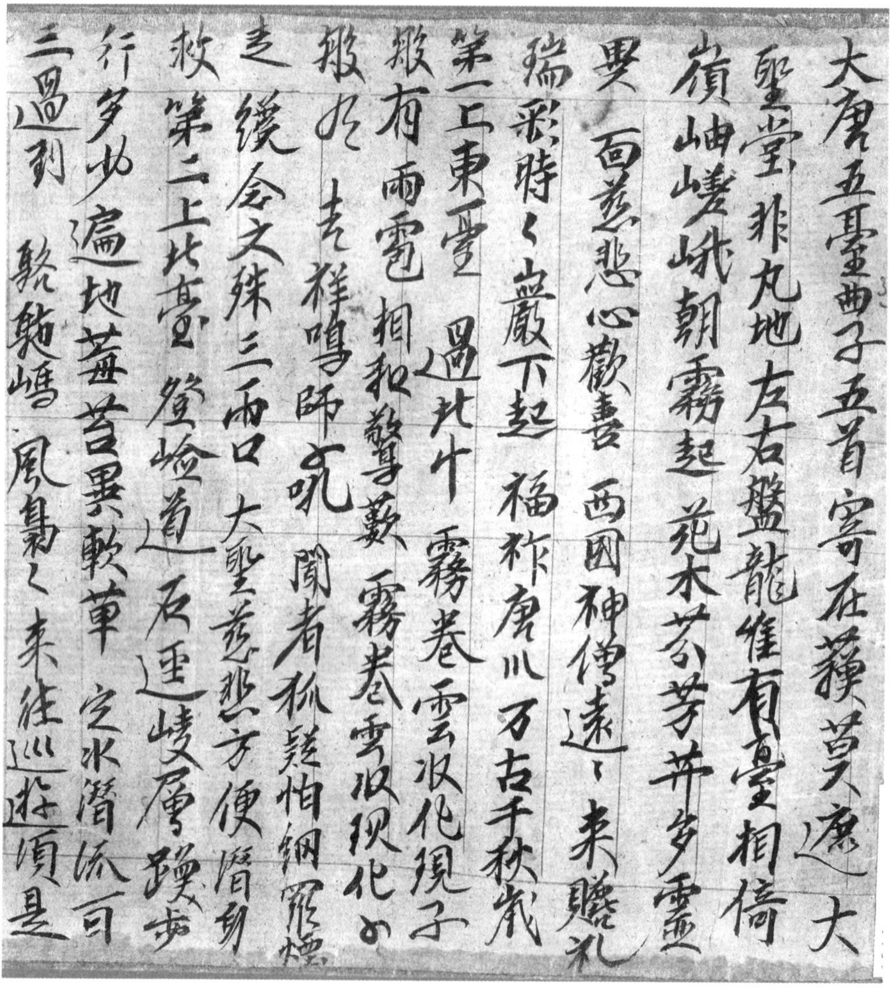

P.3360 局部

格约占半字大小。卷末有两行杂写,墨迹较前浓黑,与正文非同一人所写,一行书"大释迦　大宝积经卷苐(第)",另一行倒书"摩诃僧祇律"五字。

背面所写既多且杂,总计17行。前半部分文字较多且大小不一,楷书,笔迹工整,书法清秀,墨色黑亮,从笔迹判断应为同一人所写。后半部分行款稀疏,或行或楷,且大小不一,墨色黯淡。与前半部分相较,当非同一人笔迹。

四、写本内容

(一) 正面

1.《大唐五台曲子五首寄在苏莫(幕)遮》(首题)。题中云"曲子五首",实则六首,计25行。首尾俱全,未署作者。前后接抄,不曾分行,依次为"大圣堂""上东台""上北台""上中台""上西台""上南台"。第一首似为序曲,曲名前未标序号,其余五首则依次标有"第一"至"第五"之序号,次序分明。

该组曲子词又见于S.467、S.2080+S.4012、S.2985等三件写本。S.467,原卷首题"五台山曲子六首",无调名,计19行,抄写清楚,并有断句。S.2080首尾俱残,存20行。S.4012,首尾俱残,存11行,有"天成四年(929)正月五日午际孙□书"题记。据饶宗颐《敦煌曲》考证,S.2080和S.4012为同一写卷而撕裂开者,则此二卷皆抄于天成四年(929)。S.2985,正面抄《道安法师念佛赞文》(首题),卷背抄《五台山曲子》,首尾皆残,存12行。然各件所抄数量及排序则略有不同。S.2080+S.4012抄有五首,依次为"上东台"至"上南台",顺序与P.3360同。S.467抄有六首,依次为"大圣堂""上中台""上东台""上北台""上西台""上南台",顺序与P.3360不同。S.2985仅抄有三首,顺序为"上北台""上东台""大圣堂"。

《苏莫遮》,唐崔令钦《教坊记》有此曲名,"苏莫遮"为高昌女子所戴油帽的译音,作为浑脱舞曲名,或谓出自龟兹国。"莫"也作"幕""摩"。唐张说《苏摩遮》词为七言四句。慧琳《一切经音义》四一《大乘理趣六波罗蜜多经音义》:"苏莫遮,西戎胡语也,正云飒磨遮。戎本出西龟兹国,至今犹有此曲。此国浑脱、大面、拨头之类也。”敦煌本共六首，各首前后段皆为三、三、四、五、七、四、五句式，62 字，任半塘认为六首为一套，系唐代大曲。宋范仲淹、周邦彦《苏幕遮》词均为 62 字，句式与敦煌本同。世以《苏幕遮》的长短形式始于宋人，而敦煌本的发现证明长短句形式在晚唐五代时已形成。

这组歌辞的产生时代，日本学者那波利贞《苏莫遮考》，考定这组辞出于盛唐①。任半塘据 BD6318(咸字 18)《五台山赞》中“大周东北有五台山”句推测该词可能作于武后朝至玄宗朝之间②，又考证写本中“大唐”二字，乃盛唐统治者为其声文礼乐之自拟徽号③。饶宗颐据 P.4625《五台山赞文》有“大州东北有五台”及俄藏亦有“大州东北有五台山”，判定“周”与“州”乃同音别写，非特指武则天之“周”也，否定任半塘之结论，指出“大唐五台曲子五首”之“大唐”，应指“后唐”，故其应为后唐作品④。荣新江认同饶宗颐之观点，认为其结论与敦煌其他有关五台山文献多写于同光(923—925)以后这一点相合，且历史背景也相符，故为可信：“或许，《大唐五台山曲子》是和《礼五台山偈》等一起在同光年间被带到沙州而流传开来的。”⑤杜斗城对任半塘之观点提出质疑，认为《赞文》之“大周”二字，应为“代州”之音讹。S.5573 中就有“代州东北有五台山，其山高广共相连”之句⑥。张锡厚认为“该曲记述太和年间(827—835)五台佛教盛事”，当产生于太和之后⑦。

五台山，自北朝始，即为佛教圣地，其文化兴盛，声名远扬，在发展中形成五台山信仰，四方诸国纷纷派遣高僧前来瞻礼、求法⑧。中唐后，五台山文化的影响主要集中于中原及东方诸国，西北地区由于战争动乱及民族迁徙，文化的西向传播受到阻碍。923 年，后唐庄宗即位。在梁唐战争胜负未分之

---

① [日]那波利贞《苏莫遮考》，日本京都帝国大学《纪念史学论文集》，1941 年。

② 任半塘《敦煌曲初探》，第 260—261 页。

③ 任半塘《敦煌歌辞总编》，第 1704 页。

④ 饶宗颐《饶宗颐二十世纪学术文集卷八：敦煌曲》，第 692 页。

⑤ 荣新江《归义军史研究——唐宋时代敦煌历史考索》，第 250—251 页。

⑥ 杜斗城《敦煌五台山文献校录研究》，第 98—100 页。

⑦ 季羡林主编《敦煌学大辞典》，第 542 页。

⑧ 关于历史上五台山的信仰，可参考圣凯《明清佛教“四大名山”信仰的形成》，《宗教学研究》2011 年第 3 期。

时,五台佛僧曾为庄宗创造舆论,争取民心,助其称帝立国,故庄宗登基后,亦对五台山佛教进行了大力的宣传与支持,五台山佛教的发展空前兴盛①。加之同光二年(924),归义军入奏中原成功②,丝绸之路再次畅通,西方诸国及印度等地的高僧又可以进入中原,于往来途中将五台山文化带至敦煌。《五台山曲子》《礼五台山偈》《五台山赞》及《往五台山行记》等相关作品,当为此时由中原传至敦煌。五台山文化在敦煌地区的兴盛,不仅体现在文学作品上,而且在绘画等艺术领域也有扩展,如莫高窟第61窟中的《五台山图》《文殊变》等壁画作品。可以说,同光年间是五台山文化向西传播的重要转折点,后唐政权为五台山佛教发展提供了有力支撑与保障。

丁治民对作词者籍贯,亦有相关研究。其从韵脚分析,发现"大唐五台曲子"用韵歌豪通押、平声与上去声通押,认为作者应对唐代的闽蜀方言很熟悉、从小受到其影响,故推测作者应为福建人或是四川人③。

本组歌辞的体制,陈中凡《从隋唐大曲试探当时歌舞戏的形成》说:"统观全曲,用大曲的组织,首迭为散序,总述五台景色和神僧来巡礼的原因。以下五迭为排遍,分别写出神僧身登五台圣境,使人从他的行动、曲词和精神状态中,充分认识到这位虔诚佛教徒的性格特征。这就是用大曲演奏歌舞戏之一例。"④

主要校录本有:日本那波利贞《苏幕遮考》,王重民《敦煌曲子词集》,任半塘《敦煌曲校录》《敦煌歌辞总编》,饶宗颐《敦煌曲》,张璋、黄畬《全唐五代词》,任半塘、王昆吾《隋唐五代燕乐杂言歌辞集》,杜斗城《敦煌五台山文献校录研究》,张锡厚主编《全敦煌诗》等。

---

① 杨宝玉、吴丽娱《归义军政权与中央关系研究——以入奏活动为中心》,北京:中国社会科学出版社,2015年,第295页。

② (宋)王钦若等编《册府元龟》卷一七〇《帝王部·来远》,北京:中华书局,1960年,第2057页。其言:"后唐庄宗同光二年五月,以权知归义军节度兵马留后金紫光禄大夫检校尚书左仆射守沙州长史兼御史大夫上柱国曹义金,为检校司空守沙州刺史充归义军节度瓜沙等[州]观察处置管内营田押蕃落等使。"

③ 丁治民《从韵脚看敦煌写卷〈大唐五台曲子〉作者的籍贯》,《燕赵学术》2012年"春之卷",成都:四川辞书出版社,2012年,第16—19页。

④ 陈中凡《从隋唐大曲试探当时歌舞戏的形成》,《南京大学学报》1964年第1期。

2.《潜曰》(原题)。四言,共 4 句,未署作者。原题“潜曰”,饶宗颐《敦煌曲》校为“赞曰”,徐俊考为李知非撰《般若波罗蜜多心经注序》末赞词,《全敦煌诗》以首句“般若真谛”为题[①]。S.4556 存唐僧净觉撰《般若波罗蜜多心经注》,此注还有敦煌任子宜旧藏本,见于向达《西征小记》:“任君所藏,当是五代或宋初传抄本,每半叶六行,尚是《宋藏》格式也。……净觉注《心经》,首有行荆州(荆原作金,误)长史李知非序,从知此注作于开元十五年(727),净觉乃神秀门人,书为《大藏》久佚之籍,北宗渐教法门由此可窥一二。”[②]校录本有:徐俊《敦煌诗集残卷辑考》,张锡厚主编《全敦煌诗》等。

3.《达磨论》(首题),七言,共 4 句,未署作者。《全敦煌诗》题作“悟道偈”,并考证该内容为释良价之《悟道偈》[③]。《全唐诗续拾》卷三一收录此偈[④]。释良价(810—869),又号“洞山和尚”,俗姓俞,会稽(今浙江绍兴)人。年二十一,往嵩山受具足戒。后游学四方,先投池阳南泉禅师,次随沩山禅师,再谒云岩、昙晟等名师。大中末,于新丰山大行禅法。后往豫章高安洞山。咸通十年(869)坐化,世称洞山和尚。敦煌文献存其诗 5 首,《全唐诗续拾》卷三一存其诗 36 首。生平事迹见《祖堂集》《宋高僧传》《景德传灯录》《五灯会元》等[⑤]。校录本有:陈尚君《全唐诗续拾》、徐俊《敦煌诗集残卷辑考》、张锡厚主编《全敦煌诗》等。

4.《龙牙和尚偈》(首题)。五言,共 4 句,未署作者。释居遁(835—923),唐末五代僧人。俗姓郭,颍川南城(今属江西)人。年幼即感悟俗世无常而恬淡处世,十四岁时于吉州蒲田寺(《景德传灯录》作“吉州满田寺”)出家,后向良价禅师学习,领悟佛法玄妙。曾被朝廷诏赐紫袈裟和师号“证空

① 徐俊《敦煌诗集残卷辑考》,第 228 页。张锡厚主编《全敦煌诗》,第 2271 页。

② 向达《唐代长安与西域文明》,北京:三联书店,1987 年,第 333 页。

③ 张锡厚主编《全敦煌诗》,第 2818—2819 页。

④ 陈尚君辑校《全唐诗补编》,北京:中华书局,1992 年,第 1144 页。

⑤ (南唐)静筠二禅师编撰,孙昌武等点校《祖堂集》,北京:中华书局,2007 年,第 295—312 页。(宋)赞宁撰,范祥雍点校《宋高僧传》,上海:上海古籍出版社,2014 年,第 255 页。(宋)释道元编,妙音、文雄点校《景德传灯录》,成都:成都古籍书店,2000 年,第 288—293 页。(宋)普济著,苏渊雷点校《五灯会元》,北京:中华书局,1984 年,第 777—786 页。

大师”。其事迹见《祖堂集》《宋高僧传》《景德传灯录》《五灯会元》等书[①]。《全唐诗续拾》卷四八存其诗 96 首。本诗据卧轮、慧能诗偈更改而成。《景德传灯录》卷五:“有僧举卧轮禅师偈云:‘卧轮有伎俩,能断百思想。对镜心不起,菩提日日长。’六祖大师闻之曰:‘此偈未明心地,若依而行之,是加系缚。’因示一偈曰:‘慧能没伎俩,不断百思想。对镜心数起,菩提作么长。’”S.5657、S.6631 载《卧轮禅师偈》三首,第一首即“卧轮有伎俩”。

5.《真觉和尚偈》(首题)。14 句,未署作者。此偈实为释玄觉《证道歌》之部分内容,又见于 S.2165、S.4037、S.6000、P.2104、P.2105 等 5 件写本[②]。其中 S.2165 题《又真觉祖偈》,S.2165 约抄于宋太祖开宝五年(972)。S.6000 仅存前四句,题作《真觉祖偈》[③]。S.4037、P.2104、P.2105 题《禅门秘要诀》[④]。《敦煌歌辞总编》卷三据 S.2165、P.3360、S.6000 三个写本校录,不录末 4 句,将前 10 句分作“三三七七七”拟题《证道歌·道不贫二首》[⑤]。《隋唐五代燕乐杂言歌辞集》题《证道歌》[⑥]。陈尚君将此偈所在全部内容收录《全唐诗补编》,题“永嘉证道歌”[⑦]。

释玄觉(665—713),唐代高僧。俗姓戴,字明道。温州永嘉(今浙江温州)人。童年出家,精研佛学。于曹溪谒见禅宗六祖慧能,受到六祖认可,为南宗六祖慧能门下五大宗匠之一。先天二年(713)十月十七日,于温州龙兴别院端坐入定,时年四十九岁。唐睿宗敕谥“无相大师”,塔曰“净光”。生平事迹主要见《祖堂集》卷三、《宋高僧传》卷八、《景德传灯录》卷五、《五灯会

① (南唐)静筠二禅师撰、孙昌武等点校《祖堂集》,第 402—406 页。(宋)赞宁撰,范祥雍点校《宋高僧传》,第 277—278 页。(宋)释道元编、妙音等点校《景德传灯录》,第 329—330 页。(宋)普济著、苏渊雷点校《五灯会元》,第 804—806 页。

② 侯成成《敦煌本〈证道歌〉再探讨》,《敦煌学辑刊》2016 年第 4 期。

③ 杨宝玉编著《英藏敦煌文献(汉文佛经以外部分)》第 15 卷,成都:四川人民出版社,2009 年,第 41 页。

④ 中国社会科学院历史研究所等合编《英藏敦煌文献(汉文佛经以外部分)》第 5 卷,第 231 页。上海古籍出版社、法国国家图书馆编《法国国家图书馆藏敦煌西域文献》第 5 册,第 243、252 页。

⑤ 任半塘《敦煌歌辞总编》,第 782—786 页。

⑥ 任半塘、王昆吾《隋唐五代燕乐杂言歌辞集》,成都:巴蜀书社,1990 年,第 36 页。

⑦ 陈尚君辑校《全唐诗补编》,第 773—776 页。

元》卷二[①]，唐魏靖《禅宗永嘉集序》、宋杨亿撰《无相大师行状》亦载其生平行状。世称宿觉大师。其著作以《证道歌》最为著名，流传海内外。主要校录本有：巴宙《敦煌韵文集》、陈尚君《全唐诗续拾》、徐俊《敦煌诗集残卷辑考》、张锡厚主编《全敦煌诗》等。

写本末两行均墨迹较浓，笔画沉实，与前抄非一人手笔。第一行紧抄于前文之后，文曰"大释迦　大宝积经卷苐(第)"，为佛经题名，与前此所抄者内容无关。第二行倒行书写，仅"摩诃僧祇律"五字。

（二）背面

1. 先顶格书写"藏经苐(第)一佛藏经卷"一行，楷体，工整清秀，墨迹浓黑。此当为某卷佛经之卷背题名或经帙之总题，"藏经第一"为庋藏之编号，"佛藏经某某卷"者，为该卷之题名也，惜其不全，无由索考。

2.《十四十五上战场》(拟题)。残词一首，起"十四十五上战场"，迄"崄(险)径"，首全尾缺。句式为"七四七五六六"，共2行，未署作者。《敦煌曲校录》题作"失调名"，《敦煌遗书总目索引》拟作"十四十五上战场词一首"，《敦煌遗书最新目录》题作"十四十五上战场诗一首"，《敦煌歌辞总编》题作"失调名・上战场"，《敦煌曲子辞写本整理与研究》题作"失调名曲子辞"[②]。该内容反映的是年轻战士被迫出征的恐惧、伤感及无助之情。此诗当作于唐府兵制废除，即开元十三年(725)以后[③]。

3.《释门文范》残篇，顶格书"样夫"二字，下起"觉皇应现慈遍"，迄"信心召"。共3行，行约23字，未署作者。《法国国家图书馆藏敦煌西域文献》题

---

① （宋）赞宁撰，范祥雍点校《宋高僧传》，第168—169页。（宋）释道元《景德传灯录》，第82页。（宋）普济著，苏渊雷点校《五灯会元》，第91—93页。

② 任半塘《敦煌曲校录》，第111页。王重民编《敦煌遗书总目索引》，第285页。黄永武主编《敦煌遗书最新目录》，第719页。任半塘《敦煌歌辞总编》，第319页。张长彬《敦煌曲子辞写本整理与研究》，第158页。

③ （宋）欧阳修、宋祁等撰《新唐书》卷五十，北京：中华书局，1975年，第1323—1324、1327页。其言："盖唐有天下二百余年，而兵之大势三变，其始盛时有府兵，府兵后废而为彍骑，彍骑又废，而方镇之兵盛矣。"又言："(开元)十三年，始以彍骑分隶十二卫，总十二万，为六番，每卫万人。"

作“释门文范”[①],兹从之。

4. 杂写1行,上半行抄“弟说如是清净法身”一句,下半行抄“四十五上战场,手执长枪,佤(低)头泪”,未抄完。

5. 经卷题名1行,字大墨浓,笔迹工整。文曰“漕(曹)溪六祖大师金刚般若波罗密”,未抄全。“曹溪六祖大师”即禅宗六祖慧能。慧能(638—713),亦作惠能,俗姓卢氏,少时前往蕲州黄梅东山参拜五祖弘忍大师,后受五祖大师衣钵,是为禅宗第六祖。曾于曹溪宝林寺(今广东韶关南华寺)讲经说法,故又称其为“曹溪大师”。圆寂后,弟子将其经历和言论整理成集,即《六祖坛经》。事迹见《祖堂集》《宋高僧传》《景德传灯录》《五灯会元》等书[②]。

6.《般若波罗密多心经》残篇,首全尾缺,仅抄4行,行约23字。首行顶格书一“金”字,当出自金光明寺。其下空格后抄写经名,经名后接抄经文,未分行。最后一句为“是故空众无色,无”,未抄完。

以上一至六项内容虽无关联,然笔迹相同,清秀楷体,工整有度,当为同一人所抄。此人书法应受过严格训练,或为佛门抄写经卷之人。

7. 经卷题名“大智度论苐(第)六帙”1行,在第二纸上,当是经帙之总题。笔画厚重,迥异于此前之风格,当为另一人所书。

8. 牒状“敕归义军节度使牒　奉僧正惠霊(灵)流生民一切众生”一行,行书,墨迹较暗。按,惠灵,归义军时期敦煌地区的僧官,其事迹无可考。

9. 颂四句2行:“丈夫任运堂堂,逍遥自在无\丈夫任运堂堂,逍遥自在无方。一切不能为害,坚固犹”,以下未抄。不署作者,字体为行书,与前抄“牒状”为同一人手笔。此文当为志公和尚《十四科颂·断除不二》之部分内容:“丈夫运用堂堂,逍遥自在无妨。一切不能为害,坚固犹若金刚。”[③]志公

① 上海古籍出版社、法国国家图书馆编《法国国家图书馆藏敦煌西域文献》第23册,第346页。

② (南唐)静筠二禅师编撰,孙昌武等点校《祖堂集》,第124—131页。(宋)赞宁撰,范祥雍点校《宋高僧传》,第158—161页。(宋)释道元《景德传灯录》,第68—72页。(宋)普济著,苏渊雷点校《五灯会元》,第53—58页。

③ (宋)释道元《景德传灯录》,第622页。

和尚即释宝志(418—514),齐、梁时僧人,俗姓朱,金城(今甘肃兰州)人,又称“宝志”“保志”“保公”“志公”等。传说其有五眼六通,可通晓事物之前因后果,梁武帝将其视为神僧,谥号“广济大师”。有《十四科颂》14首、《十二时颂》12首、《大乘赞》10首等作品传世。事迹见《高僧传》《南史》《艺文类聚》《五灯会元》等[①]。

10. 最后一行抄“大唐五台曲子五首,若有霊(灵)山到本处,立便一切及如是”,与题记无关。其笔迹与前“牒状”及“颂词”相同,为同一人所抄。

饶宗颐据此句及上“敕归义军节度使牒”,推测该写本应为张议潮时代抄录[②]。苏莹辉对此持有疑问,认为在张议潮之后任归义军节度使者,尚有张淮深、索勋、张承奉、曹议金、曹元德、曹元深、曹元忠等多人,若无确证,不应将其草率判定为张议潮时写本[③]。

五、参考图版

1.《王重民向达所摄敦煌西域文献照片合集》第29册,第5314—5317页。

2.《敦煌宝藏》第128册,第24—26页。

3.《法国国家图书馆藏敦煌西域文献》第23册,第345—346页。

4. International Dunhuang Project(国际敦煌项目,简称IDP)。

---

① (梁)释慧皎撰,汤用彤校注《高僧传》,北京:中华书局,1992年,第394—397页。(唐)李延寿《南史》卷七十六《隐逸传》,北京:中华书局,1975年,第1900—1901页。(唐)欧阳询撰,汪绍楹校《艺文类聚》卷七十七《寺碑》,上海:上海古籍出版社,1999年,第1321—1322页。(宋)普济著、苏渊雷点校《五灯会元》,第117页。

② 饶宗颐《饶宗颐二十世纪学术文集》卷八,第813页。

③ 苏莹辉《敦煌论集续编》,台北:学生书局,1983年,第309页。

17. P.3381 写本研究

韦庄秦妇吟

一、写本编号

P.3381

二、所藏地点

法国国家图书馆

三、写本状况

纸本，卷轴装。首残尾全，单面书写，背面仅存两行。现存规格185.3×26.7厘米。纸质较厚，卷中有少量污渍浸染。由五纸黏合而成，先粘后写，前半部分有界栏，共91行，首行至第55行有朱笔句读。保存状况良好。行间距前密后疏，每行15—25字不等。为同一人所抄，楷书，开始数行工整清秀，往后渐次率意。卷末有题记一行："天复伍年乙丑岁(905)十二月十五日炖(敦)煌郡金光明寺学仕张龟[写]。"背面存诗两行，分别为"中和癸卯春三月，洛阳城外花如雪""中和"。

四、写本内容

"秦妇吟一卷"，首题，尾题同。内容完整，为七言诗，正文共89行，238

秦婦吟一卷
中和癸卯春三月，洛陽城外花如雪。東西南北路人絶，
綠楊悄悄香塵滅。路傍忽見如花人，獨向綠楊陰
下歇。鳳側鸞欹鬢腳斜，紅攢黛斂眉心折。借問
女郎何處來，含嚬欲語聲先咽。迴頭斂袂謝行人，喪
亂漂淪何堪說。三年陷賊留秦地，依稀記得秦中事。君
能為妾解金鞍，妾亦為君傳玉趾。前年庚子臘月五，
正閉金籠教鸚鵡。斜開鸞鏡懶梳頭，閑憑雕欄慵
不語。忽看門外起紅塵，已見街中擂金鼓。居人走出半
倉惶，朝士歸來尚疑誤。是時西面官軍入，擬向潼關為
警急。皆言博野自相持，盡道賊軍來未及。須臾主
父乘奔至，下馬入門癡似醉。適逢紫蓋去蒙塵，已
見白旗來匝地。扶羸攜幼競相呼，上屋緣墻不知次。南

P.3381 局部

句,1 666 字。此作品已发现写本缀合后共计 11 个,除此写本外另有:羽 57R + S.0692、S.5476、S.5477、P.2700 + S.5834、P.3780、P.3910、P.3953、Дx.4568、Дx.6176、Дx.4758 + Дx.10740 - 9 + Дx.10740 - 8 + Дx.10740 - 11 + Дx.10740 - 10 + Дx.10740 - 7 + Дx.107406 等[①]。P.3381 在所有《秦妇吟》写本中抄写时间最早,内容亦最为完备。

此卷未署撰者,作品亦无传世本。P.2700 首题"秦妇吟"下署"右补□[韦]庄[撰]",P.3910 首题"秦妇吟一卷"下署"补阙韦庄撰"。《北梦琐言》卷六:"蜀相韦庄应举时,遇黄巢犯缺,著《秦妇吟》一篇,内一联云:'内库烧为锦绣灰,天街踏尽公卿骨。'尔后公卿亦多垂讶,庄乃讳之。时人号'《秦妇吟》秀才'。他日撰家戒,内不许垂《秦妇吟》障子,以此止谤,亦无及也。"[②]可知此卷确为韦庄所作。"补阙"乃唐代职官,据《旧唐书·职官志》,武后垂拱元年(685)诏令始置左右补阙、左右拾遗各两员。补阙、拾遗之职,掌供奉讽谏,扈从乘舆,乃皇帝近臣[③]。王国维《唐写本韦庄〈秦妇吟〉跋》:"其署'右补阙'者,乃庄在唐所终之官。"[④]。

《秦妇吟》系韦庄赴长安应举时遇黄巢军攻入长安,假托秦妇之口叙述

---

① 羽 57R + S.0692,张涌泉在《敦煌写本〈秦妇吟〉汇校》(全国高校古籍整理研究工作委员会《中国典籍与文化》编辑部编《中国典籍与文化论丛》第 4 辑,北京:中华书局,1997 年,第 311—341 页。后据俄藏写本、李盛铎藏本,潘重规《敦煌写本〈秦妇吟〉新书》等修订,收入《张涌泉敦煌文献论丛》,上海:上海古籍出版社,2011 年,第 185—217 页)中首次将这两个写本缀合并入校,陈丽萍在《杏雨书屋藏〈秦妇吟〉残卷缀合及研究》(黄正建主编《隋唐辽宋金元史论丛》第 3 辑,上海:上海古籍出版社,2013 年,第 139—147 页)中有详细阐述及录文。P.2700 + S.5834,柴剑虹首次发现《秦妇吟》第十号写本 S.5834,将其与 P.2700 缀合并录文,参见其论文《〈秦妇吟〉敦煌写卷的新发现》(《光明日报》1983 年 6 月 7 日)。Дx.4758 + Дx.10740 - 9 + Дx.10740 - 8 + Дx.10740 - 11 + Дx.10740 - 10 + Дx.10740 - 7 + Дx.10740 - 6,吴其昱抄示、潘重规刊发 Дx.10740 - 6,参潘重规《敦煌写本〈秦妇吟〉新书》(《敦煌学》第 8 辑,香港:中国文化大学中国文学研究所,1984 年)。徐俊《敦煌写本诗歌续考》(《敦煌研究》2002 年第 5 期)将 Дx.4568 与 Дx.10740 中第 6、7、8、9、10 号残片缀合,张新朋在徐俊成果基础上将 Дx.10740 第 11 号残片缀入,并指出能与 Дx.10740 缀合者为 Дx.4758 而非 Дx.4568,其文见张新朋《敦煌诗赋残片拾遗》(《敦煌研究》2011 年第 5 期)。张涌泉《敦煌写本〈秦妇吟〉汇校》首次以其缀合本入校。

② (宋) 孙光宪撰,贾二强点校《北梦琐言》,北京:中华书局,2002 年,第 134 页。

③ (后晋) 刘昫等《旧唐书》卷四三,第 1845 页。

④ 王国维《唐写本韦庄〈秦妇吟〉残诗又跋》,《观堂集林》卷二一,北京:中华书局,1959 年,第 1019—1021 页。

当时离乱之景，布局精巧，描绘其时民间疾苦纤毫毕现，以史笔诗情再现黄巢之乱的历史真实，是我国古代叙事长诗上的一座高峰，在民间广为流传。此诗传世古籍不载，乃遵韦庄之诫。至于其讳因，《北梦琐言》以为上揭诗中一联所致，陈寅恪以为不然：同时代之诏书尚不以此为讳，讳言此作实则因其“本写故国离乱之惨状，适触新朝宫闱之隐情”，因而韦庄仕于前蜀新朝后对此讳莫如深，志希免祸[①]。王国维《敦煌发见唐朝之通俗诗及通俗小说》评价此诗云：“诗为长庆体，叙述黄巢焚掠，借陷贼妇人口中述之。语极沉痛详尽，其词复明浅易解，故当时人人喜诵之，至制为障子。《北梦琐言》庄贵后讳此诗为己作，至撰家戒，不许垂《秦妇吟》障子，则其风行一时可知矣。”[②]

篇首“中和癸卯三月春”即表明诗歌的创作时间当为唐僖宗中和三年(883)，篇末有“适闻有客金陵至，见说江南风景异。愿君举棹东复东，咏此长歌献相公”句，据王国维考证，中和三年三月韦庄已由洛渡江，此处的“相公”实时任镇海军节度使同平章事的周宝，此诗亦为韦庄初至江南献与周宝之作[③]。龙晦据敦煌《秦妇吟》写本的抄写时间以及《新五代史》对韦庄入蜀的相关记载，认为《秦妇吟》可能由四川传入敦煌[④]。卷末题记云此写本抄写于“天复五年”。罗振玉《〈秦妇吟〉校本及跋》：“天复仅三年，乙丑为天祐二年(905)，唐末扰乱，致改年已逾岁，边人尚未知也。”[⑤]故而此写本当由敦煌金光明寺学郎张龟抄写于天祐二年，此时韦庄尚在世，距其创作《秦妇吟》仅 22 年。

韦庄(约 836—910)，字端己，京兆杜陵(今陕西西安)人。为人疏放旷达，不拘小节。屡试不第，辗转于长安、洛阳、越中及湖南、湖北等地。昭宗乾宁元年(894)进士及第，光化三年(900)仕唐至左补阙。天复元年(901)入蜀依王建，官至吏部侍郎同平章事。韦庄是晚唐五代著名诗人，其诗多怀古

① 陈寅恪《读〈秦妇吟〉》，《清华学报》第 11 卷第 4 期，1936 年，收入其书《寒柳堂集》，上海：上海古籍出版社，1980 年。

② 王国维《敦煌发见唐朝之通俗诗及通俗小说》，《东方杂志》17 卷 8 号，1920 年。

③ 王国维《唐写本韦庄秦妇吟残诗又跋》，《观堂集林》卷二一，第 1019—1021 页。

④ 龙晦《敦煌与五代两蜀文化》，《龙晦文集》，成都：巴蜀书社，2009 年，第 373—383 页。

⑤ 罗振玉《〈秦妇吟〉校本及跋》，收入《敦煌零拾》，上虞罗氏自印本，1924 年，第 1—10 页。

伤世，离情感旧之什。其词多叙男女离别相思之情，亦时遇身世之感，与温庭筠并称“温韦”，为花间派重要词人。著有《浣花集》，为其弟韦蔼编成于天复三年（903），今散佚不全。光化三年（900），曾选编王维、杜甫等一百五十人诗为《又玄集》，今传。《全唐诗》卷六九五到七〇〇收其诗六卷，《全唐文》卷八八九收其文三篇。今人聂安福有《韦庄集笺注》（上海古籍出版社 2002 年），最为齐备。生平事迹主要见于《蜀梼杌》卷上、《唐诗纪事》卷六八、《唐才子传校笺》卷一〇、《十国春秋》卷四〇，今人夏承焘有《韦端己年谱》、聂安福有《韦庄年谱简编》等。

自敦煌写本发现以来，《秦妇吟》是最早进入研究的作品之一，研究成果较多。这些研究主要从写本的发现与缀合、校勘、本事考证、讳因考辨、思想艺术等方面展开。颜廷亮、赵以武编《〈秦妇吟〉研究汇录》收录了 1985 年以前的《秦妇吟》部分校录研究成果，主要包括王国维《韦庄的〈秦妇吟〉》、罗振玉《〈秦妇吟〉校本及跋》、英国人翟理斯（Lionel Giles）著张荫麟译《〈秦妇吟〉之考证与校释》、郝立权《韦庄〈秦妇吟〉笺》以及黄仲琴、周云青、陈寅恪、徐嘉瑞、刘修业、马茂元、刘初棠等人之校说[①]。另有《全唐诗外编》《〈补全唐诗〉二种续校》《敦煌写本〈秦妇吟〉新书》《〈补全唐诗〉校记》。张涌泉结合其之前重要校录本作《敦煌写本〈秦妇吟〉汇校》，为《秦妇吟》的校勘提供了一个集大成的本子[②]。后又有《敦煌诗集残卷辑考》《英藏敦煌社会历史文献释

① 颜廷亮、赵以武编《〈秦妇吟〉研究汇录》，上海：上海古籍出版社，1990 年。王国维《韦庄的〈秦妇吟〉》，《国学季刊》第 1 卷第 4 期，1924 年。罗振玉《〈秦妇吟〉校本及跋》，收入《敦煌零拾》，上虞罗氏自印本，1924 年。［英］翟理斯著，张荫麟译《〈秦妇吟〉之考证与校释》，《燕京学报》1927 年第 1 期。郝立权《韦庄〈秦妇吟〉笺》，《齐大月刊》1931 年第 3 期。黄仲琴《〈秦妇吟〉补注》，《文史研究所月刊》1933 年第 5 期。周云青《〈秦妇吟〉笺注》，商务印书馆，1934 年。陈寅恪《〈秦妇吟〉校笺》，《清华学报》第 11 卷第 4 期，后以《韦庄〈秦妇吟〉校笺》为题收入其《寒柳堂集》，上海：上海古籍出版社，1980 年，第 109—139 页。徐嘉瑞《〈秦妇吟〉本事》，《国文月刊》1944 年第 27 期。刘修业《〈秦妇吟〉校勘续记》，《学原》1947 年第 7 期。

② 王重民辑录《全唐诗外编》，第 32—37 页。项楚《〈补全唐诗〉二种续校》，《四川大学学报》1983 年第 3 期，收入《敦煌文学丛考》，上海：上海古籍出版社，1991 年，第 675—708 页。潘重规《敦煌写本〈秦妇吟〉新书》，《敦煌学》第 8 辑，1984 年。蒋礼鸿《〈补全唐诗〉校记》，甘肃省社科院文学研究所编《敦煌学论集》，兰州：甘肃人民出版社，1985 年，第 73—80 页。张涌泉《敦煌写本〈秦妇吟〉研究汇校》，《中国典籍与文化论丛》第 4 辑，北京：中华书局，1997 年，修订本收入《张涌泉敦煌文献论丛》，第 185—217 页。

录》《全敦煌诗》等校录成果[①]。2014 年以前的研究成果可参考田卫卫《〈秦妇吟〉敦煌写本研究综述》[②]。此后值得一提的又有田卫卫《〈秦妇吟〉敦煌写本新探——文本概观与分析》对缀合后共 11 个写本进行细致文本分析、《〈秦妇吟〉之敦煌传播新探——学仕郎、学校与诗学教育》从其作为教学内容传播的角度进行研究,邵文实《古代叙事诗之女性视角和声音的复杂性——〈秦妇吟〉再解读》从女性视角的角度对作品叙述视角和声音的变化进行阐释,进一步拓展了《秦妇吟》研究[③]。

五、参考图版

1.《王重民向达所摄敦煌西域文献照片合集》第 15 册,第 5388—5393 页。

2.《敦煌宝藏》第 128 册,第 116—118 页。

3.《法国国家图书馆藏敦煌西域文献》第 24 册,第 40—42 页。

4. International Dunhuang Project(国际敦煌项目,简称 IDP)。

---

① 徐俊《敦煌诗集残卷辑考》,第 230—252 页。郝春文《英藏敦煌社会历史文献释录》第三卷,社会科学文献出版社,2003 年,第 495—508 页。张锡厚主编《全敦煌诗》,第 2971—3002 页。

② 田卫卫《〈秦妇吟〉敦煌写本研究综述》,《敦煌学辑刊》2014 年第 4 期。

③ 田卫卫《〈秦妇吟〉敦煌写本新探——文本概观与分析》,《敦煌研究》2015 年第 5 期。田卫卫《〈秦妇吟〉之敦煌传播新探——学仕郎、学校与诗学教育》,《文献》2015 年第 5 期。邵文实《古代叙事诗之女性视角和声音的复杂性——〈秦妇吟〉再解读》,《首都师范大学学报》2018 年第 1 期。

18. P.3480 写本研究

唐诗文丛抄

一、写本编号

P.3480

二、所藏地点

法国国家图书馆

三、写本状况

纸本，卷轴装，共存两纸，薄绢裱褙。首尾皆残，现存尺寸约为36.6×28.8厘米。纸色呈黄褐色，单面抄写，有界栏。共46行，墨迹浓淡不一，有朱笔点校痕迹，有涂乙、分隔及重文符号。行书书写，书法纯熟，行款严整，由一人书写。

四、写本内容

本写本诗赋合抄，共抄诗6首，赋1篇。

1.《白头翁》(补题)，前残，存刘希夷《白头老翁》诗之末联“时，须臾(以上三字仅存左侧)鹤发乱如丝。但看故来歌舞”，共一行。此诗又见于S.2049、P.2555、P.3619。S.2049题《落杨篇》(“落杨”应为“洛阳”之音讹)，未

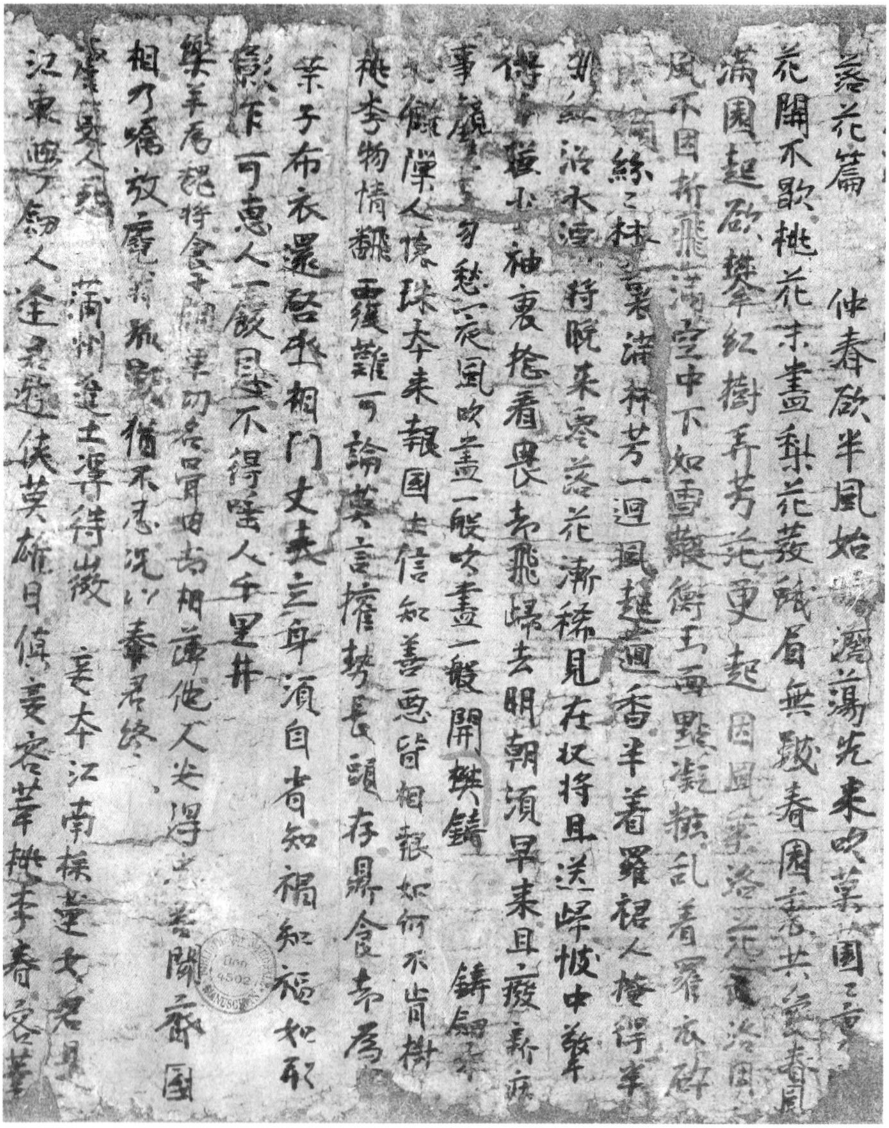

P.3480 局部

署作者,楷书抄写,共10行,内容完整,有界栏。写本抄写很规范,如诗题与正文第一句间隔两个字符,句与句之间间隔一个字符,抄下一篇诗文的时候另起一行等等,说明这是一个非常规范和重要的写本。P.2555题《白头老翁》,作者署名“刘希夷”,诗题与作者名字间隔四个字符,诗的正文另起一行,有界栏,行书抄写,书法纯熟。P.3619题《白头翁》,作者署名“刘希移”(“移”乃“夷”之音讹),诗题与作者名字间隔两个字符,诗的正文另起一行,有界栏,行书抄写。以上四件写本抄写规范,说明这首诗在唐代敦煌地区广泛流行,是一首供学生学习的重要诗歌作品。

此诗又见于《搜玉小集》,题《代白头吟》。《文苑英华》卷二〇七、《乐府诗集》卷四一题《白头吟》。《唐诗纪事》卷一三、《唐百家诗选》卷一、《全唐诗》卷八二题《代悲白头翁》,《全唐诗》卷八二又注:“一作白头吟。”关于此诗的诗题,韩宁在《刘希夷〈代悲白头翁〉非乐府〈白头吟〉辨》一文中推测此诗在创作之初可能是无题诗,或者是失题诗,所以导致这些传世本的编选者在编选时不得不根据诗歌内容对其进行命名,从而出现众多不同诗题[①]。但根据敦煌写本的记录,刘希夷作这首诗的时候应该有诗题,而且诗题应是敦煌写本所保存的“白头老翁”或“白头翁”。

这是一首拟古乐府,《白头吟》是汉乐府相和歌辞楚调曲旧题,古辞写女子毅然与负心男子决裂。刘希夷的这首诗则从女子写到老翁,咏叹青春易逝,富贵无常。《大唐新语》卷八:“尝为《白头翁咏》曰:‘今年花落颜色改,明年花开复谁在?’既而自悔曰:‘我此诗似谶,与石崇白首同所归何异也?’乃更作一句云:‘年年岁岁花相似,岁岁年年人不同。’既而叹曰:‘此句复似向谶矣,然死生有命,岂复由此。’乃两存之。诗成未周,为奸所杀。”[②]《旧唐书·文苑传》:“善为从军闺情之诗,词调哀苦,为时所重,志行不修,为奸人所杀”[③]。《刘宾客嘉话录》则云:“刘希夷诗曰:‘年年岁岁花相似,岁岁年年

① 韩宁《刘希夷〈代悲白头翁〉非乐府〈白头吟〉辨》,《内蒙古民族大学学报》2010年第4期。

② (唐)刘肃《大唐新语》,中华书局,1984年,第128页。

③ (后晋)刘昫等《旧唐书》,第5012页。

人不同。'其舅宋之问苦爱此句,知其未示人,恳乞,许而不与,之问怒,以土袋压杀之。"[①]《唐诗纪事》两说并存之:"诗成未周岁,为奸人所杀。或云宋之问害之。"[②]此说或不可信。

刘希夷(651—约680),字庭芝,汝州(今河南临汝)人。上元二年(675),登进士榜。刘希夷善为从军闺情之诗,词调哀苦,为时所重。美姿容,好谈笑,善弹琵琶。饮酒至数斗不醉,落魄不拘常检。年未三十而卒。《全唐诗》卷八二存其诗一卷,敦煌写本存其诗10首。主要校录本有:黄永武《敦煌的唐诗》、徐俊《敦煌诗集残卷辑考》、张锡厚主编《全敦煌诗》等。

2.《登楼赋一首》王仲宣(首题)。上部完整,右下角及中间有残缺,共十四行。王粲(177—217),字仲宣,山阳高平(今山东微山)人。建安七子之一。汉献帝初平元年(190),董卓劫持献帝迁长安,粲随父西迁。在长安为蔡邕所赏,谓书籍文章,身后当尽赠粲。初平四年(193),司徒辟,辞不就,与士孙萌至荆州依刘表。时中原混战,刘表据荆州自保,文人学士往投者数以千计。刘表赏王粲之才而嫌其貌陋,故王粲在荆州不得志。建安十三年(208),曹操大军南下,刘表病卒,子琮降,粲遂入操幕,赐爵关内侯。十八年(213),操进魏公,魏国建,授粲侍中。史称"时旧仪废弛,兴造制度,粲恒典之"。二十一年(216)冬,从曹操南征孙权,次年正月,病卒于返邺途中,年41岁。《三国志》有传。《隋志》著录《王粲集》十一卷,佚。后人有辑本,今人俞绍初《建安七子集》为集其成者。

《登楼赋》的写作时间,缪钺《王粲行年考》认为"当作于建安十一、二年间(206—207)"[③]。按,《三国志》卷二一《王粲传》:"年十七,司徒辟,诏除黄门侍郎,以西京扰乱,皆不就,乃之荆,依刘表。表以粲貌寝而体弱通侻,不甚重也。"[④]卢弼《集解》:"粲年十七,为汉献帝初平四年(193)。"[⑤]而刘表卒于

① (唐)韦绚《刘宾客嘉话录》,北京:中华书局,2019年,第21页。

② (宋)计有功撰,王仲镛校笺《唐诗纪事校笺》,北京:中华书局,2007年,第419页。

③ 缪钺《王粲行年考》,河北教育出版社,2004年,第110页。

④ (晋)陈寿撰,(南朝宋)裴松之注《三国志》卷二一《王粲传》,北京:中华书局,1959年,第597—598页。

⑤ 卢弼《三国志集解》,北京:中华书局,1982年,第508页。

建安十三年(208),则至刘表卒,王粲在荆州已15年矣。赋云:"遭纷浊而迁逝,漫逾己以迄今。""逾己(纪)",超过十二年。则赋作于206到208年之间是可信的。此赋所说的"楼"学界有当阳楼、江陵城楼、麦城城楼三说,根据赋中所写,当以麦城为是。

饶宗颐《敦煌本〈文选〉斠证》首次对唐写本《登楼赋》进行了详细校勘。他说:"此赋夹在诗篇之中,当非《文选》写本,句中'兮'字皆删去,尤为特异。而书法拙劣,但所用同音假借字别体字,亦有不宜忽略者。"①此后不久,陈祚龙发表了《敦煌本〈登楼赋〉斠记》②,用胡克家《文选》本、张溥《汉魏百三名家集》本、严可均《全三国文》本对敦煌写本《登楼赋》进行了校勘。他的结论是:写卷并非录自萧辑《文选》,而应当从当时流传不广的《王粲集》中抄录。写卷均无句中"兮"字,当是王粲原本如此。据《文心雕龙》记载,魏武帝曹操不喜欢把"兮"字写进诗赋中,王粲写《登楼赋》时,不用"兮"字作为语助与余声,当为追求迎合魏武之情调。饶宗颐《敦煌本〈登楼赋〉重研》③,则在他前一篇文章和陈文基础上更深入地讨论了一些问题。比如,他认为,尽删"兮"字为汉以来抄录诗赋之惯例,非始于敦煌写卷。王粲所作其他各赋,屡用"兮"字,则敦煌本乃后人删削,自非王粲迎合魏武喜好。饶文还对《登楼赋》的写作年代、写卷异文进行了考证。在此基础上,伏俊琏《敦煌赋校注》、张锡厚《敦煌赋汇》、罗国威《敦煌本〈昭明文选〉研究》都对此赋有细致而全面的校录④。

3.《落花篇》(首题),未署作者。首尾俱全,七言24句,共8行。此诗又见Дx.3871,题"落花篇",未署作者,诗题与诗歌正文间隔四个字符,行书书写,书法纯熟,行款严谨。Дx.3871中此篇共5行,起于"仲春欲半风始喧",迄于"半入轻裾人掩(仅存'人掩'二字之右侧)",下面和左边残缺。另外,Дx.3871和P.2555可以缀合,Дx.3871在右边,P.2555在左边,其衔接处为

① 饶宗颐《敦煌本〈文选〉斠证》,《新亚学报》第3卷第1—2期,1957年。
② 陈祚龙《敦煌本〈登楼赋〉斠记》,《大陆杂志》第21卷第5期,1960年。
③ 饶宗颐《敦煌本〈登楼赋〉重研》,《大陆杂志》第24卷第6期,1962年。
④ 伏俊琏《敦煌赋校注》,兰州:甘肃人民出版社,1994年,第98—100页。张锡厚《敦煌赋汇》,第97页。罗国威《敦煌本〈昭明文选〉研究》,黑龙江教育出版社,1999年,第118页。

"半飞红沼水渔持。晚来零落渐渐稀"两句。此诗不见于传世文献。诗写仲春时节,暖风和畅,园中桃梨竞艳,斗芳不歇。春风拂过,花飞似雪,香气怡人,赏春士女陶醉其中。然林花渐稀,惹得士女怜惜,收花送归,帔中袖里满载而回,明朝废妆早来,唯恐花尽。主要校录本有:徐俊《敦煌诗集残卷辑考》、张锡厚主编《全敦煌诗》等。

4.《铸剑本来仇隟人》樊铸(无题,现以首句为题)。首题"樊铸","樊"字上面有朱笔将《落花篇》的尾联"一般(半)吹尽一般(半)开"分隔开。存七言12句,共5行,内容完整。又见P.2976背面,无题名及作者,楷书书写,共5行。其内容完整,但与P.3480相比,此诗字词脱、衍、讹误的地方约有九处之多,故应是默写而来,非抄写而来。此诗不见于传世文献,王重民据此收入《补全唐诗》。另外,P.2976正面抄有《下女夫词》(此写本正背面笔迹相同),李正宇考证其产生时间在归义军时期,徐俊据此判断这是晚唐以后的写本,说明抄于背面的《铸剑本来仇隟人》在晚唐以后的敦煌仍然流行。此诗展现出一位正义凛然的士人形象,体现了作者安身立命、一心报国的强烈愿望。

樊铸,生卒年里不详,天宝时进士及第,天宝三载(744)二月,士子10余人游曲江,舟覆人亡,樊铸作《檄曲江水伯文》。《全唐诗》不载其诗,《全唐文》卷三六存文2篇。王重民说:"樊铸的诗不见他书,但在敦煌写本内两见(S.555、P.3480),他的作品在唐代流传似较为广泛。《十咏》题'前乡贡进士'。《唐文粹》卷三三载有樊铸的《檄曲江水伯文》(《事文类聚》前集卷十七亦载此文),说明作檄的缘故是因'天宝三载,溺群公之故也',因知他是开元天宝时代的人。"[①]主要校录本有:王重民《补全唐诗》、徐俊《敦煌诗集残卷辑考》、张锡厚主编《全敦煌诗》等。

5.《感遇三十八首》之四(补题),未署题目和作者。首尾俱全,存五言8句,共2行。按此诗存于《唐诗纪事》卷八、《唐文粹》卷一八、《四部丛刊》影印明刊本《陈伯玉文集》卷一、《全唐诗》卷八三,作者为陈子昂。

---

① 王重民《全唐诗补编·补全唐诗》,第41—42页。按,P.3480、P.2976存樊铸《缺题》诗(铸剑本来杀仇人)一首。王重民《补全唐诗》据P.3480收录。加上S.555卷,敦煌写本中三见樊铸诗。

陈子昂(661—702),字伯玉,梓州射洪(今属四川)人。少年时轻财好施,慷慨任侠。文明元年(684)登进士第,以上书论政得到武则天重视,授麟台正字。垂拱二年(686),随左补阙乔知之北征同罗、仆固,至张掖而返。后升右拾遗,直言敢谏。万岁通天元年(696)从建安王武攸宜北征契丹。圣历元年(698),因父老解官回乡,不久父死。居丧期间,权臣武三思指使射洪县令段简罗织罪名,加以迫害,冤死狱中。《旧唐书》卷一九〇、《新唐书》卷一〇七有传。敦煌写本 P.3480 存其诗 1 首,P.3590、S.5971、S.9432、S.5967 存有《陈子昂集》卷八至卷十。今人彭庆生《陈子昂集校注》(黄山书社 2015 年)最为详明。本诗用乐羊及秦巴西之典故,讽刺武后滥用酷吏。陶敏、傅璇琮《唐五代文学编年史》系此诗于垂拱二年(686)。主要校录本有:徐俊《敦煌诗集残卷辑考》、张锡厚主编《全敦煌诗》、彭庆生《陈子昂集校注》等。

6.《虞美人怨》蒲州进士凭(冯)待征(首题),首全尾残,共 10 行,又见 P.3195,共 11 行,题《怨美人怨》,应为"虞美人怨"之误,作者署"冯待征",内容完整,行款严谨。又见于《全唐诗》卷七七三,题《虞姬怨》,注:"第二十句缺三字",这三个字 P.3195 作"随李结"。冯待征,生卒年不详,蒲州(今山西永济县)人。曾登进士第,约活动于唐玄宗开元时期。据《新唐书·李尚隐传》记载,开元七年(719),蒲州大云寺僧怀照,自言母梦日入怀生己,因名怀照,并镂石着验,冯待征助实其言。刺史李尚隐劾处妖妄,诏怀照远流播州,冯待征亦坐事受责。其中冯待征"蒲州进士"的身份史书没有记载。《全唐诗》卷七七三存诗 1 首,《全唐文》卷四〇二存其文 1 篇。《册府元龟》卷九九二记其事较详。主要校录本有:徐俊《敦煌诗集残卷辑考》、张锡厚主编《全敦煌诗》等。

7.《汴河柳》,未见诗题及撰者。又见于《才调集》卷三,题同。《搜玉小集》《文苑英华》卷三二三题《题河边枯柳》。《唐诗纪事》卷二〇、《全唐诗》卷一一五题作《汴堤柳》。王泠然(692—725),字仲清,太原人。长于文辞,开元五年(717)进士及第,授将仕郎、守太子校书郎。秩满,移右威卫兵曹参军,开元十二年(724)病卒,年 33。生平事迹见于《唐才子传》卷一及《唐故右威卫兵曹参军王府君墓志铭并序》。《全唐文》卷二九四存其文 11 篇,《全唐诗》卷一一五存其诗 4 首。汴河，隋通济渠、唐广济渠的东段，自今河南荥阳北引黄河东南流，经今开封市及杞县、睢县、宁陵、商丘、夏邑、永城等县，东南经今安徽省宿县、灵璧县、泗县和今江苏省泗洪县，至盱眙县对岸入淮河。自隋到北宋为中原通往东南沿海地区的主要水运干道。《宋史·河渠志》："汴河自隋大业(605—618)初疏通济渠，引黄河通淮，至唐改名广济。宋都大梁，以孟州河阴县南为汴首，受黄河之口，属于淮泗。"本诗前部分写隋炀帝征发民夫广开运河，沿河遍植官柳，一路鸣笳迭鼓，如今功成人亡。后部分用隋时官柳青叶连幔、白花飞度，绣帐连绵、彩女轻舞的盛况衬托出今日汴堤的冷清，借木落霜寒之景写悲怀伤秋之情。

写本中除了《落花篇》不知作者是何人外，共涉及 6 位文人，分别是：刘希夷(651—680)、王粲(177—217)、樊铸(约为开元、天宝时期的人)、陈子昂(659—700)、冯待征(约为开元时期的人)、王泠然(692—724)，除了王粲为唐前文人，其他 5 位均为中唐之前人。从写本的物理形态来看，其抄写体例规范，比如依次抄录题目、作者和正文，且题与作者名字、作者名字与正文、文与文之间有间隔等等，有界栏、有朱笔点校，说明是比较规范且重要的写本。从写本所抄的内容来看，基本上都是描写时过境迁、物是人非以及思念家乡的诗文，抒发作者对时间流逝无能为力、自己志向得不到舒展的哀愁。推知写本的汇集者可能是流落于敦煌的失意文人，借以抒发自己的情感。主要校录本有：陈祚龙《敦煌写本〈夜烧篇〉〈汴河柳〉合校》①、徐俊《敦煌唐诗残卷辑考》、张锡厚主编《全敦煌诗》等。

五、参考图版

1.《敦煌宝藏》第 128 册，第 426 页。

2.《法国国家图书馆藏敦煌西域文献》第 24 册，第 308 页。

3. International Dunhuang Project(国际敦煌项目，简称 IDP)。

① 陈祚龙《敦煌学海探珠》，台北：商务印书馆，1979 年，第 28—41 页。

19. P.3619写本研究

唐诗丛抄

一、写本编号

P.3619

二、所藏地点

法国国家图书馆

三、写本状况

纸本，卷轴装。首尾皆残，现存规格 270×28 厘米，由八纸黏合成，前六纸长度约 35.5—42 厘米，第七纸长 16 厘米，最后一纸长 7.5 厘米，且第五纸下半部分残缺。八纸末接有七个碎片。总体呈黄褐色，纸质略厚，正面有稍许油渍浸染痕迹。

先粘后写，有界格，为同一人所抄，行楷，笔迹工整流畅。前四纸字体大，后部分字体小。个别字词有朱笔、墨笔校对痕迹，有倒乙符号。背面只见杂写“阴仁贵阴”四字，字迹与正面不同。

四、写本内容

1.《青明日登张女郎神》苏乩（首题），内容完整，起“汧水北陇山东”，迄

Pelliot chinois Touen-houang 3619

P.3619 局部

“归来明月满秦川”，七言歌行，共 24 句。此诗又见 P.3885，题作《青明日登张女郎》。此诗不见于传世文献，黄永武《敦煌的唐诗》、任半塘《敦煌歌辞总编》、陈尚君《全唐诗续拾》据此卷收录。《敦煌歌辞总编》题作《失调名 清明日登张女郎神庙四首》。诗中的“张女郎神”，卢向前《关于归义军时期一份布纸破用历的研究——试释 P.4640 背面文书》、任半塘《敦煌歌辞总编》卷三、李剑国《唐五代志怪传奇叙录》、龙晦《敦煌文学读书记四则》皆有考释[①]，尤其以张鸿勋《敦煌写本〈清明日登张女郎神[庙]〉诗释证》考证最为详实[②]。据《水经注·沔水》，六世纪在汉水流域已经形成了女郎神的传说和立庙受祀的风俗，这位女郎神即“张鲁女也”。张女郎神的崇祀，在河西一带也很盛行，见《太平广记》卷三〇三“季广琛”条引《广异记》的记载。敦煌写本 S.6315、S.6167、S.5548、S.343、P.2814、P.2748 等写卷都有关于张女郎神和玉女娘子神的记载。作者苏癿，生平无考。任半塘、张鸿勋认为苏癿或与高适、郭元振等同为盛唐时人。则此诗或作于开天年间。本诗写张女郎庙地处陇山之东，汧水以北，清明时节，远近男女纷至踏青，这里春色旖旎，山高云簇，飞泉流注，花新草绿，黄莺飞鸣，楼阁似画。游人歌舞管弦，酌酒铺筵，不觉日已西沉，归来之时已是明月高悬。

2.《宝剑篇》郭元振（首题）。起“君不见，昆吾铁冶飞炎烟”，迄“犹能夜气上冲天”，七言歌行，共 11 行 24 句。此诗又见 P.3885。《文苑英华》卷三四七、《唐文粹》卷上收录，题《古剑歌》。《诗纪》《唐诗纪事》署名“郭元振”。《全唐诗》卷六六题《古剑篇》，署名“郭震”。《新唐书》卷一二二《郭元振传》作《宝剑篇》，题与敦煌本同。

郭震（656—713），字元振，以字行，魏州贵乡（今河北大名）人。年十六为太学生，咸亨四年（673）登进士第，授通泉县（今四川射洪县沱牌镇）尉。

---

① 卢向前《关于归义军时期一份布纸破用历的研究——试释 P.4640 背面文书》，《敦煌吐鲁番文献研究论集》第 3 辑，北京：北京大学出版社，1986 年，第 394—467 页。任半塘《敦煌歌辞总编》，第 624 页。李剑国《唐五代志怪传奇叙录》，天津：南开大学出版社，1993 年，第 412 页。龙晦《敦煌文学读书记四则》之二，项楚主编《敦煌文学论集》，成都：四川人民出版社，1997 年。

② 张鸿勋《敦煌写本〈清明日登张女郎神[庙]〉诗释证》，季羡林、饶宗颐、周一良主编《敦煌吐鲁番研究》第二卷，北京：北京大学出版社，1997 年，第 59—70 页。

仗义任侠，不拘小节，在任时曾参与盗铸私钱、贩卖人口，百姓苦之。武则天召见，上《宝剑篇》，武后嘉叹，授右武卫铠曹参军，后迁奉宸监史，因功授主客郎中。大足元年(701)授凉州都督，神龙中，迁左骁卫将军、安西大都护。睿宗立，召为太仆卿，景云二年(711)，进同中书门下三品，迁吏部尚书，封馆陶县男。先天元年(712)，为朔方军大总管，二年(713)，以兵部尚书复同中书门下三品。以诛太平公主功，进封代国公，实封四百户，赐一子官，物千段，俄又兼御史大夫，复为朔方大总管，未行，坐军容不整，流新州。开元元年(713)，任饶州司马，道病卒，年五十八，开元十年(723)，赠太子少保。生平事迹见于《旧唐书》卷九二、《新唐书》卷一二三、《全唐文》卷二三三张说《兵部尚书代国公赠少保郭公行状》，《全唐文》卷二〇五存其文五篇，《全唐诗》卷六六存其诗一卷。

本诗借物咏志，前半写良工千锤百炼，历经数年铸成龙泉宝剑，剑色霜雪，红光紫气，令世人赞叹。后段写逢天下无事，为君子防身之用，何期中遭捐弃，零落古狱之旁，虽遭埋没，但仍剑气冲天。张说《兵部尚书代国公赠少保郭公行状》云："则天闻其旧名，驿征引见。语至夜，甚奇之，问蜀川之迹，对而不隐，令录旧文，乃上《古剑歌》。……则天览而佳之，令写数十本，遍赐学士李峤、阎朝隐等。"[①]《新唐书·郭元振传》："十八举进士，为通泉尉。任侠使气，拨去小节，尝盗铸及掠卖部中口千余，以饷遗宾客，百姓厌苦。武后知所为，召欲诘，既与语，奇之，索所为文章，上《宝剑篇》，后览嘉叹，诏示学士李峤等。"据《旧唐书》卷九七《郭元振传》记载，武则天召见郭元振，元振上《宝剑篇》之后不久，即有吐蕃请和，"吐蕃大将论钦陵请去四镇兵"事。按，此事发生在武则天万岁通天元年(696)九月之后，则上《宝剑篇》在此年之初，而其诗的创作时间当更早，吴明贤考证郭震于公元694、695两年间离蜀入京，则此诗当作于673—694年间[②]。

3.《死马赋》刘希移(首题)。起"连山四望何高高"，迄"千金买骨复何

① (唐)张说《兵部尚书代国公赠少保郭公行状》，《全唐文》卷二三三，第2353页。
② 吴明贤《郭震入蜀考》，《西华大学学报》2009年第5期。

时”,共17行,共七言32句。此诗不见于传世本,“刘希移”为“刘希夷”之讹。刘希夷(651—约680),字庭芝,汝州人。上元二年(675),登进士榜。刘希夷“善为从军闺情之诗,词调哀苦,为时所重”,“美姿容,好谈笑。善弹琵琶。饮酒至数斗不醉,落魄不拘常检。”年未三十而卒,卒年无考,死因不明。生平事迹见于《旧唐书·文苑传中》《大唐新语》及《唐才子传》卷一。《全唐诗》卷八二存其诗一卷,敦煌写本存其诗10首。

4.《白头翁》刘希移(首题),起“洛阳城东桃李花”,迄“唯见黄昏鸟雀悲”,共14行,七言26句。此诗又见P.2555(正面),P.3480,S.2049(背面)。P.2555题《白头老翁》,下署“刘希夷”。P.3480前残,仅存末联。S.2049首题作《落杨篇》,“落杨”为“洛阳”音讹,该写本错讹颇多。《搜玉小集》收此诗,题《代白头吟》。《文苑英华》卷二〇七、《乐府诗集》卷四一题《白头吟》。《唐诗纪事》卷一三、《全唐诗》卷八二题《代悲白头翁》。

这是一首拟乐府诗,《白头吟》是汉乐府相和歌辞楚调曲旧题,古辞写女子毅然与负心男子决裂。刘希夷的这首诗则从女子写到老翁,咏叹青春易逝,富贵无常。《大唐新语》卷八:“尝为《白头翁咏》曰:‘今年花落颜色改,明年花开复谁在?’既而自悔曰:‘我此诗似谶,与石崇白首同所归何异也?’乃更作一句云:‘年年岁岁花相似,岁岁年年人不同。’既而叹曰:‘此句复似向谶矣,然死生有命,岂复由此。’乃两存之。诗成未周,为奸所杀。”《旧唐书·文苑传》从之,说刘希夷“善为从军闺情之诗,词调哀苦,为时所重,志行不修,为奸人所杀”。《刘宾客嘉话录》则云:“刘希夷诗曰:‘年年岁岁花相似,岁岁年年人不同。’其舅宋之问苦爱此句,知其未示人,恳乞,许而不与,之问怒,以土袋压杀之。”《唐诗纪事》两说并存之:“诗成未周岁,为奸人所杀,或云宋之问害之。”

5.《北邙篇》(首题),未署作者,内容完整。起“萋兮春皋绿”,迄“不忍闻此言”,共12行,五言30句。此诗见《文苑英华》卷三〇八,作者为刘希夷。《全唐诗》卷八据以收录,题《洛川怀古》。诗借白头老翁之言,感叹岁月变换,沧海桑田,人生短暂,北邙道上,碑铭半存,荆棘蔓草。

6.《捣衣篇》(首题),题下用红笔署“刘希夷”,起“秋天飓飓夜漫漫”,迄

“只为思君泪相续”，共 15 行，七言 28 句，又见《搜玉小集》及《全唐诗》卷八二。《捣衣篇》为乐府旧题，《乐府诗集》卷九四《新乐府辞》收有王建和刘禹锡的《捣衣曲》，题解谓源自班婕妤《捣素赋》，“盖言捣素裁衣，缄封寄远也”。本诗写秋夜漫漫，寒风瑟瑟，家中的妇人思念远征的丈夫，裂纨缝服，揽袖捣衣，夜深萤飞，月明风吹。

7.《登黄鹤楼》崔颢（首题），起“昔人已乘白云去”，讫“烟花江上使人愁”，共 4 行，七言八句。又见《河岳英灵集》卷中，题作《黄鹤楼》。《国秀集》卷中作《题黄鹤楼》，《文苑英华》卷三一二作《登黄鹤楼》，《全唐诗》卷一三〇题作《黄鹤楼》。谭优学系此诗于开元十五年(727)左右[①]。

崔颢(？—754)，汴州(今河南开封)人。生年无考，闻一多考证其生于武后长安四年(704)，唐玄宗开元十一年(723)登进士第，天宝中，任太仆寺丞。崔颢“行履稍劣，好蒱博嗜酒，娶妻择美者，稍不惬即弃之，凡易三四”[②]。天宝十三载(754)终司勋员外郎。崔颢富有诗名，开天中与王维、王昌龄、孟浩然并称于世。《河岳英灵集》卷中评曰：“颢少年为诗，属意浮艳，名陷轻薄。晚节忽变常体，风骨凛然，一窥塞垣，说尽戎旅。”[③]生平事迹见于《旧唐书》卷一九〇下、《新唐书》卷二〇三、《唐才子传》卷一。《全唐诗》卷一三〇存其诗 1 卷，《全唐文》卷三三〇存其文 2 篇。敦煌写本存其诗 2 首。

《登黄鹤楼》是千古名篇，诗写登黄鹤楼后的怀古之情与思乡之意。《苕溪渔隐丛话》前集卷五引北宋李畋《该闻录》云：“李太白负大名，尚曰：眼前有景道不得，崔颢题诗在上头。欲拟之较胜负，用作《金陵登凤凰台》诗。”严羽《沧浪诗话》则以此诗为唐人七言律诗之首。

8.《登鹳雀楼》畅诸（首题），起“城楼多峻极”，讫“并是送君还”，共 3 行，五言八句。此时传世本皆佚失首联和末联，《补全唐诗》据本卷录入。《文苑英华》卷三一二题《登鹳雀楼》，署作者“张当”，《唐诗纪事》卷二七、《全唐诗》卷二八七皆作畅当诗。徐俊考证此诗作者应为畅诸：“唐李翰《河中鹳鹊楼

---

① 谭优学《唐代诗人行年考》，成都：四川人民出版社，1981 年，第 80 页。
② 傅璇琮主编《唐才子传校笺》，北京：中华书局，1987 年，第 203 页。
③ 王克让《河岳英灵集注》，成都：巴蜀书社，2006 年，第 212 页。

集序》(《英华》卷七一〇)已言及,宋司马光《温公续诗话》、沈括《梦溪笔谈》卷一五、彭乘《墨客揮犀》卷二等亦作畅诸,此卷题下署畅诸名,则此诗为诸作,更无疑。"[①]李翰《河中鸛鹊楼集序》记载此诗云:"河南尹赵公,受帝新命,宣风三晋,右贤好事,游人若归。小子承连帅之眷,列在下客。八月天高,获登兹楼,乃复俯视舜城,傍窥秦寨。紫气度关而西入,黄河触华而东汇,龙据虎视,下临八州。前辈畅诸,题诗上层,名播前后,山川景象,备于一言。"[②]河南尹赵公宣风三晋之事当指建中二年(781)赵惠伯任河中尹、河中晋绛慈隰都防御观察使[③]。则此诗当写于781年之前。参见岑仲勉《读全唐诗札记》、傅璇琮《靳能所作王之涣墓志铭跋》注(《唐代诗人丛考》)、徐俊《敦煌诗集残卷辑考》。

鸛雀楼,又名鸛鹊楼,古时因时有鸛雀栖其上而得名,位于山西省永济市蒲州古城西面的黄河东岸。该楼始建于北周。唐李翰《河中鸛雀楼集序》:"后周大冢宇文护军镇河外之地,筑为层楼,遐标碧空,影倒洪流,二百余载,独立乎中州,以其佳气在下,代为胜概。"《蒲州府志》:"明初时,故址尚可按,后尽泯灭,或欲存其迹,以西城楼寄名曰鸛雀。"此诗写鸛雀楼高峻,登临视野开阔。畅诸,生卒年不详,汝州(今河南临汝)人,开元九年(721)中拔萃科,官许昌尉[④]。《全唐诗》卷二八七存其诗1首,《全唐文》卷五一六存其文2篇。敦煌写本存其诗1首。

9.《登歧州城楼》皇甫斌(首题),"歧"当为"岐"字误。起"歧(岐)雍三秦地",迄"留赏故人杯",五言八句。本诗不见于传世本。岐州,在今陕西凤翔县南。据两《唐书·地理志》及《元和郡县图志》,唐岐州地名始于武德元年(618),终于天宝元年(742)。皇甫斌,生平无考。诗写作者秋日登岐州城楼,满眼秋色,深深乡愁。

10.《度大臾岭》宋之问(首题),"臾"当为"庾"之误。起"度岭方辞国",

---

① 徐俊《敦煌诗集残卷辑考》,第303页。

② (宋)李昉等《文苑英华》,北京:中华书局,1966年,第3665页。

③ (后晋)刘昫等《旧唐书》,北京:中华书局,1975年,第328页。

④ (清)徐松《登科记考》,北京:中华书局,1984年,第227页。

迄“不敢恨长砂(沙)”,五言八句。《文苑英华》卷二九〇、《搜玉小集》及《全唐诗》卷五二收录此诗。大庾岭,又称梅岭,在今江西大余县南,与广东南雄市接壤,唐属韶州始兴县。宋之问(约656—约712),一名少连,字延清。虢州弘农(今河南卢氏)人。上元二年(675)登进士第,天授元年(690),与杨炯分直习艺馆。后授洛州参军,迁尚方监丞、左奉宸内供奉。倾附张易之兄弟。神龙元年(705),张易之伏诛,坐贬为泷州参军。二年(706)春逃还。景龙二年(708),迁考功员外郎。遭潜毁,贬越州长史。景云元年(710),以曾附张易之、武三思,流放钦州。先天中,赐死徙所。《全唐诗》卷五一至五三存其诗三卷,《全唐文》卷二四〇、二四一存其文两卷。生平事迹见《旧唐书》卷一九〇、《新唐书》卷二〇二、《唐才子传》卷一。宋之问一生中两次南贬,一是中宗时由京城贬至泷州,一是睿宗时由越州贬至钦州。此诗首联写“度岭方辞国”,“国”当指京城,则此诗写于南贬泷州途中。《旧唐书·文苑传中》:“及易之等败,左迁泷州参军,未几,逃还,匿于洛阳人张仲之家。”张易之等神龙元年(705)见诛,神龙二年(706)宋之问已从岭南逃回洛阳[①],则此诗当作于神龙元年(705)宋之问南贬途中。

11.《城边问官使》(拟题),未署作者,内容完整。起“城边问官使”,迄“教人眼蹔明”,五言八句。此诗不见于传世文献。王重民《补全唐诗》据此卷收录为宋之问《度大庾岭》之二。徐俊认为:“此诗所写情景与度大庾岭不合,未必宋之问作。”[②]按此诗写作者向从长安来的官使询问西京的情况,不是描写大庾岭情景。今姑从王重民说。

12.《扬子江夜宴》蔡希寂(首题),起“楚水夜潮平”,迄“云雨莫来[迎]”,五言八句。此诗为蔡希寂佚诗,《补全唐诗》据本卷收录。蔡希寂,生卒不详,润州丹阳(今江苏丹阳)人。开元中,进士及第,后任洛阳尉、金部郎中。希寂有诗名,擅草隶。殷璠云:“希寂词句清迥,情理绵密。”[③]《全唐诗》卷一

---

① 《资治通鉴》记宋之问逃回洛阳事于神龙元年三月,《通鉴》卷二〇八:“三月,甲辰……初,少府监丞弘农宋之问及弟兖州司企之逊皆坐附会张易之贬岭南,逃归东都,匿于友人光禄卿、驸马都尉王同皎家。”见《资治通鉴》,北京:中华书局,1956年,第6599页。

② 徐俊《敦煌诗集残卷辑考》,第304页。

③ (宋)陈应行《吟窗杂录》,第759页。

一四存其诗 5 首。敦煌写本存其诗 1 首。此诗写江上夜宴,仙舟烛明,美人歌舞,罗幕香风。

13.《彩云篇》李邕(首题),起“彩云惊岁晚”,迄“不应长此留”,五言八句。此诗《国秀集》卷上、《全唐诗》卷一一五题《咏云》。李邕(678—747),字泰和,扬州江都人(今江苏扬州),李善子。长安初,李峤等荐其词高行直,授左拾遗。累官为户部郎中,陈州刺史,汲郡、北海太守。邕性豪奢,不拘细行,所在纵求财货,驰猎自恣。后奸赃事发,就郡决杀之。邕以文名,尤长于碑颂。又精于书法,行草之名尤著。生平事迹见《旧唐书》卷一九〇、《新唐书》卷二〇三、《唐故北海郡守赠秘书监江夏李公墓志铭并序》[①]。《全唐文》卷二六一至二六五存其文 56 篇,《全唐诗》卷一一五存其诗 4 首。敦煌写本存其诗 5 首。

14.《度巴硖》(首题),起“客从巴硖度”,迄“何能散别愁”,五言八句。写本未署作者,按此诗为崔颢《赠卢八象》,见《全唐诗》卷一三〇。王重民《补全唐诗》收作李邕诗,云:“按原卷载诗三首:一《彩云篇》,二《度巴峡》,三《秋江夜泊》。第一首题下有李邕名。检《全唐诗》第一第三两首正是李邕作,但第一首作‘咏云’,第三首残。”徐俊《敦煌诗集残卷辑考》:“所谓第三首当作《秋夜泊江渚》,此诗不见于《全唐诗》,更无从得知为李邕作。”[②]唐皎然《诗式》卷三引此诗“青山满蜀道,渌水向荆州”二句,也题作崔颢《别人》,可证为崔颢诗无疑。巴硖,即巴峡,重庆以东的石洞峡、铜锣峡、明月峡统称巴峡,杜甫乘舟东下,有“即从巴峡穿巫峡”诗句。卢象,字纬卿,行八,生卒年不详。开元中登进士第,官至司勋员外郎。安史乱后,在洛阳被乱军执,受伪职。后谪果州(四川南充)长史,又贬永州司户。乾元中,征拜主客员外郎。回京途中,死于武昌。详见刘禹锡《唐故尚书主客员外郎卢公集序》。谭优学《唐诗人行年考》认为,卢象谪果州溯江入蜀,唯此一次。在天宝十四载(755)安史乱起(“大盗起幽陵”)后。谭优学认为:“唐朝廷以六等罪惩治

① 周绍良《唐代墓志汇编》,上海:上海古籍出版社,2007 年,第 1799 页。
② 徐俊《敦煌诗集残卷辑考》,第 305 页。

伪官。象，伪官也，被谪果州，最早不过至德(757)二载冬，其舟行赴果州，约当次年乾元元年(758)春。崔颢乃有此篇寄之。如依旧说，时崔颢卒已久矣，何得有诗寄之？今按崔颢是篇题下并无一作某某作，即未尝两属，自必崔颢所作。则据兹可以断定崔颢之卒，当是年后。旧说均误。"①

15.《秋夜泊江渚》(首题)，未署作者，起"夜闻木叶落"，迄"朝夕泛孤[□](舟)"，五言八句。空海《文镜秘府论》："下句拂上句者，上句说意不快，以下句势拂之，令意通。古诗云：'夜闻木叶落，疑是洞庭秋。'"空海所引"古诗"正是本诗首联。整首诗不见于传世文献，王重民《补全唐诗》认为这首诗也为李邕诗。陈尚君《全唐诗续拾》、张锡厚主编《全敦煌诗》亦收录为李邕诗。按写本前一首为崔颢诗，故此诗应归于崔颢名下，与《度巴硖》为同年所作。此诗写作者秋夜泊江渚的孤独。此诗被贞元二十年(804)来中国留学的日本学者空海作为学诗的样板记录，可见当时就广为流传。

16.《我有方寸心》(拟题)，未署作者，首句"我有方寸心"，末句残缺。本诗不见于传世文献，《全唐诗续拾》卷一二收作李邕诗。

17.《水能澄不浑》(拟题)，未署作者，内容残缺七字。起"水能澄不浑"，迄"但愿一相知"，五言六句。本诗不见于传世文献，《全唐诗续拾》卷一二收作李邕诗。

18.《忽闻天子访沉沦》(拟题)，未署作者，起"忽闻天子访沉沦"，迄"[悔]渡江南杨柳春"，七言四句。《唐诗纪事》卷八十收为"不知名"诗，注引顾陶《类诗》云"不知名氏"②。顾陶，唐大中(847—859)间人，依此知该诗在唐代盖已失作者。《全唐诗话》卷六录此诗，归为"不知名"诗。《全唐诗》卷七八六收录，题"绝句"。王重民《补全唐诗》、徐俊《敦煌诗集残卷辑考》、张锡厚主编《全敦煌诗》收作李邕佚诗。陈尚君《全唐诗补遗六种札记》云："邕为善子，长安中由李峤等荐官，其生平与诗意尚存牴牾。"诗写作者远赴长安求仕未果，怀才不遇。

① 谭优学《唐诗人行年考》，第81页。
② (宋)计有功撰、王仲镛校笺《唐诗纪事校笺》，北京：中华书局，2007年，第2559页。

19.《贬乐城尉日作》(补题),未署作者,内容残损严重,仅存首句前二字及末句。经考为张子容诗,见《唐诗纪事》卷二三,《全唐诗》卷一一六据以收录。《唐五代文学编年史》系此诗于开元十五年(727)前后①。张子容,生卒不详。玄宗先天元年(712)中进士,任晋陵尉,后贬乐城尉。与孟浩然友善,早年同隐鹿门山。安史之乱,流寓江表。生平事迹见于《唐才子传》卷一,《全唐诗》卷一一六存其诗1卷。敦煌写本存其诗1首。

20.《谒河上公庙》(首题),作者署"祖咏",内容残缺九字。起"河上公遗迹",迄"章句至今[传]",五言八句。王重民《补全唐诗》据此收录。河上公,《史记·乐毅列传》太史公曰:"乐臣公学黄帝、老子,其本师号曰河上丈人,不知其所出。河上丈人教安期生,安期生教毛翕公,毛翕公教乐瑕公,乐瑕公教乐巨公,乐巨公教盖公,盖公教于齐高密、胶西,为曹相国师。"自河上丈人凡六传至汉初曹参,据此,则其当生于战国时代,其传承体系亦出自齐地黄老学者。河上公曾用神仙家的观点解释《老子》,成《河上公章句》,对后世影响很大。河上公后来被神化,为道神仙之一。祖咏,闻一多《唐诗大系》系其生卒年为(699—746?),洛阳人。唐玄宗开元十二年(724)登进士第,历官不详。后移家汝坟间别业,以渔樵自终。与王维、储光羲、卢象友善,互有诗文赠答。生平事迹见于《唐才子传》卷一,《全唐文》卷三三五存其文2篇,《全唐诗》卷一三一存其诗1卷。

21.《敕借歧(岐)王九城(成)宫避暑》(首题),作者署"王维",有残缺,起"帝子远辞丹凤阙",迄"何事吹笙向碧空",七言八句。诗见《又玄集》卷上,题《敕借岐王九成宫避暑》。又见《文苑英华》卷一七九,题《敕借岐王九成宫避暑之作应教》。《全唐诗》卷一二八收录,题为《敕借岐王九成宫避暑应教》。岐王,唐睿宗第四子,名范,初封郑王,寻改封卫王。睿宗即位,改封岐王。开元初,拜太子少傅,带本官历绛、郑、岐三州刺史。八年(720),迁太子太傅。十四年(726),卒。范好学工书,雅爱文章之士,深得文士喜爱。九成宫,在凤翔府麟游县,本隋仁寿宫,文帝以避暑,春往冬还。唐贞观五年

---

① 陶敏、傅璇琮《唐五代文学编年史·初盛唐卷》,沈阳:辽海出版社,1998年,第626页。

(631)大修，改名九成宫。本诗写暑日九成宫胜景，云雾缭绕，山泉卷缦，岭林苍郁，胜似仙境。张清华认为本诗写作时间当为开元八年(720)王维应试落第，寓居长安之时①。

22.《归故园作》(补题)，作者署“孟颢(浩)然”，起“北缺休上书”，讫“松月夜窗虚”，五言八句。《河岳英灵集》卷中收此诗，题据补。又见《文苑英华》卷一六〇、《全唐诗》卷一六〇，题《岁暮归南山》。本诗写作者上京求仕不顺，未得明主任用，南返襄阳，卧病草庐，故人离疏，倍感孤独，怀才不遇，苦愁难寐。诗的写作年代尚有争议，陈贻焮、陶文鹏系此诗于开元十七年(729)②，刘文刚系此诗于开元二十二年(734)③。

23.《九月九日登高》(首题)，作者署“高适”，起“檐前白日应可惜”，讫“不如独坐空搔首”，七言八句。又见于P.3862，题为《九日詶(酬)颜少府》。又见于《河岳英灵集》卷上，题《九日酬顾少府》。《才调集》卷八、《高常侍集》卷五，题《九月九日酬颜少府》。《唐文粹》卷十八、《全唐诗》卷二一三，题《九日酬颜少府》。

24.《大桐军行》(首题)，作者署“李斌”，起“驱马出关城”，讫“山净夜泉明”，五言八句。本诗不见于传世文献，李斌，生卒不详。《全唐诗续拾》卷五三据本卷收录。大桐军，当为“大同军”，唐军镇。《新唐书·地理志》：“代北雁门郡，其北有大同军，本大武军，调露元年(679)曰神武军，天授二年(691)曰平狄军，大足元年(701)复更名。”《唐会要》卷七八：“大同军，置在朔州。本大武军，调露二年(680)，裴行俭改为神武军。天授二年(691)，改为平狄军。大足元年(701)五月十八日，改为大武军。开元十二年(724)三月四日，改为大同军。”知此诗当作于开元十二年(724)三月之后。诗写作者驱马出关，北上从军，塞外秋风，月带乡情。

---

① 张清华《王维年谱》，上海：学林出版社，1988年，第25页。陈铁民《王维集校注》，北京：中华书局，1997年，第1328页。陶文鹏《王维孟浩然诗选评》，西安：三秦出版社，2004年，第19页。

② 陈贻焮《唐诗论丛》，长沙：湖南人民出版社，1980年，第22页。陶文鹏《王维孟浩然诗选评》，西安：三秦出版社，2004年，第321页。

③ 刘文刚《孟浩然年谱》，北京：人民文学出版社，1995年，第72页。

25.《登越王台》(补题),作者署"宋之问",起"江上越王台",迄"夏果擿杨梅",五言八句。还见于《搜玉小集》《文苑英华》卷三一三上,题作《登越王台》。"夏果擿杨梅"句后《搜玉小集》《文苑英华》还有四句:"迹类虞翻枉,人非贾谊才。归心不可见,白发重相催。"《全唐诗》卷五三收录此诗,题为《登粤王台》。越王台,在广州城北。此诗写作者于越王台登高远望,借目极之景,抒发贬谪后的苦闷心情。其写作时间谭优学系于中宗神龙元年(705)宋之问赴任泷州参军途中①。《唐五代文学编年史》认为睿宗太极元年(712)夏日宋之问自桂江南行至广州,依长史朱齐之,此诗抑或为是年之作②。

26.《登灵岩寺》(首题),作者署"沙门日进",起"灵岩多奇势",迄"烦虑寂然无",五言八句。王重民《补全唐诗》据本卷收录。灵岩寺,其址不详,疑在莫高窟,又名仙岩寺。P.2668 抄有翟奉达缺题诗二首,其中有"宕谷号为仙岩寺,亦言莫高异名多"诗句。S.4654 抄有缺题诗二首,诗序:"巡礼仙岩,经宿届此。况宕泉圣地,昔僔公之旧游。月窟神踪,仿中天之(鹫)岭。三峗峭峻,暎宝阁以当轩。碧水流泉,绕金池而泛艳。"则仙岩也指莫高窟。日进,生卒里贯不详。敦煌龙兴寺僧人,唐德宗贞元年间(785—805)在世。S.381《龙兴寺毗沙门天王灵验记》后有"本寺大德僧日进附□抄",字体与正文相似,则正文即日进所抄写。此篇《灵验记》开头有"大蕃岁次辛巳闰二月十五日"句子,说明此灵验故事发生在吐蕃占领敦煌的辛巳年(801)。S.2689《受八戒文》后有"僧日进□",此件亦可能为日进所著。S.2729《辰年三月算使论悉诺啰接谟勘牌子历》龙兴寺下有"索日进",则日进俗姓索。诗写灵岩寺胜景,谷中清溜,峰际白云,石壁长松,置身于斯,烦虑渐无。

27.《谒圣容》(首题),作者署"浑维明",起"法雨震天雷",迄"永劫去尘埃",五言八句。"浑维明"应为"浑惟明"。《全唐诗》无浑惟明诗,《全唐诗续拾》卷一三据本卷收录。浑惟明,生卒不详。铁勒浑部人。皋兰府都督,入哥舒翰幕府,天宝十三载(754)因破吐蕃功,进云麾将军。后入永王璘幕府,

① 谭优学《唐诗人行年考》(续编),成都:巴蜀书社,1987 年,第 14 页。
② 陶敏、傅璇琮《唐五代文学编年史·初盛唐卷》,第 489 页。

至德元载(756)十二月攻吴郡太守兼江南东道采访使李希言，兵败，遁于江宁。生平事迹见于《旧唐书》卷一〇七、《资治通鉴》卷二一九。本诗写作者于祁山谒圣及对释教的皈依之心。本诗或作于浑惟明在哥舒翰幕府时，即天宝十四载(755)前。

28.《早行东京》(首题)，未署作者，起“早行星尚在”，迄“依稀见洛城”，五言八句。经考为郭良诗，见《国秀集》卷中，《分门纂类唐歌诗》天地山川颖卷第一[①]、《全唐诗》卷二〇三，皆题作《早行》。郭良，生卒不详，《国秀集》目录作“金部员外”，可知其天宝初任金部员外郎。《全唐诗》存其诗2首。本诗写作者早发洛阳的景象。本诗见于《国秀集》，则当成于天宝三载(744)前。

29.《采莲篇》(首题)，未署作者，起“游女泛江晴”，迄“归浦棹歌声”，五言八句。此诗又见于《文苑英华》卷二〇八，题作《采莲》，作者“张镜徽”。《全唐诗》卷七七七列入世次爵里无考类。“采莲曲”为乐府旧题。《乐府诗集》卷五〇《清商曲辞》七收录有梁武帝《江南弄七首》，题解引《古今乐录》曰：“梁天监十一年冬，武帝改西曲，制《江南上云乐》十四曲，《江南弄》七曲：一曰《江南弄》，二曰《龙笛曲》，三曰《采莲曲》，四曰《凤笛曲》，五曰《采菱曲》，六曰《游女曲》，七曰《朝云曲》。”又引《古今乐录》曰：“《采莲曲》，和云：‘采莲渚，窈窕舞佳人。’”《旧唐书》卷一〇〇《王丘传》云：“开元初，累迁考功员外郎。先是，考功举人，请托大行，取士颇滥，每年至数百人，丘一切核其实材，登科者仅满百人。议者以为自则天以后凡数十年，无如丘者，其后席豫、严挺之为其次焉，三迁紫微舍人，以知制诰之勤，加朝散大夫，再转吏部侍郎。典选累年，甚称平允，擢用山阴尉孙逖、桃林尉张镜微、湖城尉张晋明、进士王泠然，皆称一时之秀。”[②]《唐会要》卷七五：“开元八年七月，王丘为吏部侍郎。拔擢山阴尉孙逖、桃林尉张镜微、湖城尉张普明、进士王泠然、李昂等，不数年，登礼闱，掌纶诰焉。”[③]上述“张镜微”即“张镜徽”。《文苑英华》卷二五〇蔡希寂《赠张敬微》，即“张镜微”。据此可知，张镜徽，一作张镜微、

① (宋)赵孟奎辑《分门纂类唐歌诗残本》，民国二十四年(1935)北京故宫博物院影印本。
② (后晋)刘昫等《旧唐书》卷一〇〇，第3132页。
③ (宋)王溥撰《唐会要》卷七五，北京：中华书局，1955年，第1357页。

张敬微。开元初为桃林尉,开元八年(720)为王丘擢用,为一时之秀。《全唐诗》卷七七七存其诗1首。本诗写日暮时分船女采莲,莲红水清,风飘舞袖。当作于开元八年为王丘擢用之前。

30.《吐蕃党舍人临刑》(首题),未署作者,起"生死谁能免",讫"时向梦中传",五言八句。《全唐诗续拾》卷一三收作浑惟明诗。诗后注云:"均见伯三六一九卷,原署'浑维明'。"[①]然卷中本诗未署作者,陈先生收为浑惟明之作,无实据。党舍人,当为在吐蕃为官的党姓汉人。《因话录·角部之次》:"先是,(吐蕃)每得华人,其无所能者,便充所在役使,辄黥其面。粗有文艺者,则涅其臂,以候赞普之命。得华人补为吏者,则呼为舍人。可则以晓文字,将以为知汉书舍人,可则不愿。"[②]P.1089载有"小机密处书记、总管,吐蕃、苏毗小千户,唐人及突厥语通司舍人、陇道将军"等职官[③]。德宗朝入蕃副使吕温在《代都监使奏吐蕃事宜状》中云:"右,臣前月十四日至清水县西,吐蕃舍人郭至崇来迎,便请将书诏先去。"诗题中的吐蕃党舍人或为落蕃汉人,不知何故,被处以极刑。

31.《剑謌(歌)》(首题),作者署"李斌",起"我有一长剑",讫"方谓识龙泉",五言十二句。徐俊《敦煌诗集残卷辑考》:"原卷未署作者。"[④]误。本诗不见于传世文献,《全唐诗续拾》卷五三据本卷收录。诗借物咏志,自比长剑,表达了报国无门,愿得任用的心情。

32.《我有夜光宝》(拟题),未署作者,起"我有夜光宝",讫"却复度关来",五言八句。《全唐诗续拾》卷五三隶于李斌名下。黄永武认为此诗在句法内容上与《剑歌》有些相似,但是"是否为李斌的剑歌,有待斟酌"。[⑤] 徐俊认为"夜光宝"指宝珠,此诗咏珠,非《剑歌》同题之作。诗借物咏志,自比夜光宝,表现了作者怀才不遇的境遇。

---

① 陈尚君辑校《全唐诗补编》,1992年,第1091页。

② (唐)赵璘《因话录》,《唐五代笔记小说大观》,上海:上海古籍出版社,2000年,第856页。

③ 王尧、陈践《吐蕃职官考信录》,《中国藏学》1989年第1期。

④ 徐俊《敦煌诗集残卷辑考》,第312页。

⑤ 黄永武《敦煌的唐诗》,第243页。

33.《日南王》(首题),未署作者,起“附臣通赵国”,讫“一别似张僭(骞)”,五言十二句。本诗不见于传世文献。黄永武《敦煌的唐诗》认为:“日南王三字顶格而写,可能是诗题,则作者失传,亦或为李斌所作的佚诗。‘日南王’若是作者,则未载王之姓名。”[①]陈尚君《全唐诗续拾》收为李斌诗。徐俊《敦煌诗集残卷辑考》认为:“题仅‘日南王’三字,似有脱漏。”[②]据记载,隋开皇十年(590)置日南县,大业三年(607)改为日南郡。唐武德五年(622)五月“隋日南太守李晙遣使请降”(《册府元龟》卷一六四),置南德州总管府,后改为德州、驩州,天宝元年(742)改为日南郡,乾元元年(758)复为驩州。日南王入唐的事迹见于《长安志》:“家令寺园,在昌明坊。贞观中,日南王入朝,诏于此营第,寻还国,宅遂废,复为园。”[③]本诗似写日南王奉使拜辽燕,此去经年,长路漫漫,不知归期,思念乡土。

34.《游苑》(首题),作者署“苏乩”,起“庭院开金锁”,讫“何处可寻凉”,五言八句,本诗不见于传世文献。作者苏乩,生平无考,或说为玄宗朝人。诗描写惬意的游苑活动。陈尚君《全唐诗续拾》卷五四据本卷收录。

35.《破阵乐》(首题),作者署“哥舒翰”,起“西戎最沐恩深”,讫“将知应合天心”,六言八句。本诗不见于传世文献,任半塘《敦煌歌辞总编》卷二、陈尚君《全唐诗续拾》卷十三据本卷收录。《破阵乐》,唐教坊曲名。即《秦王破阵乐》,又名《七德舞》,是唐代最著名的一部集歌、舞、乐于一体的大型综合性宫廷乐舞。唐张祜有《破阵乐》,为七言绝句:“秋风四面足风沙,塞外征人暂别家。千里不辞行路远,时光早晚到天涯。”《破阵乐》词牌,其代表作为柳永的作品,篇幅达一百三十余字的慢词长调。哥舒翰(? —757),突厥突骑施哥舒部落之裔,生年不详。父道元,安西副都护,世居安西(今新疆库车)。哥舒翰四十从军河西,任职节度使王倕幕府。天宝五载(746),任王忠嗣衙将,迁左卫郎将。后授右武卫将军,充陇右节度副使、都知关西兵马使、河源军使。八载,拔吐蕃石堡城。十一载,加开府仪同三司。十二载,进封凉国

① 黄永武《敦煌的唐诗》,第243页。
② 徐俊《敦煌诗集残卷辑考》,第312页。
③ (宋)宋敏求撰,(清)毕阮校正《长安志》,台北:成文出版社,1970年,第225页。

公,兼河西节度使。后尽收黄河九曲之地,以其地置洮阳郡,筑神策、宛秀二军,进封西平郡王。安史之乱,率军二十万镇守潼关,迫于压力出关应战,全军覆没,被俘,授职司空。肃宗至德二载(757)被杀。生平事迹见于《旧唐书》卷一〇四、《新唐书》卷一三五。《全唐文》存其文1篇。本诗写作者率军攻打石堡城,连攻克之,表现了作者的英勇气概。《旧唐书·玄宗纪》云:"(天宝八载)六月……陇右节度使哥舒翰攻吐蕃石堡城,拔之。"[①]此诗当即作于此时。

36.《燕支行营》(首题),作者署"崔希逸",起"天平四塞尽黄砂",迄"烽火时时碛里明",七言绝句二首。本诗不见于传世文献,陈尚君《全唐诗续拾》卷十一据本卷收录。《史记》卷一一〇《匈奴列传》:"其明年春,汉使骠骑将军去病将万骑出陇西,过焉支山千余里,击匈奴,得胡首虏(骑)万八千余级,破得休屠王祭天金人。"张守节《正义》引《括地志》:"焉支山,一名删丹山,在甘州删丹县东南五十里。《西河故事》云:'匈奴失祁连、焉支二山,乃歌曰:亡我祁连山,使我六畜不蕃息。失我焉支山,使我妇女无颜色。'其愍惜乃如此。"《乐府诗集》卷九〇《新乐府辞》收录有《燕支行》。崔希逸,生卒里贯不详。开元九年(721)以万年尉充劝农判官,迁监察御史。后任殿中侍御史、吏部郎中、郑州刺史。二十四年(736),以左散骑常侍为河西节度使,与吐蕃结盟,后迫于玄宗压力,背信攻打吐蕃,杀获甚众。二十六年(738)五月,为河南尹,因失信吐蕃,郁郁而终,封博陵县公,谥曰成。生平事迹见于《资治通鉴》卷二一四,《郎官石柱题名考》卷三,《唐刺史考》卷九四、一四一。《全唐文》存其文1篇。这两首绝句写边塞寒冷萧瑟的风光和士卒苦寒的征戍生活。《唐五代文学编年史》系此诗于开元二十五年(737)春。

37.《九曲词》(补题),作者署"高适",起"铁骑横行铁岭头",迄"黄河不用更防秋",七言四句。又见于《乐府诗集》卷九一《新乐府辞》,为高适《九曲词三首》之二。《全唐诗》卷二一四收录。九曲,地名,在今青海化隆县。《资治通鉴》唐睿宗景云元年(710),吐蕃请以河西九曲之地为金城公主汤沐邑。

---

① (后晋)刘昫等《旧唐书》卷一〇三,第3213页。

胡三省注曰:“九曲者,去积石军三百里,水甘草良,盖即汉大、小榆谷之地,吐蕃置洪济、大漠门等城以守之。”本诗歌颂哥舒翰收复黄河九曲的丰功伟绩,表达了西征健儿的壮志豪情。《新唐书》卷一三五《哥舒翰传》:“(天宝十二载)攻破吐蕃洪济、大莫门等城,收黄河九曲,以其地置洮阳郡,筑神策、宛秀二军。”刘开扬《高适诗集编年笺注》系此诗于天宝十二载(753)八月后[①]。

38.《塞上曲》(补题),未署作者,起“一阵风来一阵砂”,迄“紫塞三春不见花”,七言四句。黄永武等认为高适《九曲词》佚作[②]。徐俊考为周朴诗[③],见《乐府诗集》卷九二、《唐诗百名家全集·周见素诗集》及《全唐诗》卷六七三,略有异文。项楚认为“是周朴的《塞上曲》抄袭(或者说改写)了高适诗”[④]。徐俊《敦煌诗集残卷辑考》云:“《元史》卷五一《五行志二》载至元十五年(1278)京师童谣云:‘一阵黄风一阵沙,千里万里无人家。四头雪消不堪看,三眼和尚弄瞎马。’一、二句与周朴诗略近,附记于此。又P.3155《浣溪沙》首二句:‘一队风来一队尘,万里迢迢不见人。’俄藏Дx.2153《曲子浪濛(淘)沙》首二句:‘一队风来一队香,谁家士女出闺堂。’津艺134背曲子词第十二首首二句:‘万里条亭(迢递)不见家,一条黄路绝名(鸣)沙。’或与周朴此诗相关。”周朴(?—879),生年不详,睦州桐庐人(今属浙江),字见素,一字太朴。唐末隐士,避地福州,寄食乌石山僧寺。工于诗,不仕。唐僖宗乾符六年(879)黄巢入福州,欲求其入伙,不从,遂见害。生平事迹见于《唐才子传》卷九,《全唐文》卷八二九《周朴诗集序》。《全唐诗》卷八六三存其诗1卷。这首《塞下曲》描写萧条荒凉的塞外风光。

39.《生年一半在燕支》(拟题),作者署“萧沼”,起“生年一半在燕支”,迄“瀚海长愁征战期”,七言四句。《全唐诗》无萧沼诗。本诗不见于传世文献,陈尚君《全唐诗续拾》卷五四据本卷收录。萧沼,生卒里贯不详。天宝年间与岑参同在北庭幕府,岑参有诗《天山歌送萧沼还京》。本诗写塞外征人的

---

① 刘开扬《高适诗集编年笺注》,第272页。
② 黄永武《敦煌的唐诗》,第238页。
③ 徐俊《敦煌诗集残卷辑考》,第315页。
④ 项楚《敦煌诗歌导论》,台北:新文丰出版公司,1993年,第33页。

乡愁。按刘开扬《岑参诗集编年笺注》谓《天山歌送萧沼还京》"作于天宝十四载(755)冬",则萧沼此诗作于他回京前。

40.《塞上曲》(补题),未署作者,起"容颜日日老金微",迄"黄花戍上雁长飞",七言四句。按此诗为王烈作,见《文苑英华》卷一九七及《全唐诗》卷二九五,题同。王烈,生卒里贯不详。与大历十才子之一的崔峒过往唱酬,崔峒安史之乱中避地江南,大历初登进士第,贞元初(785)卒。王烈大致与其同时代。《全唐诗》卷二九五存其诗 5 首。敦煌写本存其诗 1 首。本诗写边疆征戍之苦。

41.《夜渡颍水》(首题),作者署"李斌",起"荡子乘春夜",迄"砂上叹[□](师)捐",五言八句。《全唐诗续拾》卷五三据本卷收录。诗写春夜渡颍水,浮云蔽月,风动船摇,天籁悦耳。

42.《饯故人》(首题),作者署"高适",起"祇君辞丹豁",迄"明月照江湖",五言八句。此诗又见于 P.3885,题作《送故人》,下署"高适"。本诗不见于传世文献。孙钦善《高适集校注》、黄永武《敦煌的唐诗续编》、陈尚君《全唐诗补编》、徐俊《敦煌诗集残卷辑考》、张锡厚主编《全敦煌诗》据 P.3619 收录。诗写故人远赴海隅,作者与之饯别,天高云断,野旷山孤。刘开扬《高适诗集编年笺注》、孙钦善《高适集校注》系此诗于天宝十一载(752)秋,高适客游长安之时①。

43.《客思 秋夜》(首题),作者署"桓颙",起"数夜独无欢",迄"独坐抱琴弹",五言八句。又见 P.3885,无题及作者。本诗不见于传世文献,《补全唐诗》收录此诗,题为《秋夜》。桓颙,生平无考。本诗写异乡游子深夜难眠的思乡之情。P.3619 桓颙《客思 秋夜》排在高适《饯故人》之后,孟浩然《闺情》之前。P.3885 桓颙诗排列在李邕、宋家娘子之后,孟浩然之前,则其生活创作时间大致在开天时期。

44.《闺情》(补题),作者署"孟浩然",起"别后隔炎凉",迄"愁[坐]寄谁将",五言八句,又见 P.3885,皆无题及作者。P.2555 亦收录此诗,题《闺情》,

① 孙钦善《高适集校注》,第 217 页。

题据补。按，此诗见《全唐诗》卷一六〇孟浩然名下，题作《闺情》。诗写闺妇思念丈夫，精心为夫裁衣却无从寄出的伤悲。

45.《史昂述怀》(首题)，起"昔在欒河外"，迄"归去渌山春"，五言八句。题署作者在前，诗题在后。此诗又见P.3885，亦题《史昂述怀》。此诗不见传世本，陈尚君《全唐诗续拾》卷一三收录。史昂，生卒里贯不详，天宝时人，曾作诗赠浑惟明。后归洛阳。《全唐诗》中没有收录他的诗。这首诗写求仕无路，报国无门。创作时间不可才，或与浑惟明同时。

46.《叹苏武北海》(首题)，未署作者，起"自恨嗟穷塞"，迄"绝不及南蛮"，五言十六句。又见于P.3885，题作《苏武北海述怀》，未署作者。苏武(前140—前60)，字子卿，杜陵(今陕西西安)人，其生平事迹见《汉书·苏武传》。武帝天汉元年(前100)，武以中郎将出使匈奴，被扣，徙至北海无人处，啮雪食草籽，持汉节牧羊十九年。后得归，拜为典属国。唐诗中有许多以苏武为咏叹对象的诗作，此诗借苏武之事表达身处异乡的家国愁思。北海，即俄罗斯贝加尔湖。本诗不见于传世文献。诗写苏武牧羊北海，客居异乡，北地苦寒，匈奴奸诈，思乡心切，孤独怨啼。本诗写作年代无考，根据其在P.3619、P.3885两个写本中的排序，亦当作于开天时期。

47.《野外遥占浑将军》(首题)，未署作者，起"山头一队欲陵(凌)云"，迄"只应者个是将军"，七言四句。此诗又见P.3885、P.2622、S.4444卷，皆无作者。P.3885题作"野外遥占将军"，P.2622、S.4444皆无题及作者。P.2622、S.4444为学郎习书，错讹较多。P.2622有题记："大中十三年四月罗午时写了"。则此诗当成于大中十三年(859)之前。《全唐诗续拾》收作史昂诗。

正面所抄47首诗，校录本主要有：王重民《补全唐诗》从本卷中辑录佚诗十首，陈尚君《全唐诗续拾》于王重民所辑之外，又据补佚诗十七首，均见陈尚君《全唐诗补编》。任半塘《敦煌歌辞总编》据此卷收录苏虬、哥舒翰诗二首。又有黄永武《敦煌的唐诗》、胡大浚《敦煌遗书伯3619号唐诗选残卷校证述略》、徐俊《敦煌伯3619唐诗写卷校录平议》《敦煌诗集残卷辑考》、张锡厚主编《全敦煌诗》。

写本背面有杂写"阴仁贵阴"四字。"阴仁贵"又见于P.3418、P.3633写本。P.3418 正面为王梵志诗,背面抄“慈惠乡、平安乡等全不纳枝人户名目”[①],是几户僧人欠枝的记载,是僧人需要缴纳“柴草”的证据。其中“平安乡全不纳枝夫户”的名目中有“阴仁贵枝卅一束”,此名目记载的姓名众多,阴姓者还有“阴员子”“阴文信”等。阴氏家族是敦煌世家大族之一,参与了莫高窟众多石窟的修建,学界对阴氏的研究颇多。P.3633 抄有《谨撰龙泉神剑歌一首》,其中“今年回鹘数侵疆,直到便桥列战场。当锋直入阴仁贵,不使戈铤解用枪。堪赏给,早商量,宠拜金吾超上将”。据荣新江考,“今年”即《神剑歌》写作的 911 年[②],此诗记载的是甘州回鹘多次来寇金山国,张承奉命战于金河东岸,由阴仁贵、张西豹、罗通达等率军击退之事。由 P.3418、P.3633 写本抄写内容可知 P.3418 中的“阴仁贵”是一位敦煌僧人,P.3633 中的“阴仁贵”乃张承奉手下的得力干将,二者当不是同一人。至于 P.3619 写本背面杂抄的“阴仁贵”其人不知是否为此二人之一,或是他人。

写本的抄写年代,项楚认为:“伯三六一九诗选所载诗人可考者,以盛唐诗人为主,全无中唐以后之人,这个诗卷也应该是中唐以前的抄本。”[③]而徐俊考订卷中《塞上曲》(一队风来一队沙)为唐季周朴之作,本卷的抄写年代当为唐五代。P.3619 卷与 P.3885、P.2673 为同一人所抄,断定本卷的抄写年代需结合其他两卷。P.3885 抄诗 16 首,其中 9 首见于 P.3619,2 首又见于 P.2555,可考诗人亦为李邕、孟浩然等盛唐诗人,卷末抄写的《前大斗军使将军康太和书与吐蕃赞普》等三文亦述开元之事。P.2673 抄诗赋以盛唐为主。P.3619 与 P.3885 之抄写格式颇为严格,遇“天子”“明主”“恩”“天书”“皇帝”等皆用平缺,遇“唐国”亦是如此,两卷应是唐代写本。卷中不避“炎”字,唐武宗会昌六年(846)改名为炎,且下诏:“宜改名为炎,仍令所司择日,分命宰臣告天地宗庙。其旧名中外表章不得更有回避。”[④]敦煌大中二年(848)归唐,避唐讳,此二卷格式严格,然不避“炎”字,可见二卷应非晚唐之作,其抄

① 施萍婷主编《敦煌遗书总目索引新编》,第 281 页。

② 荣新江《华戎交汇:敦煌民族与中西交通》,兰州:甘肃教育出版社,2008 年,第 129 页。

③ 项楚《敦煌诗歌导论》,第 31 页。

④ (唐)李德裕《仁圣文武章天成功大孝皇帝改名制》,《全唐文》卷六九七,第 7162 页。

写年代应在中唐时期敦煌陷蕃前。

五、参考图版

1.《王重民向达所摄敦煌西域文献照片合集》第 17 册,第 6348—6364 页。

2.《敦煌宝藏》第 129 册,第 315—318 页。

3.《法国国家图书馆藏敦煌西域文献》第 26 册,第 107—110 页。

4. International Dunhuang Project(国际敦煌项目,简称 IDP)。

20. P.3620 写本研究

张议潮抄表书歌

一、写本编号

P.3620

二、所藏地点

法国国家图书馆

三、写本状况

纸本，卷轴装。首残尾全。现存规格 179×27.6 厘米，写本上有三处粘痕，可知由四纸黏合而成。四纸分别长 50.3、38.5、41.5、49.6 厘米。写本总体呈黄褐色，有稍许油渍浸染痕迹。第一、二纸先写后粘，其余则先粘后写，有界栏，栏宽不等，书写疏密不一，有跨栏抄写者，亦有空栏而留白者。卷末题"未年三月廿五日学生张议潮写"。

四、写本内容

此写本为张议潮所抄，计有《封常清谢死表闻》（首题）、《讽谏今上破鲜于叔明令孤（狐）峘等请试僧尼及不许交易书》（首题）、《无名歌》（首题），三篇作品均表现了作者忧国忧民的情怀。盖此写本为学郎学习的教材，作为

無名歌　天下沸騰積年歲，米到千錢人失計。附擲種
得二頃田，磨折不充十稅。今年苗稼看更弱，枌榆產
業須拋却。不知天下有幾人，祇見波逃如雨腳。去去
如同不繫舟，隨波水逐泛長流。漂泊已經千里外，誰人
不嘗雨鄉愁。倖女庭前歇酒肉，不知百姓饑眠宿。君不見城
外空牆圍，將軍祇是栽花竹。君看城外獨惶惶，處處
芋花如柳絮。海燕銜泥欲作巢，空堂無人却飛去。所
在君侯仔須記，莫言宮被不知自傷。世世相得恩
名當來忍耐苦果。
未年三月廿五日學生張議潮寫

P.3620 尾部

学生的张议潮怀有建立功勋、报效家国的雄心壮志,故抄此三篇以自抒胸臆。

1.《封常清谢死表闻》(首题)。首残尾全,共计29行,前11行下方有不同程度的残损。该文又见《旧唐书·封常清传》和《全唐文》,《全唐文》题作《遗表》①。

封常清,蒲州猗氏人(今山西猗氏县),自幼家中清贫但受祖父影响喜爱读书,曾自荐于高仙芝,因战功卓越,两次入朝为官。安史之乱时,他临危受命,无奈所率皆"乌合之众",后因出师不利,加之小人谗言而被处斩。兵败之初,封常清曾三次遣使入朝上表陈述敌情,无奈玄宗都不接见。他只好亲自骑马入朝报告,至渭南,有敕令却赴潼关。临行前,封常清写下该表。自述曾"前后三度遣使奏事,具述赤心,竟不蒙引对",此次上表"非求苟活,实欲陈社稷之利"。表中申述自己的四个期望,字字真挚,句句恳切,表达了希望"社稷复安,逆胡覆败"的迫切愿望。此外,他坚定了"饮酖""尸谏"的决心,愿自己能死后有知,"结草军前,回风阵上",为驱除逆胡尽一份自己的微薄之力。

关于该表的写作和抄写时间,陈祚龙参考两唐书之《玄宗本纪》和高仙芝、封常清、安禄山、史思明等本传,以及《太平广记》《资治通鉴》及其考异所引之《玄宗实录》、宋巨《玄宗(或作明皇)幸蜀记》《安禄山事迹》等相关资料后,将《封常清谢死表闻》的写作时间定在"常清已由渭南受诏却回潼关之后,天宝十四载(756)十二月二十一日,就刑于军之前"②。

2.《讽谏今上破鲜于叔明令孤(狐)峘等请试僧尼及不许交易书》(首题),首尾完整,共计77行,末尾有敕批。又见于P.3608(首题中"上"后缺一"破"字)。

鲜于叔明,名晋,字叔明,赐姓李,故又称"李叔明"。德宗时,佛道两教盛行,僧尼道士人数极多,对国家的兵源、财政都有很大影响。鲜于叔明向朝廷建议撤减僧道,并提出了具体方案。该篇即针对其上书所作。《旧唐

① (后晋)刘昫等撰《旧唐书》卷一二二,第3506—3507页。《全唐文》卷三三〇,第3345—3346页。

② 陈祚龙《敦煌张议潮写本〈封常清谢死表闻〉校证》,《敦煌学海探珠》,第282页。

书》《新唐书》均有传[①]。《新唐书》和《全唐文》均载有鲜于叔明上书请删汰僧道事，但并没有提及请试僧尼一事[②]。

令狐峘，令狐德棻之玄孙，修有《玄宗实录》《代宗实录》，曾援引古今，依据经义，上书反对德宗"厚奉元陵"。《旧唐书》卷一四九有传。

旧唐书中《李叔明传》《令狐峘传》和与之相关的《彭偃传》都只字未提令狐峘关于上书请删汰僧尼的任何事迹，而《讽谏今上破鲜于叔明令狐峘等请试僧尼及不许交易书》末尾又有"敕批李叔明令狐峘等所奏并停牓示僧尼令知朕意"。张军胜据此认为，鲜于叔明和令狐峘关于裁汰僧尼的上书时间相差不长，或者是两人联合上书[③]。

全文语言诚恳，自称由于不忍见"陛下揽不忠之言，败大君之化"，所以虽自知"口是害身之剑"，仍"言忠不避截舌"。他援引"上皇被国忠所惑，禄山阴谋破国乱邦"的历史教训，希望国君能"审详表疏，细阅封文"，不要偏听偏信李叔明、令狐峘的建议。

作者释无名，姓高氏，渤海人，受心印于会师，会师曾语诸徒曰："吾之付法，无有名字"，遂因以为号。《宋高僧传·洛阳同德寺无名传》载："时德宗方纳鲜于叔明、令狐峘料简僧尼事，时名有表直谏，并停。"[④]所谓直谏之表，就是这篇《讽谏今上破鲜于叔明令狐峘等请试僧尼及不许交易书》。"无名僧"中的"无名僧"正是其自称。陈英英和徐俊都认为"无名"即洛阳同德寺僧人无名。陈英英认为文中的"龙集已来"当是"龙集己未"，并结合鲜于叔明和令狐峘同朝为官的时间，判断无名创作该篇的时间当在大历十四年(779)五月到十二月之间。张军胜通过分析考证《旧唐书》《新唐书》所载关于鲜于叔明和令狐峘上书删汰僧尼的时间，认为无名上表时间在德宗朝

① （后晋）刘昫等撰《旧唐书》卷一二二，第3506—3507页。（宋）欧阳修、宋祁等撰《新唐书》卷一四七，第4757—4759页。

② （宋）欧阳修、宋祁等撰《新唐书》卷一四七，第4758—4759页。（清）董诰编《全唐文》卷三九四，第4005页。

③ 张军胜《敦煌写本无名僧所上谏表研究》，兰州大学硕士学位论文，2010年，第16页。

④ （宋）赞宁撰，范祥雍点校《宋高僧传》，第390—391页。

的建中二年(781)[①]。

主要校录本有:陈英英《敦煌写本讽谏今上鲜于叔明令狐峘等请试僧尼及不许交易书考释》,唐耕耦、陆宏基《敦煌社会经济文献真迹释录》[②]。

3. 无名歌(首题),共计9行。本篇又见于P.3812。P.3812存该篇首尾完整,首题"无名歌",较P.3620少"所在君侯,勿须恼乱,发意害彼,不知自伤。此世招得恶名,当未必酬苦果"28字。

诗歌反映了吐蕃统治下社会矛盾加剧,农业赋税严重,农民苦不堪言,只好背井离乡的现状。关于作者,各家观点不一。项楚认为"无名"并非人名,"无名歌"的意思是不知篇名作者之歌,盖当时张议潮所见此歌,已失去篇名作者,故题其"无名歌"也。项楚据该篇内容,判断其作者当是小有产业的世俗人士[③]。胡大浚、王志鹏直接将《无名歌》归入"佚名"类,并通过考证"十一税"的实行年代,推断此诗作于唐代宗永泰元年(765)五月至大历元年(766)十一月前后[④]。邵文实、张锡厚认为作者当为殷济[⑤]。陈尚君《全唐诗续拾》虽将《无名歌》收入殷济名下,但注曰:"又此首及下二首疑非殷济诗。"[⑥]

题记中的"未年三月廿五日",姜亮夫认为元和十年(815),"张议潮十四岁,正附寺观为学生时"抄写[⑦]。陈祚龙结合封常清和张议潮的生平事迹及该卷题记,判断该抄本抄于公元815年5月7日[⑧]。李正宇考证是年张议潮十七岁时抄写[⑨]。孙其芳认为"未年"当是丁未年(827),时张议潮时年28

---

① 张军胜《敦煌写本无名僧所上谏表研究》,第17页。

② 陈英英《敦煌写本讽谏今上鲜于叔明令狐峘等请试僧尼及不许交易书考释》,第509—527页。唐耕耦、陆宏基编《敦煌社会经济文献真迹释录》第4辑,北京:全国图书馆文献缩微复制中心,1990年,第314—321页。

③ 项楚《敦煌诗歌导论》,第66页。

④ 胡大浚、王志鹏《敦煌边塞诗歌校注》,兰州:甘肃人民出版社,1999年,第170页。

⑤ 邵文实《唐人殷济诗录考》,《甘肃社会科学》1996年第4期。张锡厚《敦煌文学源流》,第35页。

⑥ 陈尚君辑校《全唐诗补编》,第924页。

⑦ 姜亮夫《罗振玉补唐书张议潮传订补》,《敦煌学论文集》,上海:上海古籍出版社,1987年,第883—911页。

⑧ 陈祚龙《敦煌张议潮写本〈封常清谢死表闻〉校证》,第285页。

⑨ 李正宇《唐宋时代敦煌的学校》,《敦煌研究》1986年第1期。

岁,从诗中“天下沸腾”“漂泊千里”等情势来看,似非张议潮自撰[①]。徐俊认为写本的抄写时间,当在德宗朝以后[②]。朱瑶认为《封常清谢死表闻》与后两件栏格、字体均不同,是粘贴在《讽谏今上破鲜于叔明令狐峘等请示僧尼及不许交易书》《无名歌》写本上的,可以判定第一件与后两件不是同一人所书写。那么,此号卷末的题记“未年三月廿五日学生张议潮写”就只是后两件文献的题记,与第一件无关[③]。仔细查看卷子发现,《封常清谢死表闻》确实是粘贴在后两件上的,但是三篇笔迹一致,应为同一人所写,盖写于不同时期而已。

主要校录本有:陈祚龙《敦煌学海探珠》、陈尚君《全唐诗续拾》、徐俊《敦煌诗集残卷辑考》、张锡厚主编《全敦煌诗》等[④]。

五、参考图版

1.《王重民向达所摄敦煌西域文献照片合集》第17册,第6365—6375页。

2.《敦煌宝藏》第129册,第319—321页。

3.《法国国家图书馆藏敦煌西域文献》第26册,第111—113页。

4. International Dunhuang Project(国际敦煌项目,简称IDP)。

① 孙其芳《大漠遗歌:敦煌诗歌选评》,兰州:甘肃人民出版社,2000年,第195—196页。

② 徐俊《敦煌诗集残卷辑考》,第216页。

③ 朱瑶《敦煌汉文文献题记整理与研究》,北京:中国社会科学出版社,2016年,第104页。

④ 陈祚龙《敦煌学海探珠》,第81、82页。陈尚君辑校《全唐诗补编》,第924页。徐俊《敦煌诗集残卷辑考》,第387—388页。

21. P.3720 写本研究

悟真受牒及两街大德诗合抄

一、写本编号

P.3720

二、所藏地点

法国国家图书馆

三、写本状况

卷子装，尺寸为30.5×345.6厘米，双面书写。由八纸粘连而成，先写后粘。正面内容前残，共180行，每行字数在20—30之间。背面共35行，每行字数在10—20之间。从抄写内容看，前后并不连贯，而是将文体或功能相近的告身、赞词、献款诗等黏合在一起。从书写笔迹来看，成于众手，风格不一，显非一人一时所抄。

四、写本内容

（一）正面

写本正面录有大中五年（851）至咸通十年（869）朝廷赐洪辩及悟真告

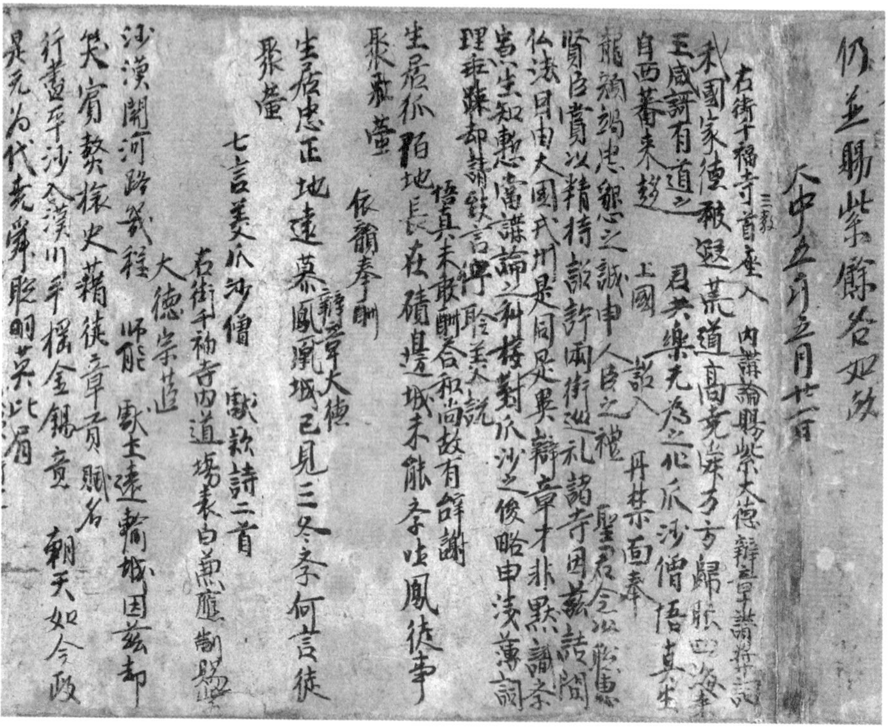

P.3720 局部

身,长安名僧赠悟真诗,末有墓志铭及赞文三篇[①]。从笔迹看,至少有五人所抄:前三件告身为一人所抄,后三件告身为另一人所抄,奖赞词及献款诗为同一人所抄,墓志铭、真仪赞及其后的两首赠诗为同一人所抄,《张淮深造窟记》为另一人所抄。荣新江定此件写本名为《悟真文书集》[②]。写本最晚纪年是清泰元年(934),为写本抄写的最晚时间。

1.《第一件黄牒》(首题),此告身全称应是《洪辩充任京城内外临坛供奉大德、悟真充任京城临坛大德并赐紫告身》。后题"大中五年五月廿一日"。告身,为古代授官的文书。此文又见莫高窟十七窟西壁所存《僧洪辩受牒碑》,该碑文分三部分:上为洪辩告身文本,中为宣宗诏书,下为宣宗所赐信物名牒,苏莹辉《敦煌论集》有录文[③]。洪辩,俗姓吴,又称吴僧统、吴和尚,吐蕃统治晚期至归义军初期沙州敦煌僧人,生卒年不详。大中二年(848)助张议潮起事,后遣弟子悟真与张议潮使臣一同进京。大中五年(851)敕封洪辩为河西释门都僧统、京城内外临坛供奉大德,兼摄沙州僧政法律三学教主,恩赐紫衣。洪辩领沙州十六所寺院及三所禅窟,任职三十多年,约卒于大中末至咸通初年。

悟真俗姓唐,所以称唐和尚、唐僧统,约生于唐宪宗元和六年(811),15岁出家于敦煌灵图寺,20岁受比丘具足戒(P.3720)。张议潮起义时,37岁的悟真作为沙州释门义学都法师,"随军驱使,长为耳目,修表题书"(P.3720),为张氏重要幕僚。大中五年(851),入使朝廷。同年五月廿一日,敕授京城临坛大德、赐紫(P.3720)。大中十年(856)四月廿二日敕授沙州都僧录(P.3720)。咸通三年(862)六月廿八日任河西副僧统(P.3720)。咸通十年十二月廿五日(869)敕准任河西僧统(P.3720)。广明元年(880)七月七日,前河西节度使掌书记、试太常寺协律郎苏翚为悟真撰有邈真赞,其中有"耳顺从心,色力俄衰。了蟾蜍之魄尽,覩毁箧之腾危"(P.4660)的话,知古稀之年的悟真一度病危。后渐康复,但不久因风疾相兼,致半身不遂,自责身心,作

① 王重民编《敦煌遗书总目索引》,第293页。
② 施萍婷编《敦煌遗书总目索引新编》,第295页。
③ 苏莹辉《敦煌论集》,台北:学生书局,1983年,第395页。

《百岁诗》十首并序。卒于乾宁二年(895)三月(P.2856)。

唐悟真是敦煌佛教界的领袖，从45岁担任沙州都僧录起，他在沙州佛教领导集团中近40年，对当时敦煌的宗教、政治有重要影响。他还是敦煌写本中保存作品最多的作家。计有诗歌20余首，邈真赞14篇，碑铭3篇，其他散文4篇。敦煌遗书中还有一些未署作者的作品，今人或考证为悟真所作[①]。

悟真入京的时间，P.3720悟真自编《受牒及两街大德赠答诗合抄序》说："大中五年，入京奏事，面对玉阶，特赐章服。"而宋释赞宁《大宋僧史略》卷下"赐僧紫衣"条云："大中四年六月二十二日降诞节，内殿禅大德并赐紫，追福院主宗茝亦赐紫。次有沙州巡礼僧悟真至京，及大德玄畅勾当藏经，各赐紫。"[②]一说大中四年，一说大中五年，时间上相差一年，《敦煌学大辞典》"悟真"条弥合两条记载云："大中四年(850)六月，奉使抵长安(《大宋僧史略》卷下)，与朝官及京城诸大德相过从，互有赠诗。五年五月，朝授京城临坛大德、赐紫、沙州释门义学都法师。"但也有人据此认为悟真在大中四年和五年两次去长安。我们认为，悟真自序所说"大中五年，入京奏事"是准确的，因为该卷所抄《敕河西都僧统洪辩都法师悟真告身》后明确题署"大中五年五月廿一日"。而《大宋僧史略》所记"大中四年六月"并非记录悟真抵达长安的日子，后文说"次有沙州巡礼僧悟真至京"，这个"次"字所记时间有很大的模糊性，这之后的时间都可以用"次"来记叙。敦煌至长安近四千里，路途遥远，以当时的行程，可能得几个月时间[③]，悟真大中四年秋冬起程，至大中五年初抵达长安，到长安后，他参与了多种佛事活动，包括和当时著名高僧玄畅一起整理佛经。《悟真未敢酬答和尚故有辞谢》是悟真酬谢辩章大德的

---

① 郑炳林《敦煌碑铭赞辑释》，第116—141页。齐陈骏、寒沁《河西都僧统唐悟真作品和见载文献系年》，《敦煌学辑刊》1993年第2期。季羡林主编《敦煌学大辞典》，第355页、第558页。徐俊《敦煌诗集残卷辑考》，第323—344页。张锡厚主编《全敦煌诗》，第2825—2885页。

② (宋)赞宁撰，富世平校注《大宋僧史略》，北京：中华书局，2015年，第160页。

③ 根据汉简的记载，汉代的诏书从长安到敦煌大约需要四十天(参见张俊民《简牍文书所见"长安"资料辑考》中"由汉代都城长安到张掖、敦煌等地的时间问题"一节，2007年6月广州"南越国遗迹与广州历史文化名城学术研讨会暨中国古都学会2007年年会"论文)。由此推算，一般较大规模的使团所需时间应当更长一些。而高僧大德一路还常要被留下讲经说法，所需时间应当更长。

诗,作于大中五年(851)悟真入京之时。

2.《第二件》(首题),此即《悟真充沙州都僧录告身》,后题“大中十年(856)四月廿四日”。悟真升任沙州都僧录。“沙州都僧录”,掌理沙州僧尼名籍、僧官补任等事宜。

3.《受敕官告文牒诗文序》(拟题),内容为悟真汇编此集的说明。此文未署撰写年代,从悟真的僧官为都僧统兼都僧录及称张议潮为太保来看,当作于咸通十三年(872)年八月以后,到 880 年以前。据序文言,本集汇编的是:“前后重受官告四通,兼诸节度使所赐文牒,两街大德及诸朝官各有诗上,累在军营所立功勋。”“官告四通”指的是 P.3720 抄录的大中五年《洪辩充任京城内外临坛供奉大德、悟真充任京城临坛大德并赐紫告身》、大中十年《悟真充沙州都僧录告身》、咸通三年《第三件副僧统告身》、咸通十年《悟真充任河西都僧统告身》。“诸节度使所赐文牒”和“累在军营所立功勋”,本集未见。“两街大德及诸朝官诗”,见于本集及 P.3886、S.4564。大中五年奉使入奏长安的经历是悟真一生最荣耀的事情之一,在 P.2748《国师唐和尚百岁书》中,悟真回忆生平曰:“男儿发愤建功勋,万里崎岖远赴秦。对策圣明天子喜,承恩特立一生身。”P.4660 所载《都僧统唐悟真邈真赞并序》赞其曰:“入京奏事,履践丹墀。升阶进策,献烈宏规。忻欢万乘,颖脱囊锥。丝纶颁下,所请无违。承九天之雨露,蒙百辟之保绥。宠章服之好爵,赐符告之殊私。受恩三殿,中和对辞。丕哉休哉,声播四维。皇都硕德,诗咨讽孜。论八万之法藏,破十六之横非。旋驾河西,五郡标眉。宣传敕命,俗易风移。”

4.《第三件副僧统告身》(首题)。内容为授悟真为河西副僧统,后署“咸通三年(862)六月廿八日”。河西都僧统为掌管河西地区僧尼事务的最高僧官。咸通三年六月,河西都僧统洪辩卒,副僧统翟法荣继任,悟真升任副僧统。

5.《悟真充任河西都僧统告身》(拟题)。后署“咸通十年(869)十二月廿五日牒”。据告身内容,咸通十年八月,河西都僧统翟法荣圆寂,十二月朝廷依照张淮深奏请,敕令副僧统悟真继任该职。

6.《黄牒》(首题)。内容为朝廷敕河西都僧统洪辩、都法师悟真告身。

后题“大中五年(851)五月廿一日”。文同第一件黄牒,然尾句“悟真可京城临坛供奉大德,仍并赐紫,余各如故”比第一件“大德”前多“供奉”二字。

以上六件告身及序文,陈祚龙《敦煌写本〈洪辩悟真等告身〉校注》,齐陈骏、寒沁《河西都僧统唐悟真作品和见载文献系年》,徐俊《敦煌诗集残卷辑考》,陈尚君《全唐文补编》等有录文①。

7.《右街千福寺三教首座入内讲论赐紫大德辩章赞奖词》(首题)。辩章,唐代著名高僧,曾任三教首座、左街僧录等要职。P.3720著其身份为“右街千福寺三教首座入内讲论赐紫大德辩章”,三教,指佛教三藏。《大宋僧史略》卷中:“首座之名即上座也。居席之端,处僧之上,故曰也。”②辩章任三教首座的时间不可考,但据敦煌写本,他在大中五年(851)已任是职。入内讲论,说明辩章曾入内宫为皇上讲经。赐紫,是皇帝对僧人最高的奖励。《大宋僧史略》卷下《赐僧紫衣》:“古之所贵名与器焉,赐人服章,极则朱紫,绿皂黄绶乃为降次,故曰加紫绶。”③左右街,原是唐代职官的名称。唐长安有六街,分为左三街、右三街,而置左右街大功德使,专门总理僧尼之名籍。宪宗元和年间(806—820),于两街功德使之下设置僧录,具体管理僧尼事务。

《佛祖统纪》卷四二:宣宗大中八年(854),“敕三教首座辩章充左街僧录,沙门僧彻充右街僧录”④。很清楚,辩章是经三教首座的身份充任左街僧录的。但《释氏稽古略》则云:“丙子大中十年(856),敕法师辩章为三教首座。”按《释氏稽古略》所根据的是宋赞宁《大宋僧史略》卷中:“寻唐世敕辩章检校修寺,宣宗赏其功,署三教首座。”其实这里的“署三教首座”是题赠“三教首座”的意思。同书记禅门慧忠,能说禅观法,号为国师,“元和中,敕署知玄”,也是皇帝题“知玄”以赠慧忠。而悟真所记,辩章大中五年已为三教首

① 陈祚龙《敦煌写本〈洪辩悟真等告身〉校注》,见陈祚龙《敦煌资料考屑》,台北:商务印书馆,1979年,第37—49页。齐陈骏、寒沁《河西都僧统唐悟真作品和见载文献系年》,《敦煌学辑刊》1993年第2期。徐俊《敦煌诗集残卷辑考》,第324—331页。陈尚君《全唐文补编》,第909页、第969页。

② (宋)赞宁撰、富世平校注《大宋僧史略》,第111页。

③ (宋)赞宁撰、富世平校注《大宋僧史略》,第158页。

④ (宋)志磐撰,释道法校注《佛祖统纪校注》,上海:上海古籍出版社,2012年,第994页。

座,更为确证。

但辩章大中八年(854)任左街僧统的事,史籍也有不同记载。《宋高僧传·唐京兆福寿寺玄畅传》,"会昌废教矣,时京城法侣颇甚彷徨,两街僧录灵宴、辩章同推畅为首,上表论谏"。据《旧唐书·武宗纪》及《资治通鉴》卷二四八的记载,武宗灭佛在会昌五年(845),《宋高僧传》记载此时辩章已为两街僧录,与《佛祖统纪》所载宣宗大中八年(854)辩章始为左街僧录不相符。按,《佛祖统纪》以系年为主,讲究时间的坐实,所据多为历代档案。而《宋高僧传》为高僧立传,叙事中涉及相关高僧往往称其最高僧官。故其称辩章会昌灭佛时为两街僧录,只是后来的追记。敦煌本记大中五年(851)辩章还不是两街僧录,此证一。《大宋僧史略》卷中《左右街僧录》:"大中八年(854),诏修废总持寺,敕三教首座辩章专勾当修寺。"可见这年诏令辩章专负责修总持寺的时候(据《宋高僧传·唐京兆圣寿寺慧灵传》,令三教首座辩章勾当修寺的时间是三月十一日),他还没有被任命为两街僧录。此证二。

"千福寺",唐韦述《两京新记》卷三记:"(安定坊)东南隅千福寺,本章怀太子宅,咸亨四年(673)舍宅立为寺。"①据宋人宋敏求《长安志》和清人徐松《唐两京城坊考》,千福寺在宣宗大中六年(852)改为兴元寺。千福寺的多宝塔当时很有名。《全唐文》卷三七九有岑勋《西京千福寺多宝佛塔感应碑》文,《全唐诗》卷一九八收有岑参《登千福寺楚金禅师法华院多宝塔》诗。据《宋高僧传》卷二九记载,唐宪宗时,有释云邃为千福寺上座,"风猷淹雅,纲任肃然",时人把他比作东汉名士郭林宗。

大中五年(851),辩章以三教首座的身份负责接待悟真一行,在诏许悟真"两街巡礼诸寺"的时候,担任讲论之科,解答悟真一行的诸多提问。宣宗让辩章接待悟真,这是对悟真的很高礼遇。

8.《未敢酬答和尚故有辞谢》悟真(首题)。见于P.3720,又见S.10534。本诗不见于传世文献,陈尚君《全唐诗续拾》卷三〇据此卷收录,拟题作《辞

---

① (唐)韦述撰,辛德勇辑校《两京新记》,西安:三秦出版社,2006年,第43页。

谢辩章大德》。S.10534为残片，仅存一行，有“长在碛边城”5字。

9.《依韵奉酬》辩章大德（首题）。五言四句，又见于S.9424。荣新江《英国图书馆藏敦煌汉文非佛教文献残卷目录》著录S.9424云：“首尾下均残，存1行，题‘又一首’，仅存三句又二字。”本诗不见于传世文献，《全唐诗续拾》卷三〇据本卷收录，拟题《依韵奉酬悟真大德》。

10.《七言美瓜沙僧献款诗二首》右街千福寺内道场表白兼应制赐紫大德宗茝（首题）。七言四句，二首。本诗不见于传世文献，《全唐诗续拾》卷三〇据本卷收录。此诗署名“右街千福寺内道场表白兼应制赐紫大德宗茝”。宗茝，生卒籍贯不详。唐宣宗大中四年（850）赐紫。“道场”是诵经作法的场所，“表白”就是佛家的唱导，宣唱法理，开导众心。宗茝曾应皇帝之命写作诗文，故曰“应制”。《大宋僧史略》卷下《赐僧紫衣》：“大中四年六月二十二日降诞节，内殿禅大德并赐紫，追福院主宗茝亦赐紫。”[①]追福院，疑千福寺之别院[②]。第一首诗写悟真不远万里献土输诚，必能名垂史籍。第二首诗赞扬宣宗治国有方，天下升平，堪比尧舜之世。本诗当作于大中五年（851）悟真入京之时。

11.《五言美瓜沙僧献款诗一首》，右街千福寺内道场应制大德圆鉴（首题）五言八句。又见于P.3886，本诗不见于传世文献，《全唐诗续拾》卷三〇据本卷收录。P.3886，正面为书仪残卷，末有题记：“维大周显德七年岁次庚申七月一日大云寺学郎邓清子自书记。”大周显德七年即宋太祖建隆元年（960），此卷即抄于此年。大云寺为敦煌著名佛寺，在沙州城内，唐贞观十六年（642）初见其名（莫高窟220窟题记），宋端拱元年（988）犹存（北新1127）。卷背有七项内容：（1）《五言美瓜沙僧献款诗一首》，下署“右街千福寺内道场应制大德圆鉴”，五言律诗一首。（2）《五言述瓜沙州僧献款诗一首》，下署“右街崇先寺内讲论兼应制大德彦楚”。（3）《五言美瓜沙僧献款诗一首》，下署“右街千福寺沙门子言”。（4）《感圣皇之化有敦煌都法师悟真上

① （宋）赞宁撰、富世平校注《大宋僧史略》，第160页。

② 《历代名画记》卷三记此寺有中三门、东塔院、西塔院、佛殿东院、西行南院，日僧圆仁《智大师请来目录》记此寺有多宝塔院，都未及此院。

人持疏来朝因成四韵》,下署"报圣寺赐紫僧建初"。(5)《五言四韵奉赠河西大德》,下署"报圣寺内供奉沙门太岑"。(6)《奉赠河西真法师》,下署"京荐福寺内供奉大德栖白上"。(7)《立赠河西悟真法师》,下署"内供奉文章应制大德有孚"。《五言美瓜沙僧献款诗》的作者为圆鉴,生平无考,《全唐诗》卷五九〇收录有李郢《送圆鉴上人游天台》:"西岭草堂留不住,独携瓶锡向天台。霜清海寺闻潮至,日宴江船乞食回。华顶夜寒孤月落,石桥秋尽一僧来。灵溪道者相逢处,阴洞泠泠竹室开。"李郢生卒不详,大中十年(856)登进士科,当与圆鉴同时代。诗中的圆鉴上人可能就是千福寺圆鉴。《五言美瓜沙僧献款诗一首》赞悟真博学多才,佛法圆通,为国尽忠,宣宗嘉其功绩,当多赐殊宠。本诗作于大中五年(851)悟真入京之时。

12.《五言述瓜沙州僧献款诗一首》,右街崇先寺内讲论兼应制大德彦楚(首题)。五言十二句。又见于P.3886、S.4654,本诗不见于传世文献,《全唐诗续拾》卷三〇据本卷收录。S.4654内容很多,有些杂乱。所抄与悟真有关的内容在背面:(1)楚彦《五言述瓜沙州僧献款诗一首》"论,学富早成功"(后亦有残)。(2)《五言美瓜沙僧献款诗一首》,下署"右街千福寺沙门子言"。(3)《感圣皇之化有敦煌都法师悟真上人持疏来朝因成四韵》,下署"报圣寺赐紫僧建初"。(4)《五言四韵奉赠河西大德》,下署"报圣寺内供奉沙门太岑"。(5)《奉赠河西真法师》,下署"京荐福寺内供奉大德栖白上"。(6)《立赠河西悟真法师》,下署"内供奉文章应制大德有孚"。(7)《又同赠真法师》,下署"内供奉可道上"。(8)《又赠沙州悟真上人兼送归》,下署"左街保寿寺内供奉讲论大德景导"。(9)《又同赠沙州都法师悟真上人》,下署"京城临坛大德报圣寺道钧"。(10)《又赠沙州僧法和悟真辄成韵句》,没有作者题署。以下七言十四句,从内容看不像赠悟真的诗。徐俊《敦煌诗集残卷辑考》认为"又赠沙州僧法和"(下缺)与"悟真辄成韵句"分别为二首诗题的前后部分。而第一首赠悟真的诗漏抄,所抄为悟真的诗作。(11)《谨上沙州专使持表从化诗一首》,题署"杨庭贯",七言绝句。(12)缺题七言绝句四首(敦煌昔日旧时人)。此四首诗又见于P.3645卷背所抄八首诗中(《敦煌变文集·张议潮变文》附录二),除"红鳞紫尾不须愁""狐猿被禁岁年深"二首外，其余六首内容均涉及奉诏入朝，而谒龙颜，与大中年悟真赴长安献款有关，其中“流少古塞没多时”本卷前已署名“杨庭贯”作之外，其余五首徐俊疑为悟真所作[①]。此诗署名“右街崇先寺内讲论兼应制大德彦楚”，崇先寺，王溥《唐会要》卷四八载有崇先寺：“武则天证圣元年(695)正月十八日，以崇先府为寺。开元二十四(736)年九月一日，改为广福寺。”此崇先寺与本组诗中出现的唐大中年间的崇先寺似无关。

彦楚，生卒年里不详。大中十一年(857)撰有《大唐崇福寺故僧录灵晏墓志并序》，署“弟子内供奉讲论兼应制引驾大德彦楚述”[②]。由大中五年(851)的“讲论”“应制”到大中十一年的“供奉讲论”“应制引驾”，说明彦楚的僧职有了很大的升迁。“讲论”是一般的讲经说法。“供奉讲论”则是指以讲论或其他技艺侍奉帝王的人。《坛经·行由品》：“拟请供奉卢珍画《楞伽经》变相及五祖血脉图，流传供养。”“应制”是应皇帝之命写作诗文，也可能按照皇帝以前的议题，泛写而已。而“引驾”则是导引皇上车驾，直接可以和皇上见面了。彦楚也曾任右街僧录。《大宋僧史略》卷中《左右街僧录》：“懿宗咸通十二年(871)十一月十四日延庆节，两街僧道赴麟德殿讲论。右街僧录彦楚赐明彻大师，左街僧录清兰赐慧照大师。”[③]《佛祖统纪》卷五一：“懿宗延庆节敕左街僧录惠照大师清兰，右街僧录明彻大师彦楚，讲论佛法。”

咸通十四年(873)三月，彦楚还参与了迎接佛指舍利从法门寺到长安、又护达回法门寺的佛门盛事。由内殿首座左右街净光大师赐紫沙门僧澈撰写的《大唐咸通启送岐阳真身志文碑》记载，彦楚自始至终参加了全部工作，他在长安佛教界的地位可以想知。彦楚的这首《五言述瓜沙州僧献款诗》赞扬悟真不辞万里，远朝凤阙，学富五车，清辩善论，泽被佛徒。本诗当作于大中五年(851)悟真入京之时。

以上诗作的主要校录本有：陈祚龙《敦煌学园零拾》、陈尚君《全唐诗补编》，张先堂《敦煌写本〈悟真与京僧朝官酬赠诗〉新校》、徐俊《敦煌诗集残卷

① 徐俊《敦煌诗集残卷辑考》，第340页。

② 张宇《隋唐五代墓志汇编·陕西卷》第四册，天津：天津古籍出版社，1991年，142页。

③ （宋）赞宁撰，富世平校注《大宋僧史略》，第104页。

辑考》、汪泛舟《敦煌石窟僧诗校释》、张锡厚主编《全敦煌诗》等。关于悟真与京僧酬赠诗研究,有伏俊琏《唐代敦煌高僧悟真入长安事考略》,杨宝玉、吴丽娱《悟真于大中五年的奉使入奏及其对长安佛寺的巡礼》,颜廷亮《归义军设立前夕敦煌和长安僧界的一次文学交往——悟真和长安两街高僧酬答诗略论》等[①]。

13.《河西都僧统阴海晏墓志铭并序》(拟题),原题"敕授河西应管内都僧统京城内外临坛供奉大德兼阐扬三教毗尼藏主赐紫沙门和尚墓志铭并序,释门僧政阐扬三教大法师紫沙门灵俊",末署"于时清泰元年(934)敦牂岁律当应钟蓂雕十五叶"。古称太岁在午之年为"敦牂",意为是年万物盛壮。清泰元年为"甲午",故云"敦牂"。"应钟"是古乐十二律之一,古人以十二律与十二月相配,应钟与十月相应。"蓂雕十五叶",指三十日。蓂,即蓂荚,古代传说中的一种瑞草。它每月从初一至十五,每日结一荚。从十六至月终,每日落一荚。所以从荚数多少,可以知道是何日。蓂荚凋落十五叶,正是三十日。序文只记阴海晏卒时"春秋七十有二,舍世早终",未载卒殁时间。陈祚龙、荣新江认为该题记抄录于清泰元年(934)十月十五日,而阴海晏卒于长兴四年(933)[②]。作者灵俊,敦煌灵图寺僧,莫高窟第329窟甬道南壁有其供养画像及题名,P.2991存《张灵俊和尚写真赞并序》载其生平。灵俊所撰作品中,落款时间最早为景福二年(893)正月十五日《张崇信于本居宅西壁上建龛功德铭》,最晚为清泰二年(935)四月九日《梁幸德邈真赞》。徐俊据清泰二年以后不见有关灵俊的记载,认为其卒于清泰三年(936)左右。录文见于陈祚龙《敦煌文物随笔》,唐耕耦、陆宏基编《敦煌社会经济文献真迹释录》等。

14.《前敦煌都毗尼藏主始平阴律伯真仪赞》(首题),又见于P.4660,正

---

① 伏俊琏《唐代敦煌高僧悟真入长安事考略》,《敦煌研究》2010年第3期。杨宝玉、吴丽娱《悟真于大中五年的奉使入奏及其对长安佛寺的巡礼》,《吐鲁番学研究》2011年第1期,收入杨宝玉、吴丽娱著《归义军政权与中央关系研究——以入奏活动为中心》,北京:中国社会科学出版社,2015年,第13—26页。颜廷亮《归义军设立前夕敦煌和长安僧界的一次文学交往——悟真和长安两街高僧酬答诗略论》,《丝绸之路》2012年第22期。

② 荣新江《关于沙州归义军都僧统年代的几个问题》,《敦煌研究》1989年第4期。

文与 P.3720 同，无文后五言诗两首。下署“龙支圣明福德寺僧惠菀述”。阴律伯其人，敦煌遗书没有记载，其生平待考。龙支，县名，属鄯州。惠菀，即慧菀，原为鄯州龙支县圣明福德寺僧，吐蕃后期流寓敦煌，归义军初期为敦煌管内释门都监察僧正兼任州学博士。后曾至长安，授京城临坛大德（见《全唐文》卷七五〇杜牧《敦煌僧正慧菀除临坛大德制》）。赞文“移风易俗，美播巨唐”描写的应当是张议潮收复敦煌后的情形，所以本篇当写于归义军初期。主要校录本有唐耕耦、陆宏基编《敦煌社会经济文献真迹释录》，姜伯勤、项楚、荣新江《敦煌邈真赞校录并研究》等。

15.《小人敢赠和尚五言诗一首》（首题），附于《前敦煌都毗尼藏主始平阴律伯真仪赞》文后，五言十句。按此诗又见 P.4660《故李教授和尚赞》末，署“释门法将善来述”。此诗又见于 P.3726《故前释门都法律京兆杜和尚写真赞》末，署“释门大蕃瓜沙境大行军衙知两国密遣判官智照撰”，智照也是敦煌蕃占时期僧人。唯 P.3726 将“华”“家”“涯”“花”四字分别改作“荣”“庭”“精”“城”四字。智照、善来、惠菀皆可能是该诗作者，徐俊《敦煌诗集残卷辑考》归于善来名下[①]。

16.《小赠酬绝句聊申美德》（首题），五言诗，末尾残缺。“天资□族裔，早岁空门正。玄镜是悬人，悬泉之[　　]”。

17.《张淮深造窟记》（拟题），首尾皆残，共 49 行。又见于 S.5630，首尾皆残。本篇为张淮深修建莫高窟 94 窟所写之功德记抄本，记载了第 94 窟开凿过程，赞扬张淮深的德政。贺世哲认为该窟为张淮深庆祝乾符政绩而开凿[②]。邓文宽《也谈张淮深之死》，唐耕耦、陆宏基编《敦煌社会经济文献真迹释录》，荣新江《沙州归义军历任节度使称号研究》等名之《张淮深造窟记》[③]。陈尚君《全唐文补编》拟题为《张淮深造佛窟记》。郑炳林按写本中此类文书

① 徐俊《敦煌诗集残卷辑考》，第 835 页。

② 贺世哲《从供养人题记看莫高窟部分洞窟的营建年代》，敦煌研究院编《敦煌莫高窟供养人题记》，北京：文物出版社，1986 年，第 194 页。

③ 邓文宽《也谈张淮深之死》，《敦煌研究》1988 年第 1 期。荣新江《沙州归义军历任节度使称号研究》，《敦煌吐鲁番学研究论文集》，上海：汉语大词典出版社，1989 年。

皆题名未窟铭、功德记等,定名为《张淮深造窟功德碑》[①]。马德《敦煌莫高窟史研究》拟题为《张淮深功德记》[②]。

莫高窟第94窟建造时间,诸家意见不一:藤枝晃认为在咸通八年(867)到十三年(872)[③]。郑炳林认为始于乾符六年(879)前,于中和二年(882)二月前后结束[④]。邓文宽认为在885—888年间[⑤]。马德认为在广明元年(880)前后[⑥]。

(二)背面内容

1.《莫高窟记》(首题),首尾全,共13行。后署"时咸通六年(865)正月十五日记"。又见于莫高窟第156窟前室北壁墨书,后署"咸通六年正月十五日"。此篇无作者署名,因其写于悟真告身及京城大德赠悟真诗的背面,郑炳林认为是当时副都僧统悟真所作,是156窟前室北壁"莫高窟记"之底稿。齐陈骏、寒沁《河西都僧统唐悟真作品和见载文献系年》亦以悟真为作者。主要校录本有:王重民《莫高窟记》,敦煌研究院编《敦煌莫高窟供养人题记》,马德《〈莫高窟记〉浅议》,唐耕耦、陆宏基编《敦煌社会经济文献真迹释录》,陈尚君辑《全唐文补编》等。

2.大唐天福三年等习字杂写,内容题写随意。天福为后晋年号,"大唐"指"后唐"。

3.唐河西和尚邈真赞等杂写。存15行。杂写中有"敕受河西管内都头知内亲徒兼御史大夫贾"字样,"大夫贾"很可能即贾荣实。贾荣实之名见于敦煌莫高窟第121窟题记:"清信弟子……□(客)都孔目官知内亲从都头兼敦煌诸司计度□(都)……青光禄大夫……御史大夫上柱国武威贾荣实再建

---

① 郑炳林《敦煌碑铭赞辑释》,第269页。

② 马德《敦煌莫高窟史研究》,兰州:甘肃教育出版社,1996年,第311页。

③ [日]藤枝晃《敦煌千佛洞的中兴》,《东方学报》第35册,1964年,第9—139页。

④ 郑炳林《张淮深改建北大像和开凿94窟年代再探——读〈辞弁邈真赞〉札记》,《敦煌研究》1994年第3期。

⑤ 邓文宽《张淮深改建莫高窟北大像和开凿第94窟年代考》,敦煌研究院编《敦煌学国际学术讨论会论文缩写文》,沈阳:辽宁美术出版社,1990年,第121—135页。

⑥ 马德《敦煌莫高窟史研究》,第101页。

此龛并供养。”[①]又见于S.8683《曹仁裕等算会状》:“都头知内亲从观察孔目官贾荣实”。又见于P.2992《兄大王(沙州归义军节度使)某致弟甘州回鹘顺化可汗状》:“今遣内亲从都头价(贾)荣实等谢贺……更有怀,并在贾都头□申陈子细。”据状文所述,贾荣实曾出使甘州回鹘。出使时间,据荣新江考证,就在后唐长兴二年(931)的六月十二日以后不久[②]。末有“神沙乡百性(姓)”“张仏奴好手子”字句。

五、参考图版

1.《王重民向达所摄敦煌西域文献照片合集》,第6846—6863页。
2.《敦煌宝藏》第130册,第195页。
3.《法国国家图书馆藏敦煌西域文献》第27册,第112页。
4. International Dunhuang Project(国际敦煌项目,简称IDP)。

① 敦煌研究院编《敦煌莫高窟供养人题记》,第56页。
② 荣新江《关于曹氏归义军首任节度使的几个问题》,《敦煌研究》1993年第2期。

22. P.3780 写本研究

韦庄秦妇吟

一、写本编号

P.3780

二、所藏地点

法国国家图书馆

三、写本状况

纸本，卷子装，残损严重。现存规格为 118×30.8 厘米，由三纸黏合而成。其中第一纸缺失严重，几为碎片；第二纸相对完整，第三纸尾部残损，有明显撕裂痕迹。第二纸、第三纸背面有题记杂写等内容。应为先写后粘，现存通体有淡墨界格，整齐均匀，残存 70 余行。正面主体内容为“《秦妇吟》一卷”，共 61 行，楷书抄写，字距紧密，笔画坚挺劲折，较少婉转笔致，与宋代版刻字体接近。卷内有夹行音注(第 35 行)及释义(第 41 行)两处，第三纸于页眉处有文字订正两处。全篇有朱笔点逗，然痕迹轻淡，不易分辨。篇末另有朱笔题写四行，第一行为墨书题记所覆；第二行隐约为：“弟三君子不见生小自”，第三、四行连书，隐约为：“道远还通达□□上□边暹逢政□□进退连游□”。《秦妇吟》篇末于空白处有墨书题记及杂写 7 行，其中前两行笔迹潦草

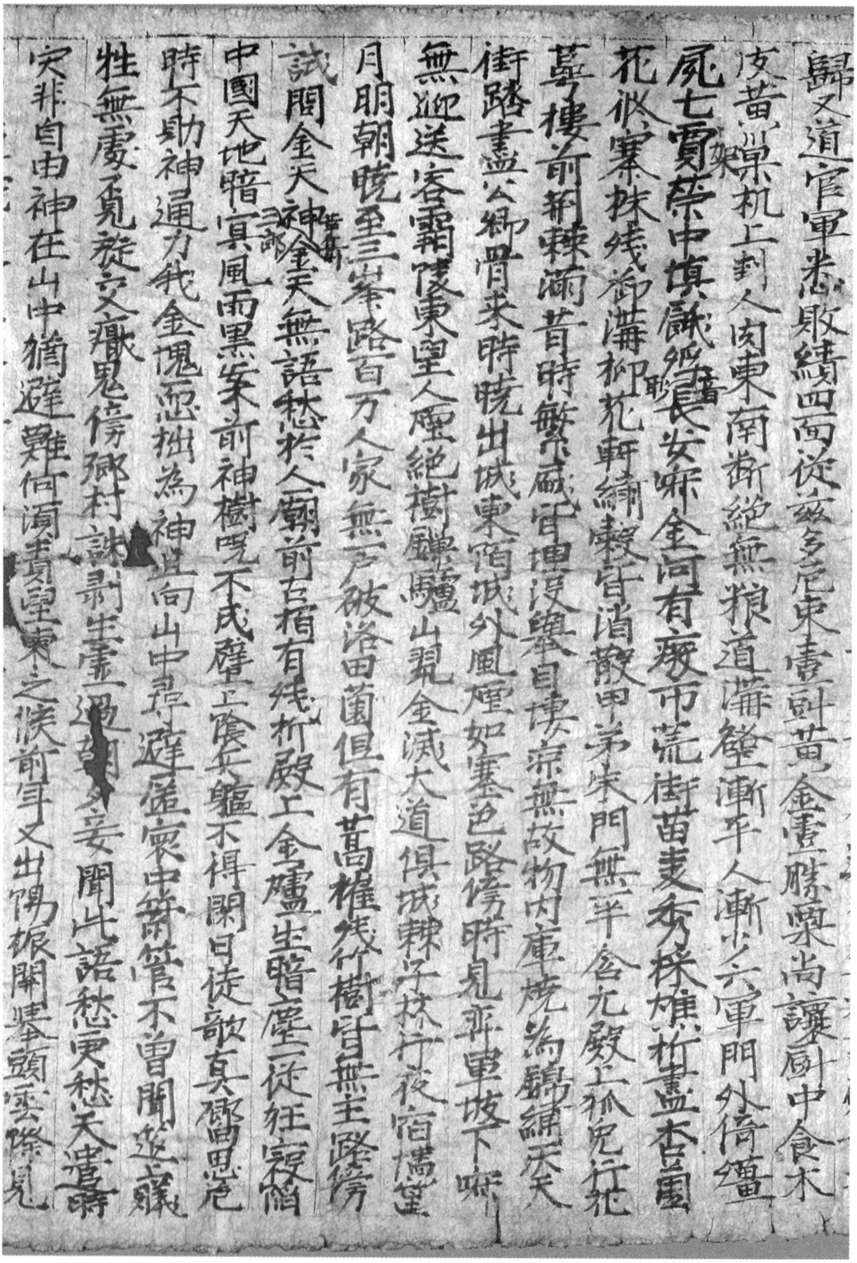

P.3780 局部

且有涂乙,其馀数行较为工整,清晰可辨。依次为:“显德二年(955)丁巳岁二月十七日杨定迁手令(合?)书\湿(显)德显德二年二月(“显德”之前有涂乙)\显德二年丁巳岁二月十七就家孝(学)士郎马富德书记\手若笔恶若有决错名书见者决丈五索\德九止岁岁学九九(杂写)\大周显德四年(957)丁巳岁二月十九日学士童儿马富德书记\大同(周)显德四年丁。”背面多为雜写题记及习书,共 20 行,字迹与正面题记相同,当为马富德书写。

四、写本内容

写本正面抄《秦妇吟》,卷末有马富德题记、学郎诗及其他书手之字迹。背面有题记及习书等共 20 行。

(一)正面

“秦妇吟一卷”,首题,下署“右补阙□”。尾题“秦妇吟一卷”。有题记“显德二年丁巳岁二月十七日就家学士郎马富德书记”等。又见 P.3381、羽 57R + S.0692、S. 5476、S. 5477、P. 2700 + S. 5834、P. 3910、P.3953、Дx. 4568、Дx.6176、Дx.4758 + Дx.10740 - 9 + Дx.10740 - 8 +Дx.10740 -11 +Дx.10740 - 10 +Дx.10740 - 7 + Дx.10740 - 6 等。

《秦妇吟》无传世本。P.3910 首题“秦妇吟一卷”下署“补阙韦庄撰”。《北梦琐言》:“蜀相韦庄应举时,遇黄寇犯缺,著《秦妇吟》一篇,内一联云:‘内库烧为锦绣灰,天街踏尽公卿骨。’尔后公卿亦多垂讶,庄乃讳之。时人号‘秦妇吟秀才’。他日撰家戒,内不许垂《秦妇吟》障子,以此止谤,亦无及也。”[①]可知此卷确为韦庄所作。韦庄及其《秦妇吟》相关研究情况详见《P.3381 写本研究》。

卷末题记“显德二年丁巳岁二月十七日就家学仕郎马富德书记”后有四言学郎诗一首,仅 4 句,共 16 字,夹于卷末题记间:“手若(弱)笔恶,若有决错,名(明)书(师)见者,决丈五索。”或为学郎抄写之余的自谦之辞。李正宇《敦煌学郎题记辑注》中收录此诗[②]。类似语句还出现在多种写本中:P.3322

① (宋)孙光宪撰、贾二强点校《北梦琐言》,北京:中华书局,2002 年,第 134 页。
② 李正宇《敦煌学郎题记辑注》,《敦煌学辑刊》1987 年第 1 期。

《卜筮书》末有庚辰年(860)年学郎张大庆题记附诗“首恶笔弱,多有厥错,明师见者,即以却□”。P.T.27号藏文写本背面题记“笔恶手弱,多有决错,名(明)人见者,好以(与)正着”。此外类似诗句还见于P.2604、P.3433等写本。

写本末有朱笔字迹四行,分列于题记“显德二年丁巳岁二月十七日就家学仕郎马富德书记”和学郎诗两侧,第一行为笔迹较潦草的署名“杨定迁”的墨书题记覆盖,据此可以断定,“显德二年丁巳岁二月十七日就家学仕郎马富德书记”及学郎诗为书手马富德原题,后于其两侧加朱笔字迹,杨定迁的两行潦草字迹为后来所加。按,显德二年为乙卯岁,当以“显德四年”为是。因此,此写本当抄于显德四年,即公元957年。

(二)背面

背面多为杂写题记及习书,共20行,字迹有所差异,非同一人所书。有“丙子年五月十五日学仕郎杨定迁自手书记之耳已”“大周显德四年丁巳岁九月廿七日就家学仕郎”“大周显德四年丁巳岁九月□□日就家学士郎马富德书记”等题记,及“西州侯头长弼胡言道厶乙名目无向”“丙子年五月十五日小次张文成到此索僧政院内见海”等。又有《崔氏夫人训女文》题名及其“香车宝马”四字,杂以“大云之寺”“南无十方之佛”“神角兰若”等文字。

写本背面注明丙子年之文字存两行:题记“丙子年五月十五日学仕郎杨定迁自手书记之耳已”及同日“丙子年五月十五日小次张文成到此索僧政院内见海”。按,考太平兴国元年(976)为丙子年,此写本背面杂写或为马富德抄写此卷的19年后,杨定迁等人得到此卷于其上题字作记。

五、参考图版

1.《王重民向达所摄敦煌西域文献照片合集》第20册,第7324—7330页。

2.《敦煌宝藏》第130册,第567—570页。

3.《法国国家图书馆藏敦煌西域文献》第28册,第35—37页。

4. International Dunhuang Project(国际敦煌项目,简称IDP)。

23. P.3808写本研究

长兴四年中兴殿应圣节讲经文 琵琶谱

一、写本编号

P.3808

二、所藏地点

法国国家图书馆

三、写本状况

纸本，卷轴装，现存规格为334×29厘米，由10纸黏合而成，每纸大小略有差别。双面书写，保存较为完整。写本前半部分纸张较厚，中部上方有虫蛀破损，影响个别文字的辨认，其余部分保存完好。

正面共217行，行草书，笔迹流畅，前后抄写字体风格一致，为一人抄写，墨色均匀，行间较少讹误和涂改。由于黏合处有书写痕迹，写本正面当为黏合后抄写。背面抄琵琶谱，共157行。正背面字迹不同，非同一人所书。

四、写本内容

（一）正面

《长兴四年中兴殿应圣节讲经文》（首题）。行草书，全文韵散分段抄写，

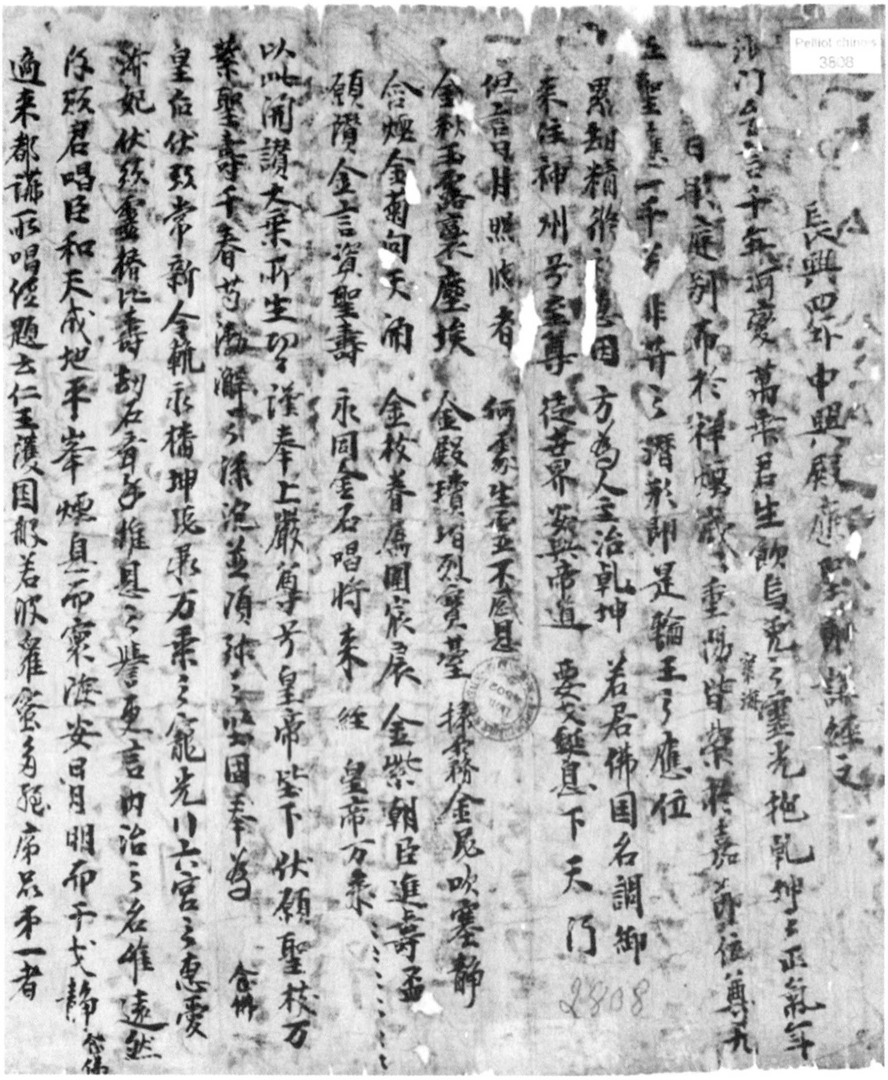

P.3808 局部

韵文低一格起抄,每行三句。行款严整,遇"皇帝""御筵"等字时空格或隔行表敬。文末书题"仁王般若经抄"。

潘重规《敦煌变文集新书》校记云:"原卷十纸,无四界,正面章草书。首题《长兴四年中兴殿应圣节讲经文》,末行书'仁王般若经抄'。敦煌写本讲经文,题目多为近人抄录者所后加,惟此篇题目原卷独具,故尤为可贵。"[①]写本起"沙门厶乙言",迄"争堪取自伴郎君",共计217行。"长兴"为后唐明宗李嗣源(867—933)年号,"长兴四年"为公元933年。《旧五代史·庄宗纪》第五:"(后唐)同光二年(924)正月,……又改崇勋殿为中兴殿。"[②]《旧五代史·明宗纪》:"辛亥,帝始听政于中兴殿。"[③]"中兴殿"是后唐京都洛阳宫城中的主要宫殿,是明宗处理政事之所。"应圣节"指明宗诞辰九月九日。后唐皇帝多以诞辰为节,庄宗诞辰称为"万寿节"。明宗生于唐懿宗咸通八年(867)九月九日,《旧五代史·明宗纪》载:"(天成元年(926)夏六月己丑)中书奏:'请以九月九日皇帝降诞日为应圣节,休假三日。'从之。"[④]皇帝诞辰之时,多于宫内聚众进行讲经说法活动。这种聚众讲经的习惯最先兴起于唐玄宗时期。据《资治通鉴》卷二一三《唐纪》二九玄宗"开元十七年(729)"条载:"八月癸亥,上以生日宴百官于花萼楼下,左丞相乾曜、右丞相说帅百官上表请以每岁八月五日为千秋节,布于天下,咸令宴乐。"[⑤]《旧唐书》卷八载:开元十八年六月辛卯,"礼部奏请千秋节休假三日,及村闾社会,并就千秋节先赛白帝,报田祖,然后坐饮散之"。敦煌写本S.2682+P.3128所抄《感皇恩·四海天下及诸州》中"殿前卿相对,列诸侯,叫呼万岁愿千秋",即指此事[⑥]。《旧五代史·明宗纪》载"(九月)癸亥,应圣节,百僚于敬爱寺设斋,召缁黄之众于中兴殿讲论"[⑦]。P.3808所抄即长兴四年中兴殿应圣节的讲经文底本。

① 潘重规《敦煌变文集新书》,台北:文津出版社,1994年,第50页。按:本卷字体为行楷,间杂草体。

② (宋)薛居正等撰《旧五代史》卷三十一,北京:中华书局,1976年,第425页。

③ (宋)薛居正等撰《旧五代史》卷三十六,第495页。

④ (宋)薛居正等撰《旧五代史》卷三十六,第499页。

⑤ (宋)司马光编《资治通鉴》,北京:中华书局,1956年,第6876页。

⑥ 任半塘《敦煌歌辞总编》,第684页。

⑦ (宋)薛居正等撰《旧五代史》卷三十六,第510页。

敦煌发现的讲经文中，唯有这篇以“讲经文”名，其余皆为当代学者拟名。

《长兴四年中兴殿应圣节讲经文》开篇首先“开赞”，讲述说经的目的。即“以此开赞，大乘所生功德。谨奉上严尊号皇帝陛下。伏愿圣枝万叶，圣寿千春。等渤澥之深沉，并须弥之坚固”。紧接着“略明经题”，讲《仁王护国般若波罗蜜多经》的含义。《长兴四年中兴殿应圣节讲经文》将经文分为序分、正宗、流通三个部分进行讲述，实际上写本只抄写了“序分”部分。序分分为五种成就：信成就、时成就、教主成就、处所成就、眷属成就。《讲经文》以一段散文、一段韵文的形式解释五种成就后，从此至篇末，均未提及《仁王护国般若波罗蜜多经》相关经文。五种成就讲述结束后，借宋明帝求教那跋摩“弟子常欲斋戒不煞，迫以身徇物，不获从志。法师何以教之”的对话为转折，开始歌颂明宗之功德。此部分分为十个部分，说唱兼行。《长兴四年中兴殿应圣节讲经文》“十唱明宗”唱词均有史实出处，周绍良《〈长兴四年中兴殿应圣节讲经文〉校证》、杨雄《〈长兴四年中兴殿应圣节讲经文〉研究》两文“史事钩稽”部分已做详细说明，可资参考[①]。总体而言，《长兴四年中兴殿应圣节讲经文》虽是讲说《仁王护国般若波罗蜜经》的，但只在开篇提及部分经文内容，其余皆与经文无关，都是对时事的叙述和对明宗的赞扬以及对王公重臣的歌颂。从全文观之，这篇文章与其说是一篇讲《仁王护国般若波罗蜜经》的讲经文，不如说是一篇颂圣应制、歌功颂德之文。

《长兴四年中兴殿应圣节讲经文》的作者，刘铭恕认为是俗讲僧云辩[②]。项楚《敦煌变文选注》亦从此说[③]。何昌林认为《讲经文》与后面的《唱词》非同一人所作：《讲经文》编成于长兴四年(933)，为洛阳玉泉寺僧侣所拟所讲。《讲经文》后的《唱词》编于应顺元年(934)闰正月，宋王李从厚在洛阳讲《仁王护国经》之时，编写者是敦煌僧侣梁幸德及其助手[④]。杨雄《〈长兴四年中

① 周绍良《〈长兴四年中兴殿应圣节讲经文〉校正》，《绍良丛稿》，济南：齐鲁书社，1984年，第66页。杨雄《〈长兴四年中兴殿应圣节讲经文〉研究》，《敦煌研究》1990年第1期。

② 刘铭恕《敦煌遗书丛识·〈长兴四年中兴殿应圣节讲经文〉的讲经者》，《敦煌语言文学论文集》，杭州：浙江古籍出版社，1988年，第50—51页。

③ 项楚《敦煌变文选注》，北京：中华书局，2006年，第1114页。

④ 何昌林《〈敦煌琵琶谱〉的来龙去脉》，《阳关》1984年第5期；《关于琵琶谱的抄写人〈唱词十九首〉之谜——敬答饶宗颐教授》，《音乐研究》1987年第3期。

兴殿应圣节讲经文〉研究》认为此文是一位精通俗讲并为秦王李从荣所信任的僧人所写[①]。

我们认为,《长兴四年中兴殿应圣节讲经文》非同一人所作,最终的完稿当与秦王李从荣的幕府文人有关。在前人研究的基础上,我们补充几点看法:第一,写本行款严整,较少讹改,遇错字皆在其侧点去后再书,证明其应有底本。第二,写本遇尊称空格或隔行表敬,表明其所用场合严谨神圣。并且文中多引史料,韵文部分多对仗押韵,散说部分多骈文对偶,辞藻华丽,可以看出作者是有一定文学基础和佛教修养之僧人或文人。第三,《讲经文》对明宗三位皇子秦王、宋王、潞王的描写存在明显差异,对秦王所用笔墨明显多于宋王和潞王。文中没有对某个皇子的直接批评,显然此时三兄弟之间的矛盾还未彻底激化。考辑相关史实,长兴四年九月辛丑,明宗诏秦王从荣为大元帅,位在宰相上。此时,宋王李从厚为天雄节度使,潞王李从珂为凤翔节度使。这样的政治格局也符合我们前文的推测,秦王在当时具有足够的政治优越性。因此,他有足够的理由和实力筹备此次法会,写本在抄写格式上也为我们印证了这一点。

由文本分析,P.3808所抄《长兴四年中兴殿应圣节讲经文》并非应圣节当日所讲之原文,其抄写上限应为长兴四年(933)九月九日。此时三兄弟的紧张关系还未公开破裂,而这种关系的维持只能在明宗在世并且秦王未被诛杀之前。据《新五代史》载:"(长兴四年)十一月壬辰,秦王从荣以兵入兴圣宫,不克,伏诛。……戊戌,皇帝崩于雍和殿。"[②]《讲经文》抄写的下限当为此年十一月。

由于《长兴四年中兴殿应圣节讲经文》是敦煌文献中仅存的以"讲经文"命名的文章,此文一经发现后,学界便将敦煌写本中与此文文体近似的文章命名为"讲经文"。据此,学者们提出了不同的看法。孟昭连在《"讲经文"质疑》一文中指出:"古代并不存在'讲经文'这种文体。《长兴四年中兴殿应圣

① 杨雄《〈长兴四年中兴殿应圣节讲经文〉研究》,《敦煌研究》1990年第1期。
② (宋)欧阳修《新五代史》卷六《唐本纪》第六,北京:中华书局,1974年,第65页。

节讲经文》一文中的‘讲经文’实际上是‘讲解经文’，而不是‘讲经的变文’，学界将一二十篇变文作品命名为‘讲经文’的做法是错误的。”①

写本前题“长兴四年中兴殿应圣节讲经文”，后题“仁王般若经抄”，看似毫无联系，实则所指一致。项楚《敦煌变文选注》这样解释道：“据本篇文中‘适来都讲所唱经题，云《仁王护国般若波罗蜜多经·序品第一》者’之语，可知本篇乃是演绎《仁王护国般若波罗蜜多经》之讲经文，故后题《仁王般若经抄》。《仁王般若经抄》即《仁王护国般若波罗蜜多经》之简称，而讲经文径以经名为题，亦为敦煌写本常见之通例。前题《长兴四年中兴殿应圣节讲经文》，乃就本篇之应用场合而命名者。”②从写本的抄写情况来看，写本后题“仁王般若经抄”恐无法直接判断为尾题。杨雄《〈长兴四年中兴殿应圣节讲经文〉研究》一文指出：“据 P.3808 缩微胶卷原卷，《讲经文》为首题，尾题《仁王般若经抄》。但‘仁王般若经抄’的书写与经文书法不类，与《讲经文》卷尾亦有一段距离，当系另一人所书，……《讲经文》讲了《仁王般若经》，但并非《仁王般若经》，二者不同，因此，定其名为《长兴四年中兴殿应圣节讲经文》是正确的。”③仔细检校写本“仁王般若经抄”六字，确实与正文字体不同，当非同一人所抄。上文已指出《长兴四年中兴殿应圣节讲经文》是在明宗诞辰上使用的仪式底本，其很有可能是后人因写本中“适来都讲所唱经题，云《仁王护国般若波罗蜜多经·序品第一》者”等语，误以为此文是抄《仁王护国般若波罗蜜多经》经文的写本，故于文末加“仁王般若经抄”以示说明。

主要校录本有：王重民等《敦煌变文集》，周绍良《〈长兴四年中兴殿应圣节讲经文〉校证》④，潘重规《敦煌变文集新书》，项楚《敦煌变文选注》，黄征、张涌泉《敦煌变文校注》等。徐俊《敦煌诗集残卷辑考》对后十九首唱词有校录。何昌林《〈敦煌琵琶谱〉的来龙去脉》、刘铭恕《敦煌遗书丛识·〈长兴四年中兴殿应圣节讲经文〉的讲经者》也是研究本篇《讲经文》的重要

---

① 孟昭连《“讲经文”质疑》，《明清小说研究》2011 年第 4 期。

② 项楚《敦煌变文选注》，第 1113 页。

③ 杨雄《〈长兴四年中兴殿应圣节讲经文〉研究》，《敦煌研究》1990 年第 1 期。

④ 周绍良《〈长兴四年中兴殿应圣节讲经文〉校证》，收入《绍良丛稿》，济南：齐鲁书社，1984 年。

论文。

(二)背面

《琵琶谱》(《敦煌遗书总目索引新编》拟题)①,抄录《品弄》《倾杯乐·又慢曲子》《慢曲子西江月》《慢曲子心事子》《慢曲子伊州》《水鼓子》《急胡相问》《长沙女引》《撒金砂》《营富》(以上均为原题)10个调名,25段曲谱。从右至左有三种笔迹:从《品弄》至《倾杯乐·又慢曲子》为第一种,抄写较为随意,用墨较淡。《倾杯乐·又慢曲子》后空数行接抄曲谱,至《长沙女引》为第二种,字迹工整平正。后接抄曲谱至写本末为第三种,字迹潦草随意,用墨较浓②。

饶宗颐《敦煌琵琶谱写卷原本之考察》一文认为乐谱由三种笔迹抄写,是因为当时的僧人因抄写经文缺纸,才将三卷乐谱裁剪粘贴,利用其背面抄写讲经文,故而原本第二、三卷的开头曲名都被贴去,而其背面的接口上抄有讲经文③。证明写本抄写顺序应该是琵琶乐谱抄写在前,《长兴四年中兴殿应圣节讲经文》抄写在后,乐谱的抄写年代应该在长兴四年(933)之前。同时证明此琵琶谱不是叶栋所谓的"大曲谱",而是各自独立成卷的乐谱④。饶先生还认为此曲谱似可定为龟兹乐谱,是唐代流行的四弦四柱琵琶谱,与日本藏雅乐之琵琶古谱记法如怀竹抄、教训抄、夜鹤抄之四弦琵琶相合,可能出自五代乐工之手⑤。何昌林《〈敦煌琵琶谱〉的来龙去脉》一文从敦煌僧侣梁幸德的行程入手,考证出《琵琶谱》的抄写时间是934年闰正月,抄写地点在洛阳,抄写者是梁幸德的三位助手。何说在结合孙光宪《北梦琐言》中"王氏女"条相关信息和南平国高从诲与后唐关系的基础上,以为长兴四年应圣节中有南平国玉泉寺僧参与讲经活动之记载,从而考证此琵琶谱实是王氏女琵琶谱的转抄件,其祖本出自王氏谱⑥。对此饶宗颐有不同意见,他

① 施萍婷主编《敦煌遗书总目索引新编》,第299页。
② 饶宗颐《敦煌琵琶谱读记》,《新亚学报》1960年第2期。
③ 饶宗颐《敦煌琵琶谱写卷原本之考察》,《音乐艺术》1990年第4期。
④ 叶栋《敦煌曲谱研究》,《音乐研究》1982年第2期,第1页。
⑤ 饶宗颐《敦煌琵琶谱读记》,《新亚学报》1960年第2期。
⑥ 何昌林《〈敦煌琵琶谱〉的来龙去脉》,《阳关》1984年第5期。

在《敦煌琵琶谱的来龙去脉涉及的史实问题》一文中，就有关史实问题进行了考辨，尤其是何文认定的敦煌僧侣梁幸德，实际上是误读了文献，梁幸德根本不是僧侣，他的儿子才是僧人[①]。

P.3808《讲经文》一面和《琵琶谱》一面到底是什么关系？何昌林和饶宗颐的讨论是建立在两面有密切关系的基础上的，即通过《讲经文》一面的相关史实考证《琵琶谱》的来源。饶先生后来细致考察了 P.3808 原写本，发现用三种笔迹抄写的乐谱，原来是当时的僧人因抄写经文缺纸，才将三种乐谱裁剪粘贴在一起，利用其背面抄写经文，所以原本第二、第三种曲谱开头的曲名都被贴去，而其背面贴口两面都抄有经文[②]。所以，他认为："今按从该卷实物考察，已知乐谱诸纸粘贴成卷在前，而长兴四年讲经文书写在后，两者之间，毫无关系。则过去与何先生讨论之作均属词费，此点得以澄清，是很重要的。"[③]

《讲经文》是长兴四年(933)完成并抄写的，《琵琶谱》的完成在此之前。是何人把这个写本带到敦煌的呢？这个时期，敦煌正值曹议金统治时期(914—935)。曹议金执掌归义军政权期间，对内同世家大族修善，对外同回鹘、于阗联姻，派官吏向中原王朝进贡。这是归义军与中原朝廷关系最密切的时期。内地乐谱传于敦煌，自是情理之中。但要归结为具体传播的人，还有待于新材料的发现。

下面我们罗列一些相关史料，以说明琵琶谱传播的背景。后梁贞明二年(916)曹议金首次派使者入贡中原朝廷，但使者才到凉州，就被嗢末劫掠，未达而还(P.2945、P.4638)。两年以后，曹议金遣使与凉州西来使者一道东行，才到达后梁朝廷。后梁派使者到沙州，授曹议金节度使旌节(P.2945)。公元 923 年，后唐建国。第二年，曹议金遣使入后唐廷进贡，后唐授曹议金归义军节度使检校司空(《旧五代史》卷三二、卷一三八，《新五代史》卷七四，

① 饶宗颐《敦煌琵琶谱的来龙去脉涉及的史实问题》，《音乐研究》1987 年第 3 期。

② 饶宗颐《敦煌琵琶谱写卷原本之考察》，《音乐艺术》1990 年第 4 期。

③ 饶宗颐《再谈梁幸德与敦煌琵琶谱》，收入饶宗颐编《敦煌琵琶谱》，台北：新文丰出版公司，1990 年，第 147—154 页。

《册府元龟》卷九七二、九七〇、九八〇)。同光四年(926),曹议金遣使入后唐,同年又派使者进贡(《册府元龟》卷一九六)。天成五年(930),归义军使者至唐廷(P.2992)。长兴二年(931)正月,后唐以曹议金兼中书令(《旧五代史》卷四二)。六月,后唐使臣与沙州入贡使还至敦煌(P.2992)。九月,沙州百姓董善通、张善保入京(P.3448)。长兴三年(932)正月,沙州进贡后唐马七十五匹、玉三十六团(《册府元龟》卷九七二)。长兴四年(933),凉州留后孙超遣大将拓跋承谦及僧道士耆老杨通信等至京师,明宗拜孙超为节度使(《旧五代史》卷一三八、《新五代史》卷七十四)。长兴五年(934)正月,沙州、瓜州遣牙将唐进、梁行通入后唐朝贡。闰正月,后唐授瓜沙使臣官职(《册府元龟》卷三九七、九七二、九七六)。七月,后唐授瓜州刺史慕容归盈尚书左仆射(《册府元龟》卷九六五、九七二)。清泰二年(935)四月,左马步都虞侯梁幸德出使后唐,归途在张掖被杀(P.3718、P.2638、P.3564)。七月,沙州曹议金、瓜州慕容归盈、凉州李文谦所遣献马使抵后唐帝京(《册府元龟》卷九七二、《旧五代史》卷一三八)。这一时期,"值中国衰乱,不能抚有,惟甘、凉、瓜、沙四州常自通于中国……凉、瓜、沙三州将吏犹自称唐官,数来请命"[①]。杨通信、唐进、梁行通、慕容归盈、梁幸德等归义军使团都可能是这个写本的携带者。

敦煌写本中保存的琵琶谱有 P.3539、P.3719、P.3808 三件,P.3808 卷背琵琶谱为我们研究晚唐五代琵琶乐谱的调名、音符记号、曲调体制等若干问题提供了重要的参考数据。对琵琶谱的调名调弦、弹奏方法进行研究的主要有日本学者林谦三及饶宗颐、叶栋、陈应时等。林谦三有《敦煌琵琶谱的解读》等,该文以 P.3808 写本《琵琶谱》为主要研究对象,将唐代的古乐谱和日本古乐谱以及日本现有唐乐进行比较研究,概述了琵琶谱的抄写情况、调弦的种类和具体演奏方法,对琵琶谱进行了基础性解读[②]。饶宗颐有《敦煌琵琶谱与舞谱之关系》《敦煌琵琶谱读记》及《论"□""·"与音乐上之"句

① (宋)薛居正等著《旧五代史》卷一三八,第 1839—1840 页。
② 林谦三著,陈应时译,曹允迪校《敦煌琵琶谱的解读》,《中国音乐》1983 年第 2 期。

投(逗)”》等论文,讨论了琵琶谱和乐谱之间的关系,对“急与慢”“平拍与行拍”“据与瞻相”等13个技巧进行了集中讨论[①],黎键《饶宗颐关于唐宋古谱节拍节奏记号的研究》对此有总结和说明[②]。叶栋《敦煌曲谱研究》在林谦三的基础上,对琵琶谱的乐器定弦、谱字译音、调式调性、谱字符号、文字标记等进行了探讨,并尝试着将曲谱的部分内容进行了试译[③]。叶文发表后,毛继增、陈应时等学者对叶栋的观点进行了补充和修订[④]。陈应时《敦煌乐谱新解》一文对P.3808琵琶谱中的节拍节奏和高音谱字进行了详细的讨论,并依据“掣拍说”理论将P.3808琵琶谱中的25首曲子进行了破译,对琵琶谱曲谱本身内容进行了详细集中的研究[⑤]。此外,学界还有对琵琶谱具体内容及乐谱符号的详细研究,如庄永平《论〈敦煌乐谱〉中的“·”》、陈应时《中日琵琶古谱中的“、”号——琵琶古谱节奏解译的分歧点》等[⑥]。

五、参考图版

1.《王重民向达所摄敦煌西域文献照片合集》第20册,第7431—7472页。

---

① 饶宗颐《敦煌琵琶谱与舞谱之关系》,收入饶宗颐主编《敦煌琵琶谱》,台北:新文丰出版公司,1990年,第1—22页。饶宗颐《敦煌琵琶谱读记》,《新亚学报》1960年第2期,收入《敦煌琵琶谱论文集》,台北:新文丰出版公司,1911年,第36—65页。《论“□”“·”与音乐上之“句投(逗)”》收入饶宗颐编《敦煌琵琶谱》,台北:新文丰出版公司,1990年,第105—110页。

② 黎键《饶宗颐关于唐宋古谱节拍节奏记号的研究》,收入饶宗颐编《敦煌琵琶谱》,台北:新文丰出版公司,1990年,第155—171页。

③ 叶栋《敦煌曲谱研究》,《音乐研究》1982年第2期。

④ 毛继增《敦煌曲谱破译质疑》,《音乐研究》1982年第3期。陈应时《应该如何评论〈敦煌曲谱研究〉——与毛继增同志商榷》,《广州音乐学院学报》1982年第4期。陈应时《评〈敦煌曲谱研究〉》,《中国音乐》1983年第1期。

⑤ 陈应时《敦煌乐谱新解》《敦煌乐谱新解》(续),《音乐艺术》1988年第1期、第2期。按,琵琶谱的“挈拍说”主要是对琵琶谱弹奏技巧的说明,学界有大量的讨论。主要论文有林友仁《评“掣拍说”——兼谈古谱解读》,《音乐艺术》1988年第3期。陈应时《评“掣拍说”质疑》,《中国音乐》1989年第1期。陈应时《敦煌乐谱“掣拍”再证》,《音乐研究》1993年第2期。庄永平《敦煌乐谱曲拍非“掣拍”形式——和陈应时先生商榷》,《星海音乐学院学报》1995年第1—2期合刊。陈应时《答〈敦煌乐谱曲拍非“掣拍”形式〉》,《星海音乐学院学报》1996年第3期。陈应时《敦煌乐谱“掣拍”补正》,《音乐艺术·上海音乐学院学报》1996年第1期。

⑥ 庄永平《论〈敦煌乐谱〉中的“·”》,《星海音乐学院学报》1997年第1期。陈应时《中日琵琶古谱中的“、”号——琵琶古谱节奏解译的分歧点》,《音乐研究》2002年第1期。

2. 《敦煌宝藏》第 131 册,第 37—46 页。

3. 《法国国家图书馆藏敦煌西域文献》第 28 册,第 122—131 页。

4. International Dunhuang Project(国际敦煌项目,简称 IDP)。

24. P.3812 写本研究

唐诗丛抄六十二首

一、写本编号

P.3812

二、所藏地点

法国国家图书馆

三、写本状况

P.3812写本尺寸26×315.5厘米，由九纸黏合而成(可找到8处接口)。纸质纹理较粗，呈灰褐色，多水渍墨迹。

正面抄写唐代诗歌，书写工整，行款统一，书法纯熟，出自一人之手。残存174行，行23字左右，首尾破损严重。存诗32首，其中缺题诗4首。诗名相同者，有“同前”标识。王重民《伯希和劫经录》：“P.3812诗歌选集，有高适、殷济、武涉、刘长卿等诗及刘商《胡琴十八拍》。”[①]又卷端有“维大唐乾宁”一行。

背面为多种杂写，出于众手，书法较差。背面残存60余行，独孤播状数

---

① 王重民编《敦煌遗书总目索引》，第295页。施萍婷编《敦煌遗书总目索引新编》，第300页。

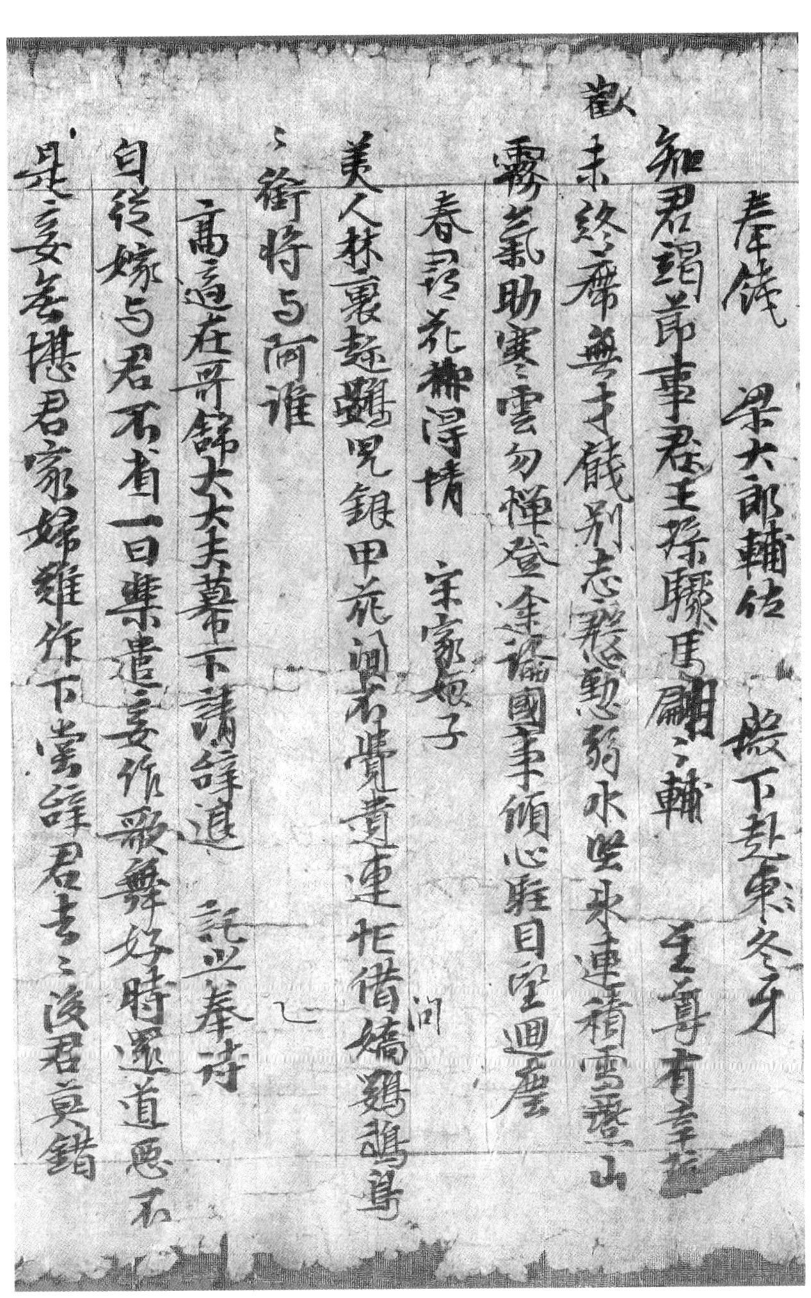

P.3812 局部

件,杂写若干,“天中节”信,字迹潦草,墨迹模糊,污渍严重,且末端残损严重。

四、写本内容

（一）正面

1. 卷端录“维大唐乾宁[二][年]”七字,空约六行位置后接抄无题诗一组,首残尾全,未署作者,计七言十二首。任半塘《敦煌歌辞总编》编入“定格联章”,拟题“十二月(边使戎衣)”①。诗之体制、格调、内容,均与 S.6208 所录《十二月(辽阳寒雁)》同②。饶宗颐认为“此卷前录《十二月诗》,惜自‘正月’至‘六月’数首,卷下半大部分残缺,然与 S.6208 卷可以参互比勘。前有一行,存‘维大唐乾宁二年(895)’七字,背又一行云:‘正月孟春春渐暄,一别强夫经数年。’字体与‘正月孟春’相似,知此《十二月诗》应作于唐昭宗之前。卷首丝栏小轴犹存。”③任半塘认为十二月诗抄在七字之后,则书写时间当在唐昭宗之后④。颜廷亮主编《敦煌文学概论》将此诗纳入“敦煌俚曲小调”展开研究,认为 P.3812《十二月》“情形与《云谣集》中《凤归云》《洞仙歌》等相类,则其写作时间或亦在开元之前或开元间”⑤。徐俊通过笔迹认为,“维大唐乾宁二年”七字与下诗字迹不同,与背面杂写为同一人之手,可知 P.3812 背面杂写写于乾宁二年或之后,正面诗的抄写应在乾宁二年前⑥。

2.《代闺情》(首题),七言八句,未署作者。

3.《久不相访忽睹尺书奉酬情素》(首题),七言四句,未署作者。

4.《奉饯梁大郎辅佐殿下赴冬(东)牙(衙)》(首题)七言八句,未署作者。据邵文实考证,该诗为高适于开元二十年(732)初所作,诗题中所称“殿下”为唐太宗子郁林王恪之孙信安郡王祎,“梁大郎”盖为信安王幕客梁昌,《全

---

① 任半塘《敦煌歌辞总编》,第 1265 页。
② 任半塘《敦煌歌辞总编》,第 1265 页。
③ 饶宗颐《饶宗颐二十世纪学术文集》卷八《敦煌曲》,第 579 页。
④ 任半塘《敦煌歌辞总编》,第 1276 页。
⑤ 颜廷亮主编《敦煌文学概论》,兰州:甘肃人民出版社,1993 年,第 445 页。
⑥ 徐俊《敦煌诗集残卷辑考》,第 378 页。

唐诗》卷一七六有李白诗《送梁公昌从信安北征》,此"梁公昌"与此诗"梁大郎",似当同一人[①]。徐俊认为此诗在句式及作意上均与 P.3676 写本《奉饯赴东衙谨上》一诗有极大关系,疑二诗为同时之作[②]。考 P.3676 写本,《奉饯赴东衙谨上》之后又存一诗题《奉饯赴东衙阐杨感兴》,《奉饯赴东衙谨上》末两句为"前程傥若胜荣日,专心注目望回鞭",与此诗末尾"勿惮登途论国事,倾心驻目望回尘"极相似,二诗同为朋友饯别而作。

5.《春寻花柳得情》宋家娘子(首题),七言八句,署名宋家娘子。王重民《补全唐诗》云:"《全唐诗》第十一函十册有郎大家宋氏,不知即其人否?"[③]郎大家宋氏事迹见两《唐书》尚宫宋若昭传,唐德宗时"宋氏五女"若莘、若昭、若伦、若宪、若荀,年未及笄,即以诗赋闻名[④],《全唐诗》存若莘、若昭、若宪诗各一首[⑤]。宋家五姐妹贞元中被昭义节度使李抱真举荐入宫,呼为学士,其中若伦、若荀早亡,二者生平著述诸史无载。宋若莘贞元七年(791)诏为总领秘阁图籍,卒于元和末年,赠封为郡君。宋若昭,从学者对西安出土的宋若昭墓志铭考释[⑥],得知若昭生于上元二年(761),卒于大和二年(828),姐姐若莘去世后,若昭接替姐姐之职于穆宗元和十年(815)拜为尚宫,宝历元年(825)封梁国夫人,若昭著有《女论语》二十篇。老四宋若宪,据《新唐书》记载,文宗时,代若昭司秘书,后因文宗听信谗言"幽若宪外第,赐死"。潘重规《补全唐诗新校》认为该诗以下六首"皆宋家娘子之作"[⑦]。张锡厚认为 P.3812 抄写的所谓依附于高适的以下六首诗为疑伪之作,"不当列入高适诗卷,在无确证的情况下,亦未可遽断为宋家娘子的作品"[⑧]。

6—11.《高适在哥舒大夫幕下请辞退托兴奉诗》(首题,五言八句,未署

① 邵文实《敦煌遗书 P3812 号中所见高适诗考辨》,《文献》1997 年第 1 期。

② 徐俊《敦煌诗集残卷辑考》,第 382 页。

③ 陈尚君辑校《全唐诗补编》1992 年,第 50 页。

④ (宋) 欧阳修、宋祁等撰《新唐书》卷七七《后妃下・尚宫宋若昭传》,第 3508 页。

⑤ (清) 彭定求等编《全唐诗》卷七,第 67 页。

⑥ 赵力光、王庆卫《新见唐代内学士尚宫宋若昭墓志考释》,《考古与文物》2014 年第 5 期。王丽梅《唐内学士宋若昭墓志铭考释》,《唐史论丛》2015 年第 20 辑。

⑦ 潘重规《补全唐诗新校》,《华冈文科学报》1981 年第 13 期。

⑧ 张锡厚《敦煌本〈高适诗集〉考述》,《敦煌研究》1996 年第 1 期。

作者)，《闺情为落殊蕃陈上相知人》(首题，七言四句，未署作者)，《同前》(首题，七言四句)，缺题三首，首句分别是"不须推道委人猜"(七言四句)、"自处长信宫"(五言四句)、"只今桃李正堪攀"(七言四句)。

除第一首题目中有"高适"外，其余五首都未署作者。《自处长信宫》一首又见于长沙窑瓷器题诗，陈尚君《全唐诗续拾》有录文。王重民《补全唐诗》据第一首的署名把这六首诗都收在高适名下，但他仅是怀疑，他说："第一首……疑是后人依托或拟作，细玩修辞与用意，也不像高适的作品。《闺情》原卷不题撰人，'憔悴不缘思旧国'，也一定不是高适的话，盖与前一首同为一个沦落在敦煌的文人所作。"他又说："《为落殊蕃陈上相知人》的《闺情》以后，还有四首《闺情》，好像是妓女的歌辞。"[①]周勋初《高适年谱》认为《高适在哥舒大夫幕下请辞退托兴奉诗》"辞意鄙俚，不类高适自作"[②]。刘开扬《高适诗集编年笺注》录此诗为"误收之诗"[③]。孙钦善《高适集校注》认为该诗"内容与高适当时思想不合，疑为伪作"。[④] 邵文实认为该诗与其后的五首《闺情》诗都非高适所作，而是一位沦落异乡殊俗的落蕃仕人的哀怨之声[⑤]。项楚《补全唐诗二种续校》说："韦縠选《才调集》卷八李白《寒女吟》(《全唐诗》不载此诗，王琦《李太白文集注》收入卷三〇诗文拾遗中)，后幅与此诗大略相同：'忆昔嫁君时，曾无一夜乐。不是妾无堪，君家妇难作。起来强歌舞，纵好君嫌恶。下堂辞君去，去后悔遮莫。'改写痕迹宛然，决非偶合。若以文字论，则《寒女吟》末句略欠通顺，而此诗末句'去后君莫错'，殊有温柔敦厚之旨也。《校记》(指王重民《补全唐诗校记》)称此诗'为一个沦落在敦煌的文人所作'，恐未确。"[⑥]潘重规《补全唐诗新校》则认为："实则此诗(《高适在哥舒大夫幕下请辞退托兴奉诗》)上承宋家娘子《春寻花柳得情》之作，与下五首相连，皆宋家娘子之作。"潘先生认为此宋家娘子与唐德宗时的"宋

---

① 陈尚君辑校《全唐诗补编》，北京：中华书局，1992年，第34页。
② 周勋初《高适年谱》天宝十四载附录，上海：上海古籍出版社，1980年。
③ 刘开扬《高适诗集编年笺注》，第382页。
④ 孙钦善《高适集校注》，第275页。
⑤ 邵文实《敦煌遗书P3812号中所见高适诗考辨》，《文献》1997年第1期。
⑥ 项楚《补全唐诗二种续校》，《四川大学学报》1983年第3期，第51页。

氏五女”无涉,她是一位沦落敦煌的女子,随夫陷蕃,而又中道失偶。则诗作于吐蕃攻占河西而敦煌尚未失守之时(762—786)。

12—25.《悲春》殷济(首题,七言八句)、《奉闺怨二首》(首题,皆五言八句,未署作者)、《忆北府弟妹二首》(首题,第一首七言十二句,第二首七言八句,未署作者)、《奉忆北庭杨侍御留后》(首题,五言八句,未署作者)、《岁日送王十三判官之松州幕》(首题,七言八句,未署作者)、《冬霄(宵)感怀》(首题,七言四句,未署作者)、《叹路傍枯骨》(首题,七言四句,未署作者)、《言怀》(首题,五言八句,未署作者)、《见花发有思》(首题,七言六句,未署作者)、《无名歌》(首题,七言歌行,共20句,未署作者)、《梦归还》两首(首题,皆七言四句,未署作者)。

这14首诗,潘重规《补全唐诗新校》、陈尚君《全唐诗续拾》都收录为殷济的诗,因为第一首《悲春》下原卷署名殷济。殷济其人,据诗推测他曾入北庭都护府幕,并遭吐蕃俘絷[①]。邵文实进一步考证他是在“安史之乱”的动荡中离开家乡,来到北庭都护府辖区,后来追随北庭都护府节度使杨袭古奔西州,杨袭古于西州被杀后,殷济身陷蕃中[②]。据《元和郡县志》卷四〇所载,西州于贞元七年(791)没于吐蕃,这组诗当编成于此年后不久,编集者当为殷济。诗的作者除了殷济外,还有其他人。

《忆北府弟妹二首》写战乱中骨肉分离的痛苦和渴望与弟妹重逢的愿望。《奉忆北庭杨侍御留后》中的杨侍御留后,当为北庭都护府节度使杨袭古。据《旧唐书·吐蕃传》,此诗当写于贞元六年(790)北庭降于吐蕃后。北庭沦陷后,都护府节度使杨袭古与部下二千余人出奔西州,贞元七年(791)秋,被回纥大相颉干迦斯杀害。诗中回忆了与杨侍御留后同被俘絷的遭遇,表达了身在蕃中的寂寞无助以及对杨侍御的怀念之情。这组诗并未按写作时间安排,大约是殷济去世后他的朋友汇编而成。像《岁日送王十三判官之松州幕》写作时间当更早。松州,武德元年(618)置,治所在嘉诚县(今四川

① 徐俊《敦煌诗集残卷辑考》,第384页。
② 邵文实《敦煌边塞文学研究》,兰州:甘肃教育出版社,2007年,第34—44页。

松潘)。广德元年(763)被吐蕃攻陷(《新唐书》卷二一六)。据诗的内容,此诗写于松州陷蕃之前。诗写农历新年送王十三判官到松州幕府,前四句写友人离别,饮酒赋诗相送的离愁别绪,后四句写王十三判官因具有出色的军事才能而得到升迁,希望他去后早来书信。当写于殷济西北边塞行之前。

这组诗中的《无名歌》还见于 P.3620。P.3620 正面抄《封常清谢死表闻》(首题)、《讽谏今上破鲜于叔明令狐峘等请试僧尼及不许交易书》(首题)、敕批一行、邓县尉判四行、《无名歌》,后有题记:"未年三月廿五日学生张议潮写。"此题记没有帝王纪年,只写地支,当抄于吐蕃占领时期。按大中二年(848)推翻吐蕃统治时张议潮 50 岁,其前有四个未年 803、815、827、839,而张议潮就读寺学的时间应当是 815 年 16 岁时。此卷当抄于此年,张议潮是该卷的抄写者。《无名歌》的作者就有几种不同意见:第一,姜亮夫和李正宇认为此诗是张议潮所作[①]。第二,潘重规《补全唐诗新校》、陈尚君《全唐诗续拾》把这首诗收入殷济名下,但《全唐诗续拾》注曰:"疑非殷济诗。"邵文实力主此诗为殷济所作[②]。第三,孙其芳、项楚认为该诗作者已佚失,故名"无名歌"[③]。第四,陈祚龙《校订释无名的〈无名歌〉》认为作者是释无名,《宋高僧传》卷一七有《洛阳同德寺释无名》。徐俊同意陈祚龙的意见,认为 P.3620 卷该诗前有《讽谏今上破鲜于叔明令狐峘等请试僧尼及不许交易书》为释无名所作,认为其下之《无名诗》也应为无名所作。项楚说:"从诗云'天下沸腾积年岁'看来,此诗作于天宝十四年(755)安史之乱以后的若干年,但不是张议潮自作,因为诗中的情景不像是写于吐蕃统治区,而是写中原地区之事。何况'漂泊已经千里外'也与少年张议潮的身世不合。""从《无名歌》中看不出有丝毫僧徒所作的痕迹,相反,从'枌榆产业须抛却'句看来,作者是少有产业的世俗人士。无名并非人名,'无名歌'的意思是不知篇名作者之歌。"今考诸家说法,当以释无名作为是。释无名(722—794),事迹

① 姜亮夫《罗振玉补唐书张议潮传订补》,《敦煌学论文集》,上海:上海古籍出版社,1987 年,第 884—886 页。李正宇《唐宋时代的敦煌学校》,《敦煌研究》1986 年第 1 期。

② 邵文实《敦煌边塞文学研究》,第 44 页。

③ 孙其芳《大漠遗歌:敦煌诗歌选评》,兰州:甘肃人民出版社,2000 年,第 195 页。项楚《敦煌诗歌导论》,第 55—56 页。

见《宋高僧传》卷十七《唐洛阳同德寺无名传》,敦煌文献中还保存有他的《讽谏今上破鲜于叔明令狐峘等请试僧尼及不许交易书》(P.3252、P.3620)。饶宗颐《敦煌曲》根据P.6228校录了《萧关镇从地涌出铭词》(拟题),末句有:“沸腾天下,积年至岁,米千钱,人无失计。”与《无名歌》首句相近。

除了这首《无名歌》外,《全唐诗续拾》于《梦归还》二首下云:“疑非殷济诗”。《梦归还》其二:“春来有幸却承恩,花里含啼入殿门。残妆不用添红粉,且待君王见泪痕。”与《才调集》卷二无名氏《杂词》十三首之七相近,改作之迹明显:“一去辽阳系梦魂,忽传征骑到中门。纱窗不肯施红粉,徒遣萧郎问泪痕。”此诗又见《唐诗纪事》卷八〇、《全唐诗》卷七八五。

这样一来,王重民、陈尚君归入殷济名下的14首诗中,11首内容风格相近,可作为落蕃人殷济的诗。徐俊《敦煌诗集残卷辑考》则认为《春闺怨》《见花发有思》二首没有明确的时地标志,其余9首,从诗题、内容考察,似确为一人所作,作者或即殷济。

26.《山行书情寄呈王十四》武涉(首题,七言八句)。陈尚君《全唐诗续拾》收录[①]。武涉,曾在焉耆,生平无考。有《上焉耆王诗》诗抄于P.3328卷《天台分门图》背面。

27.《咏斑竹》(首题,五言四句)。见《全唐诗》卷一四七[②],为刘长卿诗,题作《斑竹》。

28—29.《游花菀(苑)词》二首(首题,七言四句,未署作者)。陈尚君收录于《全唐诗续拾》卷五三,署名武涉[③]。

30.《得遇入京》刘长卿(首题,七言八句)。又见于《文苑英华》卷二五二[④]、《全唐诗》卷一五一,皆题为《自江西归至旧任官舍赠袁赞府时经刘展平后》[⑤],以上两书所载诗句与P.3812写本多有不同。据傅璇琮考定,“公

① 陈尚君辑校《全唐诗补编》,第1566页。
② (清)彭定求等编《全唐诗》卷七,第1480页。
③ 陈尚君辑校《全唐诗补编》,第1567页。
④ (宋)李昉等编《文苑英华》卷二五二,北京:中华书局,1966年,第1271页。
⑤ (清)彭定求等编《全唐诗》卷一五一,北京:中华书局,1960年,第1567页。

元758年,(刘长卿)因某事而由苏州长洲尉被贬为潘州南巴尉”[①],又据杨世明考证,“上元元年(760),他(长卿)在南巴整整住了一年。次年(上元二年,761)春因逢大赦,首途北归,与家人相会于余干。秋天又有令催他回苏州重推,于是他才又返一别三年的旧任官舍。这年刘展之乱平息不久”。[②]该诗当写于此时。

31.《胡笳十八拍》刘商(首题,七言八句十八首)。序曰:“蔡琰所造《胡笳曲》,琰,字文姬,汉中郎蔡邕女,汉末为胡虏所掠,在胡中十二年生二子,魏武帝与旧,以全帛赎之归国,因为琴曲,写幽愤之情,曲有十八,今每拍为词,叙当时之事。”首尾俱全,不署作者。诗又见P.2845、P.2555卷。又见于《乐府诗集》卷五九,《全唐诗》卷二三,作者刘商。据王勋成考证,刘商的《胡笳十八拍》写于刘商罢合肥县令的一二年间,即大历四年(769)或五年(770)[③]。据王增学考证,刘商《胡笳十八拍》创作背景与肃宗宝应元年(762),唐廷引回纥兵平叛一事有关,刘商当时身在中原,目睹异族抢掠中原妇女之祸而作此诗[④]。元辛文房《唐才子传》卷四里记载刘商“拟蔡琰《胡笳曲》,脍炙当时。”[⑤]

32.《高兴歌 江州刺史刘长卿》(首题,七言歌行)。残损严重,仅存开头十余字。又见P.2488、P.2544、P.2555、P.2621、P.2633、P.2712、P.2976及P.4994和S.2049拼合卷等,P.2555和P.2633所抄最完整,又题作《酒赋》《高兴歌酒赋》[⑥]。《敦煌歌辞总编》《敦煌赋校注》《敦煌赋汇》《敦煌诗歌导论》《全敦煌诗》等先后对此诗有校理研究[⑦]。该赋作者是否为大诗人刘长

---

① 傅璇琮《唐代诗人丛考·刘长卿事迹考辨》,北京:中华书局,1980年,第248页。

② 杨世明《简论刘长卿和他的诗》,《南充师院学报》1987年第3期。

③ 王勋成《从敦煌唐卷看刘商〈胡笳十八拍〉的写作年代》,《敦煌研究》2003年第4期。

④ 王增学《唐代诗人、画家刘商生平创作简论》,《文化学刊》2015年第9期。

⑤ (元)辛文房撰、周绍良笺证《唐才子传笺证》,北京:中华书局,2010年,第894—900页。

⑥ 季羡林主编《敦煌学大辞典》,第552页。

⑦ 任半塘《敦煌歌辞总编》,第1764页。伏俊琏《敦煌赋校注》,第212页。张锡厚《敦煌赋汇》,第201页。项楚《敦煌诗歌导论》,第47页。张锡厚主编《全敦煌诗》,第2425页。伏俊琏《敦煌赋研究八十年》,《文学遗产》1997年第1期。

卿,学界尚有争议[①]。

(二)背面

卷背有独孤播状八通,其后有“正月孟春春渐暄,一别强夫经数年”一行及缺题七言韵语四句:“灵俊言出永著十(实),好个郎君不须洿(夸)。好个郎君莫永(求)人,言语出来句句真。”卷背的七言韵语中出现了“灵俊”其人,据 S.2575 和 S.2991 写卷的记载,灵俊是晚唐五代时期的敦煌僧人。俗姓张,幼年出家到敦煌灵图寺,金山国时任沙州释门都法律、福田判官,曹议金时升都僧政加紫绶,约后晋时去世,享年 63 岁。P.2991 有其邈真赞,莫高窟 329 窟甬道南壁有其供养像与题名。敦煌写本中保存有他撰写的启状两道(P.3466),碑铭传赞 11 篇(P.3425、P.3718、P.3720),又有其青年时期所作七言口号 1 首(P.3312)。所作诗文,题年最早者为景福二年(893),最晚者为清泰二年(935)[②]。徐俊考“灵俊”生平及其诗文,认为 P.3812 写本背面文书的抄写时间或即在乾宁二年(895)以后,至五代后晋间[③]。

综上所述,P.3812 写本抄有高适、殷济、宋家娘子、武涉、刘长卿、刘商等唐代诗人的诗歌 32 首,是带有诗歌选集性质的诗抄,《敦煌遗书总目索引》及《敦煌遗书总目索引新编》著录为“诗歌总集”[④],陈尚君认为 P.3812 写本只能视为杂抄,不能轻易断言即唐人选唐诗,但也不能排除其中有唐人所编诗歌总集残片的可能性[⑤]。所抄诗歌内容以表达对异族侵略的愤慨、对战争不息的埋怨、对家国亲人的思念为主,为流落敦煌的文人所选编抄录。

P.3812 写本的抄写时间,是由卷端录“维大唐乾宁[二][年]”七字,再联

① 相关论著有:柴剑虹《敦煌唐人诗文选集残卷伯 2555 补录》,《文学遗产》1983 年第 4 期。柴剑虹《研究唐代文学的珍贵资料——敦煌伯 2555 号唐人写卷分析》,敦煌文物研究所编《1983 年全国敦煌学术讨论会文集:文史・遗书编下》,兰州:甘肃人民出版社,1987 年。王小盾《敦煌〈高兴歌〉及其文化意蕴》,《上海师范大学学报》1987 年第 3 期。周裕锴《敦煌赋与初唐歌行》,项楚主编《敦煌文学论集》,成都:四川人民出版社,1997 年。

② 李正宇《敦煌文学的作者队伍和传播途径》,颜廷亮主编《敦煌文学概论》,兰州:甘肃人民出版社,1993 年,第 101 页。

③ 徐俊《敦煌诗集残卷辑考》,第 378 页。

④ 王重民编《敦煌遗书总目索引》,第 295 页。施萍婷编《敦煌遗书总目索引新编》,第 300 页。

⑤ 陈尚君《唐代文学丛考》,北京:中国社会科学出版社,1997 年,第 198 页。

系诗歌内容，我们认为正面抄写时间早于背面，背面的抄写时间当在乾宁二年（895）或以后，正面抄写时间应在乾宁二年之前。

五、参考图版

1.《王重民向达所摄敦煌西域文献照片合集》第 20 册，第 7495—7514 页。

2.《敦煌宝藏》第 131 册，第 55—63 页。

3.《法国国家图书馆藏敦煌西域文献》第 28 册，第 140—148 页。

4. International Dunhuang Project（国际敦煌项目，简称 IDP）。

25. P.3821 写本研究

百岁篇 行孝文 曲子词

一、写本编号

P.3821

二、所藏地点

法国国家图书馆

三、写本状况

纸本，对折册页装。未见封皮，前后似脱页，凡 20 页，双面书写，有界栏。每半页尺寸约 11×16 厘米，抄 6 到 8 行不等，行款严整。全册未署作者，亦未见书手题记。书法较佳，多俗写，字迹前后一致，为一人所抄。纸呈米黄色，质地较厚，折痕处可见黏合糊剂，保存状况良好。

四、写本内容

P.3821 依次抄有《缁门百岁篇》《丈夫百岁篇》《女人百岁篇》、悟真《百岁诗拾首》《十二时行孝文一本》(咏史)、《白侍郎作十二时行孝文》《十二时行孝文一本》(礼禅)、《六十甲子纳音》《十二时行孝文》(劝学)，又接着抄《感皇恩》《苏幕遮》《浣溪沙》《谒金门》《生查子》《定风波》等 15 首曲子词及《晏子

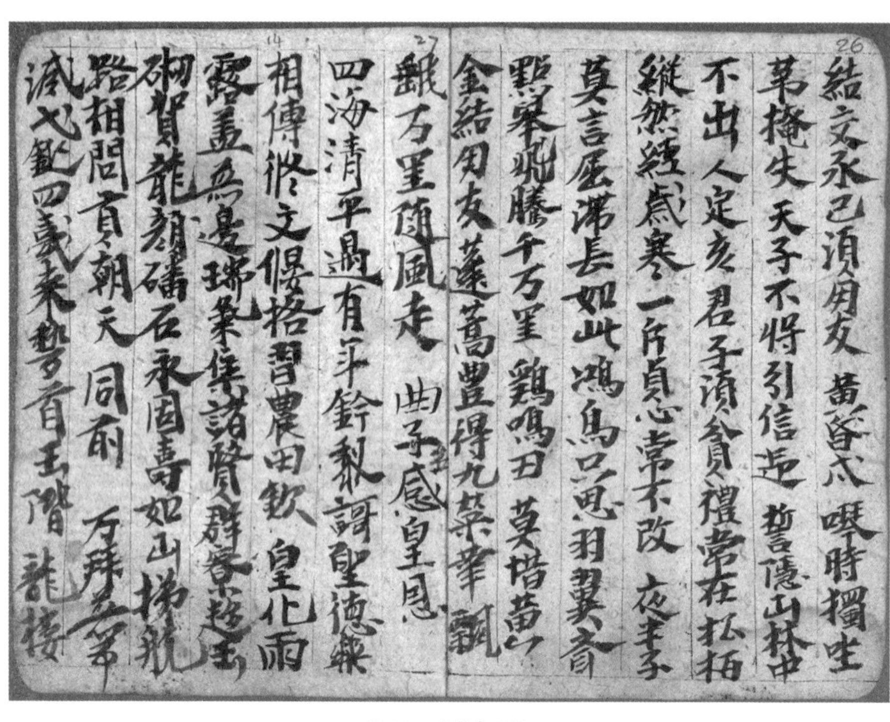

P.3821《感皇恩》

赋》,是一涉及诗赋歌辞的文学丛抄写本。

1.《缁门百岁篇》(补题)。首尾俱全,首起"壹拾辞亲愿出家",下迄"众玉如山惣是空",抄 20 行。又见于 S.2947、S.5549、P.4525、P.3054v 等 4 件写本。其中 S.5549、P.3054v 缺题。S.2947 首题"缁门百岁偏"。P.4525 首题"缁门百岁篇",尾题"缁门百岁篇壹本"。

2.《丈夫百岁篇》(首题)。首尾俱全,首起"壹拾香风绽藕花",下迄"万古空留一土堆",抄 21 行。又见于 S.2947、S.5549、Дx.1563 + Дx.2067 等 3 件写本,其中 S.2947 首题"丈夫百岁偏",S.5549 首题"丈夫百岁篇",Дx.1563 + Дx.2067 缺题,残存 13 行文字。

3.《女人百岁篇》(首题)。首尾俱全,首起"壹拾花枝两斯兼",下迄"明月长年照土堆",抄 21 行。又见于 S.2947、S.5549、P.3168、S.5558 及 Дx.1563 + Дx.2067 等 5 件写本。S.5549、P.3168、Дx.1563 + Дx.2067 首题"女人百岁篇",其中 P.3168 题下注"从壹拾至百年",S.2947 首题"女人百岁偏",S.5558 首题"女人百岁徧",且题下注"从一十至百年",正文仅存"壹拾花枝两斯兼,优"八字。

以上三组"百岁篇"的主要校录本有:刘复《敦煌掇琐》,任半塘《敦煌曲校录》《敦煌歌辞总编》,任半塘、王昆吾《隋唐五代燕乐杂言歌辞集》,汪泛舟《敦煌石窟僧诗校释》,张锡厚主编《全敦煌诗》等①。

《缁门百岁篇》《丈夫百岁篇》及《女人百岁篇》均连续出现于 S.2947、S.5549 及 P.3821 这几件写本。从内容上看,《缁门百岁篇》是写出家人虔诚礼佛的一生,《丈夫百岁篇》是写男人的一生,《女人百岁篇》是写女人的一生。这三组歌辞依据不同人物、不同年龄段,写出他们不同的人生追求和盛衰之时的特征。在格式上,作者以十年为单位,每组有十首辞,每首为七言四句,押韵形式亦同,三者当为联章。但其所见各本均未署作者,齐陈骏认

① 刘复《敦煌掇琐》,北京:中央研究院历史语言研究所,1925 年,第 119—120 页。任半塘《敦煌曲校录》,第 164—172 页。任半塘《敦煌歌辞总编》第 1306—1324、1365—1375 页。任半塘、王昆吾《隋唐五代燕乐杂言歌辞集》,第 1576—1578 页。汪泛舟《敦煌石窟僧诗校释》,第 117—118 页。张锡厚主编《全敦煌诗》,第 5436—5467 页。

为“当时文人学士将悟真一生事迹编成《缁门百岁篇》为人称颂，并作为寺学课本”①。

除了《缁门百岁篇》《丈夫百岁篇》及《女人百岁篇》，敦煌写本中的“百岁篇”尚有《叹百岁诗》(垄上苗、池上荷花)20 首等。“百岁篇”多“将人生以十年为单位，从十岁到百岁，分别用十首歌辞联成一套，来吟唱咏叹人生百年光阴之迅速，盛衰倾灭之无常”②。《敦煌曲初探》考订《百岁篇》属于定格联章形式，并较为详细地考证了《百岁篇》的调名、演变，以及它的分类体式，具有类似体式的还有《十二时》《五更转》《十恩德》等调名，任半塘称它们为“联章四调”③。张锡厚《敦煌文学源流》对《百岁篇》的调名、源流亦加以详细论述④。郑阿财《敦煌写卷定格联章〈百岁篇〉研究》是较早涉及《百岁篇》研究的单篇论文，探究了定格联章《百岁篇》的源流、体制、大致内容以及影响，且对《百岁篇》所涉及的九个卷子(S.2947、S.5549、P.4525、P.3168、P.3361、S.1588、S.930、P.3821、P.2847)作了简明叙录⑤。

4.《百岁诗拾首》(首题)。首尾俱全，由 10 首诗组成，每首七言四句，末句均以“壹生身”结尾，抄 21 行。又见于 P.2748、S.930v、P.4026v、P.3054v、P.2847 等写本，多缺题。P.2748 首题“国师唐和尚百岁书”，其与 S.930v 均有诗序，云：“河西都僧统赐紫沙门悟真，年逾七十，风疾相兼，动静往来，半身不遂。思忆一生，所作所为实事，难竟寸阴，无为理中，功行缺少。犹被习气，系在轮回，自责身心，裁诗十首。虽非佳妙，狂简斐然，散虑摅怀，暂时解闷。鉴识君子，矜勿诮焉。”可知《百岁诗拾首》乃敦煌名僧悟真(约811—895)七十岁以后回忆往事、追忆一生的自省诗。在时间上，十首诗分别从幼龄、盛年及老病三个阶段对其人生进行了追溯，涉及对情感、功勋、贫富、生死等人生问题的思考。语言通俗，叙事说理，即情而发，表现出佛门释

① 齐陈骏、寒沁《河西都僧统唐悟真作品和见载文献系年》，《敦煌学辑刊》1993 年第2 期。

② 郑阿财《敦煌写卷定格联章〈百岁篇〉研究》，《木铎》1987 年第 11 期，收入作者《敦煌文献与文学》，台北：新文丰出版公司，1993 年，第 155 页。

③ 任半塘《敦煌曲初探》，第 52—69 页。

④ 张锡厚《敦煌文学源流》，第 342—348 页。

⑤ 郑阿财《敦煌文献与文学》，第 155—170 页。

者在文学创作过程中追求口语体白话诗的倾向。

有学者认为这组《百岁诗》虽未明言“一十”至“百岁”的各个年龄段的具体数字,但其内容都能扣紧“思忆一生”的百年变化,同时篇内又明确指出“幼龄”“盛年”“岁枯”等年龄特征,若再联系诗人叙述一生经历的全部诗章,则与“百岁篇”的格调、体裁、首数及其表现手法十分相近。唯其每首句末皆以“一生身”三字作结,又具有和声辞的特征,此为“百岁篇之又一格也”[①]。

主要校录本有:任半塘《敦煌歌辞总编》、徐俊《敦煌诗集残卷辑考》、张锡厚主编《全敦煌诗》等,其中《总编》以“《百岁篇》歌辞之体”收录此组作品,认为其性质乃吟唱体俗歌[②]。

5.《十二时行孝文一本》(首题)。首尾俱全,首起“夜半子,干将造剑国无二”,下迄“乃得张良救樊哙”,计 12 首,抄 25 行,每首均以“三韵、七韵、七韵、七韵”调式,分 12 个时辰讲述干将造剑、许由让天下、神农尝百草、荆轲刺秦、汉初三杰等 12 个历史故事,属民间俗曲性质,但主题与“行孝”不符,任半塘拟题作“咏史”[③]。

主要校录本有:任半塘《敦煌歌辞总编》,任半塘、王昆吾《隋唐五代燕乐杂言歌辞集》,曾昭岷等《全唐五代词》,张锡厚主编《全敦煌诗》等[④]。

6.《白侍郎作十二时行孝文》(首题)。首尾俱全,首起“平旦寅,早起堂前参二亲”,下迄“孝传题名终不朽”,计 12 首,抄 22 行,每首均以“三韵、七韵、七韵、七韵”调式。该辞又见于上博 48 号,首题“白侍郎十二时行孝文”。全篇劝人侍亲悌兄,及时行孝,亦属民间俗曲性质。据篇题所示,作者似为“白侍郎”。敦煌所出题署“白侍郎”的作品,除本篇歌辞外还见于 S.619、S.6204、P.3906、P.3597、S.2633。其中 P.3597 首题“白侍郎蒲桃架诗一首”,据卷末题记,其抄于僖宗乾符四年(877)二月二十日。S.619《白家碎金》之

① 张锡厚《敦煌文学源流》,第 347—348 页。

② 任半塘《敦煌歌辞总编》,第 1338—1347 页。徐俊《敦煌诗集残卷辑考》,第 155—158 页。张锡厚主编《全敦煌诗》,第 2839—2848 页。

③ 任半塘《敦煌歌辞总编》,第 1276—1277 页。

④ 任半塘《敦煌歌辞总编》,第 1276—1284 页。任半塘,王昆吾《隋唐五代燕乐杂言歌辞集》第 879—881 页。曾昭岷、曹济平、王兆鹏、刘尊明等编《全唐五代词》,北京:中华书局,1999 年,第 1246—1250 页。张锡厚主编《全敦煌诗》,第 5403—5413 页。

前，以及 S.6204、P.3906《碎金》之后抄白侍郎《赞碎金》《寄卢协律》诗。S.2633《崔氏夫人训女文》附《白侍郎赞》及其诗两首。王重民认为白侍郎《十二时》与《景德传灯录》所载宝志《十二时》皆为伪托[①]。任半塘根据上述几种敦煌所出署名"白居易"的作品，认为《白侍郎十二时行孝文》之"白侍郎"即白居易[②]。陈祚龙则认为《十二时行孝文》是"佚名"之作[③]，再考究《训女文》所附诗、赞，遂认为"白侍郎"是会昌间长安"俗儒"攀附白居易盛名的伪托[④]。徐俊在诸家考证基础上，认为"白侍郎"应指白居易，但这并不代表作者即为白居易，其考证出《白侍郎蒲桃架诗》实为姚合《洞庭蒲萄架》诗。至于《十二时》之类作品，他认为唐代文人作家虽亦有创作，但出于托名的可能性更大[⑤]。此外，"白侍郎"还见于 P.2566、P.2841v、P.4525v 三本题记，P.2566《礼佛忏灭寂记》题记云："开宝玖年(976)正月十六日抄写《礼佛忏灭寂记》，书手白侍郎门下弟子押衙董文受记，后有人来，具莫怪也。"P.2841v《小乘三科》题记云："太平兴国二年(977)丁丑岁二月廿九日白仕郎门下学仕郎押衙董延寿写《小乘三科》题记。"P.4525v 题记云："太平兴国七年(982)壬午岁二月十八日白侍郎门下学士□□□□厶乙。"董文受另有一则观音画题记"信弟子兼技术子弟董文受一心供养"，李正宇据此判断董文受是技术院学生，而白侍郎是技术院师长[⑥]。因此诸如《白侍郎十二时行孝文》等冠名"白侍郎"的这类作品，可能与白居易无关，其作者很有可能是这位敦煌技术院的师长"白侍郎"。

主要校录本有：任半塘《敦煌歌辞总编》，任半塘、王昆吾《隋唐五代燕乐杂言歌辞集》，曾昭岷等《全唐五代词》，徐俊《敦煌诗集残卷辑考》，张锡厚主编《全敦煌诗》等。

---

① 王重民《敦煌遗书论文集》，第 158—163 页。

② 任半塘《敦煌歌辞总编》，第 1302—1303 页。

③ 陈祚龙《敦煌古抄中世释众唱导行孝报恩的歌曲词文集》，《敦煌文物随笔》，台北：商务印书馆，1987 年，第 290 页。

④ 陈祚龙《唐代西京刻印图籍之一斑》，《敦煌资料考屑》，台北：商务印书馆，1987 年，第 261 页。

⑤ 徐俊《敦煌诗集残卷辑考》，第 276—280 页。

⑥ 李正宇《敦煌学郎题记辑注》，《敦煌学辑刊》1987 年第 1 期。

7.《十二时行孝文一本》(首题)。首尾俱全,首起"夜半子,减睡还须起",下讫"万物徒失会",抄歌辞 12 首,计 17 行,作"三韵、五韵、五韵、五韵"调式。又见于 P.2690v、P.3604、P.3116、S.5567 等 4 件写本。P.3604、P.3116 首题"十二时",自"平旦寅"至"鸡鸣丑"抄歌辞 12 首,12 首抄写顺序与 P.3821 稍异,其中 P.3604 卷尾有题记"维大宋乾德捌年(970)岁次庚午正月廿六日炖(敦)煌乡书手兼随身判官李福延因为写十二时一卷为愿"。P.2690v 前后抄写该"十二时"两遍,但字迹、行款、顺序不一致,非一人所抄。其中第一处抄写的顺序稍显混乱。首起"明来暗自除,佛性心中有"句,句下题"此是禅门十二时",尾题"十二时",抄 11 行。第二处抄写起自"平旦寅",下迄"鸡鸣丑",首题"十二时",尾题"此是禅门十时赞",抄 12 行。P.3116 尾题"此是禅门十二时"。S.5567 缺题,抄于同卷第一种内容《圣教十二时》(首题)之后,仅存"夜半子,减睡还须去,端座正昏"12 字。此种"十二时"主要演说佛教思想,劝人"发意断嗔痴""努力早出尘",从而"端坐观心",皈依佛门,有一定的禅宗观念。从其内容来看,与 P.3821 原题"行孝"显然不符,当以《禅门十二时》为是。

主要校录本有:任半塘《敦煌曲校录》《敦煌歌辞总编》,任半塘、王昆吾《隋唐五代燕乐杂言歌辞集》,曾昭岷等《全唐五代词》,张锡厚主编《全敦煌诗》等。

8.《六十甲子纳音》(拟题)。前文抄毕后空约半字接抄此文,缺题。全文凡 30 句,句 5 字,抄 10 行。《伯希和劫经录》及《敦煌遗书最新目录》均忽略 P.3821 这一部分内容,未著录,《敦煌遗书总目索引新编》"《十二时行孝文一本》(首题)"按语:"好几篇,中还夹有六十甲子纳音。"①

"'六十甲子纳音'是一种从先秦传承至今的择时之术",黄大同《"六十甲子纳音"研究》较早地利用传世文献和秦汉简牍对"六十甲子纳音"的概念、性质、形态等问题做了深入研究,但未能利用敦煌文献中的相关资料。敦煌写本中共保存有 11 件"六十甲子纳音",包括 S.1815、S.3287、S.3724 +

① 施萍婷主编《敦煌遗书总目索引新编》,第 300 页。

S.11451、P.3175、P.4711、P.2915、BD00490(洪90)、S.8350、S.5739、P.3277、Дх.2898,郝春文对这些写本进行了梳理,并总体考察了“六十甲子纳音”的性质及用途,将其在敦煌抄写及流行的时间范围推测为吐蕃、归义军时期①。

9.《十二时行孝文》(首题)。首尾俱全,首起“平旦寅,少年勤学莫辞贫”,下迄“飘飖万里随风走”。抄歌辞12首,计22行,均作“三韵、七韵、七韵、七韵”调式。另见于P.2564、P.2633及S.4129等3件写本,其中S.4129缺题,其余二本均题作“发愤长歌十二时”,且在正文前均有七言引诗。

该“十二时”引朱买臣、匡衡、羊角哀、司马相如、苏秦等发奋学习的典故,诗末直言“勤学不辞贫与贱,发愤长歌十二时辰”,可见其旨在劝导青年学子不惧贫贱,发奋图强,此与题目中“行孝”主题不符,恐怕本名为《发愤长歌十二时》。至于其创作时间,可由引诗中的“自从塞北起烟尘,礼乐诗书总不存。不见父兮子不子,不见君兮臣不臣。暮闻战鼓雷天动,晓看带甲似鱼鳞。只是偷生时暂过,谁知久后不成身。愿得再逢尧舜日,圣朝偃武却修文”等语,定在吐蕃时期②。至于歌辞作者可能是当时某位具备较高文化修养的汉族师长。《发愤长歌十二时》与学校教育有着密不可分的关联,这其实正反映了该辞乃至十二时曲调本身源自民间,作为一种自古以来民众热衷传唱、民间广泛流行的俗曲歌调的本质③。

主要校录本有:任半塘《敦煌曲校录》《敦煌歌辞总编》,任半塘、王昆吾《隋唐五代燕乐杂言歌辞集》,曾昭岷等《全唐五代词》,张锡厚主编《全敦煌诗》等④。《敦煌歌辞〈发愤长歌十二时〉写本细读研究》一文针对《发愤长歌十二时》的内容、互见情况及性质,作有系统研究⑤。此外,“自从塞北起烟

① 黄大同《“六十甲子纳音”研究》,《文化艺术研究》2009年第4期。郝春文《〈六十甲子纳音〉及同类文书的释文、说明和校记》,《敦煌学辑刊》2011年第4期。郝春文《敦煌写本〈六十甲子纳音〉相关问题补说》,《文史》2012年第4期。

② 任半塘《敦煌歌辞总编》,第1290页。

③ 郑骥、瞿萍《敦煌歌辞〈发愤长歌十二时〉写本细读研究》,收入伏俊琏、徐正英主编《古代文学特色文献研究》第1辑,上海:上海古籍出版社,2016年,第193、209页。

④ 任半塘《敦煌曲校录》,第130—134页。任半塘《敦煌歌辞总编》,第1288—1297页。《隋唐五代燕乐杂言歌辞集》,第247—249页。《全唐五代词》,第1250—1255页。张锡厚主编《全敦煌诗》第5424—5435页。

⑤ 郑骥、瞿萍《敦煌歌辞〈发愤长歌十二时〉写本细读研究》,第191—209页。

尘"引诗除抄于 S.4129、P.2564、P.2633 外,还单独见于 P.2119v、P.3107v,《敦煌诗集残卷辑考》《全敦煌诗》等作有校录[①]。

"十二时"作为一种曲调形式约于萧梁甚至更早时代产生,其主要是"利用干支记时的方法,将一天分为十二时辰而分别写成十二章歌辞的民间曲调"[②]。除了 P.3821 所见的这四种《十二时》,敦煌写本中另有《禅门十二时》(劝凡夫)、《法体十二时》《圣教十二时》《维摩五更转十二时》《学道十二时》等,相关写本达 31 件。敦煌所存的《十二时》内容上除宣讲佛教义理、演绎佛经故事外,还有相当一部分属演说世俗百态、教示人生哲理的民间俗曲。有关"十二时"的研究,主要有:向达《禅门十二时》、王重民《读十二辰歌》《说〈十二时〉》、郑阿财《敦煌写卷定格联章〈十二时〉研究》《唐代佛教文学与俗曲——以敦煌写本〈五更转〉、〈十二时〉为中心》《敦煌佛教文学》、郑骥的硕士学位论文《敦煌歌辞〈十二时〉写本研究》等[③]。

10. 曲子词十五首

《十二时行孝文》抄毕,接抄曲子词,包括《感皇恩》《苏幕遮》《浣溪沙》《谒金门》《生查子》《定风波》诸调,计 15 首,68 行,首尾俱全。按原卷《苏幕遮》二首抄于《感皇恩》二首后,均题"同前"(即同"《感皇恩》"),王重民、任半塘皆以此二首曲调异于前者,考订调名当作《苏幕遮》[④]。十五首曲子词中除《谒金门·长伏气》见于 P.3333,其余均未见他本。各调之下所抄曲子词均以"同前"表示相连。

(1)《感皇恩》二首:《曲子名感皇恩》(首题),首句"四海清平遇有年";《同前》(首题),首句"万邦无事灭戈鋋"。P.3128 也抄有两首《感皇恩》,第一

---

① 徐俊《敦煌诗集残卷辑考》,第 765—766 页。张锡厚主编《全敦煌诗》,第 3238—3240 页。

② 张锡厚《敦煌文学源流》,第 335—341 页。

③ 向达《禅门十二时》,《国立北平图书馆馆刊》1932 年第 6 卷第 6 期。王重民《读十二辰歌》,《上海申报·文史周刊》30,1947 年 6 月 4 日。王重民《敦煌遗书论文集》,第 158—163 页。郑阿财《敦煌写卷定格联章〈十二时〉研究》,《木铎》1984 年第 10 期。郑阿财《唐代佛教文学与俗曲——以敦煌写本〈五更转〉、〈十二时〉为中心》,《普门学报》2004 年第 20 期。郑阿财《敦煌佛教文学》,兰州:甘肃教育出版社,2010 年,第 63—65 页。郑骥《敦煌歌辞〈十二时〉写本研究》,西北师范大学硕士学位论文,2015 年。

④ 任半塘《敦煌曲校录》,第 70 页。王重民《敦煌曲子词集》,第 47 页。

首首句为“四海天下及诸州”，第二首首句为“当今圣寿比南山”。四首曲子词围绕同一个主题展开，即颂扬政治，祝愿帝王，歌颂皇恩。任半塘以为“《感皇恩》联章四首，内容、形式，均甚齐整”[①]。关于四首《感皇恩》的创作时间，学界历来观点不一。饶宗颐认为 P.3128《感皇恩》二词是歌咏朱梁开国之际（907）[②]。任半塘以为“最为接近者，莫如玄宗”[③]。

（2）《苏幕遮·聪明儿》二首：原写本这两首曲子词前书“同前”二字，是说两首“聪明儿”的调名均为《感皇恩》，而体制与《感皇恩》不合，王重民、任半塘均改为《苏幕遮》。阴法鲁谓“此种现象或出于写卷者错误，或因二曲名‘当时可以混用’”[④]。据《唐会要》卷三三，唐时《苏幕遮》有三曲，分属沙陀调（正宫）、水调（歇指调）、金风调，天宝十三年（754）改曲名，沙陀调者改名《宇宙清》，金风调者改名《感皇恩》，水调者不改。《感皇恩》与《苏幕遮》部分曲调的合璧直接导致了民间创作中《苏幕遮》与《感皇恩》相混同的情况。

这是两首抒发个人抱负的曲子词，前者叙怀才，后者述不遇。第一首曲子词所述的聪明儿才貌双全、武艺高超，“处处皆通闲”，有着一番“辅佐当今帝”的高远志向。第二首中，聪明儿怀才不遇，但即使“几度龙门点颜（额）退”，也并未磨灭他“常有坚心，洒雨乾坤内”“猛透强波，直向清（青）云外”的抱负，颇有一种兼济天下的志趣与自强不息的乐观精神，且全词以鱼喻人，将聪明儿所遭受的挫折及其静待成功的蛰伏与鱼儿相联系，增强了该词的生动性、趣味性。这两首词内容呼应，当为联章之作。

（3）《浣溪沙》四首：首题《曲子名浣溪沙》，后接曲子词三首，各以《同前》为题。第一首（首句“玉露初垂草木彫”）诉游子思归之情，第二首（首句“云掩茅庭书满床”）、第三首（首句“山后开园种药葵”）则通过描绘清幽的自然环境以及寄情山水的自得，展现了归隐生活的闲适恬淡以及作者超世脱俗的品格，意境清奇，颇具韵味。有学者还称道：“隐逸词是后世词苑中独具

① 任半塘《敦煌曲初探》，第 232 页。
② 饶宗颐《饶宗颐 20 世纪学术文集》卷八《敦煌曲》，第 469 页。
③ 任半塘《敦煌曲初探》，第 233 页。
④ 任半塘《敦煌歌辞总编》，第 645 页。

风韵的一支劲秀,敦煌词中的两首《浣溪沙》可视为源头。"[①]第四首(首句"海燕喧呼别渌波")歌咏海燕,重在表现其忠于旧主、不忘故室的特点,让人联想到沙洲地区沦于吐蕃统治达百年,而百姓念念不忘中原,最终在张议潮的带领下推翻吐蕃统治,重新回归大唐怀抱的事迹[②]。

(4)《谒金门》三首:首题《曲子名谒金门》,后接抄曲子词两首,各以"同前"为题。第一首(首句"长伏气")又见于 P.3333,但二本字词多有差异,主旨也有所不同。由 P.3821 中的"闻道君王诏旨,服裹琴书欢喜"词句,可知该曲子词乃写道士出仕之志。而 P.3333 中"闻道诸仙来至,服裹琴书欢喜"句所呈现的是在蓬莱山隐居的道士得以遇仙羽化的欣悦。故林玫仪认为:"一写修道练气之生活,一为讽刺假隐之风,显为独立之二首,宜别立为二。"[③]第二首(首句"云水客")写失意文人的凄苦哀怨之状。第三首(首句"仙境美")通过对仙境的极力刻画,反衬出人世间的丑恶,揭示了荣华富贵、功名利禄不值得留恋。

(5)《生查子》二首:首题《曲子生查子》,后接曲子词一首,题"同前"。第一首首句"一树间(涧)生松",第二句首句"三尺龙泉剑"。两首《生查子》均托物言志,前者表现才德,欲成金殿忠良,后者抒发立功壮志。《敦煌歌辞总编》认为此二首《生查子》内容皆求仕进,为联章歌辞[④]。

(6)《定风波》二首:首题《定风波》,后接曲子词一首,题"同前"。第一首首句"功(攻)书学剑能几何",第二首首句"征战偻罗未是功"。两首曲子词似为二人对唱,前者以武士口吻讥讽儒士,后者则是儒士的反唇相讥。两首曲子词颇具娱乐性,并且"在一问一答间展现文官武将为国效力之情形"[⑤],故而又颇能起到为国尽忠的宣传作用。《敦煌歌辞总编》认为"此二首一问一答,显然联章。显然为民间文艺,文人所嗤为'俳优体',为'戏剧文

① 杨庆存《传承与创新:中国古代文化研究》,上海:复旦大学出版社,2003 年,第 488 页。

② 邵文实《敦煌边塞文学研究》,第 111 页。

③ 林玫仪《敦煌曲子词斠证初编》,台北:东大图书公司,1986 年,第 164、184—187 页。

④ 任半塘《敦煌歌辞总编》,第 397 页。

⑤ 伏俊琏《敦煌文学总论》,第 262 页。

体’者，其内容又一望而知涉及当时之边功、史迹、文化、教育、社会风气等，不平凡、不猥琐，应是盛唐作品”①。

这15首曲子词的创作时间，任半塘认为各调内容大致言盛唐开元、天宝四十年间事，汤涒认为《感皇恩》两首为玄宗时作，《谒金门·长伏气》《定风波》等词颇具盛唐气象，“都表现出了唐人朝气蓬勃、充满理想的积极进取精神，故一般被认为是盛唐作品”。饶宗颐则认为《感皇恩》一类词应作于朱梁开国之际②。

主要校录本有：王重民《敦煌曲子词集》、任半塘《敦煌曲校录》《敦煌歌辞总编》、饶宗颐《敦煌曲》、林玫仪《敦煌曲子词斠证初编》、曾昭岷等《全唐五代词》、项楚《敦煌歌辞总编匡补》等。

11.《晏子赋一首》(首题)。首全尾残，尾部文字因册页脱落而缺失。末二页字体较小，且打破行栏，每面多写一行，盖因存纸不足，抄不完所致，说明此文很有可能是原册最后一件文书。

《晏子赋》又见于S.6332、P.2564、P.3460、P.3716v、P.2647、BD00207v、Дx.925、S.5752等8件写本，其中S.5752仅存赋题“晏子赋一首”。《晏子赋》所写晏子故事源于《晏子春秋》卷六《内篇杂下》，但赋中不少情节是《晏子春秋》所没有的。王小盾认为《晏子赋》为当时“论议”的底本，“是隋唐论议伎人取《晏子春秋》中的若干记载，按论议表演的需要改编成的脚本”③。我们认为，其体制为赋无疑，是一篇论辩体俗赋，其争辩的内容诙谐有趣，语言短小精悍并富有节奏和韵律④。李文洁《敦煌写本〈晏子赋〉的同卷书写情况》逐一分析了诸本《晏子赋》同抄内容的性质、用途及抄写完整性、行款格式、书法字迹等要素，总结出10种与《晏子赋》关系紧密的内容⑤。该赋所见

① 任半塘《敦煌歌辞总编》，第650页。

② 任半塘《敦煌曲初探》，第233—234页。汤涒《敦煌曲子词地域文化研究》，第150页。饶宗颐《饶宗颐20世纪学术文集》卷八《敦煌曲》，第469页。

③ 王小盾《敦煌论议考》，《中国古籍整理》第1辑，上海：上海古籍出版社，1996年，收入《从敦煌文学到域外汉文学》，北京：商务印书馆，2003年，第29页。

④ 伏俊琏《敦煌俗赋的类型与体制特征》，《敦煌文学文献丛稿(增订本)》，北京：中华书局，2011年，第112页。

⑤ 李文洁《敦煌写本〈晏子赋〉的同卷书写情况》，《文献》2006年第1期。

敦煌写本、表演性质、故事源头及晏子的文学形象等可参考《俗赋研究》[①]。

主要校录本有：刘复《敦煌掇琐》，王重民等《敦煌变文集》，潘重规《敦煌变文集新书》，伏俊琏《敦煌赋校注》，张锡厚《敦煌赋汇》，黄征、张涌泉《敦煌变文校注》等。

P.3821 全册并无题记，学界根据其中的抄写内容对抄写时间作出大致推测。齐陈骏、寒沁、徐俊将《百岁诗拾首》定为广明元年（880）作。颜廷亮将此本的抄写上限定于公元 880 年。关于 P.3821 的写本性质，张长彬认为其中所有作品都是表演底本，该册的性质是讲唱文集，是“掌记”的早期形态[②]。

五、参考图版

1.《王重民向达所摄敦煌西域文献照片合集》第 20 册，第 7590—7609 页。
2.《敦煌宝藏》第 131 册，第 110—119 页。
3.《法国国家图书馆馆藏敦煌西域文献》第 28 册，第 185—195 页。
4. International Dunhuang Project（国际敦煌项目，简称 IDP）。

---

① 伏俊琏《俗赋研究》，北京：中华书局，2008 年，第 353—355 页。
② 张长彬《敦煌曲子辞写本整理与研究》，扬州大学博士学位论文，2014 年。

26. P.3866 写本研究

李翔涉道诗二十八首

一、写本编号

P.3866

二、所藏地点

法国国家图书馆

三、写本状况

册子线装，存五页，双面书写，每半页尺寸约为 21.7×15 厘米，抄 15 行左右，除诗题外，每行 9—16 字不等，封面倒书“我本师释迦如来”，墨迹较淡，与正文内容字迹不一致，不是出自同一人之手。该写本共存李翔涉道诗 28 首，每首诗诗题单行书写，较严整，乃一人抄写，字体在楷行之间，笔迹清晰，字迹工整。

四、写本内容

封面倒书“我本师释迦如来”。

第一页抄题“涉道诗　李翔”，第二行开始抄诗，诗题单行书写。李翔

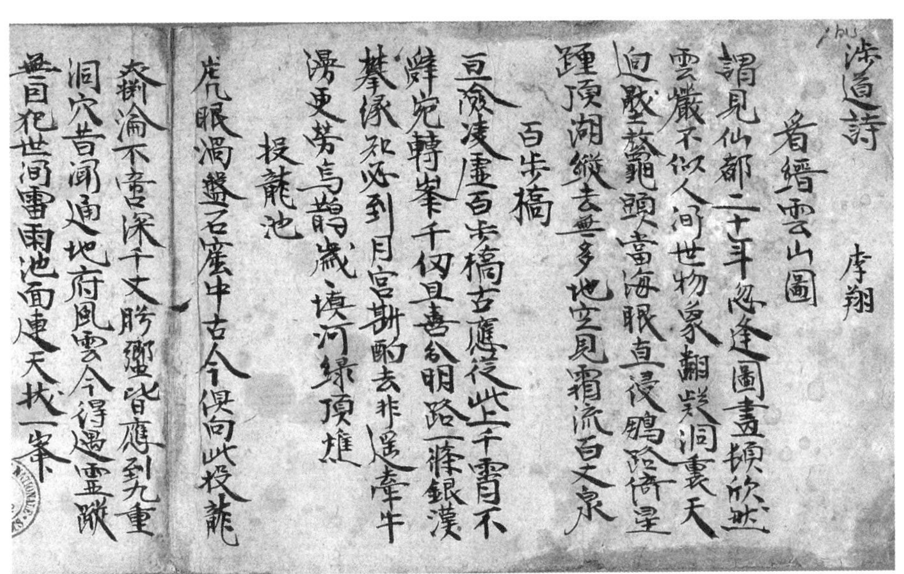

涉道詩

看縉雲山圖　李翔

謂見仙都二十年忽逢圖畫頓欣然
雲巖不似人間世物象翻疑洞裏天
迥壑蟠龍頭當海眼直浸鵬路倚星
躔頂湖纔去無多地空見霜流百丈泉

百步橋

亘險凌虛百步橋古應從此上千霄不
辭宛轉峯千仞且喜分明路一條銀漢
攀緣知必到月宮斟酌去非遥牽牛
渴更勞烏鵲歲歲填河緑頂燋

投龍池

虎眼渴盤石窟中古今俱向此投龍
斧斲淪不啻深千丈勝蹬皆應到九重
洞穴昔聞通地府風雲今得遇靈蹤
無因把世間雷雨池面連天找一峯

P.3866 局部

之涉道诗，唐宋以来书目、文献均未见著录[①]。吴其昱、林聪明认为本诗作者李翔即为福建莆田尉李翔，《新唐书·宗室世系表》记载其为唐高祖九世孙，江王李元祥之后。李翔当生于八九世纪之交，至咸通年间已六十多岁。诗当作于咸通年间（860—874）[②]。日本学者荒见泰史则认为本组诗的作者或为韩愈的门人李翱，原卷"李翔"为"李翱"之误[③]。

1.《看缙云山图》（首题）。此处缙云山，在浙江省缙云县境，又名仙都山，据称黄帝时夏官缙云氏所封，见《仙都志》卷上。这首诗写作者二十年前曾睹仙都风貌，忽得缙云山图，顿觉欣然，然后写图画中的缙云风光：云岩雾绕，山高石耸，湖光流色，霜泉百丈。

2.《百步桥》（首题）。百步桥，在今江西弋阳县境，《太平寰宇记》卷一七〇"信州弋阳县"条："仙人石桥在县西南三十里。按《鄱阳记》云：宝丰山有石亭，高七十余丈，旁有石榜桥，长五十丈，广二丈，其山平正，故老云是仙人凿石构桥之处。"这首诗极写百步桥之"高"：高亘千仞，凌上千霄，通银汉，连月宫，牛郎上此飞桥便可与织女相会。

3.《投龙池》（首题）。投龙池，在庐山寻真观附近，一说即仙都山金龙洞。此诗写投龙池池水回旋，深不可测，响彻九天，遥通地府，池面连天，耸拔天峰。

4.《顶湖》（首题）。顶湖，仙都山旁独峰山上之鼎湖。《仙都志》卷上："鼎湖即独峰顶上湖也。尝生莲花。按唐宋以来名公题咏，并以上鼎湖称之。"此诗极言顶湖之高：湖中鱼是星河之鲤，湖畔鸟为御日之乌，风过波动，水珠化作滋润仙都的花雨。

5.《石鹤》（首题）。石鹤，指仙都山上之翔鸾峰。《仙都志》卷上："翔鹤峰在独峰之南回澜亭左，山巅有二石，状如鸾鹤展翅翔舞，俗呼为丫叉岩。"诗写白石孤标，形态似鹤，古人巧思，名之鹤石，岩花落处可见白鹤朱顶，夜

---

① 徐俊《敦煌诗集残卷辑考》，第 413 页。

② 吴其昱《李翔及其涉道诗》，［日］吉冈义丰编《道教研究》，东京：日本昭森社，1965 年，第 271—291 页。林聪明《敦煌本李翔涉道诗考释》，《敦煌学》第 7 辑，1984 年。

③ ［日］荒见泰史《论敦煌本〈涉道诗〉的作者问题》，《复旦学报》2001 年第 3 期。

雨袭来时闻仙鹤唳声，诗末连用三处典故描写栩栩如生的鹤石。

6.《谢公石罇》(首题)。谢公指谢灵运，袭封康乐公，初为永嘉太守，纵情山水，不理政务，免归，隐居会稽东山。生平事迹见《宋书》卷六七、《南史》卷一九。谢公石罇，具体位置不详。诗借谢灵运之石罇古迹，刻画了一片清幽的山景，怀古之情，叹岁月流转。

7.《童子山》(首题)。童子山在浙江仙都山境内。《仙都志》卷上：“童子峰在独峰侧，其状如笋。独峰之要有窍若脐，此峰平脐，故名。《括苍旧志》云：独峰山旁一平峭立，谓之童子峰。”诗写童子山高耸天际，云层就像童子擎着的霞帔，月亮像被他捧着的仙壶，桑田沧海，始肯随师化躯。

8.《严尚书重浚横泉井》(首题)。据吴其昱考证，严尚书为江西节度使严撰，见《新唐书》卷一五八《严震传》。横泉在江西南昌上篮寺之蛟井。严撰掘柱浚井事，见杜光庭《道教灵验记》“洪州铁柱验”。诗写古井历史久远，遍生绿苔，严尚书浚井安民，福泽一方。

9.《许真君铁柱》(首题)。许真君，指许逊，字敬之，晋汝南人。弱冠从仙人受三清法要，后举孝廉，官旌阳令。不久弃官，周游江湖，以道术为民除害。太康初，拔宅飞升。宋封神功妙济真君，世称许真君或许旌阳。有《许真君仙传》。《能改斋漫录》卷一一“许旌阳作铁柱镇蛟”：“晋许真君为旌阳令，时江西有蛟为害，旌阳与其徒吴猛，仗剑杀之，遂作大铁柱以镇压其处。今豫章有铁柱观，而柱犹存也。”诗写许真君锁蛟铁柱如今尚存，铁柱直下江底，神鬼避趋，风雷不犯，保一方安宁。

10.《题麻姑山庙》(首题)。据《神仙传》中《王远传》记载，麻姑为古仙女，东汉时，仙人王方平降蔡经家，召麻姑至，年可十八，自言“接侍以来，已见东海三为桑田，向到蓬莱，水乃浅于往者，会将减半。岂将复为陵陆乎！”麻姑山庙在江西省城县西南，《太平寰宇记》谓此即麻姑得道处，山顶有坛。颜真卿有《麻姑仙坛记》。诗写麻姑山高耸云霄，风光绮丽，有云间仙坛，月下清流，清露碧莲，叹仙人香火何人能继。

11.《军山前马退石》(首题)。《读史方舆纪要》江西建昌府南丰县：“军山，县西北二十五里，高十九里有奇，接抚州府宜黄县界。其上四峰崛起，傍有飞瀑，一泻千尺，岩石洞壑，皆称奇胜。曾子开云：‘……其势险气秀，若蹲虎兕而鸾凤。’旧传吴芮攻南越，驻军此山，因名。一名南山，以当郡城之南也。”诗写军山险要，马退石后山势更是陡峭，莫说驽马，良驹亦得解鞍。颈尾两联展开联想，何不驾着骏马，踏在连云之上，奔腾至山林之端。

12.《马明生遇王婉罗》(首题)。马明生，一作马鸣生，东汉临淄人，本姓和，字君贤(一作君宝)，少为县吏，捕贼受伤而死，遇太真夫人适东岳，见而怜之，以药救活。遂弃职随之，易名姓，后随安期生周游天下二十年，得受太清金液神丹方，乃入华阴山，依方合金丹服之，白日升天。事见《神仙传·马鸣生传》《云笈七签·马明生真人传》。王婉罗，即太真夫人。《云笈七签·马明生真传》：“(王夫人)因以姓字本末告之曰：我名婉罗，字勃遂，事玄都太真，有子为三天太上府都官司直，总纠天曹事官秩比人间卿佐也。”本诗写马鸣生遇太真夫人的故事，前三联写马鸣生随太真夫人修道，尾联写其为学金液丹法又随安期生万里云游。

13.《登临川仙台观南亭》(首题)。临川仙台观南亭，今已不存。此诗描绘了作者登临川仙台观南亭后所见美景。古松横斜，云雾缭绕，水清见底，行雁拂檐，忘情山水，不觉日暮。

14.《谢梁尊师见访不遇》(首题)。尊师，道士之尊称。梁尊师，其人不详。诗写作者晓斫黄精(一种草药，一名黄芝、仙人余粮)，不知梁尊师来访，独立秋风中，遥想尊师行于暮山之间，故深感怅惘、惭愧。

15.《魏夫人归大霍山》(首题)。魏夫人，据《顾氏文房小说·南岳魏夫人传》记载，魏华存，字贤安，幼而好道，志慕神仙，常欲别居独处，父母不许。年二十四，强适刘幼彦，生二子，后得仙人授《太上宝文》《八素隐书》《大同真经》等。其后丈夫去世，天下大乱。夫人知中原之乱，携二子渡江，冥心斋静真灵，在世八十三年，晋成帝咸和九年托剑化形而去。大霍山，在浙江天台。颜真卿《魏夫人仙坛碑铭》：“使治天台大霍山洞台之中。”诗写魏夫人南归大霍山中，与众真同会仙府，仙歌飘缈，风流九天。

16.《冯双礼珠弹云璈以答歌》(首题)。据《墉城集仙录》卷二记载，三元夫人者，姓冯，名双礼珠。晋穆帝永和五年，与西王母、南极元君、九微元君、王子乔等仙人会于小有清虚上宫绛房之内,宴请南岳紫虚元君魏夫人华存。设以神肴,奏以钧乐,九灵合节,八音珍璨。王母起舞,乃击节而歌。歌毕,夫人自弹云璈而答歌曰:"玉清出九天,神馆飞霞外。霄台焕嵯峨,灵厦秀郁翳。五云兴翠华,八风扇绿炁。仰吟销魔咏,俯研智与慧。万真启神景,唱期绛房会。挺颖德音子,神映乃拂沛。天岳凌空构,洞台深幽邃。游海悟井愿,履真觉世秽。舞轮宴重空,筌鱼自然废。回我大椿罗,长谢朝生世。"云璈,宴乐器名。《元史·礼乐志五》:"云璈,制以铜,为小锣十三,同一木架,下有长柄,左手持,而右手以小槌击之。"这首诗写冯双礼珠与王母的相会绛房,夫人奏云璈答王母之舞,调凌碧霄,曲丽钧天,让人翔于天际,忘情沧海,惹得瑶池侍女争相回首。

17.《魏夫人受大洞真经》(首题)。《大洞真经》一卷,分三十九章,故亦称《三十九章经》。为东晋上清派杨羲假托降神所造。魏夫人受《大洞真经》事未闻。诗咏仙人授魏夫人大洞真经之故事,表达了作者对仙道的向往。

18.《卫叔卿不宾汉武帝》(首题)。卫叔卿,中山人,服云母得仙。天汉二年,往见汉武帝,帝以臣视之,叔卿忽焉不知所在。帝甚悔之,即遣梁伯至中山求之,不得。梁伯又与叔卿之子度世共往华山寻之,至绝岩之下,见叔卿与数人博戏于岩上,终不复往。见《神仙传·卫叔卿传》。此诗即咏此事。

19.《献龙虎山张天师》(首题)。龙虎山,在江西省贵溪县西南,两山对峙,其形一如龙昂,一如虎踞,故名。汉张道陵修炼于此,下有演法观、丹灶、丹井及飞升台遗址尚存。在龙虎二山相接处有上清宫,道陵子孙世居此,即世所谓张天师府。张天师,东汉张道陵入江西龙虎山习炼丹符咒之术,传五斗米道,其徒称曰天师,后世又沿称其子孙受封号者曰张天师。这里的张天师即晚唐时代的后世天师。这首诗写张天师出自名门,久住玄门,地位尊贵,并表达对天师的感激之情。

20.《小有王君别西城总真》(首题)。小有王君,即王褒,字子登,范阳襄平人。少读五经,兼及百子,综算象纬,通探阴阳及风炁律吕,靡有不览。感于人间趣竞得失,利害相攻,遂决志辞亲,入华山中九年,后隐阳洛山中,遇西城真人,授以道书,终得仙道,授为太素清虚真人,领小有天王三元四司右保上公，治王屋山洞天之中。见《云笈七签》卷一〇六《清虚真人王君内传》。本诗咏王褒从西城真人修仙之事，写王君对其恩师的感激之情。

21.《寄题寻真观》(首题)。寻真观，在江西庐山。唐德宗时，侍郎蔡某之女蔡寻真少有异志，每欲出家学道，父母不能夺其志。贞元中，入庐山修道，能以丹药符箓救人疾苦，远近赖之。九江太守许浑尝闻于朝，德宗加敬焉。及寻真蜕解，门人收簪简埋于旧居，以时祭祀，唐昭宗赐名寻真观。见《历世真仙体道通鉴后集·蔡寻真传》。诗写寻真观面湖倚山，地势雄伟，夏闻松涛，秋赏黛色，颇有神异。

22.《题金泉山谢自然传后》(首题)。此诗讲述的是谢自然白日飞升的场景。金泉山，在四川南充。谢自然，唐贞元女冠，性颖异，不食荤血。年七岁，所言多道家事，常诵《道德经》《黄帝内篇》。年十四，犹食柏叶，七年之后，柏亦不食。九年之外，仍有饮水。刺史韩佾疑其妄，闭之累月，开钥出之，肤体宛然，声气朗畅。贞元九年，刺史李坚至，自然告以居城郭非便，愿依泉石。坚即筑室于金泉山，移自然居之。自然有神力，人间吉凶善恶，无不知者，后于金泉道场白日升天。见《太平广记》卷六十六"谢自然"条。此诗即咏谢自然白日飞升之故事。

23.《宿西山凌云观》(首题)。西山，在今江西新建县西，一名南昌山，古散原山。凌云观是唐道士胡惠超居处。胡惠超，武后尝召其问仙事，陈道德帝王治化之原。长安三年仙逝，谥曰洞真先生。开元中复出，为明皇所重。也传明皇三公主从之学道，后隐伏龙山凌云观。见《历世真仙体道通鉴后集·胡惠超传》。这首诗写秋日月夜凌云观之景，并及胡尊、花姑故事。

24.《秋日过龙兴观墨池》(首题)。龙兴观墨池，在江西临川。《能改斋漫录》卷一一"临川王右军墨池"："临川郡学在州治之东，城隅之上，其门庭之间有池，深而不广，而旱暵不竭，世传以为王右军之墨池。每当贡士之岁，或见墨汁点滴如泼，出于水面，则次春郡人必登第者。"诗写作者访龙兴观王右军墨池，今昔盛衰，不觉怅然。

25.《寄麻姑山喻供奉》(首题)。麻姑山，见前《题麻姑山庙》诗题解。喻供奉，其人不详。供奉，官名，唐时凡以文学技艺擅长者，得供奉内庭，给事左右。《文献通考·职官考》"学士院":"玄宗初,以中书务剧,文书多壅滞,乃选文学之士,号翰林供奉,与集贤院学士分掌制诏书敕。"诗写喻供奉选得林泉作清修之地,道法精神,超脱俗世。

26.《览炼师张殷儒诗》(首题)。张殷儒,其人不详。炼师,《唐六典》:"道士修行,德高思精者称炼师。"诗写炼师张殷儒如翻波巨鲸,不群之鹤,才华横溢,意境高远。

27.《西林寺与樵炼师赋得阶下泉》(首题)。西林寺,在江西庐山,后改干明寺,为晋慧永禅师之道场,历经梁陈,并加增茸。欧阳询有《西林道场碑》详载其事。见《大正藏庐山记》卷一。樵炼师,林聪明说:"恐指自称樵人某某之道士。"诗紧扣"阶""泉"二字,先写回廊绕阶,清泉泻于峭岩,再写香众或至远涧游赏,或于高斋与僧人清谈,流光难驻,响入清琴。

28.《舞凤石》(首题)。吴其昱谓舞凤石在江西省南城县姑山或浙江仙都山。林聪明认为,若按作者所咏之道教胜迹皆在江西而言,舞凤石似当在江西麻姑山。诗写舞凤石高峻挺拔,烟海浩渺,恰似麻姑戏瑞禽,洞天幽远,风散九韶,俨然仙境。

吴其昱《李翔及其涉道诗》和林聪明《敦煌本李翔涉道诗考释》是研究这组涉道诗的两篇力作。综合二位先生的观点,主要是以下几个方面。

第一,组诗的性质。此 28 首诗中所述人物计有尧时之许由、巢父,春秋之卫懿公,战国之屈原,汉代之麻姑、马明生、王婉罗、卫叔卿、小有王君、班超,晋代之谢灵运、许逊、魏夫人、冯双礼珠、王羲之,唐代之严撰、梁尊师、张天师、蔡寻真、谢自然、胡惠超、黄花姑、喻供奉、张殷儒、樵炼师等。其中多道教神仙高士及与作者往来之修道者,间亦有史传人物,作者盖羡道家之优游林泉,保真全性,故总其诗名曰《涉道诗》。

第二,组诗的创作时代。吴其昱主要从《涉道诗》中寻找内证,以探讨其时代。《涉道诗》提及唐德宗贞元朝(785—805)女冠蔡寻真、谢自然二人。蔡寻真与李林甫之女李腾空同隐庐山,贞元中诏以所居咏真洞为寻真观。谢自然于贞元十年(794)十一月升天,见《太平广记》卷六十六,《涉道诗》亦言其仙去,则涉道诗之作,当不得早于 794 年。《涉道诗》酬赠之作,其同时之人可考者有严尚书。《严尚书重浚横泉井》诗言“喜见将军杖节开”，横泉井在江西。严尚书当为江西节度使，今所确知之中晚唐江西节度使严姓而具尚书衔者，唯有严谍，彼于懿宗咸通中，曾官检校工部尚书、洪州刺史、镇南节度使、江南西道观察处置使等，世有掘柱浚井事，见杜光庭《道教灵验记》。故诗中之严尚书，当为咸通中之严撰，《涉道诗》作者亦当为咸通中人。《西林寺与焦炼师赋得阶下泉》云：“时有真官访衰病”，示作者当时已在暮年，或即李翔年老退隐时所作。据李翔祖父辈时代推测，其当生于八九世纪之交，至咸通(860—874)中约已六十余岁，此亦与《涉道诗》作者之时代相合处。《献龙虎山张天师》云：“六宫魔幻暗销魂。”六宫当指长安皇宫，即此张天师曾为时君召见。中晚唐天师中，张谌曾为文宗召见，赐官辞归，懿宗咸通中降金建醮，诗中天师如为张谌，则《涉道诗》作者当为九世纪前中期人。林聪明对此有所补充：《军山前马退石》云：“何因不许超骧辈，踏着连云大麓端。”军山在江西南丰县西，汉吴芮攻南越，驻军此山而得名。连云堡在甘肃省泾川县西，据《旧唐书·吐蕃传》，德宗贞元三年(787)，堡为吐蕃所陷。《涉道诗》作者于军山缅怀前人功业，恩及本朝屡遭外患，而未能遣大将长征塞外，感触万端，故此诗之作，当不早于德宗朝，作者确为中晚唐人。

这组诗的主要校录本有：吴其昱《李翔及其涉道诗》，陈祚龙《敦煌古抄中世诗歌》，林聪明《敦煌本李翔涉道诗考释》，王重民、刘修业《补全唐诗拾遗》，徐俊《敦煌诗集残卷辑考》，陈贻焮《增订注释全唐诗》，张锡厚主编《全敦煌诗》等。

五、参考图版

1.《敦煌宝藏》第131册，第350—353页。

2.《法国国家图书馆藏敦煌西域文献》第29册，第32—34页。

3. International Dunhuang Project(国际敦煌项目，简称IDP)。

27. P.3883 写本研究

孔子项托相问书

一、写本编号

P.3883

二、所藏地点

法国国家图书馆

三、写本状况

纸本，卷轴装。双面书写。现存规格 29.5×83 厘米，由三纸黏合而成。呈米黄色。首残尾全，有首题，残缺数字，仅余“问书一本”。有淡墨涂改现象。先写后粘，有界栏，行列清楚，抄写较为整齐。第一纸 24 行，前 5 行下半部份残缺，第二纸 23 行，第三纸 20 行，共计存 67 行。行 21—25 字不等。为同一人所抄，楷书间杂行书，字体较工整，文字间多俗写。卷末题有“孔子项托相问书一卷”。背面存数行杂写，字迹潦草随意，墨色浓淡不一。

四、写本内容

写本正面：《孔子项托相问书一卷》。首题残，存“问书一本”，尾题“孔子项托相问书一卷”。未署作者。起“昔者夫子东游，行至荆山之下，路逢三个

夫子使人把鍬钁　掘著地下有石堂　一重門裏石師子
兩重門外石金剛　入到中門側耳聽　兩伴讀書似鴈行
夫子拔刀撩乱斫　其人兩兩不相傷　化作石人總不語
藏刀割截血汪汪　項託殘去猶未盡　迴頭遥望啓孃孃
將兒赤血瓮盛著　擎向家中七日強　阿孃不忍見兒血
擎將寫著甕[illegible]傍　一日二日竹根生　三日四日竹蒼蒼
竹竿森森長百尺　節節兵馬似神王　弓刀器械沿身帶
腰間寶劍劍白如霜　二人登時却覓勝　誰知項託在先亡
夫子當時甚惶怕　州懸分明置廟堂
孔子項託相問書一卷

P.3883 局部

小儿”,迄“夫子当时甚恍怕,州悬(县)分明置庙堂”。本篇在敦煌石室出土文献中有19个写本,其中16个汉文写本:P.3883,首题作《[前残]问书一本》,尾题《孔子项托相问书一卷》。P.3833,首题《孔子项托相问诗一首》。P.3255,前后俱缺。P.3754,前后俱残。P.3882,前后俱残。P.3826,抄“孔子共项托相问书一卷,孔子项托 永兴□写”二行。S.5529,首尾完整,首题《孔子项托相问书一卷》。S.5674,首尾俱完,首题《孔子共项托相问书一卷》,尾题《孔子共项托一卷》。S.5530,前后皆残。S.1392,首题《(前残)相问书一卷》,尾题《孔子项托相问书一卷》。S.395,前残,尾题《孔子项托一卷》。S.2941,首题《孔子项托相问书一卷》,尾残。Дx.01356(孟目1481),前后皆残。Дx.02352(孟目2862),残片。Дx.02451(孟目2861),残片。李木斋藏本,此本情况不明。按,李木斋盛铎所藏敦煌写本,有400卷左右,并编有简目,后大多售予日本人。清末甘肃藩司何彦升旧藏有《孔子项托问答文》,何氏旧藏今多归日本京都藤井氏有邻馆。然饶宗颐《京都藤井氏有邻馆藏敦煌残卷纪略》说:“何氏原目中,尚有《太公家教》一,《祭文》一,《孔子项托问答文》一(有天福次),藤井氏藏均无之。”何彦升之子何震彝,为李盛铎的女婿,据叶遐庵云:“何早卒,除其生前赠友者外,闻亦归李氏。”那么,何彦升旧藏的《孔子项托相问书》,可能就是《李氏鉴藏敦煌写本目录》所著录的那一件。

敦煌藏文写卷中也有这个故事的三个写本:S.724、P.992、P.1284。冯蒸《敦煌藏文本〈孔子项托相问书〉考》[①]对三个藏文写卷的内容做了拉丁文转写和汉译。据冯文介绍,这三个藏文写卷,文字有差异,P.992是一个来源,S.724和P.1284是另一个来源。P.1284号卷末有一个署名“石华筵(Zig Hua yan)写”,很像汉族人姓名。冯文还考定这个写卷是十世纪左右的写本。藏文中孔子项托故事虽是从汉文本翻译来的,但在故事情节上还是有很大差异。

项托,也写作“项橐”。《论语·子罕》有达巷党人称赞孔子的话:“大哉孔子,博学而无所成名!”汉代注家谓“达巷党人”即“项橐”。《战国策·秦

① 冯蒸《敦煌藏文本〈孔子项托相问书〉考》,《青海民族学院学报》1981年第2期。

策》有“项橐七岁而为孔子师”的说法,《淮南子》《史记》《新序》等书也有同样的记载。从《论语》记述的口气看,“达巷党人项橐”可能年龄稍长于孔子或与孔子同时。他聪慧早夭。“孔子师项托”与“孔子问礼于老聃”一样,目的是强调“圣人无常师”而已。在长期的流传过程中,在一些不同学派者的眼中,成为孔子知识欠缺、学问不足的证据,终于发展成为批评、嘲讽孔子的故事。

本篇虽以“书”为名,但究其体制,则是一篇典型的民间故事赋。全篇可分为两部分,前部分以孔子与项托问答争辩为主,句子以四、六言为主,间以少数七言或杂言,大体押韵,换韵自由。内容主要叙述孔子出游,路逢闻多识广的小儿项托,二人唇枪舌剑,展开一场相互论难辩说,是精彩的斗智故事。其争辩问答,包括:何以不戏、何不避车、年少知事、何山无石、共游天下、平却天下、屋上生松、夫妇与父母孰亲、鹅鸭何以能浮等一系列问题。内容很广泛,涉及天文地理、自然现象、社会家庭、伦理道德、神话传说等等。小儿项托一一对答如流,表现出极高的聪明才智,同时还善于审察异同,以大量确凿的事实为依据,用严密的逻辑推理一一难倒孔子,使孔子最后不得不长叹:“方知后生实可畏也!”后部分是一首五十六句的七言长诗,全诗除“草”字出韵外,均押平声阳韵,韵字不避重复。内容情节与前半部不甚协调,主要叙述:项托问难孔子后,经历年岁,入山求学,孔子访得其处,追踪而至。时项托正在石堂内读书,孔子向前拔刀乱砍。项托身死,化为石人,又精灵不散,化作森森百尺之竹。孔子惶怕,乃于各州县设置庙堂,祭拜小儿项托。可以说对孔子极尽丑化诬蔑之能事。当然这也不是纯粹的无中生有。孔子和杀人有关的,唯有诛少正卯一事。此事不见于《论语》《左传》等书,首见于《荀子》,汉人多提及。《荀子·宥坐》中记载,孔子为鲁相,仅仅七天就杀了少正卯,他的学生也无法理解,以为是“为政之失”。孔子陈述其杀人的理由是:“一曰心达而险,二曰行辟而坚,三曰言伪而辩,四曰记丑而博,五曰顺非而泽。”[①]都是欲加之罪、何患无辞的“软”罪名。据《论衡》记载,少

① 梁启雄《荀子简释》,北京:中华书局,1983年,第386页。

正卯与孔子同时在鲁国讲学,与孔子针锋相对,孔子的学生都去听讲,致使孔子之门为之"三盈三虚"。那么,孔子一旦大权在手,除掉异己,也就是情理之中的事了。孔子杀少正卯,与孔子杀项托,其性质是一样的。

1969 年,吐鲁番阿斯塔那唐墓出土了两件残损的抄本,被整理组拟名为《孔子与子羽对语杂抄》,其中所讲的故事与敦煌本《孔子项托相问书》基本相同(见《吐鲁番出土文书》第五册)[①]。吐鲁番本《孔子与子羽对语》的抄写时间,《吐鲁番文书(五)》的编者根据断片(一)的第 2 行、第 3 行间有"龙朔二年(662)"四字和断片(二)的第 3 行"民"字缺末笔的避讳现象,推测它们最晚写于龙朔二年。由此可知,孔子项托争辩之类的故事,在盛唐时已十分流行。

《敦煌变文集·孔子项托相问书》校记:"按此故事在敦煌所有俗文中,传本最多,流传亦最广。更从其他有关资料观之,不但流传最广,亦最长。明本《历朝故事统宗》卷九有《小儿论》一篇,文字尚十同八九。明本《东园杂字》也有这一故事。又解放前,北京打磨厂宝文堂同记书铺,还有铅印《新编小儿难孔子》在出售,与敦煌本文字犹十同七八。"

刘铭恕(1911—2000)《斯坦因劫经录》著录 S.0395《孔子项托一卷》下说明:"孔子师项橐及二人问难故事,古书所记者,《癸巳存稿·冲波传》《类稿·项橐考》曾有论列。但就本卷内容审之,其故事已失传者,亦复不少。而可奇者,此卷前部孔子所问'何树无枝?何牛无犊?何马无驹?何夫无妇?何女无夫?何山无石?何水无鱼?何人无家'云云一节,似不见于唐宋说部,而独见于日本古小说《今昔物语集》(见芳贺矢一考证《今昔物语集》卷十震旦部第九孔子道行值童子问申语),亦足见此一故事虽不见于汉魏古书,其创说必始于唐代。然则皮日休撰《无项橐》篇(《皮子文薮》卷七),应系有感而发。"[②]

据日本实践女子大学牧野和夫《敦煌藏经洞藏〈孔子项托相问书〉类の

① 张鸿勋《〈孔子项托相问书〉故事传承研究》,《敦煌研究》1985 年第 2 期,收入张鸿勋《敦煌俗文学研究》,第 222—244 页。

② 施萍婷主编《敦煌遗书总目索引新编》,第 13 页。

日本伝来・受容について》一文介绍，日本高野山大学图书馆藏有16世纪的《孔子论》一册，日本国醍醐寺藏17世纪写《孔儿论》一册，家藏故阿部隆一氏旧藏17—18世纪写的《孔子论》一册，日本庆安四年刊《类杂集》卷九所收《孔子论》，日本宫城县立图书馆伊达文库藏18世纪写《孔子论》等，都是和敦煌本《孔子项托相问书》同类的故事①。

越南也藏有"孔子项托故事"的写本，今所知者有三本，藏于河内市栋移越南国家社会科学中心汉喃研究院图书馆，皆为抄本。王小盾《越南本〈孔子项橐问答书〉谫论》记载："三本内容相近，但文字颇多差异，为便于比较，今录为三本。其一拟名'越甲本'，原题《昔仲尼师项橐》，附载在中国史札记《诸史解疑》（汉喃研究院索书号A.2409号）之后。据书末题记，《诸史解疑》抄于1890年。其二拟名'越乙本'，原无题，附载在喃文时歌集《各调喝古越南吧没数排诗》（汉喃研究院索书号VNv.232号）之后。其三拟名'越丙本'，原题《孔子项橐问答书》，附载在人物故事集《异人略志》（汉喃研究院索书号A.1710号）之后。"王先生还把越南本与敦煌汉文本、敦煌藏文本、明本的情节作了详尽的比较②。

张鸿勋《〈孔子项托相问书〉故事传承研究》一文钩稽了明清以来诸多零星的孔子项托故事。此文还指出，此故事"至今仍在民众口头流传，像河北省的《拜师》（张兆荣讲述，张俊青搜集整理，见《历代文学艺术家传说》第二集，上海文艺出版社1984年出版），部分情节就与《孔子项托相问书》近似。1982年，南京大学中文系的师生赴江苏省句容县茅山采风时，从75岁老人赵长龙那里听来一则类似故事，可以说是这故事的最新记录本了。""此外，传统相声《蛤蟆鼓儿》、台湾歌仔戏《孔子项橐论歌》（凤山王贤德作，讲述孔子与项橐论天文地理故事，日本占领时期凤山捷发书店印行）、《孔子小儿答歌》（1955年台湾竹林书局发行）等，则是其保存于曲艺中的影子了。"由此可知，这一传说故事，长久以来流传在全国各地，遍及中原和西域，同时更远

---

① ［日］牧野和夫《敦煌藏经洞藏〈孔子项托相问书〉类の日本伝来・受容について》，郝春文主编《敦煌遗书论集》，沈阳：辽宁人民出版社，2001年，第256—281页。

② 王小盾《从敦煌学到域外汉文学》，第289—313。

播日本、韩国、越南等国家。

主要校录本有：刘复《敦煌掇琐》，王重民等《敦煌变文集》，潘重规《敦煌变文集新书》，张鸿勋《敦煌讲唱文学作品选注》，项楚《敦煌变文选注》，黄征、张涌泉《敦煌变文校注》等。

背面为《辛酉年杂写》①，第一纸 6 行为："建阴元/王□□□任/楮赤色也奠□时□顶红锦□□□吹□却衣服□/煞祭神 天有几梁地有几□(此八字为倒书)/三月六府□□是非/天王。"第二纸 4 行为："辛酉年正月廿日三/□迁□梨▭/辛酉年正月□□之卷母道场记/辛酉年正月廿十三日之卷父道场记。"

五、参考图版

1.《王重民向达所摄敦煌西域文献照片合集》第 21 册，第 7778—7781 页。

2.《敦煌宝藏》第 131 册，第 428—430 页。

3.《法国国家图书馆馆藏敦煌西域文献》第 29 册，第 84—86 页。

4. International Dunhuang Project(国际敦煌项目，简称 IDP)。

① 施萍婷主编《敦煌遗书总目索引新编》，第 303 页。

28. P.3885 写本研究

唐诗文丛抄

一、写本编号

P.3885

二、所藏地点

法国国家图书馆

三、写本状况

纸本，卷轴装。首尾皆残，双面书写。现存规格 191.5×28 厘米，由五纸黏合而成：前四纸长度在 38.5—40 厘米之间，第四纸左上角缺失。最后一纸长 34 厘米，下半部分缺失并与前四纸脱离。总体呈黄褐色，纸质略厚，正、背两面均有稍许油渍浸染痕迹。

先粘后写，无界格。正面为同一人所抄，行楷，笔迹工整遒丽，部分诗文有朱笔句读，有空格表敬，小字表谦。背面前一纸为裱褙，有上下界格，与后半部分颜色不同，可见粘裱痕迹。其余部分无裱褙，无界格，且墨迹浸染严重。为二人抄，其一为楷书，笔迹纤细，墨色清淡，有朱笔“△”分节符。其二为两行行草，夹抄于楷书间，字迹潦草，模糊不清。

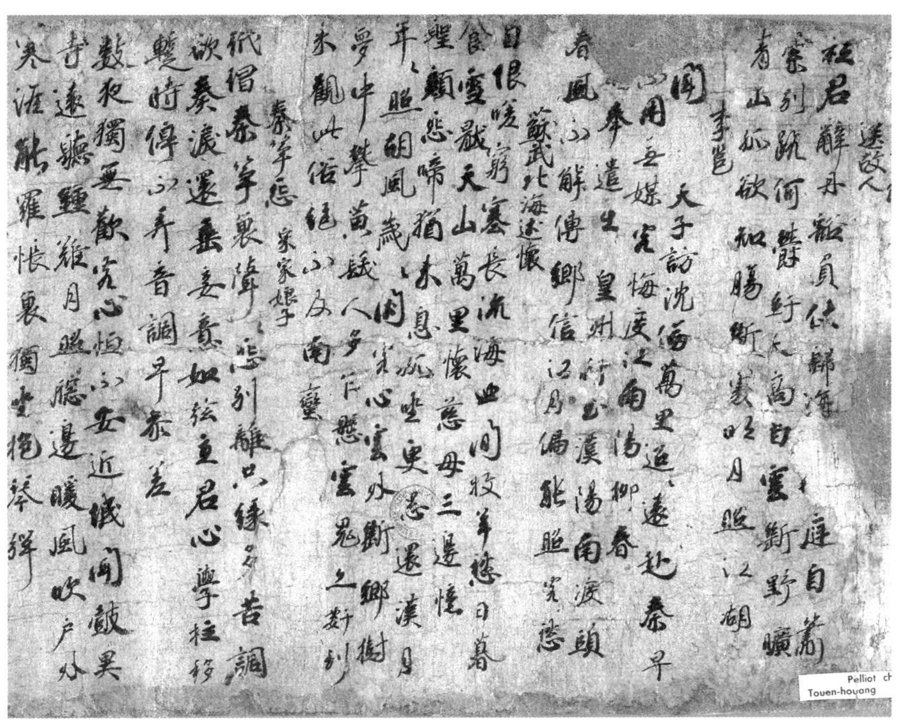

P.3885 局部

四、写本内容

写本正面共138行。前三纸抄诗15首，第四纸抄书信一篇、公文三篇，最后一纸抄《龙门赋》。P.3885正面笔迹与P.3619、P.2673似出自同一人之手[①]，正面所抄15首诗与P.3619重出9首，所抄《龙门赋》与P.2673重出[②]。

1. 诗十五首

(1)《送故人》(首题)，未署作者，起"祇君辞丹豁"，迄"明月照江湖"，五言八句。此诗又见于P.3619，题作《饯故人》，下署"高适"。此诗不见于《高常侍集》，《全唐诗》失载，刘开扬《高适诗集编年笺注》亦未收。孙钦善《高适集校注》、黄永武、施淑婷《敦煌的唐诗续编》、陈尚君《全唐诗补编》、徐俊《敦煌诗集残卷辑考》、张锡厚主编《全敦煌诗》据P.3619收录[③]。孙钦善认为此诗或作于天宝十一载(752)秋高适客游长安之时[④]，施淑婷通过诗中"辞""萧索""何郁纡""肠断""明月"等高适喜用字词判断该诗为高适佚诗[⑤]。考高适同时期诗作[⑥]，如《送蹇秀才赴临洮》中"倚马见雄笔，随身唯宝刀。料君终自敢，勋业在临洮"等，其中表现的思想感情、语言风格皆与此诗相似。高适(700—765)[⑦]，字达夫，史称其为渤海蓨(今河北景县)人。天宝八载(749)，睢阳太守张九皋荐举有道科，及第，授封丘县尉。天宝十二载(753)，河西节度使哥舒翰辟为左骁卫兵曹、掌书记。安史之乱起，以监察御史佐守

---

① 黄永武《敦煌的唐诗》，第201页。

② 正面内容描述参见王重民编《敦煌遗书总目索引》，第297页。施萍婷主编《敦煌遗书总目索引新编》，第303页。徐俊《敦煌诗集残卷辑考》，第425页。

③ 孙钦善《高适集校注》，第217页。黄永武、施淑婷《敦煌的唐诗续编》，第215页。陈尚君辑校《全唐诗补编》，第874页。徐俊《敦煌诗集残卷辑考》，第316、425页。张锡厚主编《全敦煌诗》，第2036页。

④ 孙钦善《高适集校注》，第217页。

⑤ 黄永武、施淑婷《敦煌的唐诗续编》，第216页。

⑥ 刘开扬《高适诗编年笺注》，北京：中华书局，1982年。其第232—246页所录之诗皆为高适天宝十一载秋日弃官西至长安时作。

⑦ 有关高适生年，周勋初《高适年谱》认为其生于圣历三年即久视元年(700)，孙钦善《高适集校注》认为其生于武后长安元年(701)，闻一多《唐诗大系》认为其生于长安二年，游国恩等《中国文学史》、左云霖《高适传论》从之，中国社会科学院文学研究所编《中国文学史》对此存疑。刘开扬《高适诗编年笺注·高适年谱》认为其生于武后长安四年。阮廷瑜《高常侍集校注》认为其生于唐中宗景龙元年(707)。此据周说。

潼关。其生平事迹见《旧唐书》卷一一一、《新唐书》卷一三四、《唐诗纪事》卷二三、《唐才子传校笺》卷二,近人有《高适年谱》多种。《新唐书·艺文志》载《高适集》二十卷,《郡斋读书志》录其集十卷、《集外文》二卷、《别诗》一卷,《直斋书录解题》著录《高常侍集》十卷,现存《高常侍集》多为十卷本。《全唐诗》卷二一一至二一四录其诗四卷。《补全唐诗》收录敦煌写本中高适佚诗七首又4句,《全唐诗续补遗》补一首,《全唐诗续拾》卷一五补3首。

(2)《□(P.3619作"忽")闻天子访沈沦》(拟题),起"□闻天子访沈沦",迄"悔度江南阳柳春",七言四句。又见于P.3619,未署题名及作者。《唐诗纪事》卷八十收为"不知名"诗,注引顾陶《类诗》云"不知名氏"①。顾陶,唐大中(847—859)间人,依此知该诗在唐代盖已失作者②。《全唐诗话》卷六录此诗,归为"不知名"诗,文字小有差异③。《全唐诗》卷七八六收录,题《绝句》④。《补全唐诗》《敦煌诗集残卷辑考》《全敦煌诗》收作李邕佚诗⑤。陈尚君《全唐诗补遗六种札记》云:"邕为善子,长安中由李峤等荐官,其生平与诗意尚存抵牾。"⑥。李邕(675—747),字泰和,扬州江都(今江苏扬州)人,著名《文选》学家李善之子。武后长安初,李峤等荐其词高行直,授左拾遗。累官为户部郎中,陈州刺史,汲郡、北海太守。邕性豪奢,不拘细行,所在纵求财货,驰猎自恣。后奸赃事发,就郡决杀之。邕以文名,尤长于碑颂。又精于书法,行草之名尤著。其生平事迹见《旧唐书》卷一九〇、《新唐书》卷二〇三、《书史会要》卷五、《唐诗纪事》卷一七。《全唐文》卷二六一至二六五录存其文五卷,《唐文拾遗》卷一六辑补八篇。《全唐诗》卷二六一录存其诗四首,《补全唐诗》辑补三首,《全唐诗续拾》卷十二又补四首。

(3)《□□(P.2555作"明时")奉遣出皇州》(拟题),未署作者,起"□□奉

---

① (宋)计有功撰、王仲镛校笺《唐诗纪事校笺》,成都:巴蜀书社,1989年,第2053页。

② 徐俊《敦煌诗集残卷辑考》,第426页。

③ (宋)尤袤《全唐诗话》卷六,北京:中华书局,1985年,第132页。

④ (清)彭定求等编《全唐诗》卷七八六,第8864页。

⑤ 陈尚君辑校《全唐诗补编》,第23页。徐俊《敦煌诗集残卷辑考》,第307、426页。张锡厚主编《全敦煌诗》,2006年,第1660—1662页。

⑥ 陈尚君《补遗六种札记》,《中国古典文学丛考》第2辑,上海:复旦大学出版社,1987年,第52页。

遣出皇州”,迄“江月偏能照客愁”,七言四句。又见于 P.2555,未署题名及作者。本诗不见于传世文献,王重民《补全唐诗》将此诗收作李邕诗,张锡厚主编《全敦煌诗》从之[①]。徐俊认为将此首归为李邕诗实无据[②]。此诗写旅居塞外的愁思,不见于传世本。

(4)《苏武北海述怀》(首题),未署作者。起“自恨嗟穷塞”,迄“绝不及南蛮”,五言十六句。又见于 P.3619,题作《叹苏武北海》,未署作者。本诗不见于传世文献。苏武(前 140—前 40),字子卿,杜陵(今陕西西安)人,其生平事迹见《汉书·苏武传》:武帝天汉元年(前 100),武以中郎将出使匈奴,被扣,徙至北海无人处,啮雪食草籽,持汉节牧羊十九年。后得归,拜为典属国[③]。唐诗中有许多以苏武为咏叹对象的诗作,此诗借苏武之事表达身处异乡的家国愁思。北海,即今贝加尔湖。《敦煌诗集残卷辑考》《全敦煌诗》等有校注及研究[④]。诗写苏武牧羊北海,客居异乡,北地苦寒,匈奴奸诈,思乡心切,孤独怨啼。本诗写作年代无考,根据其在 P.3619、P.3885 两个写本中的排序,亦当作于开天时期。

(5)《秦筝怨　宋家娘子》(首题),起“玳瑁秦筝里”,迄“音调早参差”,五言八句。此诗不见于传世文献。宋家娘子,真实姓名无考,另有《春寻花柳得情》一首,见 P.3812,传世文献亦未载。此诗写一个忠于爱情而又所遇不淑的女子的哀怨之情,陈尚君《补全唐诗》、徐俊《敦煌诗集残卷辑考》、张锡厚主编《全敦煌诗》收录。

关于宋家娘子其人其诗,学界有不同观点。王重民《补全唐诗》:“《全唐诗》第十一函十册有郎大家宋氏,不知即其人否?”[⑤]《敦煌文学作品选》亦疑郎大家宋氏即宋家娘子[⑥]。陈尚君《全唐诗补编》认为该诗作者疑为郎大家

---

① 陈尚君辑校《全唐诗补编》,1992 年,第 23 页。张锡厚主编《全敦煌诗》,第 1663 页。

② 徐俊《敦煌诗集残卷辑考》,第 426 页。

③ (汉)班固《汉书》卷五四,北京:中华书局,1962 年,第 2459—2470 页。胡大浚、王志鹏《敦煌边塞诗歌校注》,第 141 页。

④ 徐俊《敦煌诗集残卷辑考》,第 427 页。张锡厚主编《全敦煌诗》,第 2421 页。

⑤ 陈尚君辑校《全唐诗补编》,第 50 页。

⑥ 周绍良《敦煌文学作品选》,北京:中华书局,1987 年,第 52 页。

宋氏,目前尚未看到任何交集点[①]。潘重规《补全唐诗新校》认为 P.3812 所抄《春寻花柳得情》以下六首"皆宋家娘子之作"[②]。张锡厚《敦煌本〈高适诗集〉考述》认为 P.3812 所录《春寻花柳得情》抄写的所谓依附于高适的以下六首诗为疑伪之作,"不当列入高适诗卷,在无确证的情况下,亦未可遽断为宋家娘子的作品"[③]。郎大家宋氏事迹见两《唐书》尚宫宋若昭传,唐德宗时"宋氏五女"若莘、若昭、若伦、若宪、若荀,年未及笄,即以诗赋闻名[④],《全唐诗》存若莘、若昭、若宪诗各一首[⑤]。宋家五姐妹贞元中被昭义节度使李抱真举荐入宫,呼为学士。其中若伦、若荀早亡,二者生平著述诸史无载。宋若莘贞元七年(791)诏为总领秘阁图籍,卒于元和末年,赠封为郡君。宋若昭,从学者对西安出土的宋若昭墓志铭考释[⑥],得知若昭生于上元二年(761),卒于大和二年(828)。姐姐若莘去世后,若昭接替姐姐之职,于穆宗元和十五年(820)拜为尚宫。宝历元年(825)封梁国夫人。若昭著有《女论语》二十篇。老四宋若宪,据《新唐书》记载,文宗时代若昭司秘书,后因文宗听信谗言"幽若宪外第,赐死"。

(6)《客思秋夜》(补题),未署作者,起"数夜独无欢",讫"独坐抱琴弹",五言八句。又见于 P.3619,首题《客思秋夜》,下署"桓颙"。桓颙,生平事迹不详。《补全唐诗》《大漠遗歌：敦煌诗歌选评》收录此诗,题作《秋夜》[⑦],《敦煌诗集残卷辑考》《全敦煌诗》题《客思秋夜》[⑧]。诗写客中愁情。P.3619 桓颙《客思秋夜》抄在高适《饯故人》之后,孟浩然《闺情》之前。P.3885 桓颙诗排列在李邕、宋家娘子之后,孟浩然之前,则创作时间为开大时期。

① 陈尚君《唐女诗人甄辨》,北京：海豚出版社,2014 年,第 33 页。

② 潘重规《补全唐诗新校》,《华冈文科学报》1981 年第 13 期。

③ 张锡厚《敦煌本〈高适诗集〉考述》,《敦煌研究》1996 年第 1 期。

④ (宋) 欧阳修、宋祁等撰《新唐书》卷七七,第 3508 页。

⑤ (清) 彭定求等编《全唐诗》卷七,第 67 页。

⑥ 赵力光、王庆卫《新见唐代内学士尚宫宋若昭墓志考释》,《考古与文物》2014 年第 5 期。王丽梅《唐内学士宋若昭墓志铭考释》,《唐史论丛》2015 年第 20 辑。

⑦ 陈尚君辑校《全唐诗补编》,第 48 页。孙其芳《大漠遗歌：敦煌诗歌选评》,第 145—146 页。张锡厚主编《全敦煌诗》,第 2655 页。

⑧ 徐俊《敦煌诗集残卷辑考》,第 317、427 页。

(7)《途中遇风》(首题),未署作者。起"寒云四山合",迄"愁心何所倚",五言八句。此诗未见传世本,作者无考。

(8)《宝镜孤悬月》(拟题),未署作者。起"宝镜孤悬月",迄"无事远巡边",五言四句。此诗未见传世本,作者无考。

(9)《晚憩南阳旅馆》(补题),起"旅馆何年废",迄"春至鸟还歌",五言四句。又见于《唐诗纪事》卷十三、《唐百家诗选》卷一、《全唐诗》卷八十二,皆题作《晚憩南阳旅馆》,为刘希夷作品。诸本"春至鸟还歌"句后,尚有八句"行路知新少,荒田古路多。池篁覆丹谷,坟树绕清波。日照蓬阴转,风微野气和。伤心不可去,回首怨如何。"《敦煌诗集残卷辑考》《全敦煌诗》等有校注及研究[①]。刘希夷(651—?),一名庭芝,汝州(今河南临汝)人,一说颍川(今河南许昌市)人。上元二年(675)登进士第。生平事迹散见于《大唐新语》卷八、《刘宾客嘉话录》《本事诗·征咎第六》《旧唐书》卷一百九十之《乔知之传》附、《唐才子传》卷一。《全唐诗》卷八十二录存其诗一卷,其中杂有后人之作。《补全唐诗》补诗二首,《全唐诗续补遗》卷一补一首,《全唐诗续拾》卷七补四首。本诗写作者晚宿南阳旅馆,通过途中所见景色,自叹羁旅颠沛。

(10)《春中喜王九相寻》(补题),作者署"孟颢然",当为"孟浩然"之误。起"二月池水清",迄"径草踏还生",五言四句。《四部丛刊》影印明刻本《孟浩然集》卷三收此诗,题《晚春》。此诗亦存于《唐百家诗选》卷一、《全唐诗》卷一百六十,题作《春中喜王九相寻》。诸本"径草踏还生"句后有四句:"酒伴来相命,开尊共解醒。当杯已入手,歌妓莫停声。"本诗写春日王九来寻,二人把酒言欢,听乐作乐。孟浩然(689—740),本名浩,字浩然,以字行。行六。襄州襄阳(今属湖北)人。两次落第。开元二十五年(737)张九龄镇荆州时曾署为从事。浩然终于布衣,沦落平生,然诗名重当时。生平事迹见《旧唐书》卷一百九十下、《新唐书》卷二百〇二、王士源《孟浩然集序》《唐诗纪事》卷二十三、《唐才子传校笺》卷二。今有王辉斌《孟浩然年谱》、徐鹏《孟

① 徐俊《敦煌诗集残卷辑考》,第428页。张锡厚主编《全敦煌诗》,第1547—1548页。

浩然集校注》,佟培基《孟浩然诗集笺注》[①]。刘文刚有《孟浩然年谱》。《新唐书·艺文志四》著录《孟浩然诗集》三卷,今传宋蜀刻本《孟浩然诗集》三卷,大体保持原貌。《全唐诗》卷一百五十九、一百六十收其诗二卷。

(11)《史昂述怀》(首题),史昂当为作者,起"昔在欒河外",迄"归去渌山春",五言八句。此诗又见 P.3619,题作《述怀史昂》。诗写久滞塞外求进无门的惆怅之情,不见传世本,《全唐诗续拾》《敦煌诗集残卷辑考》《全敦煌诗》收录[②]。史昂,生卒年未详,唐玄宗天宝时人,曾赴边塞从军,作诗赠浑惟明,后至洛阳,颇不得志。

(12)《闺情》(补题),未署作者。起"别后隔炎凉",迄"愁[坐]寄谁将",五言八句。又见于 P.3619,未署题名及作者。又见 P.2555,题《闺情》。《全唐诗》卷一六〇收录在孟浩然名下,亦题《闺情》。此诗写闺妇思念丈夫,精心为夫裁衣却无从寄出的伤悲。

(13)《野外遥占将军》《首题》,未署作者。起"山头一队欲陵(凌)云",迄"只应者个[是]将军",七言四句。此诗又见于 P.3619、P.2622、S.4444,皆未署作者。P.3619 题作《野外遥占浑将军》,P.2622、S.4444 无题及作者。P.2622、S.4444 为学郎习书,错讹较多。该诗文字粗犷富有民歌情味,赞美浑将军的凌云气概。陈尚君《全唐诗续拾》卷十三收作史昂诗,谓诗中"浑将军"为浑惟明(亦有本作维明),史昂与浑惟明同时人[③]。按,高适有《送浑将军出塞》之作,孙钦善、佘正松系于天宝十一载(752),以为"浑将军"即浑惟明[④],刘开扬以为浑释之[⑤]。浑惟明、浑释之皆天宝年间号称"浑将军",事迹见《旧唐书·浑瑊传》。

---

① 王辉斌《孟浩然年谱》,《荆门大学学报》1987 年 2 期至 1988 年 1 期。徐鹏《孟浩然集校注》,北京:人民文学出版社,1989 年。佟培基《孟浩然诗集笺注》,上海:上海古籍出版社,2000 年。

② 陈尚君辑校《全唐诗补编》,第 856 页。徐俊《敦煌诗集残卷辑考》,第 318 页。张锡厚主编《全敦煌诗》,第 2419—2421 页。

③ 陈尚君辑校《全唐诗补编》,第 856 页。

④ 孙钦善《高适集校注》,第 204 页。佘正松《高适诗文注评》,北京:中华书局,2009 年,第 152 页。

⑤ 刘开扬《高适诗集编年笺注》,第 258 页。

(14)《[宝]剑篇》(首题),作者署"郭元振",由于该纸上部残损,致个别文字缺损,有朱笔句读。起"[君]不见昆吾铁冶飞炎烟",迄"犹能夜气上冲天",七言歌行体,共十八句。又见于 P.3619,题署同。又见《文苑英华》卷三百四十七、《唐文粹》卷十七上、《唐诗纪事》卷八,题作《古剑歌》。《全唐诗》卷六十六题《古剑篇》,题下注"一作宝剑篇"。《新唐书》卷一二二《郭元振传》云:"武后知所为,召欲诘,既与语,奇之,索所为文章,上《宝剑篇》,后览嘉欢。"[①]题正与此同。郭震(656—713),字元振,以字行。魏州贵乡(今河北大名)人,年十八举进士,补通泉县尉。生平事迹见《旧唐书》卷九七、《新唐书》卷一二二本传及张说《兵部尚书代国公赠少保郭公行状》。《全唐诗》卷六六存诗一卷,《全唐诗续拾》卷九补一首。《全唐文》卷二〇五录存其文五篇。

(15)《青(清)明日登张女郎》(首题),作者署"苏乩",起"汧水北陇山东",迄"归来明月满秦川",七言歌行,共二十四句。又见于 P.3619,题作《青明日登张女郎神》。此诗不见于传世文献,黄永武《敦煌的唐诗》、任半塘《敦煌歌辞总编》、陈尚君《全唐诗续拾》据此卷收录。《敦煌歌辞总编》题作《失调名 清明日登张女郎神四首》。诗中的"张女郎神",卢向前《关于归义军时期一份布纸破用历的研究——试释 P.4640 背面文书》、任半塘《敦煌歌辞总编》卷三、李剑国《唐五代志怪传奇叙录》、龙晦《敦煌文学读书记四则》皆有考释[②],尤其以张鸿勋《敦煌写本〈清明日登张女郎神[庙]〉诗释》考证最为详实[③]。据《水经注·沔水》,公元六世纪在汉水流域已经形成了女郎神的传说和立庙受祀的风俗,这位女郎神即"张鲁女也"。张女郎神的崇祀,在河西一带也很盛行,见《太平广记》卷三〇三"季广琛"条引《广异记》的记载。敦煌写本 S.6315、S.6167、S.5548、S.343、P.2814、P.2748 等写卷都有关于张女郎神和玉女娘子神的记载。作者苏乩,生平无考。任半塘、张鸿勋认为苏乩或

---

① (宋)欧阳修、宋祁等撰《新唐书》卷一二二,第 4360—4366 页。

② 卢向前《关于归义军时期一份布纸破用历的研究——试释 P.4640 背面文书》,《敦煌吐鲁番文献研究论集》第 3 辑,北京:北京大学出版社,1986 年。任半塘《敦煌歌辞总编》,上海:上海古籍出版社,1987 年。李剑国《唐五代志怪传奇叙录》,第 412 页。龙晦《敦煌文学读书记四则之二》,《敦煌文学论集》,成都:四川人民出版社,1997 年。

③ 张鸿勋《敦煌写本〈清明日登张女郎神庙〉诗释》,《敦煌吐鲁番研究》第二卷,北京:北京大学出版社,1997 年。

与高适、郭元振等同为盛唐时人。则此诗或作于开天年间。本诗写张女郎庙地处陇山之东,汧水以北,清明时节,远近男女纷至踏青,这里春色旖旎,山高云簇,飞泉流注,花新草绿,黄莺飞鸣,楼阁似画。游人歌舞管弦,酌酒铺筵,不觉日已西沉,归来之时已是明月高悬。

2. 书信一篇、公文三篇

(1)《前大斗军使将军康太和书与[吐蕃]赞普》(首题),未署作者,上部残损,个别文字缺损,有朱笔句读。起"家则满家",讫"不具谨书",共 19 行。正文为行楷,落款"不只何书"为草书。据《资治通鉴》卷二一四记载:"开元二十八年(740),六月……上嘉盖嘉运之功,以为河西、陇右节度使,使之经略吐蕃。"[①]文中提到的"河西、陇右两节度使盖大夫"即盖嘉运。陆离结合后文及史料判断该文写作时间当在开元二十九年夏[②]。

(2)《前北庭节度盖嘉运判副使符言事》(首题),未署作者,有朱笔句读。起"符言副使",讫"何惩后息",共 16 行。本件是北庭节度使盖嘉运在北庭节度副使某科罚总管高暕的符文后的判词。"符"是下行文书,"判"是主管者在有关文件后的批示。此文写于盖嘉运担任唐朝北庭节度使任上,从其内容来看是关于北庭节度使盖嘉运救援西洲,对救援不利军将施行处罚之,是突骑施与唐之间发生不顺利情况的证词[③]。

(3)《前河西陇右两节度使盖嘉运判廿九年燕支贼下事》(首题),未署作者,起"吐蕃赞普",迄"必按军法",共 19 行,内容残损严重。该制文写于开元二十九年(741)十二月吐蕃攻陷达化县之前,就残文看,应当是盖嘉运在与吐蕃大战之后对军队奖惩的判书。

(4)题署皆残,起"廓州水南",讫"岂不快哉"。此篇纸张与前面纸张断裂,且纸张下半端皆残。共存 9 行。就残存文字看,与前三篇内容相关,疑为盖嘉运在与吐蕃决战前下达的动员令。

---

① (宋)司马光《资治通鉴》卷二一四,第 6961 页。

② 陆离《敦煌文书 P.3885 号中记载的有关唐朝与吐蕃战事研究》,《中国藏学》2012 年第 2 期。

③ 姜伯勤《敦煌吐鲁番文书与丝绸之路》,北京:文物出版社,1994 年,第 125 页。

此四篇为玄宗时代担任河西走廊地域防守职务的两位武将——康太和与盖嘉运之遗文[①]。康太和、盖嘉运，两《唐书》无传，玄宗本纪、突厥传或其他传中有零星记载。此三文记载了开元二十九年吐蕃赞普赤德祖赞率军进攻唐朝河西陇右地区的进军路线，吐蕃在今青海东南部、甘肃南部、四川西北部黄河上游地区磨环川等地的军政设置，佛教对吐蕃的影响，吐蕃军队与唐军交战地点，以及唐朝河西陇右节度使辖区的军事布防，节度使盖嘉运上任后面对吐蕃进攻采取的军事行动等方面史实。这四件遗文都是在盖嘉运担任唐朝西域、河陇军政要员期间写成，时间接近，性质相似，所以文书抄录者将它们抄写在一起。陈祚龙《敦煌文物随笔》、邵文实《开元后期唐蕃关系探谜》、陆离《敦煌文书 P.3885 号中记载的有关唐朝与吐蕃战事研究》等对此四文有详细的校注及研究[②]。

3.《龙门赋　河南县[尉卢竧]》(首题)，起“国门门南廿里”，迄“不能还莫怪[河]”，共 18 行，每行下端又残去若干字，尾残。又见于 P.2673，P.2544，S.2049。P.2673 首题《龙门赋》，下署“河南县尉卢竧”。P.2544 首题《龙门赋》，下署“何(河)南县尉卢竧撰”。S.2049 首题《龙门赋》，下署“何(河)南县尉卢竧撰”。作者卢竧，任河南(今河南洛阳)县尉，余不详。“竧”有录为“立身”者，实误。潘重规《敦煌赋校录》:“日本《太玉篇》立部:‘竧，隐韵，仄谨切，音亲，身端也，与躿同。’《字汇补》:‘竧，仄谨切，身端也。人名，宋有刘竧。’”。姜亮夫《敦煌》录为卢立身。刘铭恕《斯坦因劫经录》亦同。龙门，即龙门山，又称伊缺，在今河南省洛阳市南。《水经注》卷十五《伊水》条:“伊水又北入伊缺。昔大禹疏以通水，两山相对，望之若缺，伊水历其间北流，故谓之伊缺矣，春秋之缺塞也。”自北魏宣武帝至晚唐，历代帝王在缺口两山断崖凿窟造像，建有著名的龙门十寺，诗人墨客多有题咏。其校理研究本主要有：潘重规《敦煌赋校录》，陈世福《敦煌赋研究》，张鸿勋《敦煌话

---

① 陈祚龙《敦煌学新记》,《敦煌文物随笔》，台北：商务印书馆，1987 年，第 261 页。

② 陈祚龙《敦煌文物随笔》，第 260—264 页。邵文实《开元后期唐蕃关系探谜》,《西北史地》1996 年第 3 期。陆离《敦煌文书 P.3885 号中记载的有关唐朝与吐蕃战事研究》,《中国藏学》2012 年第 2 期。

本词文俗赋导论》,伏俊琏《敦煌赋校注》,张锡厚《敦煌赋汇》,徐俊《敦煌诗集残卷辑考》等。

P.3885 背面仅存 27 行,共载医方 11 首,医方间倒抄一诗,有墨迹浸染,有界栏。且为先抄写医方,再夹抄诗句。

1. 医方,内容杂录髓病、天行病,赤眼病等多种病症治方。丛春雨《敦煌中医药全书》一书收录为《杂症方书第十种》[①]。主要研究成果有:高国藩《敦煌民俗资料导论》,高国藩《敦煌巫术与巫术流变》,马继兴《敦煌医药文献辑校》,马继兴《当前世界各地收藏的中国出土卷子本古医药文献备考》,陈明《备急单验:敦煌医药文献中的单药方》等[②]。

2. 缺题诗:"夜闻孤雁一声寒,主下愁□公井车。在社到宇鹰客吕,邻山□角取衣难。"抄于背面医方行间,七言四句,字迹模糊,未署题名及作者,不见于传世本。徐俊《敦煌诗集残卷辑考》、张锡厚主编《全敦煌诗》有校录[③]。

该写本所抄诗可考的作者,皆为开元天宝时期人,其中可考写作时间的作品是高适诗《饯故人》,为天宝十一载所作,所抄四文记载了开元二十九年唐蕃战争的史实。故知其抄写上限为天宝十一载,抄写下限暂不可考。

五、参考图版

1.《敦煌宝藏》第 131 册,第 432—435 页。

2.《法国国家图书馆馆藏敦煌西域文献》第 29 册,第 87—90 页。

3. International Dunhuang Project(国际敦煌项目,简称 IDP)。

---

① 丛春雨主编《敦煌中医药全书》,北京:中医古籍出版社,1994 年,第 565 页。

② 高国藩《敦煌民俗资料导论》,台北:新文丰出版公司,1993 年,第 260 页。高国藩《敦煌巫术与巫术流变》,南京:河海大学出版社,1993 年,第 82 页。马继兴《敦煌医药文献辑校》,南京:江苏古籍出版社,1998 年,第 461 页。马继兴《当前世界各地收藏的中国出土卷子本古医药文献备考》,《敦煌吐鲁番研究》第 6 卷,北京:北京大学出版社,2002 年,第 153 页。陈明《备急单验:敦煌医药文献中的单药方》,《敦煌学国际研讨会论文集》,北京:北京图书馆出版社,2005 年,第 239 页。

③ 徐俊《敦煌诗集残卷辑考》,第 823 页。张锡厚主编《全敦煌诗》,第 3925 页。

29. P.3886写本研究

新集吉凶书仪　背面：京城各寺大德美悟真献款诗七首

一、写本编号

P.3886

二、所藏地点

法国国家图书馆

三、写本状况

现存规格为68.5×31厘米，由两纸粘连而成，双面书写。正面有界栏，前部残损，43行，行24—34字。背面34行，行18—21字。

四、写本内容

（一）正面抄《新集吉凶书仪·凶仪卷下》（拟题），存43行，《斯坦因劫经录》题名“书仪残卷（显德七年邓子清写）”①。《敦煌遗书最新目录》作“书

① 王重民编《敦煌遗书总目索引》，第297页。

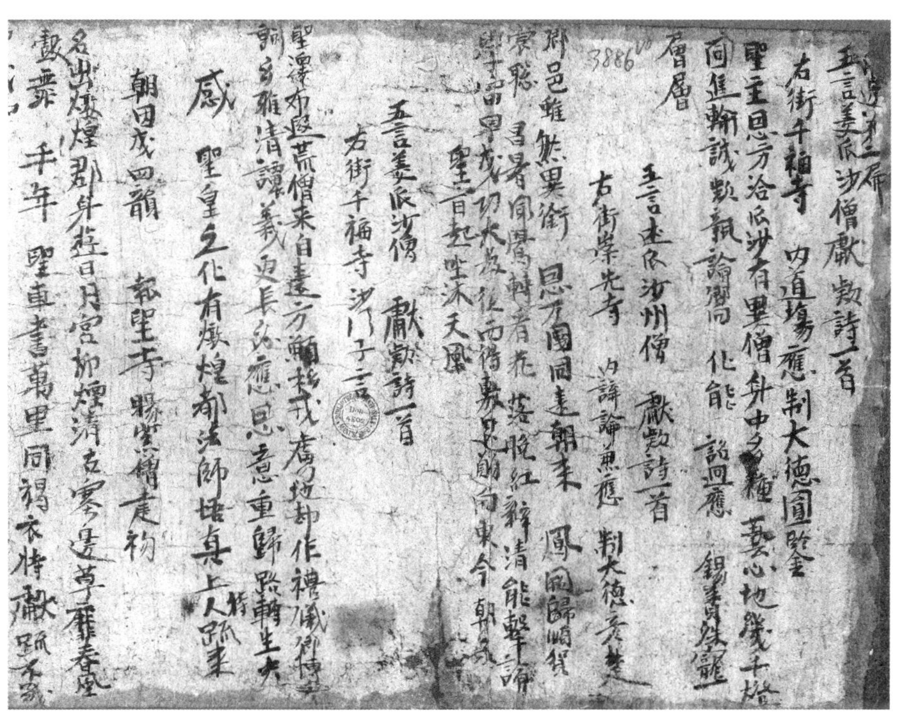

P.3886 局部

仪"[①]。内容前残,末有题记曰:"维大周显德七年岁次庚申七月一日大云寺学郎邓清子自书记。"大周显德七年即北宋建隆元年(960),写本抄于此年。抄者为学郎邓清子。

赵和平认为,此写本与P.2622、P.3688、S.1040四个写本皆为张敖所撰《新集吉凶书仪》之卷下凶仪部分,而《新集吉凶书仪》之卷上吉仪部分存于P.2646、P.2556、P.3249、P.3246、P.3284、P.4019、S.2200、S.4761八个写本中[②]。其中,P.2546所存书仪原题"新集吉凶书仪上下两卷并序",下署:"河西节度使掌书记儒林郎试太常寺协律郎张敖撰。"关于张敖生平,王重民认为:"'河西节度使'当是'河西归义军节度使'之简称,敖盖张议潮之族人,得试太常寺,殆曾随归义军节度使入朝欤?若然,盖在长安得元和新定书仪,归而删纂为是书,以备河西人士之用者。"[③]敦煌写本中共有十三个抄有张敖新集之《书仪》,其中五个有纪年题记,这五个有纪年的写本中有三个为大中年间的题款,赵和平据此推定张敖撰集《书仪》是在唐宣宗之时。

P.3688,首题《四海吊答书仪廿首》,内容多吊丧祭奠之文,如《到墓所祭文》《临圹祭文》《掩圹祭文》《葬行至桥梁津济祭文》等。《临圹祭文》曰:"不能自没,奄及临圹,幽明道殊,慈颜日远,以今日吉辰,迁仪宅兆,欲就去宫,不胜号绝!"反映了至孝之情。《葬行至桥梁津济祭文》曰:"谨上清酌之奠,敬祭于桥梁津济之神,厶等不孝,上延考妣,今启行往厶方,经过至此,谨上清酌之祭。尚飨!"反映了送葬过程中对路神的敬重。

除P.3886外,凶仪部分还见于另两个写本:S.1040,正反两面抄写,正面抄《新集吉凶书仪·凶仪卷下》(赵和平拟名),存75行,有界栏,抄写规整。卷背抄《五言诗一首》,另有"甲戌年九月十一日立契莫高乡百姓"杂写二行,与诗笔迹相同。作者无考。P.2622,首残尾全,长达230行,正面抄《吉凶书仪》上下两卷,尾题"《吉凶书仪》上下两卷,大中十三年四月四日午时",抄录

① 黄永武主编《敦煌遗书最新目录》,第747页。

② 赵和平《晚唐五代时的三种吉凶书仪写卷研究》,《文献》1993年第1期,收入赵和平著《敦煌书仪研究》,上海:上海古籍出版社,2011年,第210—231页。

③ 王重民《敦煌古籍叙录》,北京:中华书局,1979年,第225页。

人为“学郎”李文义。

(二)背面抄《京城各寺大德美悟真献款诗七首》(拟题),存34行,为大中五年(851)长安左右街高僧及朝官酬赠敦煌高僧悟真的诗。《斯坦因劫经录》拟题“京城各寺大德美悟真献款诗七首”[①],《敦煌遗书最新目录》拟题“瓜沙僧河西法师献诗七首”[②]。《法国国家图书馆藏敦煌西域文献》拟题《两街大德赠悟真法师诗七首》。这组酬赠诗亦见于P.3720、S.4654,各本存诗不一。

1.《五言美瓜沙僧献款诗一首》(首题)。五言八句,下署“右街千福寺内道场应制大德圆鉴”,五言律诗一首。又见于P.3720。

2.《五言述瓜沙州僧献款诗一首》(首题)。五言十句,下署“右街崇先寺内讲论兼应制大德彦楚”。又见于P.3720、S.4654。彦楚,大中十一年(857)曾为名僧灵晏撰《大唐崇福寺故僧录灵晏墓志并序》,署衔“弟子内供奉讲论兼应制引驾大德彦楚述”。由大中五年的“讲论”“应制”到大中十一年的“供奉讲论”“应制引驾”,说明彦楚的职位有了很大的升迁。“讲论”是一般的讲经说法。“供奉讲论”则是指以讲论或其他技艺侍奉帝王的人。“应制”是应皇帝之命写作诗文,也可能按照皇帝以前的议题,泛写而已:而“引驾”则是导引皇上车驾,直接可以和皇上见面了。彦楚也曾任右街僧录。《佛祖统纪》卷五一:“懿宗延庆节敕左街僧录惠照大师清兰,右街僧录明彻大师彦楚,讲论佛法。”[③]

3.《五言美瓜沙僧献款诗一首》(首题)。五言八句,下署“右街千福寺沙门子言”。又见于S.4654。子言,其人不详。

4.《感圣皇之化有敦煌都法师悟真上人持疏来朝因四韵》(首题)。五言八句,下署“报圣寺赐紫僧建初”。又见于S.4654。建初,曾书《大唐三藏大遍觉法师塔铭并序》《大慈恩寺大法师基公塔铭并序》,前者署“沙门建初书”,后者署“安国寺内供奉讲论大德建初书”[④]。

---

① 王重民编《敦煌遗书总目索引》,第297页。
② 黄永武主编《敦煌遗书最新目录》,第747页。
③ (宋)志磐撰、释道法校注《佛祖统纪校注》,第1210页。
④ 图版见《隋唐五代墓志汇编》陕西卷第4册,第28、119页,录文见《唐代墓志汇编》开成026、027号。

5.《五言四韵奉赠河西大德》(首题)。五言八句,下署“报圣寺内供奉沙门太岑”。又见于 S.4654。

6.《奉赠河西真法师》(首题)。七言八句,下署“京荐福寺内供奉大德栖白上”。又见于 S.4654。栖白,江南诗僧,后徙居长安荐福寺。宣宗大中年间为内供奉,历数朝。《全唐诗》卷八二三收其诗 16 首,《唐才子传》卷三列有其名,《唐才子传校笺》卷三对其事迹有详考①。

7.《立赠河西悟真法师》(首题)。五言八句,下署“内供奉文章应制大德有孚”。又见于 S.4654。有孚,生平不详,《全唐文》《全唐诗》未收其作品。《全唐诗续拾》卷 30 补诗一首,按语云:“有孚,疑即《全唐诗》《全唐诗补逸》已收之元孚。元孚大中年间自署为‘上都左街保寿寺文章应制内供奉’,与有孚所署合。元、有二字,音亦相近,疑有抄误。”②元孚,《全唐诗》卷八二三收诗二首,小传云:“元孚,宣城开元寺僧,与许浑同时。或曰楚中僧。”孙望《全唐诗补逸》卷十八补一首,按语:“诗下原署:‘上都左街保寿寺文章应制内供奉大德元孚’。”③

主要校录及研究本有:陈祚龙《敦煌学园零拾》,陈尚君《全唐诗补编》,张先堂《敦煌写本〈悟真与京僧朝官酬赠诗〉新校》,徐俊《敦煌诗集残卷辑考》,汪泛舟《敦煌石窟僧诗校辑》,张锡厚主编《全敦煌诗》,伏俊琏《唐代敦煌高僧悟真入长安事考略》,杨宝玉、吴丽娱《悟真于大中五年的奉使入奏及其对长安佛寺的巡礼》,颜廷亮《归义军设立前夕敦煌和长安僧界的一次文学交往——悟真和长安两街高僧酬答诗略论》等④。

---

① 傅璇琮《唐才子传校笺》卷三,北京:中华书局,1987 年,第 546—547 页。

② 陈尚君辑校《全唐诗补编》,第 1121 页。

③ 陈尚君辑校《全唐诗补编》,第 290 页。

④ 陈祚龙《敦煌学园零拾》,第 253—258 页。陈尚君辑校《全唐诗补编》,第 1118—1123 页。张先堂《敦煌写本〈悟真与京僧朝官酬赠诗〉新校》,《社科纵横》1996 年第 1 期。徐俊《敦煌诗集残卷辑考》,第 334—337 页。汪泛舟《敦煌石窟僧诗校释》,第 112—113 页。张锡厚主编《全敦煌诗》,第 2899—2917 页。伏俊琏《唐代敦煌高僧悟真入长安事考略》,《敦煌研究》2010 年第 3 期。杨宝玉、吴丽娱《悟真于大中五年的奉使入奏及其对长安佛寺的巡礼》,《吐鲁番学研究》2011 年第 1 期。颜廷亮《归义军设立前夕敦煌和长安僧界的一次文学交往——悟真和长安两街高僧酬答诗略论》,《丝绸之路》2012 年第 22 期。

五、参考图版

1.《敦煌宝藏》第 131 册，第 436 页。

2.《法国国家图书馆藏敦煌西域文献》第 29 册，第 91—94 页。

3. International Dunhuang Project(国际敦煌项目，简称 IDP)。

30. P.3910 写本研究

唱诵辞二十一首

一、写本编号

P.3910

二、所藏地点

法国国家图书馆

三、写本状况

纸本，册子装。首页为封护，共38页，现存规格15.8厘米×11厘米，另有碎片一。纸呈米黄色，质地较厚，折痕处可见黏合糊剂和装绳残迹。保存状况良好。

有乌界栏，栏宽不等。每页5—8行不等，满行10—19字不等。有跨边抄写者、骑中缝抄写者，亦有空边而留白者。楷书，笔迹粗率，书法稚拙，中多错字俗写。碎片残存6字，漫漶不易辨识，书法典雅。册子之首有题记一行："己卯年正月十八日阴奴儿买策（册）子。"册子末亦有题记："癸未二月六日净土寺弥赵员住左手书（?）"与前抄字迹不一致，非一人所书。

多增删涂乙痕迹，多讹俗字。《秦妇吟》正文第81行有标音释义的双行小注。

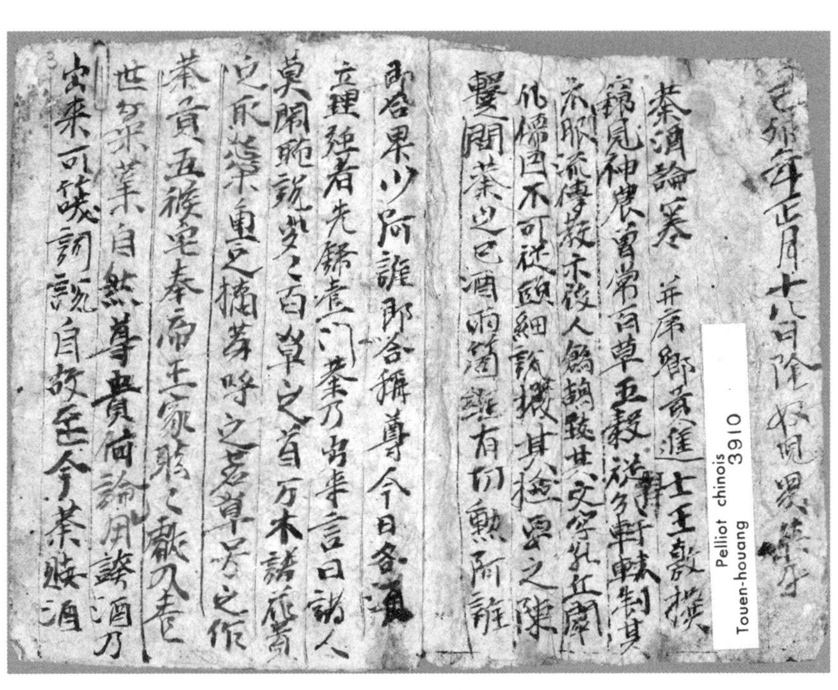

己卯年正月十八日陰奴兒界學子
茶酒論一卷 并序 鄉貢進士王敷撰
竊見神農曾嘗百草五穀從此得分軒轅制其
衣服流傳教示後人倉頡致其文字孔丘闡
化儒因不可從頭細說撮其樞要之陳
暫問茶之與酒兩箇誰有功勳阿誰
即合卑小阿誰即合稱尊今日各須
立理強者先飾一門茶乃出來言曰諸人
莫鬧聽說些些百草之首万木諸花貴
之取蕊重之摘芽呼之茗草號之作
茶貢五侯宅奉帝王家時新獻入一
世榮華自然尊貴何用論誇酒乃
出來可笑詞說自古至今茶賤酒

P.3910 局部

四、写本内容

写本封护残存《咏孝经十八章》章题六行，册内依次抄《茶酒论》《新合千文皇帝感辞》《新合孝经皇帝感辞》及《秦妇吟》(未抄全)。册内首行有“己卯年正月十八日阴奴儿买策(册)子”题记，册末《秦妇吟》后隔一行处题“癸未年二月六日净土寺[沙]弥赵员住左手书”，提行另写“癸未年二月六日净土寺赵訑”等字。另有一碎片，存 6 字。徐俊《敦煌诗集残卷辑考》认为该写本最具讲唱底本的特征[①]。

1. 首页为封护，残存“庶人章第五”“广要道章第”“卿□□章第四”“五刑章第十一”“记孝行章第十”“圣□章第九”“义章”“杨满□□经壹”“一名满□”等杂写，共 6 行，为《孝经》部分章题及人名等信息。杨满山，无传世文献可考，据 P.2633、P.3386 + P.3582 知杨满山系《咏孝经十八章》作者，一名“满川”，《敦煌宝藏》作“杨蒲山”，饶宗颐在《孝顺观念与敦煌佛曲》中考证古“满”“蒲”二字通用[②]。《法国国家图书馆藏敦煌西域文献》拟名作“咏孝经十八章”，《敦煌宝藏》误将其作为《茶酒论一卷》之内容[③]。《咏孝经十八章》又见 P.2633、P.3386 + P.3582 等写本。

陈祚龙于《关于敦煌古抄杨满山的〈咏孝经〉》中据《孝治章第九》所云“从来邦有道，不及大中年”句等推断作者杨满山应为唐宣宗大中年间(847—859)之下层文士，本篇亦当作于大中年间。并据《咏孝经十八章》四个敦煌写本内容及《唐会要》推断所咏《孝经》为唐玄宗开元十年(722)六月二日所注暨“颁于天下及国子学”之《孝经》，或天宝二年(743)五月二十二日经玄宗重注并颁于天下之《孝经》[④]。

2.《茶酒论一卷》，首题，尾题同。首题下署“并序乡贡进士王敷撰”。作

---

① 徐俊《敦煌诗集残卷辑考》，第 432 页。

② 黄永武主编《敦煌宝藏》第 123 册，1985 年，第 50 页。饶宗颐《孝顺观念与敦煌佛曲》，《饶宗颐二十世纪学术文集》卷八《敦煌曲》，第 625—635 页。

③ 《法国国家图书馆藏敦煌西域文献》第 29 册，2001 年，第 197 页。黄永武主编《敦煌宝藏》第 131 册，1986 年，第 566 页。

④ 陈祚龙《关于敦煌古抄杨满山的〈咏孝经〉》，《民主潮》第 25 卷第 8 期，1975 年，收入陈祚龙《敦煌学海探珠》，第 57—59 页。

品首尾俱全,共 69 行,又见 P.2718、S.406、S.5774、P.2875、P.2972 等,以 P.2718 保存最善,另 P.4093 杂写中夹有“茶酒论一卷并序乡贡进士王敷撰窃见神农曾尝”等字。

王敷,无传世文献可考。据《新唐书·选举志》,唐代科举,由州县选拔入京考试者称“乡贡进士”,并不论其中举与否[①]。乡贡进士和出自弘文馆、崇文馆、国子监、太学等权贵学校的进士考生不同,由于出身下层,了解民情,个性更为张扬。王定保《唐摭言》卷一记载的乡贡进士中就有“负倜傥之才,变通之术,苏、张之辩说,荆、聂之胆气,仲由之武勇,子房之筹划,弘羊之书计,方朔之诙谐”之类的人才[②]。王敷大概就是具有“方朔之诙谐”的下层知识分子。

《茶酒论》产生的年代不可详考。徐俊据此写本题记对写本时代作过判断,认为卷中所书“己卯”即 979 年[③]。我们根据 P.2718 写本题记中的年号、知术院、阎海真等信息,判断此写本当为“开宝五年壬申岁(972)”抄写[④]。至于作品产生的上限,张鸿勋在《敦煌故事赋〈茶酒论〉与“争奇型”故事研究》一文中认为“它著作时代的上限,当不出中唐”:一则《茶酒论》中列举产茶之地有“浮梁”,而“浮梁”天宝元年(742)由新平县改名;二则中国历史上盛行饮茶是开元天宝(713—756)以来的事情,《茶酒论》所写产茶之地,与唐人所记中唐时期盛产茶叶时的地方多处相合[⑤]。

本篇的性质,赵逵夫认为是唐代的一个俳优戏脚本,王小盾认为是唐代盛行一时的表演技艺“论议”的底本,这是就它的表演特性说的[⑥]。就其文本特征来说,《茶酒论》应当是一篇俗赋,因为它的对话体、故事性、语言的押韵

① (宋)欧阳修、宋祁等撰《新唐书》卷四四《选举志上》,第 1161 页。

② (五代)王定保《唐摭言》卷一《散序进士》,北京:中华书局,1959 年,第 4—5 页。

③ 徐俊《敦煌诗集残卷辑考》,第 431—432 页。

④ 伏俊琏《俗赋研究》,第 321—322 页。

⑤ 张鸿勋《敦煌故事赋〈茶酒论〉与“争奇型”小说》,《敦煌研究》1989 年第 1 期,收入张鸿勋《敦煌俗文学研究》,第 191—221 页。

⑥ 赵逵夫《唐代的一个俳优戏脚本——敦煌石窟发现〈茶酒论〉考述》,《中国文化》总第三期,1990 年秋季号,收入赵逵夫《古典文献论丛》,北京:中华书局,2003 年。王小盾《敦煌论议考》,《中国古籍整理》第 1 辑,上海:上海古籍出版社,1996 年,后收入王小盾《从敦煌学到域外汉文学》,北京:商务印书馆,2003 年。

等特征完全符合从西汉的《神乌赋》到三国时的《鹞雀赋》、唐代《燕子赋》等俗赋的体制，因而归入俗赋类是合理的。

主要校录本有：刘复《敦煌掇琐》，王重民等《敦煌变文集》，潘重规《敦煌变文集新书》，张鸿勋《敦煌讲唱文学作品选注》，项楚《敦煌变文校注》，黄征、张涌泉《敦煌变文选注》，郝春文《英藏敦煌社会历史文献释录》等。

3.《新合千文皇帝感辞壹十壹首》，首题，尾题"新合千文一卷"。共 20 行，正文 18 行，七言韵文，押韵严整，二句一韵，题作 11 首，实存 9 首。此部分又见于 S.5780，前面 9 首与此部分略同，抄于《新合千文皇帝感辞》题下。其后内容似檃括《孝经》，与 P.3910"新合孝经皇帝感辞一十一首"题下部分内容相合。

"千文"即《千字文》，为唐代敦煌地区的重要蒙学读物之一，在该地广为流传。其作者一般认为是南朝周兴嗣，伯希和则认为《千字文》实为锺繇所著、李暹作注、周兴嗣次韵而成[①]。唐代通俗读物、歌谣往往在传播的过程中多有改易，"新合"二字表明此作品是经重新组合编成的。《新合千文皇帝感辞》即是在《千字文》的基础上增加新字、调整顺序进行扩编，并以唐代流行歌辞《皇帝感》为表现形式形成的[②]。

"皇帝感"原为唐教坊曲，唐崔令钦《教坊记》有载，又 P.2721、P.3910、S.5780 等"皇帝感"名下的歌辞均出现了"天宝"年号，故最迟在天宝(742—756)间已有此曲名。任半塘《教坊记笺订》据《新集孝经皇帝感辞》、卢纶《皇帝感词》等认为《皇帝感》盛唐时为七言四句声诗，中唐为五言八句声诗[③]。又任半塘《敦煌歌辞总编》："盛唐歌场之设可能已遍及州郡，'皇帝感'辞既入歌场，体虽不演故事，若曾穿插说白，入讲唱，已极明显。"[④]其内容除赞颂皇德外，还对《千字文》的句子作形象的演绎。作品通过吟咏经典，达到导俗训世的目的，反映当时民间的教育思想和教育方式，是民间生动通俗

① ［法］伯希和撰、冯承钧译《千字文考》，《图书馆学季刊》1932 年第 1 期。

② 郑阿财、朱凤玉《开蒙养正：敦煌的学校教育》，兰州：甘肃教育出版社，2007 年，第 25—27 页。

③ （唐）崔令钦撰、任半塘笺订《教坊记笺订》，北京：中华书局，1962 年，第 87 页。

④ 任半塘《敦煌歌辞总编》，第 737 页。

的启蒙教材。《新合千文皇帝感辞》开篇有“天宝圣主明三教”“御注孝经先□唱”等语,据此知此文的创作时间当在天宝年间。据《唐会要》卷三六,唐玄宗两注《孝经》:“(开元)十年(722)六月二日,上注《孝经》,颁天下及国子学。至天宝二年(743)五月二十二日,上重注,亦颁于天下。”①故此作品中的“御注孝经”或为唐玄宗第二次所注,其创作时间亦或在天宝二年以后。

主要校录本有:任半塘《敦煌歌辞总编》,任半塘、王昆吾《隋唐五代燕乐杂言歌辞集》,曾昭岷等《全唐五代词》,郑阿财、朱凤玉《敦煌蒙书研究》,张锡厚主编《全敦煌诗》等。

4.《新合孝经皇帝感辞一十一首》,首题,尾题《新合孝经一卷》,共计 61 行。《新合孝经皇帝感辞一十一首》内容可分三部分:

(1) 自“上说名(明)王行孝道”至“形于四海悉皆通”19 句是第一部分,均为七言,共 5 首,脱一句。S.5780 中有 5 首共 20 句,与此部分略同,与前《新合千文》9 首同抄于《新合千文皇帝感辞》题下。又 P.2721 中一首与此部分最后一首略同,其余各首出入较大,书于《新集孝经十八章 皇帝感》名下。《敦煌歌辞总编》将此写本结合 S.289(查 S.289 亦无此内容,任本误)、P.2721、S.5780 相关内容合并为《皇帝感·新集孝经十八章》校录,《隋唐五代燕乐杂言歌辞集》于所附《诗声集》亦中有录文,《全敦煌诗》将其与 P.2721 等合并入《皇帝感》校录②。

(2) 以“听唱张骞壹西歌”为题,自“张骞本自欲登山(仙)”至“年年不为早恒㦞”为第二部分,共 9 首,均为七言,讲张骞乘槎的传说。又见 Дx.2301,仅存“为女早恒㦞”五字。《敦煌歌辞总编》将这九首拟题《听唱张骞一新歌》归于“失调名”之下,《隋唐五代燕乐杂言歌辞集》所附《诗声集》拟题《张骞织女填河歌》归“盛唐失调名”之下,《敦煌古抄中世诗歌一续》拟题作《张骞壹西歌》,《敦煌诗集残卷辑考》拟作《听唱张骞一西(曲)歌》,《全敦煌诗》拟作《听唱张骞一曲歌》并将其与后 20 首作者不明的恋情诗归于“无名氏诗二十

---

① (宋)王溥撰《唐会要》卷三六,北京:中华书局,1955 年,第 658 页。
② 任半塘《敦煌歌辞总编》,第 735—741 页。任半塘、王昆吾《隋唐五代燕乐杂言歌辞集》,第 1451 页。张锡厚主编《全敦煌诗》,第 5049—5053 页。

一首”下。《敦煌文献中“张骞乘槎”故事之探讨》亦有录文[①]。

(3) 第三部分有无题恋情诗21首,前6首为七言,后15首为五言,前11首Дx.2301(孟列夫目录2854)有残存。其中第14首“火树银花合,星槁铁锁开。闇陈随马去,明君(月)逐人来”乃苏味道诗《正月十五夜》之前半部分。由于此部分诗歌皆无诗题,按首句(第14首除外)拟题如下:《目(自)从边宝(塞)别三春》《传闻汉将叙功勋》《篇篇(翩翩)黄鸟处幽溪》《京兆万代圣明王》《比来诸心乱芬分(纷纷)》《五章的的二年分》《锦障薰口分》《少少心供养》《噗里千般□》《果树兰阶种》《缠绵分数载》《无事他乡主》《我有一口刀》《正月十五夜》《触处翻天觅》《万事通融得》《杨柳南亭树》《独卧意(一)间屋》《自恨家严切》《意得奴薄行》《词出恐家口》,《敦煌诗集残卷辑考》《全敦煌诗》等对此部分均有校录,后者将“火树银花合”一首收于苏味道诗下,其余20首与《听唱张骞一西(曲)歌》归于“无名氏诗二十一首”。此外,《隋唐五代歌谣集》亦有录文[②]。

郑阿财《试论敦煌写本P.3910对考察“张骞乘槎”故事之价值》认为:“《新合孝经皇帝感辞》为七言唱辞,开头一段,自‘上说明王行孝道’,至‘刑于四海悉皆通’,计20句。文字与P.3166号《新合孝经皇帝感词一十一首》(查P.3166无此内容),及S.5780号《新合千文皇帝感辞》多同,其作用犹如讲经变文中的押座文,其在‘刑于四海悉皆通’句下,冠上‘听唱张骞壹曲歌’,性质正如变文押座文中之‘□□□□唱将来’一样。其下接唱正文,则宣唱张骞乘槎的传说故事。”[③]而汪泛舟认为其后接部分是敦煌道教文学中

① 任半塘《敦煌歌辞总编》,第627页。任半塘、王昆吾《隋唐五代燕乐杂言歌辞集》,第1452页。陈祚龙《敦煌古抄中世诗歌一续》,《夏声月刊》总第145期,1976年,收入《敦煌学海探珠》,第175—177页。徐俊《敦煌诗集残卷辑考》,第435—436页。张锡厚主编《全敦煌诗》,第3938—3942页。郑阿财《敦煌文献中“张骞乘槎”故事之探讨》,《法商学报》第21期,1986年,收入郑阿财《敦煌文献与文学》,台北:新文丰出版公司,1993年,第378—379页。

② 徐俊《敦煌诗集残卷辑考》,第437—440页。张锡厚主编《全敦煌诗》,第1054—1057页、第3938—3958页。

③ 郑阿财《试论敦煌写本P.3910对考察“张骞乘槎”故事之价值》,《唐代文化研讨会论文集》,台北:文史哲出版社,1991年,第805页。

的游仙诗篇,而“听唱张骞一西歌”是游仙诗篇的题名[①]。

《敦煌诗集残卷辑考》认为,敦煌讲唱文学作品中存在着以第一件文书的题目为其后数件作品冠名的现象,这与当时的讲唱习俗有关系:“说‘张骞见西王母’的故事乃用‘皇帝感’的曲调,似与实际不符,但它们曾被先后相续,同时讲唱,则可以确定无疑。俄藏 Дx.2301(孟列夫目录 2854)卷的发现,证明‘听唱张骞一曲歌’及缺题诗二十一首等被统归在‘新合孝经一卷’的后题之内,绝非偶然的洎合。”[②]此类写本还有其他,如 P.2633“齖齣新妇文一本”后题前,有“自从塞北起烟尘”诗和《十二时》一组。“正月孟春犹寒一本”的后题前,还有“何名四时”“何名八节”“何名三才”“何名三光”等问答,及“宣宗皇帝御制劝百寮”文等。对于此类情况,王重民《敦煌变文研究》:“‘皇帝感’的曲调,不但用以歌唱《金刚》《孝经》《千文》,还可以歌唱其他的故事。”[③]

《敦煌歌辞总编》收录《听唱张骞一西歌》为失调名歌辞:“惟在此乃插话,于《皇帝感》之唱辞后,乃为下一节目作介绍,类似今日戏场之有‘报幕’。说明当时所具之唱本内,‘孝经歌’与‘张骞歌’两辞或已连而未分,及传写于此本内,乃将此组包入‘新合孝经一卷’中。据此推断:彼列在‘新合孝经一卷’六字前之恋情诗二十首,亦可能从唱本中抄来,作为同场之唱辞,不能视同无关系之徒诗。”[④]

5.《秦妇吟》(首题),“秦妇吟”三字分行书两遍,后者下署“补阙韦庄撰”,无尾题。迄于“城外风烟如寒色”,正文共 93 行,148 句。其中“工闭金笼教鹦鹉”后缺“斜开鸾镜懒”五字,有杂写三行,即“无耻辱之患,对食不贪,盖是\身之本争财必有灭身之祸\无□□”。第 81 行行末有双行小注“睽者,割肉”,对“封(刲)”字注音释义。《秦妇吟》作品已发现写本缀合后共计十一个,除此外

---

① 汪泛舟《敦煌道教诗歌补论》,《敦煌研究》1998 年第 4 期。

② 徐俊《敦煌诗集残卷辑考》,第 432—433 页。

③ 王重民《敦煌变文研究》,《中华文史论丛》1981 年第 2 期,收入王重民《敦煌遗书论文集》,北京:中华书局,1984 年。

④ 任半塘《敦煌歌辞总编》,第 629—630 页。

另有：P. 3381、羽 57R ＋ S. 692、S. 5476、S. 5477、P. 2700 ＋ S. 5834、P. 3780、P.3953、Дх. 4568、Дх. 6176、Дх. 4758 ＋…… Дх. 10740 － 9 ＋ Дх. 10740 －8 ＋ Дх.10740 － 11 ＋ Дх.10740 － 10 ＋ Дх.10740 － 7 ＋ Дх.10740 － 6 等。

韦庄(836? —910)，字端己，京兆杜陵人，宰相韦见素之后。昭宗乾宁元年(894)进士，光化三年(900)仕唐至左补阙，后仕前蜀王建，官至吏部侍郎同平章事[①]。生平事迹可参考《北梦琐言》《唐诗纪事》《唐才子传》《蜀梼杌》《十国春秋》等，今有夏承焘《韦端己年谱》、曲滢生《韦庄年谱》等。现存作品有《浣花集》，并编选了《又玄集》。"补阙"乃唐代职官，据《旧唐书・职官志》，武后垂拱元年(685)诏令始置左右补阙、左右拾遗各两员。补阙、拾遗之职，掌供奉讽谏，扈从乘舆，乃皇帝近臣[②]。王国维云："其署'右补阙'者，乃庄在唐所终之官。"[③]

《秦妇吟》系韦庄早岁赴长安应举时遇黄巢军攻入长安，假托秦妇之口叙述当时离乱之景，布局精巧，描绘其时民间疾苦纤毫毕现，以史笔诗情再现黄巢之乱的历史真实，是我国古代叙事长诗上的一座高峰，在民间广为流传。据《北梦琐言》："蜀相韦庄应举时，遇黄寇犯缺，著《秦妇吟》一篇，内一联云：'内库烧为锦绣灰，天街踏尽公卿骨。'尔后公卿亦多垂讶，庄乃讳之。时人号'《秦妇吟》秀才'。他日撰家戒，内不许垂《秦妇吟》障子，以此止谤，亦无及也。"[④]陈寅恪以为不然："本写故国离乱之惨状，适触新朝宫闱之隐情。"因而在仕于王建前蜀新朝之后对此讳莫如深，志希免祸[⑤]。

篇首"中和癸卯三月春"即表明诗歌的创作时间当为唐僖宗中和三年(883)，篇末有"适闻有客金陵至，闻说江南风景异。愿君举棹东复东，咏此长歌献相公"句，据王国维考证，中和三年三月韦庄已由洛渡江，此处的

---

① 夏承焘《唐宋词人年谱》，北京：中华书局，1961 年，第 1—2 页。

② (后晋) 刘昫等《旧唐书》卷四三，第 1845 页。

③ 王国维《唐写本韦庄〈秦妇吟〉残诗又跋》(原文无题，为《书绩溪胡氏〈西京博士考〉昭文张氏〈两汉博士考〉后》之上的眉批，此题据前《唐写本韦庄〈秦妇吟〉残诗跋》拟)，收入《观堂集林》卷二一，北京：中华书局，1959 年，第 1019—1021 页。

④ (宋) 孙光宪撰、贾二强点校《北梦琐言》，第 134 页。

⑤ 陈寅恪《〈秦妇吟〉校笺》，1936 年昆明自印本《〈秦妇吟〉校笺》，同年以《读〈秦妇吟〉》为题载《清华学报》第 11 卷第 4 期，收入其《寒柳堂集》，上海：上海古籍出版社，1980 年。

“相公”实时任镇海军节度使同平章事的周宝,此诗亦为韦庄初至江南献与周宝之作[①]。龙晦据敦煌《秦妇吟》写本的抄写时间以及《新五代史》对韦庄入蜀的相关记载认为《秦妇吟》可能由四川传入敦煌[②]。

自藏经洞发掘以来,《秦妇吟》是最早进入研究的作品之一,研究成果较多。这些研究主要从写本的发现与缀合、校勘、本事考证、讳因考辨、思想艺术等方面展开。二十一世纪以来,《秦妇吟》研究逐步深入和拓展,新的角度和视野如传播学等逐渐被纳入研究。2014 年以前的研究成果可参考田卫卫《〈秦妇吟〉敦煌写本研究综述》[③]。此后值得一提的又有田卫卫《〈秦妇吟〉敦煌写本新探——文本概观与分析》对缀合后共 11 个写本进行整体的细致文本分析、《〈秦妇吟〉之敦煌传播新探——学仕郎、学校与诗学教育》从其作为教学内容传播的角度进行研究,邵文实《古代叙事诗之女性视角和声音的复杂性——〈秦妇吟〉再解读》从女性视角的角度对作品叙述视角和声音的变化进行阐释,进一步拓展了《秦妇吟》的研究[④]。颜廷亮、赵以武编《〈秦妇吟〉研究汇录》收录了 1985 年以前的《秦妇吟》部分校录研究成果,主要包括王国维《韦庄的〈秦妇吟〉》、罗振玉《〈秦妇吟〉校本及跋》、翟理斯(Lionel Giles)著、张荫麟译《〈秦妇吟〉之考证与校释》、郝立权《韦庄〈秦妇吟〉笺》以及黄仲琴、周云青、陈寅恪、徐嘉瑞、刘修业、马茂元、刘初棠等人之校说[⑤]。另有《全

① 王国维《观堂集林》,第 1019—1021 页。

② 龙晦《敦煌与五代两蜀文化》,《龙晦文集》,成都:巴蜀书社,2009 年,第 373—382 页。

③ 田卫卫《〈秦妇吟〉敦煌写本研究综述》,载《敦煌学辑刊》2014 年第 4 期,第 153—161 页。

④ 田卫卫《〈秦妇吟〉敦煌写本新探——文本概观与分析》,《敦煌研究》2015 年第 5 期。田卫卫《〈秦妇吟〉之敦煌传播新探——学仕郎、学校与诗学教育》,《文献》2015 年第 5 期。邵文实《古代叙事诗之女性视角和声音的复杂性——〈秦妇吟〉再解读》,载《首都师范大学学报》2018 年第 1 期。

⑤ 颜廷亮、赵以武编《〈秦妇吟〉研究汇录》,上海:上海古籍出版社,1990 年。王国维《韦庄的〈秦妇吟〉》,载《国学季刊》第 1 卷,1923 年第 4 期。罗振玉《〈秦妇吟〉校本及跋》,收入《敦煌零拾》,上虞罗氏自印本,1924 年,第 1—3 页。(英) 翟理斯著、张荫麟译《〈秦妇吟〉之考证与校释》,载《燕京学报》1927 年第 1 期。郝立权《韦庄〈秦妇吟〉笺》,载《齐大月刊》1931 年第 3 期。黄仲琴《〈秦妇吟〉补注》,载《文史学研究所月刊》1933 年第 5 期。周云青《〈秦妇吟〉笺注》,商务印书馆,1934 年。陈寅恪《〈秦妇吟〉校笺》,昆明自印本,1936 年。同年以《读〈秦妇吟〉》为题载《清华学报》第 11 卷第 4 期,后以《韦庄〈秦妇吟〉校笺》为题收入其《寒柳堂集》,上海:上海古籍出版社,1980 年,第 109—139 页。徐嘉瑞《〈秦妇吟〉本事》,载《国文月刊》1944 年第 27 期。刘修业《〈秦妇吟〉校勘续记》,载《学原》第 1 卷,1947 年第 7 期。

唐诗外编》《〈补全唐诗〉二种续校》《敦煌写本〈秦妇吟〉新书》《〈补全唐诗〉校记》，张涌泉结合其之前重要校录本作《敦煌写本〈秦妇吟〉汇校》，为《秦妇吟》的校勘提供了一个集大成的本子[①]。后又有《敦煌诗集残卷辑考》《英藏敦煌社会历史文献释录》《全敦煌诗》等校录成果[②]。

6. 碎片，存 6 字，分别为"□□今□廿九"，书法典雅，不似册内字迹。

写本抄写时间，可借助"己卯年正月十八日阴奴儿买策（册）子""癸未二月六日净土寺弥赵员住左手书"两条题记考证。据《敦煌文学总论》，"阴奴儿"之名又见 S.5441《捉季布传文一卷》题记："太平兴国三年（978）戊寅岁四月十日，孔目学士郎阴奴儿自手写季布一卷。"据此，则 P.3910 写本的"己卯年"即太平兴国四年，"癸未年"即太平兴国八年[③]。徐俊《敦煌诗集残卷辑考》："P.3910 原抄于 979 年，四年之后（983）赵员住得到此册，于末页写下了两行题记，实际上只是题名而已。"[④]

关于写本抄写者，《伯希和劫经录》以为即"净土寺[沙]弥赵员住"。按此判断似不确：其一，"癸未年二月六日净土寺[沙]弥赵员住左手书"一行，字迹与前文不同，应为另一书手所抄。其二，P.3910 首行"己卯年正月十八日阴奴儿买策（册）子"题记，表明该册子是阴奴儿买来作抄写之用。考 S.5477《秦妇吟》写本为对折册页抄本，共 10 页，在第 6 页"六军门外倚僵尸，七架营"句后，有淡墨写"阴奴儿"三字，与 P.3910 笔迹相同，确为一人所抄。而阴奴儿"手写"之 S.5441《捉季布传文》《王梵志诗》（此卷亦为册页，有界栏），笔迹与 P.3910、S.5477 相同。又 S.5256《新菩萨经》题记："丁卯年（967）

---

① 王重民等《全唐诗外编》，北京：中华书局，1982 年，第 32—37 页。项楚《〈补全唐诗〉二种续校》，载《四川大学学报》1983 年第 3 期，后收入氏著《敦煌文学丛考》，上海：上海古籍出版社，1991 年，第 675—708 页。潘重规《敦煌写本〈秦妇吟〉新书》，载《敦煌学》第 8 辑，1984 年。蒋礼鸿《〈补全唐诗〉校记》，收入甘肃省社科院文学研究所编《敦煌学论集》，兰州：甘肃人民出版社，1985 年，第 73—80 页。张涌泉《敦煌写本〈秦妇吟〉研究汇校》，收入《中国典籍与文化论丛》第 4 辑，北京：中华书局，1997 年，第 311—341 页。修订后收入《张涌泉敦煌文献论丛》，第 185—217 页。

② 徐俊《敦煌诗集残卷辑考》，第 230—252 页。郝春文《英藏敦煌社会历史文献释录》第三卷，第 495—508 页。张锡厚主编《全敦煌诗》第 7 册，第 2971—3002 页。

③ 伏俊琏《敦煌文学总论》，第 316 页。

④ 徐俊《敦煌诗集残卷辑考》，第 231 页。

七月廿三日写此经流传记。"卷背阴奴儿题记:"戊寅年(978)四月五日阴奴儿写经一卷。百鸟名一卷、百行章一卷。"字迹亦与 P.3910、S.5477 相同。由此可知,P.3910 写卷为阴奴儿所抄无疑。其抄写时间为太平兴国四年己卯岁,四年后之癸未年,赵员住得此卷,于末页写下题记。所谓"左手书",仅为左手题名而已。

五、参考图版

1.《法国国家图书馆藏敦煌西域文献》第 29 册,第 197—207 页。

2.《敦煌宝藏》第 131 册,第 566—576 页。

3. International Dunhuang Project(国际敦煌项目,简称 IDP)。

31. P.3911 写本研究

曲子词七首

一、写本编号

P.3911

二、所藏地点

法国国家图书馆

三、写本状况

册页本，首尾有缺，存 6 页，每页规格为 15×10.5 厘米。抄写 6 行，书写工整，字迹清晰。格式规范、统一，有天头地脚和界栏，朱笔校钩。

四、写本内容

为曲子词集，共抄写 7 首曲子词，每首曲子词第一个字以朱笔箭头符号作标志，以示曲子起首，所有曲子词均有朱笔句读。

1. 失题曲子词。前缺，始“羊子遍野”，计 32 字。任二北《敦煌曲初探》指出此首曲子词为俳优体：“羊子遍野巫山。醉胡子楼头饮宴。醉思乡千日醺醺。下水船盏酌十分。令筹更打江神。”中《醉胡子》《醉思乡》《下水船》皆为唐教坊曲，名见《教坊记》。《教坊记》又有《黄羊儿》《巫山一段云》《巫山

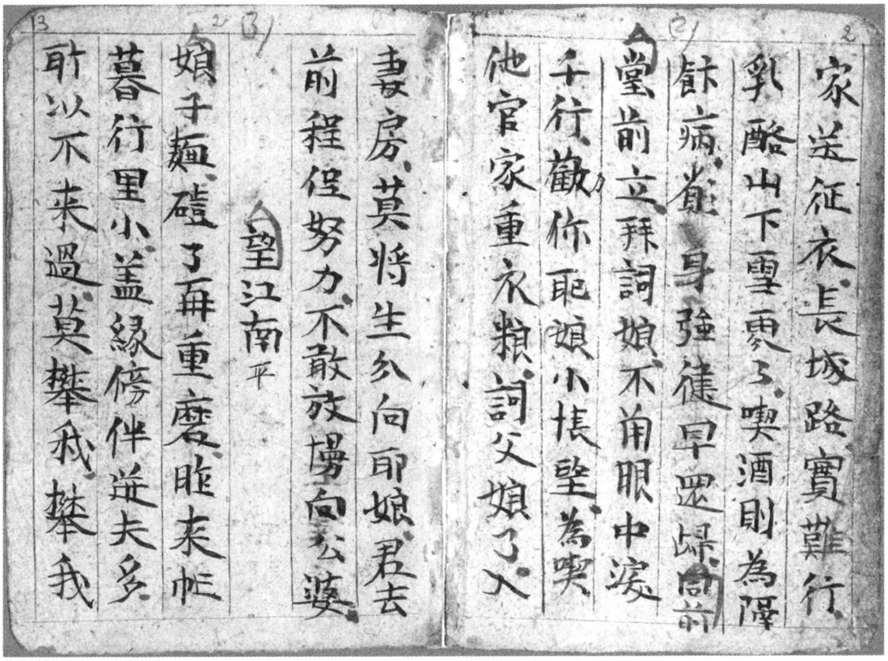
家苐征衣長城路實難行
乳酪山下雪雰雰喫酒則為隈
飫病雀身強健早還歸向前
堂前立拜詞娘不覓眼中淚
千行歡你耶娘小悵望為喫
他官家重衣粮詞父娘了入
妻房莫將生分向耶娘君去
前程但努力不敢放慢向公婆
望江南 平
娘子麵磑了再重磨昨來帳
暮行里小盞緣傍伴迸夫多
耶以不來過莫攀我攀我

P.3911 局部

女》等曲，“羊子”“巫山”云云，或即指此。“江神”亦应为曲调，其名虽不见《教坊记》，或亦与“江神子”有关[①]。敦煌曲子词中此类作品的出现，表明当时已经可以熟练地写作曲子词。林玫仪在《敦煌曲在词学研究上的价值》中指出“集调名体”皆属文字游戏，词体初兴，绝不能有此体裁。敦煌曲中既有此类作品，足证其时词体已发展至相当成熟的阶段矣。是则亦可作为词体成立于盛唐以前之旁证[②]。

2—3.《孟曲子捣练子平》(原题)，抄于写本第1—3页，共2首，该词牌崔令钦《教坊记》未载，在敦煌写本中又见于P.3319和P.2809。写本标题写“孟曲子捣练子平”，说明此曲演绎的是孟姜女曲子的调名与曲牌，过去的校录者多不录“平”字[③]。吴真认为从P.3911全本的情境来看，“平”字并非毫无意义的衍文，因为下文的《望江南》《酒泉子》名下皆有“平”字。这是标识曲子调名的重要标志，表示用“平调”演唱[④]。

《孟曲子捣练子平》第一首讲述的是孟姜为犯梁寄送寒衣之事：“孟姜女，犯梁妻，一去烟山更不归。造得寒衣无人送，不免自家送征衣。　长城路，实难行。乳酪山下雪雰雰。吃酒则为隔饭病，愿身强健早还归。”词中出现的“烟山”“乳酪山”等山名。任二北《敦煌曲初探》：“《凉州记》云：‘祁连山，张掖、酒泉二界之上，东西二百里，南北百余里，山中冬温夏凉，宜牧牛。乳酪良好。夏泻酪，不用器物。刈草着其上，不散。酥特好。酪一斛，得升余酥。’乳酪山名或在此。”[⑤]。龙晦《敦煌歌辞〈孟姜女捣练子〉四首研究》认

---

① 任二北《敦煌曲初探》，第321—322页。

② 林玫仪《敦煌曲在词学研究上之价值》，《汉学研究》(敦煌学国际研讨会论文专号)，台北汉学研究资料及服务中心，1986年，第144页。

③ 王重民《敦煌曲子词集》，第59—60页。饶宗颐《敦煌曲》，巴黎：法国国家科学研究中心，1971年，第276—277页。任半塘《敦煌歌辞总编》，第549页。

④ 吴真《敦煌孟姜女曲子的写本情境》，《民俗研究》2011年第2期。关于“平调”的解释，任半塘在《敦煌歌辞总编》里引罗蔗园的观点如下：“平调一名又广狭二义：昔以十二正律为中声，巳午未三宫为正声之中，因此，仲吕、蕤宾、林钟三宫之调，皆可统称‘平调’。至于道宫之羽称平正，南宫之羽称高平，皆狭义之平调也。根据宫逐羽声之例，燕乐羽调皆同本宫之名，如黄钟羽称羽调，仲吕羽称仲吕调，仙吕羽称仙吕调。而道宫之羽不称‘道调’，转称正本。南吕之羽不称南吕调，而称高平：则‘平’之为‘平’，亦可证也。”(《敦煌歌辞总编》，第323页)。

⑤ 任二北《敦煌曲初探》，第422页。

为“烟山”“奶酪山”大概指宁夏一带吐蕃曾占领地区①。

第二首似为犯梁口吻:“堂前立,拜词娘,不角眼中泪千行。劝你耶娘小怅望,为吃他官家重衣粮。词父娘了,入妻房。莫将生分向耶娘。君去前程但努力。不敢放慢向公婆。”词中有犯梁同父母的对话,也有对妻子孟姜的叮嘱,还有孟姜对犯梁的勉励。孙其芳认为此首曲子词写男子服役远行时拜别父母妻子情况,不一定与孟姜女事有关②。

任半塘认为《捣练子》既有代言,分场面,显为戏文。两首曲子词应当分为四首,而按诸情节,前二首乃犯梁告别,后二首始孟姜送衣③。然《捣练子》所见三个写本中均为先送衣后送别的顺序,不至所有写手在抄写时均存在抄写错误的现象。盖当时敦煌《捣练子》之传唱顺序便是先送衣后送别之顺序,不能单以后世之戏文标准衡量敦煌当时曲调之顺序。

《捣练子》词中“送寒衣”同唐代“府兵制”密不可分。府兵制,创建于西魏大统年间,唐因袭隋制,全国共置六百三十四府。《新唐书·兵志》云:“盖唐有天下二百余年,而兵之大势三变,其始盛时有府兵,府兵后废而为彍骑,彍骑又废,而方镇之兵盛矣。”④府兵制改彍骑,时在八世纪初。《新唐书·兵志》云:“(开元)十三年(725),始以彍骑分隶十二卫,总十二万,为六番,每卫万人。”⑤因此,唐朝的府兵制的时代,实际应框定在开元十三年以前⑥。龙晦认为《捣练子》是用陕北宁夏方言的音韵创作的,这一民歌大致作于元和十四年(819)左右⑦。

4—6.《望江南平》(原题),抄于写本3—5页,共3首,分别为《娘子面》《龙沙塞》《敦煌郡》。其中《娘子面》又见于P.2809。《龙沙塞》《敦煌郡》又见于P.3128、P.2809、S.5556。

《娘子面》:“娘子面,硙了再重磨。昨来忙暮行里小,盖缘傍伴迸夫多,

① 龙晦《敦煌歌辞〈孟姜女捣练子〉四首研究》,《龙晦文集》,成都:巴蜀书社,2009年,第384—394页。

② 季羡林主编《敦煌学大辞典》,第533页。

③ 任半塘《敦煌歌辞总编》,第549页。

④ (宋)欧阳修、宋祁等撰《新唐书》卷五〇,第1323页。

⑤ (宋)欧阳修、宋祁等撰《新唐书》卷五〇,第1327页。

⑥ 高国藩《敦煌民间诗词中的府兵制与词的起源问题》,《许昌学院学报》1986年第1期。

⑦ 龙晦《龙晦文集》,第384—394页。

所以不来过。　　莫攀我，攀我太心偏。我是曲江临池柳，者人折了那人攀。恩爱一时间。”描述妓女的情感生活。阴法鲁《敦煌曲子词集序》谓此辞“可以反映出妓女的悲惨生活”，“寥寥数语，表现出她们内心的无限悲哀与积愤。像这首词，就是歌妓自己向社会提出的控诉！”①

《龙沙塞》：“龙沙塞，路远隔烟波。每恨诸蕃生留滞，只缘当路寇雠多。怨屈争那何。　　皇恩溥，圣泽遍天涯。大朝宣差中外使，今因绝塞暂经过。路远合通和。”《敦煌郡》：“敦煌郡，四面六蕃围。生灵苦屈青天见，数年路隔失朝仪，目断望龙墀。　　新恩降，草木总光辉。若不远丈天威力，何湟必恐陷戎夷。早晚圣人知。”《龙沙塞》述曹元德当政期间事，并涉及后晋使者暂经瓜沙一事，作于后晋天福四年(939)，且在时年十一月底之前。《敦煌郡》当是咸通八年(867)至十三年前后的作品。

7.《酒泉子平》(原题)，抄写于最后一页，残存《红耳薄寒》一首，尾有“同前日”。此词又见于P.2809。

P.3911写本书写端正，格式规范统一，曲牌、调名、动作提示俱全，并以朱笔加以句读，抄写者应当是俗曲表演的内行，此本就是用来演出的脚本或备忘本。现存其他8种敦煌孟姜女写本皆为卷轴装，只有P.3911采用敦煌比较少见的册页装帧形式，其实这也暗示着其特殊用途，“是适应了民间念诵佛经、做功德的灵活性而出现的，它的目的是需要方便携带”②。目前可见的敦煌册页本主要集中于晚唐五代，这也为确定P.3911写本的抄写时代提供了依据③。

五、参考图版

1.《敦煌宝藏》第131册，第577—578页。

2.《法国国家图书馆馆藏敦煌西域文献》第22册，第207—209页。

3. International Dunhuang Project(国际敦煌项目，简称IDP)。

---

① 王重民《敦煌曲子词集》序，第5页。

② 李际宁《关于敦煌遗书中的梵夹装》，北京图书馆敦煌吐鲁番学数据中心等合编《敦煌吐鲁番学研究论集》，北京：书目文献出版社，1996年，第538—549。

③ 李致忠《敦煌遗书中的装帧形式与书史研究中的装帧形制》，《敦煌与丝路文化学术讲座》第2辑，北京：北京图书馆出版社，2005年，第70—94页。

32. P.4093 写本研究

甘棠集

一、写本编号

P.4093

二、所藏地点

法国国家图书馆

三、写本状况

纸本，册页装，共 64 页，每页约 11×30 厘米。有界栏。每页天头约 0.9—1.3 厘米，地脚约 0.9—1.4 厘米。正文每页 6—8 行，每行 19—27 字。字体为行楷，字迹工整、流畅，且具典雅之美。

四、写本内容

此写本第 1、2 页及 63、64 页为杂写，当是写本的封护。第 3 至 62 页为《甘棠集》，首起《上中书门下状》，下讫《贺官》，共收表状 88 通（内一通《贺冬上四相公状》仅存题），分为四卷。未署撰人姓名与集名。第 16 页有《甘棠集一卷》，当为卷一尾题。第 16 页有《甘棠集卷第二》，为卷二首题。第 32 页有《甘棠集卷第二》，为卷二尾题。第 32 页有《甘棠集卷第三》，为卷三首题。

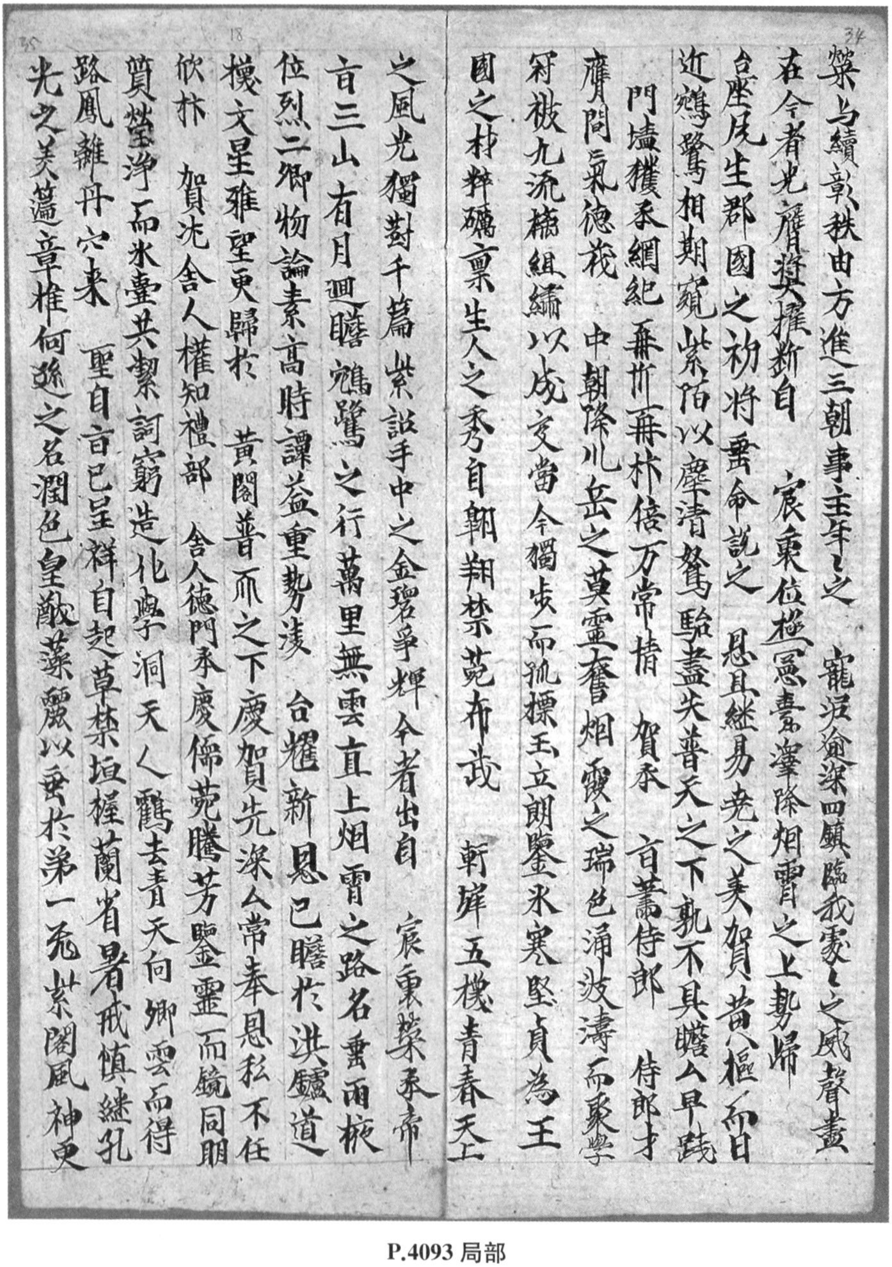

P.4093 局部

第50页有《甘棠集卷第三》,为卷三尾题。第50页有《甘棠集卷第四》,为卷四首题。王重民《巴黎敦煌残卷叙录》最早将其著录为《甘棠集》,并考定撰者为刘邺[①]。

《甘棠集一卷》(尾题),一卷当为"卷一"。卷一存表状16通,皆有首题,分别是:《上中书门下状》《贺瑞莲表》《上中书门下状》《贺元日御殿表》《贺除濮王充成德军节度使表》《谢赐春衣表》《谢冬衣表》《谢端午衣表》《谢恩赐历日状》《奉慰西华公主薨表》《端午进马并鞍辔状》《寿昌节进马并鞍辔状》《进鹞子状》、同前状、同前状、《为割股事上中书门下状》。卷一收件人是宣宗皇帝和中书门下之丞相,他们处于朝廷的最高地位。

《甘棠集卷第二》(首尾题同),有表状25通,皆有首题,分别是:《贺崔相公加仆射状》《贺令狐相公加兵部尚书》《贺裴相公加户部尚书》《贺魏相公加礼部尚书》《贺门下令狐相公状》《贺史馆魏相公状》《贺户部裴相公状》《贺郑相公状》《贺淮南崔相公状》《贺陈许马相公》《贺正上四相公状》《贺正上西川白相公状》《贺正上淮南相公状》《贺诸道节察正》《贺正上两中慰(尉)并长官状》《贺冬上四相公状》《贺冬上太子太傅杜相公》《贺正上西川白相公状》《贺冬上淮南杜相公》《贺冬上凤翔崔相公》《贺冬上宾客马相公状》《贺冬上镇州王相公状》《贺冬与翰林学士兼丞郎给舍书》《贺诸道初冬状》《贺冬与两枢密状》《贺冬两中尉》。卷二收件人为崔铉、令狐绹、裴休、魏謩、郑朗、马植、四相、白敏中、诸道节察、两中尉并长官、杜悰、崔珙、王元逵、翰林学士兼丞郎给舍、诸道、两枢密、两中尉[②]。这些文章排列的顺序大体是按照其重要性从高到低进行排列。

《甘棠集卷第三》(首尾题同),存表状25通,皆首题,分别是:《贺卢仆射状》《贺郑大夫状》《贺承旨萧侍郎》《贺沈舍人权知礼部》《贺中书杜舍人》《答归补阙书》《贺凤翔裴尚书》《贺湖南李中丞》《贺冬上四相公状》《贺冬上太子

---

① 王重民《巴黎敦煌残卷叙录》,《敦煌丛刊初集(九)》,台北:新文丰出版公司,1985年,第306页。

② 吴其昱《〈甘棠集〉与〈刘邺传〉研究》,《敦煌学》第3辑,香港:新亚研究所敦煌学会,1976年。

太傅杜相公状》《贺冬上四相公状》(仅有题)《贺冬上西川白相公状》《贺冬上淮南崔相公》《贺冬上诸道节察》《贺冬上两枢蜜(密)状》《贺冬上两中慰以(尉状)》《贺土(吐)突骠骑》《贺西门枢密状》《贺冬上杜相公状》《贺崔相将军加银青阶》《上高尚书启》、又启(即名同《上高尚书启》)、《与同院李判官名汤》《与同院于瑰判官》《与同院令狐侍御》。卷三收件人为卢钧、郑涓、萧置、沈询、杜沈权、归十九郎、裴识、李汶儒、四相、杜悰、白敏中、崔铉、诸道节察、两枢密、两中尉、土突士晔、西门季玄、崔慎由、高少逸、李汤、于瑰、令狐滈[①]。

《甘棠集卷第四》(首题),存表状22通,皆首题,分别是:《贺正》《夏首》《令狐学士》《谢召试并进文五首状》《谢充学士》《谢进士及第让状》《谢不许让兼赐告身》《谢设状并绢、鞯、马等》《上自(白)令公充学士状》《上三相公状》《上白相公状》《上河中令狐相公状》《上毕相公状》《上张郎中状》《谢赐绯上白令公及三相状》《上冯舍人》《贺李谏议除给事》《贺李给事除京兆尹》《上四相公贺冬状》《贺赦》《与方镇贺冬》《贺官》(后缺)。本卷表状皆是在刘邺入翰林后所作,收件人包括某中丞、四相、令狐滈、懿宗皇帝、白敏中、三相、令狐绹、毕诚、张杰夫、冯图、李汶儒、方镇[②]。

卷二、卷三首尾皆题,卷四有首题而无尾题,原本面目应当四卷皆题于首尾。卷一仅有尾题而无首题,可知卷一前应该有缺。且卷二、卷三皆为25通表状,有缺的卷四也存22通,因此,卷一若仅有16通则不太可能。赵和平推测,每卷约收文25通,卷一约佚9通[③]。

《甘棠集》,唐刘邺撰。刘邺(?—880),字汉藩,润州句容(今属江苏)人。少聪慧,为李德裕所欣赏。大中初,德裕南贬,邺无所依,客游江浙。大中八年至十一年(854—857)为陕虢观察史高少逸辟为镇国幕府吏。后历秘书省校书郎。大中十四年,擢左拾遗,召为翰林学士,赐进士第。历相位。广明元年(880),黄巢入长安,捕杀之。《新唐书・艺文志》著录其《甘棠集》三卷,《宋史・艺文志》记有《刘邺集》四卷、《从事》四卷。今存诗2首,见《全

① 吴其昱《〈甘棠集〉与〈刘邺传〉研究》,第9—11页。
② 吴其昱《〈甘棠集〉与〈刘邺传〉研究》,第12—13页。
③ 赵和平《敦煌本〈甘棠集〉研究》,台北:新文丰出版公司,2000年,第10—11页。

唐诗》卷六〇七。文一篇,见《全唐文》八〇二。《旧唐书》卷一七七,《新唐书》卷一八三有传。

《甘棠集》一书,《崇文总目》《新唐书·艺文志》《通志·艺文略》《宋史·艺文志》都有著录。吴其昱认为,《甘棠集》在北宋时尚存,约南宋后散佚不存,而《通志·艺文略》与《宋史·艺文志》著录之书,存佚兼收,不足为据[①]。敦煌本《甘棠集》四卷,卷一卷四皆有残缺。前三卷是刘邺在大中八年至十一年在陕虢观察史高少逸幕府时期为府主拟制的表、状、书、启,共66篇。卷四是大中十四年刘邺自左拾遗召为翰林学士后不久自拟公务往来的表、书、启等22篇。"甘棠"之名来自《诗经·召南·甘棠》,为美政之代称,陕虢观察史驻古召南地,故刘邺以"甘棠"题名这组应用文集。此集盖收表、状、书、启等公务往来应用文体,略去具体内容,其作用类似《新集杂别纸》《记室备要》,为写作书状时的参考,即广义的书仪。书中之文,可以正两《刘邺传》之误。所存表状最晚者约在咸通二年(861)[②]。而编成时间当在咸通二年(861)前后[③]。

写本封护页(第1、2、63、64页)的抄写时间应当晚于《甘棠集》正文。封护页中出现了"庚寅年四月五日""庚寅年正月五日""庚寅年六月七日""丁亥年四月""庚寅年四月六日"等时间记录,在《甘棠集》正文《为割股事上中书门下状》的"状"字下又有"庚寅年四月六日"七字,与正文无关,与封护页字体相似。这些时间记录中,除"丁亥年"外,其余皆为"庚寅年",最晚为庚寅年六月七日。从咸通元年(860)至藏经洞关闭前,共有三次庚寅年:唐咸通十一年(870),后唐天成五年(930),北宋淳化元年(990)。写本内文字不避宋讳,如"匡",亦不避五代梁讳,如"诚",或周讳,如"荣",但仍避唐讳,如"世"。因此吴其昱认为本集当抄于唐末[④]。张锡厚认为"庚寅年"即天成五年,本集当抄于广明元年(880)至天成五年之间[⑤]。赵和平通过Дx.1377号

① 吴其昱《〈甘棠集〉与〈刘邺传〉研究》,第4页。
② 赵和平《敦煌本〈甘棠集〉研究》,第10页。
③ 赵和平《敦煌本〈甘棠集〉研究》,第6—7页。
④ 吴其昱《〈甘棠集〉与〈刘邺传〉研究》,第3页。
⑤ 张锡厚《敦煌本〈甘棠集〉及刘邺生年新证》,《敦煌本唐集研究》,台北:新文丰出版公司,1995年,第288—290页。

写本中《张保全贷绢契》与本写本《郑继温贷绢契》相比较，再次确认写本“庚寅年”即天成五年，进而认为本集当抄于天成五年之前①。

《甘棠集》于何时传入敦煌，赵和平也有论及。咸通年间(860—874)归义军与唐庭关系密切，由于刘邺本人的名气以及归义军需要《甘棠集》这样优秀的范文作为撰写表状的参考，因此编成于咸通初年的《甘棠集》极有可能在咸通中被人带回敦煌②。

封护文字：第1页，共有5行杂写，前两行为“庚寅年四月五日立契：龙勒乡百姓曹员昌，伏缘家中欠疋帛，今遂赤心乡百安全子面上”。第3行为习字，第4行有“孔孔年出入社司夫子武□”等杂写，第5行为“庚寅年正月五日”与“天天生白友圣，平子本留心□”。

第2页共有7行杂写，第1行为《平脉略例》文：“骨，举指来疾者，贤昧也。大动手气。”第2行为“庚寅年六月七日，衫子污衫獦獠庚寅”。第3行为“《茶酒论》一卷并序，乡贡进士敷王撰。窃见神农曾尝”。第4—7行为“丁亥年四月。庚寅年四月六日立契：敦煌乡百姓郑继温，伏缘家中欠少疋白，遂于洪润乡百姓樊钵略面上，贷帛练壹疋，长叁仗捌尺，福缺二尺一寸。其绢利头，现还麦粟肆硕。其绢限至来年，于月数填还，若于限不还者，看(下缺)”。

第63页，有《平脉略例一卷》(首题)9行，又见于S.5614。《敦煌中医药全书》有校录③，并云：“《平脉略例一卷》，是原卷本有的书题，但无撰者姓名。查考古医籍、目录书及史书艺文志等，均无载录。故已无从考证本书的撰者和成书年代。”④

第64页，抄有《般若波罗蜜多心经》8行。

敦煌本《甘棠集》发现后，贺光中《甘棠集(敦煌佚本)》、吴其昱《〈甘棠集〉与〈刘邺传〉研究》、张锡厚《敦煌本〈甘棠集〉及刘邺生年新证》以及赵和

① 赵和平《敦煌本〈甘棠集〉研究》，第7—9页。
② 赵和平《敦煌本〈甘棠集〉研究》，第9页。
③ 丛春雨主编《敦煌中医药全书》，256—258页。
④ 丛春雨主编《敦煌中医药全书》，255—256页。

平《敦煌本〈甘棠集〉研究》等都对刘邺生平及文中所涉人物、历史事件、《甘棠集》的文学性质与特点等进行过研究。录文方面,则主要有贺光中《甘棠集(敦煌佚本)》与赵和平《敦煌表状笺启书仪辑校》[①]。

五、参考图版

1.《敦煌宝藏》第133册,第98—115页。

2.《法国国家图书馆馆藏敦煌西域文献》第31册,第112—128页。

3. Dunhuang International Project(国际敦煌项目,简称IDP)。

① 贺光中《甘棠集》,《马来亚大学中文学会学报》1960年第2期。赵和平《敦煌表状笺启书仪辑校》,南京:江苏古籍出版社,1997年,第1—75页。

33. P.4986 + P.4660 + P.3726 写本研究

敦煌名人名僧邈真赞汇集

一、写本编号

P.4986 + P.4660 + P.3726

二、所藏单位

法国国家图书馆

三、写本状况

P.4986，仅一纸，首尾俱全，单面书写，规格 55×29.5 厘米。抄邈真赞 1 篇。文末残三行，下接 P.4660。P.4660，共 39 纸拼接而成，首尾俱全，双面书写，总尺寸约 1 731.5×26—28 厘米。正面前接 P.4986，依次抄邈真赞 38 篇。背面存七言排律 1 首，16 联、32 句。P.3726，仅一纸，首尾俱全，单面书写。规格 37×30.2 厘米。抄邈真赞 1 首，附诗 1 首。P.4986、P.4660 可拼接。P.3726 边缘整齐，字迹与 P.4660 末尾数篇相同。从内容与字体看，该写本当原粘在 P.4660 尾部，后从粘连处裂开。

此缀合写本先写后粘，每纸色泽不一，纸质非出于同一时代，字迹也各不相同，可知原本由多人所抄，且非抄于同时。部分邈真赞署有纪年，基本

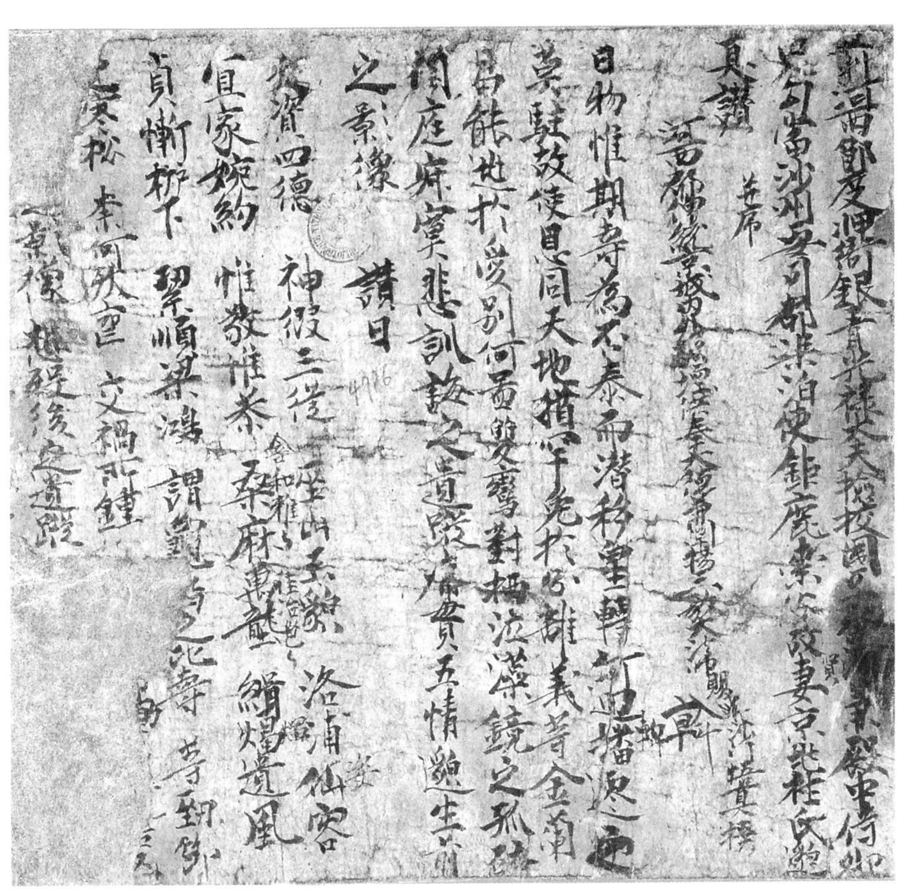

P.4986 局部

P.4660 局部

P.3726 局部

按时间倒序排列。同一赞主有多篇赞文时,又按时间顺序排列。荣新江说:"按 P.3726 接 P.4660,除后部较短的几篇之外,均为一赞一纸。颇疑抄者当时系按时间先后依次抄录,一纸抄一赞,层层累积为一迭,然后黏成一卷,形成年代正好相反的现在这种情况。这种倒排情况的发现,使得这个长卷中那些没具年代的赞文也可以大致考订出年代。"①

四、写本内容

P.4986＋P.4660＋P.3726 正面依次抄写邈真赞 40 篇,背面抄七言诗 1 首,16 联 32 句。王重民《伯希和劫经录》著录 P.4660,题名《敦煌名人名僧邈真赞汇集》,并云:"包括人数相当多,甚重要,背有诗一首。"②撰写邈真赞的作者有利济、李颛、窦良骥、吴洪辩、惠菀、善来、张球、悟真等人,大都为蕃占后期至归义军前期的重要作家。正面大致按撰写时间倒序抄写杜氏、索法律、曹僧政、曹法镜、康通信、悟真、阴法律、张兴信、辞弁、康使君、阴处士、张僧政、王景翼、阎英达、张府君、索公、索智岳、翟法荣、索义辩、左公、张议广、宋志贞、吴法成、凝公、阴文通、翟神庆、梁僧政、吴洪辩、张金炫、氾和尚、李惠因、王禅池、阴律伯、杜离珍等 34 人共 40 篇邈真赞,其中翟法荣邈真赞 2 篇,吴洪辩邈真赞 2 篇,李惠因邈真赞总 3 篇,王禅池邈真赞 2 篇。所涉人物大都生活在九世纪中后期,为当时敦煌社会上层人物。除苏翚《河西都僧统京城内外临坛供奉大德兼阐扬三教大法师赐紫沙门悟真邈真赞并序》、惠菀《敦煌唱导法将兼毗尼藏主广平宋律伯彩真赞》和惠菀《故释门都法律和尚写真赞》等几篇外,其余各篇大都提到了赞主的去世,故写本基本保留了这批人物的卒年信息。

本缀合写本所载的邈真赞大致可分为三个时期:1. 蕃占后期至唐大中十二年(858)前的作品。这一时段的作品有 11 篇,皆无年月题记,所涉人物基本为蕃占后期至 850 年前后的僧人。2. 大中十二年(858)悟真《故沙州释

---

① 荣新江《敦煌邈真赞年代考》,姜伯勤、项楚、荣新江《邈真赞校录并研究》,台北:新文丰出版公司,1994 年,第 354 页。

② 王重民编《敦煌遗书总目索引》,第 305 页。

门赐紫梁僧政邈真赞》至乾符后期(约876—879)张球《故敦煌阴处士邈真赞并序》。这一时期的邈真赞18篇,大都出自悟真、张球二人之手。一般有撰人、时间以及抄手的题记,不署撰人者也往往能据悟真、张球两人的行文特点确定其归属[①]。大中十二年(858)悟真撰《故沙州释门赐紫梁僧政邈真赞》为最早有明确纪年的邈真赞。3. 乾符后期(约876—879)悟真撰《康使君邈真赞并序》至890年《索公故妻京兆杜氏邈真赞并序》。这一时期除悟真本人的邈真赞1篇外,全部为悟真所作。《索公故妻京兆杜氏邈真赞并序》有题记:"于时龙纪二年庚戌二月蓂落柒叶记。""龙纪二年"实为大顺元年(890),此为写本所载时代最晚的邈真赞,故写本的编定时间不可能早于此年。

关于写本的编者,马德《〈张淮深碑〉的作者再议——兼论敦煌写本之张球、恒安书体比较》提出为悟真晚年授意其徒恒安法师所编[②]。这个判断是很有道理的。其一,写本的邈真赞以悟真所作为最多,且均为恒安法师手书。大中十二年(858)以后的邈真赞基本出于悟真、张球之手,广明元年(880)以后的邈真赞则全部为悟真所作。其二,写本保存了张球所撰邈真赞的手迹,但也有恒安法师手书的张球作品。其三,悟真晚年曾经将自己有关的文书钩稽起来,如写本P.3720,本卷的性质也与其相近。其四,悟真卒于乾宁二年(895),见P.2856《营葬都僧统榜》。而写本中最晚的邈真赞撰写于890年。其五,写本背面载有一首七言排律诗《悲字为首尾》(拟题)。诗中写道"悲咽老来怨恨多""病容策杖无人侍,禅房空有小沙弥",符合一位暮年老僧的孤寂晚境。因此,写本编成应该在大顺元年(890)之后,悟真和尚晚年或去世后一段时间之内,出于恒安法师或其他敦煌僧职之手。

(一) 正面

1.《前河西节度押衙银青光禄大夫检校国子祭酒兼殿中侍御史勾当沙州水司都渠泊使巨鹿索公故妻京兆杜氏邈真赞并序》,下署"河西都僧统京

---

① 徐志斌根据悟真的行文特点,将本卷中所载的未署名的四篇赞文也归入悟真,见徐志斌《〈河西都僧统悟真作品和见载文献系年〉补四则》,《敦煌学辑刊》1998年第2期。

② 马德《〈张淮深碑〉的作者再议——兼论敦煌写本之张球、恒安书体比较》,《丝路历史文化研讨会论集(2012)》,乌鲁木齐:新疆科学技术出版社,2013年,第95—98页。

城内外临坛供奉大德兼阐扬三教大法师赐紫沙门悟真撰”。

P.4986 存本赞正文部分,P.4660 存文末的“六亲号恸,遐迩告凶。绘生前”11 个残字及文末“于时龙纪二年庚戌二月蓂落柒叶记”一行。藤枝晃将两者缀合,校为一篇赞文。本赞由悟真撰于 890 年,是本写本所载年代最晚的一篇邈真赞。

2.《金光明寺故索法律邈真赞并序》,下署“河西都僧统京城内外临坛供奉大德兼阐扬三教大法师赐紫沙门悟真撰”,有题记“于时文德二年(889)岁次己酉六月廿五日记。”

金光明寺,在沙州城西,吐蕃统治时期的辰年(788)初见其名(S.2729),北宋天禧三年(1019)犹存(《天禧塔记》)。据 S.3905 和 S.2614 卷文书记载,光化间(899),该寺在莫高窟所建寺窟毁于回鹘军,天复元年(901)重建,此时有僧人 35 人。又据 S.3011 和 P.3692,金光寺有藏经,九世纪中期到十世纪二十年代设有寺学。本篇所记的索法律,其人不详。郑炳林认为即 S.5406《僧政法律徒众转帖》中所记载的金光明寺索法律或即其人[①]。又 P.3718 有《巨鹿律公邈真赞》一篇,文字与本篇基本相同,不署撰人,且两篇皆不载赞主的香号。索氏为敦煌大姓,敦煌文献中记载的诸寺索法律甚多。从内容上看本篇的索法律“行解清洁,务劝桑农”“神农本草,八术皆通”,是一位通晓农学、医学的僧人,P.3718 所赞的索法律则没有这些特点,且该文末有“于时唐同光三年(925)七月十五日题记”,可知两篇赞主非同一人。

3.《敦煌管内僧政兼勾当二窟曹公邈真赞》,下署“河西都僧统京城内外临坛供奉大德兼阐扬三教大法师赐紫沙门悟真撰”。此篇无时间题记,据前后两篇赞文的题记,可知本赞大约撰写与中和三年(883)至龙纪元年(889)之间。P.2838《中和四年正月体圆等斛斗破除见在牒》载:“麦二斗,油壹胜,曹和尚迁化煮粥用。”荣新江《敦煌邈真赞年代考》认为该曹和尚即此处的曹公,撰写时间可定于中和四年(884)[②]。

---

① 郑炳林《敦煌碑铭赞辑释》,第 109 页。
② 荣新江《敦煌邈真赞年代考》,第 359 页。

4.《入京进论大德兼管内都僧政赐紫沙门故曹僧政邈真赞》，下署“河西都僧统京城内外临坛供奉大德兼阐扬三教大法师赐紫沙门悟真撰”。有尾题“中和三年(883)岁次癸卯五月廿一日听法门徒敦煌释门法师恒[□□]”。根据下文的题记，此处的缺字当为“安书”。曹僧政，P.2079《净名经关中释抄卷上》题记：“壬辰年正月一日，河西管内都僧政京城进论朝天赐紫曹和尚就开元寺为城隍禳灾讲维摩经，当寺弟子僧智惠并随听写此批上，至二月二十二日写讫。”BD14093《净名经集解关中疏卷下》题记：“癸卯年三月十日灵图寺僧苾茑道广故记之耳，癸年三月一日曹僧政和尚说经已至四月尽说了。”S.5972《维摩经疏》题记：“河西管内京城讲论临坛供奉大德赐紫都僧政香号法镜手记。前后三会，说此经百法九遍。”荣新江俱认为本篇赞主即以上题记中的曹法镜。法镜是吴法成弟子，867—883年间在敦煌讲经[①]。P.3301《吐蕃时僧人分配布施名单》记载有“法镜”之名。本篇赞文云：“年期八十，示同殒灭。法鼓绝音，渠波水噎。”据此可知曹法镜大约生于9世纪初，八十余岁卒于中和三年。

5.《大唐前河西节度押衙银青光禄大夫检校太子宾客甘州删丹镇遏充凉州西界游弈防采营田都知兵马使兼殿中侍御史康公讳通信邈真赞》，下署“河西都僧统京城内外临坛供奉大德兼阐扬三教大法师赐紫悟真撰”，尾题“大唐中和元年(881)岁次辛丑仲冬蓂生五叶，从弟释法师恒安书”。康通信是吐蕃后期丝绵部落人，见于S.2228《亥年(843)六月修城分役表》。莫高窟第54窟西壁龛下南侧北向第二身题名为“康通信供养”。据赞文可知，康通信为归义军名将，“助开河陇，效职辕门。横戈阵面，骁勇虎贲。番禾镇将，删丹治人。先公后私，长在军门”。曾助张议潮收复河西，历任甘州、删丹两地，中和元年死于姑臧[②]。

6.《河西都僧统京城内外临坛供奉大德兼阐扬三教大法师赐紫沙门悟真邈真赞并序》，下署“前河西节度掌书记试太常寺协律郎苏翚”。有“沙州释门法师恒安书”“广明元年(880)岁次困顿律中夷则蓂生七叶题记”两则。

---

① 荣新江《敦煌邈真赞年代考》，第359页。

② 冯培红《敦煌的归义军时代》，兰州：甘肃教育出版社，2013年，第144页。

赞主悟真,俗姓唐,所以称唐和尚、唐僧统,约生于唐宪宗元和六年(811),15 岁出家于敦煌灵图寺,20 岁受比丘具足戒(P.3720)。张议潮起义时,37 岁的悟真作为沙州释门义学都法师,"随军驱使,长为耳目,修表题书"(P.3720),为张氏重要幕僚。大中五年(851),入使朝廷。同年五月廿一日,敕授京城临坛大德、赐紫(P.3720)。大中十年四月廿二日敕授沙州都僧录(P.3720)。咸通三年(862)六月廿八日任河西副僧统(P.3720)。咸通十年十二月廿五日敕准任河西僧统(P.3720)。广明元年(880)七月七日,苏翚为悟真撰有邈真赞,其中有"耳顺从心,色力俄衰。了蟾蜍之魄尽,觏毁箧之腾危"(P.4660)的话,知古稀之年的悟真一度病危。后渐康复,但不久因风疾相兼,致半身不遂,自责身心,作《百岁诗》十首并序。卒于乾宁二年(895)三月(P.2856)。唐悟真是敦煌佛教界的领袖,从 45 岁担任沙州都僧录起,他在沙州佛教领导集团中近 40 年,对当时敦煌的宗教、政治有重要影响。敦煌写本中保存下来悟真的作品,计有诗歌 20 余首,邈真赞 14 篇,碑铭 3 篇,其他散文 4 篇。敦煌写本中还有一些未署作者的作品,今人或考证为悟真所作[①]。大中五年他奉命出使朝廷,在长安与东西两街大德高僧吟诗作赋,极一时之盛,是敦煌与长安文化交流史上最光辉灿烂的一页[②]。本文作者苏翚,生平不详。本篇写于广明元年七月初七。

7.《沙州释门故阴法律邈真赞并序》,下署"河西都僧统京城内外临坛供奉大德兼阐扬三学大法师赐紫沙门□□□"。尾题"大唐广明元年(880)庚子岁六月廿六日题"。题名处脱撰人名字,但据衔职可知撰人为悟真。序文部分已佚,仅存赞文。主要记载了阴法律生平事迹,赞颂其容貌、品德、学业,但未及阴法律香号住寺。阴氏为敦煌大姓,敦煌文献中涉及阴法律者甚多,如 P.4694《残麦帐》、P.4779《佛经目记勘对人姓名》(永安寺、灵图寺)、P.3240《壬寅六月廿一日配经历》(灵图寺、三界寺)、S.5406《僧政法律转帖》、

① 郑炳林《敦煌碑铭赞辑释》,第 116—141 页。齐陈骏、郑炳林《河西都僧统唐悟真作品和见载文献系年》,《敦煌吐鲁番文献研究》,兰州:兰州大学出版社,1995 年,第 621—640 页。季羡林主编《敦煌学大辞典》,第 355 页、558 页。徐俊《敦煌诗集残卷辑考》,第 323—344 页。张锡厚主编《全敦煌诗》,第 2825—2885 页。

② 伏俊琏《唐代敦煌高僧悟真入长安事考略》,《敦煌研究》2010 年 3 期。

S.4362《宋都头与兄书》、S.4687《僧徒捐输粟油胡饼帐》(开元寺)、S.4702《丙申年算会仓贮帐》等皆记载有阴法律。S.4664《为白露道场认真课念牒》中记载有大阴法律、小阴法律。S.2614《敦煌诸寺僧人名簿》开元寺中有两个阴法律。这些记载中的阴法律,与本篇的阴法律是什么关系,尚待考证。

8.《前河西节度押衙兼马步都知兵马使银青光禄大夫检校太子宾客监察御史右威卫将军令狐公邈真赞》,下署"沙州释门法师沙门恒安书"。有尾题"广明元年(880)庚子孟夏蓂生十一叶题记"。未署作者,或以为悟真作[①]。

本篇无撰写人署名,赞文不载令狐公名字。敦煌令狐氏,自谓望出太原。国图 8418《条举氏族事件》记太原十一姓,其中有令狐氏。《通志・氏族略三》:"令狐氏,姬姓,周文王子毕公高之后,有毕万仕晋,其子犨封于魏,犨之子颗以获秦将杜回功,封于令狐,故为令狐颗,其地在今猗氏县西十五里。汉有令狐迈,避王莽乱,居敦煌。生称。"《新唐书・宰相世系表五》:"十四孙汉建威将军迈,与翟义起兵讨王莽,兵败死之,三子:伯友、文公、称,皆奔敦煌。"后汉有伊吾都尉令狐仲平、前凉太原主簿西海太守令狐亚、鸣沙县令令狐敏、孝廉令狐策、北魏敦煌太守令狐虬等。据日本学者土肥义和研究,8到 11 世纪敦煌附近居民中,前十姓之第十姓为令狐氏[②]。莫高窟 257 窟五代供养人题名有:"亡父衙前正兵马使银青光禄试殿中监令狐进义。"则令狐氏任兵马使一职者代有其人。又 951 年《腊八燃灯分配窟龛名数》记有"令狐社众窟",据金维诺和马德的研究,即五代重修之北魏 263 窟[③]。其五代供养人题记中有"社子令狐憨子一心供养"及"社子令狐富子一心供养"等。322窟有"社人队头令狐住子"题记。P.3265《报恩寺开温室浴僧记》:"则有忠孝子令狐义忠奉谓(为)考君右骁卫隰州双池府左果毅都尉赐紫金鱼袋上柱国敦煌县都水令太原令狐公之建也。"据敦煌文献记载,吐蕃时有令狐寺

---

①　徐志斌《〈河西都僧统悟真作品和见载文献系年〉补四则》,《敦煌学辑刊》1998 年第2 期。

②　[日] 土肥义和《归义军时期(晚唐五代宋)的敦煌》,《敦煌讲座》(2)《敦煌的历史》,东京:大东出版社,1980 年。

③　马德《十世纪中期的莫高窟崖面根概观——关于〈腊八燃灯分配窟龛名数〉的几个问题》,《敦煌研究》1988 年第 2 期。

(P.2358),归义军时有令狐乡官(P.3396)、令狐押衙(S.2009、S.6214)、令狐都头(S.286、S.4899)、令狐都料(P.2040)、节度判官令狐留安(P.4724)、衙官令狐回君、令狐升贤、令狐赞忠、令狐昌信(P.4640)、令狐平水(P.3231)、都头令狐崇清(P.3721)等。僧侣集团中有令狐法律(P.2054 永安寺、S.4687 三界寺、S.6452 辛巳年)等①。敦煌令狐氏应属沙州汉代以来的旧族。

本篇赞文记载的令狐公,其名不详,生平待考。姜伯勤《敦煌邈真赞与敦煌名族》考证赞文"助收河陇,效职辕门。行中选将,节下先陈。前矛直进,后殿虎贲。三场勇战,克捷成勋。入京奏事,聪耳知闻。递其果敢,印珮将军"一段时认为:"大中五年(851)沙州入朝告捷,并献瓜、沙、伊、肃、鄯、甘、河、西、兰、岷、廓十一州图籍,擢议潮沙州防御使。此马步都知兵马使当参与张议潮收复河陇的战役。咸通二年(861)张议潮复凉州,遣使入告,七年遣使贡方物。张议潮于咸通八年入朝。自 851 至 867 年,沙州使节多次入京奏事,令狐氏之入京奏事约在此期间。而沙州之收复河陇,迄至 861 年亦经历了长达十年的征战,故令狐氏亦有'三场勇战'的经历。"②这篇邈真赞的创作时间是广明元年(880)庚子孟夏蓂生十一日(四月十一日)。

9.《前河西节度押衙银青光禄大夫检校国子祭酒兼监察御沙州都押衙张讳兴信邈真赞》,尾题"乾符六年(879)九月一日题于真堂"。姜亮夫《莫高窟年表》认为,"真堂"是张球的堂号,所以本篇的作者是张球。颜廷亮《张球作品系年与生平管窥》、荣新江《敦煌邈真赞年代考》认同此说③。郑炳林《敦煌写本邈真赞所见真堂其及相关问题研究》认为"真堂"不是张球年号,是安置邈真像供人瞻仰祭祀的地方,主要设置在寺院、道观、陵墓、家庙祠堂等处④。徐

① ［日］土肥义和编《八世纪末期——十一世纪初期敦煌姓氏族人名集成》,东京:汲古书院,2015 年。

② 姜伯勤、项楚、荣新江《敦煌邈真赞校录并研究》,台北:新文丰出版公司,1994 年,第 30 页。

③ 颜廷亮《张球作品系年与生平管窥》,《1990 年敦煌学国际研讨会文集》(石窟史地语文版),辽宁美术出版社,1995 年。荣新江《敦煌邈真赞年代考》,姜伯勤、项楚、荣新江《敦煌邈真赞校录并研究》。

④ 郑炳林《敦煌写本邈真赞所见真堂其及相关问题研究》,《敦煌研究》2006 年第 6 期。

志斌认为是悟真撰[1]。张兴信，除了本篇赞的题署“前河西节度押衙银青光禄大夫检校国子祭酒兼监察侍御沙州都押衙”官职之处，其余事迹不详。P.3875“四日张都衙庄上裁木众僧食用。”此处张都衙是否张兴信，待考。又P.3425景福二年（893）张灵俊撰《本居宅壁上建龛功德铭》：“时即有至者兵马使兼□曹使张崇敬，奉为亡考节度押衙兼侍御史张公建也。亡考乃天假英灵，文武双美。门传孝悌，五郡名彰。何期业运难卜风灯，魂归大梦。”这位“亡考”张公疑即张兴信。这篇邈真赞创作于乾符六年九月一日，未署作者。

10.《沙州释门勾当福田判官辞弁邈生赞》，下署“河西都僧统京城内外临坛供奉大德兼阐扬三教大法师赐紫沙门悟真撰”，有题记“沙州释门法师沙门恒安书”。赞文及篇题俱不载辞弁的俗姓、住寺，也没有写作时间，但本篇粘连在乾符六年（879）《张兴信邈真赞》之后，乾符三年《张僧政赞》之前，故本篇大致撰于乾符三年至六年间。郑炳林《敦煌碑铭赞辑释》认为，S.2614《沙州诸寺僧尼名簿》报恩寺有“宋判官”，写于895—902年间，距本篇撰写时间不远，宋判官，疑即辞弁。赞文中有“助修大像，勾当厨筵”句，指张淮深修建今96窟北大像。《敕河西节度兵部尚书张公德政之碑》（S.6161、S.3329、S.6973、P.2762）、《张淮深造窟记》（P.3720、S.5630）皆记载，但没有具体年代。邓文宽《张淮深改建北大像和开凿第94窟年代考》认为张淮深改建北大像和开凿第94窟的时间应在公元885年3月到888年3月之间。《辞弁邈生赞》作于乾符三年于六年之间，以乾符六年可能性最大。那么，北大像的修建时间要早于乾符六年。辞弁是沙州元寺僧人，参与张淮深重修北大像工程，僧官至福田判官，主持福田事务，又整理散乱般若经，使归经藏，并修建寺院。本篇赞文不记载辞弁迁化的情景，属于生前所作的画像赞。

11.《银青光禄大夫检校太子宾客使持节瓜州诸军事守瓜州刺史兼左威卫将军赐紫金鱼袋上柱国康使君邈真赞并序》，下署“河西都僧统京城内外临坛供奉大德兼阐扬三教大法师赐紫沙门悟真撰”。仅存赞文部分，赞文不记载康使君名字。本篇粘连在乾符六年（879）《张兴信邈真赞》之后，

---

① 徐志斌《〈河西都僧统悟真作品和见载文献系年〉补四则》，第65—68页。

乾符三年《张僧政赞》之前,故本篇大致撰于乾符三年至六年间。据此,郑炳林考证其接任瓜州刺史在 870—876 年(或 876—879),推测其可能在蕃占时期担任判官[①]。P.3258《祈愿文》:"梁卿、阎、康、张、安判官等,愿天禄弥厚,宠寄逾增,勤王之□转新,于济之端益远。"又曰:"康公骏豪迎机,挺用济时,耿直不群,指挥无滞,故妖气歼……□□信,可谓明主,腹心苍生,腹自应矣。"这位康判官康公,可能是康使君在吐蕃统治时的任职,或与本篇赞主有关。

12.《故敦煌阴处士邈真赞并序》,下署"归义军诸军事判官宣义郎守监察御史清河张球撰",文末重抄题名。据前后邈真赞题记,可知本赞大约撰于 876—879 年间。郑炳林《敦煌碑铭赞辑释》据 P.4638、P.4640《大番故敦煌郡莫高窟阴处士修功德记》,认为阴处士当是阴嘉政。荣新江《敦煌邈真赞年代考》认为 P.4638《大番故敦煌郡莫高窟阴处士修功德记》末题"岁次己未四月壬子朔十五日丙寅建",己未为吐蕃占领下的 839 年,学界没有异说,题目明标阴嘉政其时已故,所以这里的阴处士不是阴嘉政[②]。

13.《沙州释门故张僧政赞》,尾题"大唐乾符三载(876)三月十三日题于真堂"。姜亮夫《莫高窟年表》、颜廷亮《张球著作系年及生平管窥》据尾题有"真堂"二字,认为是张球作品。郑炳林《敦煌写本邈真赞所见真堂其及相关问题研究》认为"真堂"是安置邈真像供人瞻仰祭祀的地方,并非张球所专有[③]。徐志斌《〈河西都僧统悟真作品和见载文献系年〉补四则》认为是悟真撰写。张氏为敦煌大姓,任僧政之职者不少,S.2614 记载开元寺、乾元寺、报恩寺等皆有张僧政。S.4652 记载辛巳年有张僧政、大张僧政、小张僧政。P.3189 记载癸未年护国寺、大云寺、藏经三处有四位张僧政。P.4674、P.3367、P.3400、P.2040 皆记载有张僧政。此赞主张僧政待考。

14.《河西都防御右厢押衙银青光禄大夫检校太子宾客侍御史兼御史中丞王公讳景翼邈真赞并序》。无撰写人署名及撰写题记。末尾又重复抄赞

① 郑炳林《敦煌碑铭赞辑释》,第 152 页。
② 荣新江《敦煌邈真赞年代考》,第 358 页。
③ 郑炳林《敦煌写本邈真赞所见真堂其及相关问题研究》,《敦煌研究》2006 年第 6 期。

题。徐志斌《〈河西都僧统悟真作品和见载文献系年〉补四则》认为是悟真撰写。王景翼其人，除这篇赞文外，其他事迹不可考。S.2041《大中年间(847—859)儒风坊西巷村邻等社约》首行“大中日儒风坊西巷村等就马兴晟家名如后”后有人名37，第一梁阇梨，第二王景翼，与本赞主是否有关系，俟考。P.4660号本篇粘连在乾符三年(876)《张僧政赞》之后，咸通十二年(871)张球撰《张禄邈真赞》之前，故此篇当写于871年至876年之间。

15.《银青光禄大夫检校国子祭酒使持节瓜州诸军事守瓜州刺史兼御史中丞赐紫金鱼袋上柱国阎公邈真赞并序》，下署“河西都僧统京城内外临坛供奉大德兼阐扬三教大法师赐紫沙门撰”。无撰写题记，据署衔可知为悟真。赞主阎公亦未署名，当为阎英达。阎英达是吐蕃末归义军初敦煌名僧崇恩的表弟，P.3481《释门杂文》提到“大蕃部落使河西节度太原阎公”，此阎公亦阎英达，阎英达曾任部落使，P.3301《僧人分配布施名单》中记载有“阎部落使”。《通鉴考异》引《实录》：“(大中)五年二月壬戌，天德军奏沙州刺史张议潮、安景旻及部落使阎英达等差使上表，请以沙州降。”记载与P.3481《释门杂文》所记相合。阎英达代表了退浑、通颊等部落百姓，他参与张议潮收复、逐蕃、遣使等重大事件，是归义军初期的关键性人物。《阎公邈真赞》：“元戎大将，许国分忧。助开河陇，秘策难俦。先施百战，复进七州。”元戎大将，是说在张议潮时期曾任大将军，与P.3410阎英达署职相合。“七州”，即瓜、沙、伊、兰、甘、肃、凉七州，其中凉州的收复，据S.6340《议潮进表》在咸通二年(861)。由此可以推出阎英达出任瓜州刺史，官职为“银青光禄大夫检校国子祭酒使持节瓜州诸军事守瓜州刺史兼御史中丞赐紫金鱼袋上柱国”是在咸通二年之后。据前后赞文，《阎公邈真赞》当撰于871—876间①。

16.《故前河西节度押衙银青光禄大夫检校太子宾客兼敦煌郡耆寿清河张府君讳禄邈真赞并序》，下署“从侄沙州军事判官将仕郎兼监察御史里行球撰”，尾题“时咸通十二年(871)季春月蓂生十五叶题于真堂”。张禄，生平不详。P.3544《大中九年社长王武等再立社条凭》有张禄署名。本篇写于咸

① 荣新江《归义军及其与周边少数民族的关系初探》，《敦煌学辑刊》1986年第2期。

通十二年季春月蓂生十五叶(三月十五日)。

17.《唐河西节度押衙兼侍御史巨鹿索公邈真赞》。无撰写人署名及撰写题记,亦不载索公名。据赞文,索公,卒于咸通十一(870)至十二年间。P.3240、S.4899 记载有索押衙。P.3703 背《释迦牟尼如来涅盘会功德赞》:"厥有信士钜鹿索公讳□□,趋庭受训,无亏鲤也。淳风墨沼,临书更学,月空嘉好。青田数顷,世嗣丰年,绿树千株,负衣为业。逍遥秣夜,偶耕长沮之歌。志逸高山,琴奏伯牙之上。洎乎念平生父母痛殁后遗芳,望龙树以摧魂,仰昊天而自□,□迷津而勿救。愿仗福门,泛苦海而无知。建斯功德,罄舍家资,用答劬劳。舍此珍瑰,勤修追远。谨就金光明寺佛殿西壁敬图释迦牟尼如来涅盘会功德一铺。"所写当与《邈真赞》为同一索公。本篇邈真赞抄本粘连于咸通十二年(871)张球撰《张禄邈真赞》之后,庚寅年(870)悟真撰《索智岳邈真赞》之前,故当作于这期间。

18.《前沙州释门故索法律智岳邈真赞》,下署"河西都僧统京城内外临坛供奉大德都僧录兼阐扬三教大法师赐紫沙门悟真撰",尾题"庚寅年七月十三日题记"。赞文中不载索智岳住寺。蒋斧《沙州文录》索法律窟铭跋曰:"又按同时出土之真赞卷中有《前沙州释门故索法律智岳邈真赞》,当即此人赞,末题庚寅年,庚寅为咸通十一年(870),与此铭实一时之作。"索智岳,不见于其他敦煌文书记载。本篇主要记载了僧人索智岳兼通佛儒二教,并精于医道。

19.《唐故河西管内都僧统邈真赞并序》,原题用篆体,尾题"时咸通十年(869)白藏中月蓂凋十三叶八月二十八日题于真堂",不署撰写人官职姓氏。按 P.3720《唐授悟真都僧统告身》所记翟法荣卒于咸通十年八月十四日,本篇所记都僧统与 P.4660《前河西都僧统京城内外临坛大德三学教授兼毗尼藏主赐紫故翟和尚邈真赞》所赞都僧统都是翟法荣,写作时间也应相同,所以一篇略而不记年代。后篇的作者为继任都僧统悟真,前篇没有署名,姜亮夫《莫高窟年表》认为真堂乃张球堂名。又《沙州释门故张僧政赞》:"真堂一名,见于张球所撰各文,故即以此赞归之球也。"郑炳林《敦煌碑铭赞集释》认为 P.4660 收集归义军初期邈真赞,皆属张球与悟真二人所撰。

与本篇相粘连的是悟真为都僧统翟法荣撰写的邈真赞，故本篇邈真赞当为张球所撰[①]，作于咸通十年八月二十八日。

20.《前河西都僧统京城内外临坛大德三学教授兼毗尼藏主赐紫故翟和尚邈真赞》，下署“河西都僧统京城内外临坛供奉大德都僧录兼教谕归化大法师赐紫沙门悟真撰”，尾题“沙州释门法师恒安题”。本篇与《故河西管内都僧统邈真赞并序》所赞都僧统都是翟法荣，写作时间也应相同，即“咸通十年(869)白藏中月蓂凋一十三叶题于真堂。”指咸通十年八月廿八日。

21.《前沙州释门法律义谮和尚邈真赞》，下署“河西都僧统京城内外临坛供奉大德都僧录兼教谕归化大法师赐紫沙门悟真撰”，尾题“沙州释门法师恒安书”。本篇不记义谮和尚俗姓。据S.530、P.2021、P.4640《沙州释门索法律窟铭》，知义辩和尚俗姓索[②]。《沙州释门索法律窟铭》：“和尚俗姓索，香号义辩……春秋七十有六，咸通十年岁次厶年厶月厶日，坐终于金光明寺本居禅院。”则本篇当作于咸通十年(869)。P.330《吐蕃时僧人分配布施名单》中有义辩名。本篇赞文主要记载了索义辩精通佛理，曾写《大乘教藏》，广收门徒。他与崇恩一样，在敦煌享有崇高威望，为人爱戴。

22.《故前伊州刺史改授左威将军银青光禄大夫检校太子宾客殿中侍御史临留左公赞》，尾题“法师恒安书”，据前后赞文可知撰于867—869年间。

23.《唐河西道节度押衙银青光禄大夫检校国子祭酒侍御史清河张府君讳议广邈真赞》，无撰人及撰写时间题记，敦煌文献及莫高窟供养人题记中不见张议广名，生平无考，据前后赞文可知撰于867—869年间。

24.《敦煌唱导法将兼毗尼藏主广平宋律伯彩真赞》，下署“鄯州龙支县圣明福德寺前令公门徒释惠菀述”，尾题“维大唐咸通八年(867)岁次丁亥六月庚午朔五日甲戌题记，弟子比丘恒安书”，另行书“宋法和尚灵塔，讳志贞，灵图寺”一句，可知赞主名“志贞”。“唱导法将”即唱导师。广平为郡望，广平宋氏在敦煌地位显赫。张议潮夫人即广平宋氏。莫高窟第156窟窟主为

① 郑炳林《敦煌碑铭赞辑释》，第172页。
② 荣新江《敦煌邈真赞年代考》，第359页。

张议潮，在张议潮出行图对面有“宋国河内郡夫人宋氏出行图”，甬道北壁有“敕宋国河内郡君太夫人广平宋氏一心供养”。曹议金夫人亦为广平宋氏，第53窟南壁有“敕授广平郡夫人宋氏一心供养”，第61窟东壁“故慈母敕广平郡君夫人宋氏一心供养”，第98窟东壁有“郡君太夫人广平宋氏一心供养”。宋律伯，名志贞。P.3850《吐蕃酉年四月僧神威等牒残卷》:“志贞，五石麦。”S.0545记载805年永安寺应管主客僧总36人名单中有志贞名。该赞又记载宋律伯“密传宝印，世称无价”，可知宋律伯又是律学传人。惠菀，大中年间任敦煌地区僧正，杜牧有《敦煌郡僧正惠菀除临坛大德制》，见《樊川文集》卷二十。本篇的作者惠菀，鄯州龙支县(今青海化隆)圣明福德寺僧人，约当吐蕃占领后期流寓敦煌。大中二年(848)张议潮起义后，为敦煌管内释门都监察僧正，兼州学博士。约大中五年，曾奉使长安，授京城临坛大德。本赞署名为“鄯州龙支县圣明福德寺前令公门徒释惠菀”，可知惠菀是宋律伯弟子[①]。咸通八年六月，撰《敦煌唱导法将兼毗尼藏主广平宋律伯彩真赞》(P.4660)，后撰《前敦煌都毗尼藏主始平阴律伯真仪赞》并《五言诗》一首(见P.3720及P.4640)，《报恩吉祥之窟记》(P.2991)等。约卒于咸通、乾符间。

25.《大唐沙州译经三藏大德吴和尚邈真赞》，下署“军事判官将仕郎守监察御史上柱国张球撰”，尾题“法学弟子比丘恒安题”。据前后赞文可知本赞作于864—867间。P.2913又载《大唐敦煌译经三藏吴和尚邈真赞》，题“弟子判官朝议郎检校尚书主客员外郎柱国赐绯鱼带张球撰”。据荣新江研究，该本是咸通十年(869)后张球对旧稿的删改本[②]。郑炳林《敦煌碑铭赞集释》据P.2913本张球的署衔较P.4660稍低，认为前者是初成本，后者是修改本。苏莹辉《从敦煌吴僧统碑和三卷敦煌写本论吴法成并非绪芝之子亦非洪䛒和尚》(《敦煌论集续编》)认为“大德”是吐蕃时僧官，归义军时不宜再称。又谓将“沙州译经三藏”改作“敦煌译经三藏”，以示辖境更小。又因其

① 姜伯勤《敦煌毗尼藏主考》，《敦煌研究》1993年第3期。
② 荣新江《归义军史研究——唐宋时代敦煌历史考索》，第74页。

入唐后译经、说法、著述的工作赓续不辍，故冠以译经三藏，“如此则不致遭官方（归义军节度使署）的猜忌，而影响他（张球）本人的职位”。按 P.2913 称沙州为“敦煌”，又称赞普为“戎王”，P.4660 改敦煌为“沙州”，改“戎王”为“圣神”。说明这时吐蕃与归义军关系有所改善，归义军与甘州回鹘矛盾加重。

吴和尚，即吴法成，吐蕃僧人，出身于达那（今西藏谢通门县境内）管氏家族，又称管法成。通晓藏、汉、梵文。吐蕃统治河西时期来到沙州，译经撰述。公元 842—846 年移居甘州修多寺译经。归义军政权建立初期回到沙州，居开元寺译经，开讲《瑜伽师地论》，卒于 869 年。其翻译的佛经大约有三部分：第一，汉译藏，有《金光明最胜王经》《解深密经疏》《楞伽阿波多罗宝经》《善恶因果经》《贤愚因缘经》等。第二，藏译汉，有《般若波罗蜜多心经》《诸星母陀罗尼经》《萨婆多宗五事论》《菩萨律仪二十颂》等。第三，《大乘四法经论及广释开决记》《大乘稻芉经随听手镜记》《叹诸佛如来无染着德赞》《瑜伽师地论讲义录》等。有学者推测《瑜伽师地论汉藏对照字汇》一卷或为法成讲时备用的本子。荣新江据 S.5835 张议潮所书《大乘稻芉经》实为法成所集《大乘稻芉经随听疏》的摘抄本，判定张议潮曾跟从法成学习。

26.《大唐河西道沙州故释门法律大德凝公邈真赞》，下署“军事判官将仕郎守监察御史上柱国张球撰”，尾题“时咸通五载（864）季春月蓂生十叶题”。凝公，P.3301《吐蕃时僧人分配布施名单》中有凝然，P.3336《丑年寅年赞普新加福田转大般若经分付诸寺维那历》中丑年付经历：“图，凝德古经六十卷。”凝德古，或以为即是凝公，吐蕃时僧，官至灵图寺都维那。这篇邈真赞的创作于咸通五年三月初十。

27.《河西节度故左马步都押衙银青光禄大夫检校太子宾客兼侍御史阴文通邈真赞》，下署“京城内外临坛供奉大德释门都僧录兼河西道副僧统赐紫沙门悟真撰”。本篇无撰写题记。阴文通，生平无考。这篇邈真赞作于悟真任副僧统期间，据 P.3720 悟真告身第三件：“副僧统告身：敕京城内外临坛供奉大德沙州释门义学都法师兼都僧录赐紫沙门悟真……可河西副僧统，余如故。咸通三年（862）六月廿八日。”第四件告身：“河西副僧统京城内外临坛供奉大德都僧录三学传教大法师赐紫僧悟真……今清替亡僧法荣，便充河西都僧统,裨臣弊政,谨具如前。中书门下牒沙州,牒奉敕宜依牒至准敕,故牒。咸通十年十二月廿五日牒。”悟真任副僧统的时间在862—869年。又据P.4660本篇粘连在咸通五年四月廿五日张球撰《翟神庆邈真赞》之前,咸通五年三月二十日张球撰《释门法律凝公邈真赞》之后,以此推之,《阴文通邈真赞》当撰于咸通五年三、四月间。赞文末有“肃州诸军事兼肃州刺史使持节银青光禄大夫兼侍御史上柱国”署衔,似与阴文通衔职、仕屡不符,赞文中没有记载其刺肃州事。

28.《大唐河西道沙州敦煌郡将仕郎守敦煌县尉翟公讳神庆邈真赞》,下署“沙州军事判官将仕郎守监察御史张球撰”,尾题“时咸通五载(864)四月廿五日纪”。翟神庆,S.2041《大中□□□□□日儒风坊西巷村邻等就马兴晟家取集商量社条》具名中第三位为“翟神□”,即翟神庆。赞文创作于咸通五年四月廿五日。

29.《故沙州释门赐紫梁僧政邈真赞》,下署“京城内外临坛供奉大德兼沙州释门义学都法师都僧录赐紫悟真撰”,有尾题“大唐大中十二年(858)岁次戊寅二月癸巳朔十四日丙午毕功记”。文中不记梁僧政住寺及香号。《敦煌碑铭赞辑释》认为下列文书中的“梁僧政”就是本赞中的梁僧政。P.3410《崇恩遗嘱》在吴三藏、翟僧统之后记载有梁僧政:“梁僧政青绮夹长袖壹、绯聚丝兰……”S.2041《大中□年□月□日儒风坊西巷村邻等社约》中第一位发起人为“梁阇梨”。S.3702《讲经和尚颂》:“厶乙闻:夫物有升降,人有浮沉。随事变通,应机而作,必由情义相得,道契心怀。仰惟梁僧政等和尚,开花法经、大云经、□□□,并洞晓五乘,情闲八藏。屡登重席,弁折千人。口海波涛,词峰电击。业修二史,善统九流。谈般若则秋月丽天,演争名若春雷骇物。士林数广,难叙香名。幸垂传训之风,岂不是其法乐。厶乙闻:宝山虽近,方能者而采之。珍海非遥,了智者而所取。仰惟李僧政、邓僧政、梁僧政和尚,丹青作色,江海为心,金钟比声,激水犹弁。吐丽珠于性俯,挂霜剑于词峰。春邓林之一花,秋寒□□片月。故得宣扬讲畅,奖识群迷。久同师教而永青,累富传风而受学。今来会下,不惮劬劳,愿访褒施,光扬法化,即是恩甚恩甚。”这篇赞文作于大中十二年二月十四日。

30.《吴和尚赞》，下署"扶风窦良器"。本赞撰者窦良器，一名良骥，敦煌人，自称郡望扶风。吐蕃占领后期，为布衣时尝奉使往河州纳谒，有七言律诗一首纪行(P.4640v)，又作《奉饯赴东衙谨上》一首(P.3676v)。撰《尚乞律心儿圣光寺功德记》(P.2765v)、《吐蕃论董勃藏修伽蓝功德记》(Дх.1462＋P.3829、羽689)。继为大蕃国子监博士，撰《吴僧统碑》(P.4640)。又撰有《大蕃敦煌郡莫高窟阴处士修功德纪》(P.4640)。大中二年(848)敦煌光复后，为当地名儒，人称窦夫子。此后撰有《先代小吴和尚赞》(P.4640)、《故吴和尚赞》(P.4660)、《金光明最胜王会功德之赞》(P.3245)、《释迦摩尼如来涅盘会功德赞并序》(P.3703)。卒年不详，862年仍在世。

这篇和下篇邈真赞赞主为同一人，即吴洪䛒。吴洪䛒在吐蕃占领后期任都教授，后为归义军前期的首位河西都僧统。郑炳林《敦煌碑铭赞辑释》认为本篇赞文"未叙及归义军收复敦煌以后吴和尚的行迹，亦未叙吴和尚卒，'貌影瞻恋，恐隔慈颜'，故此文撰于洪䛒在生之年"①。P.4660此赞粘在《梁僧政邈真赞》之后，《梁僧政邈真赞》作于大中十二年(858)，依P.4660体例，则此赞当作于858年之前。盖洪䛒于此年病重，请窦良骥为他写了邈真赞，不料后来大病痊愈。数年之后的咸通三年(862)，洪䛒去世，又请"亚相之子"为其再撰赞文，这就是《故禅和尚赞》。

31.《故禅和尚赞》，不署撰写人及撰写时间，标题及赞文又不叙禅和尚法号、住寺及姓氏。此篇与窦良器撰《故吴和尚赞》连抄，故它们的写作时间大致相近。姜伯勤《敦煌邈真赞与敦煌名族》认为两篇都是洪䛒的赞文。《故吴和尚赞》中没有记吴和尚迁化，当是吴和尚生前邈真赞。《故禅和尚赞》："坐亡留远"，"体质灰烬"，显然是死后所作的邈真赞。故本赞撰于咸通三年(862)。赞中没有署撰写者，赞文曰："亚相之子，万里寻师。一闻法印，洞晓幽微。于此路首，貌形容仪。丹青既毕，要假文晖。略述奇德，万不一施。"画像和撰写赞文都是那位"亚相之子"，其姓名待考。

32.《前任沙州释门都教授毗尼大德炫阇梨赞并序》，不署撰写人姓名及

① 郑炳林《敦煌碑铭赞辑释》，第201页。

撰写时间。炫阇梨,竺沙雅章《敦煌吐蕃期的僧官制度》据本赞文、《辰年牌子历》、莫高窟第 155 窟题记、P.2912v《康秀华施入疏》等,考证炫阇梨俗姓张,法名金炫,公元 810 年前后任都教授。原卷此篇抄在《故禅和尚赞》之后,《故李和尚赞》《沙州释门都法律氾和尚写真赞》之前,李教授即都教授李惠因,竺沙雅章考证李惠因是 813—825 前后敦煌僧团的最高僧官和都教授。那么,李惠因为继张金炫出任都教授的。张金炫任都教授在李惠因之前,去世则在李惠因之后,所以 P.4660 把《炫阇梨赞》抄在《李和尚赞》之前。赞文中提到的"阴和尚"和作者"幽"即《辰年牌子历》中的阴金晖和薛像幽。P.4640 载《先代小吴和尚赞》,与本篇文字基本相同,赞主、撰人皆两异。

33.《沙州释门都法律大德氾和尚写真赞》,下署"宰相判官兼太学博士陇西李颛撰"。无撰写题记,亦不记载氾和尚香号和本寺。本篇往后相隔一篇为李颛撰《李教授写真赞》,李颛署名官衔与本篇相同,相粘连有释门都法律副教授苾茑洪䛒撰《李教授写真赞》,由此看来,本篇当写于洪䛒任副教授以后。据 P.4640《吴僧统碑》及莫高窟 365 窟藏文题记,洪䛒任都法律兼副教授是在 822 年。氾和尚升任都法律必须在洪䛒再次升迁之后。郑炳林《敦煌碑铭赞辑释》认为 832 年洪䛒任都教授,氾和尚才可能出任都法律。故推测本篇写真赞撰于 832 年后不久。本赞的作者李颛,吐蕃占领时期敦煌人,初为金光明寺写经人(S.2711、P.3205),后为吐蕃宰相判官兼州学博士。张议潮起义初期仍在世。敦煌文献存有所作《沙州释门都法律大德氾和尚写真赞》《故沙州缁门三学法主李和尚写真赞》(俱见 P.4660)。李和尚即其弟,兼通蕃语汉文,吐蕃占领后期为沙州释门都教授,位在副教授洪䛒之上。P.3726《故前释门都法律京兆杜和尚写真赞》,下署"释门大番瓜沙境大行军衙知两国密遣判官智照撰",与本篇文字相同,赞主、撰人皆两异。但前者撰写时间较早,排在 P.4660 最末,故本篇当为李颛抄袭智照之文而成。

34.《故李教授和尚赞》,下署"释门法将善来述",后附诗一首:"夙植怀真智,髫年厌世华。不求朱紫贵,高谢帝王家。削发清尘境,披缁躡海涯。苍生已度尽,寂嘿入莲花。"本篇与李颛撰《故沙州缁门三学法主李和尚写真赞》、洪䛒撰《敦煌都教授李教授阇梨写真赞》之赞主为同一人,即报恩寺李惠因。故这三篇粘连在一起，说明了这三篇是同一时间撰写的。竺沙雅章《敦煌吐蕃期的僧官制度》考证李惠因是813—825前后敦煌僧团的最高僧官和都教授，所以他的赞请了三个人来写。李惠因公元825年前后去世，则赞文当作于此年之后。本赞的作者善来，曾为沙州报恩寺主，释门法律。S.2729《辰年(788)三月五日算使论悉诺罗接谟勘牌子历》开元寺僧名有“索善来”。S.542丑年《大乘寺状》、P.5587丑年残状牒有其题名，撰有《敦煌三藏法师图真赞》和《李教授和尚赞》(P.4660)。

赞文后的诗又见于P.3720、P.3726两个写本。P.3270《前敦煌都毗尼藏主始平阴律伯真仪赞　龙支圣明福德寺僧惠菀述》末，有题《小人敢赠和尚五言诗一首》，即此诗。比P.4660多两句：“愿为同初会，诸佛遍恒沙。”惠菀，又作慧菀，唐鄯州龙支县(今青海化隆)圣明福德寺僧人。约在吐蕃统治后期到了敦煌，张议潮时期为敦煌管内释门都监察僧正，兼州学博士。P.3726仅一纸，抄《故前释门都法律京兆杜和尚(离珍)写真赞》，署“释门大蕃瓜沙境大行军衙知两国密遣判官智照撰”，末附“诗曰”，即“夙植怀真智”。按，此本对诗的韵脚有改动：第二句先写“华”，再改“荣”。第四句先写“家”，再改“庭”。第六句先写“牙”，再改“精”。尾句句先写“花”，再改“城”。改字与原字为一人笔迹，据此，此卷为后抄本。知照为吐蕃统治时期敦煌龙兴寺僧，敦煌写本中保存有他的写的佛经多种，P.2991为其所撰《莫高窟素画功德赞文》，署“瓜沙境大行军都节度衙幕府判官释智照述”，大中元年(847)还在世。据此本，智照曾修改过“夙植怀真智”这首诗。而这首诗在的写成时间当更早，与前文考定的公元825年相近。徐俊《敦煌诗集残卷辑考》隶于释善来名下，拟题《故李教授和尚赞附诗》。从诗抄在三篇不同的写真赞之后看，敦煌的写真赞当在主人去世后的悼念仪式上吟诵，吟诵完赞文后，还可以增加吟诵悼念诗。

35.《故沙州缁门三学法主李和尚写真赞》，下署“宰相判官兼太学博士从兄李颛撰”。本篇与善来撰《李教授和尚赞》、洪䛒撰《李和尚阇梨写真赞》所赞者为同一人，当为同一时期(825年前后)所作。此赞云：“敦煌沦陷，甲子云期。”则所谓“敦煌陷蕃”，当从代宗宝应元年(762)吐蕃切断河西与中原道路算起。P.3451《张议潮变文》(诸本皆拟题《张淮深变文》)写"敦煌虽百年阻汉,没落西戎""河西沦落百年余",亦以安史之乱后吐蕃切断河西为界。

36.《敦煌都教授兼摄三学法主陇西李教授阇梨写真赞》,下署"释门都法律兼副教授苾刍洪𧦴述"。本篇与善来撰《李教授和尚赞》、李颛撰《李和尚写真赞》所赞者为同一人,当为同一时期(825年前后)所作。据P.4640《吴僧统碑》:"遂知释门都法律兼副教授十数年矣。"《吴僧统碑》撰于834年前,洪𧦴修365窟始于832年,由此推之,洪𧦴任释门都法律兼副教授约在823年以后,与825年左右相符。

37.《敦煌三藏法师图真赞》,下署"报恩寺王法阇梨讳禅池,沙门善来"。此篇与利济撰《故法和尚赞》连抄,所赞主人称谓又基本相同,故两篇所赞为同一人。P.4660邈真赞汇集本中,一般一篇赞抄一张纸,只有三张纸例外。而一张纸上抄两篇或三篇赞文者,赞主都是同一个人。善来撰《敦煌三藏法师图真赞》题下有小字"报恩寺王法阇梨讳禅池",知此篇为王禅池的邈真赞。因为他有"三藏法师"这样高的地位,所以请善来和利济两个撰写。两人皆是吐蕃后期和归义军前期瓜沙地区的大手笔。善来俗姓索氏,出家于敦煌开元寺(S.2729,P.3855、P.5587〈4〉),为释门法师。敦煌文献中保存有所作《故李教授和尚赞》及五言诗一首,《敦煌三藏法师(报恩寺王禅池)图真赞》(俱见P.4660)。

38.《故法和尚赞》,下署"弟子比丘利济述"。本篇与上篇善来撰《敦煌三藏法师图真赞》所赞为同一人,法和尚即王禅池,两篇的写作时间当接近。利济,吐蕃占领时期敦煌僧人,俗姓兆(S.2729),或以为姓姚。出家于敦煌金光明寺(S.2729,北辰46,S.1520),敦煌写本保存有所撰《故法和尚赞》(P.4660)、《唐三藏赞》(S.6631)、《上赞普奏》(S.2679)及五言诗一首(P.3052)。

39.《前敦煌都毗尼藏主始平阴律伯真仪赞》,下署"龙支圣明福德寺僧慧菀述"。无撰写时间,亦不记载阴律伯香号住寺。P.3720《都毗尼藏主阴律伯真仪赞》与本篇文字完全相同,为此篇另一个抄本。始平阴律伯,荣新江《敦煌邈真赞年代考》认为就是P.4638《大番故敦煌郡莫高窟阴处士修功德记》(839)所记之“弟僧沙州释门三学都法律大德离缠”,姓氏、僧职、年代皆相当。离缠名又见 P.tib.1261《僧尼名簿》(约 820 年)。又 Dx.6065《乘恩帖》(817 年)中之阴法律,即阴律伯。赞文未提及阴律伯之死,原卷题名“真仪赞”,可知该赞是阴律伯在世时的邈真赞。

40.《故前释门都法律京兆杜和尚写真赞》,下署“释门大蕃瓜沙境大行军衙知两国密遣判官智照撰”。见于 P.3726,本卷与 P.4660《敦煌名人名僧邈真赞汇集》原为一卷,辗转分裂为两卷,P.3726 当粘连于 P.4660 号末尾。作者智照,陈祚龙《敦煌文物随笔》考证,系吐蕃统治时期敦煌龙兴寺僧,敦煌写本中保存其写经多种。P.2991 有智照所撰《莫高窟素画功德赞文》,题“瓜沙境大行军都节度衙幕府判官释智照述”,与此本所题相近。杜和尚,郑炳林《敦煌碑铭赞辑释》认为即 S.2729《吐蕃辰年(788)牌子历》所列僧名中乾元寺杜离珍,P.3301《吐蕃时僧人分配布施名单》中又记载有杜法律,其人即本篇赞主。

以上作品,陈祚龙《唐五代敦煌名人邈真赞集》、唐耕耦《敦煌社会经济文献真迹释录》、姜伯勤、项楚、荣新江《敦煌邈真赞校录并研究》、周绍良《全唐文新编》、陈尚君《全唐文补编》、张志勇《敦煌邈真赞释译》等皆有部分或全部录文。

（二）背面

《悲咽老来怨恨多》,七言 32 句,未有题署,诗不见于传世文献,陈祚龙《敦煌学园零拾》拟题“习禅”,汪泛舟《敦煌石窟僧诗校释》拟题“禅门苦老吟”,徐俊《敦煌诗集残卷辑考》题作“缺题”,今以首句为题。本诗作年及作者可据正面所抄内容可大致断。正面所抄 39 篇《邈真赞》中,写作时间最晚的是悟真撰写的《杜氏邈真赞》,P.4660 仅存尾题残文,把它和 P.4986 缀合,始成完璧。而诸多作者中,也以悟真最晚。卒于乾宁二年(895)三月(P.2856)。此诗当是本卷的编辑者所写,而本卷的编辑者,可能是悟真。晚年的悟真,百病缠身,广明元年(880)七月七日,前河西节度使掌书记、试太常寺协律郎苏翚为悟真撰有邈真赞,其中有“耳顺从心,色力俄衰。了蟾蜍之魄尽,覩毁箧之腾危”(P.4660)的话,知古稀之年的悟真一度病危。但之后渐康复,不久因风疾相兼,致半身不遂,自责身心,作《百岁诗》十首并序。本诗当是他晚年的作品,当他编完了40篇《邈真赞》后,昔日的朋友,今皆入鬼簿,老人心灰意冷,写下了此诗。诗以年迈僧人口吻感叹岁月流逝,年老苦悲,寂寞无伴,万事皆空。

五、参考图版

P.3726:

1. 《敦煌宝藏》第130册,第226页。

2. 《法国国家图书馆馆藏敦煌西域文献》第27册,第143页。

3. International Dunhuang Project(国际敦煌项目,简称IDP)。

P.4660:

1. 《王重民向达所摄敦煌西域文献照片合集》第23册,第8585—8619页。

2. 《敦煌宝藏》第134册,第255—277页。

3. 《法国国家图书馆馆藏敦煌西域文献》第33册,第20—58页。

4. International Dunhuang Project(国际敦煌项目,简称IDP)。

P.4986:

1. 《王重民向达所摄敦煌西域文献照片合集》第23册,第8724—8725页。

2. 《敦煌宝藏》第135册,第99页。

3. 《法国国家图书馆馆藏敦煌西域文献》第33册,第336页。

4. International Dunhuang Project(国际敦煌项目,简称IDP)。

34. S.555 + P.3738 写本研究

李峤杂咏注十一首
背面：唐诗丛抄三十七首

一、写本编号

S.555、P.3738

二、所藏地点

S.555 英国国家图书馆、P.3738 法国国家图书馆

三、写本状况

S.555 写本仅一纸，首残尾全，双面书写，规格 32.3×46 厘米。正面 17 行，注文双行，是作品丛抄，行款严整，由一人书写，有题记"[上缺]岁乙卯月林钟日刘晟校定"。背面 34 行，是 37 首唐人选唐诗，行款严整，由一人书写。整体保存良好，只有几处小破洞和右上角的一块残缺，及上下边缘磨损。

P.3738，规格 33×10.7 厘米，正面 6 行，字体及注文格式与 S.555 正面相同，应原为一卷，因残裂而分置。卷背仅有题记"癸亥年正月廿二日得此文书记之，人莫取来"。

S.555V 局部

S.555 局部

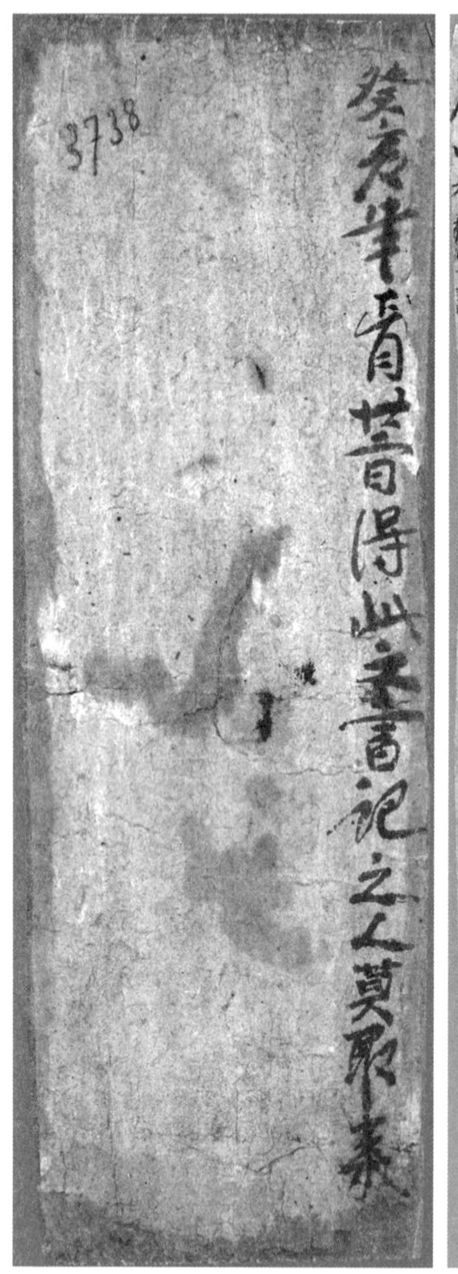

P.3738V 局部

P.3738 局部

四、写本内容

（一）正面

《李峤杂咏注》(拟题)，首残尾全，不署作者。S.555 起《银》诗“光浮满月光”，抄《钱》《锦》《罗》《绫》《素》，迄于《布》，经考为《李峤杂咏注》。又 P.3738 卷正面亦抄有六行，《羊》末二句，《兔》一首全，《凤》缺尾联，前有“灵禽十首”一目，《鹤》仅存首联，经考亦为《李峤杂咏注》，字体与注文格式均与 S.555 相同，应原为一卷。两卷共抄诗十一首。徐俊说：“两卷虽不能先后衔接，但不能排除原为一卷，因残裂而分置的可能。”[①]P.3738 卷背题记中“得此文书记之，人莫取来”之“此文”当指正面的《李峤杂咏注》，是后来此卷的读者补记。

《李峤杂咏注》还见于 Дх. 10298、Дх. 2999、Дх. 3058、Дх. 11210、Дх.5898、BD3196 等写本。五件碎片可以缀合，缀合后正面顺序为：Дх.11210＋Дх.3058＋Дх.2999＋Дх.10298＋Дх.5898，共存医方 25 行。背面顺序为：Дх. 10298v ＋ Дх. 5898v ＋ Дх. 11210v ＋ Дх. 2999v ＋ Дх.3058v，共存《李峤杂咏诗》14 行，计 6 首。具体说，Дх.10298 为一碎片，正面抄“治上气咳嗽方”8 行，卷背为“李峤杂咏注”9 行(《俄藏敦煌文献》定名为“咏物诗”)。Дх.2999 和 Дх.3058 两个碎片缀合后，正面抄医方，卷背为《李峤杂咏注》5 行，存诗 2 首，第一首即 Дх.10298 末《扇》的后半首。第二首题残，经查为《月》诗。Дх.11210 残片正面抄医方 15 行，背面抄《李峤杂咏诗》5 行，有注。Дх.5898 残片正面抄医方 9 行，背面抄《李峤杂咏诗》9 行，仅《酒》一首有注。BD3196 写本共 17 纸，尺寸为 800×25.5 厘米，首残尾全，有天头、地脚，背面与背面字迹不同，非一人所抄。写本正面抄《维摩诘所说经卷下》，背面裱补纸上抄《李峤杂咏诗》两首，分别为《星》《风》两首诗的残句。共 4 行，约 27 字，行书书写，字迹优美。

李峤《杂咏》诗共 12 部，据明代诸本，其次序是：上卷乾象、坤仪、芳草、嘉树、灵禽、祥兽 6 部；下卷居处、服玩、文物、武器、音乐、玉帛 6 部。每部 10

---

① 徐俊《敦煌诗集残卷辑考》，第 345 页。

首，共120首。是集《新唐书・艺文志》、晁公武《郡斋读书志》《宋史・艺文志》等皆有著录。《郡斋读书志》还注明“有张方注”。《唐五十家诗集・李峤集》(有明代正德间铜活字本)、《唐诗二十六家・李峤卷》(有明代嘉靖间刻本)完整收录了这120首诗，《全唐诗》卷五九、六〇也据以收录，但都没有张方的注。《四库全书总目》认为其注已佚。日本学者林衡于光格天皇宽政十一年(清嘉庆四年，1799)辑录中国古代佚书《佚存丛书》17种，其中有《李峤杂咏百二十首》二卷，开卷有《故中书令郑国公李峤杂咏百二十首序》，作者署“登仕郎守信安郡博士张庭芳撰”。序称：“研章摘句，辄因注述，思郁文繁，庶有补于琢磨，俾无至于凝滞，且欲启诸童稚，焉敢贻于后贤！于时巨唐天宝六载龙集强圉之所述也。”王重民《敦煌古籍叙录》根据这篇序确定敦煌P.3738、S.555《李峤杂咏注》为张庭芳所撰。可惜的是，《佚存丛书》本只有序和诗的正文，而没有注文。而这里的“张庭芳”与《郡斋读书志》所记载的“张方”当为同一个人。据胡志昂《日本现存“一百二十咏诗注”考》《李峤杂咏注考：敦煌本残简を中心に》，日本今存有三个系统的写本七种都有注文[①]。但这些注文是不是张廷芳(张方)的注呢？根据神田喜一郎和徐俊的考证，敦煌本当更接近于张注原貌，而张注在日本流传过程中有较大的改编、增益的情况[②]。张庭芳(或张方)的生平，我们只知道他是“登仕郎守信安郡博士”，于天宝六载(747)为李峤的《杂咏》诗作了注。而这部《李峤杂咏注》是现存唐人的第一部诗集注(诗人自注者除外)，在学术史上应有其地位。段莉萍则认为张方和张庭芳很可能不是同一个人，敦煌写本的底本应早于747年的张庭芳的注本[③]。

---

① 胡志昂《日本现存“一百二十咏诗注”考》，《和汉比较文学》第6号，1990年。胡志昂《李峤杂咏注考：敦煌本残简を中心に》，日本宋代诗文研究会《橄榄》，第二期。胡志昂《日藏古抄李峤咏物诗注・前言》《李峤咏物诗古注佚文辑存》，上海：上海古籍出版社，1998年，第10—14页。

② ［日］神田喜一郎《李峤百咏杂考》《敦煌本李峤百咏について》，《神田喜一郎全集》卷二，京都：同朋舍，1983年，第65—97页。徐俊《敦煌写本〈李峤杂咏诗〉校疏》，《敦煌吐鲁番研究》卷三，北京：北京大学出版社，1998年。徐俊《敦煌诗集残卷辑考》，北京：中华书局，2000年，第351页。

③ 段莉萍《从敦煌残本考李峤〈杂咏诗〉的版本源流》，《敦煌研究》2004年第5期。

李峤(645？—714？)，字巨山，赵州赞皇(今河北赞皇县)人。著名文学家，与苏味道并称“苏李”，为武后及中宗朝四位大学士之一。少有诗才，二十岁便登进士第。历任武功、明堂二县主簿，转长安尉。武后长寿元年(692)，出为润州司马。三年，诏为凤阁舍人。圣历二年(699)领衔修撰《三教珠英》。神龙元年(705)，中宗复位，出为豫州刺史，又贬通州刺史。后拜吏部侍郎，封赞皇县男，二年为中书令，三年封赵国公。景云元年(701)，出为怀州刺史。开元初改滁州别驾、庐州别驾。生平事迹见于《旧唐书》卷九四、《新唐书》卷一二三、《唐才子传》卷一。《全唐文》卷二四二至卷二四九存其文 158 篇，《全唐诗》卷五七至卷六一存其诗五卷。

《李峤杂咏诗》在文学史上评价不高。清初王夫之《姜斋诗话》说：“咏物诗，齐梁始多有之。其标格高下，犹画之有匠气，有士气。征故实，写色泽，广比譬，虽极镂绘之工，皆匠气也。又其卑者，饾凑成篇，谜也，非诗也。李峤称‘大手笔’，咏物尤其属意之作，裁剪整齐而生意索然，亦匠笔耳。至盛唐以后，始有即物达情之作。”中国社会科学院文学研究所编纂《唐代文学史》说：李峤的咏物诗“乍看题目，令人眼花缭乱，实际却充满陈腐的堆砌雕琢和连篇累牍的隶事用典，毫无生气，使人腻而生厌。这些‘一字题’的逞才之作，连同其他十余首按照节令月份排列的‘某月奉教作’等，都是应制诗的不同表现形式，不过巧弄小笔，无大意义”。确实从艺术美学的价值判断，《李峤杂咏诗》价值并不高。但它的文化史意义或许并不在这里。《四库全书总目》在吴淑《事类赋》提要中说，类书始丁《皇览》，其“熔铸故实，谐以声律者，自李峤《单题诗》始。其联而为赋者，则自淑始”。敦煌本赵嘏《读史编年诗》(S.619)和《古贤集》(P.2748、P.3174、P.3113、P.3929 等)，传世本李瀚《蒙求》(《全唐诗》卷八八一)，以及中晚唐大量的《咏史》(胡曾最为典型)，都是类书性质的诗。王三庆《敦煌类书》单更一类“诗体类书”。葛晓音在《创作范式的提倡和初唐诗的普及——从〈李峤百咏〉谈起》一文对此也作了深入探讨，认为是初唐以来大修类书的风气使然[①]。徐俊

---

① 葛晓音《创作范式的提倡和初唐诗的普及——从〈李峤百咏〉谈起》，《文学遗产》1995 年第 6 期。

《敦煌诗集残卷辑考》也说："对这一作品的评价，不能只局限于这些诗歌本身所达到的文学水平，如果从它们在普及诗歌创作，提高诗歌创作水平的过程中所起的实际作用着眼，其中仍有不少值得人们重新审视的东西，不乏研究的价值。"[①]刘艺从启蒙教材和普及五言律诗的角度充分肯定了李峤《杂咏诗》的文化史意义[②]。

这组诗的写作时间，葛晓音认为成于武周时期[③]，刘艺进一步认为此诗应创作于李峤主持修撰大型类书《三教珠英》之后，具体时间在702—705年间[④]。另，圣历三年（700）李峤改任成均祭酒，直到长安四年（704），成均祭酒即国子监最高长官（《旧唐书》卷四十二《职官》载武后垂拱元年改国子监为成均监），陈铁民认为，"官祭酒之事，应该也是李峤咏物组诗的一个写作背景，如果这个推测合理，那么这一组诗的写作，当是为了给国子监诸学徒提供学作律体的范文"，其作用有同于书法中之"法帖"。"上之所好，下必有甚"，所产生的影响是不容低估的[⑤]。至于写本的抄写时间，P.3738有题记中的"癸亥年"，当为天复三年（903）之前，晚唐时期的写本。

（二）背面

S.555卷背抄唐人选唐诗，起自李义府《侍宴咏乌》，讫于樊铸《砖道》"人用因埏埴，时行任比方。连阶（以下未抄）"。存诗37首，著录作者22人。其中见于《全唐诗》者11人，不见于《全唐诗》者亦11人。李义府、韦承庆、刘允济、李福业、宋之问诗各1首，均见《全唐诗》。王勃2首，苏晋1首，李行言1首，阎朝隐2首，蔡孚1首，不见《全唐诗》。东方虬4首，3首见《全唐诗》，1首佚失。侯休祥、梁去惑、房旭、乐仲卿、严巍、孟婴、□嘉惠、郑辒玉等诗各1首，郑愿、李□□各2首，樊铸咏物诗10首（存9首），姓名和作品均不见《全唐诗》。见于《全唐诗》的作者均为开元以前人。王重民认为，不见于《全唐诗》的作者，"其事迹虽无考，疑为开元（713—741）以前人"，残卷为天宝

① 徐俊《敦煌诗集残卷辑考》，第251页。
② 刘艺《李峤〈杂咏诗〉：普及五律的启蒙教材》，《四川大学学报》2002年第1期。
③ 葛晓音《诗国高潮与盛唐文化》，北京：北京大学出版社，1998年，第236页。
④ 刘艺《李峤〈杂咏诗〉：普及五律的启蒙教材》，《四川大学学报》2002年第1期。
⑤ 陈铁民《论律诗定型于初唐诸学士》，《文学遗产》2000年第1期。

间(742—755)选本①。徐俊经过考证认为,未见《全唐诗》的作者并非均为开元以前人,生平可考者,至迟为大历、贞元间(766—820)人。“此卷作者非皆开元以前人,选本及抄写时代当已入中晚唐”②。

1.《侍宴咏乌》李义府(原题),五言八句。又见于 P.2612 写本背面抄《子灵赋》,引此首:“日里旸朝映,禽声向夜啼。上林多诗树,不借一枝栖。”又见于《隋唐嘉话》卷中(仅存末两句)、《唐诗纪事》卷四、《太平御览》卷九二〇(仅存末两句)、《万首唐人绝句》五言卷十三、《全唐诗》卷三十五,题作“咏乌”③。

李义府(614—666),《大唐新语》卷七:“李义府侨居于蜀……安抚使李大亮、侍中刘洎等连荐之,召见,试令咏乌,立成,其诗曰:‘日里飏朝彩,琴中半夜啼。上林许多树,不借一枝栖。’太宗深赏之曰:‘我将全枝借汝,岂唯一枝。’自门下典仪超拜监察御史。”④又《旧唐书》卷八二:“贞观八年,剑南道巡察大使李大亮以义府善属文,表荐之。对策擢第,补门下省典仪。黄门侍郎刘洎、侍书御史马周皆称荐之,寻除监察御史。”⑤李义府于贞观八年(634)超拜监察御史,则其受太宗召见而作此诗的时间当在同年。

2.《幽居》王勃(原题),五言八句。此诗不见于传世文献,王重民《补全唐诗》据本卷收录。王勃(650—675),字子安,绛州龙门(今山西河津)人。“初唐四杰”之一。《全唐诗》卷五五、五六存其诗 2 卷,《全唐文》卷一七七至卷一八五存其文 96 篇。

3.《寺中观卧像》(原题),五言八句,原卷未署作者,不见于传世文献,因抄于署名王勃的《幽居》之后,王重民《补全唐诗》收作王勃诗无署名。

4—7.《[昭君]怨四首》东方虬(原题),每首五言八句。东方虬《昭君怨》传世本均作三首,见《文苑英华》卷二〇四、《乐府诗集》卷二九、《全唐诗》卷

① 王重民《敦煌写本跋文(四篇)》之一《唐人选唐诗残卷跋》,《敦煌吐鲁番文献研究论集》,北京:中华书局,1982 年,第 2—3 页。

② 徐俊《敦煌诗集残卷辑考》,第 505 页。

③ (清)彭定求等编《全唐诗》,第 469 页。

④ (宋)《大唐新语》,北京:中华书局,1984 年,第 113 页。

⑤ (唐)刘昫等《旧唐书》,第 2765 页。

一〇〇，敦煌本之第三首“万里胡风急”不见于诸本。《搜玉小集》仅收第一首。《文苑英华》《全唐诗》诗题作《昭君怨》，《乐府诗集》《搜玉小集》诗题作《王昭君》。东方虬，生卒年里不详。武周时曾任左史、礼部员外郎等职。《旧唐书·宋之问传》记载，“则天幸洛阳龙门，令从官赋诗。左史东方虬诗先成，则天以锦袍赐之。及（宋）之问诗成，则天称其辞愈高，夺虬锦袍以赏”。曾作《孤桐篇》（今已佚），陈子昂极为赞美，于《与左史东方修竹篇序》中称其“骨气端翔，音情顿挫，光英朗练，有金石声”，“可使建安作者相视而笑”。《全唐诗》卷一〇〇存其诗4首，《全唐文》存其文3篇。生平事迹见《元和姓纂》卷一、《隋唐嘉话》卷下、《旧唐书》卷一九〇、《唐诗纪事》卷七。圣历元年（698），东方虬在左史任。从其《昭君怨》中流露的情感分析，当作于任左史前。

8.《南中望归雁》韦承庆（原题），五言四句。见《文苑英华》卷三二八、《唐诗纪事》卷九、《全唐诗》卷四六，题作“南中咏雁”。《万首唐人绝句》卷一一题作“南行别弟”。以上均署作者韦承庆，与敦煌写本同。但《全唐诗》卷四六《南中咏雁》作“万里人南去，三春雁北飞。不知何岁月，得与尔同归”，题下注：“一作季子诗，题作‘南行别弟’。”《全唐诗》卷八〇于季子下重出此诗，亦题作“南行别弟”，并题注：“一作杨师道诗。”但杨师道下未收此诗。《全唐诗》卷四六《南中咏雁》题下注，源自《国秀集》，洪炯在对照《国秀集》目录后，认为人和题的混淆，是由于《国秀集》在传抄、传刻中的脱漏，或旧刻残缺造成的[1]。徐俊认为，应为《全唐诗》编撰误注。

韦承庆（639—705），《旧唐书》卷八八《韦思谦附韦承庆传》：“神龙初，坐附推张易之弟宗昌失实，配流岭表。”[2]由“万里人南去，三[春]雁北飞”推知，《南中望归雁》当为神龙元年（705）春天，韦承庆“配流岭表”途中所作。

9.《咏道边死人》刘允济（原题），五言四句。《全唐诗》卷六三题作“见道边死人”，并注：“一本别作刘元济诗，《统签》并入允济诗内。”刘允济，生卒年

---

① 洪炯《关于韦丞庆〈南中咏雁〉》，《文学遗产》1984年第2期。

② （后晋）刘昫等《旧唐书》，第2864页。

月不详,河南南巩人(一作洛州巩人)。与绛州王勃早齐名,特相友善。弱冠本州举进士,累迁著作佐郎,兼修国史,擢拜凤阁中舍人。《全唐诗》卷六三存其诗 4 首,《全唐文》卷一六四存其文 5 篇。生平事迹见《旧唐书》卷一九〇、《新唐书》卷二〇二、《唐诗纪事》卷一〇。《旧唐书》本传:"中兴初,坐与张易之款狎,左授青州刺史。"按,神龙二年(706),青州一带大旱。本诗所写道边死人或在此时。

10.《□镜》侯休祥(原题)。五言四句,此诗不见于传世诗文集,王重民《补全唐诗》据本写卷收录。侯休祥,生平无考。

11.《塞外》梁去惑(原题)。五言四句,此诗不见于传世诗文集,王重民《补全唐诗》据本写卷收录。梁去惑,生平无考。

12.《守岁》李福业(原题),五言四句,又见《文苑英华》卷一五八、《唐诗纪事》卷六、《万首唐人绝句》五言卷十五、《全唐诗》卷四五,均题作"岭外守岁",《全唐诗》卷四五《岭外守岁》题下注:"一作李德裕诗。"徐俊认为,《全唐诗》将此诗归入李德裕名下,应为传误。李福业,生卒年不详。神龙元年(705),桓彦范等率兵诛张易之、宗昌兄弟,桓彦范被杀,李福业被流放至岭外番禺。《守岁》当为李福业赴番禺途中守岁之作,创作时间当在神龙元年除夕。

13.《春夜山亭》房旭(原题),五言四句。此诗不见于传世诗文集,王重民《补全唐诗》据本写卷收录。房旭,生平无考。

14.《咏萤》乐仲卿(原题),五言四句句。此诗不见于传世诗文集,王重民《补全唐诗》据本写卷收录。乐仲卿,生卒年不详。

15. 同前苏晋(原题),五言四句。此诗不见于传世诗文集,王重民《补全唐诗》据本写卷收录。苏晋(676—734),雍州蓝田(今属陕西)人。证圣元年(695)登进士第。天册万岁二年(696)又应大礼举登第。神龙三年(707)再登贤良方正科。先天(713)中,累迁中书舍人,兼崇文馆学士。开元初,出为泗州刺史。开元十年(722),任户部郎中。十四年,任吏部侍郎。因与侍中裴光庭有隙,出为汝州刺史,三迁魏州刺史。入为太子左庶人。二十二年卒。能诗,善文章,能饮酒,与李白等并称饮中八仙。《全唐诗》卷一一一收诗2首,《全唐文》卷三〇〇收文3篇。《旧唐书》卷一〇〇、《新唐书》卷一二八有传。《郎官石柱题名考》卷一一和卷二六、《登科记考》卷四亦有相关记载。本诗通过对萤火虫的描写,抒发作者节操耿耿、光明磊落的情怀。当作于开元十四年外放之后。

16.《咏壁上画鹤》宋之问(原题),五言四句。《唐诗纪事》卷一一题作"咏省壁画鹤",《全唐诗》卷五三据以收录。宋之问(约656—约712),字延清,一名少连,虢州弘农(今河南灵宝)人,一说汾州西河(今山西汾阳)人。上元二年(675)登进士第。天授元年(690),与杨炯分直习艺馆。张易之兄弟雅爱其才,之问亦倾附之。及易之等败,左迁泷州参军。中宗增置修文馆学士,之问首应其选。景龙二年(708),迁考功员外郎。睿宗即位(710),配徙钦州。先天中(712—713),赐死于徙所。《全唐诗》卷五一到五三存其诗187首,《全唐诗补编》补诗27首。《全唐文》卷二四〇、二四一存其文2卷。生平事迹见《旧唐书》卷一九〇、《新唐书》卷二〇二、《唐诗纪事》卷一一、《唐才子传》卷一。此诗通过对尚书省壁上所画之鹤的描写,抒发了自己眷恋皇恩,重归朝堂的内心感受。《封氏闻见记》卷五:"则天朝,薛稷亦善画,今尚书省侧考功员外郎厅有稷画鹤,宋之问为赞。"①所作之赞或即为本诗。

17.《别宋侍御》严巉(原题),五言四句。此诗不见于传世诗文集,王重民《补全唐诗》据本写卷收录。严巉,生卒年里不详,武后末至玄宗开元初年在世。岑仲勉认为《元和姓纂》卷五"方巉户部郎中"中"方巉",即为严巉,并认为沈佺期《别侍御严凝》中"严凝",与"严巉"为同一人②。本诗中的宋侍御不详何人。《张说之文集》卷六有《送王尚一、严巉二侍御赴司马都督军》诗,司马都督即司马逸客,约于神龙二年至景龙四年(706—710)间任凉州都督,时严巉官至侍御,曾赴凉州都督司马逸客幕府。本诗或为同时与宋侍御分别之作,时作者往凉州,而宋侍御去南国。诗作于此年之前数年。

---

① (唐)封演撰,赵贞信校注《封氏闻见记校注》,北京:中华书局,2005年,第47页。
② (唐)林宝撰,岑仲勉校记《元和姓纂(附四校记)》,北京:中华书局,1994年,第782页。

18.《七夕卧病》郑愿(原题),五言四句。郑愿,生卒年不详。此诗不见于传世诗文集,王重民《补全唐诗》据本写卷收录。王重民根据《唐尚书省郎官石柱题名》所载诸人世辈推测,认为郑愿应为天宝、大历人(742—779)。

19—20.《过王浚墓二[首]》李休烈(原题),五言四句二首。此两首诗不见于传世诗文集,王重民《补全唐诗》据本写卷收录。李休烈,生卒年里不详。开元(713—741)中官洛阳尉。《全唐诗》卷一二〇存其诗1首。生平事迹见《唐诗纪事》卷一三。另有一李休烈,高宗时人。为天官侍郎李至远父。《全唐文》卷三〇一存其文1篇。事迹见《新唐书》卷一九七《李至远传》。本诗的作者当为开元李休烈。王浚(206—285),字士治,弘农湖县(今河南灵宝)人。西晋著名将领。晋武帝决意平吴,诏浚大修船舰。浚造作楼船连舫,可容二千余人。咸宁中(275—280),有童谣曰:"阿童复阿童,衔刀浮渡江。不畏岸上兽,但畏水中龙。"羊祜以为水中龙指王浚。咸宁五年(280),浚指挥水军渡江灭亡东吴。王浚墓位于潞州城(今山西长治)东北柏谷山。《晋书》卷四二:"(王浚)太康六年(285)卒,时年八十,谥曰武。葬柏谷山,大营茔域,葬垣周四十五里,面别开一门,松柏茂盛。"[①]开元十一年(723)正月己巳,玄宗过王浚墓,有诗作,扈从均有和作。《张燕公集》卷三有玄宗《过王浚墓》及张说《应制奉和》诗,《全唐诗》卷四九张九龄有《奉和圣制过王浚墓》诗。李休烈时官洛阳尉,应为扈从之一,两篇作品或为和作,创作时间应在开元十一年正月。

21.《咏暗》孟婴(原题),五言四句。此诗不见于传世诗文集,王重民《补全唐诗》据本写卷收录。孟婴,生平无考。

22.《咏鹊》□嘉惠(原题),五言四句,原卷作者姓氏模糊不辨,缺字下部为"吊"形,徐俊认为应为"常"字[②]。嘉惠,生平无考。此诗不见于传世诗文集,王重民《补全唐诗》据本写卷收录。

23.《九日至江州问王使君》蔡孚(原题),五言四句。《王子安集》卷三、

① (唐)房玄龄等《晋书》,北京:中华书局,1974年,第1216页。
② 徐俊《敦煌诗集残卷辑考》,第514页。

《全唐诗》卷五六将此诗收于王勃名下，题作《九日》。王重民《补全唐诗》据本卷收入蔡孚名下，认为："王使君疑指王勃，所以《全唐诗》二函一册把这首诗编入王勃名下，恐怕不对。"[①]项楚认为，唐代"使君"乃是对刺史的尊称，王勃并未担任过这类官职，故"王使君"当另有其人，此诗可能是王勃上元二年(675)往交趾省父，道出江州时，写给王姓刺史的[②]。徐俊认为此写卷据题署极谨严，不会错将王勃诗录入他人名下，当作蔡孚诗应可信[③]。蔡孚，生卒年里不详[④]。玄宗开元初(713)任左(一作右)拾遗，开元八年官至起居舍人。《全唐诗》卷七五存其诗 2 首，《全唐文》卷三〇四存其文 1 篇。生平事迹见《旧唐书》卷三〇、《音乐志》《朝野佥载》卷四、《唐会要》卷二二《龙池坛》。《唐会要》卷二二："开元二年闰二月，诏令祀龙池。六月四日，右拾遗蔡孚献《龙池篇》。"《全唐文》卷二八有唐玄宗文《答蔡孚请宣示御制春雪春台望诗手诏》。可知，蔡孚主要活动于开元年间，诗当作于此时。黄永武《敦煌斯五五五号背面三十七首唐诗的价值》说："王勃生卒年月为公元 649 于 676，蔡孚卒年在开元元年(713)，已隔近 40 年，除非蔡孚开元中年事甚高，否则诗题中所赠'王使君'当非王勃。但本诗何以羼入王勃集？古人赠答诗误入被赠者集中者恒有。又考《全唐诗》姜晞有《龙池篇》，与蔡孚《奉和圣制龙池篇》同押先韵，句数亦同，姜晞登永隆元年(680)进士，时在唐初，蔡孚年辈若与姜晞相若，姜晞从弟姜皎至明皇时犹封楚国公，则蔡孚幼年或能与王勃相接。""考《唐才子传》载王勃至南昌滕王阁时，大会宾客正在九月九日，蔡孚赠诗，或在此时。"[⑤]按诗题曰"江州"，不在南昌明矣。

24.《成(城)南宴》李行言(原题)，七言四句。此诗不见于传世诗文集，王重民《补全唐诗》据本写卷收录。李行言，生卒年里不详。唐中宗时，为左司员外郎，迁给事中，兼文学干事。能唱《步虚歌》。景龙(707—710)中，中

---

① 王重民辑录《补全唐诗》，第 11 页。

② 项楚《〈补全唐诗〉二种补续校》，《四川大学学报》1983 年第 3 期，收入《敦煌文学丛考》时删去此节论述，上海：上海古籍出版社，1991 年。

③ 徐俊《敦煌诗集残卷辑考》，第 515 页。

④ 黄永武《敦煌斯五五五号背面三十七首唐诗的价值》一文说"蔡孚卒年在开元元年(713)"，不知何据。

⑤ 黄永武、施淑婷《敦煌的唐诗续编》，第 28 页。

宗引近臣宴集，行言唱《驾车河西》。其《函谷关》诗为时人所称许。《全唐诗》卷一〇一存其诗 1 首，《全唐文》卷三〇一存其文。生平事迹见《唐诗纪事》卷一一、《唐尚书省郎官石柱题名考》卷二。《资治通鉴》卷二〇八神龙元年(705)十一月："己丑，上御洛城南楼，观泼寒胡戏。"①

25—26.《度岭二首》阎朝隐(原题)，每首七言四句。此诗不见于传世诗文集，王重民《补全唐诗》据本写卷收录。阎朝隐(？—713)，字友倩，行五，赵州栾城(今属河北)人。连中进士、孝弟廉让科。性滑稽，属辞奇诡，为武后所赏。累迁给事中，预修《三教珠英》。圣历(698—700)中，转麟台少监。谄事张易之，常代作篇什。张易之伏诛，徙岭外。景龙(707—710)时，还为著作郎。先天(712—713)中，除秘书少监，后贬通州别驾，卒。《全唐诗》卷二三、六九存其诗 13 首，《全唐文》卷二〇七存其文 2 篇。生平事迹见《旧唐书》卷一九〇、《新唐书》卷二〇二、《唐诗纪事》卷八一。王重民认为："《旧唐书》卷一九〇中《文苑传》说'张易之伏诛(神龙元年，705)，坐徙岭外'，《新唐书》卷二〇二《文艺传》又说他'景龙(707—709)初，自崖州遇赦还'。这两首诗应该是他'遇赦还'时候作的。"②王仲闻说："唐芮挺章《国秀集》卷上载宋之问七古一首，题云《端州驿见杜审言、王无竞、沈佺期、阎朝隐有题，慨然成咏》。朝隐这两首诗中，殆即为端州题壁，都是他们南徙时所作，也就都是宋之问所见的那些诗。"③项楚认为："据第一首'岭北游人望岭头'及第二首'回首俛眉但下泪，不知何处是乡关'等语，这两首诗并非是朝隐'遇赦还'时所作，而是他景龙元年(按，当为神龙元年，705)'坐徙岭外'时过大庾岭所作，诗题或即为《过岭》。""端州在大庾岭南数百里，中隔韶州、广州，端州题壁当是另有所作。"④

27.《守岁》(原题)郑愿，七言四句。此诗不见于传世本，王重民《补全唐诗》据以收录。郑愿，生卒年不详，《新唐书·宰相世系表》载其为郑氏南祖

① (宋)司马光《资治通鉴》，第 6596 页。

② 王重民《补全唐诗》，第 11 页。

③ 转引自王重民《补全唐诗》，第 11 页。

④ 项楚《〈补全唐诗〉二种续校》，《四川大学学报》1983 年第 3 期。收入《敦煌文学丛考》，上海：上海古籍出版社，1991 年。

房清河令文睿子。其名见于《郎官石柱题名》“司勋员外郎”卢象、李嘉祐之间及“金部郎中”裴眺、郑楚客之间，王重民据诸人时代推测郑愿为天宝、大历(742—779)人。按《大唐故侍御史江西道都团练副使郑府君墓志并序》载郑高为“晋州襄陵县令、赠博州刺史进思之曾孙，金部郎中、坊亳二州刺史愿之元孙”，贞元廿一年(805)卒，享年六十一。则郑高生于天宝三载(744)，其祖父郑愿当生于武周时期，主要活动在开元天宝时期(713—755)。

28.《送陈先生还嵩山》郑韫玉(原题)，七言八句。此诗不见于传世诗文集，王重民《补全唐诗》据本写卷收录。郑韫玉，生平无考。郡望荥阳(今属河南)，据《新唐书》卷六二《宰相世系表》，郑韫玉为侍御史郑欢的儿子，德宗朝宰相郑珣瑜为其堂弟，应为大历、贞元间(766—820)人。据此，则郑韫玉是S.555可考证时代最晚的作家。陈先生其人不详。但S.555所抄诗大部分是开元前的诗，少数几首是天宝年间的，唯这首诗例外。疑此诗亦作于安史乱前。

29—37.《及第后读书院咏物十首上礼部李侍郎前乡贡进士樊铸上》(原题)，题称10首诗，实存9首：《帘钩》《鞭鞘》《箭括》《门扂》《钥匙》《药臼》《滤水罗》《井辘轳》《砖道》，皆五言八句，最后一首残存两句。此组诗不见于传世诗文集，王重民《补全唐诗》据本写卷收录。樊铸，生卒年里不详，天宝时进士及第，天宝三载(744)二月，士子10余人游曲江，舟覆人亡，樊铸作《檄曲江水伯文》。《全唐诗》不载其诗，《全唐文》卷三六存文2篇。王重民说：“樊铸的诗不见他书，但在敦煌写本内两见(S.555、P.3480)①，他的作品在唐代流传似较为广泛。《十咏》题‘前乡贡进士’。《唐文粹》卷三三载有樊铸的《檄曲江水伯文》(《事文类聚》前集卷十七亦载此文)，说明作檄的原故是‘天宝三载，溺群公之故也’，因知他是开元天宝时代的人。”②黄永武据《唐仆尚丞郎表》卷三所载认为：“天宝五年(746)冬李岩为礼部侍郎，天宝六年(747)春日起，在任知贡举发榜，樊铸称‘及第’后咏物，当在此时。诗题中‘礼部侍

① P.3480、P.2976存樊铸《缺题》诗(铸剑本来杀仇人)一首。王重民《补全唐诗》据P.3480收录。加上S.555卷，敦煌写本中三见樊铸诗。

② 王重民辑录《补全唐诗》，第41—42页。

郎'当为李岩。"[①]陈尚君认为，安史乱前任礼部侍郎之李岩、李暐、李麟均有可能为题中之李侍郎，不可确指[②]。这组诗为咏物言志诗，是及第后取书院所见杂物，抒发对李侍郎启发、提拔自己的感恩戴德之心。唐开元廿四年(736)始改由礼部侍郎知贡举，天宝三载樊铸及第，则诗当作于此年。

S.555 + P.3738 写本的抄写时间，王重民认为，见于《全唐诗》的作者均为开元以前人，不见于《全唐诗》者，"其事迹虽无考，疑为开元(713—741)以前人"，残卷为天宝间(742—755)选本[③]。徐俊《敦煌诗集残卷辑考》认为，"此卷作者非皆开元以前人，选本及抄写时代当已入中晚唐"[④]。P.3738 有"癸亥"题记，考虑敦煌写卷中"天复"年间的抄卷甚多，则此"癸亥"当为天复三年(903)。主要校录本有：王重民《补全唐诗》、陈尚君《全唐诗续拾》、潘重规《补全唐诗新校》、黄永武《敦煌的唐诗》、项楚《敦煌诗歌导论》、徐俊《敦煌诗集残卷辑考》、郝春文《英藏敦煌社会历史文献释录》、张锡厚主编《全敦煌诗》等。

五、参考图版

1.《王重民向达所摄敦煌西域文献照片合集》第 19 册，第 7002 页。第 25 册，第 9421—9422 页。

2.《英藏敦煌文献》第 2 册，第 55—56 页。

3.《敦煌宝藏》第 4 册，第 457—458 页。《敦煌宝藏》第 130 册，第 300 页。

4. International Dunhuang Project(国际敦煌项目，简称 IDP)。

---

① 黄永武、施淑婷《敦煌的唐诗续编》，第 30—31 页。

② 陈尚君《〈全唐诗〉补遗六种札记》，复旦大学古籍整理研究所编《中国文学丛考》第 2 辑，上海：复旦大学出版社，1987 年，第 53 页。另，陈尚君《〈登科记考〉证补》"刘长卿条"亦有论述，见中国唐代文学学会主编《唐代文学研究》第 4 辑，桂林：广西师范大学出版社，1993 年，收入《陈尚君自选集》，桂林：广西师范大学出版社，2000 年。

③ 王重民《敦煌吐鲁番文献研究论集》，北京：中华书局，1982 年。

④ 徐俊《敦煌诗集残卷辑考》，第 505 页。

35. S.1477 写本研究

祭驴文

一、写本编号

S.1477

二、所藏地点

英国国家图书馆

三、写本状况

纸本，卷轴装。由二纸黏合而成，双面抄，现存规格约为28.7×69.6厘米。

四、写本内容

（一）正面

《祭驴文一首》(尾题)。首残尾全，首起“山馆里为觅”，下讫“愿汝生于田舍，汝家且得共男女一般看”，计37行，行约20字。又见于S.5546v，仅存“祭驴子文本一”几字。从残存文字来看，该文乃祭奠亡驴之文。文章首先追忆驴在世时随作者走南闯北之艰辛。次叙作者曾与驴私心相约，待其有官有爵，“准拟同受荣华”，然驴中途因疾而亡。再叙驴逝槽空的悲痛之情，表达对亡驴“生不逢时，生于吾舍”的惋惜自责。最后抒发了对亡驴托生

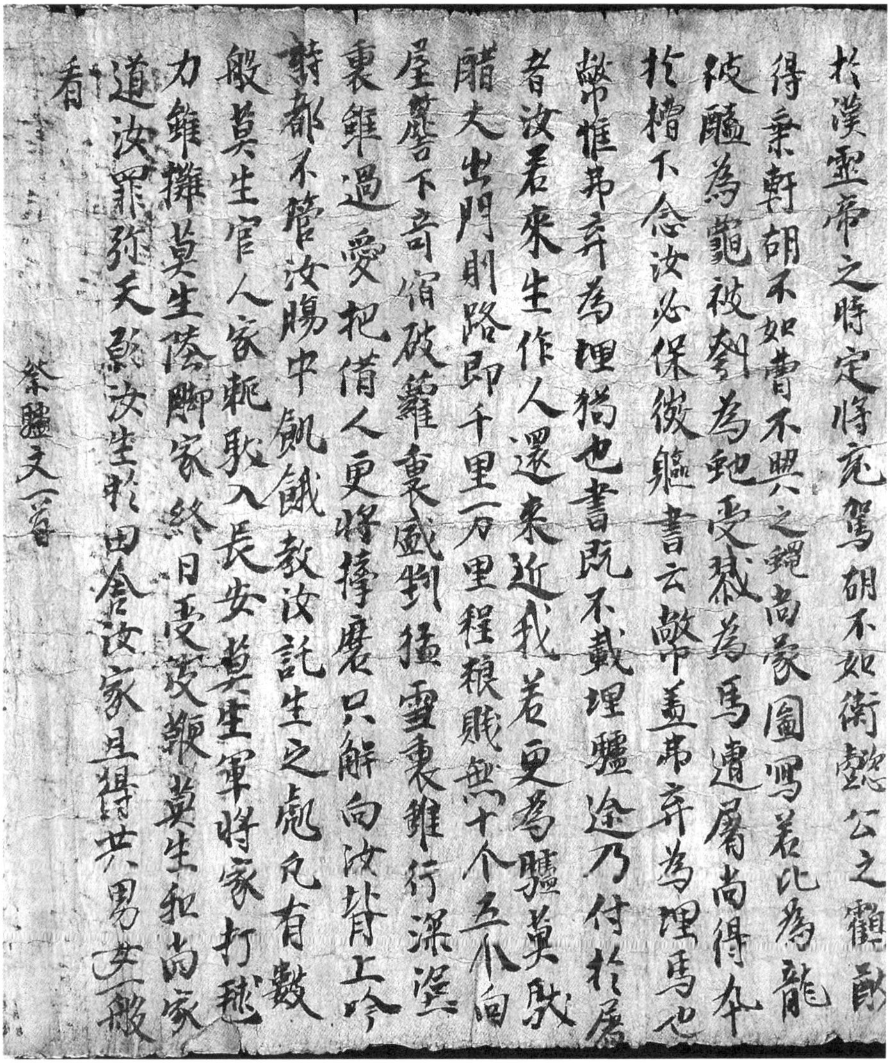

於漢靈帝之時定將充駕胡不如衛懿公之鶴畝
得乘軒胡不如曹不興之蠅尚蒙圖寫若比爲龍
彼驢爲龍被劉爲虵受豢爲馬遭屠尚得本
於槽下念汝必保徵驢書云弊帛盖帛棄爲埋馬也
弊帷弗棄爲埋狗也書既不載埋驢途乃付於屠
者汝若來生作人還來近我若更爲驢莫馱
醋大出門則路即千里万里程粮賤無十个五个白
屋簷下寄宿破籮重裹盛剉猛雪裹雖行深溪
裏雖遇愛把借人更將撑磨只解向汝背上吟
騎都不管汝腸中飢餓教汝託生之處凡有數
般莫生官人家輒馱入長安莫生軍將家打毬
力雖攤莫生陸腳家終日受鞭莫生和尚家
道汝罪彌天鋸汝生於田舍汝家且得共男女一般
看
祭驢文一首

S.1477《祭驴文》局部

的良好祝愿。

《祭驴文》主要采用谐谑手法，借祭驴而鞭笞时弊，抒发作者愤懑不得志的心情，其内容、风格实不同于其他敦煌写本所见“祭畜文”。它写人和驴之间的真挚情感，毫无半点矫揉造作，反映了中国农民的朴实：“小童子凌晨报来，道汝昨夜身亡。汝虽殒毙，吾亦悲伤。数年南北，同受凄惶，筋疲力尽，冒雪冲霜。今则长辞木镫，永别麻缰。破笼头抛在墙边，任从风雨。靴鞍子弃于槽下，更不形相。”作者由驴的不幸，想到自己的命运，于是借题发挥，生不逢时的怨愤之情溢于言外。《祭驴文》在体制上其实是一篇赋，所以铺彩摛文的特色还是比较显著的。例如写驴的劳作奔波的情景：“也曾骑汝而掖耽，也曾徒步以空驱，也曾深泥里陷倒，也曾跳沟时扑落。”写驴生不逢时：“胡不生于王武子之时，必爱能鸣。胡不生于汉灵帝之时，定将充驾。胡不如卫懿公之鹤，犹得乘轩。胡不如曹不兴之蝇，尚图蒙写。”取事用典，诙谐而深沉。

关于《祭驴文》的创作时间，柴剑虹鉴于《祭驴文》中用了“驴背吟诗”之典，推测本文创作于晚唐五代时期。张鸿勋认为“爱把借人更将牵磨”一句涉五代后梁九优太史胡趱趣事，进而推测其创作时间在五代汉周之时或北宋初期。《祭驴文》具体作于何时，仍有待进一步探讨。至于《祭驴文》的作者，今仅能从内容推知，其应为落魄文人。

《祭驴文》很受学者关注，主要研究校录本有：［法］艾丽白《上古和中古时代中国的动物丧葬活动》、程毅中《敦煌俗赋的渊源及其与变文的关系》、伏俊琏《试谈敦煌俗赋的体制和审美价值——兼谈俗赋的起源》、柴剑虹《敦煌写本中愤世嫉俗之文》、于淑健《〈祭驴文一首〉考辨与校理》、李丽《敦煌写本S.1477〈祭驴文〉校注》、张鸿勋和张臻《敦煌本〈祭驴文〉发微》、董志翘《一生蹭蹬谁人闻，聊借“祭驴”泄怨愤——从敦煌写本〈祭驴文〉谈起》、朱凤玉《敦煌写本〈祭驴文〉及其文体考辨》等[①]。

① ［法］艾丽白《上古和中古时代中国的动物丧葬活动》，中文本见《法国汉学》第5辑，中华书局，2000年。程毅中《敦煌俗赋的渊源及其与变文的关系》，《文学遗产》1989年第1期。伏俊琏《试谈敦煌俗赋的体制和审美价值——兼谈俗赋的起源》，《敦煌研究》1997年第（转下页）

(二) 背面

残存6行,《斯坦因劫经录》:"后有退□大娘一步,女子一步云云六行,文意不明"①。《英藏敦煌文献(汉文佛经以外部分)》拟题作"卖菜人名目"②。

五、参考图版

1.《敦煌宝藏》第11册,第167—168页。

2.《英藏敦煌文献(汉文佛经以外部分)》第3册,第79—80页。

3. International Dunhuang Project(国际敦煌项目,简称IDP)。

(接上页)3期。柴剑虹《敦煌写本中愤世嫉俗之文》,《敦煌研究》2004年第1期。于淑健《〈祭驴文一首〉考辨与校理》,《石河子大学学报》2005年第6期。李丽《敦煌写本S.1477〈祭驴文〉校注》,《敦煌学研究》创刊号,首尔出版社,2006年。张鸿勋、张臻《敦煌本〈祭驴文〉发微》,《敦煌研究》2008年第4期。董志翘《一生蹭蹬谁人闻,聊借"祭驴"泄怨愤——从敦煌写本〈祭驴文〉谈起》,《古籍整理学刊》2009年第1期。朱凤玉《敦煌写本〈祭驴文〉及其文体考辨》,颜廷亮主编《转型期的敦煌语言文学》,兰州:甘肃人民出版社,2010年。

① 王重民编《敦煌遗书总目索引》,第139页。

② 《英藏敦煌文献》(汉文佛经以外部分)第3册,成都:四川人民出版社,1990年,第80页。

36. S.2080 + S.4012 写本研究

大唐五台曲子五首

一、写本编号

S.2080 + S.4012

二、所藏地点

英国国家图书馆

三、写本状况

S.2080 为卷轴装，首残尾全，残口自右上向左下倾斜，单面书写。共一纸，约 53×28 厘米，纸呈淡黄色有文字 21 行，行 12 到 15 字不等，其中右端两行残缺。S.4012 为卷轴装，首尾俱全，单面书写。共一纸，全卷约34×27.5 厘米，纸呈淡黄色。有文字 11 行，行 11 到 14 字不等。卷末有题记一行："天成四年(929)正月五日午际孙□书。"

饶宗颐在《敦煌曲》中首次提出两写本可顺序缀合[①]，两写本字体、字号、纸质相同。楷体，书写工整清秀，墨迹较黑。行文以空格断句，空格约半字大小。由字迹分析，应为一人所书。两写本不仅在字迹上极其相似，而且在

① 饶宗颐《饶宗颐二十世纪学术文集》卷八《敦煌曲》，第 814 页。

[illegible]
唐兒万吉千秋歲 [illegible]
[illegible] 過北斗 霧卷雲[illegible]現千般
[illegible] 雨雹相和驚林藪 霧卷雲收化現
千般有 吉祥鳥 師子吼 聞者捌髮怕
網羅煙走 纔念文殊三兩口 大聖慈悲
方便潛身救 第二
上北臺 登險道 石逕崚層 躚步行多
少 遍地莓苔異軟草 定水潛流一日三
迴到 駱駝嶋 風裊裊來往巡遊 須是身
心好 羅漢臺頭觀添河 不得久停唯
有龍神澡 第三
上中臺 盤道遠 万丹道逆蔚[illegible]過天
半 寶石巉巖光燦爛 異草名花[illegible]
錦堪遊翫 玉華池 金沙伴 氷窟千
年到者身心戰 礼拜虔誠重發願

S.2080 局部

譚揚唯有天人聽 第五
上南臺 林嶺別 淨景孤高巖下觀
星月 遠眺霞芳情思悅 或聽神鍾
感愧捻香爇 氤錦花 銀絲結 供
養諸天涵淡人間徹 往日塵勞今消
滅福壽延長為礼真菩薩
北五臺寺名 華嚴寺 竹林寺
金閣寺 南臺 佛圖寺 零溪寺
法花寺 佛光寺 福聖寺 清涼
寺 王子寺

S.4012 局部

内容上也有连贯性、整体性。S.2080 四首曲子词前分别有“第一”“第二”“第三”“第四”等文字表示词序，S.4012 曲子词前有“第五”二字，由此两写本之内容可前后衔接，故其原应为一纸。

四、写本内容

1.《大唐五台曲子五首寄在苏莫遮》(拟题)。其中 S.2080 残存 19 行，S.4012 残存 6 行。两写本连接起来计 25 行，首残尾全，未署作者。

S.2080 首行仅存“来”字，下缺，第二行存“唐川万古千秋岁”及“弟”字，据后文序号“弟”字处可补为“弟(第)一”，此后另起一行始书正文。此五首曲子词的排列顺序为《上东台》《上北台》《上中台》《上西台》《上南台》，与 P.3360 同。首句前分别有“第一”“第二”“第三”“第四”“第五”等以表明词序。该曲子词又见于 S.467、S.2985、P.3360 三件写本，详 P.3360 叙录。

2.《北五台及南台寺名》(拟题)。另起一行顶格书写，其内容为“北五台寺名 华严寺 竹林寺 金阁寺 南台 佛图寺 零溪寺 法花寺 佛光寺 福圣寺 清凉寺 王子寺”，文字计 3 行有余。此项内容《英藏敦煌文献》拟名《北五台及南台寺名》，张长彬《敦煌曲子辞写本整理与研究》题作《五台寺名录》[①]。兹从《英藏敦煌文献》拟题。

末有“天成四年正月五日午际孙□ 书”一行，末字“书”与前一字约有一字之距离，后尚有余纸二至三行。天成当为后唐明宗李嗣源年号，“午际”为午初，即还未到正午时分，写本抄于天成四年(929)正月五日午初时分。“孙”后一字书写不甚清晰，饶宗颐猜测为“孙冰”[②]。汤涒与张长彬认为，S.4012 题记所示书写者“孙冰(?)”，据名字分析，其当不是佛门中人[③]。

---

① 《英藏敦煌文献(汉文佛经以外部分)》第 5 卷，成都：四川人民出版社，1992 年，第 229 页。张长彬《敦煌曲子辞写本整理与研究》，扬州大学博士学位论文，2014 年，第 163 页。

② 饶宗颐《饶宗颐二十世纪学术文集》卷八《敦煌曲》，第 814 页。

③ 汤涒《敦煌曲子词地域文化研究》，第 29 页。张长彬《敦煌曲子辞写本整理与研究》，第 162 页。

五、参考图版

S.2080:

1.《王重民向达所摄敦煌西域文献照片合集》第 29 册,第 9999 页。

2.《敦煌宝藏》第 16 册,新文丰出版公司,第 25 页。

3.《英藏敦煌文献(汉文佛经以外部分)》第 3 卷,第 289 页。

4. International Dunhuang Project(国际敦煌项目,简称 IDP)。

S.4012:

1.《敦煌宝藏》第 33 册,第 184 页。

2.《英藏敦煌文献(汉文佛经以外部分)》第 5 卷,第 229 页。

3. International Dunhuang Project(国际敦煌项目,简称 IDP)。

37. S.2607 + S.9931 写本研究

曲子词集

一、写本编号

S.2607 + S.9931

二、所藏地点

英国国家图书馆

三、写本状况

S.2607 写本为卷子装，首尾上下中间都有严重残缺。S.9931 为残片，存 10 行，长 16 厘米，前后上部均残，正好可以拼接在 S.2607 尾端第 75—84 行下方（见拼接图）。缀合后尺寸约为 29.5×136 厘米，由 4 纸黏合而成。两面抄写，正面为曲子词抄本，存 90 行。背面存 83 行，污渍严重，行草体，墨迹暗淡，为《某寺法器杂物交割帐》。

四、写本内容

正面残存曲子词 28 首：

写本前端残存 7 行，无法卒读。任半塘《敦煌歌辞总编》（以下简称《总编》）卷二《杂曲支曲》录为《失调名·多征使》词 1 首，《失调名·阵云收》1

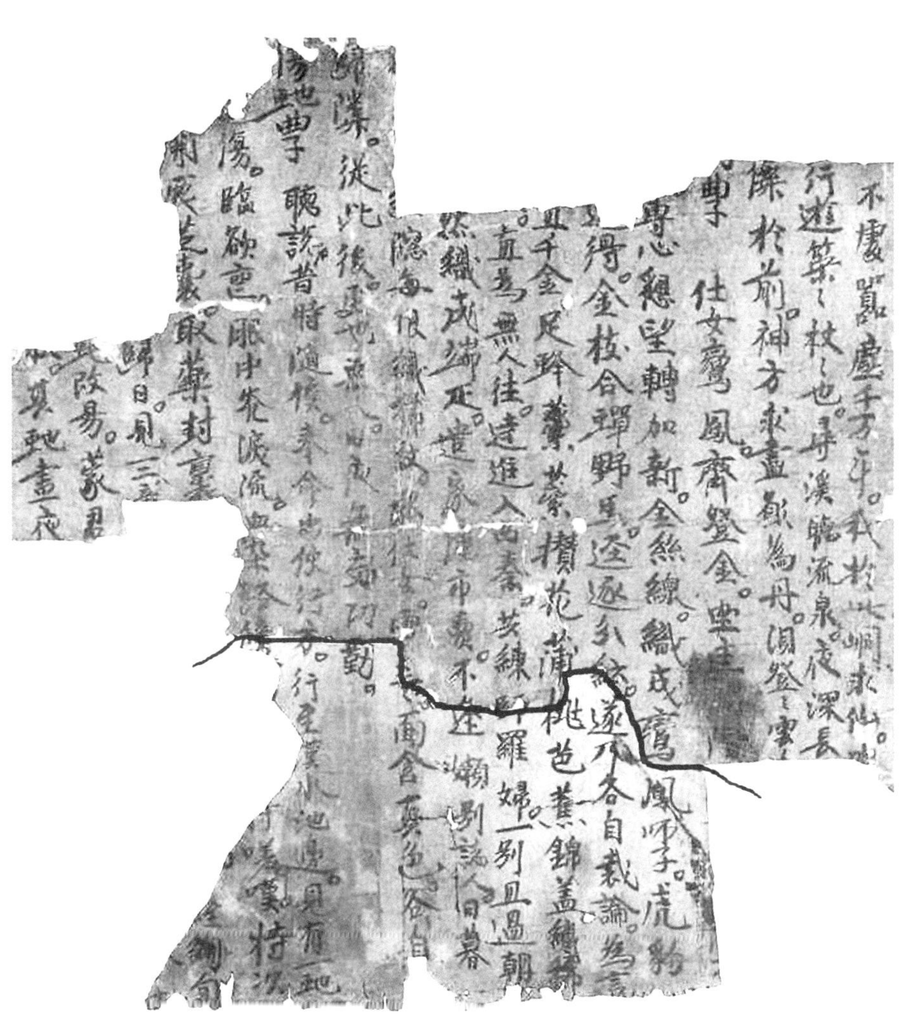

S.2607＋ S.9931 缀合图

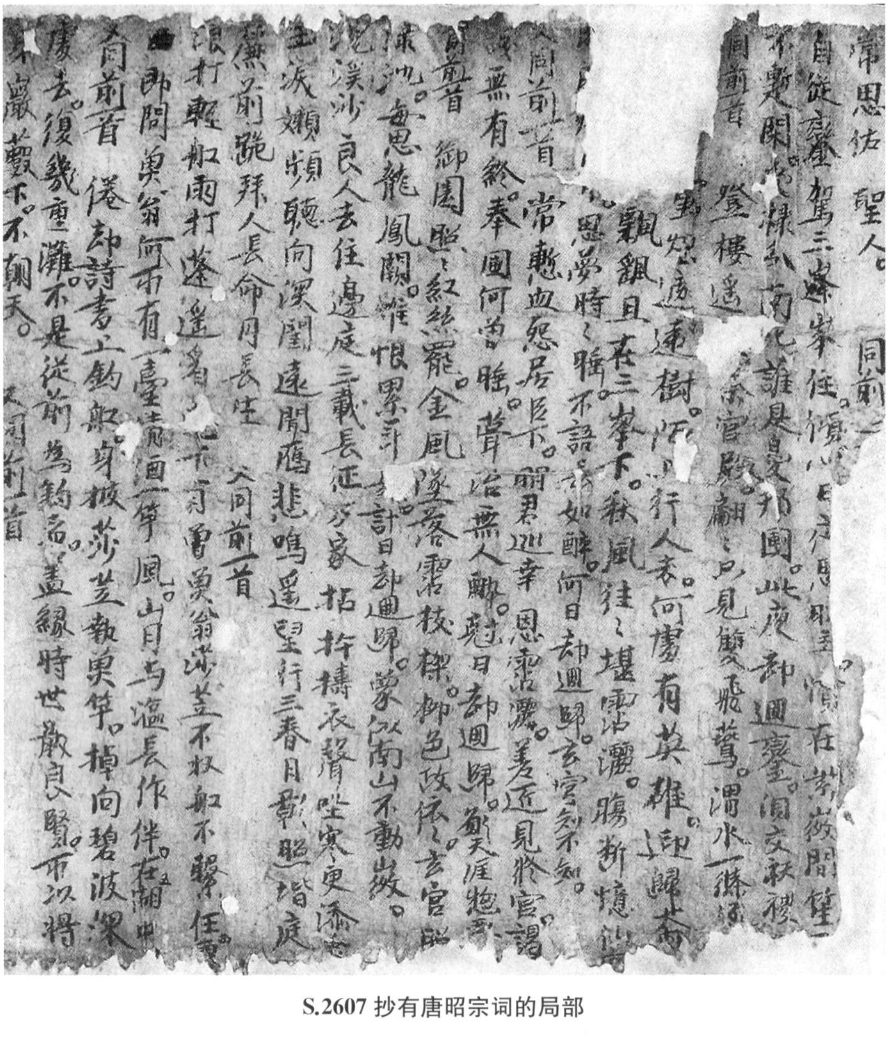

S.2607 抄有唐昭宗词的局部

首。以下为较完整者。

1.《同前 般□》(原题),首句“国泰人安静风沙”。同前,是说与前面所抄词同调,因前词已残,故调名佚失。般□,王重民《敦煌曲子词集》(以下简称《曲子词集》)作“般涉”,指宫调名。《总编》认为此词题作“失调名 般涉调贺当家”,又谓:“后面所见之辞肯定为《赞普子》无疑,则右辞合当是《赞普子》矣。”“二辞皆颂谀唐室政权,而右辞假托于唐民,则出自蕃将,是其异耳。”按,此词当是写唐昭宗即位事,本事见《旧唐书·昭宗纪》、《资治通鉴》卷二五七。此词与下一首词《本是蕃家帐》当为同一作者,即本写本的编集者。此词写初到长安,正值昭宗即位,中兴气象,国人兴奋喜悦。

2.《同前》(原题),首句“本是蕃家帐”。任半塘《敦煌曲校录》(以下简称《校录》)补调名“赞普子”,《曲子词集》和林玫仪《敦煌曲子词斠证初编》(以下简称《斠证初编》)从之。此词自述其经历。他曾经落蕃,后逃到中原,经历了唐昭宗即位等重大事件。

3.《同前》(原题),首句“与君别后何日再相逢”。《校录》作“失调名”。《总编》:“原本写在《赞普子》后,有‘同前’二字,实则彼此格调相去甚远。《唐杂言格调》拟名‘再相逢’。”词写相思之情。

4.《西江月》(原题),首句“女伴同寻烟水”。《校录》认为这两首“西江月”(“女伴同寻烟水”“皓渺天涯无济”),与下文另一首“西江月”(云散金波初吐),共三首同咏女伴弄舟,又同卷相续,故为联章。

5.《又同一首》(原题),首句“皓渺天涯无济”。

6.《浪涛沙》(原题),首句“五两竿头风欲平”。“浪涛沙”两首(“五两竿头风欲平”“八十颓年志不迷”),《校录》皆改调名为“浣溪沙”。第一首“五两竿头风欲平”,又见于 P.3128,调名亦作“浪涛沙”;又见于 P.3155,失调名。

7.《又一首》(原题),首句“八十颓年志不迷”。此词咏隐士,写到姜太公,或还有严子陵。

8.《菩萨蛮》(原题),首句“千年凤阙”。此词又见于 P.3128,题作“曲子菩萨蛮”,保存完整。《总编》认为这首词是昭宗李晔两首词的和作。饶宗颐《唐末的皇帝、军阀与曲子词》认为,史籍明确记载昭宗李晔作词后,覃王李嗣周等有和作，“此首口吻唯覃王可以当之，故兹定为覃王所作”。

9.《同前》(原题)，首句“自从銮驾三峰住”。这首词所写本事有两说，大致根据词中“受禄分南北，谁是忧邦国”两句。《曲子词集》：“南北指南北司，南司指廷臣，北司指宦官。”并引僖宗中和元年孟昭图上疏：“北司未必尽可信，南司未必尽无用。”此时僖宗与宦官密切，天下大事决于此，而待外戚殊薄，所以孟昭图有此议。疏入，宦官田令孜扣留不奏皇上，不久遂矫诏贬孟氏为嘉州司马，并遣人沉于蟆津。词所叙当即此事。此其一。饶宗颐《唐末的皇帝、军阀与曲子词》认为词中南北司，应指昭宗时事。乾宁二年(895)，韩建、李茂贞、王行瑜极言南北司相倾，危害时政，请诛其太甚者。于是，三军阀迫使昭宗贬宰相韦昭度、李石美，不久又杀之。“三帅以南北司既受禄而互相倾轧，又诸王掌兵，以召危乱。今诸王已除，社稷可安矣。故此首口气，疑亦韩建所作，以剖明心迹。若然，则当在是年八月，与七月帝登齐云楼令乐工唱御制《菩萨蛮》，相隔只一月而已”。此其二。今从饶说，以此词为韩建所作。

10.《同前一首》(原题)，首句“登楼遥□秦宫殿”。此词又见《全唐诗》卷八八九，题唐昭宗撰。

11. 题残，首句“飘飖且在三峰下”。残缺的题目当为“同前又一首”。此词亦见于《全唐诗》卷八八九，题唐昭宗撰。据《旧唐书・昭宗纪》《新五代史・韩建传》及宋庄绰《鸡肋编》的记载，此二词作于乾宁四年七月，昭宗原作三首，传世文献保留下来的只有二首。

12.《又同前一首》(原题)，首句“常惭血怨居臣下”。此词本事有二说：《总编》认为此辞乃华州修葺行宫之工匠对昭宗李晔所作《菩萨蛮》“飘摇”一章之和作，不但同内容，且依原韵。潘重规《敦煌词话》、饶宗颐《唐末的皇帝、军阀与曲子词》认为是华州刺史韩建的和作。今从潘说，以此词为韩建作。

13. 同前一首(原题)，首句“御园照照红丝罢”。《总编》认为此首应是乾宁四年，从李晔来华州之臣工将回长安，而有所作。饶宗颐《唐末的皇帝、军阀与曲子词》则认为是李晔另一首散佚的《菩萨蛮》。今从饶说，以此词为唐昭宗李晔作。

14.《浣溪沙》(原题),首句“良人去住边庭”。《曲子词集》《校录》《初编》列入“失调名”,谓原卷题“浣溪沙”误。《敦煌曲》仍用“浣溪沙”名,而注曰误。《校录》曰:“内容完全为《望远行》之本意,而调则似五代顾敻之《临江仙》。尤以结韵作四三三句格,乃特征。”《总编》认为应按《唐杂言格调》拟名“捣衣声”,并考证此辞可能作于盛唐,因“三载长征”反映府兵制尚未全坏,在开元二十五年以前可知。按,“三载”指多年,唐诗中屡用之,未必与府兵制有关。词写思妇怀念丈夫,当与唐代贵族妇女拜新月的习俗有关。

15.《又同前一首》(原题),首句“浪打轻船雨打蓬”。《总编》认为《浪打轻船雨打蓬》词与《一阵风去吹黑云》为联章组辞,二首换头皆曰“即问”云云,于“东西”“来往”皆有寓意,关系显著,故订为联章。按,《倦却诗书上钓船》亦与上两首为组词,三首词为同一作者。

16.《又同前一首》(原题),首句“倦却诗书上钓船”。此首词又见P.3128。此首与上一首《浪打轻船雨打蓬》、下一首《一阵风去吹黑云》为组词。

17.《又同前一首》(原题),首句“一队风去吹黑云”。以上三首词为一组,组词的作者,即“倦却诗书上钓船”的这位文人,他目睹了当时触目惊心的社会动乱,希望过一种泛舟江湖的隐居生活。

18.《又西江月》(原题),首句“云散金波初吐”。此词与前两首“西江月”(女伴同寻烟水,皓渺天涯无济)共三首同咏女伴弄舟,《校录》认为同卷相续,为联章歌辞。

19.《献忠心》(原题),首句“自从黄巢作乱”。《初探》以为是中和二年(882)唐僖宗赴蜀以后,留京之人所作。按,当是昭宗时代的作品。

20.《曲子恭怨春》(原题),首句“柳条垂处也”。恭,《总编》作“宫”,拟名《宫怨春·到边庭》,云:“此调与《献忠心》貌合神离,难为同调异体。”岑仲勉《隋唐史》疑“恭怨春”三字是《教坊记》所见“宫人怨”之讹。蒋礼鸿以为“恭”为“塞”之形误,“怨”是“垣”之音讹,调名乃“塞垣春”。按,据《唐六典》,唐代贵族之家,门多列戟。出土唐墓门多画戟。此词云“愿天下销戈铸戟,舜日清平”，又云“待成功日，麟阁上，画图形”，则作者或为昭宗随从之宫廷乐工或上层文人。

21.《□制》(原题)，首句“时清海晏定风波”。“□制”，《曲子词集》作“御制”，《校录》作“御制曲子”。《总编》拟名“献忠心・瑞气遍山河”，认为此首与《百花竞发》二首卷相续，内容一致，故为联章。《初探》曰：此曰“御制”，乃制曲，非制词也，这两首是玄宗所制之曲无疑。饶宗颐《敦煌曲》认为庄宗时之作品。按，此二首与昭宗御制《菩萨蛮》三首同抄一起，当为昭宗御制之曲，内容则为歌颂昭宗所作。《资治通鉴》卷二五七唐纪文德元年(888)二月：“昭宗即位，体貌明粹，有英气，喜文学。以僖宗威令不振，朝廷日卑，有恢复前烈之志。尊礼大臣，梦想贤豪，践祚之始，中外忻忻焉。”盖此两首词所写之背景。

22.《御制曲子》(原题)，首句“百花竞发”。

23.《曲子临江仙》(原题)，首句“□□□江帝宅赊”。此词亦见 P.2506，抄写较完整。P.2506 首句作“岸阔临江底见沙”。

以下残损严重，有“曲子仕女鸾凤”“伤蛇曲子”等字样。《总编》根据残文收录了三首词，归“杂曲”类：拟题“临江仙・求仙”“失调名・织锦纹”“伤蛇曲子”。其中《织锦纹》残存句子极写锦纹图案之精美。《总编》认为：“右辞必为一首长调，上下两片，至多各六平韵，共一百二十字。开端‘仕女’及下片‘报仕女’，皆应指服锦绮之富家女。因辞多讹舛，此义未申。上片述女工织锦，如何求精，愿望甚宏。下片乃谓织成以后，既无从赠远，又不得善价，废然而止，反映唐代织女受剥削之严重。”

根据写本每行大约 20 字推算，《伤蛇曲子》的总字数在 130 字左右，是一首叙事体的长调。任半塘《敦煌歌辞总编》以为此曲子原有调，故加上“失调名”，并考证这首曲子分上下片，共 19 句，上片 10 句(四四四三三三六五四六)，下片 9 句(三三四四四六四六六)。他还说：“右辞以‘听说’开端，分明是讲唱口气，下片‘蒙君’句又显属代言，宜据此断其体用为讲唱辞，是从一较大之脚本摘出者。”王昆吾《隋唐五代燕乐杂言歌辞研究》则认为，《伤蛇曲子》辞文残缺甚多，但保留了三处重要特征：一是以“伤蛇曲子”为题，说明了歌辞属曲子词,内容写伤蛇故事;二是以“听说昔时,隋侯奉命,出使行”开头,表明此辞是故事叙述体;三是辞中有“开展芝囊,取药封裹”的语句,说明辞中有具体的故事描写[①]。还要补充的是:第一,隋侯是在汉水边上发现伤蛇的;第二,他发现受伤的蛇后,停留了大概十天,等伤蛇痊愈后继续出使;第三,等他回来之后,遇到一位十六岁的童子。由此可以判定《伤蛇曲子》是一首唐代的叙事文本的插词,其故事情节比较曲折。

写本中比较完整的词,王重民《敦煌曲子词集》(1950 年初版,1956 年增订本)、任二北《敦煌曲校录》(1955 年)、饶宗颐《敦煌曲》(1971 年)、林玫仪《敦煌曲子词斠证初编》(1986 年)、任半塘《敦煌歌辞总编》(1987 年)、张锡厚主编《全敦煌诗》(2006 年)、郝春文《英藏敦煌社会历史文献释录》第十二卷(2015 年)皆有校录,蒋礼鸿《敦煌曲子词校议》(《杭州大学学报》1959 年第 3 期,收入《敦煌变文字义通释》附录二)、潘重规《任二北〈敦煌曲校录〉补校》(《敦煌词话》1981 年台北石门图书公司)有补正。

写本背面抄《某寺法器杂物交割帐》,污渍严重,行草体,墨迹暗淡。妙智《英藏敦煌遗书人物小考》通过对交割帐内容的考察,认为是归义军时期金光明寺的文书,题目应当叫《金光明寺法器杂物交割帐》[②]。吐蕃占领时期和归义军时期的敦煌寺院,多设有寺学,这些寺学的教学内容有诗词歌赋。金光明寺是敦煌当时最大的寺院之一,据饶宗颐研究,敦煌一些大的寺院里有教坊一类的机构,有戏场、乐舞队、声音人等,僧人要进行诵经、作偈、唱导的训练[③]。S.2607 + S.9931 所抄的曲子词就是进行训练的备用教材。当这些教材不再使用时,寺院便用他的背面抄写交割帐。唐耕耦、陆宏基《敦煌社会经济文献真迹释录》第 3 辑(1990 年),郝春文《英藏敦煌社会历史文献释录》第十二卷对《检历》有校录。

关于写本的抄写年代,可作如下考证。

此写本没有题记,正面所抄的 28 首残词中,有 6 首《菩萨蛮》词,其中《登

① 王昆吾《隋唐五代燕乐杂言歌辞研究》,中华书局,1993 年,第 418 页。
② 妙智《英藏敦煌遗书人物小考》,《法源》2004 年号,总第 22 期。
③ 饶宗颐《〈云谣集〉的性质及其与歌筵乐舞的联系》,《明报月刊》1989 年 10 月号。

楼遥望秦宫殿》《飘摇且在三峰下》两首词见于《全唐诗》，题唐昭宗撰。《旧唐书·昭宗纪》等史籍明确记载作于乾宁四年(897)。那么写本抄写时间的上限就是这一年(897)。写本背面的《某寺法器杂物交割帐》记录了沙州某寺的部分幢伞、供养具、家具、铜铁器、铛鏊、函柜等物品。其中供养具、家具、铜铁器、铛鏊等名目，为朱笔抄写。其中一部分物品名目右上方有朱笔勘验符号，可能是交接时点验的标志。《某寺法器杂物交割帐》中有"经师堂在道政""法真""都判官""教授""管内法律""石寺主""阴寺主"等与人名有关者，其中"道政"还见于S.2711《金光明寺抄经人名》，S.3776《佛临般涅槃略说教戒经一卷》，S.3905《金光明寺造窟上梁文》，可见他是归义军时期金光明寺僧人，生活在10世纪初期①。据S.6417《同光四年(926)金光明寺徒众庆寂神威状》，法真于同光四年(926)任金光明寺寺主②。而在《某寺法器杂物交割帐》中法真还是普通僧人，所以该《交割帐》抄于法真任寺主之前。这是写本抄写的下限③。

赵鑫晔认为，该曲子词集可能为张球所抄。理由有三：一是笔迹，敦煌文献中有不少可确定为张球本人所抄的写本，笔迹非常近似。二是曲子词中既有蕃占时期的作品，又有黄巢之乱后的作品，与张球所生活的时代也吻合。三是诗词歌赋确实是张球所擅长的内容。如果确为张球所抄，那么该写本的抄写年代下限就可以有个范围。敦煌写本中有十多件署名"八旬老人"的写经题记，其中最晚的是BD10902(L1031)《金刚经》后题记："辛未年七月廿日，八十八老人手写流通。"经杨宝玉在前贤研究基础上的考证，这位八十八岁的老人就是张球④。辛未年为后梁开平五年(911)。那么S.2067

① 妙智《英藏敦煌遗书人物小考》，《法源》2004年号，总第22期。

② 《敦煌学大辞典》谓法真俗姓马，初住龙兴寺。张长彬《敦煌写本曲子辞抄写年代三考》(《江苏师范大学学报》2014年第6期)认为，《大辞典》所依据的敦煌写本中的法真不是金光寺法真，二人时代不同。

③ 张长彬《敦煌写本曲子辞抄写年代三考》(《江苏师范大学学报》2014年第6期)一文认为，抄《交割帐》的一面是正面，抄曲子词的一面是反面。而寺院的《交割帐》作为档案要保密一段时间，到下一任寺院管理者到任为止，然后才作为不用的废纸交由寺中人抄其他作品。据此，背面曲子词的抄写时间还要晚，应在10世纪中叶左右。可备一说。

④ 杨宝玉《敦煌写经题记中八旬老人身份考索》，中国社会科学院历史研究所《隋唐宋辽金元史论丛》，上海古籍出版社，2019年，第93—108页。

曲子词写本的抄写时间最晚也在此年。

写本的抄写者可能是写本的编集者,也可能仅仅抄写其他人编集的写本。如果张球确是此写本的制作者,则他的经历当要增补诸多内容。比如,张氏归义军时期,他曾被吐蕃俘虏过;他年近七旬时(唐昭宗初期)曾在到过长安,经历了昭宗逃亡,长安遭受重大劫难等历史事件。他的去世时间,或许正是金山国时期的大乱之中。金山国建立伊始(910),甘州回鹘便以重兵进攻敦煌,归义军势弱力单,只得讲和投降,有一篇《沙州百姓一万人上回鹘天可汗状》(P.3633)的投降书,也可能与张球有关。

五、参考图版

1.《敦煌宝藏》第121册,1985年,第55—59页。
2.《英藏敦煌文献》第4卷,第113—114页;第12卷,第286页。
3. International Dunhuang Project(国际敦煌项目,简称IDP)。
4. 中国敦煌文献库(http://db.ersjk.com)。

38. S.2682 + P.3128 写本研究

大佛名忏悔文

背面：曲子词 佛教讲诵文

一、写本编号

S.2682 + P.3128

二、所藏地点

S.2682：英国国家图书馆；P.3128：法国国家图书馆

三、写本状况

卷轴装。S.2682 首尾俱残，正面前端上方有 5 行左右的破损。P.3128 首残尾全。两写本均双面书写。S.2682 尾部可与 P.3128 首部相连①。缀合后写本尺寸为 509×30 厘米，由 12 纸黏合而成，每纸大小不一。由于黏合处有书写痕迹，则写本当为黏合后抄写。正面有界栏，楷书抄写，笔迹工整。背面行楷抄写，笔迹流畅。写本正背面非同一人所书。S.2682 背面开头有"惠深文书"4 字。背面字体一致，为一人抄写，但笔画粗细不一，用墨浓淡有别，书写各部分渐次潦草，盖非一时所抄。

---

① 张长彬《敦煌曲子词写本整理与研究》，扬州大学博士学位论文，2014 年，第 73—85 页。

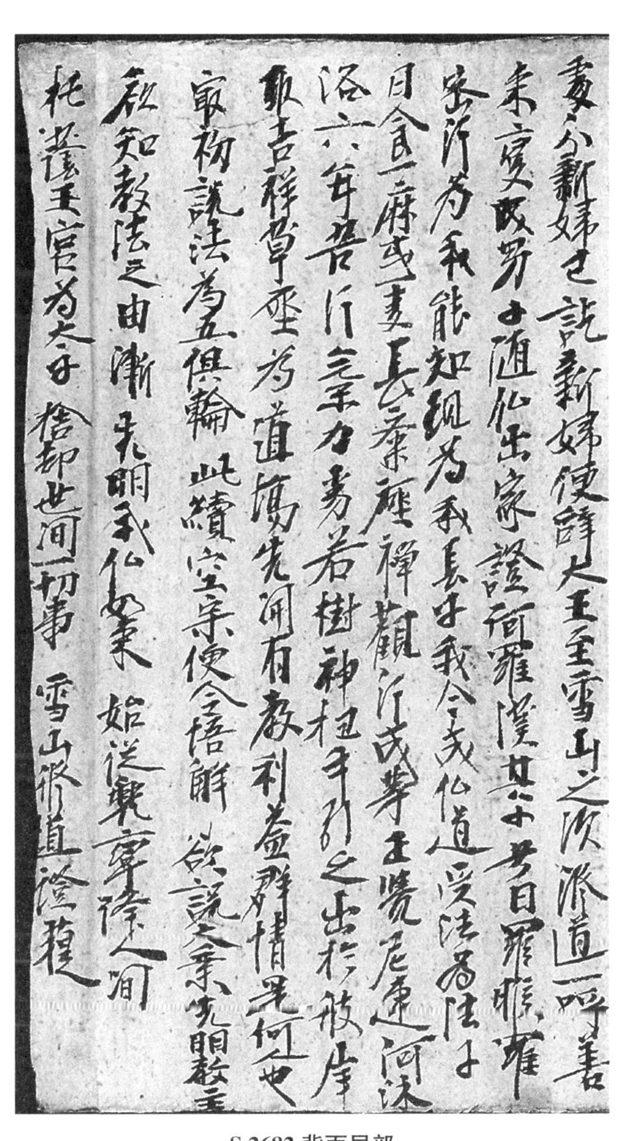

S.2682 背面局部

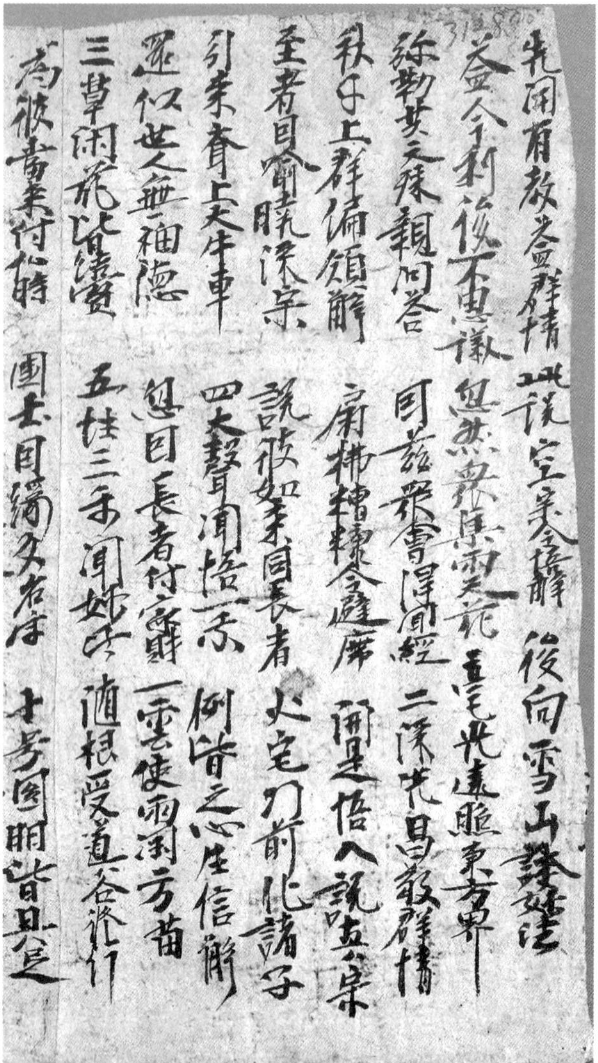

P.3128 背面局部

四、写本内容

（一）正面

《大佛名忏悔文》（拟题）。写本正面约 332 行，S.2682 存 213 行，P.3128 存 120 行。段与段之间以空格或隔行为标志，行间偶见涂乙。S.2682 前残，《敦煌遗书总目索引新编》拟题“大佛略忏二卷”。P.3128，《敦煌遗书总目索引新编》拟题“大佛名忏悔文残卷”。《大佛名忏悔文》是从《大佛名经》内抄出别行的忏悔文。此文见于 24 个写本，各写本标题不一。S.161 题作“佛名经”，S.345、S.2472、S.2682、S.6640 题作“大佛略忏”，S.354 题作“佛说罪业报应教化地狱经”，S.2141、S.6509、S.6783v、P.2042v 题作“大佛名忏悔”，S.2792 题作“大佛名忏悔略文”，S.3987v 题作“略忏”，S.5401 题作“佛经”，P.2376 题作“大佛名要略忏悔文”，P.3133 题作“忏悔文”，P.3706 题作“大佛名忏悔文”，BD830（冬 95）题作“大佛名要略出忏悔”，BD829（闰 57）题作“佛名经卷忏悔文”，BD831 题作“佛名经忏悔文”，BD832（芥 4）题作“佛说佛名经忏悔文卷”，BD5460（羽 34）题作“大佛名略忏”，BD8358（帝 24）题作“忏文”等。汪娟在《敦煌本〈大佛略忏〉在佛教忏悔文中的地位》一文中指出，《大佛略忏》是由十六卷本《大佛名经》所略出的忏悔文，其不仅是用来读诵的教科书，也是实际礼拜、忏悔所用的行仪文，因其多引用大乘经典立说，故能受到高僧大德的重视①。《大佛名忏悔文》内容和目前流传的三十卷本《佛名经》内容大致相同，录文可参考《大藏经》第 14 册②。

（二）背面

背面共抄写 4 部分：《社斋文》、“曲子词十五首”、《太子成道经》《不知名变文》，其中前两篇从 P.3128 的背面右向左抄写，与正面文字方向一致。后两篇把纸倒过来，从 S.2682 背面右向左抄写抄，与正面文字方向相反。《太子成道经》前两行有“惠深文书”四字。

---

① 汪娟《敦煌本〈大佛略忏〉在佛教忏悔文中的地位》，《敦煌文学论集》，成都：四川人民出版社，1997 年，第 388—402 页。

② 《大正新修大藏经》，第 183 页上—311 页中。

1.《社斋文》(首题)[①]。文章首全尾残，书于背面右端，题名后空一格抄写正文，存10行，起“盖闻光辉鹫岭，弘大法以深慈”，迄“炉焚净度之香，幡花散”。《社斋文》文本是依据斋仪中的社斋文文样写成的，其内容、体裁大致相同，是僧人在三长邑义所设斋会上念诵的斋文文本。郝春文在《隋唐五代宋初佛社与寺院的关系》一文中指出，在社邑举行活动之时，僧人往往会拿社斋文到社邑所设的斋会上念诵，祈愿佛佑合社及斋主平安、消灾免罪、求福来世，亦有兼及国家升平，节度使及地方官员安泰内容。其文本具有社斋文文样和实用文书的双重性质[②]。湛如在《敦煌佛教律仪制度研究》一书中将社斋文文样分为“赞叹佛德”“设斋事由”“颂扬斋主”“斋义回向”四个部分[③]。S.2682＋P.3128《社斋文》只抄写了前三个部分。据S.2682＋P.3128《社斋文》中出现的“祈愿”“邑义”等词可知，此斋文是在敦煌三长月斋会时所使用的文本。该文又见于P.3545、S.4976两个写本。

主要校录本有：唐耕耦、陆宏基《敦煌社会经济文献真迹释录》，黄征、吴伟《敦煌愿文集》，宁可、郝春文《敦煌社邑文书辑校》等[④]。

2. 曲子词十五首(拟题)。《社斋文》之后空一行抄“曲子词十五首”，存46行，起“曲子菩萨蛮”，迄“争似圣明天”。每调前书“曲子”二字，依次是《曲子菩萨蛮》3首：《敦煌古往出神将》《再安社稷垂衣理》《千年凤阙争雄弃》。《曲子浪淘沙》(诸家皆改“浣溪沙”)6首：《倦却诗书上钓船》《喜睹华筵戏大贤》《好是身沾圣主恩》《却卦录兰用笔章》《五里竿头风欲平》《结草城楼不望恩》。《曲子望江南》4首：《曹公德》《敦煌悬》《龙沙塞》《边塞苦》。《曲子感皇恩》2首：《四海天下及诸州》《当今圣受被南山》，共计15首。词牌相同者，用“同前”“又同前”等标识。其中有8首曲子词见于其他写本：

---

① 《社斋文》的创作时间，黄征《敦煌愿文集》认为文中提及“使主”等词，推论此篇写于归义军时期。然检校全文，并未发现有“使主”等词的出现，故其创作时间有待商榷。参见黄征、吴伟校注《敦煌愿文集》，第647页。

② 郝春文《隋唐五代宋初佛社与寺院的关系》，《敦煌学辑刊》1990年第1期。宁可、郝春文编《社邑文书辑校》，第514—515页。

③ 湛如《敦煌佛教律仪制度研究》，北京：中华书局，2003年，第219页。

④ 唐耕耦、陆宏基编《敦煌社会经济文献真迹释录》第1辑，第388页。黄征、吴伟校注《敦煌愿文集》，第644—647页。宁可、郝春文《敦煌社邑文书辑校》，第514—516页。

《千年凤阙争雄弃》《倦却诗书上钓船》《五量竿头风欲平》3 首见于 S.2607,《喜睹华筵戏大贤》见于 P.4692,《曹公德》和《边塞苦》2 首见于 S.5556,《敦煌悬》见于 P.3911、P.2809,《龙沙塞》见于 P.3911、P.2809、S.5556。

目前,学术界对 S.2682 + P.3128 写本中 15 首曲子词的创作时间颇具争议。其中主要以王重民《敦煌曲子词集》、饶宗颐《敦煌曲》、任半塘《敦煌曲初探》《敦煌歌辞总编》,苏莹辉《论敦煌本〈望江南〉杂曲四首之写作时代》,汤涒《敦煌曲子词地域文化研究》,张长彬《敦煌曲子词写本整理与研究》为代表[①],现分别根据各家断定时间作一罗列:

《敦煌古往出神将》一词任半塘认为作于唐建中元年(780),汤涒认为作于唐大中五年(851)前后。《再安社稷垂衣理》一词,饶宗颐认为作于后梁开平元年(907)八月,任半塘认为作于肃宗时期(756—762),汤涒认为作于大中五年(851)前后。《千年凤阙争雄弃》一词诸家均认为作于唐乾宁四年(897)。《喜睹华筵戏大贤》一词任半塘认为作于后唐同光年间(923—925),汤涒认为作于大中五年(851)前后。《好是身沾圣主恩》一词任半塘乾为作于唐肃宗乾元年间(758—760),汤涒认为作于大中五年前后。《却卦录兰用笔章》《结草城楼不望恩》两词汤涒认为作于大中五年前后。《曹公德》一词王重民认为作于曹议金时期,饶宗颐认为作于唐僖宗文德元年(888),任半塘认为作于后唐同光三年(925),苏莹辉认为作于后梁贞明六年(920)至后唐同光元年,汤涒认为作于后唐清泰元年(934)前后至清泰二年二月,张长彬认为作于后唐长兴二年(931)至清泰二年。《敦煌悬》一词饶宗颐认为作于唐文德元年,任半塘认为作于唐大历九年(774),苏莹辉认为作于贞明六年(920)至同光元年,汤涒认为作于唐咸通八年(867)至十三年,张长彬认为作于后晋天福四年(939)八月之后。《龙沙塞》一词任半塘认为

① 王重民《敦煌曲子词集》,第 16 页。任半塘《敦煌曲初探》,第 226—225 页。苏莹辉《论敦煌本〈望江南〉杂曲四首之写作时代》,《新社学报》1983 年第 5 期,收入其《敦煌论集续编》,学生书局,1983 年,第 115—128 页。任半塘《敦煌歌辞总编》,第 404—406 页、第 409—410 页、第 442—452 页、第 456—460 页、第 466—467 页、第 470—475 页、第 485—520 页、第 682—679 页。汤涒《敦煌曲子词地域文化研究》,第 19—22 页、第 123—126 页。张长彬《敦煌曲子词写本整理与研究》,第 80—84 页。任半塘两书对作品时间判断前后不一致处,以后出之《敦煌歌辞总编》为准。

作于大中十年，苏莹辉认为作于贞明六年至同光元年，汤涒认为作于天福四年八月，张长彬认为作于天福四年八月之后。《边塞苦》一词王重民认为作于归义军张氏时期(848—914)，饶宗颐认为作于唐文德元年，任半塘认为作于咸通八年，苏莹辉认为作于贞明六年至同光元年，汤涒认为作于后晋开运四年(947)三月前后，张长彬认为作于天福四年八月之后。《四海天下及诸州》一词饶宗颐认为作于开平元年八月，任半塘认为作于唐玄宗时期(712—756)，汤涒认为作于唐宣宗时期(847—859)。《当今圣受被南山》一词饶宗颐认为作于开平元年八月，任半塘认为作于唐玄宗时期，汤涒认为作于唐宣宗时期(847—859)。

从上面的论述中我们可以看出，此 15 首曲子词的创作时间，除《千年凤阙争雄弃》一首可确定为乾宁四年(897)覃王属和之作外，其余诸词各家观点不一。饶宗颐、任半塘、苏莹辉等借助词中的史实对时间进行判断，为我们提供了判断曲子词创作时间的参照。如苏莹辉将《望江南》分为两组进行考察，认为《敦煌悬》《龙沙塞》两首，同为叙述张承奉对抗回鹘时期民不聊生的情形，以及曹氏效忠后梁的意愿。《曹公德》《边塞苦》两首，则为金山国瓦解后，沙州人民歌颂归义军功德，并祝曹公(议金)克享遐龄之辞。并提出此四首曲子词可能创作于贞明六年至同光元年，此分析有一定的道理。但是其中有些地方值得我们再进行思考。其一，苏氏认为“背番归汉”的事件能否独指张承奉归附梁朝一事？其二，苏氏认为词中提到的“妖氛”指的是张承奉所建立的西汉金山国，曹议金掌权后便对西汉金山国进行全面的批驳，此说有待进一步商榷①。

汤涒、张长彬等开始注意将写本当中的曲子词作为一个整体，结合史实进行考证。汤涒认为曲子词中与河西有关的七首(《敦煌古往出神将》《再安社稷垂衣理》《喜睹华筵戏大贤》《好是身沾圣主恩》《却卦录兰用笔章》《五里

① 颜廷亮《敦煌西汉金山国文学考述》认为，张承奉在敦煌建立的以汉族为主的独立政权，在敦煌地区的出现有其必然性，其目的是维护敦煌地区汉族人民的统治，对抗甘州回鹘之侵扰，是受到当时敦煌人民的承认的。因此我们认为敦煌民众不至于用“妖氛”之类的词语来形容张承奉之政权。见颜廷亮《敦煌西汉金山国文学考述》，兰州：甘肃人民出版社，2009 年，第 3 页。

竿头风欲平》)创作于唐宣宗大中五年(851)，主要是指张议潮遣使、张议潭入京、敦煌要员受赏事。张长彬则通过与P.4889中的定千诗歌互证的方法，认为《敦煌悬》《龙沙塞》《边塞苦》三首曲子词作于张匡业第一次到访敦煌的后晋天福四年之后。同时根据曲子词中出现“太傅化”一词，认为后晋天福四年后敦煌再次出现“太傅”的时间为曹元忠时期(944—974)。因此认为写本的抄写上限是后晋开运元年。

主要校录本有：王重民《敦煌曲子词集》、任半塘《敦煌曲校录》、饶宗颐《敦煌曲》、林玫仪《敦煌曲子词斠证初编》、任半塘《敦煌歌辞总编》、张锡厚主编《全敦煌诗》等。

3.《太子成道经》(补题)。本篇的S.2682部分，《斯坦因劫经录》拟作“佛本行集经变文”。P.3128部分，《伯希和劫经录》拟作“残斋文一节”。此文又抄于P.2999，原题作“太子成道经”，故据以补题。S.2682＋P.3128所抄《太子成道经》首尾俱全，共190行，S.2682存175行，P.3128存25行。全篇散韵分段书写，韵文每行2句，文末解座文每行3句。该文又见于S.2352、S.4626、P.2924、P.2999、BD8436(潜80)等号，其中P.2999所收此文较为完整。《太子成道经》虽名为“经”，实际上是用来铺叙故事的变文，叙述了太子降兜率、出生、出家、成道、转法轮的故事[①]。

主要校录本有：《敦煌变文集》《敦煌变文集新书》《敦煌变文校注》[②]。P.3128残存部分，《敦煌变文集》将其汇入《太子成道经》中。《敦煌变文集新书》将之附录于《八相押座文》之后，拟名“押座文”。《敦煌变文校注》将P.3128所存部分与P.3128后面的《不知名变文》并为同一部分，题为“解座文二首”[③]。

4.《不知名变文》(拟题)。该文书于《太子成道经》后，首尾俱全。无题

---

① 季羡林主编《敦煌学大辞典》，第576页。伏俊琏《敦煌文学总论》，兰州：甘肃教育出版社，2013年，第426页。

② 王重民等编《敦煌变文集》，北京：人民文学出版社，1957年，第285—298页。潘重规《敦煌变文集新书》，第7页。黄征、张涌泉《敦煌变文校注》，北京：中华书局，1997年，第1191—1195页。

③ 黄征、张涌泉《敦煌变文校注》，第1191—1195页。

名，《伯希和劫经录》拟题“散座文”，《敦煌变文集》定名为“不知名变文”，周绍良《〈敦煌变文集〉中几个卷子定名问题之商榷》一文认为此部分为讲经完毕后的收尾之词，当定名为《散座文》[①]。全文共23行，起“娑婆世界，高下不平”，讫“合掌偕前领取偈，明日闻钟早听来”，第9行和第10行间夹单行小字“道个甚言语也”。韵散结合。字迹相对于其他部分较潦草。校录本见《敦煌变文集》等[②]。

写本正面《大佛名忏悔文》抄写工整、规范，保存较为加完好，应为最先抄写内容。写本背面至少分两次抄写，第一次从P.3128的背面右向左抄写《社斋文》、“曲子词十五首”，与正面文字方向一致。第二次在把纸倒过来，从S.2682背面右向左抄写抄《太子成道经》《不知名变文》，与正面文字方向相反。

《社斋文》与“曲子词十五首”之间，《太子成道经》与《不知名变文》之间均有明显空隙，而“曲子词十五首”与《不知名变文》之间连接紧密，盖预留不足所致，故最后抄写的《不知名变文》后面字迹逐渐变得小而密。“惠深”有可能是写本的抄写者或所有者。写本五个内容中，《大佛名忏悔文》是敦煌寺院中僧徒在佛教忏悔仪式上诵读的文本。该内容符合惠深僧人的身份，因此惠深可能利用正面抄写的《大佛名忏悔文》，在背面继续抄写其他内容。

“曲子词十五首”，有些学者认为是无意识的抄写于一处的杂抄或者是用作保存文本之用[③]。但是通过对写本整体细致分析可以发现，这些曲子词的抄写是有意识的，是经过选择的。首先，从曲子词的内容来看，此十五首曲子词的内容大多积极正面，多为关心国家大事、百姓生活之作，境界开阔，思想深邃。其次，此十五首曲子词中未有对男女之情的唱咏及对女性装扮、闺阁之描写，没有传统词作的香艳内容，这同惠深的僧人身份不谋而合。再次，从这十五首词在各写本中反复出现的频率来看，词中所选用的词调均当

① 周绍良《〈敦煌变文集〉中几个卷子定名之商榷》，《敦煌吐鲁番文献研究论集》第3辑，北京：北京大学出版社，1986年，第25—26页。

② 王重民等编《敦煌变文集》，第814—816页。

③ 详见汤涒《敦煌曲子词地域文化研究》，第21—22页。冷江山《敦煌文学文献同卷内容的相互关联》，《甘肃社会科学》2018年第1期。

时流行于敦煌之曲调。这些曲调扎根于敦煌民众中，抄写者选用这些敦煌人民耳熟能详的词调，主要原因是为了满足讲唱时和听众产生共鸣的需要。这十五首曲子词在内容上符合惠深的僧人身份，也符合当时寺学教育的内容，是寺学学郎和僧人日常唱诵练习和参加僧俗活动的作品。《社斋文》是用于敦煌三长邑义斋会上的讲诵文本，《太子成道经》和《不知名变文》的讲唱性和文学性都非常明显，是敦煌俗讲仪式上使用的文本。

五、参考图版

S.2682：

1.《敦煌宝藏》第 22 册，第 218—227 页。

2.《英藏敦煌文献(汉文佛经以外部分)》第 4 册，第 182—185 页。

3. International Dunhuang Project(国际敦煌项目，简称 IDP)。

P.3128：

1.《敦煌宝藏》第 126 册，第 348—353 页。

2.《法国国家图书馆藏敦煌西域文献》第 21 册，第 349—353 页。

3. International Dunhuang Project(国际敦煌项目，简称 IDP)。

39. S.2985 写本研究

道安念佛赞　背面：大唐五台曲子

一、写本编号

S.2985

二、所藏地点

英国国家图书馆

三、写本状况

卷轴装，首尾俱全，双面书写，共一纸，约 50.2×30 厘米，纸张颜色暗黄，质地较厚。正面（抄有《道安法师念佛赞文》一面）右端有横向裂痕，有少许油污，油污处字迹模糊不清。文字 15 行，题名 1 行，正文 14 行，行 4 句，皆为七言。正面应为一人所抄，楷书，较为工整平正，中有俗写。背面有油污，但字迹较清晰，有文字 12 行，行 17—19 字不等。其字较正面大，楷书，笔迹工整流畅，书法平正遒劲，墨迹粗，为一人所书。正背面行文以空格断句，空格约半字大小，书写皆未留天头地脚，文中有讹误、俗字。总体保存较好。

四、写本内容

该写本双面书写，但很难区分正背面，《敦煌宝藏》《英藏敦煌文献（汉文

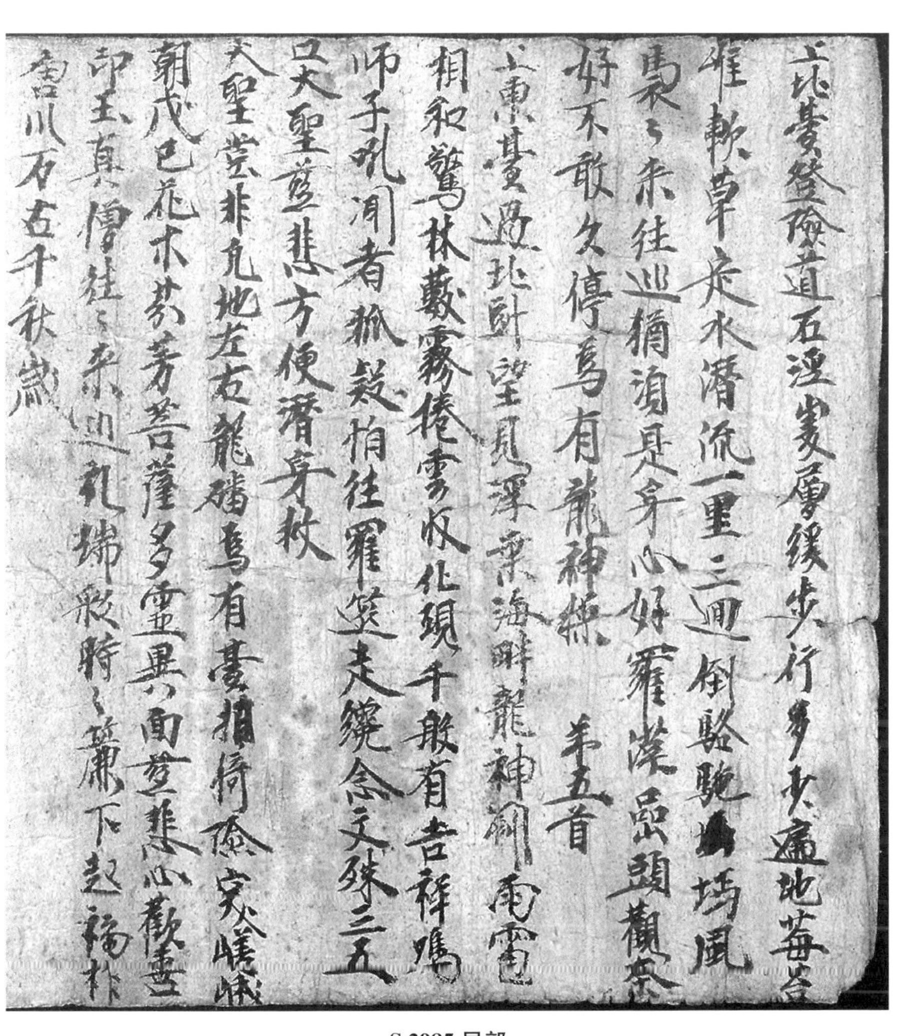

S.2985 局部

佛经以外部分)》等将抄有《道安法师念佛赞文》一面定为正面,兹按惯例从之[①]。

(一) 正面

《道安法师念佛赞文》(首题),首尾俱全,未署作者。题后另起一行始书正文,首起"三十三天佛最尊",下讫"当来极乐佛为期"。此内容又见于P.2809、P.2963、P.3190、BD7676四件写本。P.2809与P.2963首部残缺,《法国国家图书馆藏敦煌西域文献》皆题作"劝善文"[②],P.3190首题"道安法师念佛赞文",BD7676首题"劝善文",后题"劝善文赞一本"。《大正藏》第85册2830A号以"道安法师念佛赞"为题收录此文,而2830B号题"道安法师念佛赞文"者,内容实为五台山曲子《苏莫遮》,乃抄于S.2985背面之内容[③]。由此可知2830A号"道安法师念佛赞"应据S.2985录。

该诗歌主张诫杀生、禁食肉,爱惜万物生命,以修身积福、早登极乐。此为佛教劝善诗歌,是佛教诗歌中最为通俗的一种,该类诗歌语言生动,通俗易懂,为一般老百姓喜爱,主要宣扬在日常生活中应行善积德、积福。《劝善文》(BD7676、S.2985)是专门劝诫杀生食肉的佛教劝善诗,承袭了梁武帝《断酒肉文》以来的诫杀生食肉的传统:"只恐众生造诸恶,经律法教遣修身。食肉众生短命报,诸佛慈悲劝谏君。莫道杀生无人见,善恶童子每知闻。"同类诗歌还有《秀和尚劝善诗》(见P.3521)、《李涉法师劝善文》(见S.3287)、《青峰山祖诫肉偈》(见S.2165)、《上皇劝善断肉文》(见BD6251)等[④]。

道安(约312—约385),常山扶柳(今河北冀县)人,俗姓卫。少时为外兄所养,天资聪慧,悟性颇高,十二岁出家。曾编有《综理众经目录》(现已佚)。为东晋时期著名佛教僧团领袖,一生致力于宣讲研究佛经、翻译佛教经律,对汉地僧团及佛教理论体系的形成有重要影响。其事迹《高僧传》等有

---

① 黄永武主编《敦煌宝藏》第25册,1982年,第115页。《英藏敦煌文献》(汉文佛经以外部分)第4卷,1991年,第264页。

② 《法国国家图书馆藏敦煌西域文献》第18册,2001年,第342—343页。第20册,2002年,第266—267页。

③ 《大正新修大藏经》第85册,第1268—1269页。

④ 伏俊琏《敦煌文学总论》,第222页。

记载[①]。

该诗歌之主要校录本有《敦煌诗歌导论》《敦煌佛学·佛事篇》《全敦煌诗》等[②],其中《敦煌佛学·佛事篇》与《敦煌诗歌导论》以 BD7676 为底本校录。与该诗歌相关之研究论文有《敦煌劝善类白话诗歌初探》及《敦煌文献中的佛教劝善诗》等[③]。

(二)背面

《大唐五台曲子寄在苏莫遮》(拟题),首尾俱全,未署作者。该曲子词仅抄三首,又见于 S.467、S.2080＋S.4012、P.3360 三件写本。S.2985 三首曲子词的排列顺序为《上北台》《上东台》《大圣堂》。各词分片,行文无断句标示。正文结束后尚有余纸约半页。详细叙录见 P.3360。

五、参考图版

1.《敦煌宝藏》第 25 册,第 115—116 页。

2.《英藏敦煌文献(汉文佛经以外部分)》第 4 卷,第 264—265 页。

3. International Dunhuang Project(国际敦煌项目,简称 IDP)。

---

① (梁)释慧皎撰,汤用彤校注《高僧传》,第 177—185 页。

② 项楚《敦煌诗歌导论》,第 109—110 页。王书庆《敦煌佛学·佛事篇》,兰州:甘肃民族出版社,1995 年,第 227 页。张锡厚主编《全敦煌诗》,第 5773—5782 页。

③ 朱凤玉《敦煌劝善类白话诗歌初探》,《敦煌学》第 26 辑,2005 年,第 75—91 页。朱凤玉《敦煌文献中的佛教劝善诗》,白化文主编《周绍良先生纪念文集》,北京:北京图书馆出版社,2006 年,第 509—514 页。

40. S.3880、P.2624 写本研究

咏廿四气诗 祷神文

一、写本编号

S.3880、P.2624

二、所藏地点

S.3880：英国国家图书馆；P.2624：法国国家图书馆

三、写本状况

S.3880，纸本卷轴装，首残尾全，由四纸黏合而成，先粘后抄，尺寸约163×27厘米。有格栏画线，有朱笔修改符号。正面存73行，一人抄写。写本背面仅存题记："大顺元年(890)十一月十七日张一。"为另一人所抄。有大量朱笔点断符号，在每句诗尾作句读。也有朱笔修改痕迹，朱笔字迹与抄者不同。

P.2624，纸本卷轴装，首尾完整，尺寸约82.8×30厘米。写本为两纸粘为一体，原抄有《祷神文》数段。后用此纸的背面(《伯希和劫经录》著录为正面，下文也当作正面)依节气顺序抄《咏廿四气诗》。抄手在抄完《咏处暑七月中》后，接抄《咏秋分八月中》，漏抄了两个节气之间的《咏白露八月节》，于是在漏抄处剪开，补上约7.5×30厘米的一条纸，补抄3行《咏白露八月节》。这样，抄《祷神文》的一面则空3行。而3空行前后的文字可衔接。正面有

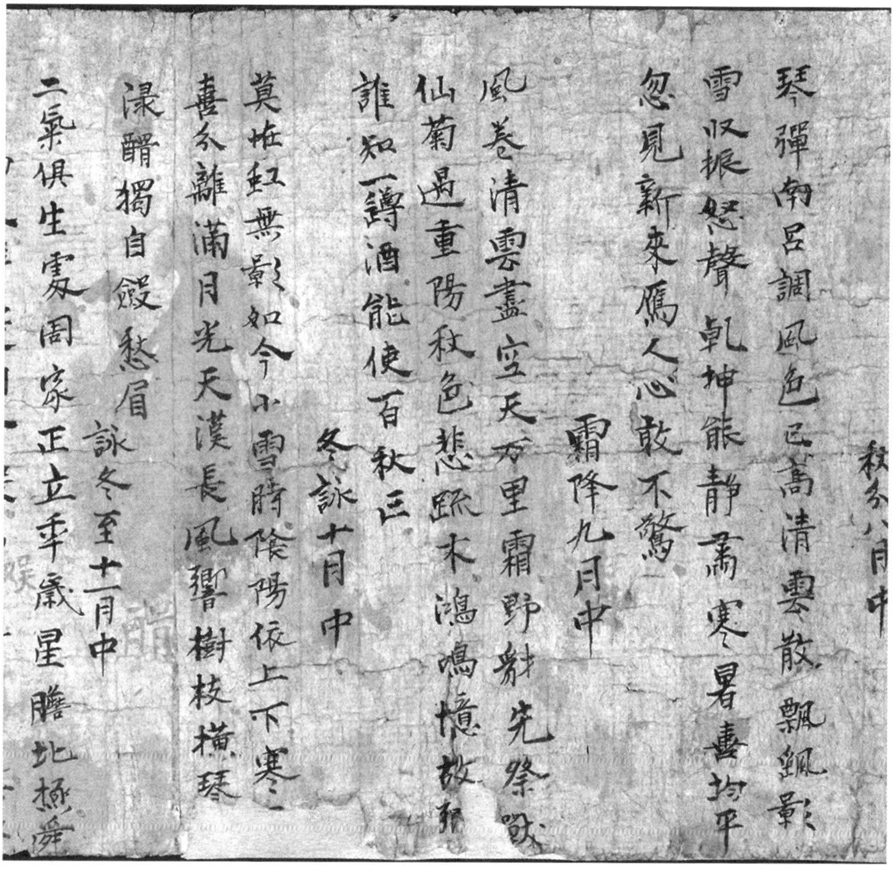

秋分八月中
琴彈南呂調風色已高清雲散飄颻影
雷收振怒聲乾坤能靜肅寒暑喜均平
忽見新來雁人心敢不驚
霜降九月中
風卷清雲盡空天萬里霜野豺先祭獸
仙菊遇重陽秋色悲疎木鴻鳴憶故鄉
誰知一罇酒能使百秋亡
冬詠十月中
莫怪虹無影如今小雪時陰陽依上下寒
暑各離滿月光天漢長風響樹枝橫琴
渌醑獨自餟愁眉
詠冬至十一月中
二氣俱生處周家正立年歲星臨北極

S.3880 局部

盧相公詠廿四氣詩
詠立春正月節　春冬移律呂天地换星霜冰泮遊魚躍和風待柳
芳早梅迎雨水殘雪怯朝陽万物含新意同歡聖日長
詠雨水正月中　雨水洗春容平田已見龍祭魚盈浦嶼歸雁山峯
雲色輕還重風光淡又濃向看入二月花色影重重
詠驚蟄二月節　陽氣初驚蟄韶光大地周桃花開蜀錦鷹
老化春鳩時候爭催迫萌芽互矩修人間務生事耕種滿田疇
詠春分二月中　二氣莫交爭春分雨處行雨來看電影雲過聽雷聲
山色連天碧林花向日明樑間玄鳥語欲似解人情
詠清明三月節　清明來向晚山淥正光華楊柳先飛絮梧桐續放花
鴽聲知化鼠虹影指天涯已識風雲意寧愁雨穀賒
詠穀雨三月中　穀雨春光晚山川黛色青葉間鳴戴勝澤水
長浮萍暖屋生蠶蟻喧風引麥葶鳴鳩徒拂羽信矣不堪聽
詠立夏四月節　欲知春与夏仲侶啓朱明蚯蚓誰教出王菰自
合生簾蠶呈蠒樣林鳥哺鷄聲漸覺雲峯好徐徐帶雨行

P.2624 局部

界栏,存 51 行,首尾完整,为两人所抄。背面存 21 行,字迹比正面流畅,正背面为不同书手所抄。背面抄写在前,正面抄写在后。

四、写本内容

1. 正面内容

S.3880 正面内容:《咏廿四气诗》,前 4 首缺,69 行,共 20 首五言律诗。内容又见于 P.2624 正面所抄。S.3880 诗题已佚,据 P.2624 首题"卢相公咏二十四气诗"补题。S.3880 诗末尾署"甲辰年夏月上旬写记,元相公撰,李庆君书"。另行抄《起居状》一篇,4 行,未署作者,与前文同一人抄。状文曰:"孟春犹寒,伏惟官位尊体,动正万福。即日乞蒙恩。不审近日尊重何似?伏惟倍加保重,是使望也。今合有重倍秋上,缘使去远。伏乞不去罪远,伏惟照起居状。"背面有题记"大顺元年(890)十一月十七日张一"12 字。

P.2624 正面内容:《咏廿四气诗》,51 行,共 24 首五言律诗。首题《卢相公咏二十四节气诗》,依照十二月顺序吟咏每月的节气和中气,与 S.3880 正面所抄仅个别字词略异。背面内容:《祷神文》(王重民《伯希和劫经录》拟题[①]),存三段,内容前残,共 21 行。从字迹来看,三段皆一人抄。每篇结构相似,篇末皆作"主人再拜,上酒敬香"字句。内容多属祈祷之辞,如"六畜成长,五谷满仓。匹帛如山,奴婢成行。合门大小,势力康强。百子千孙,万代吉昌"等,字句整齐且富余韵律,表达了祈祷者对家庭富足、子孙繁茂的期望。

《咏廿四气诗》是由 24 首组成的诗章,以五律形式描绘每个节气的自然物候和农业生活。诗中多生动的农业生活描写,以朴素语言诉农家之情,富有生活气息。如"人间务生事,耕种满田畴"(《惊蛰二月节》),"田家私黍稷,方伯问蚕丝。杏麦修镰钐,锄芪竖棘篱"(《小满四月中》),描写了农家一年中不同时节的劳动生活。同时,诗中透露了"万物含新意,同欢圣日长"(《立春正月节》),"岁星瞻北极,舜日照南天。拜庆朝金殿,欢娱列绮筵。万邦歌

① 施萍婷主编《敦煌遗书总目索引新编》,第 247 页。

有道，谁敢动征边”（《冬至十一月中》）等美好祝愿，表现了诗人对风调雨顺，国家安定的期许。

两个写本抄写顺序略异：S.3880 先抄《夏至五月中》（仅存“移去后，二气各西东”8 字）、《大暑六月中》（题残佚）、《处暑七月中》《秋分八月中》《霜降九月中》《冬咏十月中》《咏冬至十一月中》《大寒十二月中》8 首，再抄《立春正月节》《惊蛰二月节》《清明三月节》《立夏四月节》《荒种五月节》《小暑六月节》《立秋七月节》《白露八月节》《寒露九月节》《立冬十月节》《大雪十一月节》《小雪十二月节》12 首，将“中气”和“节气”分开抄写，残佚咏雨水、春分、谷雨、夏至四个节气诗 4 首。

P.2624 以每月咏诗二首，至十二月“小寒”“大寒”，24 首内容完整：《咏立春正月节》《咏雨水正月中》《咏惊蛰二月节》《咏春分二月中》《咏清明三月节》《咏谷雨三月中》《咏立夏四月节》《咏小满四月中》《咏芒种五月节》《咏夏至五月中》《咏小暑六月节》《咏大暑六月中》《咏立秋七月节》《咏处暑七月中》《咏白露八月节》《咏秋分八月中》《咏寒露九月节》《咏霜降九月中》《咏立冬十月节》《咏小雪十月中》《咏大雪十一月节》《咏冬至十一月中》《咏小寒十二月节》《咏大寒十二月中》。

2. 组诗的作者

据 S.3880 和 P.2624 所题记，已有“卢相公”“元相公”两种说法。陈尚君《全唐诗续拾》卷二五附之于元稹诗末，并按语云：“至其作者，二书又异。元相公可确定为元稹，卢相公不知为谁。究为谁作，今已难甄辨。亦有可能元、卢二人皆依托之名。”①项楚认为，两卷署名或作“元相公”或作“卢相公”，其实皆托名，这组诗应看作佚名诗②。徐俊认为，元相公、卢相公与白侍郎等一样，都是出于流传过程中的托名，真实作者的姓名却佚失难考③。徐俊又指出，元相公是否指元稹，实也难以确定。唐时元姓为相者还有元载，肃宗（756—761）时为西州刺史，杜牧《河湟》诗所谓“元载相公曾借箸”者，时人

① 陈尚君辑校《全唐诗补编》，第 1043 页。
② 项楚《敦煌诗歌导论》，第 187 页。
③ 徐俊《敦煌诗集残卷辑考》，第 99 页。

唱和也以"元相公"称之[①]。事实上,元载虽任宰相,却因专权贪腐被赐死,《旧唐书》称其:"载谄辅国以进身,弄时权而固位,众怒难犯,长恶不悛,家亡而诛及妻儿,身死而殃及祖祢。"[②]可见,元载当世名声并不好,且被诛杀后,后人也不应以"相公"称之。元载文学创作上,《全唐文》录其文 6 篇,《全唐诗》录其诗 1 首,文学成就并不显,因此作者为元载的可能性较小。高国藩认为,组诗将敦煌当地桑农生产的各个重要的节气、中气之环节,较系统地勾勒出来,以利于生产的发展,作者肯定是一个当地十分熟悉桑农活计的或者是参加生产劳动的知识分子[③]。然从诗中所描绘的景物来看,并非展现"敦煌当地桑农生产",诗应为中原地区诗人创作后流传至敦煌。

吴伟斌《元稹散佚诗篇举例》通过分析诗歌内容和元稹行迹,推断诗为元稹在长庆四年(824)于浙东观察使任上所作,其理由主要为:其一,诗中描绘种种物候,应是江南地区,而非敦煌自然景观。诗中提及的"菰"也是南方物种。长庆四年,即 S.3880 正面所署的"甲辰年",是年元稹刚罢职相位,任浙东观察使兼越州刺史职,故诗中所描绘的很有可能是元稹在浙东所见景象。其二,白居易《元稹墓志铭》载:"公至越……明年,辨沃瘠,察贫富,均劳逸,以定税籍。越人便之,无流庸,无逋赋。又明年,命吏课七郡人,各筑陂塘,春贮水雨,夏溉旱苗,农人赖之,无凶年,无饿殍。"长庆四年前后,正是元稹在越州的时候,与组诗中的描写基本相合。其三,元稹诗散佚过半,经宋代刘麟父子整理得六十卷,存于《元氏长庆集》中。其诗涉以浙东、武昌任存诗最少,也就是说这一时期诗作散佚情况最为严重,故《咏廿四气诗》有可能为元稹在浙东的佚诗[④]。

然而,要确认作者是元稹,仍然有待更多证据的发掘。关于敦煌唐诗中的元稹诗托名的问题,徐俊在《敦煌伯 3597 唐诗写卷辑考——兼说"白侍郎"作品的托名问题》有细致分析:元稹诗遭伪托当时已多有,元稹《酬乐天余思

① 徐俊《敦煌诗集残卷辑考》,第 100 页。
② (后晋)刘昫《旧唐书》卷一一八,第 3427 页。
③ 高国藩《敦煌民俗学》,上海:上海文艺出版社,1989 年,第 481 页。
④ 吴伟斌《元稹散佚诗篇举例》,《宁夏师范学院学报》2016 年第 2 期。

不尽加为六韵之作》“元诗驳杂真难辨”，自注：“后辈好伪作予诗，传流诸处，自到会稽，已有人写宫词百篇及杂诗两卷，皆云是予所撰。及手勘验，无一篇是者。”元稹诗流传广泛，其《白氏长庆集序》云：“予谴掾江陵，乐天犹在翰林，寄予百韵律体及杂体，前后数十诗……巴、蜀、江、楚间洎长安中少年，递相仿效，竞作新词，自谓为‘元和诗’。……予尝于平水市中，见村校诸童，竞习歌咏，召而问之，皆对曰：先生教我乐天、微之诗。”可以看出，元稹诗因通俗浅近，传播甚广，故当时模仿者多。因此，元稹在浙东任职时，有人托名写作这组诗也是有可能的①。

3. S.3880写本抄写时间、抄写者及写本性质

学者们多据S.3880背题记“大顺元年十一月十七日张记”，及正面“甲辰年夏月上旬写记”来考查抄写时间。池田温《中国古代写本识语集录》判断“甲辰年”为后晋天福九年944年②。柴剑虹认为，S.3880题“甲辰年夏月上旬写记”，似为晚唐长庆二（此处应“四”）年（824）写本③。徐俊认为：S.3880卷背“大顺元年十一月十七日张记”一行，字迹虽与正面不同，但可据此确定正面李庆君题记中“甲辰年”的大致时间。大顺元年（890）前的甲辰年为僖宗中和四年（884），再前一甲辰年为穆宗长庆二年。长庆二年正是元稹自工部侍郎拜相时间，可视为依托元作的时间上限，其抄写时间当在中和四年④。

组诗的抄写者李庆君，生平不详，或为敦煌本地人。根据写本中朱笔符号、修改痕迹可知，李庆君虽是写本抄写者，但在其抄完后，另有人对诗加以了校订完善。另外，写本正面抄写，抄写规范，有抄者题名，又朱笔校订，非一般随意杂抄。事实上，敦煌写本的文人诗歌主要的作用就是供当地人们阅读和学习，此组诗内容贴近社会生活，又与农业生产紧密相连，兼具文学和实用，利于当地普通民众接受和传播，因此更像是专门抄写以供阅读或教

---

① 徐俊《敦煌伯3597唐诗写卷辑考——兼说“白侍郎”作品的托名问题》，《文献》1995年第3期。

② ［日］池田温《中国古代写本识语集录》，东京：东京大藏出版株式会社，1990年，第484页。

③ 季羡林主编《敦煌学大辞典》，第563—564页。

④ 徐俊《敦煌诗集残卷辑考》，第100页。

学使用的诗歌选集。

主要校录及研究本有：陈尚君《全唐诗补编》，徐俊《敦煌诗集残卷辑考》，张锡厚主编《全敦煌诗》，包菁萍《敦煌文献〈咏廿四气诗〉辑校》，周慧《敦煌〈咏廿四气诗〉研究》等①。

五、参考图版

S.3880：

1.《敦煌宝藏》第 32 册，第 106 页。

2.《英藏敦煌文献(汉文佛经以外部分)》第 5 册，第 194 页。

3. International Dunhuang Project(国际敦煌项目，简称 IDP)。

P.2624：

1.《王重民向达所摄敦煌西域文献照片合集》第 9 册，2008 年，第 3181 页。

2.《敦煌宝藏》第 122 册，第 591 页。

3.《法国国家图书馆藏敦煌西域文献》第 16 册，第 327 页。

4. International Dunhuang Project(国际敦煌项目，简称 IDP)。

附：P.2624 背面祷神文

(前缺)

1. 方安置避除祸殃邪鬼疫气一时消亡
2. 飞尸耶气永伏海藏恶物自卷赤口不张
3. 玄武守水灭波火光唯愿主人六畜成
4. 长五谷满仓匹帛如山奴婢成行合门
5. 大小势力康强百子千孙万代吉昌(双行)主人再拜上酒敬香
6. 重启诸神所设微礼家口大小齐心等
7. 意市办礼具高山鹿脯深泉鲤鱼百

① 陈尚君辑校《全唐诗补编》，第 1038—1042 页。徐俊《敦煌诗集残卷辑考》，第 100—109 页。张锡厚编《全敦煌诗》，第 2631—2653 页。包菁萍《敦煌文献〈咏廿四气诗〉辑校》，《敦煌研究》2005 年第 1 期。周慧《敦煌〈咏廿四气诗〉研究》，《鲁东大学学报》2011 年第 1 期。

8. 味豫备具所有悉随今为神等精作酒醴

9. 主人愿神等饱饮酒食开恩布赦主人

10. 比年已来婴了唯言宅舍虚耗龙神

11. 不定今看吉日依今道如法书符

(空三行)

12. 安置宅中备具周匝愿神符护守宅

13. 宇所从如愿宅生金光善神拥护七

14. 珍具足即知圣神之恩(双行)主人再拜上酒添香

15. 更重启诸神向来奉请五方五帝夫人

16. 宅中君子等就坐饮食醉饱为度天

17. 寒食单不得久安酒以三行肉以三见

18. 酒寒无味肉冷无气随休随自饱饮

19. 饱食曰不一一穷夜不可终久无所上愿

20. 诸神等开恩赐福 主人再拜主人再拜

21. 火忍回来

41. S.4472 写本研究

释云辩诗文抄

一、写本编号

S.4472

二、所藏地点

英国国家图书馆

三、写本状况

写本的尺寸为127×30厘米，由三纸黏合而成。纸质粗厚，纸张呈浅黄褐色。双面书写，保存完好，写本正面前端有稍许污渍和破损，不影响文本的阅读。

正面每纸书写28行，共84行，内容为云辩作品汇抄，字迹工整，行文流畅，行款严整。前段字迹偏大，用墨较浓。中后段字迹大小一致，用墨较淡，当为一人所抄。背面共53行，字迹整洁。

四、写本内容

（一）正面

1.《修建寺殿募捐疏头辞十首》（拟题）。每首七言八句，此诗不见于传世文献。原写本无题，《斯坦因劫经录》拟题作"圆鉴大师云辩奉承君主诗"，

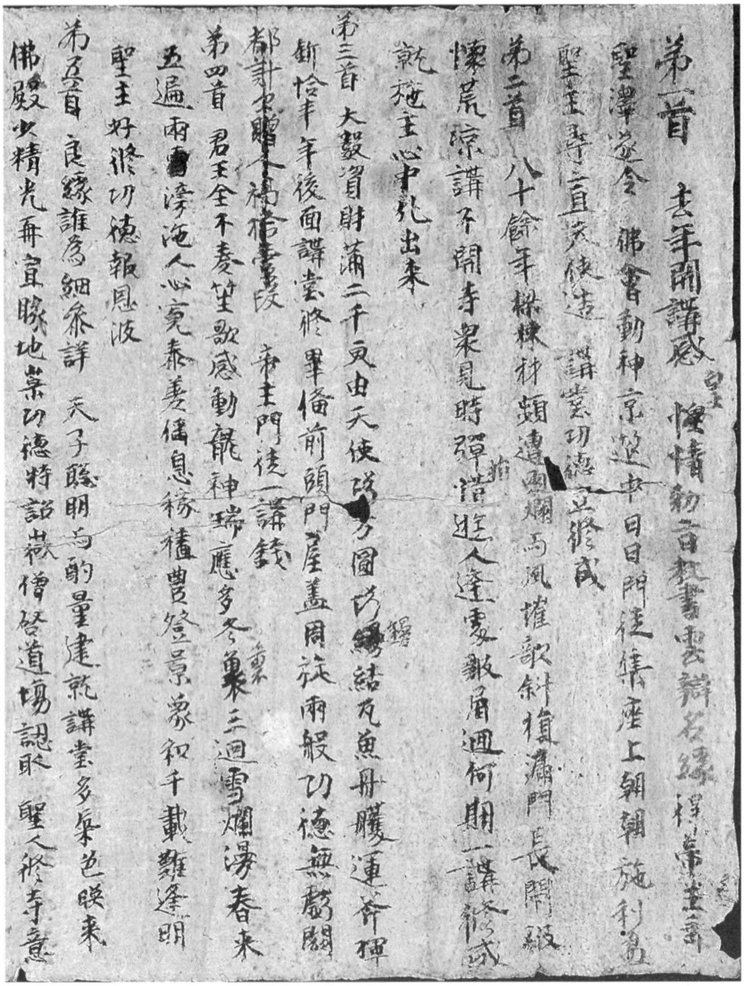

S.4472 局部

《敦煌宝藏》拟作“圆鉴大师云辩上君王诗十首”,池田温《中国古代写本识语集录》拟题“赞皇帝归依三宝十首”,任半塘《敦煌歌辞总编》拟题“修建寺殿募捐疏头辞十首”。此据《敦煌歌辞总编》拟补。徐俊认为,这组诗实为修寺募捐化缘而作[①]。第 10 首诗末尾“感恩感义修行语,一一铺舒在梳头”,所谓“疏头”,指为敬神敬佛而向人募捐的册子,以说明募捐缘由。此组诗与 P.2603《赞普满偈》性质相同,为重修寺殿募捐之疏头。S.4472 还抄有云辩的《十慈悲偈》和《与缘人遗书》,可见是专抄云辩诗文的。本卷卷末有抄写者“长白山人李琬”题记 8 行:“大德参寻圣境,远达梁京,偶因听视清谈(原注:说本道风化),而乃顿回遇意(原注:倾心归依)。二年来往,一无供须,所令迭纸挥毫,故并辞惮切认。广敬西天梵语,多重东国文章,更能无染无违,必究真空真义。时显德元年(954)季春月蓂开三叶,长白山人李琬蒙沙州大德请抄记。”可见,本卷是“长白山人李琬”于显德元年春月为沙州大德抄录的云辩诗文,由这位沙州大德携归沙州。

这组诗的写作时间,周绍良认为在乾祐二年(949)左右。此前,云辩曾受特诏启建道场,奉敕开讲,极为成功,倾动洛阳,因而招致舍施,由于皇帝赐与,捐助的人颇多,遂使长寿寺得以重新修复。故云辩写了这组诗以感恩感义[②]。云辩(? —951),生年不详。五代后晋至后周年间任左街僧录,赐号圆鉴大师。广顺元年(951)迁化。他是后唐至后周生活于洛阳、开封一带的著名俗讲僧。敦煌写本中有关他的诗文,除本篇外,还有见于 S.4472 的《云辩诗文抄》(诗 20 首文 1 篇),见于 P.2603 的《赞普满偈》。其生平还见于《洛阳缙绅旧闻记》卷一《少师佯狂》,《全唐诗》卷八七〇杨苎萝《咏垂丝蜘蛛嘲云辩僧》诗题注,《佛祖统纪》卷五二《国朝典故》、卷四二《法运通塞志》。

这组诗的第一首述说自己奉敕开讲,募捐众多,使讲堂得以修成,歌颂了君王功德。第二首诉说讲堂修复前的破败境况,歌颂了众施主功德。第三首讲述了重修讲堂殿的过程,赞颂了帝王门徒乐善好施,功德无量。第四

① 徐俊《敦煌诗集残卷辑考》,第 607 页。

② 周绍良《五代俗讲僧圆鉴大师》,《敦煌文学刍议及其他》,台北:新文丰出版公司,1992 年。

首颂扬君王虔诚向佛，感动龙神，终致风调雨顺、政通人和。第五首赞颂天子特诏自己启道场，以募捐，使佛殿得以重修的功德。第六首诗以积累功德为托辞，劝说众信徒积极募捐，以重修佛殿。第七首诗描写了佛殿重修后的庄严壮丽景象。第八首诗歌颂了当朝天子戒骄戒奢，英明贤达，支持重修佛殿，慈恩广大。第九首诗重修佛殿的认真细致和对募捐之钱慎重使用。第十首诗总括全篇，劝说众人积极捐助，重修佛殿，并表感恩之义。

2.《左街僧录圆鉴大师云辩进十慈悲偈》(首题)。首尾俱全，十首《慈悲偈》题目分别为：《君王》《为宰》《公案》《师僧》《道流》《山人》《豪家》《当官》《军件》《关令》。首句皆以题目中人称加"若也起慈悲"开头，如"君王若也起慈悲""为宰若也起慈悲"等。周绍良认为：前一组10首诗是送给当时皇帝的，可能由于分量单薄，所以云辩又将所作《十慈悲偈》附录于后。徐俊认为此种说法完全出自对第一组缺题诗的误解，"如依此说，同卷收入云辩临终遗书则无从解释"[①]。本书同意徐俊的观点。诗题中"进"字并非专指呈进君王。这组诗的写作时间当略早于《修建寺殿募捐疏头辞十首》。项楚《敦煌诗歌导论》称"此十偈写了十种人普行慈悲的方式，用意在减轻民众的苦难。所写虽多世俗之事，却体现了大乘佛教'利乐众生'的精神"[②]。

3.《左街僧录与缘人书》(首题)。首尾俱全，为释云辩临终时所作，叙述自己生平的同时，劝说众缘人只要心存善念，坚守向佛之心，定能达到菩提之路。此书可考证云辩生平，书云："释迦庄严，难过于七十九岁"，"今则忍号染幅，辍喘伸诚"，可知云辩在世年龄为79岁。又文章最后提及"时广顺元年六月十八日迁"，可知其迁化时间为广顺元年(951)，倒推其出生时间为873年。由此可推算云辩的生卒年为咸通十四年(873)至广顺元年。

写本正面内容的主要校录本有：巴宙《敦煌韵文集》，陈祚龙《关于五代名僧云辩的"诗"与"偈"》，任半塘《敦煌歌辞总编》，徐俊《敦煌诗集残卷辑考》，项楚《敦煌诗歌导论》，汪泛舟《敦煌石窟僧诗校释》，张锡厚主编《全敦

① 徐俊《敦煌诗集残卷辑考》，第608页。
② 项楚《敦煌诗歌导论》，第151页。

煌诗》等。

(二) 背面

《辛酉年张友子新妇身故聚赠历》(首题),首尾具存,保存完整。记载了张友子新妇身故后在葬礼上的受赠情况,共计53行,从第2行至第50行,每行书写人名一个,为赠送人,每位人名后标记所赠为何物,格式类似于今天的礼簿一类。所抄内容占写本的三分之一。

由于写本正面明确标注抄写于显德元年(954),写本正面抄写于汴梁,不久送达敦煌,后原本作废而被用作张友子新妇身故聚赠历,所以,背面的"辛酉年"当为七年后的宋建隆二年(961)。土肥义和编《八世纪末期—十一世纪初期敦煌姓氏族人名集成》也认为聚赠历的抄写时间为961年[①]。《敦煌社会经济文献真迹释录》有录文和校勘[②]。

五、参考图版

1. 黄永武编《敦煌宝藏》第36册,第263—265页。
2. 《英藏敦煌文献》第6册,第88—92页。
3. International Dunhuang Project(国际敦煌项目,简称IDP)。

---

① [日]土肥义和编《八世纪末期—十一世纪初期敦煌姓氏族人名集成》,东京:汲古书院,2015年,第460页。

② 唐耕耦、陆宏基编《敦煌社会经济文献真迹释录》第1辑,第375—377页。

42. S.4654 写本研究

金光明寺诗文汇编

一、写本编号

S.4654

二、所藏地点

英国国家图书馆

三、写本状况

写本尺寸约 442×30 厘米，由十一纸粘连而成，第十一纸尾残。每纸规格相近，约 42×30 厘米。正面 238 行，行 16—26 字。背面 141 行，行 16—24 字。第六纸正面有界栏。写本由多纸粘接为一长卷，各纸黏合情况复杂。正面行款较为有序，然各纸内容互不相关，且书写风格差异很大。背面除内容互不相涉之外，行款也多颠倒无序，因此以每纸为单元，分纸叙述。除第六、七纸为单面抄写之外，余皆双面抄写。从抄写字迹看，至少四人抄。第十、十一纸的背面所抄《赠悟真等法师诗抄》粘连处字迹无间断痕，其内容应在两纸粘连后抄写，其余各纸皆先写后粘。从书写字迹看，当为多人抄写，前后不一，最终因某一用途而黏合一起。因此，写本内容的创作时间、抄写时间、汇编时间也各不相同。

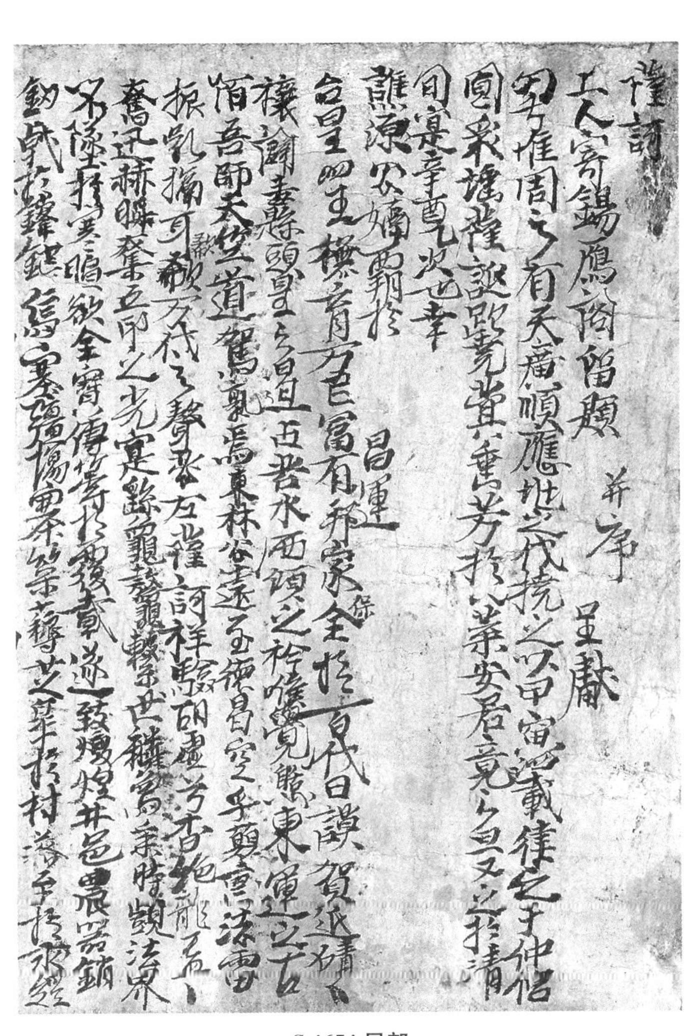

S.4654 局部

四、写本内容

正面:《萨诃上人寄锡雁阁留题并序》《结坛文》《唐故归义军节度衙前押衙充内外排使银青光禄大夫检校右散骑常侍兼御使大夫上柱国预章罗公邈真赞并序》《大乘净土赞》《舜子变一卷》《佛门问答文》《莫高窟巡礼题咏诗抄五首(前四首)》《受三归五戒八戒十戒文》《众经要集金藏论》《文样(亡孩子文、亡夫文)》《南宗定邪正・五更转》《地藏菩萨十斋日》等。

背面:《起居状》《丙午年(886)正月九日金(光)寺庆戒小有斛出(?)便与》《慈惠乡百姓王盈子王盈君王盈进王通儿》《敦煌昔日旧时人诗四首》《莫高窟巡礼题咏诗抄五首》《失达太子雪山修道赞文壹本》《五更转・南宗赞》《赠悟真等法师诗抄》等。

(一) 第一纸

正面抄写:《萨诃上人寄锡雁阁留题并序》(首题)。存24行。七言诗一首,诗前有长序,诗、序皆未署作者。"萨诃"即"刘萨诃",刘萨诃是南北朝时有名高僧,三十一岁出家,法名慧达,其事迹在敦煌广为流传①。敦煌写本P.3570、P.2680、P.3727存《刘萨诃和尚因缘记》记录其修行迁化之事:"和尚姓刘氏,字萨诃,丹州定阳人也。……游至酒泉迁化,于今塔见在。焚身之所有舍利,至心求者皆得,形色数般。莫高窟亦和尚受记,因成千龛者也。"诗曰:"卜斋郊右地非常,概绝幽奇百代强。五郡真身安两处,一如来子作三光。苦思勇战将军福,翻喜神明静国殃。万里乌烟征雁阁,更添流水润敦

---

① 有关刘萨诃之研究可参见:陈祚龙《刘萨诃研究——敦煌佛教文献解析之一》,《华冈佛学学报》第三卷,1973年,又见《敦煌资料考屑》,台北:商务印书馆,1979年,第212—252页。史苇湘《刘萨诃与敦煌莫高窟》,《文物》1983年第6期,后收入史苇湘《敦煌历史与莫高窟艺术研究》,2002年,第347—356页。孙修身《从凡夫俗子到一代名僧的刘萨诃》,《文史知识》1988年第8期,后收入孙修身《敦煌与中西交通研究》,兰州:甘肃教育出版社,2002年,第160—167页。[法]魏普贤(Hélène Vetch)《敦煌写本和石窟中的刘萨诃传说》(*Liu Sahe, traditions et iconographie*),[法]魏普贤《刘萨诃和敦煌莫高窟》(*Lieou Sa-ho et les grottes da Mo-Kao*),二文皆收入[法]谢和耐等著、耿升译《法国学者敦煌学论文选萃》,北京:中华书局,1993年,第340—475页。尚丽新《敦煌高僧刘萨诃的史实与传说》,《西南民族大学学报》2007年第4期,后收入郭万金主编《河朔贞刚:北方民族政权下的文学与文化》,北京:商务印书馆,2014年,第37—51页。

煌。"此诗通过赞咏萨诃在敦煌之遗迹雁阁,赞扬了曹氏政权治理敦煌的功绩,传达了佛教的保境安民作用。

关于创作时间,序文曰:"粤惟周之有天,广顺应兆之代,挠之以甲寅四载,律之于仲侣(吕)圆彩,尧蓂埵萨(萨埵)诞跑(迹),尧蓂垂芳于八叶,安居竟□,旦(且)又之于清旬,寔辛酉乙次也。"其中,"仲侣"即农历四月,"尧蓂垂芳于八叶"即初八日。学者多认为在后周广顺四年,即显德元年。汪泛舟考证:"四月八日是萨埵的诞迹辰。曹氏时代这年浴佛的时间'实辛酉乙次',也就是甲寅四载的公元958年。后周广顺后的甲寅为公元954年,乙卯年为公元955年,丙辰为公元956年,丁巳为公元957年,戊午为公元958年,已未为公元959年,庚申为公元960年,辛酉为公元961年。在辛酉和甲寅四载之间('乙次')的年代,则为戊午,即公元958年。此年为后周显德五年,此诗正作于是年浴佛前夜。"[①]其说可信。

第一纸与第八纸字迹同,为同一人抄。第八纸背存杂写"敕授河西应管内外释门都僧录京城内外临坛供奉大德阐扬三教大法师赐紫沙门充佛法主。……敕授河西应管内外释门都僧统充佛法主京城内外临坛供奉大德兼阐扬三教大法师赐紫沙门"等,与第一纸背内容相似,墨迹也相近,两纸抄写时间接近。

主要校录及研究本有:张先堂《S.4654〈萨诃上人寄锡雁阁留题并序〉新校与初探》,汪泛舟《〈萨诃上人寄锡雁阁留题并序呈献〉再校与新论》,徐俊《敦煌诗集残卷辑考》,周绍良主编《全唐文新编》,汪泛舟《敦煌石窟僧诗校释》,张锡厚主编《全敦煌诗》等[②]。

背面:杂写,存9行,倒写,有"大周广顺顺顺"等、"敕河西归义节度使检校大傅兼御大夫上柱""应管内释都门僧统京城内外临坛供奉阐扬三教大法

---

① 汪泛舟《〈萨诃上人寄锡雁阁留题并序呈献〉再校与新论》,《敦煌研究》1997年第1期。

② 张先堂《S.4654〈萨诃上人寄锡雁阁留题并序〉新校与初探》,敦煌研究院文献研究所编《敦煌佛教文化研究》,兰州:兰州大学出版社,1995年,第32—46页。汪泛舟《〈萨诃上人寄锡雁阁留题并序呈献〉再校与新论》,第134—140页。徐俊《敦煌诗集残卷辑考》,第889—890页。周绍良主编《全唐文新编》卷九五一,长春:吉林文史出版社2000年,第12946页。汪泛舟《敦煌石窟僧诗校释》,第142—143页。张锡厚主编《全敦煌诗》,第4368—4373页。

师锡紫沙”等。正背面字迹一致，为同一人所写。“大周广顺顺顺”等内容或径直抄写正面，故背面杂写抄写时间在正面显德五年之后。“敕河西归义节度使检校大傅兼御大夫上柱”内容仅一句，“御”后或缺“使”字。关于“检校太傅兼御史大夫”这一官衔，用过此称号的归义军节度使有曹元深（939—944）、曹元忠（944—974）二人。曹元深于天福九年（944）被后晋任命“沙州留后曹元深加检校太傅，充沙州归义军节度使”[①]。据荣新江考证，曹元忠开运四年（948）年中，曾自称太傅，但称号未受到中原王朝承认[②]。故杂写中“检校太傅兼御史大夫”指代曹元深可能性较大。

（二）第二纸

正背面字迹一致，且与第一纸字迹一致，同一人所抄。正面为《结坛文》，背面存《亡考文、亡妣文》内容的杂写2行，另存《起居状》草稿一篇，署名“牧羊人阴小憨”。《结坛文》（拟题），存21行。《斯坦因劫经录》《敦煌遗书最新目录》《敦煌遗书总目索引新编》题名“愿文”[③]，《英藏敦煌文献》作“文样（结坛文）”，据此拟题。起“盖闻观音大圣，超十地之如来”，迄“请本尊于宫闱，结胜坛于大夏”。《敦煌碑铭赞辑释》有录文[④]。

背面：1. 杂写，存2行，倒写。“金乌常转，生死之浪汉深，玉兄垣轮，爱欲知何难返，戒成（?）实”等。此句，S.1823《亡考文、亡妣文》首句曰：“盖闻金乌常转，生死□□以□，玉兔恒轮，爱入欲之河难返。”杂写句与之属同一内容。

2.《起居状》（拟题）。存7行。倒写。《英藏敦煌文献》题名“起居状”，文曰：“正月孟春犹寒，伏唯乞尊体，起万邦，即日蒙恩。不审近日尊尊体何似。伏惟顺时，倍家（加）保重。远城所望，前者乙盘……更合有重缘事，惆奇（寄）不得，今因人往，空空单书，起不居宣。谨状。”下署“牧羊人阴小憨，右右右右ナ右奉恩启”。归义军时期，敦煌诸寺对羊毛有大量需求，因此有

① （宋）薛居正《旧五代史》，第1075页。
② 荣新江《归义军史研究——唐宋时代敦煌历史考索》，第116页。
③ 施萍婷主编《敦煌遗书总目索引新编》，第145页。
④ 郑炳林《敦煌碑铭赞辑释》，第335页。

专门的牧羊人从事放牧羊群、课纳羊羔、提供羊毛的工作。在敦煌寺庙中,牧羊人地位相当于寺院农业生产中雇请的雇农或长工①。

(三) 第三纸

正面抄写《唐故归义军节度衙前押衙充内外排使银青光禄大夫检校右散骑常侍兼御史大夫上柱国预章罗公邈真赞并序》(首题)。存20行。首全尾残。下署"管内释门法律通三学大法师知都判官沙门福佑撰"。据序文,知罗公即罗通达。P.4640《己未年—辛酉年(899—901)归义军衙内破用布纸历》提及"十三日,都押衙罗通达傅处分",知罗通达时任都押衙一职。赞文曰:"金山王西登九五。"知在张承奉建西汉金山国时期,罗通达随之身居高位。在甘州回鹘进攻沙州时,罗通达曾奉命出使南蕃求援,P.3633《辛未年沙州百姓一万人上回鹘天可汗书》提到"罗通达所入南蕃,只为方便打迭吐蕃"。王重民考证,《辛未年沙州百姓一万人上回鹘天可汗状》作于后梁乾元元年(911)七月②,知罗通达入南蕃事在乾元元年。

关于罗通达卒年,荣新江认为,赞文所记罗通达事仅到金山国而止,而题目标为"唐归义军",应写于贞明四年(918)前后③。赞文曰:"回剑征西,伊吾殄扫。方保延龄固寿,辅主输忠。奈何疾遽伏床,掩归大夜。"又曰:"良材斯折,泣弘演之忠贞。英明早亡,叹耿恭之绝迹。"罗通达西征伊吾,时间在金山国建立之初。可知罗通达不可能卒于后唐时期,荣新江说更可信。

作者福佑,生平不详,从赞文知此时僧职为"都判官"。据S.985卷尾倒写二行:"《大乘百法明门论开宗义决》,沙门昙旷撰,大顺叁年(892)壬子十二月廿七日金光明寺僧福佑。"可知福佑为金光明寺僧人。另有福佑作邈真赞两篇:(1) P.3556《都僧统氾福高和尚邈真赞并序》,赞文曰:"福佑,门人之内,业寡荒莠,谦(谨)奉师言,辙为狂简"。荣新江考证氾福高任僧统时间在912—917年④,故赞文作于917年或稍晚。(2) P.3541《张善才邈真赞并

① 姜伯勤《唐五代敦煌寺户制度》,北京:中国人民大学出版社,2011年,第221页。
② 王重民《敦煌遗书论文集》,第102页。
③ 姜伯勤、项楚、荣新江《敦煌邈真赞校录并研究》,第362页。
④ 荣新江《关于沙州归义军都僧统年代的几个问题》,《敦煌研究》1989年第4期。

序》，张善才为灵图寺主。荣新江考证作于贞明四年(918)或稍晚[①]。主要校录本有：姜伯勤、项楚、荣新江《敦煌邈真赞校录并研究》，周绍良主编《全唐文新编》，张锡厚主编《全敦煌诗》等。

背面抄写《丙午年(886)正月九日金(光)寺庆戒小有斛出(?)便与》(首题)，存17行，倒写，内容后残。《敦煌遗书总目索引》《敦煌遗书最新目录》题名"丙午年正、二月日用账"[②]，《敦煌遗书总目索引新编》作"丙午年(946)金光明寺庆戒出便人名目"[③]，《英藏敦煌文献》作"丙午年正月九日金光明寺僧庆戒出便斛斗历"[④]。"金寺"当指"金光明寺"，"庆戒"原写作"戒庆"，旁有倒乙符号。庆戒为金光明寺僧人。"出便"即借物与人。"从形式上看，为序时流水式的便物历，笔渍黑色看，从正月九日到三月十四日十六笔便物帐系一气写成，且多漏字误讹，不是原始的便物历，应是移录的抄件。"[⑤]

关于"丙午年"所指时间，便物历中提到"张清奴""阴清儿""李进通"等借物人名，其中"张清奴"名又见于P.2556v咸通十年(869)张清奴残文书。"阴清儿"之名又见于P.3167v《乾宁二年(895)三月安国寺道场司常秘等牒》，另见于S.2589《唐中和四年(884)十一月一日肃州防戍都营田康使君县丞张胜君等状》。结合张清奴、阴清儿的生活时间，可知"丙午年"更可能是光启二年(886)，而非开运三年(946)。主要校录及研究本有：《敦煌社会经济文献真迹释录》《敦煌寺院会计文书研究》等[⑥]。

此纸正背面笔迹同。字迹与第一纸亦同，书写略潦草，当同一人所书。

(四) 第四纸

正背面笔迹同。

---

① 姜伯勤、项楚、荣新江《敦煌邈真赞校录并研究》，第362页。荣新江认为："善才又见P.3100《景福二年(893)徒众供英等请律师善才充灵图寺主状》，赞中记载善才行事至金山国止，而题目则标'唐归义军'，当写于曹氏执政初叶，或许是在贞明四年(918)敦煌尚不知有梁，而仍称唐朝的时候。"

② 王重民编《敦煌遗书总目索引》，第206页。黄永武主编《敦煌遗书最新目录》，第167页。

③ 施萍婷主编《敦煌遗书总目索引新编》，第146页。

④ 《英藏敦煌文献》(汉文佛经以外部分)第6册，1992年，第216页。

⑤ 唐耕耦《敦煌寺院会计文书研究》，台北：新文丰出版公司，1997年，第355—356页。

⑥ 唐耕耦、陆宏基编《敦煌社会经济文献真迹释录》第2辑，全国图书馆文献缩微复制中心，1990年，第223页。唐耕耦《敦煌寺院会计文书研究》，第355—356页。

正面抄写《大乘净土赞》(首题),存20行。未署作者。起“法镜临空照”,迄“父子莫相传”。又见于S.382、S.447、S.3096、S.5569、S.6109、S.6734v、P.2483、P.2690、P.2963、P.3645、P.3839、Дx.02890。P.2693首题《净土法身赞》,下署“释法照”。Дx.02890首题《大乘净土赞一本》。湛如《论净众禅门与法照净土思想的关联——以大乘净土赞为中心》有研究①。主要校录本有:《敦煌学园零拾》《全敦煌诗》《敦煌石窟僧诗校释》等②。

背面:1.《慈惠乡百姓王盈君请公凭取亡弟舍地填还债负诉状》(拟题)。存12行。倒写。内容后残。《斯坦因劫经录》《敦煌遗书最新目录》题名“慈惠乡百姓王盈子兄弟四人为家务纠葛牒”③,《敦煌遗书总目新编》作“丙午年前后沙州敦煌县慈惠乡百姓王盈子兄弟四人状(稿)”④。《英藏敦煌文献》作“慈惠乡百姓王盈君请公凭取亡弟舍地填还债负诉状”⑤,今据其拟题。这是敦煌县慈惠乡百姓王盈子、王盈君、王盈进、王通儿兄弟四人的家庭财产分割案卷。状文手写时间,因与第三纸字迹不同,抄写时间待定,故尚不能认定状文与第三纸便物历一同抄在“丙午年”。主要校录本有:《敦煌社会经济文献真迹释录》《全唐文新编》《全唐文补遗》《敦煌莫高窟法律文献和法律故事》等⑥。

2. 缺题七言绝句四首,首句分别为:“敦煌昔日旧时人”,“圣云缭绕拱丹霄”,“奉奏明王入紫微”,“龙沙西裔隔恩波”。《敦煌昔日旧时人诗四首》。存7行。倒写。第一首即第十纸背面《又赠沙州僧法和悟真辄成韵句》第一

① 湛如《论净众禅门与法照净土思想的关联——以大乘净土赞为中心》,郝春文主编《纪念敦煌藏经洞发现一百周年国际学术研讨会论文集》,沈阳:辽宁人民出版社,2001年,第508页。

② 陈祚龙《敦煌学园零拾》,第394—397页。汪泛舟《敦煌石窟僧诗校释》,第91—94页。张锡厚主编《全敦煌诗》,第6068—6085页。

③ 王重民编《敦煌遗书总目索引》,第206页。黄永武主编《敦煌遗书最新目录》,第167页。

④ 施萍婷主编《敦煌遗书总目索引新编》,第146页。

⑤ 《英藏敦煌文献(汉文佛经以外部分)》第6册,第217页。

⑥ 唐耕耦、陆宏基编《敦煌社会经济文献真迹释录》第2辑,第300页。周绍良编《全唐文新编》卷八九九,第11248页。吴钢主编《全唐文补遗》,西安:三秦出版社,2007年,第52页。李功国主编《敦煌莫高窟法律文献和法律故事》,兰州:甘肃文化出版社,2011年,第158—159页。

首。此四首诗又见于 P.3645 卷背《萨埵太子赞》后所抄八首诗中(《敦煌变文集·张议潮变文》附录二[①]),除"红鳞紫尾不须愁""狐猿被禁岁年深"二首外,其余六首内容均涉及奉诏入朝。而谒龙颜一事,与大中年间悟真赴长安献款有关。除"流沙古塞没多时"本卷前已署名"杨庭贯"作之外,徐俊疑其余五首为悟真所作。主要校录本有:《敦煌诗集残卷辑考》《全敦煌诗》等[②]。

(五) 第五纸

正面抄《舜子变一卷》(首题),存 23 行。起"尧王里(理)化之时,日洛(落)千般祥瑞",迄"舜子急忙下树",下残。又见于 P.2721,写本背面抄《舜子至孝变文一卷》(尾题),起"房中卧地不起",讫"感得穿井东家连",卷后题记:"天福十五年(950)岁当已酉朱明蕤宾之日蓂生十四叶写毕记。"《敦煌变文集》认为,"两卷虽非同一写本,衔接处残缺似不多,整个故事大致得以保全"[③]。《舜子变》与通常的韵散结合的变文不同,皆以六言韵语组成,杂有散说。变文讲述了舜虽遭继母、后弟的百般虐待,依然不计前嫌,孝顺父母,友爱兄弟,以大孝闻名,最终成为一代圣君的故事。舜的故事,最早见于《尚书·尧典》。至汉代,有关舜的故事集中表现他的忠和孝,《史记·五帝本纪》《列女传》等可谓集其大成。东汉宁孝子墓刻石中亦有舜子故事,可见舜作为大孝的代表,在东汉已形成。S.389 与 P.3536 的《孝子传》录有舜的小传,可以看作《舜子变》内容的浓缩。集中研究的有张鸿勋《神圣与世俗:〈舜子变〉的民间叙事学解读——兼谈敦煌变文与口承故事的关系》、荒见泰史、桂弘《从〈舜子变文〉类写本的改写看五代讲唱文学的演化》等[④]。主要校录本有:《敦煌变文集》《敦煌讲唱文学作品选注》《敦煌变文选注》《敦煌变

---

① 王重民等编《敦煌变文集》,第 118—119 页。

② 徐俊《敦煌诗集残卷辑考》,第 340 页。张锡厚主编《全敦煌诗》,第 2834—2837 页。

③ 王重民等编《敦煌变文集》,第 135 页。

④ 张鸿勋《神圣与世俗:〈舜子变〉的民间叙事学解读——兼谈敦煌变文与口承故事的关系》,见作者《跨文化视野下的敦煌俗文学》,上海:上海古籍出版社,2014 年,第 285—299 页。[日]荒见泰史、桂弘《从〈舜子变文〉类写本的改写看五代讲唱文学的演化》,陈允吉主编《佛经文学研究论集续编》,上海:复旦大学出版社,2011 年,第 420—441 页。

文讲经文因缘辑校》《敦煌变文校注》等[①]。

背面:《莫高窟巡礼题咏诗抄五首》(拟题)。存 12 行。倒写。五首诗,诗前有序。《敦煌遗书总目索引》《敦煌遗书总目索引新编》拟题“今日同游上碧天诗”[②],《敦煌遗书最新目录》题作“今日同游上碧天诗”“七言诗”[③],《英藏敦煌文献》据原卷所存诗题和诗句,作二题:“三危极目盘(?)丹霄诗二首并序及延锷和诗”“瑭彦不揆无(芜)聊申长句五言口号”[④],张先堂拟题为“莫高窟纪游诗”[⑤],徐俊拟题作“莫高窟巡礼题咏诗抄五首”[⑥],今据此拟题。

前四首诗,写本第六纸正面亦抄,当源于同一文本,字句小有不同,可互为补校。背面所抄另有五言诗一首、诗序一则。序抄于组诗前,介绍了组诗写作背景,曰:“巡礼仙岩,经宿届此。况宕泉圣地,昔僔公之旧游。月窟神踪,仿中天之嶷岭。三峗峭峻,映宝阁以当轩。碧水流泉,绕金池而泛艳。中春景气,犹布同(彤)云,偶有所思长,裁成短句。”“仙岩”,即指敦煌莫高窟。可见五首诗皆为莫高窟游记之诗。

序及前两首诗皆未署作者。第一首曰:“三危极目条丹霄,万里□家去不遥。满眼同(彤)云添塞色,报恩终不恨征辽。”第二首曰:“今日同游上碧天,手持香积蹈红莲。灵山初会应相见,分明收取买花钱。”张先堂从序文所提“巡礼仙岩”,及第一首诗内容,认为作者来自远方,应是巡游而至莫高窟礼拜的僧人[⑦]。冯天推测序及前两首诗的作者是晚唐敦煌诗僧悟真,认为“万里离家”指悟真大中五年(851)受张议潮委托,赴长安报捷之行[⑧]。

---

① 王重民等编《敦煌变文集》,第 129—135 页。张鸿勋《敦煌讲唱文学作品选注》,兰州:甘肃人民出版社,1987 年,第 243 页。项楚《敦煌变文选注》,第 324—345 页。黄征、张涌泉《敦煌变文校注》,第 200—211 页。周绍良、张涌泉、黄征辑校《敦煌变文讲经文因缘辑校》,南京:江苏古籍出版社,1998 年,第 1—11 页。

② 王重民编《敦煌遗书总目索引》,第 206 页。施萍婷主编《敦煌遗书总目索引新编》,第 145—146 页。

③ 黄永武主编《敦煌遗书最新目录》,第 167 页。

④ 《英藏敦煌文献(汉文佛经以外部分)》第 6 册,第 218 页。

⑤ 张先堂《S.4654 晚唐〈莫高窟纪游诗〉新探》,第 122—133 页。

⑥ 徐俊《敦煌诗集残卷辑考》,第 619 页。

⑦ 张先堂《S.4654 晚唐〈莫高窟纪游诗〉新探》,第 122—133 页。

⑧ 冯天亮《S.4654〈巡礼仙岩〉组诗再探——读张先堂〈S.4654 晚唐《莫高窟纪游诗》新探〉札记》,《敦煌研究》2012 年第 3 期。

第三、四首诗，署“延锷奉和”，为前两首诗的奉和之作，“延锷”即张延锷，是晚唐第二任沙州归义军节度使张淮深第四子，大顺元年(890)二月二十日沙州政变中与父兄并遇害，时任何职尚不知。

第五首诗，署“又塘彦不揆荒芜聊申长句五言口号”，“不揆”表自谦之义，“荒芜”乃自谓学识浅薄，“口号”即以诗相赠和。“塘彦”即氾唐彦，也作瑭彦、塘彦。S.2113存氾唐彦所撰《唐沙州龙兴寺上座沙门俗姓马香号德胜宕泉创修功德记》，题“行敦煌县尉兼管内都支计使御史中丞济北氾塘彦述”，末题“时唐乾宁三年(896)丙辰岁四月八日毕功记”。王重民认为塘彦为敦煌博学能诗文之士者[①]。氾唐彦任职情况，郑炳林《敦煌碑铭赞辑释》：P.4640《归义军破历》记载乙未(899)六月十二日“又支与常乐县令氾唐彦粗布壹匹”，庚申(900)年正月十二日“支与常乐县令安再宁细纸壹帖”。S.6981《辛酉至癸亥(901至902)取物用面历》记载“城南氾判官”。P.3573《论语义疏残卷》卷端用贞明九年籍卷托裱，卷背有“判官氾瑭彦寻览”一行，此卷及卷背书写当在贞明九年(923)以后。896年前后任敦煌县尉，后不久升任常乐县令。899年升任节度判官，923年仍任此职[②]。张先堂认为，原卷抄写的是由三位作者在某次同游莫高窟时即景抒怀、即兴酬唱的一组记游诗[③]。

创作时间，张先堂据《延锷奉和》两首七言绝句所咏史实，分析此诗很可能作于光启元年(885)。冯天亮针对张先堂《S.4654晚唐〈莫高窟纪游诗〉新探》一文再作探讨，认为作于咸通十二年(871)[④]。

主要校录及研究本有：《敦煌碑铭赞辑释》《敦煌诗歌导论》《敦煌边塞诗歌校注》《敦煌诗集残卷辑考》《全敦煌诗》，张先堂《S.4654晚唐〈莫高窟纪游

---

① 王重民《敦煌古籍叙录》，第73页。

② 郑炳林《敦煌碑铭赞辑释》，第314页。关于氾唐彦判官任职时间，《全敦煌诗》认为其约在光化三年(900)去职。

③ 张先堂《S.4654晚唐〈莫高窟纪游诗〉新探》，第122—133页。

④ 冯天亮《S.4654〈巡礼仙岩〉组诗再探——读张先堂〈S.4654晚唐《莫高窟纪游诗》新探〉札记》，《敦煌研究》2012年第3期。

诗〉新探》等①。

(六)第六纸

有界栏,写本其余各纸皆无界栏。仅正面抄写,字迹与第一纸同。

正面:1.《佛门问答文》(拟题)。存2行。

2.《莫高窟巡礼题咏诗抄五首(前四首)》(拟题)。存6行。七言诗四首,前二首未署作者。亦见于第五纸正面,两处因字迹相同,应同一人抄写。

3.《受三归五戒八戒十戒文》(拟题)。存26行。受戒是出家的僧尼或在家居士传授戒法的一种必要仪式,将记录受戒仪式下来就形成了受戒文②。起"夫欲皈依三宝,以信为基,发生定惠功德,以戒定其根本",迄"亦如秽器,若不洗荡,无堪任用。身气亦然",后内容残。又见于P.2984、P.3217两写本,其中P.2984首全尾残,首题"受三归五戒八戒十戒文",存78行,P.3217首全尾残,中间多有残损,首题"受三归五戒八戒十戒文",存81行。

(七)第七纸

仅正面抄写,书写工整,字迹明显异于他纸。

正面:1.《众经要集金藏论》(拟题)。存15行。《斯坦因劫经录》:"佛经。犹存众缘第二十一、孝养缘第二十二篇目。"并注:"经文则仅存'波罗迦过去造幡悬塔上得报缘',下注'出百缘经略要'。"③《敦煌遗书最新目录》题作"百缘经略要"④,《英藏敦煌文献》作"百缘经略要"⑤。日本学者荒见泰史《敦煌的故事纲要本》拟名《众经要集金藏论》⑥,认为该文"首先抄录了几个《众经要集金藏论》的故事题名,然后只抄录了一篇《婆罗迦过去造幡悬塔上

---

① 郑炳林《敦煌碑铭赞辑释》,第335页,录文至"取花钱"。项楚《敦煌诗歌导论》,第264—265页。张先堂《S.4654晚唐〈莫高窟纪游诗〉新探》,第122—133页。胡大浚、王志鹏《敦煌边塞诗歌校注》,第292—294页。徐俊《敦煌诗集残卷辑考》,第619—624页。张锡厚主编《全敦煌诗》,第3034—3038页。

② 林世田、杨学勇、刘波《敦煌佛典的流通与改造》,兰州:甘肃教育出版社,2013年,第236—248页。

③ 施萍婷主编《敦煌遗书总目索引新编》,第145—146页。

④ 黄永武主编《敦煌遗书最新目录》,第167页。

⑤ 《英藏敦煌文献》(汉文佛经以外部分)第6册,第207页。

⑥ [日]荒见泰史《敦煌的故事纲要本》,张涌泉等编《汉语史学报专辑第3辑:姜亮夫、蒋礼鸿、郭在贻先生纪念文集》,上海:上海教育出版社,2003年,第334—336页。

得报缘》故事节录。根据 S.4654 写本其他内容推测,这个记载或是作为唱导底本的用途来用过的。"[①]荒见泰史《敦煌文学与日本说话文学——新发现北京本〈众经要集金藏论〉的价值》[②]有研究。

(八) 第八纸

两面字迹一致,且与第一纸字迹同。

正面:1. 杂写,存 1 行,倒写。"繁广略木则(?)要,论弟二心□有法略有五十一种,开日"等。

2.《文样(亡孩子文、亡夫文)》(拟题)。存 51 行。此文存于第八、九纸的正面。未署作者。《英藏敦煌文献》拟题"文样(亡孩子文、亡夫文)"[③],据之拟题。起"曾闻出(?)天象盖霏雨露于干",迄"为风大"。

背面:杂写。存 14 行。倒写。杂写"敕授河西应管内外释门都僧录京城内外临坛供奉大德阐扬三教大法师赐紫沙门充佛法主。敕授河西应管内外释门都僧统充佛法主京城内外临坛供奉大德兼阐扬三教大法师赐紫沙门法嵩一心供养"等。冯天亮认为,反复抄写的内容即悟真曾任之僧官官衔,随手书写则很难将三十余字之僧衔作内容而背写无误,并推测抄写者有悟真文卷在手,加以选抄[④]。

(九) 第九纸

两面字迹一致。

正面:1. 文样(亡孩子文、亡夫文)

2. 杂写。存 1 行。"一更长,如来体姓深仲藏。"背面抄有《五更转·南宗赞》,首句曰:"一更长,如来体姓心中藏。"属同一篇赞文。

背面:1. 杂写。存 3 行。倒写。《英藏敦煌文献》作"老病孝僧尼目"。

---

① [日] 荒见泰史《敦煌文本与日本说话文学》,国家图书馆善本部敦煌吐鲁番学资料研究中心编《敦煌与丝路文化学术讲座》第 1 辑,北京:北京图书馆出版社,2003 年,第 225、232 页。

② [日] 荒见泰史《敦煌文学与日本说话文学——新发现北京本〈众经要集金藏论〉的价值》,陈允吉主编《佛经文学研究论集》,上海:复旦大学出版社,2004 年,第 607—622 页。

③ 《英藏敦煌文献》(汉文佛经以外部分)第 6 册,第 209 页。

④ 冯天亮《S.4654〈巡礼仙岩〉组诗再探——读张先堂〈S.4654 晚唐《莫高窟纪游诗》新探〉札记》,《敦煌研究》2012 年第 3 期。

2. "清风吊入惠休房"诗。存1行。倒写。"清风吊入惠休房,独坐夫客对"。S.5648载《老僧诗》,七言八句,前两句为"清风引入慧休房,独坐衰客对晚杨",即为此诗[①]。

3. 杂写。存1行。倒写。"丈夫百岁篇,从壹拾至百年今日书。"

4.《失(悉)达太子雪山修道赞文壹本》(首题)。存11行。倒写。七言韵文。"失达太子",即"悉达太子",赞文讲述了印度悉达太子出家修行最后成佛的故事。内容起"迦维卫国净饭王",迄"修行暂到雪山中"。此文见于S.3711、S.5487、S.5892、S.6537、P.2924、P.3645、BD7676(皇字76)、BD8436(潜字80)等写本。另有日本龙谷大学藏本,首尾俱全,题名"悉达太子修道因缘"[②]。

主要校录及研究本有:王重民《敦煌变文集》,潘重规《敦煌变文集新书》,黄征、张涌泉《敦煌变文校注》,张锡厚主编《全敦煌诗》等。

5.《五更转·南宗赞》(拟题)。存7行。倒写。第3、4行之间写有13个"之"字。起"观音,一更长,如来体姓心中藏,不丁自身便是佛",迄"不藉诸甘露蜜,魔"。又见于P.2963、S.4173、S.5529、Дx1363、P.2984、BD09349(周字70)。

主要校录及研究本有:任半塘《敦煌曲校录》,任半塘《敦煌歌辞总编》,张锡厚主编《全敦煌诗》等。

6. 缺题诗一首。存2行。七言四句:"玉兔入西昏迷黑,双字□□辩(辨)不得。今朝亭罷(停罢)真救生,来晨课述笔自行。"未署作者。项楚名之"学郎诗"。项楚《敦煌诗歌导论》、徐俊《敦煌诗集残卷辑考》有校录。

7. 缺题诗两首。存3行。倒写。两诗皆未署作者。第一首为五言四句."夜卧涅盘庄,念佛亦无光。垂□如贤弟,竟戒讫西方。"此诗《全敦煌诗》有校录。第二首"黄昏振响觉群迷"等七言四句。

(十)第十、十一纸

第十、十一纸正背面字迹同。背面字迹较淡。第十一纸后残,两纸背面内容为《赠悟真等法师诗抄》,作于唐大中五年(851)。其中,正面内容为粘

---

① 徐俊《敦煌诗集残卷辑考》,第635页。

② 潘重规《敦煌变文集新书》,第548页。

连前所抄，背面为粘连后抄写。粘连前后的皆为一人所书，因此，这两纸的抄写人，很有可能就是整个写本的制作者。

正面：1. "释四念住，四神足，四政□，五根五力，七等角知"等杂写。

2.《南宗定邪正·五更转》。拟题。存5行。起"看则住心便作意"，迄"免沉沦"，纸有残损。[①] 胡适考证作者为唐代僧人神会[②]。神会和尚是禅宗六祖慧能的晚期弟子，菏泽宗之祖，也是南宗草创阶段的重要人物。神会把慧能所传顿门禅法立为"南宗禅"，称神秀一系所传为"北宗"，并以此区别邪正。《南宗定邪正·五更转》迄今共发现十二件抄本，P.2045、P.2270、S.2679+S.6103、S.4634、S.4654、S.6083、S.6923(1)、S.6923(3)、P.2948、BD8325(咸18)、BD7233(露6)，及敦煌市博77号。主要校录及研究本有《大藏经补编》《敦煌歌辞总编》《敦博本禅籍录校》《全敦煌诗》等[③]。

3.《地藏菩萨十斋日》(拟题)。存7行。内容首尾皆残，起于"光如来佛，持斋持罪四十劫"，迄于"持罪一千劫，廿四日"，纸有残损。S.2568、S.5892亦见。S.2568首尾完整，首题《地藏菩萨十斋日》。S.5892首尾完整，首题《地藏菩萨经十斋日》。叙述了每月的十个日子会有天神下界，在这些日子念诵一些佛号可以免除相应的罪劫。苏远鸣(Michel Soymié)《敦煌写本中的地藏十斋日》、尹富《十斋日补说》(Les Dix jours de jeûne de Kṣitigarbha)、荒见泰史《敦煌本十斋日资料与斋会、礼仪》、郝春文《英藏敦煌社会历史文献释录》有校录及研究[④]。

背面：《赠悟真等法师诗抄》(拟题)。此抄本纸张前缺，字迹潦草，存39行。

---

① 荣新江、邓文宽《敦博本禅籍录校》，南京：江苏古籍出版社，1998年，第188页。

② 胡适《胡适校敦煌唐写本神会和尚遗集》，台北：台北胡适纪念馆，1982年，第472—476页。

③ 蓝吉富《大藏经补编》，台北：华宇出版社，1986年，第37—38页。任半塘《敦煌歌辞总编》，第1443—1453页。荣新江、邓文宽《敦博本禅籍录校》，第187—198页。张锡厚主编《全敦煌诗》，第4665—4681页。

④ [法]苏远鸣著、耿升译《敦煌写本中的地藏十斋日》，耿升译《法国学者敦煌学论文选萃》，1993年，第391—429页。尹富《十斋日补说》，《世界宗教研究》2007年第1期。[日]荒见泰史《敦煌本十斋日资料与斋会、礼仪》，《敦煌吐鲁番研究》第十四卷，2014年，第379—402页。郝春文主编《英藏敦煌社会历史文献释录》第十二卷，北京：社会科学文献出版社，2015年，第246页。

《敦伦所藏敦煌卷子经眼目录》作“赠悟真诗”[①],《敦煌遗书总目索引》《敦煌遗书最新目录》《敦煌遗书总目索引新编》题作“赠悟真和尚诗”,《英藏敦煌文献》作“赠悟真等法师诗抄”[②]。为大中五年(851)敦煌高僧悟真奉使入朝,与长安左右街高僧及朝官酬赠诗,诗的创作时间即为是年。酬赠诗还见于P.3720、P.3886。

1. 楚彦《五言述瓜沙州僧献款诗一首》(原题),存“论,学富早成功”(后亦有残)。

2.《五言美瓜沙僧献款诗一首》(原题),下署“右街千福寺沙门子言”。

3.《感圣皇之化有敦煌都法师悟真上人持疏来朝因四韵》(原题),下署“报圣寺赐紫僧建初”。

4.《五言四韵奉赠河西大德》(原题),下署“报圣寺内供奉沙门太岑”。

5.《奉赠河西真法师》,下署“京荐福寺内供奉大德栖白上”。

6.《立赠河西悟真法师》,下署“内供奉文章应制大德有孚”。

7.《又同赠真法师》,下署“内供奉可道上”。

8.《又赠沙州悟真上人兼送归》,下署“左街保寿寺内供奉讲论大德景导”。

9.《又同赠沙州都法师悟真上人》,下署“京城临坛大德报圣寺道钧”。

10.《又赠沙州僧法和悟真辄成韵句》,无作者题署。七言十四句,第一首诗四句为:“敦煌昔日旧时人,虏丑隔绝不复亲。明王感化四夷净,不动干戈万里新。”写本背面尾部亦抄此首。徐俊《敦煌诗集残卷辑考》认为“又赠沙州僧法和”(下缺)与“悟真辄成韵句”分别为二首诗题的前后部分。而第一首赠悟真的诗漏抄,所抄为悟真的诗作[③]。

11.《谨上沙州专使持表从化诗一首》,题署“杨庭贯”,七言绝句。

主要校录及研究本有:陈祚龙《敦煌学园零拾》,陈尚君《全唐诗补编》,张先堂《敦煌写本〈悟真与京僧朝官酬赠诗〉新校》,徐俊《敦煌诗集残卷辑考》,汪泛舟《敦煌石窟僧诗校释》,张锡厚主编《全敦煌诗》,伏俊琏《唐代敦

---

① 向达《敦伦所藏敦煌卷子经眼目录》,见作者著《唐代长安与西域文明》,商务印书馆,2015年,第236页。

② 《英藏敦煌文献》(汉文佛经以外部分)第6册,第212页。

③ 徐俊《敦煌诗集残卷辑考》,第340页。

煌高僧悟真入长安事考略》，杨宝玉、吴丽娱《悟真于大中五年的奉使入奏及其对长安佛寺的巡礼》，颜廷亮《归义军设立前夕敦煌和长安僧界的一次文学交往——悟真和长安两街高僧酬答诗略论》等①。

整体观之，这是一个五代后周时期内容丰富的写本长卷。从成卷形式上看，是由多人先分别抄写，最终黏合在一起的。从字迹来看，至少有四人所抄。从写本内容上看，正面多为佛教文书，如《大乘净土赞》《地藏菩萨十斋日》等。此外尚有不少文学作品，诗作如《赠悟真等法师诗抄》《敦煌昔日旧时人诗四首》《莫高窟巡礼题咏诗抄五首》等。

从撰写者看，《罗通达邈真赞》为金光明寺福佑所撰，《便物历》为金光明寺庆戒所写，《起居状》则是敦煌某寺院牧羊人阴小憨所抄，《赠悟真等法师诗抄》为灵图寺高僧悟真与长安高僧赠答所作。整个写本应为金光明寺的多人抄写，最终由某文化僧人汇编在一起。纸张的具体黏合时间，当在第一纸《萨诃上人寄锡雁上人题留并序》创作时间，即显德五年（958）之后。当然，因第十一纸残损，其内容不得存见，故写本的汇编目的，尚待继续考察。

五、参考图版

1.《敦煌宝藏》第 37 册，第 248—258 页。

2.《英藏敦煌文献（汉文佛经以外部分）》第 6 册，第 203—219 页。

3. International Dunhuang Project（国际敦煌项目，简称 IDP）。

---

① 陈祚龙《敦煌学园零拾》，第 253—258 页。陈尚君辑校《全唐诗补编》，第 1118—1123 页。张先堂《敦煌写本〈悟真与京僧朝官酬赠诗〉新校》，《社科纵横》1996 年第 1 期。徐俊《敦煌诗集残卷辑考》，第 323—344 页。汪泛舟《敦煌石窟僧诗校释》，第 111—113 页。张锡厚主编《全敦煌诗》，第 2834，2901—2925 页。伏俊琏《唐代敦煌高僧悟真入长安事考略》，《敦煌研究》2010 年第 3 期。杨宝玉、吴丽娱《悟真于大中五年的奉使入奏及其对长安佛寺的巡礼》，《吐鲁番学研究》2011 年第 1 期，又载杨宝玉、吴丽娱著《归义军政权与中央关系研究：以入奏活动为中心》，中国社会科学出版社，2015 年。颜廷亮《归义军设立前夕敦煌和长安僧界的一次文学交往——悟真和长安两街高僧酬答诗略论》，《丝绸之路》2012 年第 22 期。

43. S.5441 写本研究

捉季布传文 王梵志诗

一、写本编号

S.5441

二、所藏地点

英国国家图书馆

三、写本状况

纸本，册子装。现存封面完整，共 15 页，每页规格 15.5×21.5 厘米。每纸分别自中心折叠后在纸脊边缘打孔加以细线固定，可见穿孔 8 处，中间部分有脱落现象，首全尾残。页面有油迹浸污现象。

封面杂写满篇，字迹潦草、杂乱，墨色浓淡不一，部分字迹不清。内有竖行界栏，栏宽不等。每半页 8 至 10 行不等，满行约 25 字。楷书，笔迹粗率，书法稚拙，墨迹浓淡不一。文末有题记一行："太平兴三年戊寅岁(978)四月十日汜孔目学(学)仕郎阴奴儿自手写季布一卷"。

四、写本内容

1.《捉季布传文一卷》(首题)。首尾完整，中间有脱句，存 212 行，612

S.5441 局部

句,7 字一句,句间以空格表示句读。前题“捉季布传文一卷”,后题“大汉三年楚将季布骂阵汉王羞耻群臣拔马收军词文”。该词文又见于 P.3697、P.2747、P.2648、P.3386、P.3197、S.5440、S.2056、S.5439、S.1156、S.8459 等十个写本:P.3697,写本正面先抄一段不知名文字,后有题记:“显德贰年乙卯岁(955)九月廿六日图寺记。”接着抄《捉季布传文一卷》(首题),卷尾有“广恒”二字,似抄者署名。卷背抄《受八戒斋戒文》。其中《捉季布传文》共 640 句,4 474 字,前后完整。P.2747,仅抄《捉季布传文》,存 126 句。P.2648,仅抄《捉季布传文》,存 194 句。P.3386,抄《捉季布传文》,存 27 句,尾题“大汉三年季布骂阵词文一卷”,此写本有尾题:“维大晋天福七年壬寅岁(942)七月廿二日三界寺学士郎张富贵记”“计写两卷文书,心里有些不疑,自要心身恳切,更要”。以上三个写卷实为同一写卷而撕裂开者。P.3197,正面抄《捉季布传文》,存 396 句。背面抄写状、杂写、诗等,其中有“天福五年庚子岁十二月廿四日”“丙寅年(966)六月十七日大王夫巡边”等题记。S.5440,小册子,11 页,存 120 行,240 句。S.2056,正面为杂抄,背面抄《大汉三年楚将季布骂阵汉王羞耻群臣笑骂收军词文》(前题),存 82 行,238 句。S.5439,小册子,21 页,首缺,尾题“季布歌一卷”。《敦煌变文校注》:“此卷文字异同与伯 3197 相接近。”则二卷抄于同一时间或用同一底本。S.1156,正面抄《进奏院状上》(首题),此乃光启三年(887)沙州进奏院上本使状。卷背抄《捉季布传文》,存 64 行,133 句,至诗尾,尾题“大汉三年季面骂阵词文一卷”。接抄《季布诗咏》。卷末有题记“季布一卷,天福四年己亥岁(939)[缺]十四日记沙弥庆度”。S.8459,此残写本首部可与 P.2947 + P.2648A 直接缀合,尾部后有缺失,接 P.2648B + P.3386(+ P.3582)。四个编号原属同一写本。

本篇 640 句,4 400 多字,全部为七言韵文,是一篇规模宏大的长篇叙事诗。全篇写汉三年,楚汉相争,在沮水河边扎营对阵。楚将季布请缨,辱骂汉王,汉王被骂,拨马便退,阵似山崩。发誓如果争得天下,必诛季布。汉五年,刘邦登基,悬赏天下缉拿季布。季布隐于深山,昼伏夜行,往投濮阳周氏家,藏于复壁内。汉帝久不得季布,乃派朱解为齐使访之。季布闻朱解至,甚喜,请周氏为之改形易服,伪充典仓之仆,卖于朱解,因得随行至京师。后朱解见季布能文能武，疑其非常人，布乃表明身份，并请朱解设宴邀请夏侯婴和萧何二相，遂自己出来拜求二相禀报高皇帝。二相因谓汉帝曰：东齐人贪图捉拿季布的奖赏，家家弃田不耕种。今宜免除季布之死，以恢复东齐农事。汉帝果然同意这个意见，季布接着又使夏侯婴上奏，谓宜拜季布一官，以免其投奔戎狄，为贼所用。于是高帝以季布为齐州太守。

季布是项羽的名将，《史记・季布栾布列传》记其事甚详。《季布列传》太史公曰："以项羽之气，而季布以勇显于楚，身屦典军搴旗者数矣，可谓壮士。然至被刑戮，为人奴而不死，何其下也！彼必自负其材，故受辱而不羞，欲有所用未足也，故终为汉名将。贤者诚重其死。夫婢妾贱人感慨而自杀者，非能勇也，其计画无复之耳。"太史公有感而发，但对季布的褒扬可谓不遗余力。《捉季布传文》与《史记》本传相校，情节上的主要不同是：(1)《史记》仅言"项籍使将兵，数窘汉王"，究为何事，史未明言；而《传文》写为骂阵。(2) 将《史记》中周氏设计"髡钳季布"，改为季布自己的计谋。(3)《传文》增加了朱解受高帝委派专职缉拿季布一节。(4)《史记》中朱家设法营救季布，《传文》改为季布为朱解出谋划策。(5)《传文》增加了高帝在朝廷上出尔反尔，而季布从容智辩一节。这种变化，更突出季布的主角作用。

本篇的写成时代，谢海平根据"遮莫""直饶""用未""闷即"等用语和"骑马击球"游戏的考证，认为是在中唐以后①。张鸿勋则通过考察《传文》称濮阳周氏为"院长"，也认为这篇《传文》或当作于中晚唐之时②。

主要校录本有：罗振玉《敦煌零拾》，刘复《敦煌掇琐》，周绍良《敦煌变文汇录》，王重民等《敦煌变文集》，潘重规《敦煌变文集新书》，张鸿勋《敦煌讲唱文学作品选注》，项楚《敦煌变文选注》，黄征、张涌泉《敦煌变文校注》等。

2.《王梵志诗集卷中》(首题)。首全尾残，计 6 页，共 55 行。存诗 18 首，残诗 1 首。抄者连续书写，每首诗之间没有明确的间隔。前面三次重复题"王梵志诗集卷中"。起"吾家多有田"，迄"不肯收家具，饮酒(下缺)"。

---

① 谢海平《讲史性之变文研究》，台北：嘉新文化基金会，1973 年 11 月，引文见《唐代文学家及文献研究》，高雄：丽文文化公司，1996 年，第 384—385 页。

② 张鸿勋《敦煌话本词文俗赋导论》，台北：新文丰出版公司，1993 年，第 80 页。

关于王梵志所生活的时代及其生平、身世情况,现存的基本资料很少,目前仅见于唐人冯翊子(严子休)的《桂苑丛谈》和宋初编修的《太平广记》之中。晚唐范摅《云溪友议》卷下的《蜀僧喻》中也有类似的简略记载。从这些大同小异的材料中不难看出,王梵志的生平、身世及其所处时代,毫无例外地被浓重的神话色彩所笼罩和掩盖。目前大致可以得到的结论是:王梵志为卫州黎阳(今河南浚县)人,生于隋代,主要活动于初唐时期,是一位著名的民间白话诗人,他的诗风与当时的诗歌主流大相径庭。

P.4978 抄有《王道祭杨筠文》,祭文开头云:"唯大唐开元二十七年(739),岁在癸丑二月,东朔方黎阳故通玄学士王梵志直下孙王道,谨清酌白醪之奠,敬祭逗留风狂子、朱砂染痴儿、弘家杨筠之灵。"虽为一篇俳谐文,难于作为史料。但其所标示的时间大致是可信的。因为本卷另一面抄有《开元兵部选格》(拟题),其中有"开元七年十月廿六日敕"题记。而"岁在癸丑"云云,是写这篇俳谐文的人故意用当时流行的王羲之《兰亭集序》中的话。王梵志的孙辈生活在开元年间,证明王梵志确实是初唐的一位诗人。

王梵志诗见于敦煌 30 多个写本,保存了 390 首左右的诗篇。前辈学者对这 30 多个写本进行研究[①],认为可分为三个版本系统:三卷本,一卷本,一百一十首本,还有难以归类的零篇。这些"王梵志诗"并非一人一时所作,而是从初唐(或许更早)直到宋初的很长时间陆续产生的。三卷本存诗 205 首,主要产生在初唐时期,特别是武则天时期。一百一十首本存诗 69 首[②],主要是盛唐时期僧侣们的创作。一卷本收录 92 首诗,是当时民间流行的童蒙读物,当是晚唐时期的作品。零篇存诗 26 首。王梵志诗的出现,标志着中国白话通俗文学的崛起,它在敦煌本地的广泛流传充分说明敦煌与中原在文化上的一体性。

S.5441 抄王梵志诗计 18 首,今以首句为题,胪列如下:《吾家多有田》

---

① 胡适《白话文学史》,新月书店,1928 年。郑振铎《中国俗文学史》,商务印书馆,1938 年。[法]戴密微《王梵志诗附太公家教》,巴黎:巴黎科学院,1982 年。张锡厚《王梵志诗校辑》,北京:中华书局,1983 年。朱凤玉《王梵志诗研究》,台北:学生书局,1986 年、1987 年。项楚《王梵志诗校注》,上海:上海古籍出版社,1991 年。

② 因 Дx.1456 尾端有"大历六年五月日抄王梵志诗一百一十首",故称一百一十首本。

《借贷不交通》《道士头侧方》《观内有妇人》《道人头兀雷》《寺内数个尼》《生即巧风吹》《佐使非台补》《得钱自吃用》《当乡何物贵》《村头语户主》《人生一代间》《受报人中生》《愚人痴涳涳》《杌杌贪生业》《世间何物贵》《世间慵懒人》《家中渐渐贫》。王梵志诗校录本主要有：张锡厚《王梵志诗校辑》，朱凤玉《王梵志诗研究》，项楚《王梵志诗校注》等。

3. 封面及写本中的题记杂写。封面比较乱，抄有如下文字：第一行"戊寅岁 太平兴国三年戊寅岁(978)二月廿五日阴奴儿书记"，第二行"戊寅年二月十七日田继长李应绍阴驴子三人□李应绍舍头身造壹管笔须拙恶咄咄"，第三行"自手书□耳后有人来独请者更莫□"，第四行"戊寅年二月廿日氾□□李(学)仕郎田文深李应绍二人同"，第五行"戊寅年二月 戊寅年二月 戊寅年"，第六行"戊寅年二月十□日阴奴儿骂文字一卷自手书记耳"，第七行"戊寅岁二月廿五日阴奴儿写季布一卷手自书记耳"。

杂写字迹虽部分不清，但与写本内容字迹对比应为同一人所写。杂写中除第一行写明具体的年号"太平兴国三年"外其余能表明时间的都只写了干支纪年"戊寅岁"，但能明确的是"太平兴国三年"的干支纪年确是"戊寅岁"，所以推测封面所写的内容应该都是同一年所写。

写本《捉季布传文》文后存"太平兴[国]三年戊寅岁(978)四月十日氾孔目学仕郎阴奴儿自手写季布一卷"一行，后接《王梵志诗集卷中》。字迹与前文相同，应不属于后人添写。此题记与封面所记年份相同，只是前者为四月所抄，封面为二月所写。

题记中写本的抄写者为"氾孔目学仕郎阴奴儿"，阴奴儿的名字又见于P.3910《茶酒论》卷端(乙卯年正月十八日阴奴儿买策子)以及S.5256《新经菩萨经》卷末题记中(戊寅年四月五日阴奴儿写经一卷、《百鸟名》一卷、《百行章》一卷)，S.5477《秦妇吟》第6页中有淡墨书写阴奴儿三字。将四个写本的文字、笔记相对照后，可确定为一人所书[①]。阴奴儿应是活动于北宋初期的人。

① 徐俊《敦煌诗集残卷辑考》，第431页。

“汜孔目学仕郎”应是阴奴儿当时的身份称谓。“孔目”除了在 S.5441 中出现还在其他写本中出现。在 P.3757《燕子赋》的写本虽然没有署学仕郎，但却署有“孔目”字样。邵洵美旧藏《汉将王陵变》署“孔目官学仕郎索清子书记耳”，这里都把孔目官与学仕郎联称，可见二者应该是同一时期的称号①。李正宇《敦煌学郎题记辑注》所载题记中敦煌地区的学郎大多以“学生”“学童”“学郎”“学仕(士)郎”等称谓来表明自己的身份，从写本中“学仕郎”可知抄写人阴奴儿的身份应该是当时敦煌地区的一名学郎。至于“汜孔目”，归义军初期的学生题记，都只是表明学生的身份而未载明校籍，但晚唐昭宗开始就有了表明他们校籍的题记②，后面逐渐有了在身份前加校籍的题记。在题记中的“汜孔目”应是当时敦煌的一所私学名称，“汜孔目”当与 P.2825(《太公家教》卷背题“大顺元年十二月李家学郎是大哥尔”)、P.3780(《秦妇吟》卷末题“显德四年丁巳岁二月十七日就家学士郎马富德书记”，卷背题“大周显德四年丁巳岁九月廿七日就家学士郎”)、S.4307(《新集严父教》末题“雍熙三年岁次丙戌七月六日安参谋学侍郎李神奴写《严父教》记之耳”)题记中的李家学、就家学、安参谋学一样为曹氏归义军时期的私塾式学校③。至于“汜孔目”与上面《燕子赋》《汉将王陵变》中提到的“孔目官”是否是同一私塾还需要进一步的考证。可以肯定的是，阴奴儿是当时敦煌地区汜孔目私塾的学生。

在杂写中除了“阴奴儿”的名字外还有李应绍、田文深、田继长等。在第三行名字之前有“汜□□学仕郎”的字样，虽然“汜□□学仕郎”中有两个字模糊不清，但据词文后题记推测，这五个字可能与题记中的“汜孔目学仕郎”相同。阴奴儿与田文深、李应绍等人应同学于“汜孔目”门下④。

五、参考图版

1.《敦煌宝藏》第 42 册，第 524—532 页。

① 简涛《敦煌本〈燕子赋〉考论》，《敦煌研究》1986 年第 3 期。
② 李正宇《唐宋时代的敦煌学校》，《敦煌研究》1986 年第 1 期。
③ 颜延亮《关于敦煌文化中的教育》，《兰州教育学院学报》1999 年第 1 期。
④ 李正宇《敦煌学郎题记辑注》，《敦煌学辑刊》1987 年第 1 期。

2.《英藏敦煌文献(汉文佛经以外部分)》第7卷,第83—91页。

3.《王重民向达所摄敦煌西域文献照片合集》第28册,第10536—10551页。

4. International Dunhuang Project(国际敦煌项目,简称IDP)。

44. S.5556 写本研究

妙法莲花经　曲子词

一、写本编号

S.5556

二、所藏地点

英国国家图书馆

三、写本状况

纸本，对折册页装。封皮表面无字，计 17 页，双面抄写，每半页尺寸约为 12×15 厘米。抄经部分有界栏，前后形制不一。纸张受污渍浸染严重，开头末尾部分纸色黝黑，字迹难辨，折痕处可见黏合糊剂和凿孔穿绳残迹。

四、写本内容

(一) 牒文(拟题)。第 1 面抄牒文样稿，4 行。文字模糊，难以辨识，诸目录及文献集成均未着录。游自勇核查原卷，发现此文，释录出部分文字：

太保阿郎鸿造之，念见(?)□出(?)单贫

之流，家计□乏，□□□

□□无□乞赐□□容(?)上州

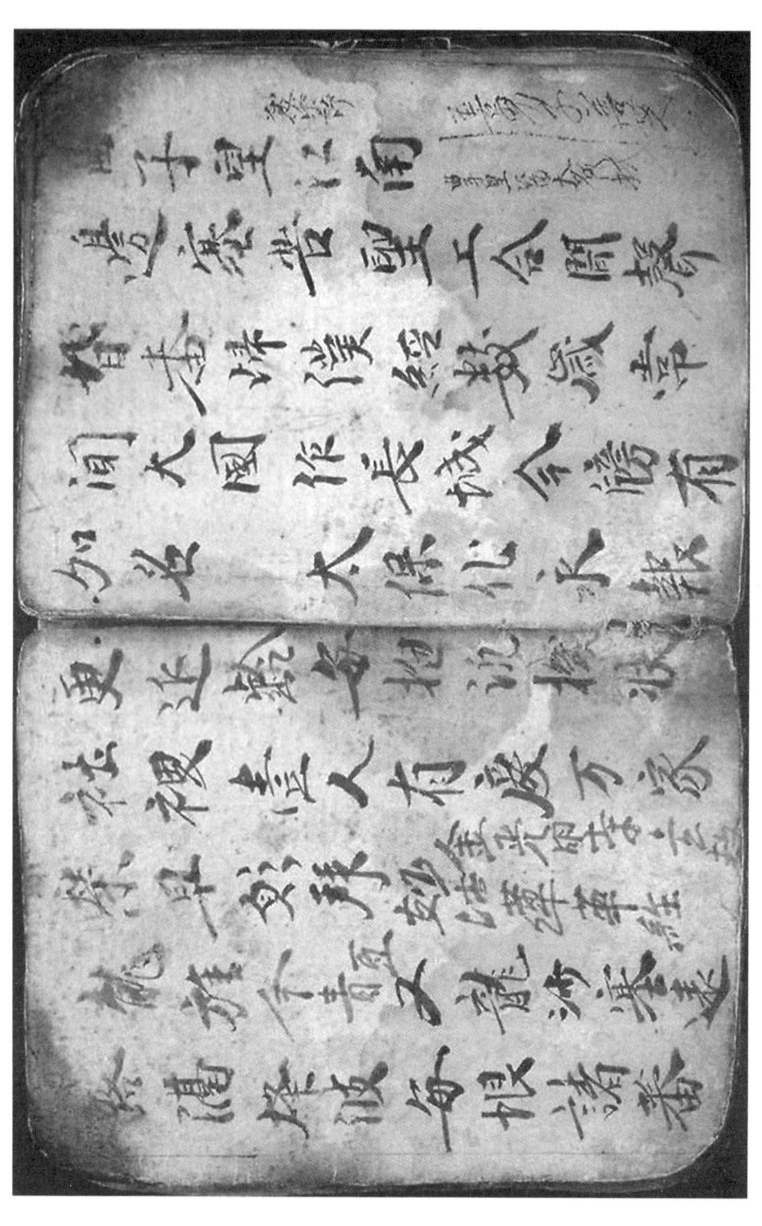

S.5556 曲子《望江南》

□□□处□厶年月日牒[①]。

(二)《妙法莲华经观世音菩萨普门品第廿五》(首题)。第 2 面至第 29 面抄写此经,凡 183 行,首尾俱全。尾题“观音经一卷”,又提行顶格写题记:“戊申年七月十三日弟子令狐幸深写书□读诵”。《敦煌遗书总目索引》题作“妙法莲华经观世音菩萨普门品”。《敦煌遗书最新目录》题作“妙法莲华经卷第七观世音菩萨普门品第二十五”[②]。

(三)《曲子望江南》(首题)。在第 30 面顶格书“曲子望江南”,另起行抄 3 首曲子词,首题为《边塞苦》《龙沙塞》《曹公德》,其中第三首下阕残泐,字迹模糊,仅隐约可辨。《曲子望江南》与抄经笔迹不同,若就格式而言,3 首曲子词相对于经文的抄录则稍显随意。第一、二首之间以“又”字相衔接,第二、三首之间则无衔接符号,而以提行加以区分。

1.《望江南·边塞苦》,首起“边塞苦”,下讫“早愿拜龙旌”。又见于 P.3128。曲子词以瓜沙边民的口吻诉说“太保”(P.3128 作“太傅”)对朝廷之忠诚,并表达了“早愿拜龙旌”热切期望。

其创作年代,学界说法不一。王重民以为“‘背番归汉经数岁’,歌咏敦煌人民起义归唐事,则更当作于归义军张氏时代矣”[③]。任半塘初谓“此辞之‘太傅化’,十九指曹元忠而言”,将创作时间定于后晋开运二年(945)[④]。后判定为张议潮归缺时作,即咸通八年(867)[⑤]。苏莹辉以为创作于梁末帝的贞明六年(920)至同光元年(923)间。汤涒认为该曲子词似为曹元忠而作,S.5556 中“太保化”句在 P.3128 中写作“太傅化”,正是对曹元忠这两种称谓同时并存的具体体现,从而推测其作于后晋开运四年三月前后[⑥]。

2.《望江南·龙沙塞》,首起“龙沙塞”,下讫“路次合通和”。又见于

---

① 游自勇《原卷是最终的依据——英伦核查敦煌原卷的收获》,《2013 敦煌学国际联络委员会通讯》,上海:上海古籍出版社,2013 年,第 92—98 页。

② 王重民编《敦煌遗书总目索引》,第 222 页。黄永武编《敦煌遗书最新目录》,第 195 页。

③ 王重民《敦煌遗书论文集》,第 57 页。

④ 任半塘《敦煌曲初探》,第 259 页。

⑤ 任半塘《敦煌歌辞总编》,第 460 页。

⑥ 苏莹辉《敦煌论集续编》,第 115—128 页。汤涒《敦煌曲子词地域文化研究》,第 171 页。

P.3128、P.2809、P.3911。该曲子词以边民之口气诉说诸蕃当路的艰难，当时恰逢“大朝选差中外使”，“今因绝塞渐经过，路次合通和”，表现了瓜沙人民对朝廷开路之热情期盼。

曲子词的创作背景，众说纷纭。任半塘《敦煌曲初探》定为天福三年(938)[①]，后来在《敦煌歌辞总编》中又认为：“所具本事，重在唐室之西遣使节已近边陲，而受寇阻。幸获沙州援纳，乃兴歌咏，以奖其通和，表其忠义。”故当作于大中十年(856)[②]。苏莹辉以为仍在贞明六年(920)至同光元年(923)间。汤涒考订“龙沙塞”一词涉及后晋天福四年八月曹元深郊迎后晋使者张匡业一事，并据词中“今因”“渐(暂)经过”推测该词为应时之作[③]。

3.《望江南·曹公德》，首起“曹公德”，下讫“□(愿)万载作人君”。又见于P.3128。该曲子词主要颂扬“曹公”之德，王重民说：“此为述归义军曹氏功德，不似在曹元忠以后，疑当在曹议金时代。”[④]任半塘也认为曲子词中“曹公”为曹议金，将其创作时间初定为同光元年(923)，后又据《册府元龟》一七〇“帝王部”“来远门”所载，定为同光三年(925)或四年[⑤]。根据全词可知曹公之德的施行主要分布于河陇地区，其“殊勋”在于“定羌浑”等为国“论兵扶社稷”之举，可推知其当属敦煌归义军首领曹氏家族。《望江南·曹公德》中“人君”一词指明此“曹公”似有大王称号，经荣新江考证，曹氏归义军中曹议金有“托西大王”“拓西大王”之称[⑥]。又S.5556中的“拓边西”、P.3128中“讬西关”，正好能与其“讬(拓)西大王”的称号相对应。据此，则曲子词中“曹公”恐怕正是指曹议金。由“愿万载作人君”这一祝颂辞，可知作词时，曹议金尚在世。曹议金卒于清泰二年(935)二月[⑦]，那么该词理应作于此前。又该曲子词中瓜沙百姓称曹议金为“人君”，表明时议金已称王，据考证，曹议

---

① 任半塘《敦煌曲初探》，第257—258页。

② 任半塘《敦煌歌辞总编》，第457—458页。

③ 苏莹辉《敦煌论集续编》，第115—128页。汤涒《敦煌曲子词地域文化研究》，第171页。

④ 王重民《敦煌遗书论文集》，第57页。

⑤ 任半塘《敦煌曲初探》，第257页。任半塘《敦煌歌辞总编》，第472页。

⑥ 荣新江《归义军史研究——唐宋时代敦煌历史考索》，第103—107页。

⑦ 孙修身《瓜、沙曹氏卒立世次考》，《郑州大学学报》1988年第4期，第15—22页。

金最早在长兴二年(931)号称“拓西大王”[①]。则《望江南·曹公德》当作于长兴二年(931)至清泰二年(935)二月十日之间。

《望江南》三首曲子词的主要校录本有:王重民《敦煌曲子词集》,任半塘《敦煌曲校录》,饶宗颐《敦煌曲》,林玫仪《敦煌曲子词斠证初编》,任半塘《敦煌歌辞总编》,曾昭岷等《全唐五代词》,项楚《敦煌歌辞总编匡补》,张锡厚主编《全敦煌诗》等。

(四) 杂写

写本中存有大量杂写,包括两种笔迹。一种字迹纤细,一种粗犷潦草,书法皆不佳,且均异于正文笔迹。

1. 杂写第一种

首面牒文后写“伏如□□□”。第二十九面《妙法莲华经》题记下杂写四行,“愿深读诵”“陈之之之之之”“陈迎九书记之耳”“本生不生□以今身”。第三十面《曲子望江南》右边有杂写:“愿深诵”,下方杂写“善男子善女人”“曲子词望江南大□□”。这些杂写一部分是对邻近正式文书中字句的摹写,另一部分为随意杂书。通过其布局,可判断这类细笔字迹是在经文、曲子词等抄毕后的涂鸦。“愿深”当是僧人,“陈迎九”或为写本的抄写者,或为杂写的抄写者。

2. 杂写第二种

第二面《妙法莲华经》题名下空白处写“妙法莲华”。第四面倒数第一行经文“其中若”三字之右书“其中若”。第三十一面中部曲子词正文之间有杂写:“金光明寺玄教妙法莲华经”“今青互”。

根据曲子词的抄写格式可以推断出这一部分字迹应是在曲子词抄写之前就已存在于纸张之上,为此,曲子词在其书写过程中才不得不避开这些字迹,从而使得《望江南·边塞苦》末句“早愿拜龙旌”从“拜”字断开,被分成两行抄写。

---

① 荣新江《沙州归义军历任节度使称号研究(修订稿)》,《敦煌学》1992年第19期,第15—67页。

两种杂写可能是学郎或僧人所为，据第一种杂写“陈迎九书记之耳”，可判断其杂写者名为陈迎九。

综上，牒文及经文按顺序先后抄写，第二种杂写的时间在经文之后、曲子词之前，由于第一种杂写临摹了佛经及曲子词中的文字，当为最后写入。S.5556 抄写顺序即：牒文→《妙法莲华经观世音菩萨普门品第廿五》→第二种杂写→《曲子词望江南》→第一种杂写。

整个写本仅《妙法莲华经》尾题记载其抄于戊申年七月十三日，则曲子词及牒文应当大致抄于这个时间。在张氏、曹氏所领导的归义军政权执政的近两百年间，共经历了三个戊申年，分别是公元 888 年、948 年以及 1008 年，由于“曹公德”词系曹议金执政期间事，故“戊申年”为公元 948 年的可能性最大。

S.5556《妙法莲华经》末尾题记透露此册的持有者为令狐幸深，而抄写的目的在于读诵。至于《望江南》三首曲子词的抄写或为阅读或为传唱，牒文文样则是具有参考性质的备览文书，且该册子本比较袖珍，类似于后世之巾箱本，便于随身携带。所以，S.5556 无论从其内容还形制上看都颇类似于“掌记”。

五、参考图版

1. 《敦煌宝藏》第 43 册，第 410—417 页。
2. 《英藏敦煌文献（汉文佛经以外部分）》第 8 册，第 10—11 页。
3. International Dunhuang Project（国际敦煌项目，简称 IDP）。

45. S.5558 写本研究

劝善诗文抄

一、写本编号

S.5558

二、所藏地点

英国国家图书馆

三、写本状况

纸本，卷轴装，由四纸黏合而成，首残尾全，卷首似有纸张脱落，现存规格约为 15×120 厘米。两面抄，未见书手题记。

四、写本内容

正面依次抄有《池台楼观非吾宅》《香严和尚嗟世三伤吟》《宣宗皇帝御制劝百寮》《女人百岁篇从一十至百年》，背面为杂写。

1.《池台楼观非吾宅》(拟题)。七言诗，无题署，首起"池台楼观非吾宅"，下讫"各自归家更觅伴"，有句读，存诗 30 行，凡 40 句，未署作者。巴宙《敦煌韵文集》拟题作"无常叹"，王重民、刘修业《〈补全唐诗〉拾遗》题作"无

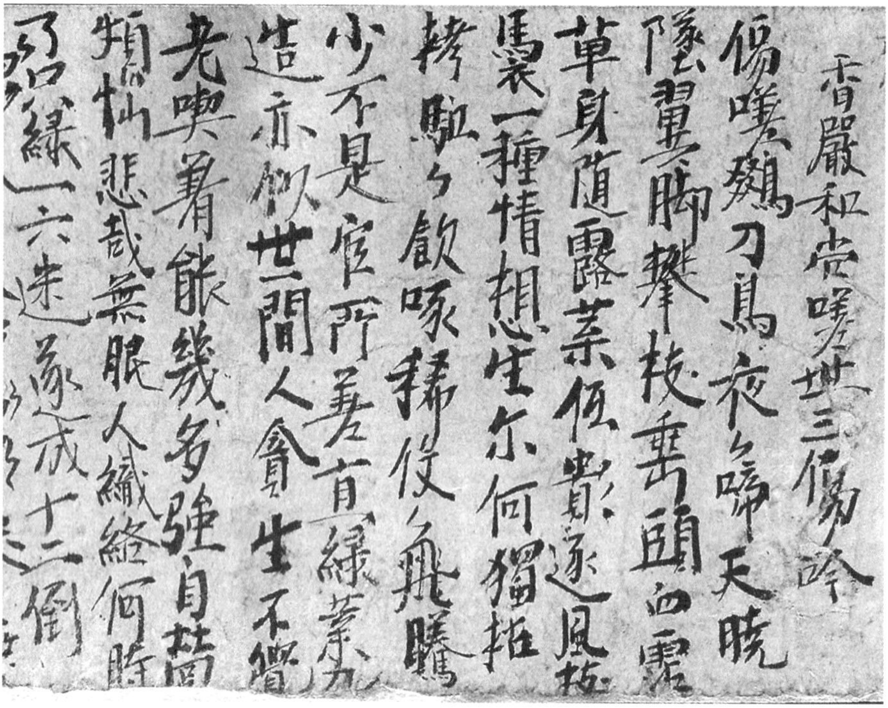

S.5558《香严和尚嗟世三伤吟》

题一首”,《英藏敦煌文献》题作“劝善文”[①]。卷端有撕裂痕迹及残损笔迹,推测其前应还有内容,或是该诗题目。其以人生无常为主题,劝诫世人弃恶从善,是一首典型的佛教劝善诗歌。

2.《香严和尚嗟世三伤吟》(首题)。存诗二首,计 31 行。五代后蜀何光远《鉴诫录》卷十《高僧谕》收录《三伤颂》组诗,包括三首诗歌:《伤嗟垒巢燕》《伤嗟鶅刀鸟》《伤嗟造蜜蜂》(均据首句拟题),署伏牛上人作[②]。S.5558 所抄即前两首,且次序不同,文辞也稍有差别,且将诗篇归于“香严和尚”名下,按篇题“三伤吟”,可能第三首《伤嗟造蜜蜂》被书手省略。

《斯坦因劫经录》著录此组诗作“龙兴寺香严和尚嗟世三伤吟”,题下说明:“《三伤吟》,《鉴诫录》十《高僧谕》条谓为伏牛上人撰。上人生当王蜀,与香严和尚似非一人。但《三伤吟》,《鉴诫录》作《三伤颂》,而本目录 1635 号之《泉州千佛诸祖师颂》,谓香严尤长厥颂,或以此而讹传为香严所著。文后残存《女人百岁篇》一行。”[③]

伏牛上人即洛京伏牛山释自在(741—821),俗姓李,吴兴人。生有奇瑞。稍长,坐则加趺,亲党异之。辞所爱,投径山出家,于新定受戒。后赴临川之南康山马祖道一处受教。自在受马祖教诲,禅业精进。元和(806—820)中居洛下香山,与天然禅师为莫逆之交。所游必好古,思得前贤遗迹以快逸观。后驻锡伏牛山,遂称伏牛上人。长庆元年(821)示灭于隋州开元寺。世称伏牛和尚。“所著《三伤歌》辞理俱美,警发迷蒙,有益于代”[④]。《全唐诗续补遗》卷五存其诗 3 首,《全唐诗续拾》卷二三补诗 4 首。生平事迹见《祖堂集》卷十五、《宋高僧传》卷十一、《景德传灯录》卷七、《五灯会元》卷三。

项楚、陈尚君认为《三伤吟》的作者并非伏牛上人,而可能是香严和尚[⑤]。

---

① 巴宙《敦煌韵文集》,高雄:佛教文化服务处,1965 年。王重民《敦煌遗书论文集》,第 47—48 页。《英藏敦煌文献》(汉文佛经以外部分)第 8 册,1992 年,第 13 页。

② (后蜀)何光远《鉴诫录》,北京:中华书局,1985 年,第 69—73 页。

③ 王重民编《敦煌遗书总目索引》,第 222 页。

④ (宋)赞宁撰,范祥雍点校《宋高僧传》,第 224—226 页。

⑤ 项楚《敦煌诗歌导论》,第 130—131 页。陈尚君《汉唐文学与文献论考》,上海:上海古籍出版社,2008 年,第 490 页。

香严和尚即智闲禅师，青州人，主持邓州香严寺。《祖堂集》卷十九、《宋高僧传》卷十三、《景德传灯录》卷十一、《五灯会元》卷九皆有传，五代后梁乾化中(911—914)卒[①]。据《景德传灯录》卷十一及《五灯会元》卷九记载，香严向来以善作偈颂著称："有偈颂二百余篇，随缘对机，不拘声律，诸方盛行。"《景德传灯录》卷二十九载有香严诗颂 19 首。又有 S.1635《泉州千佛新著诸祖师颂》序云"谈及乐浦香严尤长厥颂"，可见香严诗颂在晚唐时颇负盛名。

《香严和尚嗟世三伤吟》以"伤嗟鷄刀鸟，夜夜啼天晓"起首，描绘鷄刀鸟筑巢育儿之苦辛及最终反被子女抛弃的悲伤。通篇以鸟喻人，告诫世人应及早解脱对人世的各种留恋。据《宋高僧传》卷十一《伏牛山自在传》，则《三伤吟》当创作于元和年间。

主要校录本有：巴宙《敦煌韵文集》，陈尚君《全唐诗补编》，徐俊《敦煌诗集残卷辑考》，汪泛舟《敦煌石室僧诗校释》，张锡厚主编《全敦煌诗》等。

3.《宣宗皇帝御制劝百寮》(首题)[②]。仅存 10 行。此文又见于P.2914v、P.3738p1、P.2633、S.3824v 等写本。据首句可以确定该文创作于唐宣宗时期(846—859)或之后。

4.《女人百岁褊(篇)从一十至百年》(首题)。正文仅"壹拾花枝两斯谦。优"八字，2 行。又见于 S.2947、S.5549、P.3168、P.3821 及 Дx.1563＋Дx.2067 等 5 件写本。S.5549、P.3168、P.3821 首题"女人百岁篇"，其中 P.3168 题下注"从壹拾至百年"。S.2947 首题"女人百岁偏"。

《池台楼观非吾宅》《香严和尚嗟世三伤吟》及《女人百岁篇》的主要校录本有：刘复《敦煌掇琐》，任半塘《敦煌曲校录》，任半塘《敦煌歌辞总编》，任半塘、王昆吾《隋唐五代燕乐杂言歌辞集》，徐俊《敦煌诗集残卷辑考》，汪泛舟《敦煌石窟僧诗校释》，张锡厚主编《全敦煌诗》等。

写本背面有"宋满成""社司转帖"等杂写，与正面笔迹不同，宋满成不知

---

① (南唐)静筠禅僧编、张华点校《祖堂集》，郑州：中州古籍出版社，2001 年，第 615—627 页。(宋)赞宁撰、范祥雍点校《宋高僧传》，第 276 页。(宋)释道元编《景德传灯录》，第 188—190 页。(宋)普济编、苏渊雷点校《五灯会元》，第 536—538 页。

② 原题"宣宗皇帝御制百劝寮"，"百"、"劝"之间有倒乙符号。

何人。

按此本正面为同一书手所抄,据《宣宗皇帝御制劝百寮》,此本应抄于宣宗时期或之后,故 S.5558 抄写时间的上限应该是 846 年。若卒于后梁初的"香严和尚"确为《嗟世三伤吟》的作者,则此本抄写上限当更晚。

五、参考图版

1.《敦煌宝藏》第 43 册,1981 年,第 419—421 页。

2.《英藏敦煌文献(汉文佛经以外部分)》第 8 册,1992 年,第 13—16 页。

3. International Dunhuang Project(国际敦煌项目,简称 IDP)。

46. S.5892 写本研究

佛教讲诵文集

一、写本编号

S.5892

二、所藏地点

英国国家图书馆

三、写本状况

册子本，由十一纸粘连成册，共计22页，每页14×14厘米。保存完好，无破损情况，共150行，每行8—11字。有界栏，栏宽不一。字迹相同，为一人所抄。文末有“甲戌年三十日三界寺僧沙你(弥)法定师记耳”题记。

四、写本内容

1.《地藏菩萨经十斋日》(首题)，存33行，起“一日章子下念”，迄“除罪八千劫念”。又见于S.2568、S.4175、S.4654等多个写本。本篇叙述了每月的十个日子会有天神下界，在这些日子念诵佛号可以免除罪劫。校录及研究论著有：苏远鸣《敦煌写本中的地藏十斋日》、尹富《十斋日补说》、荒见泰

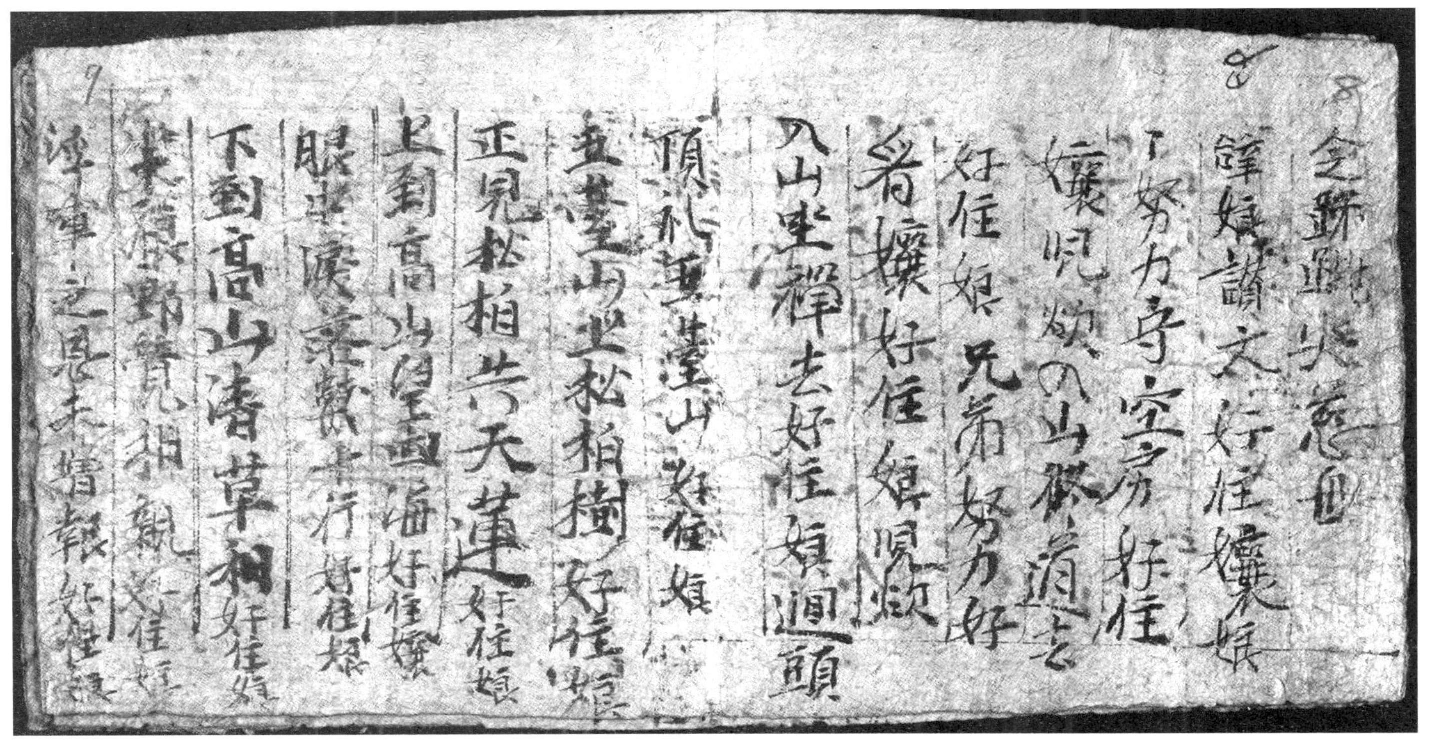

S.5892 局部

史《敦煌本十斋日资料与斋会、礼仪》等①。

2.《念(悉)达太子修道因缘》(首题)。存11行。起“迦夷为国净饭王”，至“念号咷哭慈母”。《悉达太子修道因缘》内容与《太子成道经一卷》相同而文字出入较多，故独立为篇。此篇写了悉达太子于无量世时，发愿舍身舍命、布施一切，利益众生，而得成佛的故事。此文又见于S.3711、S.4654、S.5487、S.6537、P.2924、P.3645、BD07676(皇字76)、BD8436(潜字80)等写本。另有日本龙谷大学藏本，首尾俱全，题名“悉达太子修道因缘”②。王重民等《敦煌变文集》，潘重规《敦煌变文集新书》，黄征、张涌泉等《敦煌变文校注》，张锡厚主编《全敦煌诗》等有校录及研究。

3.《辞娘赞文》(首题)，存28行。《斯坦因劫经录》分其为两部分，分别题作“辞娘赞文”和“顶礼五台山好住娘”③。按二者实为一篇，《辞娘赞文》尾行紧接抄“好入山赞文”五字，《入山赞文》实属另一独立赞文，敦煌写本多有存录，然此处仅存题目，题目后留出5行空白。《辞娘赞文》又见于S.19、S.1497(题名“好住娘赞”)、S.4634(题名“辞阿娘赞文”)、P.2581(题名“辞娘赞”)、P.2713(题名“辞娘赞说言”)、P.2919(题名“辞娘赞”)、BD08174(乃74)(题名“辞娘赞文”)、列XD0278(为《辞娘赞文》片段)等8个敦煌写本。

赞文共有七言28句，每句后有“好住娘”三字和声，末尾10个“好住娘”由一“好”字略写替代。“好住”，为安慰和问候之语，犹言安居保重。赞文为某僧人五台山出家，辞别母亲时的安慰之语。晚唐五代时，敦煌地区五台山信仰盛行，有许多僧人前往五台山巡礼朝拜。如P.3928《某僧人状一件》：“右厶乙忝居缁侣，谬在僧门，行艺全亏，又乖事业，欲报君臣之恩德，巡礼五台山。”P.3973《往五台山行记》记载了晚唐五代敦煌某僧人于戊寅(918)年二

---

① [法]苏远鸣《敦煌写本中的地藏十斋日》，中译本有耿升译《法国敦煌学精粹》，兰州：甘肃人民出版社，2010年，第383页。尹富《十斋日补说》，《世界宗教研究》2007年第1期，第26—34页。[日]荒见泰史《敦煌本十斋日资料与斋会、礼仪》，《敦煌吐鲁番研究》第十四卷，2014年，第379—402页。

② 潘重规《敦煌变文集新书》，第548页。

③ 施萍婷主编《敦煌总目索引新编》，第184—185页。

月从敦煌出发,经过代州、忻州到五台山巡礼文殊菩萨等圣迹的。此外,敦煌写本中还有大量有关五台山的文献,包括《五台山赞》《五台山曲子》《五台山志》《辞娘赞文》《礼五台山偈》《游五台山赞文》《入山赞》《五台山诗》等,可看出晚唐五代时五台山文殊信仰对敦煌佛教的巨大影响。

从曲调上看,此文与汉魏相和歌辞之《上留田》《竹枝词》相近,《上留田》六句,每句末尾有"上留田"三字和声,六句三叶韵。敦煌民歌《乐入山》由十五个七字句组成,每句后面均有"乐入山"三字和声衬韵,其形式与《辞娘赞文》相似[①]。胡适在许国霖《敦煌杂录》序言中称:"《辞娘赞》《涅盘赞》《散花乐》《归去来》都属于同一种体制,使我们明白当时佛曲是用一种极简单的流行曲调,来编佛教的俗曲。'好住娘,娘娘努力守空房,好住娘',这是民间流行的曲调,下面内容是用这曲调编的佛曲。"又云:"这种曲子是很恶劣不通的。当时俗讲的和尚,本来大都是没有学问、没有文学天才的人,他们全靠这种人人能唱的曲调,来引动一般听众。《五更调》等,与此同理。"[②]

任半塘《敦煌曲初探》《敦煌曲校录》,高国藩《试论敦煌写本〈辞娘赞〉》,杜斗城《敦煌五台山文献校录研究》,张锡厚编《全敦煌诗》有校录及研究。

4.《礼忏文》(据《英藏敦煌文献》拟题),存 29 行,起"南无东方须弥灯光明如来十方佛等一切诸佛",迄"常住三宝"。《中华大藏经》之《集诸经礼忏仪》收录此文,署名"大唐西崇福寺沙门智升撰。"[③]

关于撰者智升,《宋高僧传》:"释智升,未详何许人也。义理悬通,二乘俱学,然于毗尼,尤善其宗。此外文性愈高,博达今古。……乃于开元十八年岁次庚午,撰《开元释教录》二十卷,最为精要。"[④]《四库全书总目》:"智升,开元中居长安西崇福寺,是编以三藏经论编为目录。不分门目,但以译人时代为先后,起汉明帝永平十年丁卯,迄开元十八年庚午,凡六百六十四载。中间传经缁素总一百七十六人,所出大小二乘三藏圣教及圣贤集传并及失

---

① 高国藩《试论敦煌写本〈辞娘赞〉》,《固原师专学报》1987 年第 4 期。

② 许国霖《敦煌石室写经题记与敦煌杂录》,上海:商务印书馆,1937 年,第 5—6 页。

③ 《中华大藏经》汉文部分六三,北京:中华书局,1990 年,第 583—584 页。

④ (宋)赞宁撰,范祥雍点校《宋高僧传》,第 85—86 页。

译总二千二百七十八部，合七千四十六卷。”[①]《开元释教录》一书为盛唐以前佛典目缘集大成之作。S.5532 存智升诗偈《嗔是忍辱花》一首，《全敦煌诗》收录[②]。

5.《觐佛功德》（首题），存 8 行。起“如来智海无边”，迄“皆觅速证菩提过”。

6.《无想（相）法身礼》（首题），存 39 行。《敦煌遗书最新目录》题作“礼三宝文”[③]，末两行题记：“甲戌年三十日三界寺/僧沙你（弥）法定师记耳。”《中国古代写本识语集录》题作：“无想法身礼三界寺沙弥法定题记（甲戌年 974?）册子”[④]。

抄写者法定，为三界寺僧人。敦煌三界寺是晚唐五代敦煌佛教教团的官寺之一，位于莫高窟下寺，即今藏经洞第 17 窟和 16 窟的前面，藏经洞出土的藏经就是三界寺的藏经[⑤]。三界寺在敦煌文献中最早见于蕃占中期（820 年左右）初见其名（P.3654），至北宋天禧三年（1019）犹存（《天禧塔记》）[⑥]。三界寺在金山国与甘州回鹘的战火中遭到焚毁，后得以重建。重建三界寺，大致经历了近十年的时间（P.3541），因此，法定抄写的甲戌年以北宋开宝七年（974）的可能性为最大。现补充理由：

三界寺在重建后，还进行了漫长的藏经重建过程。五代时期，张道真在担任三界寺观音院主、法律、僧政、僧录期间，收集各寺古坏经文加以修补。现存三界寺僧人抄经的题记较多，如：P.3375v《欢喜国王缘》题记：“乙卯年七月六日三界寺僧戒净写记”。P.3824 写经题记“辛未年四月十二日□□经却宋本，主用三界寺僧永长记耳”，上图 119（912569）《佛说父母恩重经》题“显德六年（959）正月十九日三界寺弥戒轮书记”，P.3051《频婆娑罗王后宫采

① （清）纪昀《四库全书总目》，北京：中华书局，1965 年，第 1237 页。

② 张锡厚主编《全敦煌诗》，第 5984 页。

③ 黄永武主编《敦煌遗书最新目录》，第 211 页。

④ ［日］池田温《中国古代写本识语集录》，第 506 页。

⑤ 荣新江《再论敦煌藏经洞的宝藏——三界寺与藏经洞》，荣新江《敦煌学新论》，兰州：甘肃教育出版社，2002 年，第 15—18 页。

⑥ 李正宇《敦煌史地新论》，台北：新文丰出版公司，1996 年，第 80 页。

女功德意供养塔生天因缘变》尾题“维大周广顺叁年癸丑岁(953)四月廿日三界寺禅僧法保自手写记”等等[①],法定所抄经卷与三界寺补经活动有关。

另据S.289《李存惠墓志铭并序》,李存惠之兄为“释门僧正临坛供奉大德兼义学法师赐紫沙门法定”,而李存惠于“太平兴国五年(980)庚辰岁正月乙亥朔廿六日庚子枕疾终于修文坊之私弟(第)矣”,其兄法定的生活时代与其弟应相近,因此,“甲戌年三十日三界寺僧沙你(弥)法定师记耳”题记中的“甲戌”应为宋开宝七年。张锡厚主编《全敦煌诗》对这首《无想(相)法身礼》有校录。

综合来看,整个册子皆抄佛教类讲诵文献,从笔迹判断,为一人所抄,抄写者为三界寺僧法定,写本完成的时间为开宝七年。这很可能是法定自用性质的小册子,便于随身携带和使用。法定的抄写行为,又与三界寺焚毁重建后进行的补经抄录活动有着密切相关。

五、参考图版

1.《敦煌宝藏》第44册,第543页。

2.《英藏敦煌文献(汉文佛经以外部分)》第9册,第198—200页。

3. International Dunhuang Project(国际敦煌项目,简称IDP)。

---

① 王秀波《唐后期五代宋初敦煌三界寺研究》,上海大学硕士论文,2014年,第40页。

47. S.6171 写本研究

宫词三十九首

一、写本编号

S.6171

二、所藏地点

英国国家图书馆

三、写本状况

该写本(残存)68.6×26.5 厘米,单面书写,首尾皆残,存诗 49 行,每行 20—25 字不等,不署诗题、撰者与抄写时间。诗行之间有界栏,行宽约 1.3 厘米。前一诗与后一诗之间有约一字大小之间隔,以示区分。写本末空一行处,残存杂写文字两行。

写本字迹整体较为工整,第十行至第十八行下端处有些许缺损,除残缺部分外,大部分字迹可辨认。其笔画粗细不匀,字体大小不一,据残存字迹分析,应为一人所书。

四、写本内容

整个写本残存诗歌 39 首(包括残诗),首行残损严重,至第二、三行始为

S.6171 局部

完整。全诗皆为七言四句,语言通俗易懂。《全敦煌诗》著录:首起“看新图,教坊(原卷作‘方’)因进翻来曲”,下讫“教人把篛喂樱桃。寄孳卅”。《敦煌歌辞总编》称:“尚难云是原作之全部,因开端第一首即残缺大半,其上更有文字否?不可知,而末首之后原本至少尚有一首存在,可辨者仅剩五字。”①

此写本虽无诗题、撰者及抄写时间等,但据诗歌内容可知其多表现宫廷生活。向达《伦敦所藏敦煌卷子经眼目录》拟题作“宫辞(? 五十一)”,对写本为“宫辞”尚存疑问,“五十一”为该写本全文行数。翟理斯(Lionel Giles)《英国博物馆藏敦煌汉文写本注记目录》(*Descriptive Catalogue of the Chinese Manuscripts from Tunhuang in the British Museum*)著录:“七言诗集,有破损,十世纪,书法平庸。”判定该写本为宫词,调寄“[水]古(鼓?)子”,并对其进行校理和研究。刘铭恕《斯坦因劫经录》拟作“唐宫词”,在“说明”中除抄录一、二首外,还著录“全诗约 40 首”。巴宙《敦煌韵文集》拟名“宫廷诗”②。饶宗颐《敦煌曲》谓写本末题云“寄《古子》”,与 P.3360《大唐五台曲子》寄在《苏幕遮》、S.1497 写本背面《五更转》而题名《曲子喜秋天》相同,是寄在《古子》名下,以《古子》之曲调唱出此绝句。此《古子》当即《鼓子》,敦煌琵琶谱有《水鼓子》,《教坊记》有《水沽子》,《乐府诗集》有《水鼓子》,《北梦琐言》有《水牯子》,当是同一曲调③。任半塘《敦煌歌辞总编》题作“水鼓子 宫辞 三十九首”。《英藏敦煌文献》拟名为“宫词”。《敦煌诗集残卷辑考》作“宫词丛抄 诗三十九首”④。在诗题定名上,各家虽有差异,但基本同意为宫词。一方面,诗中多次出现“宫中”“宫闱”“宫人”“宫门”“宫棋”“宫女”等名词。另一方面,反映皇家仪规和宫廷生活之语词如“降诞”“内宴”“奉敕”“封状”

---

① 张锡厚主编《全敦煌诗》,第 4413 页。任半塘《敦煌歌辞总编》,第 704 页。

② 向达《伦敦所藏敦煌卷子经眼目录》,《图书季刊》新第 1 卷第 4 期,1939 年,收入其书《唐代长安与西域文明》,北京:三联书店,1987 年,第 195—239 页。Lionel Giles: *Descriptive Catalogue of the Chinese Manuscripts from Tunhuang in the British Museum*, the Trustee of the British Museum, 1957, p.239。王重民编《敦煌遗书总目索引》,第 236 页。巴宙《敦煌韵文集》,高雄:佛教文化服务处,1965 年。

③ 饶宗颐《饶宗颐二十世纪学术文集》卷八《敦煌曲》,第 876 页。

④ 任半塘《敦煌歌辞总编》,第 704 页。《英藏敦煌文献》(汉文佛经以外部分)第 10 册,1994 年,第 135—136 页。徐俊《敦煌诗集残卷辑考》,第 644 页。

“戎夷修礼”“欲幸”等也经常出现。此外,还有其他一些描写帝王生活才能使用的字词,如“幸”“宣”“君王”“君心”“掖庭”“御楼”“万岁”等。此 39 首诗歌几乎皆有宫廷生活之印记,故可将该部分诗词定名为宫词。

由于全诗皆无诗题,为便于考证研究,现拟每首诗之首句为诗题,内容如下:

序号	诗　题	序号	诗　题
1	《□□□□□□□》	2	《降诞宫中呼万岁》
3	《朝廷赏罚不逡巡》	4	《中书奉勅当时行》
5	《内宴功臣有旧仪》	6	《君王闲静欲听歌》
7	《孔雀知恩无意飞》	8	《寒更丝竹转泠泠》
9	《掖庭能织御衣人》	10	《秋月君王多猎去》
11	《中使先□□□□》	12	《春天日色正光辉》
13	《新候恩光日日临》	14	《五方外按收狐兔》
15	《春时□□宴文王》	16	《花开欲幸教方时》
17	《新殿中庭索柱□》	18	《美人皆看内园中》
19	《生衣勿进紧纹纱》	20	《日晚中人走马来》
21	《新进桥瓦是黄檀》	22	《春天暖日会妃嫔》
23	《中国常依礼乐经》	24	《美女承恩赐好梅》
25	《牡丹昨日吐深红》	26	《欲得藏钩语少多》
27	《两朋高语任争筹》	28	《批答封章不再寻》
29	《内家供应万般齐》	30	《随他女伴赏春时》
31	《夜饮宫人总醉醒》	32	《尽喜秋时净洁天》
33	《百司供拟甚芬芸》	34	《寒光憔悴暖光繁》
35	《先换音声看打球》	36	《寒食两朋坊内宴》
37	《不出闺闱三四年》	38	《君王欲幸九城宫》
39	《琵琶槰拨紫檀槽》		

此 39 首诗不见于现有之传世文献,这对于诗歌作者及创作时间之考证有一定难度,且即使有相应之探讨,也存在较大分歧。任半塘指出“此组宫

辞具有完整性、特殊性，难定为一时、一地、一手之作”[①]。张锡厚运用“《全唐诗》速检系统”对敦煌《宫词》之名物、称谓及短句等进行检索，其认为《全唐诗》虽多处与之相同，但两者无一首雷同互见之作[②]。

对于此39首诗歌之写作年代，目前尚无统一定论。饶宗颐据诗中出现的“银台门”“大明节”“老人星”“通犀带”等名物，考证其为梁宫词，皆作于开平二年（908）以后[③]。任半塘认为当作于唐大历、贞元年间（766—805），“代宗大历（766—779）间，王建（约767—约830）撰《宫词》百零二首。贞元（785—804）间，王涯（764—835）撰《宫辞》三十首。后蜀孟昶（919—965）时，花蕊夫人录《宫辞》百五十八首——三者所见制度、掌故，多属中唐以前，宜为此组三十九首之先。逮后唐明宗天成间（926—929），和凝（898—955）又撰《宫辞》一百首，起章毕咏，略有组织，宜在此组三十九首之后”[④]。张锡厚从《宫词》言及的宫苑设置、供应陈设、游猎嬉戏以及声曲伎艺等方面，进一步考定宫词所写内容为中晚唐之交的宫廷生活，并推断此39首诗作似应出自谙熟中晚唐前后宫廷生活变化的作家之手[⑤]。

董艳秋在其《敦煌宫词研究》中对此39首宫词皆作过详细研究考证，但由于缺少相关必要信息，仍有诸多诗作无法作出具体判断[⑥]。除此之外，还有钟书林等其他学者对其中部分诗歌作过相关研究。现将已作出具体判断之诗歌研究情况悉数叙述如下：

第二首《降诞宫中呼万岁》：“降诞宫中呼万岁，此时长庆退云飞。银台门外多车马，尽是公卿进御衣。”董艳秋考证后认为此诗叙述内容为唐皇降诞日之热闹场面，地点为长庆与银台门，且庆祝形式有“进御衣”一活动。“长庆”为兴庆宫中之长庆殿，“银台门”在大明宫。据《旧唐书》《唐会要》等文献记载，唐朝历代之帝王，唯有穆宗之降诞日庆祝活动与上述情况相符，

① 任半塘《敦煌歌辞总编》，第706页。
② 张锡厚《敦煌文学源流》，第129—138页。
③ 饶宗颐《饶宗颐二十世纪学术文集》卷八《敦煌曲》，第880页。
④ 任半塘《敦煌歌辞总编》，第705—706页。
⑤ 张锡厚《敦煌文学源流》，第121—129页。
⑥ 董艳秋《敦煌宫词研究》，沈阳：辽海出版社，2007年。

由此将该诗创作时间暂定于唐穆宗时期[①]。钟书林则认为,"长庆"非宫殿名,而为祝福语。据相关文献记载,其发现帝王降诞日银台门进衣之礼俗,主要发生于德宗时期。他认为此首诗作与贞元间王涯之《宫词》应为同一时期作品,且作品可能出自唐德宗朝之文人[②]。

第六首《君王闲静欲听歌》:"君王闲静欲听歌,西面银台课事多。恩泽不曾遗草木,朝来三度进喜和。"董艳秋发现,敦煌写本"喜""许"音近可通用,"喜和"似为人名"许和"。而开元年间确有歌艺者名为"许和子",开元末进宫表演,被皇帝赏识。由此推断,该诗约作于开元、天宝之际(736—755)[③]。

第十三首《新候恩光日日临》:"新候恩光日日临,宫中咒愿意皆深。频□□□□□□,缀着春人当背心。"董艳秋认为,此处之"春人"应指人形春幡,"春人"即将十余小幡样——人形幡重垒相连缀,簪于头上。而头戴春幡之习俗据文献记载,有岁旦与立春之日。若"春人"为"春幡"之推测成立,则该诗描绘之景况应发生于岁旦或立春之日[④]。

第十四首《五方外案收狐兔》:"五方外案收狐兔,教猎宫中贵在□。□□君王□□院,近闻中尉进花鹰。"董艳秋考证,"中尉"为秦官名,汉武帝初年更名为"执金吾",唐代之"中尉"为德宗所置,由宦官担任。据此,该诗应创作于德宗贞元十二年(796)六月始置中尉之官以后[⑤]。

第二十五首《牡丹昨日吐深红》:"牡丹昨日吐深红,移向城新殿院中。欲得且留颜色好,每棄皆看碧纱笼。"唐朝非常看重牡丹,为使牡丹花颜色保持长久,常对牡丹以碧纱遮盖保护。董艳秋考证,"碧纱笼"当在穆宗之后[⑥]。

第二十八首《批答封章不再寻》:"批答封章不再寻,少年宣史称君心。

---

① 董艳秋《敦煌宫词研究》,第 31—36 页。

② 钟书林《敦煌写本 S.6171 与唐代宫词发展》,《社会科学辑刊》2010 年第 5 期,收入钟书林、张磊《敦煌文研究与校注》,武汉:武汉大学出版社,2014 年,第 125—131 页。

③ 董艳秋《敦煌宫词研究》,第 65—69 页。

④ 董艳秋《敦煌宫词研究》,第 97—101 页。

⑤ 董艳秋《敦煌宫词研究》,第 102—108 页。

⑥ 董艳秋《敦煌宫词研究》,第 147—155 页。

近来闇读羲之帖，学得行书胜翰林。”唐玄宗时，书法风气极盛，朝廷特设翰林一职。董艳秋认为，此章此诗所涉内容当发生于盛唐或中唐①。

第三十三首《百司供拟甚芬芸》：“百司供拟甚芬芸，丹凤重修了奏闻。明日禁兵阶立丈，金鹅袄子赐将军。”董艳秋考证，立仗服饰至玄宗朝始用黄色。据此“金鹅袄子”，则此章为玄宗朝之作。

第三十五首《先换音声看打球》：“先换音声看打球，独教□部在春楼。不排次第排恩泽，把板宫人立上头。”董艳秋考证，唐代帝王亲自上场打球者，史载有玄宗、穆宗、敬宗、宣宗及僖宗等，此诗所述内容当发生于盛唐②。

第三十八首《君王欲幸九城宫》：“君王欲幸九城宫，便着罗衣换水红。闻道□坊新逐鹘，莫交鹦鹉出金笼。”据《旧唐书》《新唐书》所载，常幸九城宫之皇帝仅有太宗与高宗，该诗所述内容当发生于初唐③。

第三十九首《琵琶鍮拨紫檀槽》：“琵琶鍮拨紫檀槽，弦管初张调□高。理曲遍来双腋弱，教人把箭喂樱桃。”上首又见于张籍（约767—约830）《宫词》，文字略有异。任半塘《敦煌歌辞总编》、徐俊《敦煌诗集残卷辑考》皆认为敦煌词乃改编张籍词者④。故末首敦煌宫词创作时间之上限应不早于元和元年（806）。

综合以上众多学者之考证内容及诗中所透露之信息，关于该写本之研究可有以下之推论：

1. 诗作者应谙悉皇家宫廷生活。

2. 诗作所述当发生于唐朝宫廷，且反映中晚唐宫廷生活变化较多。

3. 此39首作品，当非一人一时一地之作，应为一组作品之汇编。

该写本当由中原传至敦煌。此类同一内容诗作之汇编抄本，于敦煌文献中为数不少，考证其抄写时间，多为归义军初期传至敦煌而被传抄。唐朝自德宗至文宗时期，出现了安史之乱后的基本太平，统治者亦逐渐生活奢

---

① 董艳秋《敦煌宫词研究》，第161—166页。
② 董艳秋《敦煌宫词研究》，第188—194页。
③ 董艳秋《敦煌宫词研究》，第204—209页。
④ 任半塘《敦煌歌辞总编》，第722—723页。徐俊《敦煌诗集残卷辑考》，第694页。

侈。同时人们也深深怀念盛唐之太平,遂出现大量描写宫廷生活之诗歌。《诗人玉屑》卷十六引《唐王建宫词旧跋》:"宫词凡百绝,天下传播,效此体者虽有数家,而建为之祖耳。"[①]元稹(779—831)《酬乐天余思不尽加为六韵之作》"元诗杂驳真难辨"下自注云:"后辈好伪作予诗,传流诸处。自到会稽已有人写宫词百篇及杂诗两卷,皆云是予所撰,及手勘验,无一篇是者。"[②]《旧唐书·元稹传》:"尝为《长庆宫词》数十百篇,京师竞相传唱。"[③]可见当时唐人别好宫词,到处传诵、传唱、传抄。敦煌本《宫词》约亦为此时期之作品。据胡仔《苕溪渔隐丛话》记载,王建《宫词》一百首中,杂有王昌龄(?—756)、白居易(772—846)、杜牧(803—853)等人之作品[④]。所以,汇集各家宫词为一体,以适应社会传诵之需要,为当时之风气。敦煌本《宫词》亦于此种风气下传至敦煌。是编以抒写皇家宫廷生活为主要内容,既可每诗独立成篇,又可连续在一起,展现出唐代多姿多彩皇家生活之真实场景。

主要校录本有:饶宗颐《敦煌曲》,任半塘《敦煌歌辞总编》,项楚《敦煌歌辞总编匡补》,徐俊《敦煌诗集残卷辑考》,张锡厚主编《全敦煌诗》等。

五、参考图版

1.《王重民向达所摄敦煌西域文献照片合集》第29册,第10709—10710页。

2.《敦煌宝藏》,第45册,第84页。

3.《英藏敦煌文献(汉文佛经以外部分)》第10册,第135—136页。

4. International Dunhuang Project(国际敦煌项目,简称IDP)。

---

① (宋)魏庆之撰,王仲闻点校《诗人玉屑》卷十六,北京:中华书局,2007年,第506页。

② (唐)元稹撰,冀勤点校《元稹集》卷二十二,北京:中华书局,2010年,第284页。

③ (后晋)刘昫《旧唐书》卷一六六,第4333页。

④ (宋)胡仔纂辑,廖德明校点《苕溪渔隐丛话》后集,北京:人民文学出版社,1993年,第110—112页。

48. S.6234 + P.5007、P.2672写本研究

翁部诗稿

一、写本编号

S.6234 + P.5007、P.2672

二、所藏地点

S.6234：英国国家图书馆；P.5007、P.2672：法国国家图书馆

三、写本状况

S.6234共两纸，中间有拼接的痕迹。大小约26×45.70厘米。第一张右半部残损，正面存诗12首。其中第一首仅存两字，第二首上残，第三首附近有较大墨迹。

P.5007仅一纸，约27×21.5厘米。正面抄诗4首，其中第一首诗上接S.6234卷末《酒泉》，从该诗第二行裂开分为两卷。背面存字5行，字迹较为工整。

P.2672共三纸，有拼接的痕迹，约27.6×71.6厘米。第一张仅存1行，第二张纸保存较为完整，第三张残损严重。纸张呈黄褐色，正面和背面均有稍许油渍浸染。正面共计41行，每行大约20字，书写较为工整，依次抄写了11首诗、两残句。背面第一纸抄写了两篇行状，题名为“都防御判将仕

S.6234 局部

P.5007 局部

P.2672 局部

郎状”，墨迹黯淡，书写较差。然后依次抄写了四首诗，共计16行。

S.6234与P.5007可缀合，P.2672虽不能缀合，但字体相近，当为同一写本。

四、写本内容

S.6234，首尾俱残，正反面抄写，正面抄诗9首：缺题两首、《因国十一求干脯》《问友人疾》《酒泉太守》《秋日茂葵》《玩月》《西州》《酒泉》。卷背抄《正月一日河西都防御判官将仕郎试弘文馆校书郎何成状》二通、《甘州》诗和“杂写（如来藏经等）”等[①]。项楚认为，本卷诗集的作者据第一首诗句“谁敢恃知州”判断，当时正担任着太守的官职。不过作者不会是酒泉太守，因为诗集中专有题《酒泉太守》的赠诗，可见酒泉太守是作者的友人。而是沙州太守的可能性最大。“诗集的作者以太守的身份描写了唐代西陲的景况，诗歌中表现出安定太平的气象，因此可以肯定是安史之乱以前的盛唐时期的作品。”项楚还考证“这个卷子是作者的手稿，而不是他人的抄本”[②]。

P.5007，正面存《酒泉》诗的后5句、《敦煌》《寿昌》《仆固天王乾符三年(876)四月廿四日打破伊州□去[下缺]》。王重民《补全唐诗拾遗》卷三《敦煌人作品》收录本卷三篇作品，并考释说：“以上诗三首，都作于唐大中二年(848)张议潮起义以后。‘歌谣再复归唐国’即咏此事。第三首诗题有历史价值。仆固天王殆即北庭回鹘首领仆固俊。此诗应是当时当地人所作，所以称他为天王。乾符三年(876)打破伊州事，不见史书记载。可惜诗题残缺，诗文仅存六字，以致意义不够明显。这时候，仆固俊受张议潮的指挥，打败了吐蕃不久。这次打伊州(876)，想他是受张议潮的命令的。”按此时张议潮已在长安去世，不会是受张氏的命令。这里有明确纪年，如果本卷是作者

---

① 荣新江认为此卷抄状文的一面为先抄写者，当为正面，而抄诗文的一面为后写者，当为背面(《唐人诗集的抄本形态与作者蠡测——S.6234＋P.5007、P.2672综考》，载《项楚先生欣开八秩颂寿文集》，北京：中华书局，2012年)。按S.6234＋P.5007＋P.2672拼合卷是先抄有状文书札一面，但抄状文书札时，各纸并没有粘连。而诗的抄写者，把这些已经不用的文书粘连起来，形成一个长卷，然后抄写诗文。在这个意义上，诗文一面应当是正面。

② 项楚《敦煌诗歌导论》，第227页。

手稿的话,这位佚名的作者当是归义军张氏时期人。

P.2672,正面抄《胡桐树》《焉耆》《番禾县》《金河》《闲吟》《平凉堡》《嘉麟县》《铁门关》《自述》《塞上逢友人》《特牛沙》,背面抄《都防御判官将仕郎试弘文馆校书郎何成状》,状后名字上钤有"河西都防御使印",状文后抄《重阳》《自述》、缺题二首。王重民《伯希和劫经录》云:"作者大概是开元间人,曾在张掖作官,又曾在凉州、沙州、甘州、西州游历。"

以上王重民、项楚等的意见,都是就每个单独写本来判断的。当时学术界还没有对这三个写卷之间的关系进行研究。后来李军对 P.3863 背面《中和四年河西都防御招抚押蕃落等使翁郜牒》中署名为"郜"的人进行了考证,认为他就是《京兆翁氏族谱》中的翁郜[①]。荣新江、徐俊进一步研究,认为 S.6234 与 P.5007、P.2672 本来是一个写卷,残裂而分置异处。荣新江还对这个缀合卷进行了细致分析,认为 P.5007 + S.6234、P.2672 写本背面所抄录的《河西都防御判官将仕郎试弘文馆校书郎何成状》和 P.3863《中和四年河西都防御招抚押蕃落等使翁郜牒》都钤有"河西都防御使印",因此,写卷正面书札的收受者和诗歌的创作者,就是凉州都防御使判官翁郜其人,他也就是背面诗集的作者。"在荒寂的旅次中,翁郜利用何成等人给他的状文,把自己吟咏的诗歌记录下来,以后当书札废弃,就把它们粘连起来,抄写自己陆续写成的诗歌。这些诗歌涉及的地域从河西东部的平凉、番禾,到西域天山东部的西州、焉耆,正是河西都防御使所应当防御的范围,虽然事实上此时的唐朝河西都防御使没有能力控制这些地方,但并不妨碍翁郜以某种身份或明或暗地旅行于这块广阔的天地间。"[②]

《十国春秋》卷九七:"翁郜字季长,长安人。唐昭宗朝,官至尚书左仆射、河西节度使。梁篡唐,郜耻事二姓,以父、祖官闽,知其地偏僻可避乱,遂携家来建阳居焉。后徙义宁莒口。"[③]按,翁郜咸通十二年(871)为河西都防

① 李军《晚唐政府对河西东部地区的经营》,《历史研究》2007 年第 4 期。

② 荣新江《唐人诗集的抄本形态与作者蠡测——S.6234 + P.5007、P.2672 综考》,载《项楚先生欣开八秩颂寿文集》,第 149 页。

③ (清) 吴任臣《十国春秋》,北京:中华书局,1983 年,第 1392—1393 页。

御判官，乾符三年（876）为甘州刺史，中和四年（884）为河西都防御招抚押蕃落等使，龙纪元年（889）为河西节度使，约乾宁四年（897）去官，避乱入闽，居建阳，后徙义宁莒口。事迹又见《京兆翁氏族谱》。这组诗当是翁郜在龙纪元年前后创作汇编而成的。卷中诗歌每首分抄，诗题单列，题署清晰，诗句每见涂改痕迹，是翁郜对自己多年创作的诗歌的汇集。就创作的具体时间说，有作于安史之乱前的，也有作于吐蕃攻战河西时期的，还有作于张氏归义军时期的。荣新江说："不过无论如何，这个诗集写卷使我们看到，一个任职边塞的诗人，独自一人，或者率领着自己的部下，在匆匆忙忙的旅行当中，仍不忘吟咏。拾起几张废弃的公文，把自己的诗句记录下来，时不时地反复修改。透过敦煌保留下来的这几片残纸，我们似乎看到了诗人的身影，看到了唐朝诗歌创作、记录、保存、传抄、流行的整个过程。这个个案，除了文学史的意义外，对于书籍成立史的研究，也提供了很好的例子，而作者的确定，又可以让我们透过诗的内容，去探讨晚唐河西乃至西域那些朦胧不清的若干历史片段。"①

（一）S.6234＋P.5007 写本正面内容

1. 缺题诗。徐俊《敦煌诗集残卷辑考》将其校为七言八句。总共抄写了三行，第一行存"传歌"两字。第二行有"高丽曾破收南界，回鹘犹闻在北□"，据此似为咏史诗。陈祚龙《敦煌学海探珠》将此诗拟作"无题（羡他实雁过）"，巴宙《敦煌韵文集》将包括此诗在内的以下八首诗，拟作"敦煌杂咏"。

2. 缺题诗。五言八句。大致写诗人的客思之情，末句"谁敢恃知州"应当是自言官衔。诗题由于墨迹覆盖，已不可识读。

3.《因国十一求干脯》。五言八句。《敦煌学海探珠》将此诗题作"因国士求干脯"。项楚《敦煌诗歌导论》："原本是，'国'是姓氏，'十一'是排行，'国十一'乃作者友人，并非'国士'。"

4.《问友人疾》。五言八句。问候友人的赠诗。末联"塞垣唯委命，无处

① 荣新江《唐人诗集的抄本形态与作者蠡测——S.6234＋P.5007、P.2672 综考》，载《项楚先生欣开八秩颂寿文集》，第158页。

召医王”生动地反映出艰苦的生活环境。

5.《酒泉太守》。五言八句。诗中颂扬了酒泉太守的赫赫战功。这位酒泉太守,当是为唐朝新收酒泉城的河西都防御使下属的官员。此处的诗意,与乾宁元年(894)八月四日《敕静难军节度使翁郜牒》中“今掌龙韬,思立武功于圣代。既蕴下帷之志,乃为出塞之游”相近。

6.《秋日茂葵》。七言四句,咏物诗。

7.《翫月》。七言四句。该诗咏月,末句“皎洁分明为汉家”能够看出诗人对河西一带重归唐土的喜悦之情。

8.《西州》。五言八句。诗题、首句“交河”都原作“轮台”,后乙改。西州,本高昌国。唐贞观十四年(640)平高昌,置西州,并置安西都护府,领县五:高昌(前庭)、柳中、交河、蒲昌、天山。显庆三年(658)安西都护府移治龟兹,西州改置都督府。天宝元年(742)改为交河郡。乾元元年(758)复为西州。贞元八年(792)没于吐蕃[①]。咸通七年(866),北庭回鹘仆固俊破吐蕃取得西州,成为归义军节度使所辖一州。治所在今新疆吐鲁番东南高昌故城,即哈拉和卓古城。

荣新江说:诗题中的“西州”和诗句中的“交河”,原本都写作“轮台”,后用粗笔涂改。轮台是唐朝边塞诗人最喜欢吟咏的对象,但作者很快意识到时过境迁,到了他这个时代,西迁回鹘的新都城西州,远比轮台更为重要,所以及时地改作西州。“交河虽远地,风俗易中华。绿树参云秀,乌桑戴□花。”这里的“易”字从意思上似乎正相反,原本的意思应当是说,交河虽然距离中华本土很远,但风俗不易;自然景观也不是西域荒漠的情景,而是和中原地区类似。然而,“〔□□〕居猃狁,芦酒宴胡笳”,因为后来这里迁居来了回鹘(诗人往往用古代北方民族猃狁代称),所以风俗也为之一变,饮芦酒,听胡笳。到了作者的时候,“大道归唐国,三年路不赊”,与此相近的历史事

① 关于吐蕃陷西州的时间,尚存争议。陈国灿认为,吐蕃陷西州,大约在贞元八年。见《安史乱后的唐二庭四镇》,《唐研究》第2卷,北京:北京大学出版社,1996年,第415—436页。荣新江认为,陷落时间当在贞元十一年,见其《摩尼教在高昌的初传》,《中国学术》第1辑,商务印书馆,2000年,第167—169页。此从贞元八年说。

实应当是咸通七年(866)二月，北庭回鹘仆固俊尽取西州、北庭、轮台、清镇等城，遣使米怀玉入朝报捷①。似乎诗人觉得唐人常用的“轮台”典故过于陈旧，而改为自己亲历过的西州。

9.《酒泉》。七言八句。酒泉，西汉武帝元狩二年(前121)置禄福县、酒泉郡，禄福县为酒泉郡驻地。西晋元康五年(295)，改禄福为“福禄”。唐武德七年(624)始置酒泉县。广德元年(763)，酒泉地方属吐蕃，并建“肃州千户府”。大中三年(849)张议潮率军攻占甘、肃二州，酒泉属于张氏归义军统辖。光化二年(899)，甘州回鹘日见强盛，肃州已非归义军所有②，处于甘州回鹘统治之下。诗中的“建康”，位于甘州西二百里处，前凉张骏曾于此设郡，属凉州。唐朝设建康军，隶属河西节度使。“御史”应当是指御史中丞，为初任节度使者的加官。按，张议潮在大中三年收复肃州时，尚无节度使官衔，也不是御史③。而且作为唐朝派往河西的官员翁郜，他称颂的“新收”酒泉的御史，很可能是某位河西都防御使。

10.《敦煌》。七言八句。王重民《补全唐诗拾遗》将此诗拟题作“□□”，并注云:“原卷此诗题作‘敦煌’.”盖王先生以“敦煌”为以下诗的总题。王重民认为以下三首诗，都作于唐大中二年(848)张议潮起义以后。“歌谣再复归唐国”，即咏此事④。该诗略述吐蕃占领敦煌、赞颂归义军政权从吐蕃手中夺取河西地区的历史，歌咏当地风俗人情、兵将骁勇。

11.《寿昌》。七言八句。寿昌县，治所在今敦煌市区西南140里南湖乡。唐武德二年(619)分敦煌县置，隶沙州。永徽元年(650)废，乾封二年(667)复置，开元二十六年(738)又废为乡。大中二年(848)张议潮驱吐蕃，又置为县。《后晋天福十年寿昌县地境》(散1700号)多载县内山川城塞。据荣新江考订，诗中的会稽县当在当时瓜州常乐郡境内，《晋书》卷一四《地

① (宋)欧阳修、宋祁等撰《新唐书》卷二一七下《回鹘传》，第6133—6134页。荣新江《归义军史研究——唐宋时代敦煌历史考索》，第356—357页。

② 关于归义军政权与肃州的关系，及其与甘州回鹘对于肃州之争夺，见荣新江《归义军及其与周边民族的关系初探》，《敦煌学辑刊》1986年第2期。

③ 荣新江《归义军史研究》，第62—66页。

④ 陈尚君辑校《全唐诗补编》第一编《补全唐诗拾遗》卷三，第84页。

理志》记载当时属晋昌郡,或则诗人误以为河西的会稽县在寿昌。

12.《仆固天王乾符三年四月廿四日打破伊州□去……录打劫酒泉后却□断因……》。诗题较长,两行下缺,内容仅存一句"为言回鹘倚凶□"。从诗题和仅存的六字看,此诗描写的内容,当为西州回鹘首领仆固天王率领西州回鹘攻打伊州事。诗题中还说道"打劫酒泉"事,这正是时任甘州刺史的翁郜所要关心的事情,故特以诗纪之。

(二) S.6234 + P.5007 背面内容

1. 状一通,写在 P.5007 背面。字迹工整,中间有墨迹暗淡的"尊体动""万"等杂字,笔迹不同。署名则在 S.6234 背面的第一行,荣新江校作"正月一日河西都防御判官将仕郎试弘文馆校书郎何庆状"[①]。

2.《甘州》(原题),七言八句。写在卷背《河西都防御判官将士郎何成状二通》之后,与《何成状》非一人所抄。本诗为吟咏甘州之作。诗写甘州所处地理位置,汉胡杂处,胡风浓厚,虽远处河西,仍沐浴王化。据 S.2589《中和四年十一月一日肃州防戍都营田索汉君等状》,这里当时居住着吐蕃、退浑、龙家、羌、通颊等十五家部落,正在与回鹘和断未定,有二百回鹘常在甘州左右捉道劫掠[②]。诗歌与敦煌文书所述情形相合。

以下为杂写,有"藏经""大"等字,接着抄残状,中间有一句残诗"英灵有异人间事,□日封公五凤来",杂字"退浑王姓达翁"等。

P.2672 正面卷首有残句"回骑此州来"、卷末残句"特牛沙"两条,都已不可考。其余诗 11 首,分别是:

1.《胡桐树》。七言八句。胡桐树,多生于鄯善,此处当指武威之胡桐。《汉书·西域传》:"(鄯善)国出玉,多葭苇、柽柳、胡桐、白草。"颜师古注:"胡桐亦似桐,不类桑也。虫食其数而沫出下流者,俗名为胡桐泪,言似眼泪也。"诗借咏张骞胡桐树的典故,描写大漠荒凉萧瑟的情景。

2.《焉耆》。五言八句。焉耆,西域古国名,在今新疆焉耆回族自治县附

① 荣新江《唐人诗集的抄本形态与作者蠡测——S.6234 + P.5007、P.2672 综考》,载《项楚先生欣开八秩颂寿文集》,第 141—158 页。

② 荣新江《归义军史研究——唐宋时代敦煌历史考索》,303—306 页。

近。《新唐书·西域列传》:“焉耆国直京师西七千里而赢,横六百里,纵四百里,东高昌,西龟兹,南尉犂,北乌孙……初焉耆所都周三十里,四面大山,海水缭其外,故恃不为虞。”贞观十八年(644)安西都护郭孝恪讨平之,以其地为焉耆都护府。此诗即为吟诵焉耆之作。

3.《番禾县》。七言八句。番禾县,治所在今甘肃永昌县西。《旧唐书·地理志》河西道凉州中都督府条下记:“天宝(县):汉番禾县,属张掖郡……咸亨元年(670)于县置雄州,调露元年(679)废,番禾还凉州。天宝二年(743),改为天宝县。”番禾是凉州武威郡的属县,乃凉州最西之县,天宝中改名天宝县,其地与甘州删丹县接壤。

4.《金河　亦名呼蚕水》。五言八句。金河,不见于传世文献记载。P.2633v《龙泉神剑歌》有“金河东岸阵云开”语。《汉书·地理志》:“福禄,呼蚕水出南羌中,东北至会水入羌谷。”可知,呼蚕水,即今洮赉河,俗名北大河,发源于祁连山,流经今甘肃酒泉,再北流经金塔县,与黑河(弱水)汇流入居延海。但唐金河县天宝四载置,即振武军所在,治所在今内蒙古中部托克托县,金河即今大黑河。可见,如果是振武之金河,那就不会是“亦名呼蚕水”,也不会流入居延海。根据作者提到的其他地名,这里的金河应当是河西呼蚕水的别名,但作者把它误会成振武军的金河了。

5.《闲吟》。五言八句。诗人以当时流传较为广泛的几首教坊曲子的调名作的诗,其中包括《关山月》《胡渭州》《朝天乐》《感庭风》《忘海愁》《南蛮子》《莫黖》《菩萨蛮》等至少八首歌辞调名①。按敦煌诗歌中,这类嵌曲子名的作品还有一些,如S.5643:“美人秋水似天仙。红娘子本住。蝶儿终日绕花间。举头聚落秋。悔上采莲船。杨柳枝柔。堕落西番。”(《敦煌歌辞总编》0120),其中“天仙”“红娘子”“采莲”“杨柳枝”“落西番”等皆为曲调名。P.3199:“羊子遍野巫山。醉胡子楼头饮宴。醉思乡千日醺醺。下水船盏酌十分。令筹更打江神。”(《敦煌歌辞总编》0121),其中“羊子”“巫山”“醉胡子”“醉思乡”“下水船”“江神”皆为曲子名。

① 王昆吾《隋唐五代燕乐杂言歌辞研究》,第60页。

6.《平凉堡 太延五年拓跋寿伐宋》。太延五年(439)北魏灭亡北凉统一中国北方,该诗即咏此事。"寿"字误,当为"焘"。"宋"指北凉,因其奉南朝宋为正统,并受其册封。《魏书》卷四《世祖纪》载:"太延五年六月甲辰,车驾西讨沮渠牧犍(北凉),八月至姑臧(北凉都城),九月牧犍降。又遣将讨张掖,至酒泉,十月,车驾还。河西悉平。"据此,当于灭北凉之前置平凉堡,其地或离姑臧不远。若为原州之平凉,则似乎不在河西都防御使的势力范围。

7.《嘉麟县》。七言八句。嘉麟县,在今甘肃武威境内。《元和郡县志》卷四〇《陇右道下》:"嘉麟县,本汉宣威县地,前凉张轨于此置武兴郡,后凉吕光改置嘉麟县,后废,万岁通天元年(696)重置。"《新唐书·地理志》:"嘉麟(县):神龙二年(706)于汉鸾鸟古城置,景龙二年(708)废。先天二年(713)复置。"诗写作者经过嘉麟县的所见所感。

8.《铁门关》。七言八句。铁门关,一名铁关,西域地名,在今新疆焉耆和库尔勒之间。《新唐书·地理志》:"自焉耆西五十里过铁门关。"岑参有《题铁门关楼》诗:"铁关天西涯,极目少行客。关门一小吏,终日对石壁。桥跨千仞危,路盘两崖窄。试登西楼望,一望头欲白。"

9.《自述》。七言四句。从内容来看,诗人自比羝羊,似乎处于非常生死攸关的境地,表现出惧祸的心理。

10.《塞上逢友人》。"塞垣""知音",引关尹、老子的典故作为赠友人的惜别之词。诗中写道"敦煌上计",指地方官吏前往敦煌上报一年的政绩。该诗应是诗人偶遇好友所作的赠别诗。

11.《述怀寄友人》。五言二十句。此诗所赠的友人是作者自弱冠以来屡通音信的挚友,诗中描写了自己半生的仕宦经历。

P.2672 背面共有书札二通、诗四首,分别是:

1.《都防御判官将仕郎[试]弘文馆校[书]郎何庆状》。署名"何庆"的状一通,钤有"河西都防御使印"。文末还抄写了大约五六行文字,由于纸张破碎,字迹难以辨认,且同时有墨水较深、较浅的不同字迹。

2.《[□]状》。有"窃以道途迢递,艰阻是常"等字样。徐俊注意到诗文部分的笔迹、书写习惯和书札部分不同,荣新江则注意到,书札的相连部分用纸是分开的，后来为了要抄写诗集才将他们粘连起来[①]。

3.《重阳》。这首诗第一句言“共登南堡宴重阳”，可知是一首唱和诗。诗人称“黧眼颦眉望故乡”，可知诗人应该是仕宦河西的中原文人。

4.《自述》。诗人的咏怀之作。原本载诗三首，第三首自第二行以下残。徐俊《敦煌诗集残卷辑考》题第二、三首诗为“缺题二首”[②]。原第二首末尾云“辛勤自欲朝明主”，第三首末尾也称“方将竭力陈明主”，其内容和风格一致，可知均为诗人自述沙场立功的愿望的组诗。第一首有“一日悔称张掖掾”之语，王重民认为这是诗人在张掖作官时期所作，徐俊则认为或就友人而言，不足为据[③]。荣新江则考订诗人此时任甘州刺史，自称“掾”其实是自谦之词[④]。第三首残缺较为严重，但从第一联“河湟新复□凉城，道路通疏陇上清”和整首诗较为典型的歌颂基调来看，应当是赞美归义军收复凉州(861)。

以上作品，王重民《补全唐诗》，陈祚龙《敦煌学海探珠》，邓小南《为肃州刺史刘臣璧答南蕃书(伯二五五五)校释》，陈尚君《全唐诗续拾》，胡大浚《敦煌边塞诗歌校注》，徐俊《敦煌诗集残卷辑考》，张锡厚主编《全敦煌诗》，荣新江《唐人诗集的抄本形态与作者蠡测——敦煌写本 P.2672、S.6234 + P.5007 综考》等都有全部或部分校录。

五、参考图版

S.6234：

1.《王重民向达所摄敦煌西域文献照片合集》第 29 册，第 10740—10741 页。

2.《敦煌宝藏》，第 45 册，第 150—151 页。

3.《英藏敦煌文献(汉文佛经以外部分)》，第 10 卷，第 209—210 页。

---

① 荣新江《唐人诗集的抄本形态与作者蠡测——S.6234 + P.5007、P.2672 综考》，载《项楚先生欣开八秩颂寿文集》，第 141—158 页。

② 徐俊《敦煌诗集残卷辑考》，第 661 页。

③ 徐俊《敦煌诗集残卷辑考》，第 651 页。

④ 荣新江《唐人诗集的抄本形态与作者蠡测——S.6234 + P.5007、P.2672 综考》，载《项楚先生欣开八秩颂寿文集》，第 141—158 页。

4. International Dunhuang Project(国际敦煌项目,简称 IDP)。

P.2672:

1.《王重民向达所摄敦煌西域文献照片合集》第 10 册,第 2775—2777 页。

2.《敦煌宝藏》第 123 册,第 239—240 页。

3.《法国国家图书馆馆藏敦煌西域文献》第 17 册,第 179—181 页。

4. International Dunhuang Project(国际敦煌项目,简称 IDP)。

P.5007:

1.《王重民向达所摄敦煌西域文献照片合集》第 24 册,第 8777—8778 页。

2.《敦煌宝藏》第 135 册,第 157—158 页。

3.《法国国家图书馆馆藏敦煌西域文献》第 34 册,第 11 页。

4. International Dunhuang Project(国际敦煌项目,简称 IDP)。

49. Дх.3871 + P.2555 写本研究

唐诗丛抄

一、写本编号

Дх.3871 + P.2555

二、所藏地点

Дх.3871：俄罗斯科学院东方研究所圣彼得堡分所；

P.2555：法国国家图书馆

三、写本状况

Дх.3871 仅一纸，残存上半幅，单面书写，可与 P.2555 正面内容缀合。现存规格约 38×15.6 厘米。正面抄写诗歌 25 行，行楷，笔迹较工整，笔迹与 P.2555 正面一致，为同一人所抄。

P.2555 为卷轴装，首残尾全，双面书写。现存规格 629.5×28 厘米，由 15 纸黏合而成，每纸长 41.4—42.2 厘米。纸张呈黄褐色，正、背两面均有稍许油渍浸染痕迹。第三纸和第四纸、第十纸和第十一纸之间可看出是先写后粘。十四纸和十五纸之间为先粘后写。写本正面有界格，墨色极淡。正面诗文为同一人所抄，行楷，笔迹较工整，墨色浓淡不一。抄写诗文行款统一，有空格表敬。第十二纸、十三纸有另一种笔迹的杂抄“公特特达越金

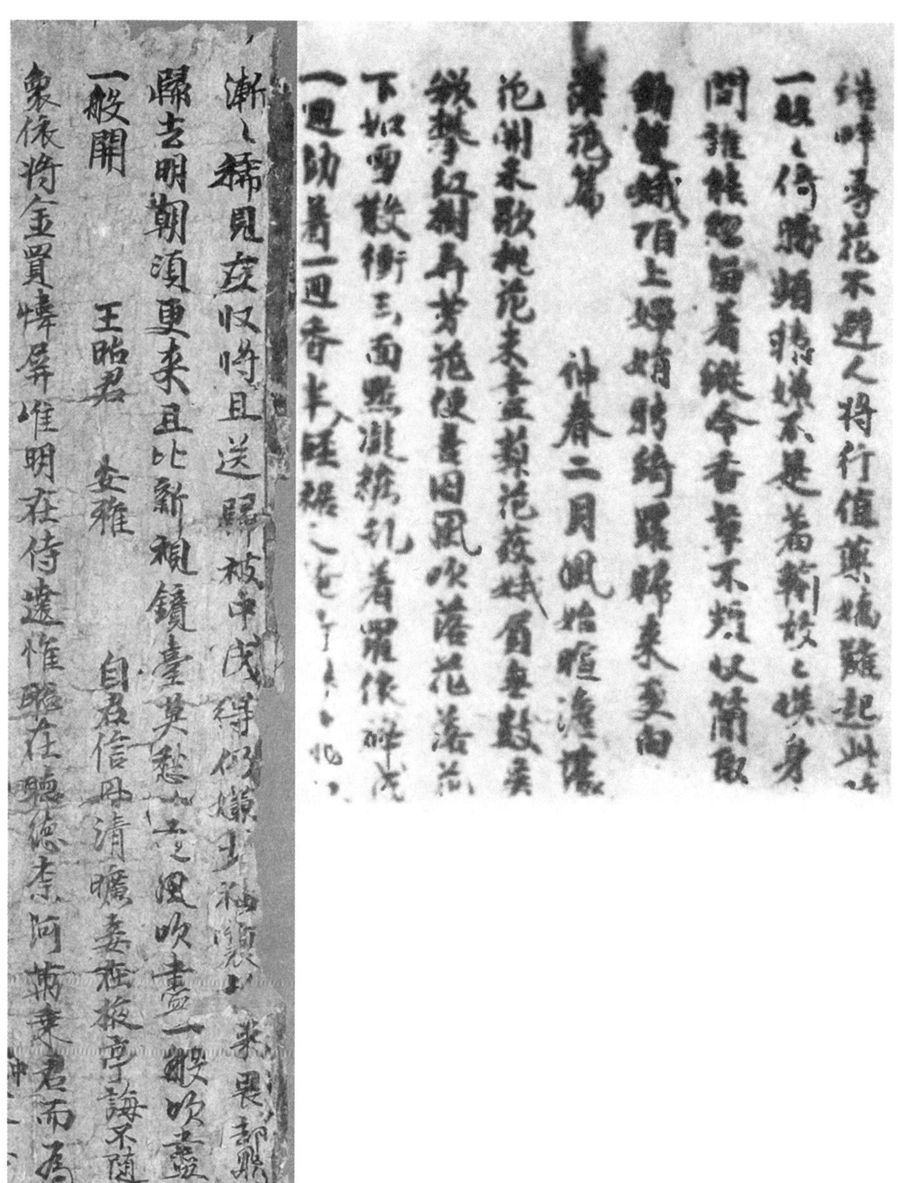

Дх.3871 和 P.2555 卷首缀合图

古六尺堂堂善文武但金朝”“千字文敕员外难铛锅煮镦”，书法拙劣，为后人的杂抄。P.2555写本背面内容抄于前八纸，无界格。背面笔迹、行款与正面诗文一致，为同一人所抄。背面行楷大小不一，大处每行书7字，小处每行书30字左右。笔迹较正面纤细，墨色浓淡不一。

P.2555写本六件碎片大小不一，字迹不同。碎片一（P.2555piece-1）尺寸为38.9×15.9厘米，《敦煌遗书总目索引新编》著录：“补衬纸五行。本文：侄廿一叔端公归义军兵马留后□□□□至凉州已送上。说明：隐约可见印鉴。”背面为“轻须火急赴平炉”诗杂写。日本学者赤木崇敏认为此纸实为装信的信筒，此信封的发信人可能是归义军节度留后张淮鼎，收信人是“端公”李明振[①]。王使臻认为，从此封皮纸的封题内容、印章（“沙州节度使印”）等判断，此封皮纸是由“归义军节度兵马留后（使）”所封题，收信人大概在甘州、凉州之间的某地。此封皮纸后来被当作废纸再次利用，裱糊、修补P.2555残破的文集[②]。

碎片二（P.2555piece-2）尺寸为41.8×27.1—27.5厘米，为肃州长史检校国子祭酒兼御史中丞上柱国周弘真状。碎片三（P.2555piece-3），尺寸为27.1—27.4×10—11.5厘米，为赛神会帖。碎片四（P.2555piece-4），尺寸为41.8×27.5—28.3厘米，正面为诸处借盘叠叠子抄数具名如数，背面为“轻须火急赴平炉”诗两首。碎片五（P.2555piece-5）尺寸为18.4×26.8—27.3厘米，抄诸亲借毡褥名目如数。

碎片六（P.2555piece-6），尺寸为3.2×11.1厘米衣物帐[③]。徐俊《敦煌诗集残卷辑考》云：“北京图书馆敦煌吐鲁番研究资料中心藏海外敦煌遗书照片中有未经揭裱的P.2555卷白底黑字照片，其中《白云歌》中部有一文书

① ［日］赤木崇敏《河西归义军节度使张淮鼎——敦煌文献P.2555piece-1の检讨を通して》，《内陆アジア言语の研究》2003年第20期。

② 王使臻等《敦煌所出唐宋书牍整理与研究》，成都：西南交通大学出版社，2016年，第60页。

③ P.2555piece-2-6碎片尺寸来自法国国家数字图书馆网站（http://gallica.bnf.fr）。碎片名称参考上海古籍出版社、法国国家图书馆编《法藏敦煌西域文献》第15册，上海：上海古籍出版社，1995—2005年，第334—349页。P.2555piece-1的尺寸采自日本学者赤木崇敏《河西归义军节度使张淮鼎——敦煌文献P.2555piece-1の检讨を通して》（《内陆アジア言语の研究》2003年第20期）。文中称他亲自到巴黎法国国家图书馆量得残片数据。

残片横向遮盖其上,编号 P.2555(6),存文字四行,上残。云:'(上缺)□□□□处处农田,牛羊成/(上缺)万盈千,皆是府主仆射威福/(上缺)上义弟道真处/(上缺)□法师道林书。'此文书现编号 P.5026(B)。已有研究表明,三界寺道真与藏经洞佛典的搜集有很大的关系。此残片所载道林与道真书,或许可以作为藏经洞非佛教文书与道真之间关系的一点旁证。"①

四、写本内容

最早关注 P.2555 写本的是王重民,《伯希和劫经录》:"残诗文集。汇录吐蕃侵略敦煌时代文件(如《为肃州刺史刘臣璧答南蕃书》),及陷蕃者之诗。亦有在敦煌地文通行之诗文,如刘商《胡笳十八拍》、刘长卿《酒赋》等。此卷极重要。"②《敦煌遗书总目索引新编》拟名"唐人诗文选集",并收入 6 件碎片③。Дх.3871,施萍婷《俄藏敦煌文献经眼录(二)》最早著录:"残诗二十五行。说明:此件下部全缺。"④荣新江、徐俊从施文中得到线索,进一步分析 Дх.3871 笔迹及内容,发现可与 P.2555 缀合⑤。Дх.3871＋P.2555 是内容最为丰富的敦煌文学写本,共抄录了诗 211 首,文 2 篇,是一部唐人编集的唐代诗选集,其中两篇文是编辑过程的阶段性标志。其中只有 16 首诗见于《全唐诗》,一篇文见于《全唐文》。

P.2555 写本的研究可分为两类,一是"陷蕃诗"研究,二是"陷蕃诗"以外的"敦煌地方通行之诗文"研究⑥。王重民、向达、潘重规、陈祚龙、陈国灿、柴剑虹等学者皆对"陷蕃诗"有研究。参看下文《敦煌写卷"陷蕃诗"研究八十年》。"陷蕃诗"以外的"敦煌地方通行之诗文"单篇散论颇多⑦。近年来,有

---

① 徐俊《敦煌诗集残卷辑考》,北京:中华书局,2000 年,第 753—754 页。

② 王重民编《敦煌遗书总目索引》,北京:中华书局,1983 年,267 页。

③ 施萍婷编《敦煌遗书总目索引新编》,北京:中华书局,2000 年,第 242 页。

④ 施萍婷《敦煌习学集(下)》,兰州:甘肃民族出版社,2004 年,第 496 页。

⑤ 荣新江、徐俊《新见俄藏敦煌唐诗写本三种考证及校录》第三节"Дх.3871＋P.2555 残诗卷的缀合及所得佚诗",见《唐研究》第五卷,1999 年,第 73—77 页。徐俊《敦煌诗集残卷辑考》,北京:中华书局,2000 年,第 688 页。

⑥ 详见徐俊《敦煌诗集残卷辑考》Дх.3871＋P.2555 解题部分,北京:中华书局,2000 年,第 686—691 页。

⑦ 参考申国美、李德范编《英藏法藏敦煌遗书研究按号索引》第 2 册"P.2555"条,北京:国家图书馆出版社,2009 年,第 1825—1832 页。

关 Дx.3871 + P.2555 的研究成果深入到了书法史、传播学等层面。徐俊《敦煌诗集残卷辑考》是目前对 Дx.3871 + P.2555 写本全貌校勘最完整的著作[①]。伏俊琏《写本时期文学作品的结集——以敦煌写本 Дx.3871 + P.2555 为例》则对该写本的编集时间、编集者、结集特点等做了全面的研究[②]。

（一）正面内容

Дx.3871 + P.2555 正面抄写内容如下：杂诗 13 首，七言 47 首，《明堂诗》1 首，《孔璋代李邕死表》1 篇，咏物诗 16 首，陷蕃诗 79 首，《高兴歌》1 首，闺怨诗 9 首，《白头老翁》1 首，《思佳人率然成咏》7 首，《奉答》2 首，《早夏听谷谷叫声，此鸟鸣则岁稔》2 首，《过田家》2 首，《为肃州刺史刘臣璧答南蕃书》1 篇。共计诗 180 首，文 2 篇[③]。

1. 杂诗 13 首（1—13）

依次为："缺题"、《赵郎中》《野草》《轩户起重峦》（以首句为题）、《李牧能坚守》（以首句为题）、《二月三月年华早》（以首句为题）、《落花篇》《王昭君》《何（河）上见老翁代北之作》《客龄然过幢（潼）潼关》《海边黛色在似有》（以首句为题）、《寄宇文判官》（以首句为题）、《无事辞却家》（以首句为题）。以上内容见于 Дx.3871 正面及 P.2555 正面前三纸。

（1）"缺题"，题目及作者皆无考。抄于 Дx.3871 卷首，残存三行。

（2）《赵郎中》，诗歌前抄"赵郎中"三字，由于残损严重，不知"赵郎中"当为诗题或撰者，姑以"赵郎中"为题。起"世上□□□□□"，迄"枕里仙方可寿余"，七言八句，共 5 行。

---

① 徐俊《敦煌诗集残卷辑考》，中华书局，2000 年，第 686—757 页。张锡厚主编《全敦煌诗》亦收录了 Дx.3871 + P.2555 所抄全部诗歌，憾其按作者顺序编排，旨在对敦煌写本全部诗歌的收录，故不能展现写本全貌。

② 伏俊琏《写本时期文学作品的结集——以敦煌写本 Дx.3871 + P.2555 为例》，《文学评论》2018 年第 6 期。

③ 关于正面内容的分类，徐俊认为正面内容大约可分为三部分：第一部分为缺题残诗至《咏物诗十六首》，计诗 77 首。第二部分自《冬出炖煌郡入退浑国胡发马圈之作》至《闺情二首》，即王重民先生所谓陷蕃诗集 59 首。第三部分自《胡笳十八拍》至《为肃州刺史刘臣璧答南蕃书》止，计诗 43 首、文 1 篇（徐俊《敦煌诗集残卷辑考》，北京：中华书局，2000 年，第 689 页）。伏俊琏将正面内容大致分为五部分：杂诗 13 首，七言绝句 47 首，咏物诗 16 首，陷蕃诗 79 首，闺怨诗、宫怨诗 19 首（伏俊琏《5—11 世纪中国文学写本整理研究的基本学术构思》，载《云南师范大学学报》2017 年第 5 期）。

(3)《野草》,无题名及作者,据首二字拟题。起“野草□□□”,迄“菊酒与谁倾”,五言八句,共3行。

(4)《轩户起重峦》,无题名及作者,据首句拟题。起“轩户起重蛮(峦)”,迄“朝夕接鹓鸾”,五言十二句,共3行。

(5)《李牧能坚守》,无题名及作者,据首句拟题。起“李牧能坚守”,迄“朝夕□□□”,五言八句,共3行。

(6)《二月三月年华早》,无题名及作者,据首句拟题。起“二月三月年华早”,迄“归来更向□□□”,七言二十二句,共7行。

(7)《落花篇》(首题),未署作者。为Дх.3871、P.2555合抄,Дх.3871存题,内容起“仲春二月风始暄”,迄“半入轻裾人掩得”,共5行。P.2555起“渐渐稀,见在收将且送归”,迄“一般(半)吹尽一般(半)开”,存3行。《落花篇》前四首诗抄于Дх.3871写本,徐俊命为“缺题四首”。以下诗文皆抄于P.2555写本。

(8)《王昭君》(首题),未署作者。起“自君信丹清(青)”,迄“玉颜长自保”,五言七十六句,共16行。又见P.2673、P.4994 + S.2049,诗题下题“安雅词”。关于“安雅”,学界有三种说法,饶宗颐认为此为安国之乐府①,柴剑虹认为“安雅”是乐曲名称②,徐俊、邵文实等认为安雅即作者。龙成松认为安雅为粟特人③。

(9)《何(河)上见老翁代北之作》(首题),未署作者。起“负薪老公翁在(住)北州”,迄“及有谁知更新(辛)苦”,七言十二句。《唐诗纪事》卷二五、《全唐诗》卷一九七收录,题“代北州老翁答”,作者张渭。“及有谁知更辛苦”下尚有“近传天子尊武臣,强兵直欲静胡尘。安边自合有长策,何必流离中国人”4句。

(10)《客龄然过幢(潼)潼关》(首题),未署作者。起“鹦转(啭)辞秦国”,

---

① 饶宗颐《法藏敦煌书苑精华》第五册《韵书·诗词·杂诗文》解说,广州:广东人民出版社,1993年。

② 柴剑虹《研究唐代文学的珍贵资料——敦煌伯2555号唐人写卷分析》,载《1983年全国敦煌学术讨论会文集:文史·遗书编下》,兰州:甘肃人民出版社,1987年。

③ 龙成松《敦煌写卷安雅〈王昭君〉考论》,《敦煌研究》2020年第2期,第75—83页。

迄“遥指白云间”，五言八句，共3行。龄然，孙其芳认为当为人名①。

(11)《海边黛色在似有》，无题名及作者，据首句拟题。起“海边黛色在似有”，迄“鸟飞却在征凡(帆)后”，七言四句，共2行。

(12)《寄宇文判官》，写本无题及作者。据考为岑参《寄宇文判官》，据补，见《岑嘉州诗集》卷三、《全唐诗》卷二〇〇。起“如(西)行殊未已”，迄“别来[头]已斑”，五言八句，共2行。宇文判官，安西四镇节度使幕中判官，名不详。岑参有《初过陇山途中呈宇文判官》，李嘉言《岑诗系年》：“天宝八载赴安西途中作。”②陈铁民、侯忠义《岑参集校注》也认为是“天宝八载(749)赴安西途中作”③。柴剑虹《岑参边塞诗系年补订》：“诗云：‘二年领公事，两度到阳关。’《通鉴》卷二一六载：天宝十载(751)春，‘安西节度使高仙芝入朝，献所擒突骑施可汗、吐蕃酋长、石国王、朅师王’。诗人为幕中掌书记，此次公事当与高入京献俘请功有关。据此，诗当作于九载冬。”④然而本诗开头云：“西行殊未已，东望何时还。”乃西行时所作。

(13)《无事辞却家》，无题名及作者，据首句拟题。起“无事辞却家”，迄“寒漠徒经过”，五言六句，共2行。诗写无事少年到敦煌后感到寒气凛冽。

2.《七言》47首(14—60)

原写本“七言”当为以下47首诗之总名，皆未署题名及作者，其中10首可考作者或诗题，余皆缺题及作者。

(14)《莫道封侯在武威》，据首句拟题。起“莫道封侯在武[威]”，迄“梦里羞题□发归”，七言四句，共3行。该诗又见于P.3200，皆无题名及作者，最后一句P.3200作“□□衔将自兹归”。

(15)《边城汉少犬戎多》(据首句拟题)。起“边城汉少犬戎多”，迄“不知圣主意如何”，七言四句，共2行。据诗意，当写于吐蕃攻占河西地区初期，时

---

① 孙其芳《大漠遗歌：敦煌诗歌选评》，兰州：甘肃人民出版社，2000年。

② 《李嘉言古典文学论集》，上海：上海古籍出版社，1987年，第257页。

③ 陈铁民、侯忠义《岑参集校注》，上海：上海古籍出版社，1982年，第73页。

④ 柴剑虹《岑参边塞诗系年补订》，《文学遗产增刊》第14辑，北京：中华书局，1982年，第185页。

吐蕃和唐兵除交战外,还互有求和的使团。根据 P.2555 所抄窦昊《为肃州刺史刘臣壁答南蕃书》,吐蕃占领陇右诸州后,为减少军事对抗,便派使者致书河西诸州刺史,劝各州勿聚兵相抗。而致肃州刺史刘臣壁的书来自吐蕃上赞摩(官名,相当于副相)射婆萼,由"和使论悉蔺琮"送来,同时还送来了银盘礼品。当时吐蕃大军已攻占了陇右和凉州的部分地区,气势旺盛,凉州城危如悬卵,甘州、肃州守军不足,军民惊慌。所以窦昊为肃州刺史刘臣壁发愤书写了这篇书信。此诗中"数月僮团更索和"正是写这种情况。诗的作者困滞河西,期盼王师归来。

(16)《越溪怨》,起"越王宫里如花人",迄"空见江南春复春",七言四句,共 2 行。《盛唐纪事》卷一〇七引唐李康成编《玉台后集》收"越王宫里如花人"一首,题"越溪怨",作者冷朝光,据补。《全唐诗》卷七七三收录。冷朝光,生卒年里不详,约天宝以前在世。《金陵诗徵》卷二推测其可能为冷朝阳兄弟。冷朝阳润州江宁(今江苏南京)人,大历四年(769)登进士弟,兴元元年(784)任太子正字,贞元中官至监察御史。按,推测冷朝光为冷朝阳兄弟,似不确。徐俊按,《会稽掇英总集》卷一三作"侯朝光",《万首唐人绝句》卷二四作"冷朝光"似涉"冷朝阳"而传误。

(17)《盏酒不能醉得人》(据首句拟题),作者无考。起"盏酒不能醉得人",迄"总为量美尽不□",七言四句,共 1 行。诗用"二桃杀三士"及"四马奔郑"的典故,所指不明。

(18)《塞上听吹笛》(无题署),起"雪静胡天牧马还",迄"风吹一夜满关山",七言四句,共 1 行。又见 P.2567 + P.2552,题署据补。此诗见《河岳英灵集》卷上,题作"塞上闻笛";《国秀集》卷下,题作"和王七度玉门关上吹笛";《文苑英华》卷二一二、《高常侍集》卷八,题作"塞上听吹笛";《全唐诗》卷二一四,题作"和王七玉门关上吹笛";《才调集》卷一收作宋济诗,题作"塞上闻笛",《全唐诗》卷四七二重收为宋济诗。徐俊《敦煌诗集残卷辑考》云:"《英灵》《国秀》均编成于玄宗天宝年间,时高适尚在世,而宋济为中唐德宗时人,作宋济诗显误。"此诗各本差别较大。《河岳英灵集》前两句作:"胡人羌笛成楼间,楼上萧条明月闲。"刘开扬《高适诗集编年笺注》云:"此诗似作于开元末,岑仲勉《唐人行第录》以为系和王之涣《凉州曲》,在天宝三载《国秀集》选诗讫止以前,难于细按年月。"①

(19)《明时才子岂(气)凌云》(据首句拟题)。起"明时才子岂(气)凌云",讫"应缘地下要□□",七言四句,共1行。此诗似写开元中一批才子曲江覆舟之事。《太平广记》卷二七九引《广异记》云:"陇西李梢云,范阳卢若虚女婿也。性诞率轻肆,好纵酒聚饮。……明年上巳,与李蒙、裴士南、梁褒等十余人,泛舟曲江中,盛选长安名倡,大纵歌妓。酒正酣,舟覆,尽皆溺死。"这里有四个人名,其中卢若虚为武后长安年间(701—704)左拾遗卢藏用之弟。裴士南兄裴士淹,乃开元末(742)郎官。李蒙于开元元年(713)博学宏词科及第,见《登科记考》卷五;《全唐文》卷三六一又说李蒙是开元五年进士,《太平广记》引《独异志》同,并谓此年及第进士30人,泛舟曲江,与声妓篙工尽溺。按尽溺死之说未必可靠(见《登科记考》按语),进士30人之数也与《通考·选举考》所云"二十五人"不合。但当时确有一批才子在登弟后不久覆舟曲江溺水而亡。

(20)《别董令望》,无题署,起"千里黄云白日勋(曛)",讫"天下谁人不识君",七言四句,共1行。又见P.2567、P.2552缀合卷高适《别董令望》二首之二,据补题。《高常侍集》卷八、《全唐诗》卷二一四收录这首诗,题作"别董大",题署据补。按,李颀有《听董大弹胡笳声兼寄语弄房给事》,题又作"听董庭兰弹琴兼寄房给事",则同时有董大令望者,又有董大庭兰者。岑仲勉《唐人行第录》将"董大庭兰"与高适诗中"董大"分列,谓"惟名未之详"。刘开扬《高适诗集编年笺注》云:"敦煌残卷既题作'别董令望',恐非庭兰而另有其人,然令望事迹亦不可考。"然其《笺注》则把此诗编在天宝五载(746),考证说:"《旧唐书·房琯传》:'听董庭兰弹琴,大招集琴客筵宴。'按房琯为给事中在天宝五载,六载春坐与李适之善,贬宜春太守。则李颀与董庭兰相接在天宝五载。"刘永济《唐人绝句精华》:"送别诗不作离别可怜之词,而有'谁不识君'之壮语,知董大必豪士而未达者。高适为人尚节义,于此等诗

① 刘开扬《高适诗集编年笺注》,北京:中华书局,1981年,384页。

见之。”

(21)《丈夫屈滞不须论》,据首句拟题,作者无考。起“丈夫屈滞不须论”,迄“有物皆谈是好□(人)”,七言四句,共1行。P.3305卷背《诗一首七言》:“男儿屈滞不须论,今岁蹉跎虚度春。□□强健不学问,满行逐色陷没身。”首联与此诗略同。

(22)《山人高兴日将昏》(据首句拟题)。起“山人高兴日将昏”,迄“不知何处是柴门”,七言四句,共1行。

(23)《爱君忠信两能齐》(据首句拟题)。起“爱君忠信两能齐”,迄“枯杨今始再生荑”,七言四句,共1行。

(24)《玄冬丽洒送寒赊》(据首句拟题)。起“玄冬丽洒送寒赊”,迄“雰霏队队向君家”,七言四句,共1行。

(25)《君家桃李欲迎春》(据首句拟题)。起“君家桃李欲迎春”,迄“莫遣风飚门下尘”,七言四句,共1行。

(26)《塞上无媒徒苦辛》(据首句拟题)。起“塞上无媒徒苦辛”,迄“他自风(封)侯别有人”,七言四句,共1行。

(27)《少年凶勇事横行》(据首句拟题)。起“少年凶勇事横行”,迄“山头月照宝刀明”,七言四句,共1行。

(28)《明时父遣别黄州》(据首句拟题)。起“明时父遣别黄州”,迄“江月偏能照客愁”,七言四句,共1行。又见P.3885,皆无题目及作者。P.3885卷此诗抄于李邕缺题七绝之后,故王重民《补全唐诗》也把这首诗收作李邕诗。徐俊《敦煌诗集残卷辑考》则以为作李邕诗“实无据”。

(29)《久游塞外卷风尘》(据首句拟题)。起“久游塞外卷风尘”,迄“一常恓惶愁煞人”,七言四句,共1行。

(30)《作客令人心里孤》(据首句拟题)。起“作客令人心里孤”,迄“自到河西频失途”,七言四句,共1行。

(31)《岁去年来已白头》(据首句拟题)。起“岁去年来已白头”,迄“春光莫道不相留”,七言四句,共1行。

(32)《塞上蹉碰数岁年》(据首句拟题)。起“塞上蹉碰数岁年”,迄“宿昔令人白发迁”，七言四句，共1行。

（33）《十载支离泣异方》（据首句拟题）。起“十载支离泣异方”，迄“形影何曾接雁行”，七言四句，共1行。

（34）《万里愁肠断不难》（据首句拟题）。起“万里愁肠断不难”，迄“莫交婴武唤长安”，七言四句，共1行。

（35）《万里城边一树花》（据首句拟题）。起“万里城边一树花”，迄“春光何事到流沙”，七言四句，共1行。

（36）《二顷田园在上都》（据首句拟题）。起“二顷田园在上都”，迄“洞里先（仙）经收得无”，七言四句，共1行。上都，《新唐书·地理志一》：“上都，初曰京城，天宝元年曰西京……代宗元年曰上都。”按，唐代宗宝应元年（762）建东南西北四陪都，而以长安为上都。诗云“十年不见”，则写于吐蕃攻占河西十年之后（772）。

（37）《八月金风万里秋》（据首句拟题）。起“八月金风万里秋”，迄“悔交夫聟觅封侯”，七言四句，共1行。此诗末句疑袭用王昌龄《闺怨》诗末句，则当作于王氏诗名大盛的天宝年间。

（38）《建章宫里出容华》（据首句拟题）。起“建章宫里出容华”，迄“三调路上踏梅花”，七言四句，共1行。

（39）《今朝日色甚能暄》（据首句拟题）。起“今朝日色甚能暄”，迄“愁来更作故人篇”，七言四句，共1行。

（40）《今朝独坐弄明琴》（据首句拟题）。起“今朝独坐弄明琴”，迄“谁知落叶闇（谙）听琴”，七言四句，共1行。

（41）《六窗独坐情难违》（据首句拟题）。起“六窗独坐情难违”，迄“今日须呈孟将□”，七言四句，共1行。

（42）《鸳鸯注口慢梳头》（据首句拟题）。起“鸳鸯注口慢梳头”，迄“愁时闺里理空侯”，七言四句，共1行。

（43）《东支阿那西支存》（据首句拟题）。起“东支阿那西支存”，迄“悔不桑间问女人”，七言四句，共1行。此诗是流传久远的一首民歌。《绎史》卷八十六《孔子类记·历聘篇》引《冲波传》云：“孔子去卫适陈，途中见二女采桑。子曰：

‘南枝窈窕北枝长。’答曰:‘夫子游陈必绝粮。九曲明珠穿不得,着来问我采桑娘。’夫子至陈,大夫发兵围之,令穿九曲珠,乃释其厄。夫子不能,使回、赐返问之。其家谬言女外出,以一瓜献二子。子贡曰:‘瓜,子在内也。’女乃出语曰:‘用蜜涂珠,丝将系蚁。蚁将系丝,如不肯过,有烟熏之。子依其言,乃能穿之。’于是绝粮七日。”《冲波传》其书,不见于历代史志,《艺文类聚》卷七十一引一条《冲波传》中关于孔子的传说,说明它至少是唐前的作品。

(44)《思忆瑶瑶房屋虚》(据首句拟题)。起“思忆瑶瑶房屋虚”,迄“愁来寒雁与传书”,七言四句,共1行。

(45)《沉吟疑悟渐更深》(据首句拟题)。起“沉吟疑悟渐更深”,迄“唯愿强夫照妾心”,七言四句,共1行。

(46)《夜闻孤雁切人肠》(据首句拟题)。起“夜闻孤雁切人肠”,迄“造得寒衣谁与将”,七言四句,共1行。

(47)《星翻月落三更半》(据首句拟题)。起“星翻月落三更半”,迄“不觉弦长寸寸断”,七言四句,共2行。

(48)《千回万转庭前晓》(据首句拟题)。起“千回万转庭前晓”,迄“章知忆念君多少”,七言四句,共1行。

(49)《去时河畔柳初黄》(据首句拟题)。起“去时河畔柳初黄”,迄“独坐春江空断肠”,七言四句,共1行。

(50)《高楼画阁一曾曾》(据首句拟题)。起“高楼画阁一曾曾(层层)”,迄“引取春光能不能”,七言四句,共1行。

(51)《春女怨》(补题)。起“白玉亭前双树梅”,迄“春色因何得入来”,七言四句,共1行。诗见于《唐诗纪事》卷二十、《全唐诗》卷 ·五四,题《春女怨》,作者为薛维翰。薛维翰,生卒年里不详,开元中进士及第。《国秀集》选录其诗一首。《全唐诗》存其诗5首。薛维翰工绝句,善写闺怨。

(52)《明月偏能照动房》(据首句拟题)。起“明月偏能照动房”,迄“半夜相思欲断肠”,七言四句,共1行。不见于传世本,疑为薛维翰佚诗。

(53)《自从夫婿成楼兰》(据首句拟题)。起“自从夫婿成楼兰”,迄“贱妾房风春亦寒”,七言四句,共1行。

(54)《长信秋词》(补题)。起"长信宫中秋月明",迄"深处庭前不忍听",七言四句,共1行。此诗一二句与王昌龄《长信秋词》之五的一二句同,见《全唐诗》卷一四三,后二句不同,王诗作"白露堂中细草迹,红罗帐里不胜情"。疑此诗后二句当为后人所改。

(55)《逢入京使》(补题)。起"故园东望路漫漫",迄"凭君传语报平安",七言四句,共1行。此诗乃岑参《逢入京使》,见《才调集》卷七、《全唐诗》卷二〇一。"愁泪朝朝犹不干",今本皆作"双袖龙钟泪不干"。闻一多《岑嘉州系年考证》云,天宝八载(749),安西四镇节度使高仙芝入朝,表授岑参为右威卫录事参军,充节度使掌书记,岑参遂赴安西。途经陇山,有《经陇头分水》诗;经兰州,有《题金城临河驿楼》诗;经过河西走廊,有《过燕支寄杜位》《逢入京使》《敦煌太守后庭歌》等诗。

(56)《今朝心里闷会会》(据首句拟题)。起"今朝心里闷会会",迄"一起送愁千里外",七言四句,共1行。又见P.3305卷。

按,P.3305残卷正面共85行,抄写何晏《论语集解》,起自《子罕》首句,至《乡党》末,尾题"论语卷第五",后接抄若干打油诗:"写书不饮酒,恒日笔头干,且德(得)随宜过(未完)。可连(怜)学生郎,其(骑)马上天唐(堂),□处有好女,可嫁以学生。"(以上为一人抄)接抄:"今朝闷会会,更将愁来对。好酒沽五升,送愁千里外。学生李文段书一卷。"(字体与正文一样,则李文段就是本卷正面内容的抄写者)"唾落烟陈(尘)气,山头玉月明。□鸡怕夜语(雨),桃(逃)出奉黄(凤凰)城。""写书不饮酒,恒日笔头干,且德(得)随宜过,有错后人看。可连(怜)学生郎,其(骑)马上天唐(堂),谁家有好女,嫁以学生郎。"可见,这一组都是学郎诗。P.3305写本背面有"咸通九年闰十一月十八日书记记事"一行,"今朝闷会会"诗一首(与正面相同),杂写4行,"诗一首七言","咸通十年正月廿一日社司转帖",残片6件(其中一件的第一行为"河西都僧统兼京城内外临坛供奉论师□大德□赐紫沙门悟真")。卷背字体与正面不同,则正面抄写的内容在咸通九年(868)之前。P.3305卷这首五言诗,明显是李文段按照先前的七言诗改写而成的。

(57)《小小愁时一两盏》(据首句拟题)。起"小小愁时一两盏",迄"交我愁从何处来”,七言四句,共1行。

(58)《檀知打邓不须愁》(据首句拟题)。起“檀知打邓不须愁”,迄“一代无名万世休”,七言四句,共1行。

(59)《今朝装束一团骄》(据首句拟题)。起“今朝装束一团骄”,迄“见人欲听故相腰”,七言四句,共1行。

(60)《结纈红花绣耳衣》(据首句拟题)。起“结纈红花绣耳衣”,迄“直至平明莫放归”,七言四句,共1行。

3. (61)《明堂诗一首》(首题),未署作者。起“君不见,明堂基止(址)至黄泉”,迄“圣主还同万万年”。乃七言歌行体,共16句,共5行。敦煌写本存有不少歌行体诗歌,另有《古贤集》《惜罇空》,皆以“君不见”三七七句型起势。

4. (62)《孔璋代李邕死表》(首题),下题“布衣神孔璋昧死献书”。起“皇帝陛下,臣闻明主御寓(宇)”,迄“陛下吏部”,未抄完,共10行。下空约六、七行起接抄《咏物诗十六首》。此表又见于《文苑英华》卷六一九,题“请替李邕死表”。新旧《唐书·李邕传》亦有录文。《全唐文》卷三七五,题“理李邕疏”。按,《旧唐书·李邕传》记载,开元十三年(725),“玄宗车驾东封回,邕于汴州谒见,累献词赋,甚称上旨。由是颇自矜炫,自云当居相位。张说为中书令,甚恶之。俄而陈州赃污事发,下狱鞫讯,罪当死,许州人孔璋上书救邕曰(略)。”“书奏,邕已会减死,贬为钦州遵化县尉,璋亦配流岭南而死。”《新唐书·李邕传》略同。玄宗封泰山事在开元十三年十一月,十二月还都,十四年四月张说即被李林甫等弹劾后罢去中书令职。故孔璋此表当作于开元十四年元月至四月之间。

5.《咏物诗》16首(63—78)

此16诗抄于第四纸后半段与第五纸前四行。诗题皆顶格书,似有意藏谜底。其题目依次为球杖、笔、葵、箜篌、六甲、石人、结、□极、绢、□丰、□子、烛、钱、□度落,其余缺题。这组诗多用双关手法,形同猜谜,诗中描述物品的性质、形态、功用等,题目为谜底,形式上如同《荀子·赋篇》。如第一首《求(球)杖》写打马球之杖,“初月”喻球杖,“流星”喻球。S.2049《打马球诗》也有“求四(似)星,杖如月”之语。第二首《笔》用双关手法写笔,末句“平明点着墨离军”，既表明这组诗产生在敦煌（墨离在敦煌西），也双关以笔蘸墨。其书写墨迹比前面内容淡，字体与前后对比甚小，似乎有意一行抄毕一诗。此当为抄者第二次抄写。

6.《陷蕃诗》79 首（79—157）

此 79 九首，起《冬出敦煌郡入退浑国朝发马圈之作》，迄《胡笳十八拍》。前 60 首为单篇陷蕃诗，后 19 首为《胡笳十八拍》组诗及毛押牙有感而作《第十九拍》。正面的 60 首诗抄于第四纸至十一纸。前两首《冬出敦煌郡入退浑国朝发马圈之作》《至墨离海奉怀敦煌知己》墨迹很淡，与之后的《冬日书情》似乎不是同时所抄，其余 50 首诗似为同时抄成。除最后《胡笳十八拍》组诗外，其余陷蕃诗题遇换行者皆顶格写，与前面前后诗文抄写行款皆不同，与 P.3812 抄写行款相似。

学术界有关对这组诗的研究成果较多，参下文《陷蕃诗研究八十年》。

本书认为，第一组 60 首“陷蕃诗”的作者为落蕃人毛押牙，背面第二组 12 首为毛押牙搜集的另一位陷蕃者的作品。毛押牙还可能是 Дx.3871 + P.2555 写本的编集者和抄录者。毛押牙是归义军时期出使吐蕃而被扣留的，时间当在张承奉建立西汉金山国初期（910—912）。在吐蕃被扣留了两年多后，毛押牙才被放还。回到敦煌，这位多愁善感的诗人，把自己两年多的纪事诗进行了整理，也把他之前抄录的作品进行了归类，编成了这部诗集①。正面 60 首陷蕃诗梳理如下：

（79）《冬出敦煌郡入退浑国朝发马圈之作》（首题），未署作者。起“西行过马圈”，迄“迢迢惟梦还”，五言八句，共 3 行。马圈，在敦煌西南 25 里。退浑国，即吐谷浑，在敦煌西南 400 里左右。

（80）《至墨离海奉怀敦煌知己》（首题），未署作者。起“朝行傍海涯”，迄“挥涕独咨嗟”，五言八句，共 3 行。墨离海，在今青海省西北的哈拉湖。

（81）《冬日书情》（首题），未署作者。起“殊乡寂寞使人悲”，迄“谁怜晓

---

① 伏俊琏《写本时期文学作品的结集——以敦煌写本 Дx.3871 + P.2555 为例》，《文学评论》2018 年第 6 期。

夕老容仪”,七言八句,共3行。

(82)《登山奉怀知己》(首题),未署作者。起“闲步陟高岗”,迄“空见路茫茫”,五言八句,共3行。

(83)《夏中忽见飞雪之作》(首题),未署作者。起“三冬自北来”,迄“朝夕思难裁”,五言八句,共2行。

(84)《冬日野望》(首题),未署作者。起“出户过河梁”,迄“空使泪沾裳”,五言八句,共2行。冬日,当为“夏日”之误。据前后诗的顺序,这首所写应是夏日;诗中“晚吹低丛草”所写也是夏日风物。

(85)《夏日途中即事》(首题),未署作者。起“何事镇驱驱”,迄“马上但长吁”,五言八句,共2行。

(86)(87)《青海卧疾之作》二首(首题),未署作者。其一起“数日穹庐卧疾时”,迄“何假含啼枕上悲”,七言八句。其二起“邂逅遇迍蒙”,迄“荣辱杳难同”,五言八句。共4行。

(88)《秋夜》(首题),未署作者。起“一夜秋声傍海多”,迄“况复猜嫌被网罗”,七言四句,共2行。

(89)《青海望敦煌之作》(首题),未署作者。起“西北指流沙”,迄“空此羡城鸦”,五言八句,共3行。

(90)(91)《首秋闻雁并怀敦煌知己》二首(首题),未署作者。其一起“戎庭节物由来早”,迄“羁人夜夜心如捣”。其二起“与君离别恨经年”,迄“空知西北泣云烟”。皆七言四句,共3行。

(92)《秋中雨雪》(首题),未署作者。起“趁趄雨雪下长川”,迄“音书纵有遣谁传”,七言四句,共3行。

(93)《临水闻雁》(首题),未署作者。起“□来临水吊愁容”,迄“更闻哀雁叫嗈嗈”,七言八句,共3行。

(94)《秋中霖雨》(首题),未署作者。起“寒雨霖霖竟不停”,迄“独嗟戎俗滞微名”,七言八句,共3行。

(95)《梦到沙州奉怀殿下》(首题),未署作者。起“一从沦陷自天涯”,迄“觉时只觉泪斑斑”,七言二十句,共6行。唐沙州州治敦煌。诗中“殿下”,学界有不同看法：王重民推测可能是信安王李祎，柴剑虹考订为敦煌王承寀，阎文儒推想可能是周鼎、阎朝等地方大吏，陈国灿、孙其芳则认为是金山国时期的“白衣天子”张承奉①。

(96)(97)《秋夜望月》二首(首题)，未署作者。其一，起“皎皎山头月欲低”，迄“不知梦里向谁啼”。其二，起“愁眠枕上泪痕多”，迄“不然一度梦中罗”。皆七言八句，共3行。

(98)《夏日非所书情》(首题)，未署作者。起“自从去岁别流沙”，迄“不知何计得还家”，七言十六句，共5行。写本“夏日”当为“秋日”之误。此诗接在《秋夜望月》后，诗中第二句也说“今秋”，所写即“秋日”。非所，非正常住所，即囚所。

(99)(100)《忆故人》二首(首题)，未署作者。其一起“别君彼此两平安”，迄“忆时捻取旧诗看”。其二起“一更独坐泪成河”，迄“纵横只见唱戎歌”。皆七言四句，共3行。

(101)《夜度赤岭怀诸知己》(首题)，未署作者。起“山行夜忘寐”，迄“何当慰我曹”，五言十六句，共3行。赤岭，今青海湟源县境内的日月山，因其山头上土质多红砂，古称赤岭，当时的唐蕃分界处。唐开元十八年(730)唐蕃双方达成协议，于“赤岭各竖分界之碑，约以更不相侵”(《册府元龟》卷九八一)。开元十九年，唐蕃在此设茶马互市，约定“两国和好，无相侵掠”(《册府元龟》卷九七九)。此时已被吐蕃占领。

(102)《晚次白水古戍见枯骨之作》(首题)，未署作者。起“深山古戍寂无人”，迄“□□到此转悲新”，七言八句，共3行。白水，在今青海湟源西石峡口湟水北岸北古城，唐白水军绥戎城所在地，此时已被吐蕃占领。

(103)《晚秋至临蕃被禁之作》(首题)，未署作者。起“一到荒城恨转深”，迄“谁念恓惶一片心”，七言八句，共3行。临蕃，今青海湟中县多巴蕃城

---

① 王重民《敦煌唐人诗集残卷考释》，《中华文史论丛》1984年第2辑；柴剑虹《敦煌唐人诗集残卷(伯二五五五)初探》，载《新疆师大学报》1982年第2期；阎文儒《敦煌两个陷蕃人残诗集校释》，《向达先生纪念论文集》，乌鲁木齐：新疆人民出版社，1986年；陈国灿《敦煌五十九首佚名氏诗历史背景新探》，载《敦煌吐鲁番研究》第二卷，北京：北京大学出版社，1996年；孙其芳《敦煌使吐蕃使及其诗作探微》，载《甘肃广播电视大学学报》2000年第1期。

子,白水东六十里,为唐军西北重镇,此时已被吐蕃占领。

(104)(105)《晚秋登城之作》二首(首题),未署作者。其一起“孤城落日一登临”,迄“谁怜客子独悲吟”。其二起“东山日色片光残”,迄“路逢相识问看看”。皆七言八句,共5行。

(106)《秋夜闻风水》(首题),未署作者。起“夜来枕席喧风水”,迄“况复沦流更千里”,七言四句,共2行。

(107)《望敦煌》(首题),未署作者。起“数回瞻望敦煌道”,迄“不应便向戎庭老”,七言四句,共2行。

(108)《晚秋羁情》(首题),未署作者。起“悄焉独立思畴昔”,迄“只恨更长愁寂寂”,七言二十四句,共7行。

(109)《困中登山》(首题),未署作者。起“戎庭闷且闲”,迄“踌躇日暝山”,五言八句,共2行。

(110)《有恨久囚》(首题),未署作者。起“人易千般去”,迄“宁觉鬓苍斑”,五言四句,共2行。

(111)《冬夜非所》(首题),未署作者。起“长夜闭荒城”,迄“时时梦里惊”,五言八句,共3行。

(112)(113)《忽有故人相问以诗代书达知己两首》(首题),未署作者。其一起“忽闻数子访羁人”,迄“空知日夕泪沾巾”。其二起“自闭荒城恨有余”,迄“亦恐猜慊不寄书”。皆七言四句,共4行。

(114)《得信酬回》(首题),未署作者。起“人回忽得信”,迄“更深听叫声”,五言八句,共2行。

(115)《闻城哭声有作》(首题),未署作者。起“昨闻河畔哭哀哀”,迄“况复存亡有去来”,五言八句,共3行。

(116)《除夜》(首题),未署作者。起“荒城何独泪潸然”,迄“空知日夕仰穹天”,七言八句,共3行。除夜,除夕之夜。

(117)《春霄有怀》(首题),未署作者。起“独坐春宵月渐高”,迄“空见豺狼数遍号”,七言四句,共2行。霄,当为“宵”之误。

(118)《久憾缧绁之作》(首题),未署作者。起“一从命驾赴戎乡”,迄“终朝谁念泪沾裳”，七言八句，共3行。

(119)《非所寄王都护姨夫》(首题)，未署作者。起“敦煌数度访来人”，迄“宿心言豁在他辰”，七言八句，共4行。王都护，无考，是作者的姨夫，此时可能也做了吐蕃的俘虏。

(120)《哭押牙四寂》(首题)，未署作者。起“哀哉存殁苦难量”，迄“更闻凶变泪沾裳”，七言八句，共3行。诗写于临蕃。押牙，官名。原卷“四寂”，王锳以为是人名，潘重规、张先堂校为“四叔”，项楚校作“四舅”，陈国灿作“圆寂”，孙其芳作“囚寂”①。诗中“空令肝胆摧林竹”用竹林七贤阮籍、阮咸叔侄之典，意谓肝胆因押牙而摧裂；“每使心魂痛渭阳”，《渭阳》为《诗经·秦风》篇名，为秦康公送舅氏重耳以表甥舅情谊之作。据此，则死者押牙为作者的长辈，和作者同时被吐蕃俘获，却不幸死在囚困之中。

(121)《白日走风沙》，无题名及作者，据首句拟题。起“白日走风沙”，迄“往往见还家”，五言八句，共2行。

(122)《感丛草初生》(首题)，未署作者。起“羁客绝知闻”，迄“片心终郁怏”，五言八句，共2行。

(123)《春日羁情》(首题)，未署作者。起“乡山临海岸”，迄“依稀闻远鸡”，五言十六句，共4行。

(124)《恨到荒城一闭关》，无题名及作者，据首句拟题。起“恨到荒城一闭关”，迄“梦魂何处得归还”，七言四句，共行。

(125)《愤闷屡纵横》，无题名及作者，据首句拟题。起“愤闷屡纵横”，迄“魂梦若为行”，五言八句，共3行。

(126)《晚秋》(首题)，未署作者。起“戎庭缧绁向穷秋”，迄“一生荣乐可能休”，七言八句，共2行。

(127)《天涯地角一何长》，无题名及作者，据首句拟题。起“天涯地角一

① 王锳《〈敦煌唐人诗集残卷考释〉注释部分商榷》，《文献》1992年3期；潘重规《敦煌唐人陷蕃诗集研究》，《敦煌学》第13辑，1988年；张先堂《敦煌唐人诗集残卷(伯2555)新校》，《敦煌研究》1995年3期；项楚《补全唐诗二种续校》，见《敦煌文学丛考》，上海：上海古籍出版社，1991年；陈国灿《敦煌五十九首佚名氏诗历史背景新探》，见《敦煌吐鲁番研究》第二卷，北京：北京大学出版社，1996年；孙其芳《大漠遗歌：敦煌诗歌选评》，兰州：甘肃人民出版社，2000年。

何长”,迄“更嗟缧绁泣千行”,七言四句,共2行。

(128)《缧绁戎庭恨有余》,无题名及作者,据首句拟题。起“缧绁戎庭恨有余”,迄“数回羞寄李陵书”,七言四句,共2行。前二句与《忽有故人相问以诗代书达知己两首》前二句相近,所寄为同一个人,询问故人近况。据后二句,此时作者已在吐蕃任职。

(129)《发为多愁白》,无题名及作者,据首句拟题。起“发为多愁白”,迄“因此改容仪”,五言四句,共2行。

(130)《春来渐觉没心情》,无题名及作者,据首句拟题。起“春来渐觉没心情”,迄“况仆羁缧在此城”,七言四句,共2行。

(131)(132)《日月千回数》二首,无题名及作者,据首句拟题。其一起“日月千回数”,迄“知我肠断无”。其二起“白日欢情少”,迄“还解忆人摩”。皆五言四句,共2行。

(133)《逢故人之作》,未署作者。起“故人相见泪龙钟”,迄“何曾有个旧颜容”,七言四句,共2行。

(134)《题故人所居》(首题),未署作者。起“与君昔离别”,迄“唏吁先泪流”,五言十二句,共4行。

(135)《非所夜闻笛》(首题),未署作者。起“夜闻羌笛吹”,迄“连宵思我曹”,五言八句,共3行。

(136)《感兴临蕃驯雁》(首题),未署作者。起“感兹驯雁色苍苍”,迄“何时刷羽接归行”,七言八句,共3行。作者羁困临蕃整整两年了,诗借驯雁表达作者的飘零失意和望归之情。项楚说:“在这以前,作者《晚秋》诗中说过:‘一介耻无苏子节,数回羞寄李陵书。’似乎作者‘不忧懦节向戎夷’的志节终于未能坚守下去。因此笼罩在这些诗篇中的悲苦气氛,不仅是由于作者的坎坷遭际,也是由于他的软弱性格。这是在民族矛盾造成的历史巨变中,一个不能掌握自己命运的文人的悲歌。”①

(137)《闺情》(首题),未署作者。起“千回万转梦难成”,迄“纵然愁寐忽

① 项楚《敦煌诗歌导论》,成都:巴蜀书社,2001年,第244页。

天明”，七言四句，共2行。又见S.361卷背，无题及作者。

（138）《百度看星月》，无题名及作者，据首句拟题。起“百度看星月”，迄“乞愿早天明”，五言四句，共1行。

（139）—（156）《胡笳十八拍》（首题）。前有诗序：“《胡笳曲》，蔡琰所造。琰字文姬，汉中郎蔡邕女。汉末为胡虏所掠，至胡中十二年，生子二人。魏文帝与邕有旧，以金帛赎之归国。因为琴曲，遂写幽怨之词。曲有十八拍，今每拍为词，叙当时之事。”后署“承议郎前庐州合肥令刘商”。起“汉室将衰兮四夷不宾”，迄“哀情尽在胡笳曲”，七言八句，共18首，共51行。

又见于P.3812、P.2845。《乐府诗集》卷五九、《全唐诗》卷二三收录。任半塘《敦煌歌辞总编》补遗编收录此诗，题下注出P.2845、P.3812卷，然全诗均据《全唐诗》录入，对敦煌写本实未予校录。P.3812为唐诗选残卷，有高适、殷济、武涉、刘长卿等诗及刘商《胡笳十八拍》。又卷端有“维大唐乾宁”一行。P.2845卷正面抄《太玄真一本际经》卷第七《譬喻品》，卷背抄刘商《胡笳十八拍》。

作者刘商，字子夏，彭城（今江苏徐州）人。登进士第，大历初任合肥令，贞元中任汴州观察推官、检校虞部郎中。后为道士，隐居山中。卒于元和二年（807）前。工于诗，尤长于歌行。P.2555写卷诗序末署“承议郎前庐州合肥令刘商”。《新唐书·艺文志四》称刘商的官职为“贞元（785—805）比部郎中”。张彦远《历代名画记》卷十说刘商曾“官至检校礼部郎中，汴州观察判官”。故“承议郎前庐州合肥令”可以补史载之不足。武元衡《刘商郎中集序》云：“早岁著《胡笳词十八拍》，出入沙塞之勤，崎岖惊畏之患，亦云至矣。”《全唐诗》卷三〇三、三〇四录其诗两卷，卷八八三补一首。据《唐才子传校笺》考证，刘商生于开元中，登第或在肃宗朝，为合肥令在大历元年（766）前后[①]。则此诗作于大历初（766—769），与《刘商郎中集序》“早岁”之说相符。

敦煌写本中的诗序不见于《乐府诗集》和《全唐诗》本诗题下，《乐府诗集》卷五九《琴曲歌辞三》蔡琰《胡笳十八拍》题解下引唐刘商《胡笳曲序》曰：“蔡文姬善琴，能为《离鸾别鹤之操》。胡虏犯中原，为胡人所掠，入番为王

① 傅璇琮主编《唐才子传校笺》第2册，北京：中华书局，1989年第，258—261页。

后，王甚重之。武帝与邕有旧，敕大将军赎以归汉。胡人思慕文姬，乃卷芦叶为吹笳，奏哀怨之音。后董生以琴写胡笳声为十八拍，今之《胡笳弄》是也。”以为刘商是模拟董生(庭兰)《胡笳弄》，但敦煌本没有刘商模拟董生《胡笳弄》之说。《胡笳弄》是琴曲，《隋书·经籍志》经部乐类著录有《琴历头簿》一卷，不著撰人，也不详其时代，但其为唐前书无疑。清人马国翰有辑本，著录“琴曲三十有八”，其中有名《胡笳》者。可见胡笳琴曲流传已久，不始于唐人董庭兰。刘商还是著名画家，工画山水树石，见《历代名画记》和《唐才子传》。

(157)《落蕃人毛押牙遂加一拍因为十九拍》(首题)。起“去年骨肉悲坼”，迄“不觉愁牵加一拍”，七言八句，首句脱一字，共 3 行。抄在刘商《胡笳十八拍》之后。毛押牙，名不可考，其人不见于传世文献。押牙是官职。据严耕望《唐代方镇使府僚佐考》的考证，押牙最早出现于天宝五载(746)[①]。地方节镇的押牙，经常作为使者出使外地。柴剑虹认为 P.2555 写本 59 首(实为 60 首)陷蕃诗和卷背的 12 首陷蕃诗的作者极有可能是“落藩人毛押牙”[②]。潘重规也推断“落蕃人毛押牙”为 72 首诗作者[③]。徐俊分析了整个敦煌所存诗卷的整体状况和本卷与其他诗卷重出的情况，认为“落蕃人毛押牙”为 72 首诗作者的可能性很小[④]。项楚《敦煌诗歌导论》认为，陷蕃诗作者为“落蕃人毛押牙”的分析虽有道理，但也存在诸多疑问：第一、两组诗所思故乡不同。12 首陷蕃诗中作者所熟悉、所思念的是帝乡长安，作者似乎是中原人士，而 59 首的作者是河西人氏。第二、两组诗行程不同。59 首诗的行程是从敦煌到临蕃，12 首诗的行程是从敦煌到焉耆，一东南一西北，方向刚好相反。第三、两组诗所写被禁原因不同。因此他认为，前 59 首陷蕃诗的作者和后 12 首陷蕃诗的作者是否即是同一人，恐怕尚难以作肯定的结论[⑤]。饶宗颐说：“钱东垣辑释《崇文总目》卷一：‘《小胡笳十八拍》一卷。[原释]伪

① 严耕望《唐代方镇使府僚佐考》，氏著《唐史研究丛稿》，香港：香港新亚研究所，1969 年。

② 柴剑虹《敦煌伯二五五五卷“马云奇诗”辨》，《中华文史论丛》1984 年第 2 辑。

③ 潘重规《敦煌唐人陷蕃诗集残卷作者的新探测》，《汉学研究》第 3 卷第 1 期，1985 年。

④ 徐俊《敦煌诗集残卷辑考》，北京：中华书局，2000 年，第 687 页。

⑤ 项楚《敦煌诗歌导论》，成都：巴蜀书社，2001 年，第 237 页。

唐蔡翼撰……《小胡笳》又有契声一拍，共十九拍，谓之祝家声。'《文献通考·乐考·竹之属》大胡笳条：'沈辽集大胡笳十八拍，世号沈家声。小胡笳十九拍，末拍为契声，世号为祝家声。'敦煌此卷《第十八拍》之后，题'落蕃人毛押牙遂加一拍因为十九拍'，乃经中唐时落蕃之毛押牙于刘商原作增益一拍，合为十九拍。是十九拍，不自五代蔡翼始也。"①

7. (158)《高兴歌》(首题)，下署"江州刺史刘长卿"。起"王公特达越古今"，迄"莫愁红粉老春秋"。七言四十五句，共21行。《高兴歌》，又名"酒赋"，在敦煌写本中又见于P.2488、P.2544、P.2633、P.2712、P.2976、P.3812、P.4994＋S.2049。P.2488存8行，题署"高兴歌酒赋一本，江州刺史刘长卿撰"。P.2544题署"酒赋一本，江州刺史刘长卿撰"。P.2633首题"酒赋一本，江州刺史刘长卿撰"，尾又题"酒赋壹本"。P.3812存一行，下残，首题"高兴歌，江州刺史刘长卿"；P.4994＋S.2049题"酒赋"，未署作者。P.2633、P.4994＋S.2049、Дx.3871＋P.2555所抄内容完整，又以Дx.3871＋P.2555讹误最少。这篇作品在敦煌写卷重出多次引发众多学者的关注，学界相关研究主要围绕作者、文体、年代三方面展开。

其一，《高兴歌》作者"江州刺史刘长卿"。据现存文献，唐代有两个刘长卿，一为弘农(今河南宝应县)人刘元遂之子，官工部员外；另一为是有"五言长城"之称的大诗人，河间(今属河北)人。这两个刘长卿都没有官江州刺史。所以，柴剑虹、任半塘、徐俊等先生都认为本篇不是"五言长城"刘随州所作②。

按《元和姓纂》卷五："(刘)元遂生长卿，工部员外。长卿生敞，巫州刺

---

① 饶宗颐《法京所藏敦煌群书及书法题记》，《饶宗颐二十世纪学术文集》卷八上，北京：中国人民大学出版社，2009年，第345页。

② 柴剑虹说："此刘长卿恐非那位被称为'五言长城'的诗人刘随州，因为诗人刘长卿从未任过'江州刺史'。"(《研究唐代文学的珍贵资料——敦煌伯2555号唐人写卷分析》，《1983年全国敦煌学术讨论会文集：文史·遗书编下》，兰州：甘肃人民出版社，1987年，第85页)任半塘也同意此说：认为"此辞与《全唐诗》所载刘长卿诗相较，从题材到文字，皆大不类。况此辞具河西、塞北地区之风格特征，而刘长卿事迹记载中，绝无游西北边境之表示。故可判断：此辞非诗人刘长卿所作。"(《敦煌歌辞总编》，上海：上海古籍出版社，1987年，第1787页)徐俊也说"刘长卿官终随州刺史，'江州刺史'与刘长卿经历不符，乃托名传误"(《敦煌诗集残卷辑考》，北京：中华书局，2000年，第733页)。

史。"王勋成考定刘敞曾在 758—770 年之间做过巫州刺史,那么其父刘长卿只能是开元(713—741)时期的人,而《高兴歌》中提到的李稍云则是开元以后以酒令出名的,那么生活于开元年间的工部员外刘长卿就不可能是《高兴歌》的作者。王文进而推测刘长卿在罢睦州司马到任随州刺史的不足半年时间中(780 左右)曾任过江州刺史,由于任职时间太短,故史籍没有记载,《高兴歌》当作于此时①。毕庶春则认为《高兴歌》的作者就是大诗人刘长卿,"高兴"为郡名(今属广东),刘长卿曾被贬南巴尉,南巴属原高兴郡所辖地,故刘长卿身居"高兴"之地而作《高兴歌酒赋》,其时当在公元 760 年左右②。

其二,《高兴歌》体制的判断。任半塘《敦煌歌辞总编》将《高兴歌》与《胡笳十八拍》一起编入"组词类"。他认为《高兴歌》,并非赋体,"酒赋"二字,义为"赋酒",并举《春赋》之"赋春"、《死马赋》之"赋死马"为例。他还将《高兴歌》划分为"二十一首"诗,就其句式进行讨论。项楚亦认可《高兴歌》为"赋酒"之诗,但否定二十一首组诗之说③。周裕锴《敦煌赋与初唐歌行》亦认为二十一首组曲之说纯属无稽之谈,但还是认为是赋不是诗④。按,对敦煌文体的确认,写本原有的名称不要轻易否定。"赋"字在前是动词,"赋"字在后则是名词,应指文体。抄有《酒赋》的六件敦煌写本中,有三件题为"酒赋",一件题为"高兴歌酒赋",只有两件题为"高兴歌"。可见,《高兴歌》是一种省称,就如同《渔父歌沧浪赋》省称"渔父"一样。其文体当为赋。六朝以来,诗赋合流,诗体赋甚多,皆是此类。

8.《闺怨诗》9 首(159—167)

自《娥眉怨》至《闺情(自别隔炎凉)》,共九首,皆未署作者。前两首抄于第十一纸卷末,后七首抄于第十二纸。主要校录本有陈尚君《全唐诗补编》,徐俊《敦煌诗集残卷辑考》,张锡厚主编《全敦煌诗》。

(159)《娥眉怨》(首题),未署作者。起"孤坐正含颦",讫"双泪湿红巾"。

---

① 王勋成《敦煌写本〈高兴歌〉作者考》,《敦煌学辑刊》2002 年第 2 期。
② 毕庶春《〈高兴歌酒赋〉管窥》,《南京大学学报》2007 年第 4 期。
③ 项楚《敦煌诗歌导论》,成都:巴蜀书社,2001 年,第 47 页。
④ 周裕锴《敦煌赋与初唐歌行》,载《敦煌文学论集》,成都:四川人民出版社,1997 年。

五言八句,共2行。

(160)《画屏怨》(首题),未署作者。起"荡子戍辽东",迄"早晚到云中"。五言八句,共行。亦见于《唐诗纪事》卷十三,为郑遂初之《别离怨》,《全唐诗》卷一〇〇收录。作者郑遂初,生卒年里不详,周武则天万岁通天元年(696)登进士第,余不详。《全唐诗》卷一〇〇录其诗一首,《全唐文》卷二三五存其文一篇。此诗当写于郑登进士之前。

(161)《彩书怨》(首题),未署作者。起"叶下动(洞)庭初",迄"惟怅久离居"。五言八句,共2行。《唐诗纪事》卷三收为上官昭容诗,《全唐诗》卷五收录,题同。《全唐诗》注:"一云《彩毫怨》。"明代谢榛《诗家直说》卷四以为南朝梁沈满愿诗,逯钦立《先秦汉魏晋南北朝诗·梁诗》据以收录,误。上官昭容(664—710),即上官婉儿,上官仪之孙女。唐中宗时(684)为婕妤,专掌制命,进拜昭容。临淄王(即玄宗)起兵诛韦后,婉儿同时被杀。生平事迹见《旧唐书》卷五一、《新唐书》卷七六本传。《全唐诗》卷五存其诗32首。

(162)《珠帘怨》(首题),未署作者。起"佳人名莫愁",迄"年年向陇头"。五言八句,共2行。《唐诗纪事》卷二〇收录,作者颜舒,诗题"凤栖怨"。《全唐诗》卷七六九收录,题同。颜舒,生卒年不详。京兆万年(今西安)人。天宝时进士及第,官长安尉。今存诗一首,收入《全唐诗》卷七六九;存文一篇,见《文苑英华》卷二十四、《全唐文》卷四〇八。

(163)《别望怨》(首题),未署作者。起"征客戍龙沙",迄"更作落梅花"。五言八句,共2行。

(164)《锦墀怨》(首题),未署作者。起"征马躁金珂",迄"春燕已频过"。五言八句,共2行。《唐诗纪事》卷十收录,作者李元纮,诗题"绿墀怨"。《全唐诗》卷一〇八收录,题同。李元纮(?—733),字大纲,祖籍滑州(今河南滑县),世居京兆万年(今陕西西安)。曾为中书侍郎,曹州刺史,户部尚书,太子詹事。李元纮为官清廉,贵为国相,家无储积,颇有时誉。《全唐诗》卷一〇八录诗三首,《全唐文》卷三〇〇录文两篇。生平见《旧唐书》卷九八、《新唐书》卷一二六本传。锦墀,涂有锦色的台阶。

(165)《清夜怨》(首题),未署作者。起"含泪坐春消(宵)",迄"青管为谁调”。五言八句,共2行。《全唐诗》卷五四一收入李商隐名下,后四句又见于《乐府诗集》卷七十九《近代曲辞》中《陆州歌·排遍第四》。徐俊考证,宋代流传的李商隐集中未收此诗,将《清夜怨》收入李商隐集中,始于明代。清纪昀说:“词气不似义山。”冯浩说:“声调清亮,而用意运笔不似义山。《乐府·陆州歌》皆取旧人五言四句分章,其《排遍第四》即此‘曙月’以下二十字,惟‘征云’作‘征人’耳。其歌不知始何时也。”今敦煌本出,则确知为盛唐诗,收入李商隐集中,误。

(166)《闺情怨》(首题),未署作者。起“日暮裁缝罢”,迄“夫胥莫应归”。五言八句,共2行。《国秀集》卷下收为王谭诗,题为“闺情”。《全唐诗》卷一四五收录,题同。王谭,生卒年里在不详。开元十二年(724),玄宗废王皇后,王谭作《翠羽帐赋》以讽帝。二十五年登进士第。天宝初,曾任右补阙。《全唐诗》卷一四五录其诗6首,《全唐文》卷三三三存其文6篇。事迹见《新唐书》卷七十六。

(167)《闺情》(首题),未署作者。起“自别隔炎凉”,迄“知欲寄谁将”。五言八句,共2行。又见P.3885、P.3619,均未署题目和作者。《全唐诗》卷一六〇收为孟浩然诗。孟浩然(689—740),襄州襄阳(今属湖北)人,两次落第。开元二十五年(737)张九龄镇荆州时曾署为从事。浩然终于布衣,沦落平生,然诗名重当时。《全唐诗》卷一五九、一六〇收录其诗两卷,两《唐书》有传。今人徐鹏有《孟浩然集校注》(人民文学出版社1989年),佟培基有《孟浩然诗集笺注》(上海古籍出版社2000年)。

9.(168)《白头老翁》刘希夷(原题署),起“洛阳城东桃李花”,迄“唯有黄昏鸟雀悲”。七言二十五句,共7行。此诗又见P.3480、P.4994+S.2049,其中P.3480前残,仅存末联。《搜玉小集》收此诗,题“代白头吟”;《文苑英华》卷二〇七、《乐府诗集》卷四一题“白头吟”;《唐诗纪事》卷一三、《全唐诗》卷八二题“代悲白头翁”。《唐诗纪事》卷一三云:“(希夷)尝为《白头翁咏》云:‘今年花落颜色改,明年花开复谁在。’既而自悔曰:我此诗似谶,与石崇白首同所归何异?乃更作一联云:年年岁岁花相似,岁岁年年人不同。既而叹曰:‘此句复似向谶矣。然死而有命,当复由此!’乃两存之,诗成未周岁,为奸人所杀。”[①]刘希夷不满三十而卒，逝于680年左右，又“诗成未周岁”，则此诗当作于679年左右。

10.(169—175)《思佳人率然成咏》七首(首题)，未署作者。起“临封尺素黯销魂”，迄“相助迎奴计日归”。七言绝句7首，共14行。此组诗字迹与前后皆不同，笔锋较钝。前三首抄于第十三纸，后四首抄于第十四纸，其中第三首诗和第四首诗中间有一行“公特特达越金古，六尺堂堂善文武。但今朝”，书法拙劣，乃摘抄前面《酒赋》首两句诗，该行杂抄恰好抄于十三纸卷尾，当是利用《思佳人率然成咏》第三首抄毕后的空白部分抄写的。第十四纸写完《思佳人率然成咏七首》后，有“千字文，敕员外，难铛锅煮铁”杂写一行，笔迹与前《高兴歌》一致。

11.(176—177)《奉答》二首(首题)，未署作者。其一起“纵使千金与万金”，迄“碧海清江解没深”。其二起“红妆夜夜不曾干”，迄“君来莫作去时看”。皆七言四句，共4行。第二首前两句又见P.2622大中十三年(859)四月抄本《吉凶书仪》卷末题诗。

12.(178—179)《早夏听谷谷叫声，此鸟鸣则岁稔》(首题)，未署作者。共二首，第二首诗前写“同前”二字。其一起“林里羞蘋藻”，迄“即此表丰盈”。其二起“绿树映山溪”，迄“□乐满斜蹊”。皆五言八句，共5行。

13.(180—181)《过田家二首》(首题)，未署作者。其一起“适野过村落”，迄“春酒且尝醅”。其二起“樵牧寻南涧”，迄“从此欲忘归”。皆五言八句，共4行。

15.(182)《为肃州刺史刘臣璧答南蕃书》窦昊(原题署)。起“和使论悉蔺琮至”，迄“肃州刘臣璧顿首”，共42行。此文书又见P.5037、Дx.05988。P.5037首题“肃州刺史答南蕃书”，下署“窦昊撰”。刘臣璧，生平无考。戴密微考订该文书作于宝应元年(762)[②]。Дx.05988为残片，存15行，为《答南蕃书》的开头部分。主要研究和校录本有：戴密微《吐蕃僧诤记》，陈祚龙《敦

① (宋)计有功撰，王仲镛校笺《唐诗纪事校笺》，北京：中华书局，2007年，第419页。

② [法]戴密微(Paul Demieville)著，耿升译《吐蕃僧诤记》，北京：中国藏学出版社，2013年，第366—384页。

煌学散记》,邓小南《〈为肃州刺史刘臣璧答南蕃书(伯二五五五)〉校释》,唐耕耦等《敦煌社会经济文献真迹释录》,柴剑虹《敦煌唐人诗文选集残卷〈伯2555补录〉》,李宗俊《敦煌文书〈为肃州刺史刘臣璧答南蕃书〉所见吐蕃进攻河西的两次唐蕃战争》,钟书林《敦煌文研究与校注》①。

(二) 背面内容

背面内容依次为《松篁翠色能藏马》1首,《月赋》1首,《从军行》2首,岑参诗8首,《咏拗笼筹》1首,闺怨诗5首,《怀素师草书歌》1首,陷蕃诗12首,钟繇、王羲之书法作品临习,《御制勤政楼下观灯》1首②。共计诗34首。

1. (183)《松篁翠色能藏马》,未有题署,据首联拟题。起"帝城春,松篁翠色能藏马",迄"今日呈君愿君见",存七言十四句,共6行。

2. (184)《月赋》(首题),未署作者。起"阴之精,月之体",迄"徘徊常在列卿前",共10行。此赋不见于传世本,是一篇诗体赋,采用了民间流行且为文人大量使用的三三七七七句式。

3. (185—186)《从军行》(首题),共两首,皆未署作者。第一首题"从军行",起"侠少翩翩驰铁骑",迄"归心便碎榆关叶"。七言、五言混杂,共16句,抄写7行。第二首题"从军行同前作",起"十四五年在金微",迄"却令羞见玉门关"。七言十二句,共6行。

4. 岑参诗8首(187—194)

(187)《江行遇梅花之作》(首题),下署"岑参"。起"江畔梅花白儒雪",迄"一夜抱花空馆眠",七言十二句,共6行。此诗不载于今存岑参诗集和《全唐诗》。李嘉言《岑诗系年》中认为"岑参江陵人,而足迹不及江陵以东。此

---

① [法]戴密微(Paul Demieville)著,耿升译《吐蕃僧诤记》,第366—384页。陈祚龙《敦煌学园零拾》上册。邓小南《〈为肃州刺史刘臣璧答南蕃书(伯二五五五)〉校释》,北京大学中古史研究中心编《敦煌吐鲁番文献研究论集》,北京:中华书局,1982年,第596—614页。李宗俊《敦煌文书〈为肃州刺史刘臣璧答南蕃书〉所见吐蕃进攻河西的两次唐蕃战争》,《敦煌学辑刊》2007年第9期。钟书林《敦煌文研究与校注》,武汉:武汉大学出版社,第369—372页。

② 背面内容仅抄八纸,徐俊将背面内容分为三部分:第一部分由卷首缺题残诗至《怀素师草书歌》,计诗18首、赋1篇;第二部分是《白云歌》至《赠乐使君》诗12首;第三部分是《宣示帖》《御制勤政楼下观灯》(徐俊《敦煌诗集残卷辑考》,北京:中华书局,2000年,第723—757页)。

曰‘西飞直送到吾家’，其非岑作明矣”[①]，理由不充分。廖立《敦煌残卷岑诗辨》通过细考岑参身世，认为其父、祖均不居江陵，岑参本人足迹不及江陵，谈不上“家”在江陵，所言胡姬，恐怕也是寄托之词，他认为诗中所写非实指，该诗为岑参所作无须多辨[②]。刘开扬《岑参诗集编年笺注》亦谓“此诗风格、诗语亦均似岑，不用置疑”，“此诗若非岑参大历元年（766）冬、二年春在成都作，即为三年冬、四年春所作”[③]。

（188—194）《冀国夫人歌词七首》（首题），未署作者。起“夫人封赏国初开”，迄“却笑阳台云雨寒”，七首皆七言四句，共15行。闻一多《岑嘉州系年考证》疑此七首为岑参所作，诗中的冀国夫人，当为裴冕夫人[④]。李嘉言《岑诗系年》进一步考证裴冕在两京平定后封冀国公，此诗当作于乾元元年（758）或广德二年（764）前后岑参居长安时。廖立《敦煌残卷岑诗辨》通过考证认为，冀国夫人是西川节度使崔宁妾任氏，而非李嘉言所说裴冕妻，并考证诗作于岑参卒后，非岑参诗作[⑤]。任半塘《敦煌歌辞总编》也认为冀国夫人为任氏，崔宁“约在大历三年（768）八月抵成都，重参之名，邀作右辞”[⑥]。王勋成考证该诗非岑参所作，而是后人祠祭冀国夫人时所唱之歌，可能产生于中晚唐时，作者姓名失传[⑦]。刘开扬《岑参诗集编年笺注》认为“任氏之封冀国夫人疑在大历三四年间，唐史未载。而此诗乃四年（769）春日所作。”[⑧]我们认为此组诗是从西川传到河西的[⑨]，作于大历四年。

5.（195）《咏拗笼筹》（首题），未署作者。起“幸得陪樽俎”，迄“看取令行时”，五言八句，共4行。《中兴间气集》卷上录为朱湾诗，题作“奉使设

① 李嘉言《岑诗系年》，《文学遗产增刊》，1956年8月。
② 廖立《敦煌残卷岑诗辨》，《文献》13辑，1982年。
③ 刘开扬《岑参诗集编年笺注》，成都：巴蜀书社，1995年，第743—744页。
④ 闻一多《岑嘉州系年考证》，载《清华大学学报》1933年。
⑤ 廖立《敦煌残卷岑诗辨》，载《文献》第13辑，1982年。
⑥ 任半塘《敦煌歌辞总编》，上海：上海古籍出版社，1987年，第660页。
⑦ 王勋成《敦煌唐卷〈冀国夫人歌词〉为祠祭之说》，载《敦煌学辑刊》1991年第1期。
⑧ 刘开扬《岑参诗集编年笺注》，第747页。
⑨ 伏俊琏《写本时期文学作品的结集——以Дх.3871＋P.2555为中心》，《文学评论》2018年第1期，第196页。

宴戏掷笼筹”,《全唐诗》卷三〇六据以收录。朱湾,生卒年里不详,号沧州子。大历初隐居江南,屡召不起。大历八年(773)永平军节度使李勉辟为从事。建中四年(783)府罢,归隐江南。后又曾假摄池州刺史,约卒于贞元中。高仲武《中兴间气集》录其诗七首,评曰:“诗体幽远,兴用洪深,因词写意,穷理尽性,于咏物尤工。”《全唐诗》卷三〇六录其诗一卷,《全唐诗补编·续拾》卷十七补二首。《全唐文》卷五三六存其文一篇。事迹见《唐才子传校笺》卷三。

6. (196—200)《闺情》五首。此组闺情诗共五首,前题“闺情”。五首诗皆未署作者,起“桃花日照柳含烟”,迄“银波莫卷水精帘”,皆七言四句,共11行。

7. (201)《怀素师草书歌》(首题),下署作者“马云奇”。起“怀素才年三十余”,迄“寄语江潭一路人”,七言四十句,共18行。此诗是敦煌写本中唯一一件完整而又颇具文采的咏书诗。马云奇,生平不详。怀素(737—?)是唐代杰出的书法家,以“狂草”名世,史称“草圣”,和张旭齐名。怀素的生年,学术界有两说。一说生于开元十三年(725),根据是怀素《清净经》帖末云:“贞元元年(785)八月廿有三日,西太平寺沙门怀素藏真书,时年六十有一。”由此推断怀素生于725年。一说生于开元二十五年,根据是怀素《小草千字文》帖末云:“贞元十五年(799)六月十七日于零陵书,时六十有三。”对于这两帖所署时间的矛盾,陈垣《释氏疑年录》认为:《千文文帖》和《清净经帖》,“两者年岁不同,必有一赝”。并据李白《草书歌行》“少年上人号怀素”的诗句,李白见怀素在乾元二年(759),当时李白近60岁,按《千字文》,怀素22岁,按《清净帖》,怀素34岁。所以,称22岁为少年较称34岁为少年更合情理。《怀素师草书歌》云“怀素才年三十余,不出湖南学草书”,据此,则马云奇的这首诗写于怀素三十岁过一点的时候,大历三到五年之间(768—770)。诗又说:“一昨江南投亚相,尽日花堂书草障。”“江南投亚相”之“亚相”,指徐广州徐浩。徐浩是当时著名书法家,于大历二年四月至大历三年十月任广州刺史,领衔岭南节度观察使兼御史大夫。唐人常称御史大夫为“亚相”,故徐浩有“亚相”之称。马云奇的诗写于怀素从广州回到湖南的大历四年左右。

这一年怀素刚好 32 岁，与“怀素才年三十余”相符[①]。

8. (202—213)《陷蕃诗》12 首

(202)《白云歌》(首题)，未署作者。小序云：“予时落殊俗，随蕃军望之，感此而作。”起“遥望白云出海湾”，迄“应亦有时还帝乡”。因前有马云奇的《怀素师草书歌》，一种意见认为这 12 首诗也是马云奇所作，另一种意见认为这 12 首诗与写本正面 60 首陷蕃诗为同一人所作(说见前)。我们认为，正面的 60 首陷蕃诗当为毛押牙所作，此 12 首陷蕃诗则为毛押牙收集的另一陷蕃人的作品，作者无考。

(203)《送游大德赴甘州口号　此便代书寄呈将军》(首题)，未署作者。起“支公张掖去何如”，迄“为报殷勤好在无”，七言四句，共 3 行。游大德，生平不详。口号，诗题用语，相当于口占，即当场口咏之意。此诗诗题后有“□尚书张判官□□□□”等字，模糊不可辨[②]。

(204)《九日同诸公殊俗之作》(首题)，未署作者。起“一人歌唱数人啼”，迄“自然心醉已如泥”，末句下注：“太常妻曰：一日不斋醉如泥。”七言八句，共四行。九日，即九月九日重阳节。诸公，当为被拘的同伴。殊俗，指吐蕃占领地区。

(205)《俯吐蕃禁门观田判官赠向将军真言口号》(首题)，未署作者。起“怪来偏得主君怜”，迄“看心且爱直如弦”，七言四句，共 3 行。项楚说：“诗题‘俯’当作‘附’，下夺‘近’字。‘附近’为靠近之义，如《三国志·魏志·明帝纪》裴注引《魏略》曰：‘四方虽知朗无能为益，犹以附近至尊，多赂遗，富均公侯。’《太平广记》卷六六《谢自然》(出《集仙录》)：‘修道要山林静居，不宜附近村栅。’诗云‘怪来偏得主君怜，料取分明在眼前’，即是从诗题‘附近禁门’之语生发也。”[③]田判官、向将军，均无考。禁门，这里指吐蕃军门。作者看到田判官赠向将军真言的情景，口占一诗。或谓这首诗就是田判官赠向将军

---

① 伏俊琏《敦煌本〈情素师草书歌〉的历史和文学价值》，《敦煌文学文献丛稿》，北京：中华书局，2011 年，第 170—177 页。

② 徐俊《敦煌诗集残卷辑考》，第 754 页。

③ 项楚《补全唐诗二种续校》，《四川大学学报》1983 年第 3 期。

的诗,抄在向将军的辕门上。

(206)《题周奉御》(首题),未署作者。起"明王道得腹心臣",迄"门前桃李四时春",七言四句,共3行。周奉御,无考。

(207)《赠邓郎将四弟》(首题),未署作者。起"把袂相欢意最浓",迄"只是青山一树松",七言四句,共3行。邓郎将,无考。邵文实《吐蕃占领时期敦煌没蕃诗人及其作品》认为这位"邓郎将"是P.2555正面60首陷蕃诗的作者,他和P.2555背面12首陷蕃诗的作者是交情很深,同为落藩、并相互唱和慰藉的两个人①。

(208)《同前已诗代书》(首题),未署作者。"已诗代书"当为"以诗代书"。起"故(古)来同病总相怜",迄"肯料寒灰亦重燃",七言四句,共3行。作者与邓郎将同病相怜,劝勉邓郎将暂且顺应局势,说不定会有寒灰重燃的机会。

(209)《途中忆儿女之作》(首题),未署作者。起"发为思乡白",迄"知我断肠无",五言四句,共3行。

(210)《至淡河同前之作》(首题),未署作者。起"念尔兼辞国",迄"应为涕流多",五言四句,共3行。淡河在今新疆焉耆境内。

(211)《被蕃军中拘系之作》(首题),未署作者。起"何事逐漂蓬",迄"长遣困西戎",五言八句,共4行。作者因战败而被吐蕃俘虏,但他不甘心,悲伤之下心存壮志。

(212)《诸公破落官蕃中制作》(首题),未署作者。起"别来心事几悠悠",迄"看取山云一段愁",七言四句,共3行。破落官,唐蕃会盟中被吐蕃人扣押的将领和使者,以及在战争中被俘虏的唐朝将吏。

(213)《赠乐使君》(首题),未署作者。起"知君桃李遍成蹊",迄"知君桃李遍成蹊",七言四句,共3行。唐人通称州郡长官为使君。乐使君,无考,可能与前诗《题周奉御》中的周奉御同为唐官没蕃后隐居者,此乐使君或归隐从教。

---

① 邵文实《吐蕃占领时期敦煌没蕃诗人及其作品》,《东南大学学报》1999年第3期。

9.（214—215）钟繇《宣示表》及王羲之之佚札。写本在《赠乐使君》后有习字共4行，前为钟繇（151—230）《宣示表》内容，后“罔然所厝，奈何奈何，不具，王羲之白”盖为王羲之之佚札[①]。郑汝中《唐代书法艺术与敦煌写卷》开始关注到《宣示表》习字，惜未详述[②]。毛秋瑾有关敦煌书法的系列论文较全面考察了此处书法习字，及其他敦煌写本所见名帖[③]。周珩帮对敦煌写本中出现的钟王经典书法的临习情况有梳理[④]。

10.（216）《御制勤政楼下观灯》（首题），未署作者，起“明月重城里”，迄“常与万方同”，五言八句，共7行。此诗“字大如钱”[⑤]，行书洒脱。陈祚龙考为唐玄宗之诗[⑥]，饶宗颐进一步判断此诗为玄宗上元之夜于勤政楼观灯所咏[⑦]。据《旧唐书·玄宗本纪》所记载唐玄宗上元夜御勤政楼观灯事，此诗当作于开元二十八年（740）[⑧]。

Дx.3871＋P.2555写本正面内容抄写时间在前，背面内容抄写在后。除正面两行杂抄外，其余内容为同一人所抄。关于写本的制作者、抄写者、抄写时间等问题，学术界观点不一（参看下文《敦煌写卷“陷蕃诗”研究八十年》）。我们认为，“毛押牙”可能是Дx.3871＋P.2555写本的编集者和抄录者，他在西汉金山国初期（910—912）出使吐蕃被扣留，返回敦煌后，把自己

① 伏俊琏《写本时期文学作品的结集——以Дx.3871＋P.2555为中心》，《文学评论》2018年第1期。

② 郑汝中《唐代书法艺术与敦煌写卷》，《敦煌研究》1996年第2期。

③ 毛秋瑾《北魏时期敦煌写经书法研究》，苏州大学硕士论文，2002年。毛秋瑾《写经书法述论——以敦煌吐鲁番写本为中心》，《故宫博物院院刊》2011年第3期。毛秋瑾《汉唐之间的写经书法——以敦煌吐鲁番写本为中心》，《南京艺术学院学报》2012年第3期。

④ 周珩帮《敦煌遗书中钟王传统谱系的童蒙接受》，《中国书画报》2015年1月7日。

⑤ 饶宗颐《法京所藏敦煌群书及书法题记》，《饶宗颐二十世纪学术文集》卷八上，北京：中国人民大学出版社，2009年，第348页。

⑥ ［法］陈祚龙《李唐至德以前西京上元灯节景象之一斑》，见其书《敦煌资料考屑》下册，台北：商务印书馆，1987年，第256页。

⑦ 饶宗颐《法京所藏敦煌群书及书法题记》，《饶宗颐二十世纪学术文集》卷八上，第348页。

⑧ 伏俊琏《写本时期文学作品的结集——以Дx.3871＋P.2555为中心》，《文学评论》2018年第1期，第197页。

创作的60首蕃中纪行诗编为一集,并把自己平时喜爱而搜集的诗编为一集[①]。从粘贴痕迹、笔迹行款、墨迹浓淡亦可判断诗集经过了多次书写。由粘贴的碎片中"归义军马留后""金光明寺""道林"等信息,可进一步判断此件写本可能抄于金光明寺学,时间在曹议金后期(924—935)[②]。

五、参考图版

Дx.3871:

《俄藏敦煌文献》第11册,第78页。

P.2555:

1.《王重民向达所摄敦煌西域文献照片合集》第七册,第2648—2704页。

2.《敦煌宝藏》第122册,第82—99页。

3.《法国国家图书馆藏敦煌西域文献》第15册,第334—249页。

4. International Dunhuang Project(敦煌国际项目,简称IDP)。

附:敦煌"陷蕃诗"研究八十年

敦煌写本P.2555汇抄了唐人诗文两百多篇,其中正面《冬出敦煌郡入退浑国朝发马圈之作》至《落蕃人毛押牙遂加一拍因为十九拍》共60首[③],背面《白云歌》至《赠乐使君》共12首,主要记录作者被吐蕃扣留后的经历和情感变化,学术界以"陷蕃诗"名之。诗中反映的思想感情,代表了沦陷区汉族知识分子的普遍心声;诗中描写的边地自然风貌、游牧地区的典型景物以及被

---

① 伏俊琏《写本时期文学作品的结集——以Дx.3871 + P.2555为中心》,《文学评论》2018年第1期,第197—198页。

② 伏俊琏《写本时期文学作品的结集——以Дx.3871 + P.2555为中心》,第199页。

③ 正面《首秋闻雁并怀敦煌知己》题下八句七言诗,目前各家都录为一首,实际上用韵不同,应为两首,所以正面59首当为60首。诸家以背面马云奇《怀素诗草书歌》列入陷蕃诗为13首,本文将其排除在外,正背合计亦为72首。

吐蕃攻陷后的荒凉景象，与传世的边塞诗有较大差异，故在历史、文学史和民族文化交流史的研究上都有独特的价值。几十年来，几代学者先后对这些诗作进行了整理校录；同时围绕这72首诗的作者、写作年代和社会背景等方面提出了不同的观点。到目前为止，学术界对陷蕃诗的研究主要集中在以下几个方面：

一、校录整理工作

王重民、向达是陷蕃诗最早的整理者。20世纪30年代后期，他们就在巴黎抄录了P.2555陷蕃诗，并做了初步校理。遗憾的是，二位先生都未能完成整理工作。王重民的工作后由舒学继续完成，以《敦煌唐人诗集残卷》为题，发表在《文物资料丛刊》1977年第1辑。向达的文稿由阎文儒整理，后以《敦煌两个陷蕃人残诗集校释》为题收入《向达先生纪念论文集》[①]。1952年，法国学者戴密微在《吐蕃僧诤记》第二章中设“在吐蕃统治期间的汉文诗词”一节，对P.2555号写卷的38首诗进行逐录并注释[②]。1979年，旅居法国的中国学者陈祚龙先后发表《新校重订敦煌古抄李唐词人陷蕃诗歌初集》《关于敦煌古抄某些李唐边塞词客之诗歌》二文[③]，1986年发表《看了王重民辑录的〈敦煌唐人诗集残卷〉以后》[④]，分别校录了正面60首诗歌和反面除马云奇诗外的12首诗歌。舒学在王重民录文基础上的整理本，使72首陷蕃诗第一次完整地出现在学者面前，引起了学术界的注意，并由此开始了陷蕃诗的研究。1981年，王重民夫人刘修业在舒学整理稿的基础上重新整理为《〈补全唐诗〉拾遗》，按照王重民生前据敦煌残卷补《全唐诗》的计划，将马云

---

① 舒学《敦煌唐人诗集残卷》，《文物资料丛刊》1977年第1辑。阎文儒《敦煌两个陷蕃人残诗集校释》，阎文儒、陈玉龙编《向达先生纪念论文集》，乌鲁木齐：新疆人民出版社，1986年，第174—219页。

② ［法］戴密微(PaulDemieville)著，耿升译《吐蕃僧诤记》，兰州：甘肃人民出版社，1984年，第424—453页。2013年，中国藏学出版社再版，第385—400页。此书原名《拉萨僧诤记》(1952年)，1970年作者本人改书名为《吐蕃僧诤记》。

③ 陈祚龙《关于敦煌古抄某些李唐边塞词客之诗歌》，见陈祚龙《敦煌学海探珠》上册，台北：台湾商务印书馆，1979年，第99—104页。《新校重订敦煌古抄李唐词人陷蕃诗歌初集》，见陈祚龙《敦煌学海探珠》，第105—135页。

④ 陈祚龙《看了王重民辑录的〈敦煌唐人诗集残卷〉以后》，见《敦煌学园零拾》下册《迎头赶上，此其时也——敦煌散策之二》第三节，台北：台湾商务印书馆，1986年，第438—456页。

奇诗 13 首补入第一卷,将佚名诗 59 首补入第二卷,并改正其中的错字,使陷蕃诗 72 首更加完善[①]。以后中华书局收入《全唐诗补编》,作为《补全唐诗》第二编[②]。陈尚君辑录的《全唐诗补编》,略有补正[③]。

1979 年,台湾著名学者潘重规在巴黎阅读敦煌写卷时也校录了本卷,并在戴密微、陈祚龙、舒学校录本的基础上撰成《敦煌唐人陷蕃诗集残卷校录》[④]。1982 年,高嵩《敦煌唐人诗集残卷考释》对 P.2555 所载马云奇等人的 72 首诗做了系统的整理和详细的注释,在作品系年、字句补正、作者生平、文学价值、地名与没蕃人的押解路线等方面,通过实地勘查,对书中涉及的地名提出了对证[⑤]。

1983 年,柴剑虹《敦煌唐人诗文选集残卷(P.2555)补录》一文[⑥],按原卷缩微胶片的次序,对整个定本内容做了完整的移录。这是 P.2555 写本全貌的第一次公之于众,从根本上纠正了此前陷蕃诗研究中存在的偏颇,为研究者更客观地进行研究提供了方便。1986 年,阎文儒的《敦煌两个陷蕃人残诗集校释》发表[⑦],本文在他的老师向达早年录文的基础上,对陷蕃诗的背景作了详细考证,并对 72 首诗作了详细校释,而校释偏重于历史和地理考证。徐俊《敦煌诗集残卷辑考》指出 P.2555 可与 Дx.3871 缀接,使得"陷蕃诗"所在写本全貌又有了新的呈现,并对包括陷蕃诗在内的全部诗文进行了校录[⑧]。张锡厚主编《全敦煌诗》分别以"无名氏诗五十九首陷蕃诗"和"无名氏陷蕃诗十二首"为题对 P.2555"陷蕃诗"进行了校录[⑨]。

有关陷蕃诗的补校文章还有: 刘瑞明《敦煌唐人诗文选集残卷(伯二五

---

① 王重民、刘修业《补全唐诗拾遗》,《中华文史论丛》1981 年第 4 期。

② 王重民、孙望、童养年《全唐诗补编》,北京: 中华书局,1982 年。

③ 陈尚君《全唐诗补编》,北京: 中华书局,1992 年。

④ 潘重规《敦煌唐人陷蕃诗集残卷校录》,《敦煌学》1988 年第 13 辑。

⑤ 高嵩《敦煌唐人诗集残卷考释》,银川: 宁夏人民出版社,1982 年。

⑥ 柴剑虹《敦煌唐人诗文选集(P.2555)补录》,《文学遗产》1983 年第 4 期。后收入柴剑虹《敦煌吐鲁番学论稿》,杭州: 浙江教育出版社,2000 年,第 34—58 页。

⑦ 阎文儒《敦煌两个陷蕃人残诗集校释》,《向达先生纪念论文集》,乌鲁木齐: 新疆人民出版社,1986 年,第 174—219 页。

⑧ 徐俊《敦煌诗集残卷辑考》,北京: 中华书局,2000 年,第 689—757 页。

⑨ 张锡厚主编《全敦煌诗》,北京: 作家出版社,2006 年。

五五)补录校勘刍议》(1989)[①],熊飞《〈敦煌唐人诗文选集(P.2555)补录〉校勘斠补》(1991)[②],项楚《敦煌诗歌导论·陷蕃人诗》[③],张先堂《敦煌唐人诗集残卷新校》[④],洪艺芳《敦煌陷蕃诗内容析论》[⑤],胡大浚、王志鹏《敦煌边塞诗歌校注》[⑥],孙其芳《大漠遗歌:敦煌诗歌选评》等[⑦]。

二、陷蕃诗的作者

1. "佚名诗人和马云奇"说

该观点的代表学者为王重民和舒学。王重民遗稿《敦煌唐人诗集残卷考释》云:"右诗五十九首,抄写在伯二五五五卷,按其内容和编次,当是一个作者的诗集,可惜这个作者的姓名不可考了。"对于另外13首,他说:"格调均相似,除第一首外,又皆咏落蕃事,故可定为一人作品。第一首下题马云奇名,作者殆即马云奇。"[⑧]持该观点的还有高嵩《敦煌唐人诗集残卷考释》、阎文儒《敦煌两个陷蕃人残诗集校释》、柴剑虹《〈敦煌唐人诗集残卷(P.2555)〉初探》、汤涒《敦煌唐人诗集残卷作者考辨》等[⑨]。

2. 毛押牙说

该观点的代表学者为柴剑虹和潘重规。柴剑虹在《敦煌伯二五五五卷"马云奇诗"辨》一文中[⑩],从残卷的具体抄写情况入手,发现马云奇的《怀素师草书歌》与其后12首诗迥异,却与正面59首佚名诗连贯一气,因此除《怀素师草书歌》外的71首诗系出自一人之手。柴氏又注意到紧接前59首诗抄录的刘商《胡笳十八拍》之后,注有"落藩人毛押牙"自加的十九拍。该诗所

---

① 刘瑞明《敦煌唐人诗文选集残卷(伯二五五五)补录校勘刍议》,《文学遗产增刊》,太原:山西人民出版社,1989年,总18辑。

② 熊飞《敦煌唐人诗集残卷(伯一一五五五)补录校勘斠补》,《敦煌研究》1991年第2期。

③ 项楚《敦煌诗歌导论》,成都:巴蜀书社,2001年,第232—247页。

④ 张先堂《敦煌唐人诗集残卷(伯二五五五)新校》,《敦煌研究》1995年第3期。

⑤ 洪艺芳《敦煌陷蕃诗内容析论》,《敦煌文学论集》,成都:四川人民出版社,1997年。

⑥ 胡大浚、王志鹏《敦煌边塞诗歌校注》,兰州:甘肃人民出版社,1999年。

⑦ 孙其芳《大漠遗歌:敦煌诗歌选评》,兰州:甘肃人民出版社,2000年。

⑧ 王重民《敦煌唐人诗集残卷考释》,《中华文史论丛》1984年第2期。

⑨ 柴剑虹《敦煌吐鲁番学论稿》,第1—15页。汤涒《敦煌唐人诗集残卷作者考辨》,《西南民族学院学报》,1999专辑。

⑩ 柴剑虹《敦煌伯二五五五卷"马云奇诗"辨》,《中华文史论丛》1984年第2辑。

表现的思想和内容,与前后71首诗一致,所以他推测“落藩人毛押牙”极有可能是71首诗的作者,而不是此前他认为的“佚名诗59首、马云奇诗13首”。几乎同时,远在台湾的潘重规也提出了相同的观点。潘先生从《怀素师草书歌》入手,以怀素其人的生平考察马云奇的个人信息,认为“马云奇在江南送怀素的作品,既非陷蕃之诗;在江南作诗的马云奇也不是陷蕃诗人。”又从笔迹入手,推断“落蕃人毛押牙”为七十二首诗作者[①]。

一些学者对以上说法提出了质疑。徐俊《敦煌诗集残卷辑考》从P.2555残卷的整体研究角度出发,详细而全面地对陷蕃诗进行了分析论证[②]。他认为王重民将《怀素师草书歌》以下12首诗归马云奇所作是没有根据的,柴剑虹、潘重规所持此12首与正面59首为一人所作的观点也缺乏证据,对于陷蕃诗抄写者为“落蕃人毛押牙”的说法,从整个敦煌所存诗卷的整体状况和本卷与其他诗卷重出的情况,可能性很小。项楚《敦煌诗歌导论》认为,陷蕃诗作者为“落蕃人毛押牙”的分析虽有道理,但也存在诸多疑问:第一,两组诗所思故乡不同。12首陷蕃诗中作者所熟悉、所思念的是帝乡长安,作者似乎是中原人士,而59首的作者是河西人氏。第二,两组诗行程不同。59首诗的行程是从敦煌到临蕃,12首诗的行程是从敦煌到焉耆,一东南一西北,方向刚好相反。第三,两组诗所写被禁原因不同。因此他认为,前59首陷蕃诗的作者和后12首陷蕃诗的作者是否即是同一人,恐怕尚难以作肯定的结论[③]。

3. “邓郎将”说、“李翯”说

邵文实《吐蕃占领时期敦煌没蕃诗人及其作品》认为59首诗与12首诗不是出自一人之手[④]。她从作品反映的内容、作品透露的押解路线、被俘的原因及两组诗的创作风格方面的不同,推断作者不是同一个人,而是交情很深,同为落藩、并相互唱和慰藉的两个人。并从背面诗《赠邓郎将四弟》中

---

① 潘重规《敦煌唐人陷蕃诗集残卷作者的新探测》,《汉学研究》第3卷第1期,1985年。
② 徐俊《敦煌诗集残卷辑考》,第689—690页。
③ 项楚《敦煌诗歌导论》,成都:巴蜀书社,2001年,第232—247页。
④ 邵文实《吐蕃占领时期敦煌没蕃诗人及其作品》,《东南大学学报》1999年第3期。

“把袂相欢意最浓，十年言笑得朋从。怜君节操曾无易，只是青山一树松”分析，正面诗的作者很可能就是被称为“邓郎将四弟”的人。对于“落藩人毛押牙”，邵先生认为：“官名是别人叫的，作者本人不会称自己的官名。”她还从59首诗中有《哭押牙四寂》推断此“押牙四寂”可能就是“落藩人毛押牙”，他只是十九拍的作者，并不是59首诗的作者。因此，她得出这样的结论：除马云奇《怀素师草书歌》外的71首诗的作者有两个：一是59首诗的作者“邓郎将”，一是《白云歌》及其后11首诗的作者，姓名不可考。

钟书林《唐代开元盛世的边疆格局及其西北民族关系——以敦煌遗书P.2555陷蕃组诗为中心》一文，从P.2555诗作中反映的唐代边关史实等信息来探讨唐蕃之间的外交关系，认为正背面诗歌风格、笔迹与书写格式相近，为同一位作者，他结合史实和陷蕃组诗文本，推测这位陷蕃组诗的作者，很可能是当时多次奉命出使西域、吐蕃的皇室宗亲李暠。[①]

4. 多人所作说

这一观点之间又有不同。其中高国藩《谈敦煌唐人诗》一文[②]，通过对正面59首诗歌仔细分析，认为并非出于一人之手，至少出自两个不同经历的中下层知识分子之手。从第1首到第7首没有吐蕃攻占敦煌的痕迹，没有被押解的气氛，是作者在敦煌被攻占之前的和平岁月中离开家乡敦煌，表达了对家乡的思念。从第8首到第59首出自另一个诗人之手，是一位出使经常吐蕃的使者。熊飞在《P.2555残卷抄录时间等相关问题再探》一文[③]，经过对陷蕃诗的详细考察，认为从71首诗反映的历史内容看，它们不可能出自一两个人之手；从这些作品所使用的格律形式看，也存在明显差异。从而得出结论：这72首诗是咸亨(671—674)到元和初(806)百余年中多人所作，作者已不可考。

---

① 钟书林《唐代开元盛世的边疆格局及其西北民族关系——以敦煌遗书P.2555陷蕃组诗为中心》，《文史哲》2018年第5期。

② 高国藩《谈敦煌唐人诗》，《社会科学》(甘肃)1983年第3期。后收入郑阿财、颜廷亮、伏俊琏主编《中国敦煌学百年文库》(文学卷)(三)，兰州：甘肃文化出版社，1999年，第368—374页。

③ 熊飞《P.2555残卷抄录时间等相关问题再探》，《敦煌研究》1999年第1期。

三、陷蕃诗写作时间

1. 吐蕃攻占敦煌后的作品

陈祚龙认为,59首佚名诗,“不幸其原抄悉未标作者姓名,故难断定究为何人所作。唯其皆当为开天以后,河陇相继陷蕃之词客(可能只系一人)所作,则属勿容置疑”。关于12首诗,“必为河陇诸州,自从李唐玄宗天宝安史乱后,相继陷于吐蕃,直到懿宗咸通年中,次第全经光复期间的作品”。舒学认为:“这两个残诗集的作者,一个姓名不可考,是唐德宗建中二年(781)吐蕃攻占敦煌后,在此年初秋被押解离开敦煌,经过一年零一、二月的时间,由墨离海、青海、赤岭、白水,到达临蕃。另一个是马云奇,大概是公元787年吐蕃攻占安西后,从敦煌出发,经过淡水,被押送到安西。他们的这些诗,按时间先后编排,记录了作者沿途的见闻和感慨。”阎文儒的观点与此相同,他认为:“当在建中(780—784)初阎朝等以敦煌投降的时候。”邵文实《吐蕃占领时期敦煌没蕃诗人及其作品》认为,除《怀素师草书歌》外的71首诗,写于吐蕃占领敦煌之后,此时的敦煌,“处在经济的萧条期、政治的沉沦期、文化的变异期”,72首陷蕃诗是这一时期最具代表性的作品。

2. 吐蕃攻占敦煌前的作品

王重民《敦煌唐人诗集残卷考释》根据诗歌行程推论:诗人行经之地正值短时期的被吐蕃侵扰或占据,因此应不早于公元670年放弃安西四镇以前,也不能晚于781年敦煌陷蕃以后;又通过对赤岭、白水、临蕃的考证,进一步将作诗年代推进到741—763年之间或稍前时代的作品。认为《梦到沙州奉怀殿下》一诗中的“殿下”可能是信安王李祎,从而又将作诗年代划定在727—763年之间。柴剑虹《〈敦煌唐人诗集残卷(P.2555)〉初探》认为59首佚名诗并非写于吐蕃攻占敦煌之后,作者也并非被押解离开敦煌,而是奉命出使戎地被吐蕃无辜拘禁。对于诗中的“殿下”,柴先生考定为敦煌王承寀,因此认为佚名诗作于至德(756)或大历元年(766)之后,建中二年(781)敦煌沦陷之前。马云奇诗的写作年代并非787年吐蕃攻占安西后,而是与佚名诗大致相同,为公元758—781年吐蕃逐渐侵吞河陇地区,而西州、沙州还在唐军坚守之际。在《研究唐代文学的珍贵资料——敦煌伯2555号唐人写卷分析》一文中[①]，柴先生对写卷中某些作品的写作年代进行了具体考定，认为该写卷绝大多数诗文都写在安史之乱前后唐帝国由盛到衰时期。又推测包括陷蕃诗72首在内的P.2555抄写年代，约在唐肃宗上元元年(760)至德宗建中二年(781)之间。熊飞认为，前人所说59首诗，以及马云奇13首作于建中二年(781)沙州沦陷后缺乏证据，他从《冬出敦煌郡入退浑国朝发马圈之作》中的退浑国入手，考察了史书中关于退浑国的记载，吐谷浑已于高宗咸亨年(670—674)被吐蕃吞并，其国从唐版图上消失，由此认为诗应写于咸亨间吐谷浑举部内迁灵州之前。又据《非所寄王都护姨夫》云"敦煌数度访来人，握手千回问懿亲"，说明敦煌当时没有沦陷。《冬日书情》《登山奉怀知己》《夏中忽见飞雪之作》等数诗，完全没有出使者的语气；从诗所反映出来的情调看，应是投身边塞的幕府文人，由此推断此诗及前后数诗仍应写于天宝中。汤涒《敦煌唐人诗集残卷作者考辨》论述更为具体：马云奇被俘时间为广德二年(764)夏凉州失陷之后；佚名氏于广德二年(764)出使吐谷浑，至大历元年(766)甘州失陷后被吐谷浑囚禁。颜廷亮也认为"这72首陷蕃诗都是唐前期的后期即吐蕃占领敦煌之前若干年间的作品"[②]。

钟书林根据卷末抄写的唐玄宗《御制勤政楼下观灯》作于开元二十八年(740)上元之夜，推断抄于此前的这71首落蕃诗，创作时间"似乎也应该早于开元二十八年"。并将诗歌内容与史料记载结合起来考察，认为作于开元二十二年冬到开元二十四年秋，唐朝派遣使者与突骑施交好，受到吐蕃袭击并羁押，唐朝使者正是陷蕃诗中的使团。

3. 曹氏归义军时期的作品

陈国灿在《敦煌五十九首佚名氏诗历史背景新探》一文[③]，通过对诗中提到的"敦煌郡""退浑""殿下""古戍""唐家"等概念的考察，断定这组诗作创作于归义军张承奉称君王时，又结合敦煌文献中的相关记载，推断作者可能

① 柴剑虹《敦煌吐鲁番学论稿》，第15—33页。

② 颜廷亮《敦煌文学千年史》，北京：人民文学出版社，2013年，第91—92页。

③ 陈国灿《敦煌五十九首佚名氏诗历史背景新探》，《敦煌吐鲁番研究》(第二卷)，北京：北京大学出版社，1997年，第87—100页。

是在张承奉自封白衣天子之后约半年(910),在金山国面临甘州回鹘威胁的严峻形势下,被派往吐蕃求援的使者。孙其芳《敦煌使吐蕃使及其诗作探微》也认为这 72 首诗为敦煌使吐蕃使所作,并非一般所认为的是被吐蕃所俘的敦煌人所作。这些诗的产生时代,也当在金山国时期①。伏俊琏也认为陷蕃诗 60 首是金山国时期的作品,毛押牙不仅是其作者,而且 P.2555 写本也是毛押牙所编集而成②。

四、陷蕃诗所写的路线

作为纪行诗,诗人的路线,特别是 59 首诗所写的行程路线,是学者研究的重点。王重民《敦煌唐人诗集残卷考释》认为,59 首诗写于"某一年冬天,作者被吐蕃所俘虏,从敦煌经过阳关的南面进入退浑国界,便折向东南行,第二年夏天到达青海。在青海附近好像停留了一个较短的时间,到了秋天,又经过赤岭、白水被挟到临蕃。在临蕃,大约住了一年多的时间(从第二年秋天到第四年春)"。舒学认为 59 首诗的作者"由墨离海、青海、赤岭、白水,到达临蕃;另一个是马云奇,大概是公元 787 年吐蕃攻占安西后,从敦煌出发,经过淡水,被押送到安西"。阎文儒《敦煌两个陷蕃人残诗集校释》认为 59 首诗的路线"即今日由敦煌入南山,过山至哈拉湖,再东行到鄯州,西六十里到临蕃城"。高嵩在《敦煌唐人诗集残卷考释》中"残卷作者押解路线说"一节,结合历史资料和实地考察,分别对 59 首诗作者和马云奇的路线及地名作了详尽的考证。对于 59 首诗的详细路线,高嵩结合《张议潮变文》中张议潮出兵平定吐谷浑反叛的路线,勾勒出其路线为:敦煌郡—凶门(匈门)—西同(柴达木)—把险林(格尔木)—(巴隆、香日德、茶卡)—海南蕃庭—赤岭(日月山)—白水古戍—临蕃城。马云奇的路线是:张掖　淡河大斗拔谷(扁都口)—(俄博、祁连、冰沟)—海北某山区—(刚察)—(三角城)—临蕃。项楚《敦煌诗歌导论》也认为 59 首诗记叙了作者从敦煌出发,经过墨离海、青海、赤岭、白水,直到在临蕃的经过。其中前 23 首是途中纪行

① 孙其芳《敦煌使吐蕃使及其诗作探微》,《甘肃广播电视大学学报》2000 年第 1 期。

② 伏俊琏《写本时期文学作品的结集——以敦煌写本 Дх.3871＋P.2555 为例》,《文学评论》2018 年第 6 期。

诗,后36首是在临蕃所作,12首诗中《至淡河同前之作》一诗中的“淡河”在今焉耆附近,其中第二句“悠悠过凿空”,用张骞通西域的典故,正和作者被押解至淡河(新疆焉耆)的行程吻合,可见12首诗作者路线为敦煌至焉耆。

五、《梦到沙州奉怀殿下》中的“殿下”

59首诗中有《梦到沙州奉怀殿下》一首,作者在诗中透露了自己曾经“飘零长失路”,继而“运合至流沙”,“有幸达人主”,“恩波沾雨露”,在羁绁之中仍盼着能有机会“敦煌奉玉颜”。对于这个“殿下”,由于学者们对诗歌写作背景的不同看法,因此对“殿下”其人也有不同看法。王重民《敦煌唐人诗集残卷考释》根据《新唐书》卷八十《太宗诸子列传》和《吐蕃列传》相关记载,考得信安王李祎曾于727—729年,奉召与河西陇右诸军攻吐蕃,拓地至千里,因此他推测诗中“殿下”可能是信安王李祎。阎文儒《敦煌两个陷蕃人残诗集校释》则认为周鼎、阎朝时统治敦煌时为军事、政治首领,官衔亦能如曹义金称为王了,所以可称之为“殿下”。柴剑虹《〈敦煌唐人诗集残卷(P.2555)〉初探》考定为肃宗时所封敦煌王承寀,承寀为高宗曾孙,邠王李守礼之第五子,中晚唐时,沙州行政首领可称“殿下”的,一是玄宗、肃宗时的亲王,一是归义军时期的张议潮,由于柴先生认为陷蕃诗写于吐蕃占领敦煌之前,因此他认为可称为“殿下”的只能是敦煌王承寀。陈国灿先生《敦煌五十九首佚名氏诗历史背景新探》中认为诗歌写于金山国时期,“殿下”自然是“白衣天子”张承奉了。钟书林《唐代开元盛世的边疆格局及其西北民族关系——以敦煌遗书P.2555陷蕃组诗为中心》据《旧唐书》李琮本传记载,李琮于开元四年(716)正月,遥领安西大都护,仍充安抚河东、关内、陇右诸蕃大使;开元十五年,遥领凉州都督兼河西诸军节度大使。认为这位殿下即唐玄宗长子李琮。

此外,伏俊琏《写本时期文学作品的结集——以敦煌写本Дx.3871＋P.2555为例》一文,不以考证陷藩诗具体史实为主,而是从文本内容考察该写本编辑过程。关于编集者和结集时间,他认为:第一组60首“陷蕃诗”的作者为落蕃人毛押牙,第二组12首为毛押牙搜集的另一位陷蕃者的作品。毛押牙还可能是Дx.3871＋P.2555写本的编集者和抄录者。毛押牙是归义军时期出使吐蕃而被扣留的,时间当在张承奉建立西汉金山国初期(910—912)。经过两年多的交涉,毛押牙才被放还。回到敦煌后将之前抄录的作品进行了归类,编成了这部诗集。从结集构成的八个板块,可以感受到结集者思想情感的变化,尤其是不同板块之间的过渡,编者借用不同的作品表达他此时此刻的思想和情绪,更体现出文学写本包含的生命情怀。该文对陷藩诗所在写本作整体关照,从写本学角度考察敦煌文学,体现了当前陷藩诗研究的新视角。

另外,朱利华《吐蕃攻占时期的敦煌文学研究》①、顾浙秦《敦煌诗集残卷涉蕃唐诗综论》②、胡云《唐代涉蕃诗研究》③等文章有关陷蕃诗创作的宏观社会背景考释对 Дх.3871 + P.2555 的陷蕃诗研究亦有帮助。

敦煌"陷蕃诗"自刊录以来,学者们给予了极大关注。他们从最基本的整理、校录,到对诗作的作者、历史背景的考证,都做了大量的工作。诗作的录文,历经王重民、舒学、潘重规、项楚、徐俊、张锡厚等先生的不断补充校录,现在已基本完善;而在这些诗作的历史背景、作者研究方面,由于文献的不足,以及学者对作品理解的不同等原因,诸家的争论还比较大。敦煌陷蕃诗中还潜藏着一定的信息需要我们进一步解读。尤其是近几年,敦煌吐蕃文献在逐渐发掘利用之中,相信其中的材料会帮助我们更为清晰地解读敦煌陷蕃诗。

(朱利华撰稿)

① 朱利华《吐蕃攻占时期的敦煌文学研究》,西北师范大学硕士论文,2011 年。
② 顾浙秦《敦煌诗集残卷涉蕃唐诗综论》,载《西藏研究》2014 年第 3 期,第 73—82 页。
③ 胡云《唐代涉蕃诗研究》,西藏大学硕士学位论文,2016 年。

50. Дx.6722＋Дx.6654＋Дx.3861＋Дx.3872＋Дx.3874＋Дx.3927A＋Дx.11050 写本研究

瑶池新咏二十三首

一、写本编号

Дx.6722＋Дx.6654＋Дx.3861＋Дx.3872＋Дx.3874＋Дx.3927A＋Дx.11050

二、收藏地点

俄罗斯科学院东方研究所圣彼得堡分所

三、写本状况

纸本，原为折页装册子本，现存散页双面抄写，因为册页已经散乱并有缺失，俄藏敦煌文献的编号顺序并非原诗册的顺序。

Дx.6722 存“瑶池集”三字，粘于 Дx.6654《瑶池新咏集》首题右方，疑为书签。

Дx.6654＋Дx.3861 可缀合成完整的一页（即四面），存《瑶池新咏集》首题及下署三行小字，李季兰诗 5 首，《贞女楼咏》1 首。上部保存良好，下部残损严重。

Дx.3872＋Дx.3874＋Дx.3927A 可缀合成完整的一页（四面），存李季

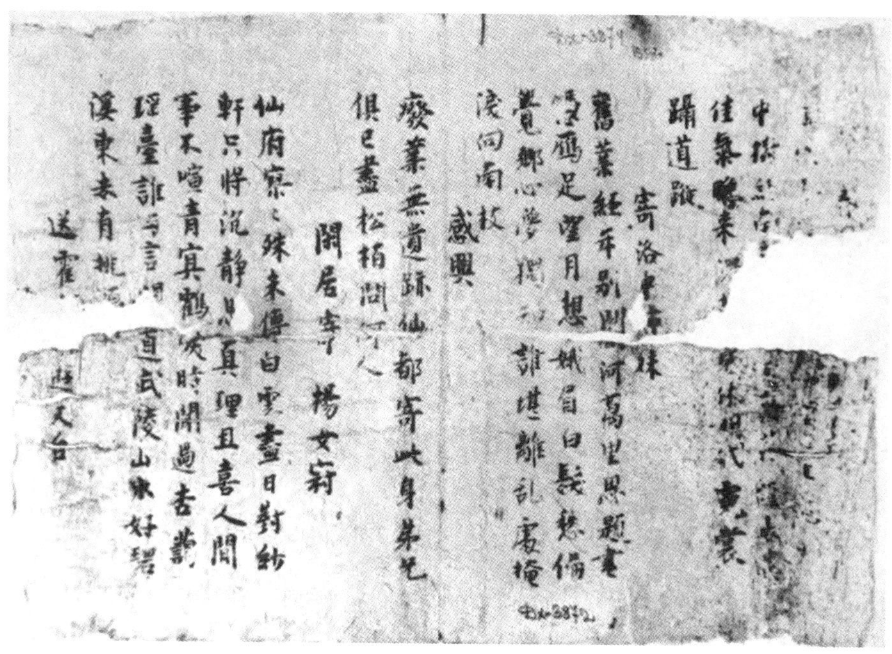

Дх.6722＋Дх.6654＋Дх.3861＋Дх.3872＋Дх.3874＋Дх.11050－1

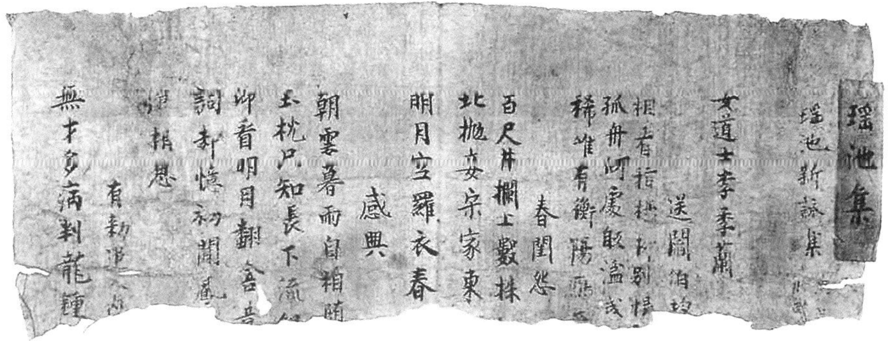

Дх.6722＋Дх.6654＋Дх.3861＋Дх.3872＋Дх.3874＋Дх.11050－2

兰诗 2 首，元淳诗 6 首及《感春》诗题，局部残损严重。

Дх.11050，据可考诗句，存元淳诗 1 首，张夫人诗 8 首，崔仲容诗 1 首，上部残失，下部残损严重。

共存李季兰诗 7 首，元淳诗 7 首，张夫人诗 8 首，崔仲容诗 1 首，另有《贞女楼咏》1 首。

尺寸不详，总体呈黄褐色，无界格，每行 12—15 字不等，楷书，字迹工整清秀，诗册首页空白处抄有五言诗一首，字迹与诗册主体不同，应为后人抄写。在"瑶池新咏集"首题下有小字三行："史(?)□大唐女才子所□篇什，著作郎蔡省风纂。"

四、写本内容

关于《瑶池新咏集》的情况，在俄藏敦煌文献公布以前，只能从前人的文献著录中了解其大概的收录范围和所收诗人诗作的情况。《崇文总目》卷五："《瑶池新咏》二卷，蔡省风编。"①《新唐书》卷六〇《艺文志》："蔡省风《瑶池新咏》二卷，集妇人诗。"②宋郑樵《通志·艺文略》卷八："《瑶池新咏》三卷，唐蔡省风集唐妇人所作。"③宋晁公武《郡斋读书志》著录更为详细："《瑶池新集》一卷。右唐蔡省风集唐世能诗妇人李季兰至程长文二十三人题咏一百十五首，各为小序，以冠其首，且总为序。其略云：'世叔之妇，修史属文。皇甫之妻，抱忠善隶。苏氏雅于回文，兰英擅于宫掖。晋纪道韫之辨，汉尚文姬之辞。况今文明之盛乎。'"④。除此之外，《宋史·艺文志》、胡应麟《诗薮》、王士禄编《然脂集》《汲古阁毛氏藏书目》也有《瑶池新咏集》的简略著录⑤。徐俊认为，宋代以后，此书失传，各书所记，皆为转引前人。比如《宋

① (宋) 王尧臣等编次《崇文总目》，北京：中华书局，1985 年，第 338 页。

② (宋) 欧阳修、宋祁等撰《新唐书》，第 1624 页。

③ (宋) 郑樵撰，王树民点校《通志二十略》，北京：中华书局，1995 年，第 1780 页。

④ (宋) 晁公武《郡斋读书志》，扬州：江苏广陵古籍刻印社，1987 年，第 507—508 页。

⑤ (元) 脱脱等撰《宋史》(中华书局 1977 年)第 5396 页："蔡省风瑶池集二卷。"第 5402 页："蔡省风瑶池集一卷。"(明) 胡应麟撰《诗薮》(中华书局 1962 年)第 269 页："又瑶池新咏三卷，俱唐妇人诗。"傅璇琮、徐俊、陈尚君编《唐人选唐诗新编·瑶池新咏集》，北京：中华书局，2014 年，第 888—889 页。

史·艺文志》两处著录，卷数不同，排列位置错杂，显然未见其书。胡应麟《诗薮》著录当据郑樵《通志》，王士禄《然脂集》和《汲古阁毛氏藏书目》的著录也是转引自晁公武《郡斋读书志》[①]。

1996 年施萍婷最先对 Дх.3872 和 Дх.3874 做了考察，将其定名为“残诗集”[②]。1999 年荣新江、徐俊《新见俄藏敦煌唐诗写本三种考证及校录》据 Дх.3861、Дх.3872、Дх.3874 断定其为唐蔡省风编《瑶池新咏》[③]。2000 年，徐俊《敦煌诗集残卷辑考》据 Дх.3861、Дх.3872、Дх.3874 三件俄罗斯藏卷校录诗 15 首，定名“蔡省风瑶池新咏”。2001 年荣新江、徐俊又发表了《唐蔡省风编〈瑶池新咏〉重研》，据 Дх.6654、Дх.6722、Дх.11050 与 Дх.3861、Дх.3872、Дх.3874 做了缀合，根据“瑶池集”题签，“瑶池新咏集”首题，以及“史(?)□大唐女才子所□篇什。著作郎蔡省风纂”的记录判定其为唐蔡省风所编《瑶池新咏集》[④]。2002 年，王卡在《唐代道教女冠诗歌的瑰宝——敦煌本〈瑶池新咏集〉校读记》所录中新增 Дх.3927A 残片[⑤]。2014 年，中华书局出版了傅璇琮、陈尚君、徐俊编校的《唐人选唐诗新编》，其中收录的《瑶池新咏集》即由徐俊根据 Дх.6722、Дх.6654、Дх.3861、Дх.3872、Дх.3874、Дх.11050 校录而成。

《瑶池新咏集》编者蔡省风的情况，《郡斋读书志》仅记录其为唐人，写本有“著作郎”官署，其他不详。在已知的收入《瑶池新咏集》的五位诗人中，李季兰为唐代宗至德宗年间人，兴元元年(784)被德宗所杀。张夫人为“大历十才子”吉中孚之妻，也是唐代宗时人。元淳、崔仲容、程长文生卒不详，五人作品曾收入韦庄昭宗光化三年(900)所编《又玄集》。据此，元淳、崔仲容、

---

① 《唐人选唐诗新编》，第 886—887 页。

② 施萍婷《俄藏敦煌文献经眼录(二)》，季羡林等主编《敦煌吐鲁番研究》第二卷，北京：北京大学出版社，1996 年，第 322 页。后收入作者《敦煌习学集(下)》，兰州：甘肃民族出版社，2004 年，第 496 页。

③ 荣新江主编《唐研究》第五卷，北京：北京大学出版社，1999 年，第 59—79 页。

④ 荣新江、徐俊《唐蔡省风编〈瑶池新咏〉重研》，荣新江主编《唐研究》第七卷，北京：北京大学出版社，2001 年，第 125—144 页。

⑤ 王卡《唐代道教女冠诗歌的瑰宝——敦煌本〈瑶池新咏集〉校读记》，《中国道教》2002 年第 4 期，第 10—13 页。

程长文应当是唐昭宗以前人。由此可知蔡省风的生活年代应在晚唐五代之际,《瑶池新咏集》的编纂应在唐代末年①。

据《郡斋读书志》所记,《瑶池新咏集》对所收的每位诗人都“各为小序,以冠其首,且总为序”,但俄藏敦煌文献并未见有序言,可知俄藏敦煌文献所存的《瑶池新咏集》省略了序言。

宋代以来的书志目录记此书名称有“瑶池新咏”“瑶池集”“瑶池新集”三种,俄藏敦煌写本首题作“瑶池新咏集”,题签作“瑶池集”。“瑶池”是用西王母的典故,见《穆天子传》。徐俊认为,使用“瑶池”这个名称也与集中收录了不少女道士的作品有关,而其“新咏”的命名方式明显受南朝徐陵编辑的《玉台新咏》的影响。《玉台新咏》,后世也叫《玉台集》,或《玉台新咏集》,《玉台新咏》《瑶池新咏》二书在题材内容方面有相似性。

根据折叶装本的阅读规则和其中可考知的诗人诗作,对诗册残页缀接。经过缀接之后,阅读顺序如下:

Дx.6722(单独一片),“瑶池集”题签。唐宋时册页装书籍,书版的左上角,于阑外刻书之篇题一小行,为方便翻检,起标识作用。书名在二三字以上的,往往摘取其中的一二字为题②。

Дx.6654(背)+Дx.3861(二),左页(诗册封面):《贞女楼咏》(首题),五言六句,笔迹与正文不同,为另一人所抄。首行为诗题,第二行清晰可见,第三行下部分与上部分笔墨浓淡不一,辨认困难,最后一行字迹不清。

Дx.6654+Дx.3861(一),对折页。首题“瑶池新咏集”,另有小字题署:“□□大唐女才子所□篇什\□著作郎蔡省风纂”,另行开始“女道士李季兰”,再另行抄诗:(1)《送阎伯均》(首题),存诗三行,见于Дx.6654部分笔迹清晰可见,见于Дx.3861部分字迹不清,辨识困难。此诗又见《中兴间气集》卷下、《唐诗纪事》卷七八、《全唐诗》卷八〇五,题作“送韩揆之江西”。《文苑英华》卷二七四题作“送韩葵之江西”。《又玄集》卷下题作“送韩三往

① 《唐人选唐诗新编》,第888—889页。

② 马衡《凡将斋金石丛稿》,北京:中华书局,1977年,第273页。王靖宪《说题签》,《收藏》1996年第3期,第46—49页。

江西”。《才调集》卷一〇、《吟窗杂录》卷三〇题作“送阎伯均往江州”，与此写本相近，《吟窗杂录》无后四句[①]。(2)《春闺怨》(首题)，存诗三行。内容完整，清晰可见。又见《吟窗杂录》卷三〇、《全唐诗》卷八〇五，题同，均无后四句[②]。(3)《感兴》(首题)，存诗五行。内容完整，清晰可见。又见《才调集》卷一〇、《吟窗杂录》卷三〇、《全唐诗》卷八〇五，题同。《吟窗杂录》仅收第三、四句[③]。(4)《有敕追人内留别广陵故夫》(首题)存诗一行。

Дx.6654(背)＋Дx.3861(二)，右页：《有敕追人内留别广陵故夫》，接前页，存诗四行。又见《才调集》卷一〇、《全唐诗》卷八〇五，题作“恩命追入留别广陵故人”，第四句作“多惭拂镜理衰容”。《吟窗杂录》卷三〇载此诗前四句，题作“留别广陵故人”[④]。(5)《溪中卧病寄□校书兄》(首题)，存诗四行。诗题稍模糊，诗歌内容完整，清晰可见。此诗又见于《吟窗杂录》卷三〇，《全唐诗》卷八〇五存此诗第三、四句，题作“卧病”[⑤]。徐俊云：“案李季兰另有《寄校书七兄诗》(《中兴间气集》卷下、《又玄集》题作“寄校书十九兄”，《唐诗纪事》题作“寄韩校书”，《文苑英华》题作“寄韩校书十七兄”，《吟窗杂录》题作“寄十七兄校书”，岑仲勉《唐人行第录》疑“韩”字误衍)，与此诗中之‘校书兄’或即一人。”[⑥]

Дx.3872＋Дx.3874＋Дx.3927A(一)，左页：(6)《陷贼后寄故夫》(首题)。存诗五行。《吟窗杂录》卷三〇与《全唐诗》卷八〇五载此诗第五、六

① (宋)计有功《唐诗纪事》卷七八，北京：中华书局，1965年，第1123页。(宋)李昉等编《文苑英华》卷七四，第1386页。(宋)陈应行《吟窗杂录》卷三〇，第840—841页。(清)彭定求等《全唐诗》卷八〇五，第9057—9058页。《唐人选唐诗新编·中兴间气集》，第512页。《唐人选唐诗新编·又玄集》，第869页。《唐人选唐诗新编·才调集》，第1195页。

② (宋)陈应行《吟窗杂录》卷三〇，第841页。(清)彭定求等《全唐诗》卷八〇五，第9059—9060页。

③ (宋)陈应行《吟窗杂录》卷三〇，第841页。(清)彭定求等《全唐诗》卷八〇五，第9058页。《唐人选唐诗新编·才调集》，第1196页。

④ (宋)陈应行《吟窗杂录》卷三〇，第840页。(清)彭定求等《全唐诗》卷八〇五，第9058—9059页。《唐人选唐诗新编·才调集》，第1196页。

⑤ (宋)陈应行《吟窗杂录》卷三〇，第841页。(清)彭定求等《全唐诗》卷八〇五，第9060页。

⑥ 《唐人选唐诗新编·瑶池新咏集》，第903页。

句，题作“陷贼寄故人”[①]。(7)《寓兴》(首题)，存诗二行，此残页末一行有“女道士元淳”五字。《寓兴》诗又见P.3216，缺题，未署作者。P.3216背抄录唐女冠诗五首，首全尾残，其中李季兰2首，元淳3首，元淳诗第3首仅存两句。《寓兴》又见《吟窗杂录》卷三〇、《全唐诗》八〇五，题作“偶居”，略有异文，署李季兰作[②]。徐俊考证说：“明钟惺《名媛诗归》评《偶居》云：‘妙在全不似题。一欲着题，便入庸流一路去矣。’则题《偶居》与诗未合明矣，应以题《寓居》为是。”[③]

Дx.3872＋Дx.3874＋Дx.3927A(二)，对折页：(8)《秦中春望》(题目残存“秦”字)，存五行。内容残损严重，仅“凤城春望”“中树终南”及末三句可辨，其余皆残损。此诗又见于P.3216，存题、诗4行，题作“秦中春望”，兹据补。又《才调集》卷一〇、《吟窗杂录》卷三〇及《全唐诗》卷八〇五载此诗，题同，其中《吟窗杂录》收“上苑雨中树，终南雾后峰”二句[④]。(9)《寄洛中姊妹》(首题)，存五行，内容完整，字迹清晰。见于P.3216，存题、诗4行，题作“寄洛阳姊妹”。又见于P.3569，无题，缺后三句。此诗又载《又玄集》卷下，题作“寄洛中诸娣”。《才调集》卷一〇题作“寄洛中诸妹”。《全唐诗》卷八〇五题作“寄洛中诸姊”。《吟窗杂录》卷三〇仅收该诗第二联，题作“寄洛中姊妹”，与此写本同[⑤]。(10)《感兴》(首题)，存三行，内容完整，字迹清晰。《吟窗杂录》卷三〇与《全唐诗》卷八〇五元淳下收此诗末二句，题“寄洛中姊妹”，疑涉上诗所误[⑥]。(11)《闲居寄杨女冠》(首题)，存六行，字迹清晰，部

---

① (宋)陈应行《吟窗杂录》卷三〇，第842页。(清)彭定求等《全唐诗》卷八〇五，第9060页。

② (宋)陈应行《吟窗杂录》卷三〇，第842页。(清)彭定求等《全唐诗》卷八〇五，第9059页。《唐人选唐诗新编·瑶池新咏集》，第904页。

③ 《唐人选唐诗新编·瑶池新咏集》，第904页。

④ (宋)陈应行《吟窗杂录》卷三〇，第843页。(清)彭定求等《全唐诗》卷八〇五，第9060页。《唐人选唐诗新编·瑶池新咏集》，第905页。《唐人选唐诗新编·才调集》，第1200页。

⑤ (宋)陈应行《吟窗杂录》卷三〇，第844页。(清)彭定求等《全唐诗》卷八〇五，第9060页。《唐人选唐诗新编·又玄集》，第869页。《唐人选唐诗新编·瑶池新咏集》，第905—906页。《唐人选唐诗新编·才调集》，第1199页。

⑥ (宋)陈应行《吟窗杂录》卷三〇，第843—844页。(清)彭定求等《全唐诗》卷八〇五，第9061页。

分字有残缺。见于 P.3216 元淳诗，题作“感怀”，残存前二句。《吟窗杂录》卷三〇与《全唐诗》八〇五收此诗末二句“闻道茂陵山水好，碧溪流水有桃源”，题作“寄杨女冠”[①]。(12)《送霍□□(师妹)游天台》(首题)。存题一行。

Дx.3872＋Дx.3874＋Дx.3927A(三)，右页，接前页，抄《送霍□□(师妹)游天台》五行，前两行诗字迹模糊，仅能辨识部分字，后三行字迹较清晰，部分字残缺。《吟窗杂录》卷三〇收此诗第三、四句，“霞城”作“陵城”，题作“送霍师妹游天台”。《全唐诗》卷八〇五收此诗第三、四句，“陵城”作“赤城”，题作“霍师妹游天台”[②]。(13)《寓言》(首题)，存三行，内容完整，字迹清晰。又见《又玄集》卷下，题同，“鸾凤”作“麟凤”。《吟窗杂录》卷三〇收此诗第一、二句，题同。《全唐诗》卷八〇五收录此诗第一、二句，题同[③]。徐俊考证云：“《全唐诗》卷七二三李洞下收载此诗全篇，所据似为《唐诗百名家集》。据《又玄集》《吟窗杂录》及此写本，则应作元淳诗。”[④](14)《感春》，仅存诗题。

Дx.11050(背)，左页(上半截残)：接前页，抄《感春》二行，上部残失，仅存“钱莺(?)飞扑地鸾”“□心事不道芳”。(15)《柳絮》(据他本补)。存诗三行，上部残失，下部残损严重，据图版难以辨认，但大概能推断为三行诗句，《吟窗杂录》卷三〇与《全唐诗》卷七九九张夫人名下收录“游蜂乍起惊落墀，黄鸟衔来却上枝”，题作“柳絮”[⑤]。

Дx.11050，对折页(上半截残)：(16)《古意》(据他本补)，存诗三行。上部残失，下部残损严重，“抱”字后部分未抄。《文苑英华》卷二〇五收录，题作“古意”。《吟窗杂录》卷三〇、《全唐诗》卷七九九收录，题同，《吟窗杂录》

① (宋)陈应行《吟窗杂录》卷三〇，第 844 页。(清)彭定求等《全唐诗》卷八〇五，第 9061 页。《唐人选唐诗新编·瑶池新咏集》，第 906 页。

② (宋)陈应行《吟窗杂录》卷三〇，第 844 页。(清)彭定求等《全唐诗》卷八〇五，第 9061 页。

③ (宋)陈应行《吟窗杂录》卷三〇，第 844 页。(清)彭定求等《全唐诗》卷八〇五，第 9061 页。

④ 《唐人选唐诗新编·瑶池新咏集》，第 907 页。

⑤ (宋)陈应行《吟窗杂录》卷三〇，第 845 页。(清)彭定求等《全唐诗》卷七九九，第 8986 页。《唐人选唐诗新编·瑶池新咏集》，第 908 页。

仅收首联[①]。(17) 缺题,存诗二行。写本仅能见"轻帘开庭□""入来",未见传世本,上部残失。(18)《咏泪》(据他本补),存诗二行,上部残失。《吟窗杂录》卷三〇与《全唐诗》七九九收后二句,题"咏泪"[②]。(19) 缺题,题残存末字下部,存诗二行,仅能见"鸣候寝宫自嗟""中年"。未见传世本,上部残失。(20)《消喜鹊子》(据他本补),题残存末字"子",存诗二行。上部残失。又见《吟窗杂录》卷三〇与《全唐诗》七九九,题"消喜鹊"[③]。(21)《拾得韦夫人钿子以诗却赠》(据他本补),题存下部八字,存诗二行,上部残失。

Дx.11050(背),右页(上半截残):接上页,抄《拾得韦夫人钿子以诗却赠》,存一行。此诗又见《又玄集》卷下,题作"拾得韦氏钿子因以诗寄"。《才调集》卷一〇,题作"拾得韦氏花钿以诗寄赠"。《吟窗杂录》卷三〇收录第三联,题作"拾得花钿"。《全唐诗》卷七九九,题作"拾得韦氏花钿以诗寄赠"[④]。(22)《寄远》(据他本补题),存诗二行。上部残失。《吟窗杂录》卷三〇收末二句,题作"寄远"。《全唐诗》卷七九九张夫人名下收末二句,题同[⑤]。(23)《赠所思》(据他本补),存诗三行,上部残失。此诗又见《又玄集》卷下,《才调集》卷一〇、《唐诗纪事》卷七九、《全唐诗》卷八〇一题作"赠所思"。《吟窗杂录》卷三〇收末联,题同[⑥]。

以上共计残存四位女诗人的 23 首诗,其中 1—7 为李季兰的诗,8—14 为元淳的诗,15—22 为张夫人的诗,第 23 为崔仲容的诗。

李季兰(? —784),名冶,字季兰,以字行。乌程(今江苏吴兴)人,唐女

---

① 《文苑英华》卷二〇五,第 1017 页。(宋) 陈应行《吟窗杂录》卷三〇,第 845 页。(清) 彭定求等《全唐诗》卷七九九,第 8985—8986 页。

② (宋) 陈应行《吟窗杂录》卷三〇,第 846 页。(清) 彭定求等《全唐诗》卷七九九,第 8987 页。

③ (宋) 陈应行《吟窗杂录》卷三〇,第 845 页。(清) 彭定求等《全唐诗》卷七九九,第 8986 页。

④ (宋) 陈应行《吟窗杂录》卷三〇,第 845 页。(清) 彭定求等《全唐诗》卷七九九,第 8986 页。《唐人选唐诗新编・又玄集》,第 870 页。《唐人选唐诗新编・才调集》,第 1194 页。

⑤ (宋) 陈应行《吟窗杂录》卷三〇,第 845 页。(清) 彭定求等《全唐诗》卷七九九,第 8987 页。

⑥ 《唐诗纪事》卷七九,第 1130 页。(宋) 陈应行《吟窗杂录》卷三〇,第 846 页。(清) 彭定求等《全唐诗》卷八〇一,第 9011 页。《唐人选唐诗新编・又玄集》,第 871 页。《唐人选唐诗新编・才调集》,第 1198 页。

道士。她是一位早慧的才女，据《唐诗纪事》卷七八记载，始年五、六岁，作《蔷薇诗》："经时未架却，心绪乱纵横。"其父曰："此女聪黠非常，恐为失行妇人。"及长，专心翰墨，尤工格律，刘长卿称其"女中诗豪"。其后长期寓居江东，时往来剡溪，与茶圣陆羽、释皎然及诗人刘长卿等意甚相得。上元二年(761)赴浙东观察使杜鸿渐幕府。大历末年，奉诏入宫，优赐甚厚。建中四年(783)朱泚称帝，季兰献颂诗招祸被杀。《全唐诗》卷八〇五存其诗16首又8句，卷八八八补2首。生平事迹，略见于《中兴间气集》卷下、《奉天录》卷一、《唐诗纪事》卷七八、《唐才子传》卷二。

敦煌写本存有李季兰的诗9首。Дх.3865存1首(缺题)，P.3216存2首(《寓兴》《八至》)，Дх.6654＋Дх.3861存7首(《送阎伯均》《春闺怨》《感兴》《有敕追入内留别广陵故夫》《溪中卧病寄□故夫》《陷贼后寄故夫》《寓兴》)。《寓兴》一首重见于P.3216和Дх.3872＋Дх.3874。其中Дх.3865所存《缺题》诗，未见传世本，似与李季兰献诗朱泚一事相关，或即所献之作①。

关于李季兰因向朱泚献诗而被杀之事，唐人赵元一《奉天录》卷一有较为详细的记载。在朱泚兵变中，一批大臣被杀，长安血腥。"时有风情女子季兰上泚诗，言多悖逆，故缺而不录。皇帝再克京师，召李季兰责之曰：'汝何不学严巨川有诗云：手持礼器空垂泪，心忆明君不敢言。'遂令扑杀之。"《奉天录》不录的这首"悖逆"之诗，应当就是Дх.3865卷保存的七言诗一首："故朝何事谢承朝，木德□天火□消。九有徒□归夏禹，八方神气助唐尧。紫云捧入团霄汉，赤雀衔书渡雁桥。闻道乾坤再含育，生灵何处不逍遥。"此诗首联写朱泚新朝之火德代替唐之木德乃五德相克之必然。次联歌颂朱泚。"九有"指九州。"归夏禹"指大禹继承舜帝，建立夏朝。"助唐尧"用尧以子丹朱不肖而传位于舜的典故。颈联写朱泚代唐乃天运所归，有祥瑞可证。"紫云"指祥瑞之云气。"赤雀衔书"用周代商的典故。相传周文王姬昌为西伯时，有赤色鸟衔丹书止于其户，授以天命。后其子武王姬发果然灭商建立周朝。见《史记·周本纪》"生昌，有圣瑞"下张守节《正义》引《尚书帝命

① 徐俊《敦煌诗集残卷辑考》，第25页。

验》。后来，这个典故就成了泛指帝王受天顺命的祥瑞。尾联歌颂新朝包容化育天下万事万物，人民从此可以过上逍遥自在的日子。据《奉天录》记录，朱泚于宣政殿继承皇位时，"愚智莫不血怒"。当时有严巨川写诗道："烟尘忽起犯中原，自古临危道贵存。手持礼器空垂泪，心忆明君不敢言。落日胡笳吟上苑，通宵虏将醉西园。传烽万里无师至，累代何人受汉恩。"与李季兰的诗表达的阿谀之情迥异。

元淳，又见于 P.3216 署"元□懿"或为元淳。《全唐诗》记之为洛阳人。洛阳存唐建中年间（780—783）的《故上都至德观主女道士元尊师墓志文》，记此位墓主"尊师法名淳一，河南人也"，"天宝初，度为女道士，补至德观主"，"大历中，竭来河洛，载抱沉疴。粤以□□年七月三日返真于东都开元观，春秋六十□□终"[①]。考元淳所存诗，发现许多与此墓志文所述相合：一均为女道士；二均为洛阳人；三所处时代相近。墓主为大历时人，而元淳在《瑶池新咏》中排在李季兰后，张夫人前，张夫人为大历十才子吉中孚之妻，时代应相近[②]。《唐才子传》称其"能华藻，才色双美"。《全唐诗》存其诗 2 首及断句四联，《全唐诗补逸》卷十七补出诗 1 首。敦煌写本存元淳诗共 7 首，P.3216 存 3 首（《秦中春望》《奇(寄)洛阳姊妹》《感怀》）。P.3569 存 1 首（《寄洛中姊妹》）。Дx.3872＋Дx.3874＋Дx.3927A 存诗 7 首（《秦中春望》《寄洛中姊妹》《感兴》《闲居寄杨女冠》《送霍□□（师妹）游天台》《寓言》《感春》）。《秦中春望》见于 P.3216 和 Дx.3872＋Дx.3874＋Дx.3927A。《寄洛中姊妹》重见于 P.3216、P.3569 和 Дx.3872＋Дx.3874＋Дx.3927A。《闲居寄杨女冠》重见于 P.3216 和 Дx.3872＋Дx.3874＋Дx.3927A，P.3216 题作《感怀》。《感春》未见传世本。生平事迹略见《唐诗纪事》卷七八、《唐才子传》卷二。

张夫人，《又玄集》卷下与《唐诗纪事》卷七九记之为"吉中孚侍郎妻"。

---

① 周绍良、赵超主编《唐代墓志汇编续集》，上海：上海古籍出版社，2001 年，第 729—730 页。

② 贾晋华《〈瑶池新咏集〉与三位唐代女道士诗人：中国古代女性诗歌发展的新阶段》，《华文文学》2014 年第 4 期。

《全唐诗》卷七九九记之为“楚州山阳人，户部侍郎吉中孚妻也”，据吉中孚推测其应为唐代宗时人。《瑶池新咏》所知诗人，李季兰、元淳为女道士，崔仲容也可能为女道士，张夫人排在元淳与崔仲容之间，再者吉中孚曾为道士，张夫人应也与道教有关①。敦煌写本存张夫人诗共 8 首(《柳絮》《古意》《咏泪》《消喜鹊子》《拾得韦夫人钿子以诗却赠》《寄远》及两首缺题诗)，其中两首缺题诗未见传世本。

崔仲容，《又玄集》收《赠所思》和《戏赠》。《才调集》收《赠所思》和《赠歌姬》。《唐诗纪事》收以上三首。《吟窗杂录》收五联断句，分别题为《赠所思》《寄赠》《春怨》《古意》《感怀》。《全唐诗》全收录。从《戏赠》中“羽衣”一词推测崔仲容的身份为女道士，“羽衣”在唐诗中指仙人之衣或道士之衣。又韦庄光化三年(900)年所编《又玄集》收其诗，推测崔仲容应是唐昭宗以前人②。

本缀合写本存李季兰、元淳、张夫人、崔仲容四人共 23 首，占《瑶池新咏集》全部 23 人 115 首诗作的五分之一。主要校录本有《敦煌诗集残卷辑考》《全敦煌诗》《唐人选唐诗新编》等③。

五、参考图版

Дх.3861：

《俄罗斯科学院东方研究所圣彼得堡分所藏敦煌文献》第 11 册，第 72 页。

Дх.3872、Дх.3874、Дх.3927A：

《俄罗斯科学院东方研究所圣彼得堡分所藏敦煌文献》第 11 册，第 73—74 页。

---

① (宋)计有功《唐诗纪事》卷七九，第 1130 页。(清)彭定求等《全唐诗》卷七九九，第 8985 页。傅璇琮《唐才子传校笺》，第 339—340 页。《唐人选唐诗新编・又玄集》，第 870 页。

② (宋)计有功《唐诗纪事》卷七九，第 1130 页。《吟窗杂录》卷三〇，第 846 页。(清)彭定求等编《全唐诗》卷八〇一，第 9011 页。《瑶池新咏集・又玄集》，第 871 页。《瑶池新咏集・才调集》，第 1198—1199 页。贾晋华《〈瑶池新咏集〉与三位唐代女道士诗人：中国古代女性诗歌发展的新阶段》，《华文文学》2014 年第 4 期。

③ 徐俊《敦煌诗集残卷辑考》，第 672—685 页。张锡厚主编《全敦煌诗》，第 2463—2478 页，第 3018—3029 页。《唐人选唐诗新编》，第 884—911 页。

Дх.6654、Дх.6722：

《俄罗斯科学院东方研究所圣彼得堡分所藏敦煌文献》第 13 册，第 165—166 页。

Дх.11050：

《俄罗斯科学院东方研究所圣彼得堡分所藏敦煌文献》第 15 册，第 157—158 页。

51. Дх.11210 + Дх.3058 + Дх.2999 + Дх.10298 + Дх.5898 写本研究

医方　背面：李峤杂咏注

一、写本编号

Дх.11210 + Дх.3058 + Дх.2999 + Дх.10298 + Дх.5898

二、所藏地点

俄罗斯科学院东方研究所圣彼得堡分所

三、写本状况

Дх.11210、Дх.3058、Дх.2999、Дх.10298、Дх.5898 为一卷分裂而成的五件碎片。双面书写，但正背面非同一人所抄。正面有界栏，抄《治上气咳嗽方》，行款严整，前后字迹相同，为一人书写。背面抄《李峤杂咏注》，注文双行，行款基本严整，为一人书写。空出数行之后，另抄医方6行，字迹与正面相同，或是接连正面内容抄写而成。分述如下：

Дх.11210 首尾皆残，上部完整，下部残损严重。正面抄医方15行。背面抄《李峤杂咏注》5行，有注。

Дх.3058 和 Дх.2999 两个碎片可缀合，缀合后，首尾皆残，残损严重。正面抄医方7行。背面抄《李峤杂咏注》5行，有注。

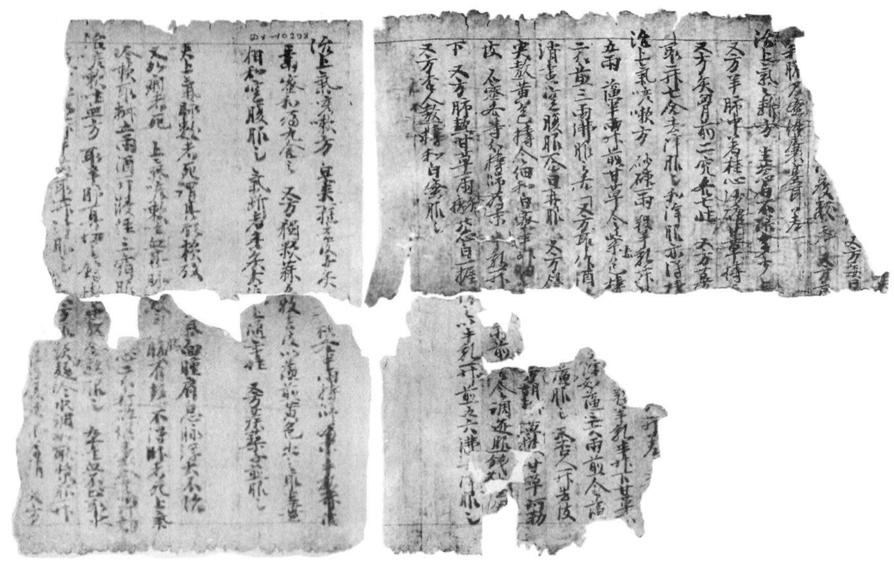

Дx.11210(右上)＋Дx.3058(右下)＋Дx.2999(右下)＋
Дx.10298(左上)＋Дx.5898(左下)正面缀合图

Дx.11210(左上)＋Дx.3058(左下)＋Дx.2999(左下)＋
Дx.10298(右上)＋Дx.5898(右下)背面缀合图

Дx.10298 首尾皆残，上部完整，下部残损严重。正面抄医方 8 行。背面抄《李峤杂咏注》9 行，仅《酒》一首有注。

Дx.5898 首尾皆残，上部残损严重，下部完整。正面抄医方 9 行。背面抄《李峤杂咏注》9 行，仅《酒》一首有注。

1995 年徐俊《敦煌写本唐人诗歌存佚互见综考》将 Дx.10298v 的内容确定为《李峤杂咏注》[①]。1997 年徐俊《敦煌写本〈李峤杂咏注校疏〉》对 Дx.10298v 进行了校录[②]。1998 年柴剑虹《咏墨酒纸扇诗》对 Дx.10298v 的内容稍加详述[③]。2000 年徐俊《敦煌诗集残卷辑考》增加 Дx.2999v、Дx.3058v 为《杂咏诗》，并提到 Дx.10298v 和 Дx.2999v、Дx.3058v 拼合卷可先后相接[④]。其《敦煌写本诗歌续考》，又补充了 Дx.5898v、Дx.11210v 的内容，并按 Дx.10298 + Дx.5898 + Дx.2999 + Дx.3058 + Дx.11210 的顺序将五件残片缀合[⑤]。

我们认真比对了图版，对缀合顺序进行了调整：按阅读顺序，正面次序为 Дx.11210 + Дx.3058 + Дx.2999 + Дx.10298 + Дx.5898，存医方共 39 行。背面次序为 Дx.10298v + Дx.5898v + Дx.11210v + Дx.2999v + Дx.3058v，存《杂咏诗》共 14 行，计 6 首。缀合后，卷背具体情况为：5 件碎片内容前后相承，Дx.10298v 下接 Дx.5898v，左接 Дx.11210v。Дx.5898v 左接 Дx.2999v + Дx.3058v。Дx.11210v 下接 Дx.2999v + Дx.3058v。内容上下接续，形成了较为完整的 14 行文字。且各碎片行款相同，字迹相同。据此判断，5 件碎片原确为同一写卷。

---

① 徐俊《敦煌写本唐人诗歌存佚互见综考》，《敦煌吐鲁番研究》第一卷，北京：北京大学出版社，1995 年，第 126 页。

② 徐俊《敦煌写本〈李峤杂咏注校疏〉》，《敦煌吐鲁番研究》第三卷，北京：北京大学出版社，1997 年，第 81—83 页。

③ 季羡林主编《敦煌学大辞典》，第 555 页。

④ 徐俊《敦煌诗集残卷辑考》，第 356 页。

⑤ 徐俊《敦煌写本诗歌续考》，《敦煌研究》2002 年第 5 期，第 66—67 页。

四、写本内容

（一）正面

《治上气咳嗽等病医方》（拟题）[①]。不见题名及撰者，共 39 行。马继兴将 Дx.10298 中医方拟题为“不知名医方书第三十七种”。将 Дx.2999 中医方拟题为“不知名医方书第三十六种”，并根据卷中“治”不避讳，推测可能为唐以前写本[②]。

（二）背面

《李峤杂咏》（补题）[③]。未署撰者，存《砚》《墨》《纸》《酒》《扇》《月》6 首诗，除《砚》为五言三句，其他均为五言八句。诗题顶格抄写，正文内容在其下。还见于 S.555 + P.3738。S.555 正面存《李峤杂咏》7 首，起《银》诗“光浮满月光”，迄《布》诗“安得猛士兮守四”，中间抄《钱》《锦》《罗》《绫》《素》5 首诗。P.3738 正面亦抄《李峤杂咏》6 行，有《羊》末二句、《兔》一首，《凤》缺尾联，前有“灵禽十首”一目，《鹤》仅存首联，字体与注文格式均与 S.555 相同，可知二者应原为一卷。徐俊认为：“两卷虽不能先后衔接，但不能排除原为一卷，因残裂而分置的可能。”[④]P.3738 背面有题记“得此文书记之，人莫取来”，其中“此文”当指正面的《李峤杂咏》，是后来此卷的读者补记。这 7 件写本，共保存《李峤杂咏》17 首。《李峤杂咏》见于《佚存丛书》《唐五十家诗集·李峤集》《全唐诗》等传世文献。

主要整理及研究成果有：徐俊《敦煌诗集残卷辑考》，徐俊《敦煌写本诗歌续考》，张锡厚主编《全敦煌诗》，陈尚君《李峤〈杂咏〉会校》[⑤]等。

---

① 李应存等《俄罗斯藏敦煌医药文献 Дx.10298、356、356V 中医方释要》，《甘肃省中医药学会第五次会员代表大会、甘肃省针灸学会第三次会员代表大会暨学术研讨会论文汇编》，2006 年，第 37 页。

② 马继兴《当前世界各地收藏的中国出土卷子本古医药文献备考》，《敦煌吐鲁番研究》第六卷，北京：北京大学出版社，2002 年，第 163、165 页。

③ 徐俊《敦煌诗集残卷辑考》，第 345 页。

④ 同上。

⑤ 陈尚君《李峤〈杂咏〉会校》，《日本古抄本与五山版汉籍研究论丛》，北京：北京大学出版社，2015 年，第 77—97 页。

五、参考图版

Дx.10298：

《俄罗斯科学院东方研究所圣彼得堡分所藏敦煌文献》第 14 册，第 266 页。

Дx.5898：

《俄罗斯科学院东方研究所圣彼得堡分所藏敦煌文献》第 12 册，第 271 页。

Дx.11210：

《俄罗斯科学院东方研究所圣彼得堡分所藏敦煌文献》第 15 册，第 193 页。

Дx.2999 + Дx.3058：

《俄罗斯科学院东方研究所圣彼得堡分所藏敦煌文献》第 10 册，第 157—158 页。

主要参考文献

古籍

（北魏）郦道元著，陈桥驿校证《水经注校证》，中华书局，2007年。

（梁）僧祐撰，苏晋仁、萧练子点校《出三藏记集》，中华书局，1995年。

（梁）僧祐撰，李小荣校笺《弘明集校笺》，上海古籍出版社，2013年。

（梁）释慧皎撰，汤用彤校注《高僧传》，中华书局，1992年。

（唐）道世撰，周叔迦、苏晋仁校注《法苑珠林校注》，中华书局，2003年。

（唐）道宣撰，郭绍林点校《续高僧传》，中华书局，2014年。

（唐）王梵志撰，张锡厚校辑《王梵志诗校辑》，中华书局，1983年。

（唐）王梵志撰，项楚校注《王梵志诗校注（增订本）》，上海古籍出版社，2010年。

（唐）虞世南撰，胡洪军、胡遐辑注《虞世南诗文集》，浙江古籍出版社，2012年。

（唐）王绩撰《王无功文集》，上海古籍出版社，1987年。

（唐）李峤撰，（唐）张庭芳注，胡志昂编《日藏古抄李峤咏物诗注》，上海古籍出版社，1998年。

（唐）王勃撰，（清）蒋清翊注《王子安集注》，上海古籍出版社，1995年。

（唐）沈佺期、宋之问撰，陶敏、易淑琼校注《沈佺期宋之问集校注》，中华书局，2001年。

（唐）陈子昂撰，徐鹏校点《陈子昂集（修订本）》，上海古籍出版社，

2013年。

（唐）李林甫等撰《唐六典》，中华书局，2014年。

（唐）孟浩然撰，徐鹏校注《孟浩然集校注》，人民文学出版社，1989年。

（唐）孟浩然撰，李景白校注《孟浩然诗集校注》，中华书局，2018年。

（唐）韦述撰，辛德勇辑校《两京新记》，三秦出版社，2006年。

（唐）王昌龄著，胡问涛、罗琴校注《王昌龄集编年校注》，巴蜀书社，2000年。

（唐）李白撰，郁贤皓校注《李太白全集校注》，凤凰出版社，2015年。

（唐）王维撰，陈铁民校注《王维集校注》，中华书局，1997年。

（唐）高适撰，刘开扬笺注《高适诗集编年笺注》，中华书局，1981年。

（唐）高适撰，孙钦善校注《高适集校注》，上海古籍出版社，1984年。

（唐）高适撰，佘正松注评《高适诗文注评》，中华书局，2009年。

（唐）常建撰，王锡九校注《常建诗歌校注》，中华书局，2017年。

（唐）封演撰，赵贞信校注《封氏闻见记校注》，中华书局，2005年。

（唐）崔令钦撰，任半塘笺订《教坊记笺订》，中华书局，1962年。

（唐）岑参撰，刘开扬笺注《岑参诗集编年笺注》，巴蜀书社，1995年。

（唐）刘长卿撰，储仲君笺注《刘长卿诗编年笺注》，中华书局，1996年。

（唐）元结、殷璠等选《唐人选唐诗十种》，上海古籍出版社，1978年。

（唐）李冶、薛涛、鱼玄机撰，陈文华校注《唐女诗人集三种》，上海古籍出版社，1984年。

（唐）林宝撰，岑仲勉校记《元和姓纂(附四校记)》，中华书局，1994年。

（唐）王建撰，尹占华校注《王建诗集校注》，巴蜀书社，2006年。

（唐）白居易撰，谢思炜校注《白居易文集校注》，中华书局，2011年。

（唐）元稹撰，周相录校注《元稹集校注》，上海古籍出版社，2011年。

（唐）张祜撰，尹占华校注《张祜集校注》，巴蜀书社，2007年。

（唐）李商隐撰，刘学锴、余恕诚集解《李商隐诗歌集解》，中华书局，2004年。

（唐）刘肃撰《大唐新语》，中华书局，1984年。

（唐）罗隐撰，雍文华校辑《罗隐集》，中华书局，1983 年。

（唐）杜荀鹤撰《杜荀鹤诗》，中华书局，1959 年。

（五代）韦庄撰，聂安福笺注《韦庄集笺注》，上海古籍出版社，2002 年。

（五代）王定保《唐摭言》，中华书局，1959 年。

（后蜀）何光远撰《鉴诫录》，中华书局，1985 年。

（南唐）静筠二禅师撰《祖堂集》，中华书局，2007 年。

（宋）孙光宪撰《北梦琐言》，中华书局，2002 年。

（宋）赞宁撰，范祥雍点校《宋高僧传》，上海古籍出版社，2004 年。

（宋）赞宁撰，富世平校注《大宋僧史略》，中华书局，2015 年。

（宋）王溥编《唐会要》，中华书局，1955 年。

（宋）李昉等编《太平广记》，中华书局，1961 年。

（宋）李昉等编《文苑英华》，中华书局，1966 年。

（宋）王钦若等编，周勋初等校订《册府元龟》，凤凰出版社，2006 年。

（宋）释道原编《景德传灯录》，成都古籍书店，2000 年。

（宋）宋敏求撰，（清）毕沅校正《长安志》，成文出版社，1970 年。

（宋）郭茂倩编《乐府诗集》，中华书局，1979 年。

（宋）胡仔纂辑《苕溪渔隐丛话》，人民文学出版社，1993 年。

（宋）陈应行编《吟窗杂录》，中华书局，1997 年。

（宋）计有功撰，王仲镛校笺《唐诗纪事校笺》，中华书局，2007 年。

（宋）尤袤撰《全唐诗话》，中华书局，1985 年，

（宋）普济撰《五灯会元》，中华书局，1984 年。

（宋）魏庆之撰，王仲闻点校《诗人玉屑》，中华书局，2007 年。

（宋）赵孟奎辑《分门纂类唐歌诗残本》，民国二十四年（1935）北京故宫博物院影印本。

（宋）志磐撰，释道法校注《佛祖统纪校注》，上海古籍出版社，2012 年。

（元）辛文房撰，傅璇琮主编《唐才子传笺证》（1—5 册），中华书局，1987—1995 年。

（明）胡应麟撰《诗薮》，中华书局，1962 年。

(清) 彭定求等编《全唐诗》,中华书局,1960 年。

(清) 董诰等编《全唐文》,中华书局,1983 年。

(清) 严可均辑《全上古三代秦汉三国六朝文》,中华书局,1958 年。

(清) 徐松撰,李健超增订《增订唐两京城坊考》,三秦出版社,1996 年。

(清) 徐松撰,孟二冬补正《登科记考补正》,北京燕山出版社,2003 年。

(清) 徐松撰,朱玉麒整理《西域水道记(外二种)》,中华书局,2005 年。

上海古籍出版社编《唐五十家诗集》,上海古籍出版社,1981 年。

逯钦立辑校《先秦汉魏晋南北朝诗》,中华书局,1983 年。

陈尚君辑校《全唐诗补编》,中华书局,1992 年。

曾昭岷、曹济平、王兆鹏、刘尊明等编《全唐五代词》,中华书局,1999 年。

周绍良主编《全唐文新编》,吉林文史出版社,2000 年。

上海古籍出版社编《唐五代笔记小说大观》,上海古籍出版社,2000 年。

傅璇琮、徐俊、陈尚君编《唐人选唐诗新编(增订本)》,中华书局,2014 年。

李时人编校《全唐五代小说》,中华书局,2014 年。

罗振玉、蒋斧辑《敦煌石室遗书·沙州文录》,宣统己酉(1909)刊本。

罗振玉编《敦煌零拾》,上虞罗氏自印本,1924 年。

刘复编《敦煌掇琐》,中央研究院历史语言研究所,1925 年。

许国霖编《敦煌石室写经题记与敦煌杂录》,商务印书馆,1937 年。

敦煌研究院编《敦煌莫高窟供养人题记》,文物出版社,1986 年。

郝春文主编《英藏敦煌社会历史文献释录》第一—十五卷,社会科学文献出版社,2003—2017 年。

张涌泉主编《敦煌经部文献合集》,中华书局,2008 年。

王重民编《敦煌曲子词集》,商务印书馆,1950 年。

任半塘校录《敦煌曲校录》,上海文艺联合出版社,1955 年。

林玫仪撰《敦煌曲子词斠证初编》,东大图书公司,1986 年。

任半塘撰《敦煌歌辞总编》,上海古籍出版社,1987 年。

项楚撰《敦煌歌辞总编匡补》,巴蜀书社,2000 年。

任半塘、王昆吾编《隋唐五代燕乐杂言歌辞集》,巴蜀书社,1990 年。

王重民等编《敦煌变文集》,人民文学出版社,1957 年。

潘重规撰《敦煌变文集新书》,文津出版社,1994 年。

黄征、张涌泉撰《敦煌变文校注》,中华书局,1997 年。

项楚撰《敦煌变文选注》,中华书局,2006 年。

胡适编《胡适校敦煌唐写本神会和尚遗集》,台北胡适纪念馆,1982 年。

[法] 戴密微编《王梵志诗附太公家教》,巴黎科学院,1982 年。

朱凤玉撰《王梵志诗研究》(上、下),学生书局,1986 年、1987 年。

巴宙编《敦煌韵文集》,台湾佛教文化服务处,1965 年。

高嵩撰《敦煌唐人诗集残卷考释》,宁夏人民出版社,1982 年。

黄永武撰《敦煌的唐诗》,洪范书店,1987 年。

黄永武、施淑婷编《敦煌的唐诗续编》,文史哲出版社,1989 年。

胡大浚、王志鹏校注《敦煌边塞诗歌校注》,甘肃人民出版社,1999 年。

徐俊辑考《敦煌诗集残卷辑考》,中华书局,2000 年。

张锡厚主编《全敦煌诗》,作家出版社,2006 年。

汪泛舟校释《敦煌石窟僧诗校释》,香港和平图书出版有限公司,2002 年。

伏俊琏、伏麒鹏评析《敦煌小说评析》,甘肃人民出版社,2000 年。

杨宝玉《敦煌本佛教灵验记校注并研究》,甘肃人民出版社,2009 年。

窦怀永、张涌泉汇辑校注《敦煌小说合集》,浙江文艺出版社,2010 年。

罗国威《冤魂志校注》,巴蜀书社,2001 年。

郑炳林辑注《敦煌地理文书汇辑校注》,甘肃教育出版社,1989 年。

杜斗城撰《敦煌本〈佛说十王经〉校录研究》,甘肃教育出版社,1989 年。

[日] 池田温编《中国古代写本识语集录》,日本东洋大学东洋文化研究所,1990 年。

杜斗城编《敦煌五台山文献校录研究》,山西人民出版社,1991 年。

赵林恩编《五台山诗歌总集》,宗教文化出版社,2002 年。

周绍良主编《唐代墓志汇编》,上海古籍出版社,1992 年。

周绍良、赵超主编《唐代墓志汇编续集》，上海古籍出版社，2001 年。

郑炳林辑释《敦煌碑铭赞辑释》，甘肃教育出版社，1992 年。

姜伯勤、项楚、荣新江撰《敦煌邈真赞校录并研究》，新文丰出版公司，1994 年。

王三庆编《敦煌类书》，丽文文化公司，1993 年。

伏俊连撰《敦煌赋校注》，甘肃人民出版社，1994 年。

张锡厚编《敦煌赋汇》，江苏古籍出版社，1996 年。

丛春雨编《敦煌中医药全书》，中医古籍出版社，1994 年。

马继兴等辑校《敦煌医药文献辑校》，江苏古籍出版社，1998 年。

邓文宽辑校《敦煌天文历法文献辑校》，江苏古籍出版社，1996 年。

宁可、郝春文辑校《敦煌社邑文书辑校》，江苏古籍出版社，1997 年。

赵和平辑校《敦煌表状笺启书仪辑校》，江苏古籍出版社，1997 年。

荣新江、邓文宽校《敦博本禅籍录校》，江苏古籍出版社，1998 年。

黄征、吴伟编校《敦煌愿文集》，岳麓书社，1995 年。

李正宇笺证《古本敦煌乡土志八种笺证》，甘肃人民出版社，2007 年。

钟书林、张磊著《敦煌文研究与校注》，武汉大学出版社，2014 年。

刘传启辑注《敦煌丧葬文书辑注》，巴蜀书社，2017 年。

目录　图版

王重民等编《敦煌遗书总目索引》，中华书局，1983 年。

[日] 金冈照光《敦煌出土文学文献分类目录附解说》，1971 年。

黄永武主编《敦煌遗书最新目录》，新文丰出版公司，1986 年。

[英] 翟尔斯《英伦博物馆汉文敦煌卷子收藏目录》，台湾新文丰出版公司，1985 年。

陈垣《敦煌劫余录》，新文丰出版公司，1985 年。

J. Gernet et Wu Chiyu eds. *Catalogue des manuscrits chinois de Touen-houang Fonds Pelliot chinois de la Bibliothèque Nationale*, Ⅰ, Paris: Bioliothèque Nationale, 1970.

M. Soymié eds. *Catalogue des manuscrits chinois de Touen-houang Fonds Pelliot chinois de la Bibliothèque Nationale*, Ⅲ, Ⅳ, Ⅴ, Paris: Bioliothèque Nationale, 1983 - 1995.

金荣华主编《伦敦藏敦煌汉文卷子目录提要》,福记文化图书公司,1993 年。

荣新江编《英国图书馆藏敦煌汉文非佛教文献残卷目录(S. 6981—13624)》,台湾新文丰出版公司,1994 年。

施萍婷编《敦煌遗书总目索引新编》,中华书局,2000 年。

方广锠编《英国图书馆藏敦煌遗书目录 斯 6981 号—斯 8400 号》,台湾宗教文化出版社,2000 年。

中国社会科学院历史研究所等合编《英藏敦煌文献(汉文佛经以外部分)》第 15 卷,四川人民出版社,2009 年。

[俄] 孟列夫主编,袁席箴、陈华平译《俄藏敦煌汉文写卷叙录》,上海古籍出版社,1999 年。

王尧主编《法藏敦煌藏文文献解题目录》,民族出版社,1999 年。

方广锠主编《中国国家图书馆藏敦煌遗书总目录 新旧编号对照卷》,中国人民大学出版社,2013 年。

邰惠莉主编《俄藏敦煌文献叙录》,甘肃教育出版社,2018 年。

黄永武主编《敦煌宝藏》(140 册),新文丰出版公司,1981—1986 年。

中国社会科学院历史研究所等合编《英藏敦煌文献(汉文佛经以外部分)》(14 卷),四川人民出版社,1990—1995 年。

唐耕耦、陆宏基编《敦煌社会经济文献真迹释录》第 1 辑,书目文献出版社,1986 年;第 2—5 辑,全国图书馆文献缩微复制中心出版,1990 年。

上海古籍出版社、法国国家图书馆编《法国国家图书馆藏敦煌西域文献》(1—34 册),上海古籍出版社,1995—2005 年。

北京大学图书馆、上海古籍出版社编《北京大学图书馆藏敦煌文献》,上海古籍出版社,1995 年。

俄罗斯科学院东方研究所圣彼得堡分所等编《俄藏敦煌文献》(1—17 册),上海古籍出版社,1992—2001 年。

饶宗颐编《敦煌吐鲁番本文选》,中华书局,2000年。

任继愈主编《国家图书馆藏敦煌遗书》,北京图书馆出版社,2005—2012年。

李德范主编《王重民向达所摄敦煌西域文献照片合集》,北京图书馆出版社,2008年。

方广锠、[英]吴芳思主编《英国国家图书馆藏敦煌遗书》第1—50册,广西师范大学出版社,2011—2017年

[日]小田义久编著《大谷文书集成》,法藏馆,第一卷,1984年;第二卷,1990年;第三卷,2003年;第四卷,2010年。

专著、论文集

胡适著《白话文学史》,新月书店,1928年。

郑振铎著《中国俗文学史》,商务印书馆,1938年。

任半塘著《敦煌曲初探》,上海文艺联合出版社,1954年。

缪钺著《读史存稿》,三联书店,1963年。

王重民著《敦煌古籍叙录》,中华书局,1979年。

夏承焘著《唐宋词人年谱》,中华书局,1961年。

严耕望著《唐史研究丛稿》,香港新亚研究所,1969年。

谢海平著《讲史性之变文研究》,嘉新文化基金会,1973年。

马衡著《凡将斋金石丛稿》,中华书局,1977年。

陈祚龙著《敦煌学海探珠》,台湾商务印书馆,1979年。

陈祚龙著《敦煌资料考屑》,台湾商务印书馆,1979年。

陈寅恪著《寒柳堂集》,上海古籍出版社,1980年。

周勋初著《高适年谱》,上海古籍出版社,1980年。

陈贻焮著《唐诗论丛》,湖南人民出版社,1980年。

傅璇琮著《唐代诗人丛考》,中华书局,1980年。

万曼著《唐集叙录》,中华书局,1980年。

[日]榎一雄编《讲座敦煌》(2)《敦煌的历史》,大东出版社,1980年。

谭优学著《唐代诗人行年考》，四川人民出版社，1981 年。

谭优学著《唐诗人行年考(续编)》，巴蜀书社，1987 年。

刘国钧著《中国书史简编》，书目文献出版社，1982 年。

周绍良、白化文编《敦煌变文论文录》，上海古籍出版社，1982 年。

北京大学中古史研究中心编《敦煌吐鲁番文献研究论集》，中华书局，1982 年。

陈祚龙著《敦煌简策订存》，台湾商务印书馆，1983 年。

陈祚龙著《敦煌学园零拾》，台湾商务印书馆，1986 年。

[日] 神田喜一郎著《神田喜一郎全集》，日本同朋舍，1983 年。

苏莹辉著《敦煌论集》，学生书局，1983 年。

苏莹辉著《敦煌论集续编》，学生书局，1983 年。

苏莹辉著《瓜沙史事丛考》，台湾商务印书馆，1983 年。

北京大学中古史研究中心编《敦煌吐鲁番文献研究论集》(1—5 辑)，北京大学出版社，1982—1990 年。

周绍良著《绍良丛稿》，齐鲁书社，1984 年。

王重民著《敦煌遗书论文集》，中华书局，1984 年。

[法] 戴密微著，耿升译《吐蕃僧诤记》，甘肃人民出版社，1984 年。

甘肃省社科院文学研究所编《敦煌学论集》，甘肃人民出版社，1985 年。

陈祚龙著《敦煌文物随笔》，台湾商务印书馆，1987 年。

阎文儒、陈玉龙编《向达先生纪念论文集》，新疆人民出版社，1986 年。

汉学研究中心编《汉学研究(敦煌学国际研讨会论文专号)》，台北汉学研究资料及服务中心，1986 年。

敦煌文物研究所编《1983 年全国敦煌学术讨论会文集：文史遗书编》，甘肃人民出版社，1987 年。

胡平生、韩自强编著《阜阳汉简诗经研究》，上海古籍出版社，1988 年。

杭州大学古籍研究所等编《敦煌语言文学论文集》，浙江古籍出版社，1988 年。

中国敦煌吐鲁番学会语言文学分会编纂《敦煌语言文学研究》，北京大学出版社,1988年。

中国敦煌吐鲁番学会编《敦煌吐鲁番学研究论文集》,汉语大词典出版社,1989年。

高国藩著《敦煌民俗学》,上海文艺出版社,1989年。

饶宗颐编《敦煌琵琶谱》,台北新文丰出版公司,1990年。

[日]金冈照光编《讲座敦煌9敦煌の文学文献》,大东出版社,1990年。

[日]加地哲定著,刘卫星译《中国佛教文学》,今日中国出版社,1990年。

颜廷亮、赵以武编《〈秦妇吟〉研究汇录》,上海古籍出版社,1990年。

薄小莹著《敦煌遗书汉文纪年卷编年》,长春出版社,1990年。

汉学研究中心编《第二届敦煌学国际研讨会论文集》,台北汉学研究中心,1990年。

项楚著《敦煌文学丛考》,上海古籍出版社,1991年。

林聪明著《敦煌文书学》,台湾新文丰出版公司,1991年。

中国唐代学会编辑委员会编《唐代文化研讨会论文集》,文史哲出版社,1991年。

王重民著《冷庐文薮》,上海古籍出版社,1992年。

周绍良著《敦煌文学刍议及其它》,台湾新文丰出版公司,1992年。

耿升主编《国外藏学研究译文集》第八辑,西藏人民出版社,1992年。

严绍璗著《汉籍在日本的流布研究》,江苏古籍出版社,1992年。

[日]池田温编《讲座敦煌5敦煌汉文文献》,东京大东出版社,1992年。

颜廷亮主编《敦煌文学概论》,甘肃人民出版社,1993年。

郑阿财著《敦煌文献与文学》,台湾新文丰出版公司,1993年。

高国藩著《敦煌民俗资料导论》,台湾新文丰出版公司,1993年。

张鸿勋著《敦煌话本词文俗赋导论》,台湾新文丰出版公司,1993年。

谭蝉雪著《敦煌婚姻文化》,甘肃人民出版社,1993年。

[法]谢和耐等著,耿升译《法国学者敦煌学论文选萃》,中华书局,1993年。

饶宗颐编《法藏敦煌书苑精华》,广东人民出版社,1993年。

赵和平著《敦煌写本书仪研究》，台湾新文丰出版公司，1993年。

唐耕耦主编《敦煌法制文书》，科学出版社，1994年。

姜伯勤著《敦煌吐鲁番文书与丝绸之路》，文物出版社，1994年。

王国良著《颜之推〈冤魂志〉研究》，文史哲出版社，1995年。

王书庆著《敦煌佛学·佛事篇》，甘肃民族出版社，1995年。

敦煌研究院文献研究所编《敦煌佛教文化研究》，兰州大学出版社，1995年。

张锡厚著《敦煌本唐集研究》，台湾新文丰出版公司，1995年。

曲金良著《敦煌佛教文学研究》，文津出版社，1995年。

周一良、赵和平著《唐五代书仪研究》，中国社会科学出版社，1995年。

段文杰等编《1990年敦煌学国际研讨会文集》（石窟史地语文版），辽宁美术出版社，1995年。

荣新江主编《唐研究》第1—23卷，北京大学出版社，1995—2018年。

季羡林、饶宗颐、周一良主编《敦煌吐鲁番研究》（第1—6卷），北京大学出版社，1996—2002年。

季羡林、饶宗颐主编《敦煌吐鲁番研究》（第7—9卷），中华书局，2004—2006年。

季羡林、饶宗颐主编《敦煌吐鲁番研究》（第10—11卷），上海古籍出版社，2007—2009年。

饶宗颐主编《敦煌吐鲁番研究》（第12—17卷），上海古籍出版社，2011—2017年。

郝春文主编《敦煌吐鲁番研究》（第18卷），上海古籍出版社，2019年。

谢海平著《唐代文学家及文献研究》，台湾丽文文化公司，1996年。

马德著《敦煌莫高窟史研究》，甘肃教育出版社，1996年。

荣新江著《归义军史研究——唐宋时代敦煌历史考索》，上海古籍出版社，1996年。

李正宇著《敦煌史地新论》，台湾新文丰出版公司，1996年。

王昆吾著《隋唐五代燕乐杂言歌辞研究》，中华书局，1996年。

唐耕耦著《敦煌寺院会计文书研究》，台湾新文丰出版公司，1997 年。

项楚主编《敦煌文学论集》，四川人民出版社，1997 年。

王素、李方著《魏晋南北朝敦煌文献编年》，台湾新文丰出版公司，1997 年。

陈尚君著《唐代文学丛考》，中国社会科学出版社，1997 年。

陶敏、傅璇琮著《唐五代文学编年史·初盛唐卷》，辽海出版社，1998 年。

季羡林主编《敦煌学大辞典》，上海辞书出版社，1998 年。

罗宗涛著《石窟里的传说：敦煌变文》，中国三环出版社，1998 年。

谭蝉雪著《敦煌岁时文化导论》，台湾新文丰出版公司，1998 年。

郝春文著《唐后期五代宋初敦煌僧尼的社会生活》，中国社会科学出版社，1998 年。

郑阿财、颜廷亮、伏俊琏主编《中国敦煌学百年文库·文学卷》，甘肃文化出版社，1999 年。

罗国威著《敦煌本〈昭明文选〉研究》，黑龙江教育出版社，1999 年。

张锡厚著《敦煌文学源流》，作家出版社，2000 年。

柴剑虹著《敦煌吐鲁番学论稿》，浙江教育出版社，2000 年。

陆永峰著《敦煌变文研究》，巴蜀书社，2000 年。

赵和平著《敦煌本〈甘棠集〉研究》，新文丰出版公司，2000 年。

《法国汉学》第 1—3 辑，清华大学出版社，1996—1999 年。

《法国汉学》第 4—18 辑，中华书局，1999—2019 年。

蒋礼鸿著《蒋礼鸿集》，浙江教育出版社，2001 年。

项楚著《敦煌诗歌导论》，巴蜀书社，2001 年。

荣新江著《敦煌学十八讲》，北京大学出版社，2001 年。

杜晓勤著《20 世纪中国文学研究·隋唐五代文学研究》，北京出版社，2001 年。

陶敏、李一飞著《隋唐五代文学史料学》，中华书局，2001 年。

姜亮夫著《姜亮夫全集》，云南人民出版社，2002 年。

郭在贻著《郭在贻文集》，中华书局，2002 年。

王素著《敦煌吐鲁番文献》，文物出版社，2002 年。

郑阿财、朱凤玉著《敦煌蒙书研究》，甘肃教育出版社，2002 年。

陈国灿著《敦煌学史事新证》，甘肃教育出版社，2002 年。

荣新江著《敦煌学新论》，甘肃教育出版社，2002 年。

孙修身著《敦煌与中西交通研究》，甘肃教育出版社，2002 年。

黄征著《敦煌语言文字学研究》，甘肃教育出版社，2002 年。

张鸿勋著《敦煌俗文学研究》，甘肃教育出版社，2002 年。

王昆吾著《从敦煌学到域外汉文学》，商务印书馆，2003 年。

林仁昱著《敦煌佛教歌曲之研究》，台湾佛光出版社，2003 年。

湛如著《敦煌佛教律仪制度研究》，中华书局，2003 年。

项楚著《驻马屋存稿》，商务印书馆，2003 年。

张涌泉等编《汉语史学报专辑第 3 辑：姜亮夫、蒋礼鸿、郭在贻先生纪念文集》，上海教育出版社，2003 年。

岑仲勉著《唐人行第录》，中华书局，2004 年。

汤涒著《敦煌曲子词地域文化研究》，上海古籍出版社，2004 年。

施萍婷著《敦煌习学集》，甘肃民族出版社，2004 年。

陈允吉主编《佛经文学研究论集》，复旦大学出版社，2004 年。

项楚、张子开、谭伟、何剑平著《唐代白话诗派研究》，巴蜀书社，2005 年。

李剑国著《唐前志怪小说史（修订版）》，天津教育出版社，2005 年。

［日］高田时雄著，钟翀等译《敦煌·民族·语言》，中华书局，2005 年。

张弓主编《敦煌典籍与唐五代历史文化》，中国社会科学出版社，2006 年。

许建平著《敦煌经籍叙录》，中华书局，2006 年。

张娜丽著《西域出土文书の基础的研究：中国古代における小学书·童蒙书诸相》，日本汲古书院，2006 年。

严绍璗编著《日藏汉籍善本书录》，中华书局，2007 年。

［日］池田温著，张铭心、郝轶君译《敦煌文书的世界》，中华书局，2007 年。

邵文实著《敦煌边塞文学研究》，甘肃教育出版社，2007 年。

董艳秋著《敦煌宫词研究》,辽海出版社,2007年。

李零著《简帛佚书与学术源流(修订本)》,三联书店,2008年。

伏俊琏著《俗赋研究》,中华书局,2008年。

陈尚君著《汉唐文学与文献论考》,上海古籍出版社,2008年。

佘正松著《高适研究》,中华书局,2008年。

饶宗颐著《饶宗颐二十世纪学术文集》,中国人民大学出版社,2009年。

谢维扬、房鑫亮主编《王国维全集》,浙江教育出版社,2009年。

罗继祖主编《罗振玉学术论著集》,上海古籍出版社,2010年。

龙晦著《龙晦文集》,巴蜀书社,2009年。

颜廷亮著《敦煌西汉金山国文学考述》,甘肃人民出版社,2009年。

郑阿财著《敦煌佛教文学》,甘肃教育出版社,2010年。

伏俊琏著《敦煌文学文献丛稿(增订本)》,中华书局,2011年。

姜伯勤著《唐五代敦煌寺户制度》,中国人民大学出版社,2011年。

李功国主编《敦煌莫高窟法律文献和法律故事》,甘肃文化出版社,2011年。

陈允吉主编《佛经文学研究论集续编》,复旦大学出版社,2011年。

郑阿财著《郑阿财敦煌佛教文献与文学研究》,上海古籍出版社,2011年。

四川大学中国俗文化研究所编《项楚先生欣开八秩颂寿文集》,中华书局,2012年。

白化文著《敦煌学与佛教杂稿》,中华书局,2013年。

郝春文、陈大为著《敦煌的佛教与社会》,甘肃教育出版社,2013年。

陆离著《敦煌的吐蕃时代》,甘肃教育出版社,2013年。

冯培红著《敦煌的归义军时代》,甘肃教育出版社,2013年。

林世田、杨学勇、刘波著《敦煌佛典的流通与改造》,甘肃教育出版社,2013年。

屈直敏著《敦煌文献与中古教育》,甘肃教育出版社,2013年。

颜廷亮著《敦煌文学千年史》,人民文学出版社,2013年。

赵逵夫著《古典文献论丛(增订本)》,中华书局,2013年。

张涌泉著《敦煌写本文献学》,甘肃教育出版社,2013年。

刘进宝著《敦煌学通论》,甘肃教育出版社,2013年。

陈尚君著《唐女诗人甄辨》,海豚出版社,2014年。

张鸿勋著《跨文化视野下的敦煌俗文学》,上海古籍出版社,2014年。

陈大为著《唐后期五代宋初敦煌僧寺研究》,上海古籍出版社,2014年。

郭万金主编《河朔贞刚:北方民族政权下的文学与文化》,商务印书馆,2014年。

贾晋华著《唐代集会总集与诗人群研究》,北京大学出版社,2015年。

[日]土肥义和编《八世纪末期到十一世纪初期敦煌姓氏族人名集成》,日本汲古书院,2015年。

孙猛著《日本国见在书目录详考》,上海古籍出版社,2015年。

杨宝玉、吴丽娱著《归义军政权与中央关系研究——以入奏活动为中心》,中国社会科学出版社,2015年。

刘玉才、潘建国编《日本古钞本与五山版汉籍研究论丛》,北京大学出版社,2015年。

向达著《唐代长安与西域文明》,商务印书馆,2015年。

伏俊琏、徐正英主编《古代文学特色文献研究》第1—3辑,上海古籍出版社,2016—2018年。

徐俊著《鸣沙习学集:敦煌吐鲁番文学文献丛考》,中华书局,2016年。

王使臻、王使璋、王惠月著《敦煌所出唐宋书牍整理与研究》,西南交通大学出版社,2016年。

朱瑶著《敦煌汉文文献题记整理与研究》,中国社会科学出版社,2016年。

李剑国著《唐五代志怪传奇叙录(增订本)》,中华书局,2017年。

陈尚君著《唐诗求是》,上海古籍出版社,2018年。

伏俊琏著《敦煌文学总论(修订本)》,上海古籍出版社,2019年。

朱玉麒著《瀚海零缣:西域文献研究一集》,中华书局,2019年。

主要人名(号)索引

D

E

F

M

N

O

P

Q

R

S

T

W

Z

主要篇名(书名)索引

C

D

E

F

G

H

J

K

L

M

Q

R

S

T

W

Z

写本卷号索引

英　藏

法藏

俄 藏

其 他

后　记

本书的编写过程大致如下。2006年，我申请“敦煌文学编年史”获得国家社科基金立项资助。我最初设想的文学编年，主要是敦煌文学作品编年和文学活动编年。对敦煌写本中的传世经典文学作品，只对其抄写时间进行考证，以说明它们在敦煌地区的传播情境。文人创作的诗文，尤其是中原文人的作品，要充分利用学术界已有的研究成果，考定其创作时间，而其抄写时间，也是考证的重点。敦煌讲唱文学，既难考作者，也无法考定创作时间，只能根据内容考定其大致产生的时代。文学活动的编年，主要指文人交往、文学仪式、作品汇集等时间的考定。在研究推进过程中，我逐渐认识到，作品的汇集和写本的编集是一个很重要的学术问题。所以，“敦煌文学编年史”的结项成果，就包含对100多个写本的叙录和抄写时间考定。这20多万字的敦煌文学写本叙录和系年，就是本书的工作基础。对敦煌文学写本的研究，直接催生了我后来的写本学研究，也促使我在10年后申请并获得国家社科基金重大项目“5—11世纪中国文学写本整理与研究”。

在我原来《敦煌文学写本叙录和编年》初稿的基础上，重大项目课题组进行了更为细致的工作：首先是对每一个写本图版的核查，除了International Dunhuang Project（国际敦煌项目，简称IDP）外，还有早期王重民、向达所摄敦煌西域照片，二十世纪八十年代根据缩微胶卷影印的《敦煌宝藏》，以及后来陆续出版的英藏、法藏、俄藏、日藏，还有国内各图书馆和博物馆收藏的敦煌文献的影印本等。其次是对每一个写本的整理研究情况进行全面普查。这些工作，主要是几届研究生同学做出初稿，我们课题组以读书会的形式进行讨论。2017 年 3 月以来，我们先后举办了 43 次读书会，一篇一篇地核对图版，一段一段地阅读初稿，指出存在的问题，提供相关的资料信息。同学们在讨论基础上再进行修改，交给指定的老师再审核，再修改，有的稿子反复数次。最后，我又做了修改、补充，个别写本为重写。这样做，一方面是对学生负责，培养他们认真严谨的治学态度和方法；另一方面是对学术负责，尽可能减少错误，经得起时间的验证。本书 52 个写本的研究，都是这样产生的。下面是参与初稿写作的同学名录：

李青青（P.2483、P.3216、P.3286、P.3821、S.1477、S.5556、S.5558），辛甜甜（P.2488、P.2712、P.3252 + P.3608、P.3620），陶新昊（P.2492 + Дx.3865），邓督（P.2506、P.4093），牛霞（P.2718、P.3866），张玥（P.2721、P.3155、S.5441），郝雪丽（P.2845、P.3619、P.3812、P.3885、Дx.3871 + P.2555），李爽（P.2976、P.3195 + P.2677 + S.12098、P.3480、S.555 + P.3738、Дx.11210 + Дx.3058 + Дx.2999 + Дx.10298 + Дx.5898），王瑞赟（P.3126、P.3883），姜苗苗（P.3360、S.6171、S.2080 + S.4012、S.2985），伏建春（P.3381，P.3780、P.3910），赵一（P.3720、P.3886、S.3880、P.2624、S.4654、S.5892），谭茹（P.3808、3911、S.2682 + P.3128、S.4472），王涵（P.4986 + P.4660 + P.3726、S.6234 + P.5007、P.2672）、向光会（Дx.6722 + Дx.6654 + Дx.3861 + Дx.3872+ Дx.3874 + Дx.11050）。王安琪同学还为全书配备了图版。《索引》主要由胡圆圆、罗娱婷同学在其他研究生同学编辑的基础上综合整理而成，最后听取了张存良、王使臻、朱利华等几位老师的修改意见。

课题组张存良、邵小龙、朱利华、游世强、王使臻、赵祥延、冷江山、喻忠杰、刘传启等老师是研究生撰写写本叙录的指导教师，也是读书会的主要参加者（或以视频形式参加讨论），方新蓉、杨小平、罗建新、吴继刚、李薛妃、姜同绚、宋婷、郭洪义、计晓云等老师也参加过读书会，徐杰做了大量的服务协助工作。这是一部融合了集体劳动的研究成果。

《学记》说:“独学而无友,则孤陋而寡闻。”嘉陵江边,华凤镇旁,每当周六早上,我们聚集一起,看唐人写本,想象千年前敦煌文人、敦煌学郎、敦煌普通民众的文学生活,于时言言,于时语语,其乐也融融。这本书,就作为我们融融泄泄的记录吧!

伏俊琏

2020 年 4 月 2 日

图书在版编目(CIP)数据

敦煌文学写本研究 / 伏俊琏著. —上海：上海古籍出版社，2021.5
ISBN 978-7-5325-9950-9

Ⅰ.①敦… Ⅱ.①伏… Ⅲ.①敦煌学—文学研究 Ⅳ.①I206.2

中国版本图书馆 CIP 数据核字(2021)第 067809 号

敦煌文学写本研究

伏俊琏 等著

上海古籍出版社出版发行

(上海瑞金二路 272 号 邮政编码 200020)

(1) 网址：www.guji.com.cn

(2) E-mail：guji1@guji.com.cn

(3) 易文网网址：www.ewen.co

启东市人民印刷有限公司印刷

开本 787×1092 1/16 印张 38 插页 8 字数 545,000

2021 年 5 月第 1 版 2021 年 5 月第 1 次印刷

印数：1—1,800

ISBN 978-7-5325-9950-9

I·3555 定价：158.00 元